中国科学院规划教材·会计学及财务管理系列

中级财务会计
（第二版）

主 编 侯雪筠 李玉凤

副主编 李 文 马丽萍

科 学 出 版 社

北 京

内 容 简 介

本书以基本会计假设为前提，以我国会计准则为依据，侧重财务会计的基本理论与实务的阐述。全书共 16 章，着重论述各会计要素确认、计量的基本原则，从理论上阐述各项业务的处理方法，把知识介绍和会计实务联结起来，以提高教材的可读性、可理解性。

本书主要作为普通高校会计学专业、财务管理专业及审计学专业学生的学习用书，也可作为普通高校经济管理类专业学生及实务界人士了解财务会计的参考用书。

图书在版编目(CIP)数据

中级财务会计/侯雪筠，李玉凤主编. —2 版. —北京: 科学出版社，2011
中国科学院规划教材·会计学及财务管理系列

ISBN 978-7-03-031437-6

Ⅰ.① 中…　Ⅱ.① 侯…　② 李…　Ⅲ.① 财务会计-高等学校-教材
Ⅳ.① F234.4

中国版本图书馆 CIP 数据核字（2011）第 106606 号

责任编辑: 彭　楠/责任校对: 陈玉凤
责任印制: 张克忠/封面设计: 迷底书装

科 学 出 版 社 出版
北京东黄城根北街 16 号
邮政编码: 100717
http://www.sciencep.com

骏 杰 印 刷 厂 印刷
科学出版社发行　各地新华书店经销
*

2007 年 10 月第 一 版　　开本: 787×1092　1/16
2011 年 7 月第 二 版　　印张: 22
2011 年 7 月第五次印刷　　字数: 530 000
印数: 13 501—16 500
定价: 39.00 元
(如有印装质量问题，我社负责调换)

《会计学及财务管理系列教材》编委会

顾　问　于玉林　郭复初

主　任　唐现杰

委　员　（按姓氏笔画排序）

王福胜　龙云飞　任秀梅

刘东辉　孙长江　宋　明

张德刚　李玉凤　邱玉兴

陈丽萍　梁静溪　谭旭红

第二版总序

2007 年 5 月，黑龙江省高校会计学教师联合会组织编写的《会计学及财务管理系列教材》由科学出版社出版发行，本套系列教材是中国科学院规划教材。其中，《基础会计学》、《高级财务会计》、《会计制度设计》、《财务管理》、《财务通论》被评为普通高等教育"十一五"国家级规划教材，并获得省级优秀教学成果一等奖；《基础会计学》、《财务管理》分别获得黑龙江省第十四届社科成果一等奖、二等奖。本套系列教材的再版，是在原系列教材的基础上结合近几年国内外会计及财务管理领域理论、方法及应用的变化和教学内容、教学方法改革的需要，在保持原教材特色与优点的前提下，对会计学及财务管理专业领域的技术方法、阐述内容进行全面修订而形成的系列新作。

针对普通地方高校培养应用性、复合型人才需要的《会计学及财务管理系列教材》自出版至今，重印了多次，取得了很好的社会反响。此系列教材已成为哈尔滨商业大学、哈尔滨工业大学、东北农业大学、东北林业大学、东北石油大学、黑龙江大学、黑龙江八一农垦大学和黑龙江科技学院等多所高校经济管理类专业学生的专业课指定教材、硕士研究生入学考试教材，同时作为会计学和财务管理专业课教材，被国内多所高校选用。各高校的教师和同学在使用的过程中给予了此系列教材一致好评，认为此系列教材不仅详细地介绍了理论知识、专业技术，而且运用大量的案例将晦涩的理论知识变得易于理解和掌握，可以说很好地将理论与实践结合了起来，填补理论空白的同时，为学生日后的实践提供了很好的指导。越来越多的高校选择此系列教材作为经济管理类专业学生的指定用书。

虽然此系列教材自出版以来取得了一定的成绩，但是我们清楚地知道仍有很多地方需要修订及进一步完善。21 世纪的头 10 年中，会计学及财务管理领域的发展日新月异，无论是国际、国内的理财环境，还是会计学及财务管理运用的具体方法都有了翻天覆地的变化，这也对会计学及财务管理的学习提出了更高的要求。在这样的大环境下，我们绝对不敢停下前进的步伐，必须紧跟发展的大潮，把握发展的方向，紧扣发展的脉搏，为会计学及财务管理的发展贡献力量，并为提高会计学及财务管理的教学质量而努力。各界同仁的支持与肯定就是我们发展的原动力，各方的质疑声更是我们改正的明镜，在各个方面的共同作用下，我们一定会越走越好。我们再版本系列教材的目标就是为了更好地为各位教师、同学服务，你们的满意就是对我们最大的肯定。

　　在再版《会计学及财务管理系列教材》的过程中，我们虽然搜集了大量的素材，作了全面的准备，但是我们发现在相关理论、方法、实务的理解上仍然存在一定的差距，所以不可能对会计学及财务管理领域出现的所有问题都进行全面的阐述。加之编写人员学识所限，教材中难免有不恰当之处，恳请各位读者不吝赐教，以便进一步修订、完善。

　　《会计学及财务管理系列教材》的再版，借鉴和参考了国内外许多专家学者的研究成果，在此一并表示感谢！

2011 年 6 月

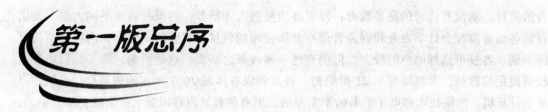

第一版总序

　　21 世纪是一个以网络化、信息化、数字化、知识化为重要特征的新经济时代。新时代飞速发展的市场经济对经济与管理类的专业教育提出了新的要求。顺其大势，我国会计学和财务管理学科的理论研究、实践改革和人才培养都呈现出一派前所未有的繁荣景象。这表明我国的会计学和财务管理学科正以蓬勃的生机向前发展着。随着我国市场经济和现代企业制度的建立和逐步完善，新世纪的会计、财务管理教育面临着新的挑战。因此，培养通晓商业惯例和会计准则，掌握财务与会计管理技术与方法，适应 21 世纪市场竞争的高级财务与会计管理人才，已经成为普通高等院校会计学与财务管理专业人才培养的基本目标。

　　2006 年 2 月，新会计准则和审计准则的颁布以及 2007 年 1 月 1 日新会计准则在上市公司的实施，是我国会计改革进程中的一次重大举措，会计热又一次被推向了高潮。为了更好地将新会计准则贯彻下去，更快地让学生掌握新的会计准则体系，适应新准则下的财务与会计管理工作，我们借鉴了国内外优秀的会计和财务管理类教材，以新会计准则和新审计准则为基础，编写了会计学及财务管理专业系列教材，共计 20 本，包括：《基础会计学》、《会计学》、《中级财务会计》、《高级财务会计》、《成本会计》、《会计制度设计》、《政府与非营利组织会计》、《审计学》、《财会专业英语》、《财务管理》、《财务通论》、《公司财务》、《高级财务管理》、《管理会计》、《财务报告分析》、《国际财务管理》、《会计信息系统》、《证券投资与评估》、《资产评估》、《纳税筹划理论与实务》。其中，《基础会计学》、《高级财务会计》、《会计制度设计》、《财务管理》和《财务通论》被评为普通高等教育 "十一五" 国家级规划教材。

　　本套系列教材由黑龙江省高校会计学教师联合会组织编写，由科学出版社出版。我们认为在大众化教育的背景下，集中各校优势，通过合作方式实现教学资源优化配置，编写一套适用于普通地方高校培养应用型、复合型人才要求的教材，对加强各校的合作交流、推动师资培养、促进相关课程的教学改革，是一件一举多得的好事。编审委员会由哈尔滨商业大学、哈尔滨工业大学、东北林业大学、东北农业大学、黑龙江八一农垦大学、大庆石油学院、黑龙江大学、黑龙江科技学院、齐齐哈尔大学、哈尔滨理工大学等 10 所高校的教师组成，其中包括教学经验丰富、学术造诣较深的老教师、风华正茂的中年教师以及具有足够成长后劲的青年骨干教师。本系列教材的主编均由教学经验丰富的教授担任。

　　我们从多年的教学实践中深切感受到，教材和教学质量有着十分密切的关系。教材规定了教学内容，是教师授课取材之源，也是学生求知和复习之本，没有优秀的适用教材，也就无法提高教学质量。丢开教材，欲求提高教学质量，不啻缘木求鱼。换言之，没有优秀的教材，就没有优秀的高等教育；没有高质量的人才培养，就没有高水平的大学。我国目前各高等院校会计学专业和财务管理专业所使用的教材，尽管版本众多，内容和结构有所差别，各校可选择的空间较大，但仍有进一步改革之必要。这是因为：第一，目前各高校所使用的教材，大都编写于 21 世纪初，很多都没有体现 2007 年实施的新会计准则，再加上计算机、网络技术和电子商务的不断发展，原有的教材内容需要大范围的更新；第二，随着会计和财务管理理论与实践的发展，人们对会计和财务管理的认识不断发生变化，对于原有教材的有些内容也需要在新的认识基础上重新解读，使学生能够在更宽广的视野和更高的层次上掌握会计和财务管理的专业知识；第三，尽管各种版本的会计和财务管理专业教材内容和结构都不尽相同，但是侧重理论教学、奠定科研基础、培养本科生毕业后从事研究工作的教材偏多，而适合于培养应用型、复合型人才的普通地方高校的教材却少之又少；第四，现有教材在体系结构上大多采用教材、案例、习题相分离的编排形式，而且有的教材根本没有案例，这给强调动手能力和实际操作能力的大众化教育模式的专业课教学带来诸多不便，需要加以改进。正因为如此，我们在不断反思会计与财务管理教育改革与创新培养目标、不断修正完善教学计划的基础上，摸索培养特色人才的新定位、新理念、新途径，针对现有教材存在的缺点，改善以往简单地选用重点大学教材的状况，编写了本系列教材，力图为普通地方高校会计学和财务管理专业提供一套具有理论性、实践性、指导性的优秀教材。这套系列教材的编写本着务实、求新、继承与开拓的精神，定位于会计学、财务管理本科专业必修课，是对两个专业本科教学内容的总体设计和完善，目的是为进一步建立和完善会计学和财务管理学科体系奠定基础，以求通过科学、先进、实用的教学体系培养出适合我国经济发展需要的会计和财务管理应用型和复合型人才。为了保证教材具有高起点、高质量，我们在编写与出版过程中突出以下三点：①"质量第一，开拓创新"是编写教材的指导思想。通过本系列教材，期望展示我们各所学校的教学改革和教材建设的成果。②以"借鉴国际通用教材体例、实现系列教材的国际化风格"为编写教材的基本原则。广泛借鉴国际流行的教材编写风格，适应新世纪人才培养的新要求。③以"主编负责，合约约束"为质量保证手段。

　　本套教材主要体现了以下几个特点：

　　（1）内容新颖全面。本系列教材的编写建立在新颁布的《企业会计准则》、《企业会计准则——应用指南》、《审计准则》、《公司法》、《证券法》等制度和法律的基础上，融合了新准则、新法规中的新规定，是新准则颁布之后较早、较全的一套系列教材。其中，不仅体现出了会计专业教材中的很多具体准则变化的业务处理（例如《企业会计准则——金融工具确认和计量》、《企业会计准则——资产减值》），而且财务管理相关知识的最新变化也同样出现在本套系列教材中（如新《公司法》中关于利润分配的变化、财务报表分析中财务指标的变化）。

　　会计是一种国际商业语言，随着世界经济的一体化、市场竞争的国际化，需要国际惯例协调的范围越来越广，所以在系列教材的编写过程中，我们参考了相当多的会计学和财务管理学方面的经典国际知名教材，以国际会计最新发展趋势为依据，充分体现我国的会计准则和国际准则的实质性趋同，力争使本套教材成为教师指导学生的一个有用工具，使学生能够通过学习教材掌握最新的财务与会计知识的专业技能，同时具有国际"变通"能力。

（2）系统性和可操作性。系统性是指本系列教材体现了知识体系的架构、知识点的交叉渗透，以及各自的逻辑关系。一方面，在内容结构体系安排上体现了由简单到复杂、由易到难的渐进过程，适用于教与学。另一方面，在内容选择和体例编排上都充分考虑了不同阶段、不同知识结构学生的需要，基本解决了教学层次多，但教材单一、内容滞后的矛盾。两个专业的教材分别包括了初级（如《基础会计学》、《财务通论》）、中级（如《中级财务会计》、《公司财务》）和高级（如《高级财务会计》、《高级财务管理》）三个层次的教学内容，而且最大程度地避免了课程内容的交叉与重复。本套教材的可操作性主要体现了理论与实际的紧密联系，强调实际操作能力的培养，从培养应用型、复合型人才的宗旨出发，各教材根据需要设置了复习思考题、计算分析题及案例分析等，旨在培养学生独立思考、独立处理业务、独立解决问题的能力。

（3）便于教师教学和学生学习。为了方便教师教学和学生学习，在每部教材中均安排了如下内容：①每章前面设有导言和重要概念，章后有小结；②注重对习题和案例的编写，每章后面根据需要设置有复习思考题（其中包括简答题、计算题）和案例分析。如此安排便于学生明确各章学习重点并对学习内容产生兴趣。通过大量的习题和经典案例，让教师的教学达到更好的效果，为学生的学习和理解提供了更好的工具，有利于锻炼学生综合分析问题和解决问题的能力。

（4）突出学生综合素质和创新能力的培养。我们认为，社会经济的发展状况将本科会计学和财务管理教育定位为：为企事业单位、金融机构和财务咨询或服务机构培养从事会计、理财工作和其他相关经济管理工作的具有综合素质的人才。这类人才应该具有以下特点：有很强的适应性；有不断吸收新知识的能力；有进一步发展的潜力；有一定的创新能力；有较高的综合素质；有国际化意识或全球意识。

作为培养新世纪高级应用型、复合型人才的系列教材，除了要强化学生的基础知识和基本技能以外，还应注意学生综合分析能力和判断决策能力的培养，引导学生打破常规、勇于创新，将素质教育融入教材之中。以学生自主创新能力培养为核心的教学，要求教师在完成必要的知识教学和技能培训目标的同时，培养学生的自主学习能力和创新能力，最终达到提高学生综合素质的目的。在编写教材时，每位作者都努力站在企业或组织的整体角度考虑和阐述问题，以期达到扩展会计学及财务管理专业学生视野的目的，实现对学生综合能力和创新意识的培养。

（5）突出现实性和适应性。根据新世纪人才的培养目标，本系列教材立足于我国国情和当前经济现实，与我国正在进行的市场经济建设相适应，具有较强的应用性。同时又面向未来，在吸收国际先进理论与技术方法的基础上，注意了我国普通地方高校本科教学的适用性。本套教材以新颁布的《公司法》、《证券法》等法律规范为依据进行编写，以保证教材中介绍的会计、财务管理知识能够在新的法律环境下更好地应用。

本套系列教材能够顺利出版，要感谢哈尔滨商业大学等10所高校领导和教师们的大力支持，感谢科学出版社的鼎力帮助，感谢所有主编和参编人员的通力合作，感谢所有有关兄弟院校会计、财务管理界同仁们多年来的友好协作与真诚关怀。

不积跬步，无以至千里。

我们希望通过这套会计学和财务管理专业系列教材的编撰，能够对会计和财务管理的理论与实务做出一个相对清晰的描述和阐释。我们越深入这一过程，就越强烈地意识到，在传播会计和财务管理知识体系这一艰巨而复杂的任务的过程中，我们尚处于开端处。尽管我们做了较长时间的准备，所有编写人员也付出了艰辛的劳动，但由于经济环境的迅速变化，对国内外现状的掌握不可能全面、透彻，加之编写人员学识所限，教材中难免有不妥甚至谬误之处，恳请读者不吝赐教，以便在今后修订时更正和完善。

2007 年 7 月

前　言

　　2006年会计准则体系的颁布及实施在很大程度上提高了财务会计信息的相关性与可比性，成为我国会计改革又一新的里程碑，它意味着我国企业会计进入一个以企业会计准则为主导的企业会计制度体系新的历史发展阶段。

　　会计准则体系的完善和发展，给会计学教育与教学带来了新的机遇和挑战。为适应企业会计新时期发展的要求，本书以财政部新颁布的企业会计准则及其应用指南和《企业会计准则解释第 3 号》为主要法规依据，以中级财务会计学全面阐述持续经营的企业或主体所涉及的重要的交易或事项的会计处理，通过会计确认、会计计量、会计记录和财务报告等主要程序，以满足不同利益相关者共同需要的内容为限，注重与"基础会计学"和"高级财务会计"课程的承上启下的作用，借鉴国内外同类教材的优点，同时考虑到注册会计师考试对大学会计教育的影响，在教材内容和知识点的安排上尽可能满足注册会计师考试的需要，在本书第一版的基础上，对原章节结构作了调整，并对各章内容进行了相应的调整和更新，使本书真正起到将会计准则规定的介绍和解释融入会计基本理论的阐释和解决会计实务的作用。

　　本书在编写过程中突出了以下特点：

　　第一，以国际会计惯例和我国会计准则为依据。本书所依据的会计规范是最新的国际会计准则和我国最近发布的会计准则和会计制度。第二，以会计的基本理论为基础。本书改变了以往财务会计教材只是具体解释会计制度的做法，而是以会计的基本理论为基础，着重论述了各会计要素确认、计量的基本原则，从理论上讲清楚各项业务的处理方法。第三，注重理论联系实际。本书主要以我国的会计准则为依据，很好地处理了理论与中国实际相结合的问题，使学生在学习中可以更多地感受中国的财务会计实践情况。

　　为方便教学和学生学习，本书提供了教学课件（PPT）、习题及参考答案等配套资源。

　　本次修订由侯雪筠和李玉凤担任主编，各章的修订分工如下：哈尔滨商业大学侯雪筠负责第一章、第三章、第十章、第十一章的编写；哈尔滨学院苏英健负责第二章、第七章的编写；黑龙江八一农垦大学谷强平负责第四章的编写；哈尔滨商业大学付丽负责第五章的编写；哈尔滨商业大学李文负责第六章、第八章、第十二章、第十三章的编写；黑龙江八一农垦大学李玉凤负责第九章的编写；哈尔滨商业大学马丽萍负责第十四章的编写；王丽娟负责第十五章的编写；黑龙江八一农垦大学王永珍负责第十六章的编写。最后由侯雪筠负责对全书进行修改与润色。

筠负责对全书进行修改与润色。

感谢科学出版社林建和彭楠编辑为本书的出版所付出的辛勤工作。感谢张颖萍、邵婧娇、赵刘磊、杨玲、徐红和马其凯认真细致的校对工作。同时，编者参考了大量国内外同类教材和有关资料，在此一并致谢。

由于编者的水平有限，加之本次修订幅度较大，书中难免有疏漏之处，恳请专家和各位读者不吝赐教，以便今后我们在修订本书时及时改进。

编　者

2011 年 5 月

目 录

第一章

总 论

本章介绍了财务会计的目标，详细地介绍了会计核算基础工作、会计基本假设和会计信息质量要求，重点阐述了会计要素的概念、确认和计量属性。

【重要概念】 财务会计　财务会计目标　会计信息质量要求　确认　计量

第一节　财务会计目标

一、财务会计的概念

会计作为人类社会的一种管理活动，与其他生产管理活动一样，是由生产活动的需要而产生，又随着生产实践的发展而不断发展和完善的。

随着社会生产的发展，企业组织形式、组织结构和经济活动越来越复杂，企业经营管理的要求不断提高，会计反映和监督的范围和内容，以及所要达到的目的都在不断地发展和变化。现代管理科学的发展，一方面，对会计提出了更高更新的要求，促进了会计理论和实务的发展；另一方面，管理思想也渗透到会计学科，为满足协助企业管理者组织、规划和控制企业的经营活动的需要，更重要的是为了满足不参与企业生产、经营管理但对企业有资源投入或者有其他利害关系的外部单位和个人对企业信息的需求，财务会计从传统会计中分离出来。

财务会计是现代企业会计的一个重要分支，它是以企业会计准则为指导，对企业已经发生的交易和事项进行确认、计量、记录和报告，向主要的利益相关者披露有助于其进行经济决策所需要的、有用信息的信息系统。财务会计又称对外报告会计。

二、财务会计概念框架

要认识、理解财务会计，必须对其相关系统的概念进行认真界定和分析。财务会计概念框架亦称财务会计理论结构体系，是指人们在长期的财务会计实践活动中，经过不断有意识的总结、提炼、升华、抽象与概括所形成的一系列专门用来解释、评价和指导财务会计实践的理论结构体系。

近几十年来，随着社会经济的发展及对财务会计要求的不断提高，以美国为代表的世界各国的会计理论界及实务界都在积极地进行研究，试图建立一套完整的、符合时代要求的财务会计概念框架。

美国财务会计准则委员会（FASB）的财务会计概念框架一直是全球各个国家会计准则制定、学习和效仿的对象。美国的财务会计概念框架由一系列财务会计概念公告（SFAC）组成，其内容涉及财务报告的目标、会计信息的质量特征、财务报告的要素、会计要素的确认与计量、现值计量等方面。

国际会计准则委员会（IASC）公布的《编报财务报表的框架》、《财务报表的可比性》（征求意见稿）和《财务报表的可比性的意向书》都起到了与概念框架相似的作用。尽管IASC 的概念框架不限于《编报财务报表的框架》，但通常认为，《编报财务报表的框架》是IASC 最基本的概念框架。其内容涉及财务报告的目标、基础假设、财务报表的质量特征、财务报表的要素、财务报表要素的确认、财务报表要素的计量、资本和资本保全概念等方面。

英国会计准则委员会（ASB）制定并不断完善的《财务报告原则公告》起到了财务会计概念框架的作用。其内容涉及财务报告的目标、报告主体、财务信息的质量特征、财务报表的要素、财务报表要素的确认、财务报表要素的计量、财务信息的列报等方面。

我国对财务会计概念框架的表述，主要是在学习借鉴西方会计经验和惯例的基础上，并结合中国国情，在会计改革中逐步形成的，较为集中地体现在财政部颁布的《企业会计准则——基本准则》中，主要体现在以下三个层次：第一层次是会计假设与会计目标，第二层次是会计信息质量要求，第三层次是财务报表要素、会计计量与财务会计报告等三个方面的规定。三个层次相互影响，紧密联系，构成了一个有机的整体框架。其内容涉及财务报告的目标、会计假设、会计要素、财务信息的质量要求、财务报表的要素的确认与计量、会计计量属性、财务会计报告等方面。

财务会计概念框架，对财务会计学科的完善、发展和现实财务会计活动等具有重要的意义：①财务会计概念框架的形成，标志着财务会计日渐成熟；②财务会计概念框架是权威性机构制定会计规范的理论依据；③财务会计概念框架是确定或选择财务会计方针政策的依据；④财务会计概念框架为会计信息利用者充分理解会计信息的科学内涵，并对其做出准确判断提供了依据；⑤财务会计概念框架是审计人员对会计信息的客观性、准确性、公正性进行质量判断的依据。

三、财务会计的目标

对于现代企业来说，会计工作是一项重要的管理工作，它必然要为实现企业的经营目标服务，实现企业的经营目标就是企业会计的根本目标，而会计目标又受客观条件的影响与制约，所以在不同的时空范围内，会计目标也往往不一样。

由于财务会计本质上属于对外报告会计的范畴，而财务会计作为一个信息系统，就应该通过完整的财务会计报告体系向企业的利益相关者传递对决策有用的信息，因此，财务会计目标又可称为财务会计报告的目标。

企业以财务会计报告为媒介提供的信息从本质上讲属于通用信息，该信息的特点是企业在会计准则的规范下，通过一系列的会计基本程序（确认、计量、记录和报告）、运用一系列的会计方法（如填制凭证、复式记账、成本核算、财产清查等）所生成的财务信息。由于会计准则是按照公共选择的逻辑而制定的，所以会计准则规范下生成的、通过财务会计报告传递的财务信息也就从本质上具有了通用信息的特征，其目的是使企业财务会计报告提供的关于企业在某一特定时点的财务状况、某一特定期间的经营业绩和现金净流量信息，对企业的利益相关者具有基本的信息含量。在社会经济的不同发展时期，尽管企业的利益相关者需求不同，但财务会计报告所提供的会计信息应以保护利益相关者的经济利益为出发点。

关于财务会计报告目标表述的观点有受托责任观和决策有用观。由于会计目标引导和指引着会计信息系统的运行，因此，不同的财务会计目标决定着企业提供财务会计报告信息的侧重点不同。在受托责任观下，会计信息更多地强调可靠性，会计计量主要采用历史成本；在决策有用观下，会计信息更多地强调相关性，如果采用其他计量属性能够提供更加相关信息的，会较多地采用除历史成本之外的其他计量属性。

我国《企业会计准则——基本准则》规定：企业应当编制财务会计报告（又称财务报告）。财务会计报告的目标是向财务会计报告使用者提供与企业财务状况、经营成果和现金流量等有关的会计信息，反映企业管理层受托责任履行情况，有助于财务会计报告使用者做出经济决策。财务会计报告使用者包括投资者、债权人、政府及其有关部门和社会公众等。

（1）投资者。需要会计信息的首先是投资者，包括股权投资者和债权投资者，同时还包括潜在的投资者。他们为了分析和掌握投资到该企业的风险和预期收益情况，以及是否比投资到其他企业更有利，就需要利用会计信息评价企业的财务状况和管理当局的经营业绩，判断管理当局是否按既定的经营目标使用资金，以利于自身做出合理、有利的投资决策。

（2）债权人。债权人包括供应商、各金融机构及对企业有权利主张的客户。金融机构作为贷款人，需要通过借款企业会计信息分析借款人的经营状况、资产与负债的总体结构，分析资产变现程度及流动性，借以分析债权人提供信贷资金是否能够按约定的条件收回本金并获得利息收入，从而做出是否向企业提供贷款的决策。与企业有业务往来的债权人通过分析企业的会计信息，从中了解企业的偿债能力，确认企业信用程度，以决定更合理的结算方式，以避免今后买卖双方交易出现不必要的坏账，造成债权人的经济损失。

（3）政府及其有关部门和社会公众。政府及其有关部门作为经济管理和经济监管部门，通常关心经济资源分配的公平性、合理性，市场经济秩序的公正性、有序性，宏观决策所依据信息的真实可靠性等，因此，它们需要信息来监管企业的有关活动（尤其是经济活动）、制定税收政策、进行税收征管和国民经济统计等，国民经济核算与企业会计核算之间存在着十分密切的联系，企业会计核算资料是国家统计部门进行国民经济核算的重要资料来源；国家税务部门进行的税收征管是以财务会计数据为基础的，无论是流转税征收中的原始凭证稽核和流转额的确定，还是所得税征收中应纳税所得额的确定都离不开财务会计所提供的信息；证券监督管理机构在对证券发行与交易进行监督管理中，财务会计信息的质量是其监管的内容，真实可靠的会计信息又是其对证券市场实施监督的重要依据。社会公众也关心企业的生产经营活动，因此，在财务报告中提供有关企业发展前景及其能力、经营效益及其效率等方面的信息，可以满足社会公众的信息需要。

第二节　会计基本假设与会计基础

一、会计基本假设

会计基本假设是企业会计确认、计量和报告的前提，是对会计核算所处的时间、空间、环境等所作的合理设定。会计准则中所规定的各种程序和方法只能在满足会计基本假设前提的基础上进行选择使用。会计人员在进行会计核算之前，必须对所处的经济环境是否符合会计基本假设做出正确的判断。按照《企业会计准则——基本准则》的规定，我国企业会计基本假设包括会计主体、持续经营、会计分期和货币计量。

（一）会计主体

会计主体是指会计确认、计量和报告的空间范围。会计所要反映的总是特定的对象，只有明确规定会计核算的对象，将会计所要反映的对象与包括所有者在内的其他经济实体区别开来，才能保证会计核算工作的正常开展，实现会计的目标。在会计主体前提下，企业应当对其本身发生的交易或者事项进行会计确认、计量和报告。会计主体基本假设为会计人员在日常会计核算中对各项交易或事项做出正确判断、对会计处理方法和会计处理程序做出正确选择提供了依据。

值得注意的是，会计主体与法律主体不是同一概念，会计主体可以是一个有法人资格的企业，也可以是若干家企业通过控股关系组织起来的集团公司，也可以是企业、单位下属的二级核算单位。一般来说，法律主体一定是一个会计主体，但会计主体不一定是法律主体。例如，母公司和子公司是会计主体，同时也都是法律主体；而总公司和分公司不同，前者是会计主体和法律主体，后者只是会计主体，却不是法律主体。而且一个法律主体可以包括多个会计主体（如分公司、车间），一个会计主体也可以有多个法律主体（如编制合并会计报表的集团公司）。此外，由企业管理的证券投资基金、企业年金基金等，尽管不属于法律主体，但属于会计主体，应当对每项基金进行会计确认、计量和报告。

（二）持续经营

持续经营是指在可以预见的将来，企业将会按当前的规模和状态继续经营下去，不会停业，也不会大规模削减业务，不会破产清算。它明确了会计工作的时间范围。企业是否持续经营，在会计原则、会计方法的选择上有很大差别。明确这个基本假设，就意味着会计主体将按照既定用途使用资产，按照既定的合约条件清偿债务，会计人员就可以在此基础上选择会计原则和会计方法。只有设定企业是持续经营的，才能进行正常的会计处理，否则应改变会计核算办法。例如，在一般情况下，企业的固定资产可以在一个较长的时期发挥作用，如果可以判断企业会持续经营，就可以假定企业的固定资产会在持续经营的生产经营过程中长期发挥作用，并服务于生产经营过程，固定资产就可以根据历史成本进行记录，并采用折旧的方法，将历史成本分摊到各个会计期间或相关产品的成本中。如果判断企业不会持续经营，固定资产就不应采用历史成本进行记录并按期计提折旧。

由于持续经营是根据企业发展的一般情况所作的设定，而任何企业都存在破产、清算的风险，这就需要企业定期对其持续经营基本假设做出分析和判断。如果可以判断企业不会持续经营，就应当改变会计核算的原则和方法，并在企业财务会计报告中作相应披露。

（三）会计分期

会计分期是指将一个企业持续经营的生产经营活动划分为一个个连续的、长短相同的会计期间。它是对会计工作时间范围的具体划分。会计分期的目的是将持续经营的生产经营活动划分成连续、相等的期间，据以结算盈亏，按期编报财务会计报表，从而及时地向各方面提供有关企业财务状况、经营成果和现金流量信息。

根据持续经营基本假设，一个企业将按当前的规模和状况继续经营下去。要最终确定企业的经营成果，只有等到企业停业清理时才获得有关的会计信息。但是生产经营活动和财务经营决策要求及时得到有关信息，这就需要将持续不断的经营活动划分为一个个相等的期间，分期核算和反映。会计分期对会计核算有重要影响。会计分期这个假设，使当期与其他期间的差别产生，从而出现权责发生制和收付实现制的区别，才使不同类型的会计主体有了记账的基准，进而产生了折旧、摊销等会计处理方法，才能准确地提供财务状况、经营成果和现金流量的信息，才能进行会计信息的对比。

会计分期通常分为年度和中期。中外各国所采用的会计年度一般都有不同的规定。我国是以公历年度作为会计年度，即从每年公历 1 月 1 日起至 12 月 31 日止为一个会计年度。会计中期是指短于一个完整会计年度的报告期间，包括半年度、季度和月份。

（四）货币计量

货币计量是指会计主体在会计核算过程中采用货币作为计量单位，计量、记录和报告会计主体的生产经营活动。

在会计的确认、计量和报告过程中之所以选择货币为基础进行计量，是由货币的本身属性决定的。货币是商品的一般等价物，是衡量一般商品价值的共同尺度。其他计量单位，如重量、长度、容积、台、件等，只能从一个侧面反映企业的生产经营情况，无法在量上进行汇总和比较，不便于会计计量和经营管理。只有选择货币尺度进行计量，才能充分反映企业的生产经营情况，所以，基本准则规定，会计确认、计量和报告选择货币作为计量单位。

我国《企业会计准则——外币折算》规定：企业通常应选择人民币作为记账本位币。业务收支以人民币以外的货币为主的企业，也可以选定某种外币作为记账本位币，但编制的财务会计报告应当折算为人民币反映。企业记账本位币一经确定，不得随意变更，除非企业经营所处的主要经济环境发生重大变化。同时，企业在选择哪种货币作为记账本位币时，还应考虑币值稳定的前提，即一种价值变动频繁的货币不宜作为记账本位币。

以货币作为主要计量尺度，为会计计量提供了方便，但同时也带来了问题。货币作为一种特殊的商品，其价值不是固定不变的。为了简化会计计量，也便于会计信息的利用，在币值变动不大的情况下，一般不考虑币值的变动。因此，货币计量的假设，为在会计核算时对不同时期的经济事项做出一致记录并进行比较提供了理论依据，也有利于组织会计的工作。若货币发生急剧变动，出现恶性通货膨胀，则可采用通货膨胀会计。

会计的四个假设是相互依存、相互补充的关系。会计主体确定了会计核算的空间范围，持续经营确定了会计核算的时间范围，而会计分期又是经营期间的具体化，货币计量则为会计核算提供了必要的计量手段。没有会计主体，就不会有持续经营；没有持续经营，就不会有会计分期；没有货币计量，就不会有现代会计。它们共同构成了企业单位开展会计工作、组织会计核算工作的前提条件和理论基础。

二、会计基础

根据企业会计基本准则规定，企业应当以权责发生制为基础进行会计确认、计量和报告。权责发生制基础要求，凡是当期已经实现的收入和已经发生或应当负担的费用，不论款项是否收付，都应当作为当期的收入和费用；凡是不属于当期的收入和费用，即使款项已在当期收付，也不应当作为当期的收入和费用。有时企业发生的货币收支业务与交易或事项本身并不完全一致。例如，款项已经收到，但销售并未实现；或者款项已经支付，但并不是为本期间的财务状况和经营成果而发生的。为了明确会计核算的确认基础，更真实地反映特定会计期间的财务状况和经营成果，就要求企业在会计核算过程中应当以权责发生制为基础。

收付实现制是与权责发生制相对应的一种会计基础，它以收到或支付现金作为确认收入和费用的依据。目前，我国的行政单位采用收付实现制，事业单位除经营业务采用权责发生制外，其他业务也采用收付实现制。

第三节　财务会计信息质量要求

会计工作的基本任务是向财务会计报告使用者提供与企业财务状况、经营成果和现金流量等有关的会计信息，会计信息质量的高低是评价会计工作成败的标准。会计信息质量要求主要包括可靠性、相关性、可理解性、可比性、实质重于形式、重要性、谨慎性、及时性等。其中，可靠性、相关性、可理解性和可比性是会计信息的首要质量要求，是企业财务报告中所提供会计信息应具备的基本质量特征；实质重于形式、重要性、谨慎性和及时性是会计信息的次级质量要求，是对首要质量要求的补充和完善，尤其是在对某些特殊交易或者事项进行处理时，需要根据这些质量要求来把握其会计处理原则；及时性还是会计信息相关性和可靠性的制约因素，企业需要在相关性和可靠性之间寻求一种平衡，以确定信息及时披露的时间。

一、可靠性

可靠性又称客观性，要求企业应当以实际发生的交易或者事项为依据进行会计确认、计量和报告，如实反映符合确认和计量要求的各项会计要素及其他相关信息，保证会计信息真实可靠、内容完整。因此，可靠性要求会计核算以实际发生的经济业务及证明经济业务发生的合法凭证为依据，如实反映财务状况和经营成果，做到内容真实，数字准确，资料可靠。企业不得虚构、歪曲和隐瞒经济业务事项，这是杜绝会计信息失真的基本前提。

在会计核算中坚持可靠性原则，就应在会计核算时，客观地反映企业的财务状况、经营成果和现金流量，保证会计信息的真实性；会计工作应正确运用会计原则和方法，准确反映企业的实际情况；会计信息应能够经受验证，以核实其是否真实。如果企业的会计核算不以实际发生的交易或事项为依据，没有如实地反映企业的财务状况、经营成果和现金流量，会计工作就失去了存在的意义，甚至会误导会计信息使用者，导致决策的失误。

做到这一原则，要求：第一，会计记录必须以实际发生的经济业务为依据，并且有证明这些经济业务发生的原始凭证，如购回原材料时应有发票、运单和验收单据作为凭证，从而如实反映财务状况和经营成果，做到记录清楚、内容真实、数字准确、资料可靠；第二，在符合成本效益的原则的前提下，保证会计信息的完整性，包括所编报的报表及其附注内容等应当保持完整，不得随意遗漏或者减少应予披露的信息，与会计信息使用者相关的有用信息都应被充分披露。

二、相关性

相关性要求企业提供的会计信息应当与财务会计报告使用者的经济需要相关，有助于财务会计报告使用者对企业过去、现在或者将来的情况做出评价或者预测，即要求相关的会计信息应当能够有助于评价企业过去的决策，因而具有反馈价值。相关的会计信息还应该具有预测价值，有助于会计信息使用者根据财务报告所提供的会计信息预测企业未来的财务状况、经营成果和现金流量。

信息的价值在于其与信息使用者的决策相关，有助于决策。会计信息使用者包括投资者、债权人、政府及其他利益主体乃至社会公众，不同的使用者使用会计信息的目的不同，因为他们各自进行的是不同的经济决策，企业的会计信息正是为这些与企业相关的各种经济决策提供信息支持，因而要求与这些经济决策相对应。在会计核算工作中坚持相关性原则，就要求在收集、加工、处理和提供会计信息过程中，充分考虑会计信息使用者的信息需求。如果提供的会计信息，没有满足会计信息使用者的需要，对会计信息使用者的决策没有什么作用，就不具有相关性。

三、可理解性

可理解性又称明晰性，要求企业提供的会计信息应当清晰明了，便于财务会计报告使用者理解和使用。提供会计信息的目的在于使用，要使用会计信息首先必须了解会计信息的内涵，理解会计信息的内容，这就要求会计核算和财务会计报告必须清晰明了，易于理解。只有这样才能提高会计信息的有用性，实现财务报告的目标，满足向投资者等会计信息使用者提供决策有用信息的要求。否则，就谈不上会计信息的使用。要坚持可理解性原则，会计记录应当准确、清晰，填制会计凭证、登记会计账簿必须做到依据合法、账户对应关系清楚、摘要完整；在编制会计报表时，项目勾稽关系清楚、项目完整、数字准确。

四、可比性

可比性要求企业提供的会计信息应当具有可比性，包括两个方面的内容：

（1）同一企业不同时期可比。要求同一企业不同时期发生的相同或者相似的交易或者事项，应当采用一致的会计政策，不得随意变更。但该原则并非表明企业不得变更会计政策，如果按照规定或者在变更会计政策后能够提供更可靠、更相关的会计信息，可以变更会计政策，有关会计政策的变更情况，应当在附注中予以说明。

（2）不同企业相同期间可比。要求不同企业同一期间发生的相同或者相似的交易或者事项，应当采用规定的会计政策，确保会计信息口径一致、相互可比，以使不同企业按一致的确认、计量和报告要求提供相关的信息。

五、实质重于形式

实质重于形式要求企业应当按照交易或者事项的经济实质进行会计确认、计量和报告，不应仅仅以交易或者事项的法律形式为依据。

在实际工作中，交易或事项的外在法律形式或人为形式并不总能完全反映其实质内容，会计信息要想反映其拟反映的交易或事项，就必须根据交易或事项的实质和经济现实，而不能仅仅根据他们的法律形式进行核算和反映。例如，融资租入固定资产，在租期未满以前，虽然从法律形式来讲，承租方并不拥有融资租入固定资产的所有权，但在租赁期内承租方能行使对该项固定资产的控制权，并能为企业带来经济利益的流入，因此会计核算上承租方将其视同自有的固定资产进行核算。遵循实质重于形式原则，体现了对经济实质的尊重，并能够保证会计核算信息与客观经济事实相符。

六、重要性

重要性是指企业提供的会计信息应当反映与企业财务状况、经营成果和现金流量等有关的所有重要交易或者事项。准确地反映企业经济活动的过程和结果，虽说是会计核算的基本要求，但从会计信息的使用要求来看，重要的是了解那些对经营决策有重要影响的经济事项。重要性要求对重要的经济事项及其影响在会计上必须给予可靠的详尽的揭示，而对某些次要的信息可以适当简化或省略，以避免其掩盖或冲淡重要信息的有效利用。在评价某些项目的重要性时，重要与非重要的划分主要视会计信息的项目划分、误差和疏漏对报表使用者的影响而定，对于重要与非重要的划分没有具体的可操作标准，因此很大程度上取决于会计人员的职业判断。一般来说，应当根据企业所处环境，从项目的性质和金额大小两方面加以判断。从性质方面来说，当某一事项有可能对决策产生一定影响时，就属于重要项目；从金额方面来说，当某一项目的数量达到一定规模时，可能对决策产生影响，就属于重要项目。重要性也是会计核算本身进行成本效益权衡的体现。

七、谨慎性

谨慎性也称稳健性，是指企业对交易或者事项进行会计确认、计量和报告应保持应有的谨慎，不应高估资产或者收益、低估负债或者费用。

企业的经营活动充满着风险和不确定性，在会计核算工作中坚持谨慎性原则，要求企业在面临不确定因素的情况下做出职业判断时，应当保持必要的谨慎，充分估计到各种风险和损失，既不高估资产或收益，也不低估负债或费用。例如，要求企业对可能发生的资产减值损失计提资产减值准备、对售出商品可能发生的保修义务等确认预计负债等，都体现了谨慎性的要求。

需要注意的是，谨慎性并不意味着企业可以任意设置各种秘密准备，否则就属于滥用谨慎性，将按照对会计差错更正的要求进行相应的会计处理。

八、及时性

及时性要求企业对于已经发生的交易或者事项，应当及时进行会计确认、计量和报告，不得提前或者延后。

会计信息的价值在于帮助信息使用者或其他方面做出经济决策，具有时效性。如果会计信息是客观、可比、相关的，但未及时提供，对于财务会计报告使用者也没有任何意义，甚至可能误导财务会计报告使用者。因此，在会计核算过程中必须做到及时收集会计信息，即在经济业务发生后，及时收集整理各种原始单据；及时处理会计信息，即在国家规定的时限内，对会计事项及时进行确认、计量，及时编制出财务会计报告；及时传递会计信息，即在规定的时限内，及时将编制出的财务会计报告传递给财务会计报告使用者。如果企业的会计核算不能及时进行，会计信息不能及时提供，就无助于经济决策，就不符合及时性原则的要求。

第四节　会计要素及其确认与计量属性

一、会计要素及其确认

会计要素是根据交易或者事项的经济特征所确定的财务会计对象的基本分类。会计要素是财务会计报表的基本构成要素，会计要素是为实现会计目标，以会计核算基本假设为基础，对会计核算对象所作的基本分类，它是会计核算对象的具体化，是反映财务状况、确定经营成果的基本单位。会计要素主要包括资产、负债、所有者权益、收入、费用和利润等。其中，资产、负债和所有者权益要素侧重于反映企业的财务状况，收入、费用和利润要素侧重于反映企业的经营成果。

（一）资产

1. 资产概念及特征

资产是指企业过去的交易或事项形成的、由企业拥有或者控制的、预期会给企业带来经济利益的资源。资产的基本特征归纳如下：

（1）资产应为企业拥有或者控制的资源。由企业拥有或者控制是指企业享有某项资源的所有权，或者虽然不享有某项资源的所有权，但该资源能被企业所控制。例如，融资租入的固定资产，企业虽不拥有所有权，但可以在相当长的时间内使用支配该项资产，并从中获益。

（2）资产预期会给企业带来经济利益。即资产预期可望给企业带来经济资源的流入。未来经济利益是指直接或间接导致现金和现金等价物流入企业的潜力。例如，企业购入原材料用于制造商品，对外出售后收回货款，货款即为企业所获得的经济利益。如果某一项目预期不能给企业带来经济利益，就不能将其确认为企业的资产。

（3）资产是由过去的交易或事项所形成的。资产必须是现实的资产，而不能是预期资产，是过去已经发生的交易或事项所产生的结果。企业过去的交易或者事项包括购买、生产、建造行为或者其他交易或事项。至于未来或者即将发生而还未发生的交易或事项不能形成企业的资产，不得作为资产确认。例如，企业有购买某项存货的意愿，但尚未发生购买行为，因不符合资产的定义，所以不能确认为存货资产。

2. 资产的确认条件

符合上述资产概念的资源，在同时满足以下条件时，确认为资产：

（1）与该资源有关的经济利益很可能流入企业。从资产的定义来看，能否带来经济利益是资产的一个本质特征，但在现实生活中，由于经济环境瞬息万变，与资源有关的经济利益能否流入企业或者能够流入多少实际上带有不确定性。因此，资产的确认还应与经济利益流入的不确定性程度的判断结合起来。如果根据编制财务报表时所取得的证据，与资源有关的经济利益很可能流入企业，那么就应当将其作为资产予以确认；反之不能确认为资产。

（2）该资源的成本或者价值能够可靠地计量。财务会计系统是一个确认、计量和报告的系统，其中计量起着枢纽作用，可计量性是所有会计要素确认的重要前提，资产的确认也是如此。只有当有关资源的成本或者价值能够可靠地计量时，资产才能予以确认。企业取得的许多资产都是发生了实际成本的，如企业购买或者生产的存货、购置的厂房或者设备等，对于这些资产，只要实际发生的购买成本或者生产成本能够可靠计量，就视为符合了资产确认的可计量条件。

符合资产定义和资产确认条件的项目，应当列入资产负债表；符合资产定义，但不符合资产确认条件的项目，不应当列入资产负债表。

（二）负债

1. 负债的概念及特征

负债是指过去的交易或者事项形成的、预期会导致经济利益流出企业的现时义务。负债是企业筹措资金的重要渠道。负债必须按期偿还，它反映了企业与债权人之间的一种债权债务关系，债权人对企业的资产有求偿权。负债的基本特征归纳如下：

（1）负债是企业承担的现时义务。负债必须是企业承担的现时义务，现时义务是指企业在现行条件下已承担的义务。未来发生的交易或者事项形成的义务，不属于现时义务，不应当确认为负债。

（2）负债预期会导致经济利益流出企业。预期会导致经济利益流出企业是负债的一个本质特征，只有在履行义务时会导致经济利益流出企业的，才符合负债的定义。在履行现时义务清偿负债时，导致经济利益流出企业的形式多种多样，在一般情况下，要用现金形式进行清偿；有时也可以采用非货币性资产或劳务来清偿；或者通过举借新的债务来抵偿。

（3）负债是由企业过去的交易或者事项形成的。就是说，只有是过去的交易或者事项才形成负债，企业预期在将来要发生的交易或事项可能产生的义务，由于不属于现时义务，在会计上不能确认为负债。

2. 负债的确认条件

符合上述负债定义的现时义务，在同时满足以下条件时，确认为负债：

（1）与该义务有关的经济利益很可能流出企业。从负债的定义可以看到，预期会导致经济利益流出企业是负债的一个本质特征。履行义务所需流出的经济利益带有不确定性，尤其是与推定义务（推定义务是指根据企业多年来的习惯做法、公开的承诺或者公开宣布的政策而导致企业将承担的责任，这些责任也使有关各方形成了企业将履行义务解脱责任的合理预期）相关的经济利益通常需要依赖于大量的估计。负债的确认应当与经济利益流出的不确定性程度的判断结合起来。如果有确凿证据表明，与现时义务有关的经济利益很可能流出企业，就应当将其作为负债予以确认；反之，如果企业承担了现时义务，但导致经济利益流出企业的可能性很小或不复存在，就不符合负债的确认条件，不应将其作为负债予以确认。

（2）未来流出的经济利益的金额能够可靠地计量。负债的确认在考虑经济利益流出企业的同时，对于未来流出的经济利益的金额要求应当能够可靠计量。对于与法定义务有关的经济利益流出金额，通常可以根据合同或者法律规定的金额予以确定，考虑到经济利益流出的金额通常在未来期间，有时未来期间较长，有关金额的计量需要考虑货币时间价值等因素的影响。

（三）所有者权益

1. 所有者权益的概念及特征

所有者权益是指企业资产扣除负债后由所有者享有的剩余权益。企业的所有者权益又称为股东权益。所有者权益的来源包括所有者投入的资本、直接计入所有者权益的利得和损失、留存收益等，通常由股本（或实收资本）、资本公积（含股本溢价或资本溢价、其他资本公积）、盈余公积和未分配利润等构成。

所有者投入的资本是指所有者所有投入企业的资本部分，它既包括构成企业注册资本或者股本的金额，也包括投入资本超过注册资本或股本部分的金额，即资本溢价或股本溢价，这部分投入资本作为资本公积（资本溢价）反映。

直接计入所有者权益的利得和损失是指不应计入当期损益、会导致所有者权益发生增减变动的、与所有者投入资本或者向所有者分配利润无关的利得或者损失。其中，利得是指由企业非日常活动所形成的、会导致所有者权益增加的、与所有者投入资本无关的经济利益的流入。损失是指由企业非日常活动所发生的、会导致所有者权益减少的、与向所有者分配利润无关的经济利益的流出。直接计入所有者权益的利得和损失主要包括可供出售金融资产的公允价值变动额、现金流量套期中套期工具公允价值变动额（有效套期部分）等。

留存收益是企业历年实现的净利润留存于企业的部分，主要包括累计计提的盈余公积和未分配利润。所有者权益相对于负债而言，具有如下基本特征：

（1）所有者权益作为一种权益资本，一般不需要偿还，除非发生减资、清算。

（2）在企业清算时，负债拥有优先清偿权。只有在清偿所有负债后，剩余财产才返还给投资者。

（3）投资人能够参与企业的经营决策及利润的分配，而债权人只能按约定的条件获取利息，不能参与企业利润的分配。

2. 所有者权益的确认条件

由于所有者权益体现的是所有者在企业中的剩余权益，因此，所有者权益的确认主要依赖于其他会计要素，尤其是资产和负债的确认；所有者权益金额的确定也主要取决于资产和负债的计量。例如，企业接受投资者投入的资产，在该资产符合企业资产确认条件时，就相应地符合了所有者权益的确认条件；当该资产的价值能够可靠计量时，所有者权益的金额也就可以确定。

所有者权益反映的是企业所有者对企业资产剩余的索取权，负债反映的是企业债权人对企业资产的索取权，两者在性质上有本质区别，因此，企业在会计确认、计量和报告中应当严格区分负债和所有者权益，以如实反映企业的财务状况，尤其是企业的偿债能力和产权比率等。

所有者权益项目应当列入资产负债表。

（四）收入

1. 收入的概念及特征

收入是指企业在日常活动中形成的、会导致所有者权益增加的、与所有者投入资本无关的经济利益的总流入。收入具有如下基本特征：

（1）收入是企业在日常活动中形成的。日常活动是指企业为完成其经营目标所从事的经常性活动以及与之相关的主要活动，如销售产品或商品、提供劳务、销售材料、出租资产等；而企业从非日常活动中形成的经济利益的流入，如处置非流动资产的净收益等，不确认为收入，而应当计入利得。

（2）收入会导致企业所有者权益的增加。收入表现为企业资产的增加，或负债的减少，或者二者兼而有之。不导致所有者权益增加的经济利益的流入不符合收入的定义，不确认为企业的收入。

（3）收入是与所有者投入资本无关的经济利益的总流入。收入的发生会导致经济利益的流入，从而使企业资产增加。但由于投入企业资本而引起的经济利益的流入不应确认为收入，而应当直接确认为所有者权益的组成部分。

2. 收入的确认条件

企业收入的来源渠道多种多样，不同收入来源的特征有所不同，其收入确认条件也往往存在差别，如销售商品、提供劳务、让渡资产使用权等。一般而言，收入只有在经济利益很可能流入从而导致企业资产增加或者负债减少，并且经济利益的流入金额能够可靠计量时才能予以确认，即收入的确认至少应当符合以下条件：一是与收入相关的经济利益应当很可能流入企业；二是经济利益流入企业的结果会导致资产的增加或者负债的减少；三是经济利益的流入金额能够可靠计量。

符合收入定义和收入确认条件的项目，应当列入利润表。

（五）费用

1. 费用的概念及特征

费用是指企业在日常活动中发生的、会导致所有者权益减少的、与向所有者分配利润无关的经济利益总流出。费用的基本特征归纳如下：

（1）费用是企业在日常活动中形成的。这里对日常活动的界定与收入中界定的日常活动相一致。日常活动中的费用主要包括销售商品、提供劳务、出租资产等活动中产生的经济利益的流出。而企业在非日常活动中所形成的经济利益的流出，如处置非流动资产的净损失，不确认为费用，而应当计入损失。

（2）费用会导致企业所有者权益的减少。费用可能表现为企业资产的减少，如银行存款的减少；也可能表现为企业负债的增加，如增加应付职工薪酬等；不会导致所有者权益减少的经济利益的流出，不确认为费用。

（3）费用是与向所有者分配利润无关的经济利益的总流出。费用的发生会导致经济利益的流出，向投资者分配的利润或股利，虽然也减少了所有者权益，但其性质是属于利润分配，故不构成企业的费用。

2. 费用的确认条件

费用的确认除了应当符合定义外，至少应当符合以下条件：一是与费用相关的经济利益应当很可能流出企业；二是经济利益流出企业的结果会导致资产的减少或者负债的增加；三是经济利益的流出额能够可靠计量。

符合费用定义和费用确认条件的项目，应当列入利润表。

（六）利润

1. 利润的概念及来源

利润是指企业在一定会计期间的经营成果。在通常情况下，如果企业在经营中获得利润，所有者权益会随之而增加；反之，如果企业发生了亏损，所有者权益会随之而减少。因此，利润指标是评价企业管理层业绩的一项重要指标，也是财务会计报告使用者进行决策时的重要参考。

利润包括收入减去费用后的净额、直接计入当期利润的利得和损失等。收入减费用后的净额反映的是企业日常活动的成果；而直接计入当期利润的利得和损失反映的是非日常活动的成果，是指应当计入当期损益、会导致所有者权益发生增减变动的、与所有者投入资本或者向所有者分配利润无关的利得或者损失。利润是收入与费用两个会计要素相配比的结果，并最终可导致所有者权益发生变动。

2. 利润的确认条件

利润反映的是收入减去费用、利得减去损失后的净额的概念，因此，利润的确认主要依赖于收入和费用以及利得和损失的确认，其金额的确定也主要取决于收入、费用、利得、损失金额的计量。

利润项目应当列入利润表。

二、会计计量属性

会计计量是为了将符合确认条件的会计要素登记入账并列报于财务报表而确定其金额的过程。企业应当按照规定的会计计量属性进行计量，确定相关金额。从会计角度出发，计量属性反映的是会计要素金额的确定基础，我国《企业会计准则——基本准则》规定的会计计量属性主要包括历史成本、重置成本、可变现净值、现值和公允价值等。

1. 历史成本

历史成本也称实际成本，是指企业在取得或建造某项财产物资时所实际支付的现金或现金等价物。在历史成本计量下，资产按照购置时支付的现金或者现金等价物的金额，或者按照购置资产时所付出的对价的公允价值计量。负债按照因承担现时义务而实际收到的款项或者资产的金额，或者按照承担现时义务的合同金额，或者按照日常活动中为偿还负债预期需要支付的现金或者现金等价物的金额计量。

历史成本计量属性的优点在于，它具有最强的可靠性和可验证性，对履行资产的保管责任具有不可替代的作用，且处理程序简单明了。缺点是在出现严重通货膨胀的情况下，期末对资产按照历史成本列报并按照历史成本结转成本费用，必然会带来利润的虚增，造成企业经营成果的扭曲。

2. 重置成本

重置成本也称现行成本，是指在当前市场条件下，重新购置相同资产所付出的现金或现金等价物。在重置成本计量下，资产按照现在购买相同或者相似资产所需支付的现金或者现金等价物的金额计量。负债按照现在偿付该项债务所需支付的现金或者现金等价物的金额计量。

重置成本计量属性的优点在于，能够区分持有损益和经营损益，增进了收益决定的可比性和可靠性，能避免个别物价上涨的虚增收益，确切反映生产耗费的补偿，有利于资本的保全。缺点是难以确定各项资产在任何时点的现值，报表项目之间缺乏可比性，增加了审计难度。

3. 可变现净值

可变现净值是指在生产经营过程中，以预计售价减去进一步加工成本和销售所必需的预计税金、费用后的净值。在可变现净值计量下，资产按照其正常对外销售所能收到现金或者现金等价物的金额扣减该资产至完工时估计将要发生的成本、估计的销售费用以及相关税费后的金额计量。

可变现净值计量属性的优点在于，资产负债表能够反映当前的现金等值，与决策的相关性较强，能够评价独立实体的财务应变能力，并且能够克服费用分摊的主观随意性。缺点是可变现净值的确定操作上有较大难度，由于否认配比原则，忽视对收入、费用的专门计量，不利于经营责任的履行。

4. 现值

现值是指对未来现金流量以恰当的折现率进行折现后的价值，是考虑货币时间价值因素等的一种计量属性。在现值计量下，资产按照预计从其持续使用和最终处置中所产生的未来现金流入量的折现金额计量。负债按照预计期限内需要偿还的未来净现金流出量的折现金额计量。

现值计量属性的优点在于，所提供的会计信息的相关性最强，最能反映资产的经济价值，最有利于财务决策。缺点是由于未来现金流量、贴现率和收益期都具有极大的不确定性，会计信息的可靠性最差，用资本化价值作为日常核算的基础可操作性较低。

5. 公允价值

公允价值是指在公平交易中，熟悉情况的交易双方自愿进行资产交换或者债务清偿的金额。在公允价值计量下，资产和负债按照在公平交易中，熟悉情况的交易双方自愿进行资产交换或者债务清偿的金额计量。

思考与练习

1. 财务会计的目标是什么？
2. 财务会计的基本前提有哪些？
3. 什么是财务会计的基本要素？它包括哪些具体内容？各要素之间的关系如何？
4. 会计信息的质量要求有哪些？这些要求之间的关系是什么？
5. 举例说明会计信息质量的谨慎性要求和实质重于形式要求。
6. 会计计量属性有哪些？

第二章

货币资金

本章介绍了货币资金的内容与特点，详细介绍了库存现金的管理与控制、银行存款的管理、其他货币资金的管理及货币资金的会计处理。

【重要概念】 货币资金　库存现金　银行存款　其他货币资金

第一节　货币资金的管理

货币资金是企业资产中流动性较强的资产，加强对其管理和控制，对于保障企业资产安全完整，提高货币资金周转速度和使用效益具有重要的意义：一方面，确保货币资金的有效使用。为保障支付、偿债和潜在投资等生产经营运转的资金需要，企业必须保持足够的货币资金存量。货币资金是非生产性资产，除存款利息外不能为企业创造任何价值。因此，在企业日常经营中除保持合理存量外，更重要的是将其转化为其他可以产生收益的投资，保证其使用的有效性。另一方面，确保货币资金的安全与完整。由于货币资金的用途广泛且流动性极强，因此，企业在货币资金的管理与控制过程中，必须对货币资金实行有效的管理，以保证货币资金存储和流动的合理、有效，并且加强对货币资金的控制，保证货币资金的安全与完整，防止日常经营中货币资金被挪用、贪污或盗窃。

一、货币资金的内容与特点

货币资金是企业生产经营过程中直接以货币形态存在的那部分资产，是企业资产最活跃的部分。持有货币资金是企业进行生产经营活动的基本条件。按照其存放地点及使用用途的不同，货币资金分为库存现金、银行存款及其他货币资金。

库存现金是指存放于企业财务部门，由出纳人员管理的那部分货币资金。库存现金是企业流动性最强的一项资产，在规定的范围内可以随时用于购买所需的物资，支付有关费用，偿还债务或存入银行。

银行存款是企业存放在银行或其他金融机构的那部分货币资金。按照国家有关规定，凡是独立核算的单位都必须在当地银行开设账户。企业日常生产经营活动所发生的各项经济往来，除了在规定的范围内可以用现金直接支付的款项外，都必须通过银行办理转账结算。

其他货币资金是指在企业的经营资金中，与库存现金和银行存款的存放地点和使用用途不同的那部分货币资金，包括外埠存款、银行汇票存款、银行本票存款、信用卡存款、信用证保证金存款和存出投资款等。

货币资金有三个特点：① 流动性强；② 与企业各项经营业务联系密切。企业的一切生产经营活动都与货币资金相联系，都可以通过货币资金表现出来，抓住了货币资金管理，就等于抓住了生产经营业务管理的主要方面；③ 管理要求严格。为加强货币资金的宏观管理，国务院颁布的《现金管理暂行条例》和中国人民银行发布的《人民币银行结算账户管理办法》、《支付结算办法》等相关法规是企事业单位进行货币资金管理必须遵守的基本行政法规。

二、现金管理与内部控制

（一）现金控制的基本原则

企业进行现金控制的目的在于防止差错和舞弊行为。为了保证现金控制的有效性，应遵循以下原则：

第一，现金收付必须严格遵守国家的相关管理规定。各企事业单位必须严格遵守国务院《现金管理暂行条例》和中国人民银行《现金管理实施办法》等对现金使用的管理规定，除零星的小额开支外，所有现金支出都应使用现金支票或采用其他结算方式。对于零星的小额开支，可以通过建立备用金制度来进行控制，以减少持有大量现金而产生的成本与风险，并通过签发银行支票等方式加强对现金支出的控制。

第二，现金收支业务中相关职务必须分离。现金收付及保管只能由经批准授权的出纳员来负责处理，其他岗位人员不得接触支付前的任何现金，而且出纳员也不得从事除登记现金、银行存款日记账之外其他账簿凭证的填制和登记工作。就是我们日常所说的将不相容的职责分由不同的人员担任，形成严密的内部牵制制度，以减少和降低现金管理上舞弊的可能性，保证企业财产的安全。

第三，建立健全的稽核制度。我国《会计法》规定，各单位应当建立、健全本单位内部稽核制度。企业的出纳员每天要对现金日记账结账并清查现金，保证账实相符。会计部门和内部审计部门应随时派出纳员以外的其他人员抽查盘点现金，检查现金是否账实相符。

（二）现金收支的内部控制

1. 现金收入控制的原则

第一，职能分开。经手现金与记录现金的职能分开，防止由单独一人经办全程业务可能出现差错或舞弊。

第二，明确责任。不论经手现金还是记录现金，都应对现金流入进行连续不断的记录与清点，做到随时清点、随时入账，收到的现金及时送存银行，不得私设"小金库"，严禁收款不入账的违法行为。

第三，加强监督。经常性或突击性检查现金职能的分开情况、岗位职责的履行情况，以及现金内部控制制度的执行情况。

2. 现金支出控制的原则

第一，严格控制现金的使用范围。企业使用现金仅限于以下情况：①职工工资、津贴；②个人劳务报酬；③根据国家规定颁发给个人的科学技术、文化艺术、体育等各种奖金；④各种劳保、福利费用及国家规定的对个人的其他支出；⑤向个人收购农副产品和其他物资的价款；⑥出差人员必须随身携带的差旅费；⑦转账结算起点以下的零星开支；⑧中国人民银行确定需要支付现金的其他支出。除上述开支可使用现金结算外，其他一切付款均用支票通过银行转账支付。

第二，职能分工。采购、出纳、记账工作应分别由不同的经办人员负责，不得由一人兼管。签发支票、审核支票和付款要由三人负责，以便相互监督。

第三，健全付款手续。财会人员在未经批准之前不能擅自报销现金；负责批准和记录报销业务的人员无权签发支票；负责签发支票的人员在未收到财务部门审核批准凭证之前也不应开出支票。已付讫的凭证上，要加盖"现金付讫"图章，并定期由专人装订成册后封存，以防止付款凭证遭盗窃、窜改和重复报销等情况的发生。

第四，加强监督。对现金支出与相关的会计记录要进行严格、不定期的检查。存出保证金、押金、备用金等，应定期清理和核对。

（三）库存现金的控制

库存现金的控制主要体现在保持库存现金限额的适当性和库存现金的安全完整性上。基本要求如下：

（1）正确核定库存现金限额。库存现金限额是根据企业的规模、每日现金付出量和企业距离银行的远近等条件，由企业与开户银行共同商定的金额。该限额一般不超过企业 3 天的日常零星开支。距离银行较远且交通不便的企业，可以适当放宽标准，但最多不得超过其 15 天的日常零星开支。库存现金按规定从银行提取。凡超过库存现金限额的现金，企业必须在当天或次日上午解交银行。未能及时解交银行的现金，要封包库存，严加保管。库存现金低于限额时，企业可向银行提取，补足限额。由于业务的发展变化，企业需要调整库存现金限额的，可以随时向开户银行提出申请，经批准后进行调整。一个单位在几家银行开户的，由一家开户银行负责现金管理工作，核定开户单位库存现金限额。

（2）实行日清日结制度。出纳员应当每天对库存现金进行清点结算，做到库存现金账面余额与现款相符。一旦出现不符，应及时查明原因并进行处理。

（3）加强内部审计。内部审计人员应当对库存现金实施定期检查和随机抽查，以确保库存现金的安全完整。

三、银行存款的管理

（一）银行存款账户的开设

银行存款是指企业存入银行或其他金融机构的货币资金。按照我国《支付结算办法》规定，凡是独立核算的单位都必须在银行或其他金融机构开设账户，办理存款、取款和转账等结算。企业在银行开设账户以后，除按核定的限额保留库存现金外，超过限额的现金必须存入银行；除了在规定的范围内可以用现金直接支付的款项外，在经营过程中所发生的一切货币收支业务，都必须通过银行存款进行结算。银行存款账户分为基本存款账户、一般存款账户、临时存款账户和专用存款账户。

基本存款账户是企业办理日常转账结算和现金收付业务的账户。一个企业只能选择一家银行的一个营业机构开立一个基本存款账户，主要用于办理日常的转账结算和现金收付，企业的工资、奖金等现金的支取，这些业务只能通过该账户办理。一个企业不允许在多家银行机构开立基本存款账户。为了加强对基本存款账户的管理，企业开立基本存款账户，要实行开户许可证制度，必须凭中国人民银行当地分支机构核发的开户许可证办理，企业不得为还贷、还债和套取现金而多头开立基本存款账户；不得出租、出借账户；不得违反规定为在异地存款和贷款而开立账户。任何单位和个人不得将单位的资金以个人名义开立账户存储。

一般存款账户是企业在基本存款账户以外办理银行借款转存，与基本存款账户的企业不在同一地点的附属非独立核算单位开立的账户。企业可在基本存款账户以外的其他银行的一个营业机构开立一个一般存款账户，不得在同一家银行的几个分支机构开立一般存款账户。一般存款账户可办理转账结算和缴存现金，但不能支取现金。

临时存款账户是存款人因临时经营活动需要开立的账户，如企业异地产品展销、临时性采购资金等。

专用存款账户是企业因特定用途需要开立的账户，如基本建设项目专项资金、农副产品资金等，企业的销货款不得转入专用存款账户。

（二）银行存款管理要求

第一，单位应当严格按照支付结算办法等国家有关规定，加强银行账户的管理，严格按照规定开立账户，办理存款、取款和结算。

第二，企业应当严格遵守银行结算纪律，不得转借给其他单位或个人使用本单位银行账户，不得利用银行账户进行非法活动；不准签发没有资金保证的票据或远期支票，套取银行信用；不准签发、取得和转让没有真实交易和债权债务的票据，套取银行和他人资金；不准无理拒绝付款，任意占用他人资金；不准违反规定开立和使用银行账户。

第三，企业的支票必须由专人妥善保管，非指定人员一律不准签发支票，作废支票必须与存根粘合保存在一起，以便日后检查。同时应指定专人定期核对银行账户，每月至少核对一次，编制银行存款余额调节表，使银行存款账面余额与银行对账单余额调节相符。如果调节不符，应查明原因，及时处理。

（三）银行转账结算方式

转账结算是指通过银行划拨进行往来结算，主要方式包括支票结算、银行汇票结算、银行本票结算、商业汇票结算、委托收款结算、托收承付结算、汇兑结算、信用卡结算和信用证结算九种。

1. 支票结算方式

支票是指由出票人签发的，委托办理支票存款业务的银行或其他金融机构在见票时无条件支付确定金额给收款人或持票人的票据。单位和个人在同一票据交换区域的各种款项结算，均可以使用支票。支票结算方式是同城结算中应用比较广泛的一种结算方式。

支票由银行统一印制，分为现金支票、转账支票和普通支票三种。在支票上印有"现金"字样的支票为现金支票，现金支票只能用于支取现金。在支票上印有"转账"字样的支票为转账支票，转账支票只能用于转账。在支票上未印有"现金"或"转账"字样的支票为普通支票，普通支票可以用于支取现金，也可以用于转账。在普通支票左上角划两条平行线的，为划线支票，划线支票只能用于转账，不得支取现金。

支票的提示付款期限为自出票日起 10 日内，中国人民银行另有规定的除外。超过提示付款期限的，持票人开户银行不予受理，付款人不予付款。转账支票可以根据需要在票据交换区域内背书转让。

存款人领购支票，必须填写"票据和结算凭证领用单"并加盖预留银行印鉴。存款账户结清时，必须将全部剩余空白支票交回银行注销。

签发现金支票和用于支取现金的普通支票，必须符合国家现金管理的规定。签发支票的金额不得超过付款时在付款人处实有的存款金额。禁止签发空头支票。支票的出票人预留银行签章是银行审核支票付款的依据。银行也可以与出票人约定使用支付密码，作为银行审核支付支票金额的条件。出票人不得签发与其预留银行签章不符的支票；使用支付密码的，出票人不得签发支付密码错误的支票。出票人签发空头支票、签章与预留银行签章不符的支票、使用支付密码地区支付密码错误的支票，银行应予以退票，并按票面金额处以 5%但不低于 1 000 元的罚款；持票人有权要求出票人赔偿支票金额 2%的赔偿金。转账支票结算流程如图 2-1 所示。

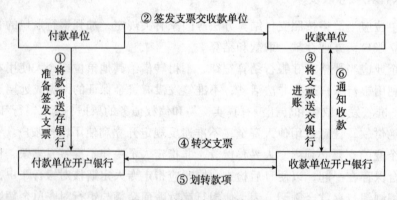

图 2-1 转账支票结算流程

2. 银行汇票结算方式

银行汇票是指由出票银行签发的，由其在见票时按照实际结算金额无条件支付给收款人或持票人的票据。银行汇票的出票银行为银行汇票的付款人。银行汇票具有使用灵活、票随人到、兑现性强等特点，适用于先收款后发货或钱货两清的商品交易。单位和个人的各种款项结算，均可使用银行汇票。

银行汇票可以用于转账，填明"现金"字样的银行汇票也可以用于支取现金。银行汇票的付款期限为自出票日起 1 个月内。超过付款期限提示付款不获付款的，持票人须在票据权利时效内向出票银行做出说明，并提供本人身份证件或单位证明，持银行汇票和解讫通知向出票银行请求付款。

　　企业使用银行汇票时，应向出票银行填写银行汇票申请书，并将款项交存银行。申请人和收款人均为个人，需要使用银行汇票向代理付款人支取现金的，申请人须在银行汇票申请书上填明代理付款人名称，在"汇票金额"栏先填写"现金"字样，后填写汇票金额。申请人或者收款人为单位的，不得在银行汇票申请书上填明"现金"字样。银行受理银行汇票申请书，收妥款项后签发银行汇票，将银行汇票和解讫通知一并交给申请人。签发转账银行汇票，不得填写代理付款人名称。签发现金银行汇票，申请人和收款人必须均为个人。申请人或者收款人为单位的，银行不得为其签发现金银行汇票。

　　申请人取得银行汇票后即可持银行汇票向填明的收款单位办理结算。银行汇票的收款人可以将银行汇票背书转让给他人。背书转让以不超过出票金额的实际结算金额为限，未填写实际结算金额或实际结算金额超过出票金额的银行汇票不得背书转让。银行汇票丢失，持票人可凭人民法院出具的其享有票据权利的证明，向出票银行请求付款或退款。

　　收款企业在收到付款单位送来的银行汇票时，应在出票金额以内，根据实际需要的款项办理，银行汇票的实际结算金额低于出票金额的，其多余金额由出票银行退交申请人。银行汇票的实际结算金额不得更改，更改实际结算金额的银行汇票无效。收款企业还应填写进账单并在汇票背面"持票人向银行揭示付款签章"处签章，签章应与预留银行的印鉴相同，然后将银行汇票和解讫通知、进账单一并交开户银行办理结算，银行审核无误后，办理转账。银行汇票结算流程如图2-2所示。

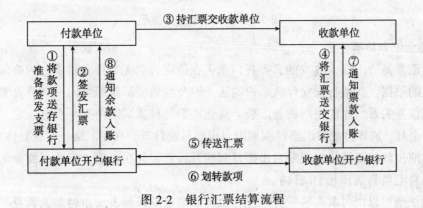

图2-2　银行汇票结算流程

3. 银行本票结算方式

　　银行本票是指由银行签发的，承诺自己在见票时无条件支付确定的金额给收款人或持票人的票据。银行本票由银行签发并保证兑付，而且见票即付，具有信誉高、支付功能强等特点。单位和个人在同一票据交换区域需要支付各种款项，均可以使用银行本票。

　　银行本票分定额本票和不定额本票两种。定额银行本票面值分别为1 000元、5 000元、10 000元和50 000元。银行本票可以转账，注明"现金"字样的银行本票可以用于支取现金。银行本票的提示付款期限为自出票日起最长不超过2个月。逾期本票，兑付行同样不予受理。

采用银行本票结算的付款方企业应先向出票行填写"银行本票申请书",填明收款人名称、申请人名称、支付金额、申请日期等事项并签章,申请人和收款人均为个人需要支取现金的,应在"支付金额"栏先填写"现金"字样,后填写支付金额。申请人或收款人为单位的,银行不予签发现金银行本票。出票银行受理银行本票申请书后,收妥款项签发银行本票。不定额银行本票用压数机压印出票金额,出票银行在银行本票上签章后交给申请人。银行本票的收款人可将本票背书转让。银行本票若丢失,失票人可以凭人民法院出具的其享有票据权利的证明,向出票银行请求付款或退款。这些均与前述银行汇票结算相同,不同之处表现在:①银行本票的付款期比银行汇票长,使用更灵活;②银行本票只能按票面金额办理全额结算。交易的实际金额与本票票面金额若有差额,由交易双方自行结清;③银行本票只能用于同城结算。银行本票的结算流程如图 2-3 所示。

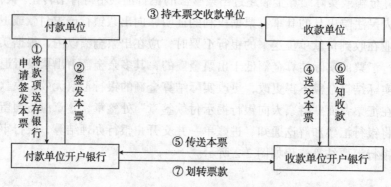

图 2-3　银行本票结算流程

4. 商业汇票结算方式

商业汇票是指出票人签发的,委托付款人在指定日期无条件支付确定的金额给收款人或持票人的票据。在银行开立存款账户的法人以及其他经济组织之间须具有真实的交易关系或债权债务关系,才能使用商业汇票。商业汇票的付款期限由交易双方商定,但最长不得超过 6 个月。定日付款的汇票付款期限自出票日起计算,并在汇票上记载具体的到期日。出票后定期付款的汇票付款期限自出票日起按月计算,并在汇票上记载。商业汇票的提示付款期限自汇票到期日起 10 日内。

商业汇票可以由付款人签发并承兑,也可以由收款人签发交由付款人承兑。定日付款或者出票后定期付款的商业汇票,持票人应当在汇票到期日前向付款人提示承兑。商业汇票未按规定期限提示承兑的,持票人丧失对其前手的追索权。付款人应当自收到提示承兑的商业汇票之日起 3 日内承兑或者拒绝承兑。付款人拒绝承兑的,必须出具拒绝承兑的证明。商业汇票可以背书转让。

符合条件的商业承兑汇票的持票人可持未到期的商业承兑汇票连同贴现凭证,向银行申请贴现。商业承兑汇票按承兑人不同可分为商业承兑汇票和银行承兑汇票两种。

(1)商业承兑汇票。商业承兑汇票由银行以外的付款人承兑,它可以由付款人签发并承兑,也可以由收款人签发交由付款人承兑。在承兑时,付款人应在汇票正面记载"承兑"字样和承兑日期并签章。承兑不得附有条件,否则视为拒绝承兑。汇票到期时,付款人的开户银行凭票将票款划给收款人或贴现银行。收款人应在提示付款期限内通过开户银行委托收款或直接向付款人提示付款。对异地委托收款的，收款人可匡算邮程，提前通过开户银行委托收款。在汇票到期时，如果付款人的存款不足支付票款，开户银行应将汇票退还收款人，银行不负责付款，由收付款双方自行处理。商业承兑汇票的结算流程如图 2-4 所示。

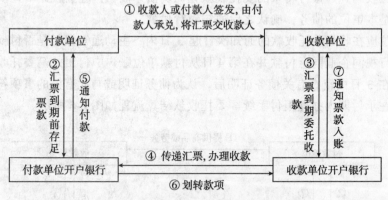

图 2-4　商业承兑汇票结算流程

（2）银行承兑汇票。银行承兑汇票由银行承兑，由在承兑银行开立存款账户的存款人签发。承兑银行按票面金额向出票人收取万分之五的手续费。

付款人应于汇票到期前将票款足额交存其开户银行，以备由承兑银行在汇票到期日或到期日后的见票当日支付票款。收款人应在汇票到期时将汇票连同进账单送交开户银行以便转账收款。承兑银行凭汇票将承兑款项无条件转给收款人，如果付款人于汇票到期日未能足额缴存票款时，承兑银行除凭票向持票人无条件付款外，对出票人尚未支付的汇票金额按照每天万分之五计收罚息。银行承兑汇票的结算流程如图 2-5 所示。

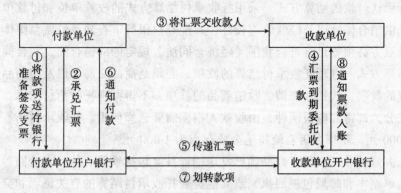

图 2-5　银行承兑汇票结算流程

5. 委托收款结算方式

委托收款是指收款人委托银行向付款人收取款项的结算方式。无论单位还是个人都可凭已承兑商业汇票、债券、存单等付款人债务证明办理收取同城或异地款项。委托收款还适用于收取电费、电话费等付款人众多、分散的公用事业等有关款项。委托收款结算款项划回的方式分为邮寄和电报两种。

企业委托开户行收款时，应填写银行印制的委托收款凭证，并提供有关的债务证明。在委托收款凭证中写明付款单位的名称、收款单位名称、账号及开户银行、委托收款金额的大小写、款项内容、委托收款凭据名称及附寄单证张数等。企业的开户银行受理委托收款后，将委托收款凭证寄交付款单位开户银行，由付款单位开户银行审核，并通知付款单位。

付款单位收到开户银行转来的委托收款凭证及债务证明，应签收并审查债务证明是否真实，是否是本单位的债务，确认之后通知银行付款。

付款单位应在收到委托收款的通知次日起 3 日内，主动通知银行是否付款。如果不通知银行，银行视同企业同意付款并在第 4 日从付款单位账户中付出此笔委托收款款项。

付款人在 3 日内审查有关债务证明后，认为债务证明或与此有关的事项符合拒绝付款的规定，应在承付期内办理拒付手续。委托收款结算流程如图 2-6 所示。

图 2-6   委托收款结算流程

6. 托收承付结算方式

托收承付是指根据购销合同由收款人发货后，委托银行向异地付款人收取款项，由付款人向银行承认付款的结算方式。采用托收承付结算方式的收款单位和付款单位，必须是国有企业、供销合作社以及经营管理较好，并经开户银行审查同意的城乡集体所有制工业企业，收付双方必须签订有符合我国《经济合同法》规定的购销合同，在合同上订明使用托收承付结算方式。办理托收承付结算的款项，必须是商品交易，以及因商品交易而产生的劳务供应的款项。代销、寄销、赊销商品的款项，不得办理托收承付结算。托收承付款项划回方式分为邮寄和电报两种，由收款人根据需要选择使用。托收承付结算每笔的金额起点为 10 000 元，新华书店系统每笔金额起点为 1 000 元。

收款人办理托收，必须有商品确已发送的证件（包括铁路、航运、公路等运输部门签发运单、运单副本和邮局包裹回执）或其他符合托收承付结算的有关证明和交易单证送交开户银行办理托收手续。

收款人开户银行接受委托后，将托收结算凭证回联退给企业，作为企业进行账务处理的依据，并将其他结算凭证寄往购货单位开户银行，由付款人开户银行通知购货单位承认付款。付款人开户银行收到托收凭证及附件后，应及时通知付款人。付款人在承付期内审查核对，安排资金。承付货款分为验单付款和验货付款两种。

（1）验单付款。验单付款的承付期为 3 天，从付款人开户银行发出承付通知的次日算起（承付期内遇法定休假日顺延）。付款人在承付期内，未向银行表示拒绝付款，银行即视为承付，并在承付期满的次日上午银行开始营业时，将款项主动从付款人的账户内付出，按照收款人指定的划款方式，划给收款人。

（2）验货付款。验货付款的承付期为 10 天，从运输部门向付款人发出提货通知的次日算起。对收付双方在合同明确规定，并在托收凭证上注明验货付款期限的，银行从其规定。付款人收到提货通知后，应立即向银行交验提货通知。付款人在银行发出承付通知的次日起 10 日内，未收到提货通知的，应在第 10 天将货物尚未到达的情况通知银行。在第 10 天付款人没有通知银行的，银行即视为已经验货，于 10 天期满的次日上午开始营业时，将款项划给收款人。采用验货付款的，收款人必须在托收凭证上加盖明显的"验货付款"字样戳记。托收凭证未注明验货付款，经付款人提出合同证明是验货付款的，银行可按验货付款处理。

付款人在承付期满日银行营业终了时，如无足够资金支付，其不足部分，即为逾期未付款项，按逾期付款处理。付款人开户银行对付款人逾期支付的款项，应当根据逾期付款金额和天数，按每天万分之五计算逾期付款赔偿金。

对于下列情况，付款人在承付期内，可向银行提出全部拒绝付款：①没有签订购销合同或购销合同未订明托收承付结算方式的款项；②未经双方事先达成协议，收款人提前交货或因逾期交货付款人不再需要该项货物的款项；③未按合同规定的到货地址发货的款项；④代销、寄销、赊销商品的款项；⑤验单付款，发现所列货物的品种、规格、数量、价格与合同规定不符，或货物已到，经查验货物与合同规定或发货清单不符的款项；⑥验货付款，经查验货物与合同规定或与发货清单不符的款项；⑦货款已经支付或计算有错误的款项。

付款人对以上情况提出拒绝付款时，必须填写"拒绝付款理由书"并签章，注明拒绝付款理由，涉及合同的应引证合同上的有关条款。开户银行必须认真审查拒绝付款理由，查验合同。托收承付结算流程如图 2-7 所示。

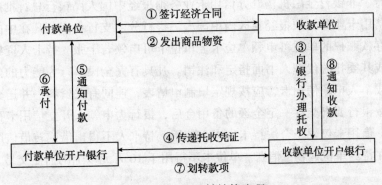

图 2-7 托收承付结算流程

7. 汇兑结算方式

汇兑是指汇款人委托银行将其款项支付给收款人的结算方式。企业与异地单位和个人的各种款项的结算，均可使用汇兑结算方式。汇兑分为信汇、电汇两种，由汇款人根据需要选择使用。信汇是指汇款人委托银行通过邮寄方式将款项划转给收款人。电汇是指汇款人委托银行通过电报将款项划给收款人。

汇兑凭证上记载收款人为个人的，收款人需要到汇入银行领取汇款，汇款人应在汇兑凭证上注明"留行待取"字样。汇款人和收款人均为个人，需要在汇入银行支取现金的，应在信汇、电汇凭证的"汇款金额"大写栏，先填写"现金"字样，后填写汇款金额。汇入银行对开立存款账户的收款人，应将汇给其的款项直接转入收款人账户，并向其发出收账通知。未在银行开立存款账户的收款人，凭信汇、电汇的取款通知或"留行待取"的，向汇入银行支取款项，必须交验本人的身份证件。

企业采用这一结算方式，付款单位汇出款项时，应填写银行印发的汇款凭证，列明收款单位名称、汇款金额及汇款的用途等项目，送达开户银行，委托银行将款项汇往收汇银行。汇兑结算流程如图 2-8 所示。

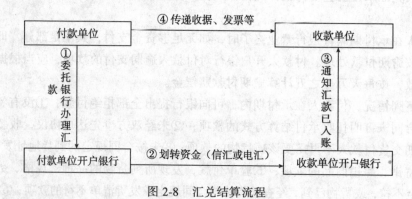

图 2-8　汇兑结算流程

8. 信用卡结算方式

信用卡是指商业银行向个人和单位发行的，凭以向特约单位购物、消费和向银行存取现金，且具有消费信用的特制载体卡片。信用卡按使用对象分为单位卡和个人卡；按信誉等级分为金卡和普通卡。

商业银行、非银行金融机构开办信用卡业务须报经中国人民银行总行批准；其所属分支机构开办信用卡业务，须报经辖区内中国人民银行分、支行备案。凡在中国境内金融机构开立基本存款账户的单位可申领单位卡。单位卡可申领若干张，持卡人资格由申领单位法定代表人或其委托的代理人书面指定和注销。凡具有完全民事行为能力的公民可申领个人卡。单位或个人申领信用卡，应按规定填制申请表，连同有关资料一并送交发卡银行。符合条件并按银行要求交存一定金额的备用金后，银行为申领人开立信用卡存款账户，并发给信用卡。信用卡仅限于合法持卡人本人使用，持卡人不得出借或转借信用卡。持卡人可持信用卡在特约单位购物、消费。单位卡不得用于 10 万元以上的商品交易、劳务供应款项的结算。

单位卡账户的资金一律从其基本存款账户转账存入，不得交存现金，不得将销货收入的款项存入其账户。个人卡账户的资金以其持有的现金存入或以其工资性款项及属于个人的劳务报酬收入转账存入。严禁将单位的款项存入个人卡账户。

信用卡在规定的限额和期限内允许透支，透支额金卡最高不得超过 10 000 元，普通卡最高不得超过 5 000 元。透支期限最长为 60 天，但不同类别的信用卡的透支额度存在差异。

超过规定限额的透支，须经发卡银行授权。信用卡透支额应支付利息，且按透支期限长短实行差别利率。恶意透支的，应依法追究刑事责任。

9. 信用证结算方式

信用证是指开证行依照申请人申请开出的，凭符合信用证条款的单据支付的付款承诺，并明确规定该信用证为不可撤销、不可转让的跟单信用证。

信用证结算原是国际间贸易结算的一种主要方式。为适应国内贸易发展的需要，中国人民银行发布了《国内信用证结算办法》（1997），该结算办法旨在通过采取信用证结算方式，维护贸易双方有关当事人的合法权益。信用证属于银行信用，采用信用证支付，对收款人安全收回货款有保证；对付款人来说，由于货款的支付是以取得符合信用证规定的货运单据为条件，避免了预付货款的风险。其特点是：①开证银行负第一付款责任。信用证是一种以开证银行自己的信用开出付款保证的结算方式，收款人无须先找付款人，而是通过有关银行向信用证上的开证银行交单取款；②信用证是一种独立文件，不受购销合同的约束。采用这种结算方式，开证行付款时，只审核单据与信用证规定的单证是否相符，不管收款人是否履行合同；③信用证业务只处理单据，一切都以单据为准。银行凭相符单据付款，对货物的真假好坏、货物是否已经装运、途中是否发生损失、是否到达目的地等情况不负责。

四、其他货币资金的管理

其他货币资金是指企业的外埠存款、银行汇票存款、银行本票存款、信用证保证金存款、信用卡存款、存出投资款等。

其他货币资金同现金和银行存款一样，是企业可以作为支付手段的货币。同银行存款和现金相比，其他货币资金有其特殊的存在形式和支付方式，在管理上有别于现金和银行存款，其管理主要表现在：①根据业务需要合理选择结算工具；②对逾期尚未办理结算的银行汇票、银行本票及已办理的汇票、本票结余款等，按规定及时转回。

第二节 货币资金的会计处理

一、库存现金业务的会计处理

（一）库存现金的核算凭证

企业的现金收支业务，首先必须取得或填制证明收付款的原始凭证，由主管会计人员或其指定人员审核后，方可据以填制现金收款凭证和现金付款凭证。对于不真实、不合法的原始凭证，不予受理；对记载不明确、手续不完善的原始凭证应退回给经办人，要求其更正或补办手续。出纳人员根据收款凭证或付款凭证办理现金的收付业务，并在凭证上加盖"现金收讫"或"现金付讫"戳记。出纳员根据办完收付款手续的收付款凭证登记现金日记账。之后将现金的收付款凭证和所附的原始凭证交给会计人员进行分类汇总，登记总分类账及相关的明细账。

（二）库存现金的序时核算

为了全面、连续地反映和监督库存现金的收支和结存情况，企业需设置现金日记账进行现金的序时核算。库存现金的序时核算是指按照现金收付业务发生的时间顺序，由出纳人员根据审核并收付款后的记账凭证，逐日逐笔在现金日记账上加以登记，按日、按月结算收付合计数和余额的核算方法。有外币现金的企业，应分别人民币和各种外币设置现金日记账。

现金日记账的格式一般有三栏式和多栏式两种。三栏式现金日记账设有"收入"、"支出"和"结存"三栏，反映现金的收支结存情况。其中"收入"栏和"支出"栏是根据经审核并收付款以后的收付款凭证逐笔序时登记的。每日终了应计算当日的现金收入合计数、现金支出合计数和结余数，并将结余数与实际库存现金数相核对，做到账款相符。

多栏式现金日记账是按现金收支的对应科目设置专栏，按不同收入来源和支出用途分类进行序时核算的日记账。这种日记账可将收入和支出合并在一本账内设置，也可分别将收入和支出设置两本账。为了避免账页篇幅过大，便于企业使用，多栏式现金日记账一般按现金收入和现金支出分设两本账。每日终了，将现金支出日记账中的支出合计数过入现金收入日记账的支出合计栏，并结出余额，以便同现金库存数进行核对。月末，可直接根据多栏式日记账内数字过账，不再编制汇总记账凭证或科目汇总表。

企业不论采用哪一种现金日记账形式，都可以全面、系统地了解和掌握企业每日现金的收支动态和结存情况，为分析、检查企业的现金收支活动，安排企业的货币资金收支提供资料。

（三）库存现金的总分类核算

为了总括地核算和监督现金的收入、支出和结存情况，企业应设置"库存现金"科目，由负责总账的会计人员进行总分类核算。企业在收入现金时，根据审核无误的记账凭证，借记"库存现金"科目，贷记有关科目；在允许的范围内支付现金时，借记有关科目，贷记"库存现金"科目。

企业在核算库存现金时应注意的是，企业内部各部门、各单位周转使用的备用金，应在"其他应收款"科目核算或单独设置"备用金"科目核算，不在"库存现金"科目核算。

1. 现金收入的会计处理

【例2-1】 东方公司开出现金支票一张，提取现金 2 000 元，以备临时支付。东方公司的会计分录如下：

借：库存现金　　　　　　　　　　　　　　　　　　　　　　　　2 000

　　贷：银行存款　　　　　　　　　　　　　　　　　　　　　　　2 000

【例2-2】 东方公司销售商品收到现金 1 300 元。东方公司的会计分录如下：

借：库存现金　　　　　　　　　　　　　　　　　　　　　　　　1 300

　　贷：主营业务收入　　　　　　　　　　　　　　　　　　　　　1 300

2. 现金支出的会计处理

【例2-3】 东方公司管理部门报销办公用品费 1 000 元，以现金支付。东方公司的会计分录如下：

借：管理费用   1 000
   贷：库存现金   1 000

【例 2-4】 东方公司的刘×外出采购，借支差旅费 1 500 元；出差归来，经审核，报销差旅费 1 400 元，借款余额交回现金。东方公司的会计分录如下：

（1）借款时：

借：其他应收款——刘×   1 500
   贷：库存现金   1 500

（2）报销时：

借：库存现金   100
   管理费用   1 400
   贷：其他应收款——刘×   1 500

3. 库存现金清查的会计处理

企业应定期或不定期地进行库存现金的清查，发现账实不符，及时查明原因，做出处理，以保证库存现金的安全完整，实现账款相符。库存现金的清查包括出纳员每日的清点核对和组成清查小组的清查。清查的方法是实地盘点，即将库存现金实有数与现金日记账余额进行核对。

在清查中，如果发现库存现金溢余或短缺，应先通过"待处理财产损溢"科目核算，具体可分别以下情况处理。

第一，清查中发现现金溢余的，按实际溢余的金额，借记"库存现金"科目，贷记"待处理财产损溢——待处理流动资产损溢"科目。如果库存现金溢余属于应支付给有关人员或单位的，应借记"待处理财产损溢——待处理流动资产损溢"科目，贷记"其他应付款——应付现金溢余款"科目；如果库存现金溢余属于无法查明原因的现金溢余，经批准后，借记"待处理财产损溢——待处理流动资产损溢"科目，贷记"营业外收入——现金溢余"科目。

【例 2-5】 2010 年 11 月 2 日，东方公司在盘点库存现金时，发现现金溢余 200 元。11 月 30 日，经调查，在盘盈的 200 元现金中，有 150 元为客户多付款，其余 50 元无法查明原因，经批准核销。东方公司的会计分录如下：

（1）发现盘盈库存现金时：

借：库存现金   200
   贷：待处理财产损溢——待处理流动资产损溢   200

（2）按照查明的原因及经批准核销的金额时：

借：待处理财产损溢——待处理流动资产损溢   200
   贷：其他应付款——应付现金溢余款   150
     营业外收入   50

第二，清查中发现库存现金短缺的，应按实际短缺的金额，借记"待处理财产损溢——待处理流动资产损溢"科目，贷记"库存现金"科目；待查明原因后，如果库存现金短缺属于应由责任人赔偿的部分，应借记"其他应收款"或"库存现金"等科目，贷记"待处理财产损溢——待处理流动资产损溢"科目；如果库存现金短缺属于无法查明的其他原因，根据管理权限，经批准后处理，借记"管理费用——现金短款"科目，贷记"待处理财产损溢——待处理流动资产损溢"科目。

【例2-6】 东方公司在2010年10月10日盘点库存现金时，发现现金短缺100元。10月30日，经调查，100元现金短款中有70元是由于出纳员的责任所导致，其余30元无法落实责任，经批准核销。东方公司的会计分录如下：

（1）发现现金短款时：

借：待处理财产损溢——待处理流动资产损溢　　　　　　　100

　　贷：库存现金　　　　　　　　　　　　　　　　　　　　　100

（2）分别按照应收责任人及批准核销金额时：

借：其他应收款——应收现金短缺款　　　　　　　　　　　70

　　管理费用——现金短款　　　　　　　　　　　　　　　30

　　贷：待处理财产损溢——待处理流动资产损溢　　　　　　100

4. 备用金的会计处理

备用金又称业务周转金，是指财会部门为了满足企业内部各业务部门和职工日常零星开支的需要，而暂付给有关部门和人员使用的备用现金。在企业的日常生产经营活动中，会发生许多小额零星支出，如果对这部分支出逐笔审核与支付会非常麻烦，有时甚至影响业务的开展。按照重要性原则，企业对这些零星开支、零星采购或小额差旅费等需要的现金，可以建立备用金制度加以控制。

备用金实质上也是库存现金，其使用必须严格遵守现金管理制度。使用部门应指定专人管理备用金，按规定范围和开支权限使用备用金，同时接受企业财会部门的监督，定期报账。财会部门应对备用金定期进行清查盘点，防止挪用或滥用，保证其安全与完整。

备用金一般通过"其他应收款"科目核算，对于领取备用金的单位或职工较多、备用金总额较大的企业，可以专门设置"备用金"科目进行总分类核算。由企业财务部门单独拨给企业内部各单位周转使用的备用金，借记"备用金"或"其他应收款"科目，贷记"库存现金"或"银行存款"科目。实际支付备用金时，使用部门应按照有关的单据，定期编制备用金报销清单，财务部门根据内部各单位提供的备用金报销清单进行会计处理并定期补足备用金，收到报销清单时，借记"管理费用"等科目，贷记"库存现金"或"银行存款"科目，除了增加或减少拨入的备用金外，使用或报销有关备用金支出时不再通过"备用金"科目核算。

二、银行存款业务的会计处理

（一）银行存款日记账的设置与登记

为了逐日逐笔检查和监督银行存款的收入、支出和结余情况，企业应设置银行存款日记账。可按开户银行、其他金融机构、存款种类等进行序时核算。银行存款日记账应采用订本式，一般为三栏式账页，其格式内容同现金日记账基本相同。

银行存款日记账是由出纳人员根据审核无误的银行存款收付凭证，逐日逐笔序时登记的。每日终了应结出余额，月末结出本月收入、支出的合计数和月末结存余额，将此月末余额同"银行存款"总分类科目的月末余额核对相符，并且还要同银行核对账目。

（二）银行存款的总分类核算

为了核算和反映企业存入银行或其他金融机构的各种存款，企业会计制度规定，应设置"银行存款"科目。企业应严格按照制度的规定进行核算和管理，企业将款项存入银行或其他金融机构，借记"银行存款"科目，贷记有关科目；提取或支出存款时，借记有关科目，贷记"银行存款"科目。

（三）银行存款的核对

企业银行存款的收付发生频繁，为了检查其记录的正确性，保证企业存款资金的安全，查明银行存款的实际余额，企业应定期对银行存款进行清查。清查时一般采用核对银行账目的方法，即将企业银行存款日记账的记录，与银行签发的对账单进行核对，这种核对至少每月一次。企业的银行存款日记账和银行签发的对账单，虽然均是记载企业同一时期存款账户存取金额及结存金额的记录，但二者所列余额却不一定一致，原因主要有三：一是计算错误；二是记账错漏；三是未达账项。计算错误是指企业或银行对银行存款结存额的计算发生运算错误；记账错漏是指企业或银行对存款的收入、支出的错记或漏记；未达账项是指付款结算凭证在企业与银行之间传递时，由于传递上的时间差，使得双方记账时间不一致，一方已登记入账，而另一方尚未入账的款项。未达账项一般有下列四种情况：

（1）企业已经收款入账，银行尚未收款入账的款项；

（2）企业已经付款入账，银行尚未付款入账的款项；

（3）银行已经收款入账，企业尚未收款入账的款项；

（4）银行已经付款入账，企业尚未付款入账的款项。

当发生（1）、（4）两种情况时，将会使企业的银行存款账面余额大于银行对账单余额；当发生（2）、（3）两种情况时，将会使企业的银行存款账面余额小于银行对账单余额。

发生未达账项时，应编制银行存款余额调节表进行调节。调节后，双方余额如果相等，一般表明双方记账没有错误。如果双方余额不相等，一般表明双方记账有错误，需要进一步查对。属于银行方面的原因，应及时通知银行更正；属于本单位原因，应按错账更正办法进行更正。

银行存款余额调节表有多种编制方法，会计实务中一般采用"补记式"余额调节法。其基本原理是：假设未达账项全部入账，银行存款日记款与银行对账单的余额应相等。用公式表示为

银行存款日记账余额 + 银行已收企业未收账项 − 银行已付企业未付账项

= 银行对账单余额 + 企业已收银行未收账项 − 企业已付银行未付账项

【例 2-7】 2010 年 11 月 30 日东方公司收到开户银行对账单，银行对账单的余额为 200 917 元，企业银行存款日记账的余额为 185 049 元。经逐项核对，发现有以下未达账项。

（1）送存银行的万达公司支票一张，金额为 5 000 元。

（2）支付兴业工厂货款的转账支票，金额为 4 000 元，银行尚未入账。

（3）委托银行收取的货款已到账，金额为 16 936 元，企业尚未入账。

（4）银行已支付结算手续费 68 元，企业尚未收到结算凭证。

编制银行存款余额调节表如表 2-1 所示。

调整后双方余额一致，说明企业与银行的账目没有错误；调整后的余额是企业在编表日可动用的银行存款实有额。应注意的是：银行存款余额调节表是用来核对企业与银行的

表 2-1　银行存款余额调节表

2010 年 11 月 30 日　　　　　　　　金额单位：元

项目	金额	项目	金额
银行存款日记账余额	185 049	银行对账单余额	200 917
加：银行已收入账、企业尚未入账款项（委托收款）	16 936	加：企业已收入账、银行尚未入账项万达公司支票	5 000
减：银行已付出账、企业尚未出账银行结算手续费用	68	减：企业已付出账，银行尚未出账项转账支票	4 000
调节后余额	201 917	调节后余额	201 917

记账有无差错，不能作为记账依据。对于因未达账项而使双方账面余额出现的差异，无须作账面调整，待结算凭证到达后登记入账。

（四）无法收回银行或其他金融机构款项的会计处理

企业应加强对银行存款的管理，并定期对银行存款进行检查，如果有确凿证据表明存在银行或其他金融机构的款项已经部分或全部不能收回的情况，如果吸收存款的单位已宣告破产，其破产时财产不足以清偿的部分或者全部不能清偿的，应当作为当期损失，冲减银行存款，借记"营业外支出"科目，贷记"银行存款"科目。

三、其他货币资金业务的会计处理

其他货币资金不同于库存现金和银行存款，它是企业所持有的一种承诺了专门用途的货币资金，不能像结算户存款那样可以随意安排使用。因此，需设置"其他货币资金"科目对其进行核算，该科目应按照其他货币资金的种类设置"外埠存款"、"银行汇票"、"银行本票"、"信用卡"、"信用证保证金"、"存出投资款"等明细科目进行明细核算。

（一）外埠存款的会计处理

外埠存款是指企业到外地进行零星或临时采购时，汇往采购地银行开立采购专户的款项。企业汇出款项时，须填写汇款委托书，加盖"采购资金"字样。汇入银行对汇入的采购款项，以汇款单位名义开立采购专户。采购资金存款不计利息，除采购员差旅费可以支取少量现金外，一律转账。采购专户只付不收，付完清户。

企业将款项委托当地银行汇往采购地开立专户时，根据汇出款项凭证，借记"其他货币资金——外埠存款"科目，贷记"银行存款"科目。

外出采购人员报销用外埠存款支付材料的采购货款等款项时，企业应根据供应单位发票账单等报销凭证，借记"材料采购"、"应交税费——应交增值税（进项税额）"等科目，贷记"其他货币资金——外埠存款"科目。采购员完成采购任务，将多余的外埠存款转回当地银行时，应根据银行的收款通知，借记"银行存款"科目，贷记"其他货币资金——外埠存款"科目。

（二）银行汇票存款的会计处理

银行汇票存款是指企业为取得银行汇票，按照规定存入银行的款项。企业为取得银行汇票，向银行提交"银行汇票委托书"并将款项交存开户银行。

企业取得汇票后，根据银行盖章的委托书存根联，借记"其他货币资金——银行汇票"科目，贷记"银行存款"科目。

企业使用银行汇票支付款项后，应根据发票账单及开户行转来的银行汇票有关副联等凭证，经核对无误后编制会计分录，借记"材料采购"、"应交税费——应交增值税（进项税额）"等科目，贷记"其他货币资金——银行汇票"科目。银行汇票使用完毕，应转销"其他货币资金——银行汇票"账户。如果实际采购支付后银行汇票有余额，多余部分应借记"银行存款"科目，贷记"其他货币资金——银行汇票"科目。汇票因超过付款期限或其他原因未曾使用而退还款项时，应借记"银行存款"科目，贷记"其他货币资金——银行汇票"科目。

（三）银行本票存款的会计处理

银行本票存款是指企业为取得银行本票按规定存入银行的款项。企业为取得银行本票，应向银行提交"银行本票申请书"并将款项交存银行。

企业取得银行本票后，根据银行盖章退回的申请书存根联，借记"其他货币资金——银行本票"科目，贷记"银行存款"科目。企业使用银行本票后，根据发票账单等有关凭证，借记"材料采购"、"应交税费——应交增值税（进项税额）"等科目，贷记"其他货币资金——银行本票"科目。因本票超过付款期等原因而要求退款时，应当填制进账单一式两联，连同本票一并送交银行，根据银行盖章退回的进账单第一联，借记"银行存款"科目，贷记"其他货币资金——银行本票"科目。

（四）信用证保证金存款的会计处理

信用证保证金存款是指企业为取得信用证按规定存入银行的保证金。企业向银行申请开立信用证，应按规定向银行提交开证申请书、信用证申请人承诺书和购销合同。

企业向银行交纳保证金，根据银行盖章退回的"信用证委托书"回单，借记"其他货币资金——信用证保证金"科目，贷记"银行存款"科目。企业收到供货单位信用证结算凭证及所附发票账单，经核对无误后，借记"材料采购"、"应交税费——应交增值税（进项税额）"等科目，贷记"其他货币资金——信用证保证金"科目。

（五）信用卡存款的会计处理

信用卡存款是指企业为取得信用卡按照规定存入银行的款项。企业应按规定填制申请表，连同支票和有关资料一并送交发卡银行，根据银行盖章退回的进账单第一联，借记"其他货币资金——信用卡"科目，贷记"银行存款"科目。企业用信用卡购物或支付有关费用，借记有关科目，贷记"其他货币资金——信用卡"科目。

企业信用卡在使用过程中，需要向其账户续存资金的，借记"其他货币资金——信用卡"科目，贷记"银行存款"科目；企业持卡人如不需要继续使用信用卡时，应持信用卡主动到发卡银行办理销户，借记"银行存款"科目，贷记"其他货币资金——信用卡"科目。销户时，信用卡账户余额转入基本存款账户，不得提取现金。

（六）存出投资款的会计处理

存出投资款是指企业已存入证券公司但尚未进行交易性投资的现金。企业向证券公司划出资金时，应按实际划出的金额，借记"其他货币资金——存出投资款"科目，贷记"银行存款"科目。购买股票、债券等时，按实际发生的金额，借记"交易性金融资产"、"可供出售金融资产"、"应收股利"等科目，贷记"其他货币资金——存出投资款"科目。

思考与练习

一、思考题

1. 与企业的其他资产相比，货币资金有何不同？
2. 货币资金内部控制的内容有哪些？
3. 阐述银行存款账户如何开立与使用？
4. 银行转账结算方式有哪些？
5. 简述未达账项的种类及银行存款余额调节表的编制方法。

二、练习题

1. 某企业 2011 年 3 月业务如下：

（1）12 日，企业开出现金支票一张，从银行提取现金 3 600 元，企业用现金支付企业水电费 400 元，张明去北京采购材料，不方便携带现款，故委托当地银行汇款 5 850 元到北京开立采购专户，并从财务预借差旅费 2 000 元，财务以现金支付。

（2）18 日，张明返回企业，交回采购有关的供应单位发票账单，共支付材料款项 5 850 元，其中，材料价款 5 000 元，增值税 850 元。张明报销差旅费 2 200 元，财务以现金补付余款。

（3）21 日，企业收到上海公司上月所欠货款 47 000 元的银行转账支票一张。企业将支票和填制的进账单送交开户银行。

（4）25 日，采购员持银行汇票一张前往深圳采购材料，汇票价款 8 000 元，购买材料时，实际支付材料价款 6 000 元，增值税 1 020 元。

（5）26 日，张明返回企业时，银行已将多余款项退回企业开户银行。

（6）30 日，企业对现金进行清查，发现现金短缺 600 元。原因正在调查。

（7）30 日，发现短缺的现金是由于出纳员小华的工作失职造成的，应由其负责赔偿，金额为 300 元，另外 300 元没办法查清楚，经批准转作管理费用。

（8）月底，企业开始与银行进行对账，银行对账单上的存款余额为 31 170 元，经核对，发现有以下未达账项：① 3 月 29 日，企业委托银行代收款项 2 000 元，银行已收入账，企业尚未收到入账通知。② 3 月 30 日，银行代企业支付租金 630 元，尚未通知企业。③ 3 月 30 日，企业收到深圳公司代收手续费 1 200 元。

要求：编制相关分录，并编制"银行存款余额调节表"核对双方记账有无错误。

2. 某企业 2011 年 3 月 31 日在中国工商银行的银行存款余额为 256 000 元，银行对账单余额为 265 000 元，经查对有下列未达账项：

（1）企业于月末存入银行的转账支票 2 000 元，银行尚未入账。

（2）委托银行代收的销货款 12 000 元，银行已经收到入账，但企业尚未收到银行收款通知。

（3）银行代付本月电话费 4 000 元，企业尚未收到银行付款通知。

（4）企业于月末开出转账支票 3 000 元，持票人尚未到银行办理转账手续。

要求：

（1）根据所给资料填制以下银行存款余额调节表（表2-2）。

（2）如果调节后双方的银行存款余额仍不相符，应如何处理？

（3）该企业在 2011 年 3 月 31 日可动用的银行存款的数额是多少？

表 2-2 银行存款余额调节表

2011 年 3 月 31 日   单位：元

项目	金额	项目	金额
企业账面存款余额		银行对账单余额	
加：		加：	
减：		减：	
调节后的存款余额		调节后的存款余额	

应 收 项 目

本章详细介绍了应收票据的概念、计价原则、取得、收回和转让、贴现的会计处理；重点介绍了应收账款的概念、确认、计价原则、发生和收回的会计处理，以及应收账款融资，阐述了坏账的确认条件以及坏账损失的核算方法；简单介绍了预付账款和其他应收款的会计处理。

【重要概念】　坏账损失　坏账准备　直接转销法　备抵法　应收票据贴现

应收项目是指企业在日常生产经营过程中因销售商品或产品、提供劳务、让渡资产使用权等而形成的短期债权，包括应收款项和预付款项等。其中，应收款项包括应收票据、应收账款和其他应收款等。

应收项目有的是在经营活动中产生的，如应收账款、应收票据和预付账款等项目；有的是在企业经营活动之外产生的，如应收的包装物押金和股利等其他应收款。应收项目是企业流动资产中的一种非现金流动资产，但应收项目的流动性与现金的流动性有很大差别。应收项目能否及时足额收回，不仅影响企业资产的计量，而且影响到企业资金的周转速度和企业的损益，因此，加强对企业应收项目的管理，可以加快企业流动资金的周转，增强企业的竞争力。

第一节　应 收 票 据

一、应收票据概述

应收票据是指企业因销售商品或产品、提供劳务等而收到的尚未到期兑现的商业汇票，包括银行承兑汇票和商业承兑汇票。商业汇票是出票人签发的，委托付款人在指定日期无条件支付确定的金额给收款人或者持票人的票据。在银行开立存款账户的法人与其他组织之间必须具有真实的交易关系或债权债务关系，才能使用商业汇票。商业汇票的付款期限由交易双方商定，但最长不得超过 6 个月。

（一）应收票据的分类

商业汇票按承兑人不同分为商业承兑汇票和银行承兑汇票两种。承兑是汇票付款人承诺在汇票到期日支付汇票金额的票据行为。商业汇票必须经承兑后方可生效。银行承兑汇票的承兑人是承兑申请人的开户银行，商业承兑汇票的承兑人是付款人。

商业汇票按照是否计息分为带息票据和不带息票据。带息票据是指票据到期时，承兑人按票面金额加上票据规定利息率计算的到期利息向收款人或被背书人支付款项的汇票；不带息票据是指票据到期时，承兑人只按票面金额向收款人或被背书人支付款项的汇票。

商业汇票按照票据是否带有追索权分为带追索权的商业汇票和不带追索权的商业汇票。追索权是指企业在转让应收款项的情况下，接受应收款项转让方在应收款项遭受拒付或逾期未付时，向该应收款项转让方索取应收金额的权利。在我国，商业票据可背书转让，持票人可以对背书人、出票人以及票据的其他债务人行使追索权。转让应收款项而产生的被追索的不确定性属于一种或有负债。在我国的会计实务中，就应收票据贴现而言，银行承兑汇票的贴现不会使企业被追索，企业也就不会因汇票贴现而发生或有负债；商业承兑汇票的贴现会使企业有被追索的可能，企业也就会因汇票贴现而产生或有负债。

（二）应收票据的计量

无论是带息票据还是不带息票据，应收票据的入账价值均按取得时的票面价值或票面金额确定。但对于带息的应收票据，应于期末按应收票据的票面价值和确定的利率计提利息，计提的利息应增加应收票据的账面余额。需要指出的是，到期不能收回的应收票据，应按其账面余额转入应收账款，并不再计提利息。

（三）应收票据利息计算

对于带息票据，常常需要计算其利息，计算票据利息的公式为

$$应计利息 = 票面价值 \times 利率 \times 期限$$

式中，票面价值指商业汇票上注明的价值；利率指年利率，如果需要将年利率换算成月利率或日利率，每月按 30 天计算，全年按 360 天计算；期限指票据持有人从票据生效之日起至票据到期日所经历的时间，票据的期限，有按月表示和按日表示两种。

（1）票据期限按月表示，计算时应以到期月份中与出票日相同的那一天为到期日。例如，3 月 12 日签发的两个月票据，到期日应为 5 月 12 日。月末签发的票据，不论月份大小，以到期月份的月末那一天为到期日。例如，1 月 31 日签发的期限为一个月的票据，到期日为 2 月 28 日。与此同时，计算利息使用的利率要换成月利率（年利率÷12）。

（2）票据期限按日表示，计算时应从出票日起按实际经历天数计算。通常出票日和到期日，只能计算其中的一天，即"算头不算尾"或"算尾不算头"。例如，5 月 18 日签发的 90 天票据，其到期日应为 8 月 16 日［90 天–5 月份剩余天数–6 月份实有天数–7 月份实有天数= 90 –（31 – 18）– 30 – 31 = 16（天）］。同时，计算利息使用的利率，要换算成日利率（年利率÷360）。

二、应收票据的会计处理

（一）会计科目设置

"应收票据"科目是用来核算应收票据的取得、转让及款项收回情况的，该科目属于

资产类科目，其借方反映应收票据的面值或面值和应计利息，贷方反映票据的到期收回和背书转让，借方余额反映尚未到期的应收票据的面值或面值和应计利息。"应收票据"科目按照开出、承兑商业汇票的单位分户进行明细核算。

企业除设置"应收票据"科目外，还应当设置应收票据备查簿，逐笔登记每一商业汇票的种类、号数、签发日期、票面金额、交易合同号、承兑人、背书人的姓名或单位名称、到期日、背书转让日、贴现日、贴现率和贴现净额以及收款日和收回金额、退票情况等资料，商业汇票到期结清票款或退票后，应当在备查簿内逐笔注销。

（二）应收票据取得与到期的会计处理

1. 不带息应收票据

不带息票据是指票据到期时，承兑人仅按票据面值向收款人付款，票据上无利息规定的票据。这类商业汇票其票面价值为本利和，即已将票据的利息计入面值，不需另计利息。其计算公式为

$$票据到期值 = 票据面值$$

企业在收到或开出并承兑不带息商业汇票时，一律按其票面金额入账。企业销售商品、产品或提供劳务收到开出、承兑的商业汇票时，按应收票据的面值，借记"应收票据"科目，按实现的营业收入，贷记"主营业务收入"科目，按专用发票上注明的增值税额，贷记"应交税费——应交增值税（销项税额）"科目。不带息应收票据到期收回款项时，应按收到的金额，借记"银行存款"科目，按账面余额，贷记"应收票据"科目。如果款项未收回，应借记"应收账款"科目。

【例 3-1】　东方公司销售一批产品给 B 公司，售价 90 000 元，增值税额为 15 300 元。当日取得期限为 1 个月的不带息商业承兑汇票一张，面额 105 300 元。东方公司会计分录如下：

（1）收到不带息商业承兑汇票时：

借：应收票据　　　　　　　　　　　　　　　　　105 300
　　贷：主营业务收入　　　　　　　　　　　　　　　90 000
　　　　应交税费——应交增值税（销项税额）　　　　15 300

（2）到期收回款项时：

借：银行存款　　　　　　　　　　　　　　　　　105 300
　　贷：应收票据　　　　　　　　　　　　　　　　105 300

（3）若到期未收回款项时：

借：应收账款　　　　　　　　　　　　　　　　　105 300
　　贷：应收票据　　　　　　　　　　　　　　　　105 300

2. 带息应收票据

带息应收票据取得时按面值入账。企业销售商品、产品或提供劳务收到开出、承兑的商业汇票时，按应收票据的面值，借记"应收票据"科目，按实现的营业收入，贷记"主营业务收入"科目，按专用发票上注明的增值税额，贷记"应交税费—应交增值税（销项税额）"科目。带息应收票据，企业应当按照国家统一会计制度的规定，在中期期末或年末，按带息应收票据的票面价值和确定的利率计算计提票据利息，并增加应收票据的账面余额，同时，冲减"财务费用"。带息应收票据到期收回款项时，应按收到的本息，借记"银行存

款"科目，按账面余额，贷记"应收票据"科目，按其差额（未计提利息部分），贷记"财务费用"科目。如果款项未收回，应借记"应收账款"科目，贷记"应收票据"和"财务费用"科目。

【例 3-2】 东方公司 2010 年 8 月 30 日销售一批产品给 C 公司，售价 20 000 元，增值税额为 3 400 元。当日取得期限为 3 个月、年利率为 6%、面额为 23 400 元的带息商业承兑汇票一张。东方公司会计分录如下：

（1）收到带息商业承兑汇票时：

借：应收票据　　　　　　　　　　　　　　　　　　23 400
　　贷：主营业务收入　　　　　　　　　　　　　　　　20 000
　　　　应交税费——应交增值税（销项税额）　　　　　3 400

（2）票据到期收回时：

带息票据利息 = 带息票据票面金额 × 利率 × 期限 = 20 000 × 6% × (3 ÷ 12) = 300（元）

借：银行存款　　　　　　　　　　　　　　　　　　23 700
　　贷：应收票据　　　　　　　　　　　　　　　　　　23 400
　　　　财务费用　　　　　　　　　　　　　　　　　　　300

（3）若票据到期未收回时：

借：应收账款　　　　　　　　　　　　　　　　　　23 700
　　贷：应收票据　　　　　　　　　　　　　　　　　　23 400
　　　　财务费用　　　　　　　　　　　　　　　　　　　300

（三）应收票据转让的会计处理

企业可以将自己持有的商业汇票背书转让。背书是指持票人在票据背面签字，签字人称为背书人，背书人对票据的到期付款负连带责任。

企业将持有的应收票据背书转让，以取得所需商品、物资时，按应计入取得商品、物资成本的价值，借记"材料采购"或"原材料"、"库存商品"等科目，按专用发票上注明的增值税额，借记"应交税费——应交增值税（进项税额）"科目，按应收票据的账面余额，贷记"应收票据"科目，如果有差额，借记或贷记"银行存款"等科目。

如果为带息应收票据，企业将持有的应收票据背书转让，以取得所需商品、物资时，按应计入取得商品、物资成本的价值，借记"材料采购"或"原材料"、"库存商品"等科目，按专用发票上注明的增值税额，借记"应交税费——应交增值税（进项税额）"科目，按应收票据的账面余额，贷记"应收票据"科目，按尚未计提的利息，贷记"财务费用"科目，按应收或应付的金额，借记或贷记"银行存款"等科目。

（四）应收票据贴现的会计处理

应收票据贴现是指在商业汇票到期前，企业如果发生资金短缺，可以将未到期的商业汇票背书后转让给银行，银行受理后，从票据到期价值中扣除按银行的贴现率计算确定的贴现息后，将余额付给持票人的融资方式。商业汇票持有人在办理贴现时，应当计算贴现利息和贴现净额。其计算公式为

贴现利息 = 票据到期值 × 贴现率 × 贴现期

贴现净额 = 票据到期值 - 贴现利息

式中，到期值指不带息应收票据的面值或带息应收票据的面值加上按票据载明的利率计算的票据全部期间的利息；贴现率指贴现时银行收取的利息率；贴现期是指从贴现日开始至到期日止所经历的天数。应收票据贴现时，应按收到的贴现净额，借记"银行存款"科目，按账面余额，贷记"应收票据"科目或"短期借款"科目，按借方和贷方的差额，借记或贷记"财务费用"科目。

【例3-3】　东方公司于2010年7月31日销售一批产品给M公司，专用发票上注明的销售收入为70 000元，增值税额11 900元。当日收到M公司交来的商业承兑汇票一张，期限为60天，票面利率为6%。8月15日，东方企业将该票据向银行贴现，贴现率为9%。银行对该票据无追索权。东方公司会计分录如下：

（1）7月31日收到票据时：

借：应收票据　　　　　　　　　　　　　　　　　　81 900
　　贷：主营业务收入　　　　　　　　　　　　　　　　　70 000
　　　　应交税费——应交增值税（销项税额）　　　　　11 900

（2）8月15日，贴现票据时：

到期值 = 81 900 + 81 900 × （6% ÷ 360）× 60 = 82 719（元）

贴现息 = 82 719 × 9% × （45 ÷ 360）= 930.59（元）

贴现净额 = 82 719 - 930.59 = 81 788.41（元）

借：银行存款　　　　　　　　　　　　　　　　　　81 788.41
　　财务费用　　　　　　　　　　　　　　　　　　　111.59
　　贷：应收票据　　　　　　　　　　　　　　　　　　81 900

如果银行对该票据有追索权，则东方公司的会计分录如下。

借：银行存款　　　　　　　　　　　　　　　　　　817 88.41
　　财务费用　　　　　　　　　　　　　　　　　　　111.59
　　贷：短期借款　　　　　　　　　　　　　　　　　　81 900

第二节　应收账款

一、应收账款概述

应收账款是指企业因销售商品、产品、提供劳务等经营活动而应向购货单位或接受劳务单位收取的款项。在一般情况下，应收账款属于应在一年内收回的短期债权。在资产负债表上，应收账款应列为流动资产项目。从会计实务来看，企业发生的各种非经营活动产生的应收款项，如存出的保证金和押金、采购物资的预付定金、对职工或股东的预付款、应收认股款以及采用商业汇票结算方式销售商品的债权等，均不属于会计实务中应收账款的核算范围。

对应收账款进行会计处理的核心问题是应收账款入账时间的确认和入账金额的确认。由于应收账款是因为赊销业务而引起的，所以其入账时间与确认销售收入的时间一致。鉴于应收账款收回期短，因此利息因素影响不大，根据重要性原则，为简化会计核算工作量，会计实务中一般直接以应收账款到期值入账。我国会计基本准则规定，应收及预付款项应当按实际发生额记账。为了促进销售及时回笼货币，对客户建立商业信用，企业在销售过程中，还会提供商业折扣和现金折扣等优惠政策，这样也会不同程度地影响应收账款入账价值。

（一）商业折扣

商业折扣是指企业为了扩大商品的销售量而在商品价目表上规定的价格中扣除的一定数额。商业折扣常常用百分比表示，如 5%、10%、15% 等。在存在商业折扣的情况下，企业应收账款入账金额应按扣除商业折扣以后的实际售价确认。例如，某公司销售甲商品，价目表上列示的价格为 1 000 元/件，成批购买 100 件，可得 20% 的商业折扣，则实际销售价格计算如下：

价目表销售价格（1 000 × 100）	100 000
减：商业折扣	20 000
实际销售价格	80 000

（二）现金折扣

现金折扣是指企业赊销产品后，为了督促购货方及时付款，而给予的一种折扣。企业为了鼓励客户提前偿付货款，通常与债务人达成协议，债务人在不同期限内付款可享受不同比例的折扣。现金折扣一般用符号"折扣/付款期限"表示。例如，买方在 10 天内付款可按售价给予 3% 的折扣，用符号"3/10"表示；在 20 天内付款按售价给予 2% 的折扣，用符号"2/20"表示；在 30 天内付款，则不给折扣，用符号"n/30"表示。

企业会计制度规定，在存在现金折扣的情况下，应收账款应以未减去现金折扣的金额作为入账价值。实际发生的现金折扣，作为一种理财费用，计入发生当期的损益。

在现金折扣条件下，应收账款入账金额的确认有两种不同的确认方法。

（1）总价法是按未扣减现金折扣前的金额作为实际售价，作为应收账款的入账金额。如果购货方在现金折扣期内付款获得现金折扣时，才予以确认。销售方给予客户的现金折扣，从融资角度出发，属于一种理财费用，会计上作为财务费用处理。

（2）净价法是按扣减现金折扣后的金额作为实际售价，作为应收账款的入账金额。这种方法假设一般情况下购货方都会提前付款，因此购货方都会取得现金折扣，认为对于客户超过折扣期限放弃的现金折扣，视为提供信贷获得的收入，于收到账款时入账，作为营业外收入或财务费用贷项处理。

目前，我国会计实务中，对现金折扣采用的是总价法。

（三）销售折让

销售折让是指企业因售出商品的质量不合格等原因在售价上给予的减让。销售折让是在货物销售之后发生的，因而不影响销售时应收账款入账金额的确认。企业在确认发生销货折让时，应按给予的销售折让金额调整应收账款的入账价值。

二、应收账款的会计处理

（一）会计科目设置

"应收账款"科目是用来核算企业应收账款的发生、结算和结存业务的，属于资产类科目, 其借方登记企业因销售货物而增加的债权, 贷方登记回收的应收账款和被确定为坏账的应收账款, 余额一般在借方, 表示尚未收回的应收账款。"应收账款"科目应当按照不同的购货单位或接受劳务的单位设置明细账。

(二) 应收账款发生与收回的会计处理

企业销售商品或提供劳务发生应收账款时, 借记"应收账款"科目, 按实现的营业收入, 贷记"主营业务收入"等科目, 按专用发票上注明的增值税额, 贷记"应交税费——应交增值税（销项税额）"等科目。企业代购货单位垫付的包装费、运杂费, 借记"应收账款"科目, 贷记"银行存款"等科目; 收回代垫费用时, 借记"银行存款"科目, 贷记"应收账款"科目。

收回应收账款时, 按实收金额, 借记"银行存款"等科目, 贷记"应收账款"科目。如果应收账款改用商业汇票结算, 在收到承兑的商业汇票时, 按照票面金额, 借记"应收票据"科目, 贷记"应收账款"科目。

1. 没有商业折扣

【例3-4】 东方公司向 B 公司赊销一批商品, 按价目单上的价格所计算的货款总额为 50 000 元, 适用的增值税税率为 17%, 以现金代垫运杂费 500 元（假设不作为计税基数）。东方公司会计分录如下:

（1）应收账款发生时:

借: 应收账款——B 公司	59 000	
贷: 主营业务收入		50 000
应交税费——应交增值税（销项税额）		8 500
库存现金		500

（2）应收账款收回时:

借: 银行存款	59 000	
贷: 应收账款——B 公司		59 000

2. 有商业折扣

在存在商业折扣的情况下, 企业应收账款入账金额应按扣除商业折扣以后的实际售价确认。

【例3-5】 东方公司向 W 公司销售一批产品, 售价金额为 80 000 元, 东方公司提供 10% 的商业折扣, 适用的增值税率为 17%, 以银行存款代 W 公司垫付运杂费 6 400 元。东方公司会计分录如下:

借: 应收账款——W 公司	90 640	
贷: 主营业务收入		72 000
应交税费——应交增值税（销项税额）		12 240
银行存款		6 400

3. 有现金折扣

在存在现金折扣的情况下, 应收账款应以未减去现金折扣的金额作为入账价值。实际发生的现金折扣, 作为一种理财费用, 计入发生当期的损益。

【例3-6】　东方公司向C公司销售一批产品，售价金额为100 000元，公司提供的现金折扣条件为2/10、n/30，双方约定，现金折扣仅按售价计算，适用的增值税率为17%，东方公司会计分录如下：

（1）销售时：

借：应收账款——C公司　　　　　　　　　　　　117 000

　贷：主营业务收入　　　　　　　　　　　　　　100 000

　　　应交税费——应交增值税（销项税额）　　　17 000

（2）10天内收到货款时：

借：银行存款　　　　　　　　　　　　　　　　　115 000

　　财务费用　　　　　　　　　　　　　　　　　2 000

　贷：应收账款——C公司　　　　　　　　　　　117 000

（3）超过10天的现金折扣期限收到货款时：

借：银行存款　　　　　　　　　　　　　　　　　117 000

　贷：应收账款——C公司　　　　　　　　　　　117 000

三、应收账款融资

企业在日常经营活动过程中，不可避免地要面临资金紧张的问题，解决这一问题的途径主要是从银行等金融机构借款，而银行向企业提供借款时，可能要求企业提供必要的资产抵押或质押，此时，企业可以以实物资产进行抵押或质押，也可以将其销售商品、提供劳务过程中产生的应收账款出售给银行等金融机构，或者抵押给银行取得银行借款。对于企业将其应收账款出售给金融机构的应收账款融资业务，企业在进行会计核算时，应遵循实质重于形式原则。对于有明确的证据表明该项出售应收债权的业务满足了与应收债权有关的风险和报酬实质上已经发生转移等销售确认条件的，应按照出售业务原则处理，确认相关损益；对于未满足销售确认条件的，应视同以应收账款为抵押取得借款业务进行相应的会计处理。

应收账款融资有应收账款抵押借款、有追索权转让和应收账款出售三种基本形式。

1. 应收账款抵押借款

应收账款抵押借款是企业以全部应收账款为抵押从银行等金融机构取得借款。企业将应收账款抵押给银行等金融机构时，不应当确认相关的销售损益，因为该项应收账款仅仅是抵押给银行等金融机构，并非是出售给银行等金融机构，款项仍由企业负责收回，其相关的风险和报酬并未转移给银行等金融机构，因此，企业还应当将该项应收账款作为正常的应收账款进行相应的会计处理，如提取坏账准备、相关的销售折让、退回和折扣业务等。企业以应收账款抵借方式取得借款时，在抵借合同中应规定借款限额和借款期限。借款限额是企业可以取得的最高借款额。应收账款中借款限额以外的部分，主要是为应对发生销货折扣、销货退回、销货折让等业务，并用以支付部分或全部借款利息。在一般情况下，企业在借款限额和借款期限内可随时取得借款。借款限额一般按应收账款金额的一定比率计算确定。比率的大小根据赊购方的信誉程度以及借款企业的财务状况等因素确定，一般在30%~80%不等。借款利息一般根据实际取得的借款额按日计算。

取得借款时，按借款额借记"银行存款"，贷记"短期借款"或"应付票据"。收到应收账款时，借记"银行存款"，贷记"应收账款"，同时按归还金融机构的借款本金借记"短期借款"或"应付票据"，按支付的利息借记"财务费用"科目，按支付的本息合计贷记"银行存款"。在资产负债表日，需将用于抵借的应收账款进行表外披露。

【例 3-7】　东方公司以全部的应收账款 400 000 元作抵押向银行借款，抵借比率为 80%。向银行借入 320 000 元。银行受理后，同时开出票据对借款的归还做出承诺。东方公司会计分录如下：

借：银行存款　　　　　　　　　　　　　　　　　320 000
　　贷：应付票据　　　　　　　　　　　　　　　　　　　　320 000

2. 有追索权转让

有追索权转让是指企业将应收账款转让给融资机构，并签订借款协议将应收账款转化为现金。由于企业仍保留与应收账款有关的部分风险和报酬，因此企业需保留对应收账款的追索权。在会计上要单独设"抵让应收账款"科目反映转让应收账款的增减变动情况。

【例 3-8】　东方公司 2010 年 9 月 1 日与财务公司签订了一笔 800 000 元应收账款的转让协议，财务公司按应收账款的 80%向东方公司支付现金，同时财务公司收取 1 700 元的手续费。东方公司会计分录如下：

借：银行存款　　　　　　　　　　　　　　　　　638 300
　　财务费用　　　　　　　　　　　　　　　　　　 1 700
　　贷：应付票据　　　　　　　　　　　　　　　　　　　　640 000
同时：
借：抵让应收账款　　　　　　　　　　　　　　　 800 000
　　贷：应收账款　　　　　　　　　　　　　　　　　　　　800 000

如果东方公司 2010 年 9 月 30 日收回其中的 500 000 元应收账款，财务公司对该应收账款的追索权也相应减少，东方公司会计分录如下：

借：银行存款　　　　　　　　　　　　　　　　　500 000
　　贷：抵让应收账款　　　　　　　　　　　　　　　　　　500 000
借：应付票据　　　　　　　　　　　　　　　　　500 000
　　贷：银行存款　　　　　　　　　　　　　　　　　　　　500 000

3. 应收账款出售

应收账款出售是指企业将应收账款出让给金融机构以筹措所需资金的一种方法。企业采用出售应收账款的方式取得资金时，应与金融机构签订应收账款出售合同。规定手续费、利息和金融机构扣留款等事项。手续费主要用于金融机构支付收取应收账款的费用，并用以应对无法收回账款的风险。手续费一般按扣除最大现金折扣后的应收账款净额的一定比率计算，比率的大小应根据收回账款承担的风险程度加以确定，一般在 1%~5%不等。扣留款是金融机构为了应对可能发生的销售退回、销售折让以及其他减少应收账款的事项，而从应收账款总额中扣留的部分，具有保证金的性质。扣留款占应收账款总额的比率，由出售企业与金融机构协商确定，一般不超过应收账款总额的 20%。

金融机构根据发票金额扣除企业给予购货方的现金折扣、可能发生的销货退回、折让及应收取的佣金后，将款项提前支付给企业；购货方于到期日应将款项直接支付给金融机构。由于应收账款在出售后，其所有权上的一切报酬和风险相应转移给金融机构，如果在到期日金融机构无法收回款项，不得向企业追偿。但销售企业给予购货方的现金折扣大于实际发生的现金折扣时，应由金融机构退还给企业；反之，由销售企业补足。销售企业出售应收账款中发生的损益在出售当期确认入账。

【例 3-9】　东方公司于 2010 年 10 月 8 日将 1 000 000 元应收账款出售给某金融机构，手续费为 3%，计 30 000 元，并从应收账款总额中扣留 2% 的货款，计 20 000 元以抵减现金折扣、销货退回和折让；10 月 18 日，金融机构收到购货方交来的货款 291 000 元，实际发生现金折扣 14 000 元，应退回东方公司现金折扣预留款 6 000 元。东方公司会计分录如下：

（1）2010 年 10 月 8 日出售应收账款时：

借：银行存款　　　　　　　　　　　　　　　　950 000
　　其他应收款——某金融机构　　　　　　　　 20 000
　　资产减值损失——应收账款出售损失　　　　 30 000
　　贷：应收账款　　　　　　　　　　　　　　　　　1 000 000

（2）2010 年 10 月 18 日与金融机构结清余款时：

借：银行存款　　　　　　　　　　　　　　　　　6 000
　　财务费用　　　　　　　　　　　　　　　　 14 000
　　贷：其他应收款——某金融机构　　　　　　　　　 20 000

四、应收账款减值

应收账款减值是指企业无法收回或收回的可能性极小的应收款项。应收账款发生减值而产生的损失，称为应收账款减值损失。

（一）应收账款减值损失的测试

在资产负债表日，企业要对所有的应收款项进行检查，有客观证据表明其发生减值的，应当根据其账面价值与预计未来现金流量现值之间的差额计算确认减值损失。表明应收账款发生减值的客观证据，是指应收账款初始确认后实际发生的、对该应收账款的预计未来现金流量有影响，且企业能够对该影响进行可靠计量的事项。应收账款发生减值的客观证据，包括下列各项：①债务人发生严重财务困难。②债务人违反了合同条款，如偿付利息或本金发生违约或逾期等。③债权人出于经济或法律等方面因素的考虑，对发生财务困难的债务人做出让步。④债务人很可能倒闭或进行其他财务重组。⑤因发行方发生重大财务困难，该金融资产无法在活跃市场继续交易。⑥无法辨认一组金融资产中的某项资产的现金流量是否已经减少，但根据公开的数据对其进行总体评价后发现，该组金融资产自初始确认以来的预计未来现金流量确已减少且可计量。例如，该组金融资产的债务人支付能力逐步恶化，或债务人所在国家或地区失业率提高、担保物在其所在地区的价格明显下降、所处行业不景气等。⑦债务人经营所处的技术、市场、经济或法律环境等发生重大不利变化，使债权人可能无法收回全部债权。⑧权益工具投资的公允价值发生严重或非暂时性下跌。⑨其他表明应收账款发生减值的客观证据。

（二）应收账款减值损失的计量

企业对应收款项进行减值测试，应根据本单位的实际情况，遵循重要性原则，将本单位的应收款项分为单项金额重大和非重大的应收款项，分别采用个别认定法和组合测试法对应收账款减值损失进行测试和计量。

（1）个别认定法。对于单项金额重大的应收款项，应当采用个别认定法，单独进行减值测试，有客观证据表明其发生减值的，应根据其未来现金流量现值低于其账面价值的差额确认减值损失，计提坏账准备；并将该应收账款的账面价值减记至预计未来现金流量（不包括尚未发生的未来信用损失）现值，减记的金额确认为资产减值损失，计入当期损益。企业会计准则规定，对于应收款项，在计算未来现金流量现值时可采用合同规定的现行实际利率作为折现率。如果应收款项的预计未来现金流量在短期内可以收到，那么，在确定相关减值损失时可以不对其预计未来现金流量进行折现。

（2）组合测试法。对于单项金额非重大的应收款项以及单独测试后未发生减值的单项金额重大的应收款项，应当采用组合测试法对应收账款进行减值测试，分析判断组合后的应收账款是否发生减值。在对应收账款进行组合时，通常以应收款项的信用风险特征是否类似为标准，将信用风险特征类似的应收账款划分为同一组合，然后再按这些应收款项组合在资产负债表日余额的一定比例，计算确定减值损失，计提坏账准备。这里所说的信用风险特征是指应收账款的风险关联程度，如应收账款的账龄、债务人所属的企业集团、债务人所属地区或国家等。类似信用风险特征与这些金融资产组合的未来现金流量估计有关，因为它们可以表明债务人按相关资产的合同条款偿付所有到期金额的能力。确定本期各项组合计提坏账准备的比例时，企业应当根据以前年度与之相同或相类似的、具有类似信用风险特征的应收款项组合的实际损失率为基础，结合现时情况进行确定，如企业可以根据以往的惯例继续使用应收款项余额百分比法和账龄分析法等。

对于应收款项已确认减值损失的，如果有客观证据表明该应收款项价值已恢复，且客观上与确认该损失后发生的事项有关，原确认的减值损失应当予以转回，计入当期损益。但是，该转回后的账面价值不应当超过假定不计提减值准备情况下该金融资产在转回日的摊余成本。摊余成本，是指该应收款项的初始确认金额经扣除已偿还的本金，加上或减去采用实际利率法将该初始确认金额与到期日金额之间的差额进行摊销形成的累计摊销额，扣除已发生的减值损失后的调整结果（专指金融资产）。根据准则对摊余成本的解释，摊余成本可以理解为账面价值。

（三）应收账款减值损失的会计处理方法

估计应收账款减值损失的方法有应收款项余额百分比法、账龄分析法和销货百分比法等方法，企业可根据实际情况自行确定计提坏账准备的方法。坏账准备计提方法，一经确定，不得随意变更。

1. 应收款项余额百分比法

应收款项余额百分比法是根据会计期末应收款项的余额和估计的坏账准备提取比率，首先计算会计期末坏账准备的余额，然后倒挤计算当期应收账款减值损失，计提坏账准备的方法。

【例3-10】 东方公司从2008年开始计提坏账准备。2008年年末应收账款余额为1 000 000元，该企业坏账准备的提取比例为10%。则有

坏账准备余额 = 1 000 000 × 10% = 100 000（元）

坏账准备提取金额 = 100 000 – 0 = 100 000（元）

2009 年 10 月，公司发现有 5 000 元的应收账款无法收回，按有关规定确认为应收账款减值损失。

2009 年 12 月 31 日，该企业应收账款余额为 1 500 000 元。则有

坏账准备余额 = 1 500 000 × 10% = 150 000（元）

坏账准备提取金额 = 150 000 –（100 000 – 5 000）= 55 000（元）

2010 年 3 月 2 日，接银行通知，公司上年度已冲销的 5 000 元坏账又收回，款项已存入银行。

2010 年 12 月 31 日，公司应收账款余额为 900 000 元。则有

坏账准备余额 = 900 000 × 10% = 90 000（元）

坏账准备提取金额 = 90 000 –（150 000 + 5 000）= – 65 000（元），即为冲减 65 000 元。

2. 账龄分析法

账龄分析法是根据应收款项账龄的长短来估计应收账款减值损失的方法。采用这种方法，企业首先利用账龄分析表计算确定坏账准备的会计期末余额，然后，倒挤计算本年应提取的坏账准备金额和本年的应收账款减值损失。

【例 3-11】　M 公司 2010 年 10 月 31 日应收账款账龄及估计坏账损失如表 3-1 所示。

表 3-1　应收账款账龄及坏账损失估算表

应收账款账龄	应收账款金额/元	估计损失/%	估计损失金额/元
未到期	100 000	5	5 000
过期 1 个月	150 000	8	12 000
过期 2 个月	180 000	10	18 000
过期 3 个月	200 000	12	24 000
过期 3 个月以上	100 000	16	16 000
合　计	730 000		75 000

如表 3-1 所示，该公司 2010 年 10 月 31 日，"坏账准备"科目的账面余额应为 75 000 元。

假设在估计应收账款减值损失前，"坏账准备"科目有贷方余额 20 000 元，则该企业还应计提 55 000（75 000–20 000）元。

再假设在估计应收账款减值损失前，"坏账准备"科目有贷方余额 90 000 元，则该企业应冲减 15 000（90 000–75 000）元。

3. 销货百分比法

销货百分比法是以赊销金额的一定百分比作为估计应收账款减值损失的方法。

【例 3-12】　N 公司 2008 年赊销 1 000 000 元；2009 年赊销 1 500 000 元，2010 年赊销 1 200 000 元，坏账准备的提取比率为 5%。则 N 公司各年的坏账准备提取金额如下：

2008 年坏账准备提取金额 = 1 000 000 × 5% = 50 000（元）

2009 年坏账准备提取金额 = 1 500 000 × 5% = 75 000（元）

2010 年坏账准备提取金额 = 1 200 000 × 5% = 60 000（元）

（四）计提坏账准备的会计处理

应收账款发生减值时，应当将其账面价值减记至预计未来现金流量的（包括尚未发生

的未来信用损失）现值，减记的金额确认为资产减值损失，计入当期损益。同时还要设置"坏账准备"科目。"坏账准备"科目贷方登记每期提取的坏账准备数额，借方登记实际发生的应收账款减值损失数额和冲减的坏账准备数额，期末余额一般在贷方，反映企业已提取但尚未转销的坏账准备数额。

企业提取坏账准备时，借记"资产减值损失"科目，贷记"坏账准备"科目。本期应提取的坏账准备大于其账面余额的，应按其差额提取；应提数小于账面余额的差额，借记"坏账准备"科目，贷记"资产减值损失"科目。

实际发生应收账款减值损失时，借记"坏账准备"科目，贷记"应收账款"、"其他应收款"等科目。如果已确认并转销的应收账款减值以后又收回，则应按收回的金额借记"应收账款"、"其他应收款"等科目，贷记"坏账准备"科目；同时，借记"银行存款"科目，贷记"应收账款"、"其他应收款"等科目。

【例3-13】　承【例3-10】的资料，东方公司的会计分录如下。

2008年年末，计提坏账准备的会计分录如下：

借：资产减值损失　　　　　　　　　　　　　　　　　100 000
　　贷：坏账准备　　　　　　　　　　　　　　　　　　　100 000

2009年10月，发现有5 000元的应收账款无法收回的会计分录如下：

借：坏账准备　　　　　　　　　　　　　　　　　　　5 000
　　贷：应收账款　　　　　　　　　　　　　　　　　　　5 000

2009年12月31日，会计分录如下：

借：资产减值损失　　　　　　　　　　　　　　　　　55 000
　　贷：坏账准备　　　　　　　　　　　　　　　　　　　55 000

2010年3月2日，已冲销的5 000元坏账又收回的会计分录如下：

借：应收账款　　　　　　　　　　　　　　　　　　　5 000
　　贷：坏账准备　　　　　　　　　　　　　　　　　　　5 000
借：银行存款　　　　　　　　　　　　　　　　　　　5 000
　　贷：应收账款　　　　　　　　　　　　　　　　　　　5 000

2010年12月31日，会计分录如下：

借：坏账准备　　　　　　　　　　　　　　　　　　　65 000
　　贷：资产减值损失　　　　　　　　　　　　　　　　　65 000

【例3-14】　承【例3-11】的资料，M公司有关会计分录如下。

假设估计坏账损失前，"坏账准备"科目有贷方余额20 000元的会计分录如下：

借：资产减值损失　　　　　　　　　　　　　　　　　55 000
　　贷：坏账准备　　　　　　　　　　　　　　　　　　　55 000

假设估计坏账损失前，"坏账准备"科目有贷方余额90 000元的会计分录如下：

借：坏账准备　　　　　　　　　　　　　　　　　　　15 000
　　贷：资产减值损失　　　　　　　　　　　　　　　　　15 000

【例3-15】　承【例3-12】的资料，N公司有关会计分录如下。

2008年：

借：资产减值损失　　　　　　　　　　　　　　　　　50 000
　　贷：坏账准备　　　　　　　　　　　　　　　　　　　50 000

2009 年：

借：资产减值损失 75 000
    贷：坏账准备 75 000

2010 年：

借：资产减值损失 60 000
    贷：坏账准备 60 000

第三节 预付账款及其他应收款

一、预付账款

预付账款是指企业按照购货合同规定，预先支付给供货方的款项。为了反映预付账款的发生及结算情况，企业应当设置"预付账款"科目进行核算，预付账款不多的企业，也可以将预付的货款记入"应付账款"科目的借方。预付账款按实际付出的金额入账。

企业按购货合同规定预付货款时，按预付金额借记"预付账款"科目，贷记"银行存款"科目。企业收到预定的物资时，应根据发票账单等列明的应计入购入物资成本的金额，借记"材料采购"、"在途物资"、"原材料"、"库存商品"等科目，按专用发票上注明的增值税，借记"应交税费——应交增值税（进项税额）"科目，按应付的金额，贷记"预付账款"科目；补付货款时，借记"预付账款"科目，贷记"银行存款"科目；退回多付的款项，借记"银行存款"科目，贷记"预付账款"科目。

【例 3-16】 东方公司于 2010 年 11 月 2 日预付货款 90 000 元给甲公司。东方公司会计分录如下：

借：预付账款 90 000
    贷：银行存款 90 000

东方公司于 11 月 18 日收到甲公司发来的原材料，专用发票上注明的买价为 60 000 元，增值税额为 10 200 元。东方公司会计分录如下：

（1）支付货款时：

借：材料采购 60 000
    应交税费——应交增值税（进项税额） 10 200
    贷：预付账款 70 200

（2）5 月 20 日，收到甲公司退回剩余款项 19 800 元时：

借：银行存款 19 800
    贷：预付账款 19 800

企业的预付账款如果有确凿证据表明其不符合预付账款性质，或者因供货单位破产、撤销等原因已无望再收到所购货物的，应将原记入预付账款的金额转入其他应收款。企业应按预计不能收到所购货物的预付账款账面余额，借记"其他应收款——预付账款转入"科目，贷记"预付账款"科目。

二、其他应收款

其他应收款是指除应收票据、应收账款、预付账款、应收股利、应收利息、存出保证金、长期应收款等以外的其他各种应收及暂付款项。

为了反映和监督其他应收款的发生和结算情况，企业应设置"其他应收款"科目，并按其他应收款的项目分类，按不同的债务人设置明细账。"其他应收款"科目属于资产类科目，其借方登记其他各种应收、暂付款项，表示其他应收款的增加；贷方登记收回的其他各种应收、暂付款项以及发生坏账转销的其他应收款，表示其他应收账款的减少；余额在借方，表示尚未收回的其他各种应收、暂付款项。

企业发生其他应收款时，按应收金额借记"其他应收款"科目，贷记有关科目。收回各种款项时，借记有关科目，贷记"其他应收款"科目。

【例 3-17】   东方公司 2010 年 11 月发生如下有关其他应收款的交易和事项，东方公司会计分录如下。

（1）张明预借差旅费 1 000 元时：

借：其他应收款——张明   1 000

　　贷：库存现金   1 000

（2）租入包装物，支付押金 500 元时：

借：其他应收款   500

　　贷：库存现金   500

（3）张明出差归来，报销差旅费 900 元，多余款项收回时：

借：库存现金   100

　　管理费用   900

　　贷：其他应收款——张明   1 000

（4）退回租入的包装物，同时收回押金 500 元时：

借：库存现金   500

　　贷：其他应收款   500

企业核算备用金时，按照由企业财务部门单独拨给企业内部各单位周转使用的备用金金额，借记"其他应收款"科目，贷记"库存现金"或"银行存款"科目。自备用金中支付零星支出，应根据有关的支出凭单，定期编制备用金报销清单，财务部门根据内部各单位提供的备用金报销清单，定期补足备用金，借记"管理费用"等科目，贷记"库存现金"或"银行存款"科目。除了增加或减少拨入的备用金外，使用或报销有关备用金支出时不再通过"其他应收款"科目核算。

按规定，企业应定期或者至少于每年年度终了时，对其他应收款进行检查，预计其可能发生的坏账损失，并计提坏账准备。

思考与练习

一、思考题

1. 带息和不带息应收票据在会计处理上有何不同？

2. 什么是票据贴现？应收票据贴现时应如何计算贴现利息？

3. 应收账款的计量理论上与会计实务有何不同，为什么？

4. 哪些应收款项应计提坏账准备？

5. 应收账款的抵借、转让和出售有何不同？会计处理上是如何体现的？

二、练习题

1. 大华公司 2010 年 9 月 1 日销售一批产品给 A 公司，货已发出，发票上注明的销售收入为 200 000 元，增值税税额 34 000 元。收到 A 公司交来的商业承兑汇票一张，期限为 6 个月后转年的 3 月 1 日如期支付，票面利率为 5%。

要求：编制大华公司收到票据、年末计提利息及票款收回的会计分录。

2. 甲公司采用托收承付结算方式向乙公司销售商品一批，货款 300 000 元，增值税额 51 000 元，以银行存款代垫运杂费 6 000 元，已办理托收手续。

要求：编制甲公司会计分录。

3. A 公司 2011 年 2 月初，预付给 B 公司货款 8 000 元，本月中旬收到 B 公司发来的该笔预付款的货物，含税价 11 700 元。

要求：

（1）若差额款项尚未处理，则 A 公司的会计处理。

（2）若差额款项均用银行存款补时，则 A 公司的会计处理。

（3）若 A 公司未设置"预付账款"科目，其他条件不变，则如何处理。

4. 甲企业坏账核算采用备抵法，并按应收账款年末余额百分比法计提坏账准备，各年计提比例均假设为应收账款余额的 5%。该企业计提坏账准备的第一年的年末应收账款余额为 1 200 000 元；第二年客户甲单位所欠 15 000 元账款按规定确认为坏账，应收账款期末余额为 1 400 000 元；第三年客户乙单位破产，所欠 10 000 元中有 4 000 元无法收回，确认为坏账，期末应收账款余额为 1 300 000 元。第四年已冲销的甲单位所欠 15 000 元账款又收回 10 000 元，年末应收账款余额为 1 500 000 元。

要求：计算甲企业因对应收账款计提坏账准备在四年中累计计入管理费用的金额。

第四章

存 货

本章介绍了存货的概念、确认条件以及存货的分类,在阐述存货的收入发出计价和期末计价的基础上,着重介绍了原材料的计价与相应的会计核算,并对周转材料和委托加工物资等其他存货做了较为系统的阐释。

【重要概念】 存货　成本与市价孰低法　先进先出法　加权平均法　原材料

第一节　存货的概述

一、存货的概念与确认条件

(一)存货的概念

存货是指企业在日常生产活动中持有以备出售的产成品或商品、处在生产过程中的在产品、在生产过程或提供劳务过程中耗用的材料或物料等。

存货作为企业的一类资产,具有资产所有的特征,但存货区别于固定资产等非流动资产的最基本的特征是:①存货是一项具有实物形态的资产。这一特征使存货与无形资产、应收账款等无实物形态而存在的资产相区别;②存货具有较强的流动性。存货通常能在一年内被销售或耗用,且其价值随实物的销售或耗用一次性转移。这一特征使其与虽有一定实物形态但流动性较弱的资产(如固定资产等)相区别;③企业持有存货的目的是为了出售或耗用。这一特征使存货与虽有一定物质形态且其流动性较大但属于非生产耗用的资产(如工程物资等)相区别。

(二)存货的确认条件

企业的某项资产要确认为存货,不但要符合存货的概念,还要符合存货的确认条件。按照我国存货会计准则的规定,企业应当在同时满足以下两个条件时,才能加以确认。

1. 该存货包含的经济利益很可能流入企业

作为企业存货予以确认的项目,必须具备产生的经济利益很可能流入企业这项基本条件。一般来说，存货的所有权是存货有关的经济利益很可能流入企业的一个重要标志。如果企业按照销售合同已经售出（取得现金或取得收取现金的权利）所有权已经转移的存货，即使该项存货还未运离企业，因其有关的经济利益已不能流入本企业，因而也不能再作为企业的存货加以确认。在实务中，要确定存货创造的经济利益是否很可能流入企业，需要进行职业判断。在进行这种判断时，需要考虑相关因素的影响，如是否存在相关的新型可替代的存货的冲击、消费者的消费倾向发生何种变化、该存货是否违反国家法律法规的规定而被禁止使用等。

2. 该存货的成本能够可靠地计量

成本能够可靠地计量是资产确认的一项基本条件。对于存货来说，这个条件也十分重要。如果企业存货的取得成本无法计量，则该存货不能作为企业的资产予以确认。

实务中，企业通常以对存货是否具有法定所有权为依据来判断企业存货的范围，而不论其存放地点在何处。凡在盘存日期，法定所有权属于企业的一切物品，不论其存放于何处，都应作为企业的存货。反之，凡法定所有权不属于企业的物品，即使尚未离开企业，也不能包括在本企业的存货范围内。

具体来说，企业在确认存货时，应注意以下几点：

（1）凡企业已经购入正处于运输途中尚未收到入库的货物，或已收到货物但尚未收到销货方的结算发票的，如果货物的所有权已经转为本企业所有，应包括在本企业的存货中，如各种在途物资等。

（2）当货物已经运离企业，但货物的所有权尚未从本企业转移给其他单位的，也应包括在本企业的存货中，如委托代销商品。委托代销商品是指一方委托另一方代其销售商品，从所有权的角度来看，委托代销商品在售出之前，所有权属于委托方，受托方只是代委托方销售商品。

（3）由于某种原因存放在企业，但企业不具有所有权的，不应作为企业的存货，如企业接受其他单位委托加工的物资、代为保管的物资等。

二、存货的分类

存货种类繁多，它们在经营管理过程中用途不同，所起的作用也不同。为了有效地组织各项存货的会计核算，加强对存货的管理，企业应根据不同的标准对存货进行科学的分类。

存货按经济内容分，有以下几类：

（1）原材料，指企业在生产过程中经加工改变其形态或性质，并构成产品主要实体的各种原料及主要材料、辅助材料、燃料、外购半成品（外购件）、修理用备件（备品备件）、包装材料等。

（2）在产品，指处于生产阶段尚未完工的生产物，包括处于各生产工序加工的产品和已加工完毕但尚未检验或已检验但尚未办理入库手续的产品等。

（3）半成品，指经过一定生产过程并已检验合格交付半成品库验收保管，但尚未制造完成为产成品，仍需进一步加工的中间产品。从一个生产车间转到另一生产车间继续加工制造的自制半成品，以及不能单独计价的自制半成品，属于在产品，不作为半成品对待。

（4）产成品，指企业已完成全部生产过程并验收入库，可以按照合同规定的条件送交订货单位，或者可以作为商品对外销售的产品。企业接受外来原材料加工制造的代制品和为外单位加工修理的代修品，制造和修理完成验收入库后应视同企业的产成品。

（5）商品，指商品流通企业外购或委托加工完成验收入库用于销售的各种商品。

（6）周转材料，指企业能够多次使用、逐渐转移其价值，但仍保持原有形态，不确认为固定资产的材料，如包装物和低值易耗品。

（7）包装物，指为了包装本企业商品而储备的各种包装容器，如桶、箱、瓶、坛、袋等。其主要作用是盛装、装潢产品或商品。但下列包装品，在会计上不作为包装物存货进行核算：各种包装用的材料，如纸、绳、铁丝、铁皮等，应作为原材料进行核算；企业在生产经营过程中，用于储备和保管产品或商品、材料、产成品、零部件等，而不会随同产品或商品出售、出租或出借的周转使用的包装容器，应分别归入固定资产或低值易耗品进行核算。

（8）低值易耗品，指不符合固定资产确认条件的各种用具物品，如工具、管理用具、玻璃器皿、劳动保护用品，以及在经营过程中周转使用的容器等。其特点是单价较低，或使用期限相对于固定资产较短，在使用过程中保持其原有实物形态基本不变。

存货按来源分以下几类：

（1）外购存货，指企业从外单位购入并已验收入库的存货，如外购商品、外购材料等。

（2）自制存货，指由企业内部制造的存货，如工业企业的自制材料、在产品和产成品等。

（3）投资者投入存货，指投资者投入的材料、商品等。

（4）委托加工存货，指企业因技术、经济等原因而委托外单位代为加工的各种材料、半成品等。

（5）非货币性资产交换换入的存货，指在非货币性资产交换中，企业以非货币性资产换入的存货。

（6）债务重组取得的存货，指在债务重组交易中，企业收到的债务人用以清偿债务的存货。

（7）盘盈的存货，指企业按规定进行存货盘点时，实际结存量大于账面结存量的存货。

存货按存放地点分为以下几类：

（1）库存存货，指已运到企业或加工完成并已验收入库的各种存货。

（2）在途存货，指企业购入的正在运输途中的或已运到但尚未验收入库的各种存货。

（3）委托加工存货，指企业已经委托外单位加工，但尚未加工完成的各种存货。

（4）委托代销存货，指企业已经委托外单位代销，但按合同规定尚未办理代销货款结算的存货。

第二节　存货的计价

一、存货按实际成本计价

（一）收入存货的计价

收入存货的计价在于确定存货的入账价值。企业取得存货的途径不同，存货的入账价值的构成内容和确定方法也不完全一致。

1. 外购存货

外购存货的成本指企业物资从采购到入库前所发生的全部支出，包括购买价款、相关税费、运输费、装卸费、保险费以及其他可归属于存货采购成本的费用。

（1）存货的购买价款，是指企业购入的材料或商品的发票账单上列明的价款，但不包括按规定可以抵扣的增值税额。

（2）存货的相关税费，是指企业购买、自制或委托加工存货发生的应支付的税金及相关费用，主要包括进口环节的关税、消费税、海关手续费，企业购入未税矿产品代缴的资源税，小规模纳税人购进货物支付的增值税，以及一般纳税人购进货物按规定不能抵扣的增值税进项税额等。

（3）其他可归属于存货采购成本的费用，是指为使外购存货达到预定可使用状态所支付的除买价及相关税费以外的采购费用，主要包括外购存货到达仓库以前发生的仓储费、包装费、运杂费、运输途中合理损耗、运输保险费以及入库前的挑选整理费用等。这些费用能分清负担对象的，应直接计入存货的采购成本；不能分清负担对象的，应选择合理的分配方法，分配计入有关存货的采购成本，可按所购存货的数量或采购价格比例进行分配。

对于采购过程中发生的物资毁损、短缺等，除合理的运输途中的合理损耗应当作为存货的其他可归属于存货采购成本的费用计入采购成本外，应区别不同情况进行会计处理：

（1）从供货单位、外部运输机构等收回的物资短缺或其他赔款，应冲减所购物资的采购成本。

（2）因遭受意外灾害发生的损失和尚待查明原因的途中损耗，暂作为待处理财产损溢进行核算，查明原因后再作处理。

商品流通企业在采购商品过程中发生的运输费、装卸费、保险费以及其他可归属于存货采购成本的费用等进货费用，应计入所购商品成本。在实务中，企业也可以将发生的运输费、装卸费、保险费，以及其他可归属于存货采购成本的费用等进货费用先进行归集，期末按照所购商品的存销情况进行分摊。对于已销售商品的进货费用，计入主营业务成本；对于未售商品的进货费用，计入期末存货成本。商品流通企业采购商品的进货费用金额较小的，可以在发生时直接计入当期销售费用。

应当说明的是，下列费用不应当计入存货成本，而应当在其发生时计入当期损益：

（1）非正常消耗的直接材料、直接人工及制造费用应计入当期损益，如由自然灾害而发生的直接材料、直接人工及制造费用。

（2）仓储费用。仓储费用指企业在采购入库后发生的储存费用。但是，在生产过程中为达到下一个生产阶段所必需的仓储费用则应计入存货成本。

（3）不能归属于使存货达到目前场所和状态的其他支出。

2. 自制存货

自制的存货主要包括产成品、在产品、半成品、委托加工物资等，根据企业会计准则的相关规定，自制存货应以存货达到目前场所和状态所发生的全部支出入账，包括消耗的材料采购成本，自制过程中发生的加工成本以及其他能直接认定为该存货价值的成本（如企业为特定客户设计产品而发生的专项设计费用，以及应计入存货成本的借款费用等）。

采购成本是由所使用或消耗的原材料采购成本转移而来的，即通常所说的直接人工。

采购成本在外购时已按外购存货成本计量的方式予以计量。

存货加工成本，由直接人工和制造费用构成。其中，直接人工，是指企业在生产产品过程中直接从事产品生产的工人的职工薪酬。制造费用是指企业生产部门为生产产品和提供劳务而发生的各项间接费用，包括企业生产部门（如生产车间）管理人员的职工薪酬、折旧费、办公费、水电费、机物料消耗、劳动保护费、季节性和修理期间的停工损失等。

企业在加工存货过程中发生的直接人工和制造费用，如果能够直接计入有关的成本核算对象，则应直接计入该成本核算对象。否则，应按照合理方法分配计入有关成本核算对象。分配方法一经确定，不得随意变更。

3. 以其他方式取得的存货

企业取得存货的其他方式主要包括接受投资者投资、委托加工、非货币性资产交换、债务重组、接受捐赠、盘盈等。

（1）投资者投入存货的成本，应当按照投资合同或协议约定的价值确定，但合同或协议约定价值不公允的除外。在投资合同或协议约定价值不公允的情况下，按照该项存货的公允价值作为其入账价值。

（2）委托外单位加工完成的存货成本，以实际耗用的原材料或者半成品、加工费、运输费、装卸费、保险费等费用以及按规定应计入成本的税费，作为实际成本。

（3）企业通过非货币性资产交换、债务重组、企业合并等方式取得的存货成本，应当分别按照非货币性资产交换会计准则、债务重组会计准则、企业合并会计准则等的规定确定。但该项存货的后续计量和披露应当执行存货准则的规定。

（4）接受捐赠方式取得存货的成本，若捐赠方提供了有关凭据的，按照凭据上标明的金额加上应支付的相关税费，作为实际成本；若捐赠方未提供有关凭据的，如果接受捐赠的存货或同类或类似存货存在活跃的市场，应当参照同类或类似存货的市场价格估计的金额加上应支付的相关税费，作为实际成本，如果接受捐赠的存货及同类或类似存货均不存在活跃的市场，则应按照合理的方式对该存货的价值进行评估，以确定其入账成本。

（5）盘盈的存货成本，应按其重置成本作为入账成本，并通过"待处理财产损溢"科目进行会计处理，按管理权限报经批准后冲减当期管理费用。

（二）发出存货的计价

由于存货的来源不同，同种存货的价格常常有所不同，即使存货来源相同，由于存货进货批次、时间、付款方式、条件等的不同，其价格也有所不同。因此，企业需要选定一种存货计价方法来确定本期发出存货的价值和期末存货的价值。企业应根据各类存货的实际情况选择采用个别计价法、先进先出法、全月一次加权平均法、移动加权平均法等对存货进行计价。企业在同一年内不能随意变更存货计价方法，企业变更存货计价方法应在会计报表附注中说明变更的情况、变更原因及对财务状况和经营成果的影响。下面分别介绍这几种存货计价方法。

1. 个别计价法

个别计价法又称个别认定法、具体辨认法，是指按每一批存货购入时的实际单位成本作为该批存货发出时的单位成本和期末结存存货的单位成本。其计算公式为

每次存货发出成本 ＝ 该次存货发出数量 × 该次存货收入时的实际单位成本

【例 4-1】　东方公司 2010 年 10 月初 A 产品结存 20 件，单位成本 1 100 元，10 月 3 日购入 A 产品 100 件，单位成本 1 200 元，10 月 15 日购入 A 产品 200 件，单位成本为 1 300 元。10 月 10 日发出 A 产品 10 件，系期初结存的存货，10 月 20 日发出 A 产品 80 件，其中 30 件系 10 月 3 日购入，50 件系 10 月 15 日购入。

东方公司 10 月份发出存货的成本与月末结存存货的成本计算如下：

本月发出 A 产品成本 ＝ 10 × 1 100 ＋ 30 × 1 200 ＋ 50 × 1 300 ＝ 112 000（元）

本月结存 A 产品成本 ＝ 10 × 1 100 ＋ 70 × 1 200 ＋ 150 × 1 300 ＝ 290 000（元）

采用这种方法计算发出存货的成本和期末存货的成本比较合理、准确。但采用这种方法需要具备一定的条件，即存货应该是可以辨别认定的，而且必须对存货的收入、发出和结存进行详细的记录，因而实际操作的工作量繁重、困难较大。个别计价法适用于容易辨别、存货品种数量不多、单位成本较高的存货的计价，如珠宝首饰等贵重物品。

2. 先进先出法

先进先出法是以先购入的存货应先发出（销售或耗用），并根据这一假定的成本流转顺序对发出存货和期末存货进行计价的一种方法，即企业发出存货时按照入库存货的先后次序进行，先入库的存货先发出，并按先入库存货的单位成本作为发出存货的单位成本，进而确定期末存货的成本。采用这一方法，收到存货时，要逐笔登记收入存货的数量、单价和金额；发出存货时，按照先进先出原则将最先收到存货的数量、单价和金额确定为存货的发出成本和结存成本。

【例 4-2】　东方公司 2010 年 11 月甲材料的期初、收入、发出和结存的有关明细资料如表 4-1 所示。

表 4-1　甲材料收发资料表

2010 年		摘要	收入			发出数量	结存数量
月	日		数量	单价	金额		
11	1	期初结存					300
11	2	购入	500	1.28	640		800
11	8	领用				500	300
11	12	购入	600	1.25	750		900
11	17	领用				500	400
11	22	购入	600	1.30	780		1 000
11	29	领用				400	600

根据表 4-1，采用先进先出法确定发出存货和期末结存存货的成本，登记"存货明细账"，如表 4-2 所示。

先进先出法优点是期末存货的价值较为接近现行市价水平，从而能够较为公允地反映企业的财务状况。但是在物价上升的情况下，发出存货的成本水平将明显低于现行市价水平，这使得利润虚增，增加了企业的税收负担；在物价下跌的情况下，由于同样的原因，发出存货的成本水平将明显高于现行市价水平，这使得利润虚减，减轻了企业的税收负担。先进先出法的缺点是日常核算十分烦琐。

表 4-2 材料明细账

类别：原材料   最高储备量：1 000
名称：甲材料   规格：××   计量单位：千克   最低储备量： 200

2010 年		凭证编号	摘要	收入			发出			结存		
月	日			数量	单价	金额	数量	单价	金额	数量	单价	金额
11	1		月初余额							300	1.30	390
11	2		购入	500	1.28	640				300 500	1.30 1.28	390 640
11	8		领用				300 200	1.30 1.28	390 256	300	1.28	384
11	12		购入	600	1.25	750				300	1.28	384
11	17		领用				300 200	1.28 1.25	384 250	400	1.25	500
11	22		购入	600	1.30	780				400	1.25	500
11	29		领用				400	1.25	500	600	1.30	780
11	30		本月合计	1 700		2 170	1 400		1 780	600	1.30	780

3. 加权平均法

加权平均法也叫全月一次加权平均法，是用本月收入的全部存货成本加上月初存货成本之和，除以本月收入的全部存货数量加月初存货数量之和，计算出存货的加权平均单位成本，据此计算确定发出存货的成本和库存存货的成本。计算公式为

$$加权平均单位成本 = \frac{月初结存存货的实际成本 + 本月收入存货的实际成本}{月初结存存货数量 + 本月收入存货数量}$$

$$本月发出存货成本 = 本月发出存货数量 \times 加权平均单位成本$$

$$本月结存存货成本 = 月末结存存货数量 \times 加权平均单位成本$$

$$或 = 初结存存货实际成本 + 本月收入存货实际成本 - 本月发出存货实际成本$$

【例 4-3】   仍以表 4-1 为例，采用加权平均法计算存货成本如表 4-3 所示。

表 4-3 材料明细账

类别：原材料   最高储备量：1 000
名称：甲材料   规格：××   计量单位：千克   最低储备量： 200

2010 年		凭证编号	摘要	收入			发出			结存		
月	日			数量	单价	金额	数量	单价	金额	数量	单价	金额
11	1		月初余额							300	1.30	390
11	2		购入	500	1.28	640				800		
11	8		领用				500			300		
11	12		购入	600	1.25	750				900		
11	17		领用				500			400		
11	22		购入	600	1.30	780				1 000		
11	29		领用				400			600		
11	30		本月合计	1 700		2 170	1 400	1.28	1 792	600	1.28	768

加权平均单位成本 = （390 + 2 170）÷（300 + 1 700）= 1.28（元）
本月发出甲材料成本 = 1 400 × 1.28 = 1 792（元）
月末结存甲材料成本 = 600 × 1.28 = 768（元）
　　　　　　　　 或 = 390 + 2 170 − 1 792 = 768（元）

采用加权平均法，考虑了不同批次进货的数量、单价，计算结果比较均衡。其优点是简化了日常核算工作，因为采用这种计价方法，存货单价只于月末计算一次，平时只记发出存货的数量，不记发出存货的单价和金额；缺点是发出存货的计价工作只能集中在月末进行，平时不能及时提供发出存货和结存存货的单价和金额，不利于加强对存货的管理。

4. 移动加权平均法

移动加权平均法是以本次收入存货的成本加上次结存存货的成本，除以本次收入存货数量加上次结存存货数量，计算出存货加权平均单位成本的一种方法。只要每次收入存货的单位成本与上次结存存货的单位成本不一致，就应该重新计算一次加权平均单位成本，作为发出存货和期末结存存货的计价标准。计算公式为

$$移动加权平均单位成本 = \frac{本次收入前结存存货的实际成本 + 本次收入存货的实际成本}{本次收入前存货的数量 + 本次收入存货的数量}$$

本次发出存货成本 = 本次发出存货数量 × 当前存货的单位成本
本月结存存货成本 = 月末结存存货数量 × 月末存货的单位成本

或

本月结存存货成本 = 月初结存存货实际成本 + 本月收入存货实际成本
　　　　　　　　 − 本月发出存货实际成本

需要指出，在移动加权平均单位成本除不尽的情况下，为了保证账簿记录的对应性及完整性，便于核查账面数额，应先确定结存存货成本，然后按本次发出存货前余额减去结存存货成本的方法计算发出存货成本。

【例 4-4】 仍以表 4-1 为例，采用移动加权平均法计算存货成本如表 4-4 所示。

表 4-4　材料明细账

类别：原材料　　　　　　　　　　　　　　　　　　　　　最高储备量：1 000
名称：甲材料　　　规格：××　　　计量单位：千克　　　最低储备量：　 200

2010年		凭证编号	摘要	收入			发出			结存		
月	日			数量	单价	金额	数量	单价	金额	数量	单价	金额
11	1		月初余额							300	1.30	390
11	2		购入	500	1.28	640				800	1.29	1 030
11	8		领用				500	1.29	643	300	1.29	387
11	12		购入	600	1.25	750				900	1.26	1 137
11	17		领用				500	1.26	633	400	1.26	504
11	22		购入	600	1.30	780				1 000	1.28	1 284
11	29		领用				400	1.28	516	600	1.28	768
11	30		本月合计	1 700		2 170	1 400	1.28	1 792	600	1.28	768

11 月 2 日购入甲材料的移动加权平均单位成本计算如下（保留小数点后两位）：

移动加权平均单位成本 ＝（390＋640）÷（300＋500）＝1.29（元）

11 月 8 日结存甲材料成本 ＝300×1.29＝387（元）

领用存货成本 ＝1 030－387＝643（元）

二、存货按计划成本计价

存货按计划成本计价，是企业存货的日常收入、发出、结存业务均以计划单位成本作为存货计价标准的一种方法。日常发生的存货收入、发出和结存，均按计划成本进行计价，同时设置成本差异账户反映实际成本与计划成本的差额，月末计算发出存货和结存存货应分摊的成本差异，再将发出存货和结存存货的计划成本调整为实际成本。计算公式为

$$存货成本差异率 ＝ \frac{月初结存存货成本差异额＋本月收入存货成本差异额}{月初结存存货计划成本＋本月收入存货计划成本}×100\%$$

根据存货成本差异率可以将发出存货和结存存货的计划成本调整为实际成本，计算公式为

发出存货应负担的成本差异 ＝ 发出存货的计划成本×存货成本差异率

发出存货的实际成本 ＝ 发出存货的计划成本±发出存货应负担的成本差异

结存存货应负担的成本差异 ＝ 结存存货的计划成本×存货成本差异率

结存存货的实际成本 ＝ 结存存货的计划成本±结存存货应负担的成本差异

【例 4-5】 东方公司 2010 年 5 月初结存原材料的计划成本为 100 000 元，材料成本差异借方余额 2 000 元，本月收入原材料的计划成本为 200 000 元，实际成本为 195 000 元，本月发出材料的计划成本为 170 000 元。

材料成本差异率与发出材料和结存材料的实际成本计算如下：

本月收入材料的成本差异额 ＝ 200 000－195 000＝5 000（元）（节约差）

本月材料成本差异率 ＝（2 000－5 000）÷（100 000＋200 000）×100%＝－1%

发出材料应负担的成本差异 ＝ 170 000×（－1%）＝－1 700（元）

发出材料的实际成本 ＝ 170 000－1 700＝168 300（元）

结存材料的计划成本 ＝ 100 000＋200 000－170 000＝130 000（元）

结存材料应负担的成本差异 ＝ 130 000×（－1%）＝－1 300（元）

结存材料的实际成本 ＝ 130 000－1 300＝128 700（元）

三、存货的期末计价

企业在编制资产负债表时，应客观、真实、准确地反映企业期末存货的实际成本。因而，企业应在每个会计期末，确定存货的期末价值。企业会计准则规定，资产负债表日，存货应当按照成本与可变现净值孰低计量，存货成本高于可变现净值的应当计提存货跌价准备，计入当期损益。

（一）成本与可变现净值孰低法的含义

成本与可变现净值孰低法是指期末存货按照成本与可变现净值两者之中较低者计价的方法，即当成本低于可变现净值时，期末存货按成本计价；当可变现净值低于成本时，期末存货按可变现净值计价。

成本与可变现净值孰低法中的成本，是指按前面所介绍的存货计价方法计算确定的期

末存货成本。

成本与可变现净值孰低法中的可变现净值，是指在日常活动中，存货的估计售价减去完工时估计将要发生的成本、估计的销售费用以及相关税费后的金额。

企业确定存货的可变现净值，应当以取得的确凿证据为基础，并且考虑持有存货的目的、资产负债表日后事项的影响等因素。为生产而持有的材料等，用其生产的产成品的可变现净值高于成本的，该材料仍然应当按照成本计量；材料价格的下降表明产成品的可变现净值低于成本的，该材料应当按照可变现净值计量。为执行销售合同或者劳务合同而持有的存货，其可变现净值应当以合同价格为基础计算。企业持有存货的数量多于销售合同订购数量的，超出部分的存货的可变现净值应当以一般销售价格为基础计算。

（二）成本与可变现净值比较的方法

企业采用成本与可变现净值孰低法对存货进行期末计价时，其成本与可变现净值的比较有三种不同的方法可供选择：①单项比较法，指将存货中每一项存货的成本和可变现净值逐项比较，每项存货均取较低者作为期末结存存货的价值；②分类比较法，指将同一类别的存货的成本与可变现净值进行比较，每一类存货均取其较低者作为期末结存存货的价值；③总额比较法，指将全部存货的总成本与总可变现净值相比较，以较低者作为期末结存存货的价值。

【例 4-6】　东方公司有甲、乙两大类 A、B、C、D 四种存货，各种存货 2010 年 4 月末的成本与可变现净值如表 4-5 所示，下面分别按三种方法确定期末结存存货的价值。

表 4-5　期末存货成本与可变现净值比较表　　　　　计量单位：元

存货名称	成本	可变现净值	成本与可变现净值比较方法		
			单项比较法	分类比较法	总额比较法
甲类存货					
A 存货	30 000	27 000	27 000		
B 存货	55 000	57 000	55 000		
合计	85 000	84 000	82 000	84 000	
乙类存货					
C 存货	66 000	70 000	66 000		
D 存货	42 000	40 000	40 000		
合计	108 000	110 000	106 000	108 000	
总计	193 000	194 000	188 000	192 000	193 000

从表 4-5 中的计算结果可以看出，同样的存货，在三种比较方法下得出的期末计价是不同的。在单项比较法下，期末结存存货计价最低，在分类比较法和总额比较法下，期末结存存货的计价都比单项比较法要高。这是因为在单项比较法下，对各项存货进行逐项比较，选出的数据都是最低的，其合计数也最低，据此计算的结果也比较准确，但这种方法的工作量大；分类比较法和总额比较法操作简单，但计算结果不够准确。

（三）存货跌价准备的会计处理

成本与可变现净值进行比较的结果，有两种情况：存货成本小于可变现净值或存货成本大于可变现净值。如果是前一种情况，不需要进行任何账务处理，"存货"相关科目维持原来的金额；如果是后一种情况，则必须在当期确认存货跌价损失，并进行相应的账务处理。按照我国现行企业会计准则的规定，企业通常应当按照单个存货项目计提存货跌价准备；对于数量繁多、单价较低的存货，可以按照存货类别计提存货跌价准备；与在同一地区生产和销售的产品系列相关、具有相同或类似最终用途或目的，且难以与其他项目分开计量的存货，可以合并计提存货跌价准备。

"存货跌价准备"科目是用来核算企业提取的存货跌价准备，是有关存货科目的备抵科目。其贷方登记可变现净值低于成本的差额，借方登记已提取跌价准备的存货的价值以后又得以恢复的金额，其贷方余额反映企业已提取的存货跌价准备的金额。

具体做法是：在每一会计期末，通过比较期末存货的成本与可变现净值，将可变现净值低于成本的差额确定为应计提的存货跌价准备数，然后与"存货跌价准备"科目的余额比较，若应提数大于已提数，应予以补提；若应提数小于已提数，应在原已计提的存货跌价准备金额内转回，转回的金额计入当期损益。在第一次提取和以后补提存货跌价准备时，借记"资产减值损失——计提的存货跌价准备"科目，贷记"存货跌价准备"科目；在转回存货跌价准备时，借记"存货跌价准备"科目，贷记"资产减值损失——计提的存货跌价准备"科目。

【例 4-7】   东方公司采用"成本与可变现净值孰低法"进行期末存货的计价。2008 年末存货的账面成本为 200 000 元，预计可变现净值为 170 000 元，应计提的存货跌价准备为 30 000（200 000 - 170 000）元，东方公司会计分录如下：

借：资产减值损失——计提的存货跌价准备   30 000
　　贷：存货跌价准备   30 000

2009 年末，该存货的可变现净值为 150 000 元，应计提的存货跌价准备为 50 000（200 000 - 150 000）元。此时，"存货跌价准备"科目已有余额 30 000 元，应补提存货跌价准备 20 000元。东方公司会计分录如下：

借：资产减值损失——计提的存货跌价准备   20 000
　　贷：存货跌价准备   20 000

2010 年末，市场价格有所回升，存货的可变现净值上升到 205 000 元，由于可变现净值恢复，并且超过了存货的账面价值，故应冲减存货跌价准备 55 000 元，但此时"存货跌价准备"科目的贷方余额为 50 000 元，所以根据"以前减记的金额在原已计提的存货跌价准备金额内转回"的规定，应冲减 50 000 元。东方公司会计分录如下：

借：存货跌价准备   50 000
　　贷：资产减值损失——计提的存货跌价准备   50 000

第三节 原 材 料

原材料属于劳动对象，是工业企业生产经营中必不可少的物质要素。在生产过程中，原材料被消耗掉或改变其原有的实物形态，价值也一次性地全部转移到产品成本中去，构成产品价值的重要组成部分。

原材料在企业存货中往往占有很大比重，是存货核算的重要内容。企业对原材料的日常核算，可以采用实际成本计价也可以采用计划成本计价。

一、原材料按实际成本计价的会计处理

原材料按实际成本计价进行核算，是指原材料的收入、发出和结存，其总分类核算和明细分类核算均按实际成本计价。

（一）会计科目设置

对原材料按实际成本计价核算，应设置和使用"原材料"和"在途物资"等科目。

"原材料"科目是用来核算企业库存的各种原材料的实际成本。借方登记通过各种途径增加的原材料的实际成本；贷方登记发出原材料的实际成本；期末余额在借方，反映期末结存原材料的实际成本。该科目按照原材料的保管地点、材料类别、品种、规格等设置明细账，进行明细分类核算。

"在途物资"科目是用来核算企业购入的但尚未到达或尚未验收入库的各种在途物资的实际成本。借方登记购买的在途的各种物资的实际成本，贷方登记已验收入库的物资的实际成本。期末余额在借方，反映期末尚未到达或尚未验收入库的各种在途物资的实际成本。本科目应按供应单位设置明细账进行明细分类核算。

（二）原材料收入的会计处理

1. 外购原材料

在企业外购原材料时，由于结算方式和采购地点不同，原材料入库和货款的结算在时间上可能不完全一致，其账务处理也不完全相同。

1）收料的同时付款或开出商业汇票

企业在支付货款或开出商业汇票、原材料验收入库后，应根据有关结算凭证、发票账单和收料单等凭证，借记"原材料"、"应交税费——应交增值税（进项税额）"科目，贷记"银行存款"、"应付票据"、"其他货币资金"等科目。

【例4-8】　东方公司从本市长江公司购入甲材料一批，增值税专用发票上列明原材料价款为 50 000 元，增值税进项税额为 8 500 元，材料已验收入库，货款和增值税款均以转账支票付讫。东方公司会计分录如下：

借：原材料　　　　　　　　　　　　　　　　　　　　　50 000
　　应交税费——应交增值税（进项税额）　　　　　　　　8 500
　　　贷：银行存款　　　　　　　　　　　　　　　　　　　　58 500

2）购货发票及账单已到并付款，但原材料尚未到达或尚未验收入库

企业应根据发票账单等结算凭证，借记"在途物资"、"应交税费——应交增值税（进项税额）"科目，贷记"银行存款"、"应付票据"等科目，待原材料到达、验收入库以后，再根据收料单，借记"原材料"科目，贷记"在途物资"科目。

【例4-9】　东方公司向 S 公司购入乙材料一批，增值税专用发票上列明原材料价款 30 000 元，增值税进项税额为 5 100 元。款项已通过银行支付，原材料尚未运达。东方公司会计分录如下：

借：在途物资——S 公司　　　　　　　　　　　　　　　　30 000
　　应交税费——应交增值税（进项税额）　　　　　　　　 5 100
　　　贷：银行存款　　　　　　　　　　　　　　　　　　　　 35 100

收到仓库送来的收料单，乙材料已运达并验收入库。东方公司会计分录如下：

借：原材料——乙材料　　　　　　　　　　　　　　　　　 30 000
　　　贷：在途物资——S 公司　　　　　　　　　　　　　　　30 000

3）原材料已到达并验收入库，款项尚未支付

（1）原材料已到，发票账单也已收到，由于企业存款不足或其他原因暂未付款。在这种情况下，企业购入材料，占用了供应单位的资金，承担偿还供应单位货款的债务，应通过"应付账款"科目核算。

【例 4-10】　东方公司从 F 公司购进丙材料一批，材料已运到并验收入库，发票已收到，增值税专用发票上列明材料价款 20 000 元，增值税进项税额为 3 400 元，供货单位代垫运杂费 400 元（按规定准予扣除进项税 28 元）、装卸费 200 元。因企业银行存款不足，尚未支付款项。东方公司会计分录如下：

材料成本 = 20 000 + （400 - 28）+ 200 = 20 572（元）
进项税额 = 3 400 + 28 = 3 428（元）

借：原材料——丙材料　　　　　　　　　　　　　　　　　 20 572
　　应交税费——应交增值税（进项税额）　　　　　　　　 3 428
　　　贷：应付账款——F 公司　　　　　　　　　　　　　　 24 000

付款时：

借：应付账款——F 公司　　　　　　　　　　　　　　　　 24 000
　　　贷：银行存款　　　　　　　　　　　　　　　　　　　 24 000

（2）材料已到达并验收入库，但因发票账单未收到，因而尚未付款。在这种情况下，为了简化会计核算手续，材料验收入库时可暂不作账务处理，只将有关的入库单证单独保管，待结算凭证到达后再进行有关账务处理。但如果月末发票账单仍未收到，为如实反映企业月末资产的结存情况和负债的发生情况，应按合同成本或计划成本暂估入账，下月初用红字作相同的分录，进行冲销，待收到发票账单付款或开出、承兑商业汇票后，再进行账务处理。

【例 4-11】　2010 年 7 月 16 日，东方公司从 M 公司购入丙材料一批，材料已验收入库，月末尚未收到发票账单和结算凭证，该批材料估计成本 28 000 元。东方公司会计分录如下：

（1）7 月 16 日暂不入账。

（2）7 月 31 日按估计成本：

借：原材料——丙材料　　　　　　　　　　　　　　　　　 28 000
　　　贷：应付账款——暂估应付账款　　　　　　　　　　　 28 000

（3）8 月 1 日用红字冲销时：

借：原材料——丙材料　　　　　　　　　　　　　　　　　 28 000
　　　贷：应付账款——暂估应付账款　　　　　　　　　　　 28 000

（4）假设 8 月 14 日，上述丙材料的增值税专用发票已到，货款 30 000 元，增值税进项税额 5 100 元，货款、税款均以银行存款支付：

借：原材料——丙材料   30 000

  应交税费——应交增值税（进项税额）   5 100

 贷：银行存款   35 100

2. 自制原材料

自制并已验收入库的原材料，按实际成本，借记"原材料"科目，贷记"生产成本"科目。

【例4-12】 东方公司5月份生产完成原材料一批，实际生产成本70 000元，东方公司的会计分录如下：

借：原材料   70 000

 贷：生产成本   70 000

3. 投资者投入原材料

投资者投入的原材料的成本，按照投资合同或协议约定的价值确定，但合同或协议约定价值不公允的除外。在投资合同或协议约定价值不公允的情况下，按照该项存货的公允价值作为其入账价值。原材料的入账价值按前述方法确定的金额，借记"原材料"科目，按专用发票上注明的增值税额，借记"应交税费——应交增值税（进项税额）"科目，按以上两项金额合计数，贷记"实收资本"（或"股本"）等科目。

【例4-13】 东方公司接受B企业投入的原材料一批，投资合同的公允价值为80 000元，专用发票上注明的增值税额为13 600元，则东方公司的会计分录如下：

借：原材料   80 000

  应交税费——应交增值税（进项税额）   13 600

 贷：实收资本   93 600

4. 盘盈原材料

盘盈的原材料应按其重置成本作为入账价值，并通过"待处理财产损溢"科目进行会计处理，按管理权限报经批准后冲减当期管理费用。

【例4-14】 东方公司在财产清查过程中盘盈甲材料500千克，重置成本10元/千克，经查属于材料收发计量方面的错误。

批准处理前：

借：原材料——甲材料   5 000

 贷：待处理财产损溢——待处理流动资产损溢 5 000

批准处理后：

借：待处理财产损溢——待处理流动资产损溢 5 000

 贷：管理费用   5 000

（三）原材料发出的会计处理

企业原材料的发出主要用于产品的生产，但其他部门诸如管理部门、销售部门也要领用原材料，企业的基本建设、福利部门也可能领用原材料。如果原材料不再用于产品的生产或对企业没有使用价值时，为了盘活资金，企业也可能将原材料对外销售。对发出原材料进行账务处理时，按其具体用途反映原材料的实际耗费情况，借记有关科目，贷记"原材料"科目。直接用于产品生产的，借记"生产成本"科目；用于车间一般消耗的，借记"制造费用"科目；为销售产品消耗的，借记"销售费用"科目；管理部门领用的，借记"管理费用"科目；发往外单位委托其进行加工的，借记"委托加工物资"等有关科目。

凡是基建部门、福利部门等领用的原材料，按实际成本与收入原材料时计入"应交税费——应交增值税（进项税额）"的合计数，借记"在建工程"、"应付职工薪酬"等科目，按实际成本，贷记"原材料"科目，按收入原材料时交纳的增值税，贷记"应交税费——应交增值税（进项税额转出）"等科目。对于出售的原材料，按已收或应收的款项，借记"银行存款"或"应收账款"等科目，按实现的收入，贷记"其他业务收入"等科目，按应交的增值税额，贷记"应交税费——应交增值税（销项税额）"科目。月度终了，按出售原材料的实际成本，借记"其他业务成本"科目，贷记"原材料"科目。

如前所述，在原材料存货按实际成本计价的情况下，发出原材料的实际成本应按一定的存货计价方法计算确定。月末根据以实际成本计价的发料凭证，按领用部门和用途，汇总编制"发料凭证汇总表"，据以编制记账凭证，并登记总分类账。

【例 4-15】　东方公司为增值税一般纳税人，适用的增值税税率是 17%，本月的"发料凭证汇总表"中列明，2010 年 4 月发出甲材料情况如下：生产车间领用 287 000 元，车间一般耗用领用 9 800 元，企业管理部门领用 9 500 元，产品销售部门领用 1 500 元，基建工程部门领用 30 600 元，增值税额 5 202 元，福利部门领用 50 000 元，增值税额 8 500 元，对外销售发出 12 000 元。根据发料凭证汇总表，东方公司会计分录如下：

```
借：生产成本                                    287 000
    制造费用                                      9 800
    管理费用                                      9 500
    销售费用                                      1 500
    在建工程                                     35 802
    应付职工薪酬                                 58 500
    其他业务成本                                 12 000
  贷：原材料——甲材料                                      400 400
      应交税费——应交增值税（进项税额转出）                  13 702
```

二、原材料按计划成本计价的会计处理

原材料核算采用计划成本计价方法的特点是在原材料的日常核算中，原材料的收发凭证、明细分类账、总分类账全部按计划成本计价，实际成本与计划成本之间的差额通过"材料成本差异"科目核算，期末将原材料的计划成本调整为实际成本。

（一）会计科目设置

原材料存货在按计划成本计价的条件下，企业仍应设置"原材料"科目，其借方登记收入原材料的计划成本，贷方登记发出原材料的计划成本，借方余额反映库存材料的计划成本。

"材料采购"科目，其借方登记已支付购入的各种材料物资的实际成本，以及结转的实际成本小于计划成本的差异（节约差）；贷方登记已经运到并已验收入库的材料物资的计

划成本，以及结转的实际成本大于计划成本的差异额（超支差）；月末余额在借方，反映已经付款或已开出、承兑商业汇票，但尚未运到企业或尚未验收入库的在途物资的实际成本。本科目应按供应单位和物资品种、规格设置明细科目进行明细分类核算。

"材料成本差异"科目是用来核算企业各种原材料的实际成本与计划成本之间的差额，是"原材料"科目的备抵调整科目。借方登记入库原材料实际成本大于计划成本的差异（超支差）和结转发出材料应负担的实际成本小于计划成本的差异（节约差）；贷方登记入库原材料实际成本小于计划成本的差异（节约差）和结转发出材料应负担的实际成本大于计划成本的差异（超支差）；期末借方余额反映各种库存材料的实际成本大于计划成本的差异，期末贷方余额反映实际成本小于计划成本的差异。该科目应分别"原材料"、"包装物及低值易耗品"等，按照类别或品种设置明细科目进行明细分类核算。

（二）原材料收入的核算

按计划成本对原材料进行核算，也要根据原材料来源进行不同的账务处理。

1. 外购原材料

1）收料的同时付款或开出商业汇票

企业在支付货款或开出商业汇票，并在原材料验收入库后，应根据有关结算凭证、发票账单等，按实际支付的款项借记"材料采购"、"应交税费——应交增值税（进项税额）"科目，贷记"银行存款"、"其他货币资金"、"应付票据"等科目，同时根据"收料单"按计划成本借记"原材料"科目，贷记"材料采购"科目，并结转材料成本差异，如果是超支差，借记"材料成本差异"科目，贷记"材料采购"科目，如果是节约差，作相反会计分录。

【例4-16】　东方公司从本市长江公司购入甲材料一批，增值税专用发票上列明原材料价款为50 000元，增值税进项税额为8 500元，材料已验收入库，货款和增值税款均以转账支票付讫，甲材料计划成本为50 300元。东方公司会计分录如下：

```
借：材料采购——长江公司                      50 000
    应交税费——应交增值税（进项税额）          8 500
    贷：银行存款                              58 500
借：原材料——甲材料                          50 300
    贷：材料采购——长江公司                   50 300
借：材料采购——长江公司                         300
    贷：材料成本差异——原材料                    300
```

2）货款已付或开出商业汇票，原材料尚未到达或尚未验收入库

企业根据发票账单等结算凭证付款或开出商业汇票时，根据其实际结算的款项借记"材料采购"、"应交税费——应交增值税（进项税额）"科目，贷记"银行存款"、"应付票据"等科目，待原材料到达验收入库以后，再根据收料单，借记"原材料"科目，贷记"材料采购"科目，同时结转材料成本差异。

【例4-17】　东方公司向黄山公司购入乙材料一批，增值税专用发票上列明原材料价款30 000元，增值税进项税额为5 100元。款项已通过银行支付，原材料尚未运达企业。东方公司会计分录如下：

借：材料采购——黄山公司 30 000
　　应交税费——应交增值税（进项税额） 5 100
　贷：银行存款 35 100

收到仓库送来的收料单，乙材料已运达企业并验收入库，该批材料的计划成本是 29 600 元。东方公司会计分录如下：

借：原材料——乙材料 29 600
　贷：材料采购——黄山公司 29 600
借：材料成本差异——原材料 400
　贷：材料采购——黄山公司 400

3）原材料已到达并验收入库，款项尚未支付

（1）原材料已到，发票账单也已收到，由于企业存款不足或其他原因暂未付款。应根据发票账单、结算凭证等，按实际应付款项借记"材料采购"、"应交税费——应交增值税（进项税额）"科目，贷记"应付账款"科目，按计划成本借记"原材料"科目，贷记"材料采购"科目，同时结转材料成本差异。

【例 4-18】 东方公司从江元公司购进丙材料一批，材料已运到并验收入库，发票已收到，增值税专用发票列明材料价款 21 000 元，增值税进项税额为 3 570 元。因企业银行存款不足，尚未支付款项。该批材料的计划成本为 20 000 元。东方公司会计分录如下：

借：材料采购——江元公司 21 000
　　应交税费——应交增值税（进项税额） 3 570
　贷：应付账款 24 570
借：原材料——丙材料 20 000
　贷：材料采购——江元公司 20 000
借：材料成本差异——原材料 1 000
　贷：材料采购——江元公司 1 000

（2）材料已到达并验收入库，但因发票账单未收到而尚未付款。这种情况下，材料验收入库时可暂不作账务处理，待结算凭证到达后再进行有关账务处理。但如果月末发票账单仍未收到，应按材料计划成本暂估入账，下月初用红字作相同的分录，进行冲销，待收到发票账单付款或开出、承兑商业汇票后，再进行账务处理。

【例 4-19】 2010 年 10 月 17 日，东方公司从 A 公司购入丁材料一批，材料已验收入库，月末尚未收到发票账单和结算凭证，该批材料的计划成本 40 000 元。东方公司会计分录如下：

（1）10 月 17 日暂不入账。

（2）10 月 31 日按计划成本暂估入账时：

借：原材料——丁材料 40 000
　贷：应付账款——暂估应付账款 40 000

（3）11 月 1 日用红字冲销时：

借：原材料——丁材料 40 000
　贷：应付账款——暂估应付账款 40 000

（4）假设 11 月 14 日，上述丁材料的增值税专用发票已到，货款 42 000 元，增值税额 7 140 元，货款、税款均以银行汇票支付时：

　　借：材料采购——A公司　　　　　　　　　　　　42 000
　　　　应交税费——应交增值税（进项税额）　　　 7 140
　　　　贷：其他货币资金——银行汇票存款　　　　　　　　　49 140
　　借：原材料——丁材料　　　　　　　　　　　　40 000
　　　　贷：材料采购——A公司　　　　　　　　　　　　　　40 000
　　借：材料成本差异——原材料　　　　　　　　　 2 000
　　　　贷：材料采购——A公司　　　　　　　　　　　　　　 2 000

需要说明的是，在实际工作中，材料入库及材料成本差异结转的账务处理可以月终汇总一次进行，以简化账务处理工作。

2. 自制原材料的会计处理

自制原材料完工并验收入库时，应按其计划成本借记"原材料"科目，按其实际成本贷记"生产成本"科目，按计划成本与实际成本的差额借记或贷记"材料成本差异"科目。

3. 投资者投入原材料会计处理

企业对接受投资者投入的原材料，应按计划成本借记"原材料"科目，按增值税专用发票上注明的增值税额，借记"应交税费——应交增值税（进项税额）"科目，按投资合同或协议约定的价值和增值税合计数，贷记"实收资本"（或"股本"）科目，计划成本与投资合同或协议约定的价值的差额借记或贷记"材料成本差异"科目。

（三）原材料发出的会计处理

原材料按计划成本发出的核算与按实际成本发出核算类似，可以在月末根据按计划成本计价的发料凭证，按领用部门和用途汇总编制"发料凭证汇总表"，据其填制记账凭证，进行材料发出的总分类核算。由于发料凭证只填列计划成本，为了正确计算产品成本，还须根据材料成本差异率，计算材料成本差异额，并将发料汇总表中的计划成本调整为实际成本。材料成本差异率的计算公式为

$$本月材料成本差异率=\frac{月初结存材料的成本差异额+本月收入材料的成本差异额}{月初结存材料的计划成本+本月收入材料的计划成本}\times100\%$$

　　本月发出材料应负担的成本差异=本月发出材料的计划成本 × 本月材料成本差异率

例如，某企业月初库存材料计划成本为 45 000 元，成本差异为 360 元；当月购进材料 80 000 元，成本差异为 1 440 元，当月发出该库存材料计划成本 90 000 元，则该企业：

本月材料成本差异率 =（360 + 1 440）÷（45 000 + 80 000）× 100% = 1.44%

本月发出材料应负担的成本差异 = 90 000 × 1.44% = 1 296（元）

发出材料应负担的材料成本差异，必须按月分摊，不得在季末或年末一次计算。发出材料应负担的材料成本差异，除委托外单位加工发出材料可以按上月的成本差异率计算外，都应当使用当月的实际成本差异率；如果上月的成本差异率与本月成本差异率相差不大的，也可以按上月的成本差异率计算。计算公式为

上月材料成本差异率=月初库存材料的成本差异÷月初库存材料的计划成本×100%

在进行账务处理时，按其具体用途反映原材料耗费的计划成本，直接用于产品生产的借记"生产成本"科目，用于车间一般消耗的借记"制造费用"科目，为销售产品消耗的

借记"销售费用"科目，管理部门领用的借记"管理费用"科目，发往外单位委托其进行加工的借记"委托加工物资"等有关科目，基建部门领用的借记"在建工程"科目，福利部门领用的借记"应付职工薪酬"科目，为出售原材料而领用的借记"其他业务成本"科目，贷记"原材料"科目。结转发出材料应负担的材料成本差异时，如果实际成本大于计划成本，借记上述有关科目，贷记"材料成本差异"科目，如果实际成本小于计划成本，借记"材料成本差异"科目，贷记上述有关科目。另外，还应计算结转基建部门、福利部门等领用材料应承担的增值税进项税额，借记"在建工程"、"应付职工薪酬"等科目，贷记"应交税费——应交增值税（进项税额转出）"科目。

【例 4-20】　东方公司的存货采用计划成本法进行核算，2010 年 5 月份的"发料凭证汇总表"中列明，本月共发出甲材料计划成本 433 000 元，各部门领用情况如下：生产车间领用 280 000 元，车间一般耗用领用 9 000 元，企业管理部门领用 8 000 元，产品销售部门领用 2 000 元，基建工程部门领用 40 000 元，福利部门领用 70 000 元，对外销售发出 24 000元；材料成本差异率是 1%。根据发料凭证汇总表，东方公司会计分录如下：

借：生产成本　　　　　　　　　　　　　　　 280 000
　　制造费用　　　　　　　　　　　　　　　 　9 000
　　管理费用　　　　　　　　　　　　　　　 　8 000
　　销售费用　　　　　　　　　　　　　　　 　2 000
　　在建工程　　　　　　　　　　　　　　　 　40 000
　　应付职工薪酬　　　　　　　　　　　　　 　70 000
　　其他业务成本　　　　　　　　　　　　　 　24 000
　　贷：原材料——甲材料　　　　　　　　　 433 000

结转材料成本差异时：

借：生产成本　　　　　　　　　　　　　　　 　2 800
　　制造费用　　　　　　　　　　　　　　　 　　90
　　管理费用　　　　　　　　　　　　　　　 　　80
　　销售费用　　　　　　　　　　　　　　　 　　20
　　在建工程　　　　　　　　　　　　　　　 　　400
　　应付职工薪酬　　　　　　　　　　　　　 　　700
　　其他业务成本　　　　　　　　　　　　　 　　240
　　贷：材料成本差异　　　　　　　　　　　 　4 330

结转基建部门领用材料应承担的增值税进项税额 6 868 元，即（40 000 + 400）× 17% = 6 868（元），结转福利部门领用材料应承担的增值税进项税额 12 019 元，即（70 000 + 700）× 17% = 12 019（元）。

借：在建工程　　　　　　　　　　　　　　　 　6 868
　　应付职工薪酬　　　　　　　　　　　　　 　12 019
　　贷：应交税费——应交增值税（进项税额转出）　 18 887

第四节　库存商品

库存商品是指企业已完成全部生产过程并已验收入库、合乎标准规格和技术条件，可以按照合同规定的条件送交订货单位，或可以作为商品对外销售的产品，以及外购或委托加工完成验收入库用于销售的各种商品，包括库存的外购商品、存放在门市部准备出售的商品、发出展览的商品、寄存在外单位仓库或存放在仓库的商品、接受外来原材料加工制造的代制品和为外单位加工修理的代修品等。已完成销售手续，但购买单位在月末未提取的产品，不应作为企业的库存商品，而应作为代管商品处理，单独设置代管商品备查簿进行登记。

一、工业企业库存商品的会计处理

（一）会计科目设置

"库存商品"科目是用来核算工业企业各种库存商品的收入、发出和结存情况。其借方登记验收入库的各种库存商品成本；贷方登记出库的各种库存商品的成本；余额在借方，反映库存的各种库存商品成本。企业应按库存商品的品种、种类和规格设置明细分类账进行明细核算。

"产品成本差异"科目是采用计划成本进行库存商品日常核算的企业，除设置"库存商品"科目外，还应设置"产品成本差异"科目核算实际成本与计划成本的差异。其核算比照"材料成本差异"的核算方法进行。

（二）库存商品的会计处理

工业企业生产完工入库的库存商品，借记"库存商品"科目，贷记"生产成本"科目；结转已销商品的销售成本，借记"主营业务成本"科目，贷记"库存商品"科目；对于不满足收入条件的发出商品，应按发出商品的实际成本或计划成本，借记"发出商品"科目，贷记"库存商品"科目，待发出商品满足收入确认条件时，再结转销售成本，借记"主营业务成本"科目，贷记"发出商品"科目。

【例 4-21】 鑫鑫公司采用实际成本进行库存商品日常核算，本月生产完工验收入库 A 产品 100 件，其单位成本 1 000 元。鑫鑫公司会计分录如下：

借：库存商品——A 产品　　　　　　　　　　100 000
　　贷：生产成本——A 产品　　　　　　　　　　100 000

【例 4-22】 鑫鑫公司本月销售 B 商品 200 件，每件成本 800 元，结转其销售成本。鑫鑫公司会计分录如下：

借：主营业务成本　　　　　　　　　　　　　160 000
　　贷：库存商品——B 产品　　　　　　　　　　160 000

二、商品流通企业库存商品的会计处理

（一）会计科目设置

"库存商品"科目是用来核算商品流通企业各种库存商品的收入、发出和结存情况。借方登记验收入库的各种库存商品成本；贷方登记出库的各种库存商品的成本；余额在借方，反映库存的各种库存商品成本。当商品流通企业对商品采用进价金额核算方法时，该科目的借方、贷方和余额都按商品进价登记；若商品流通企业商品采用售价金额核算方法

时，则该科目的借方、贷方和余额都按商品售价登记。

"商品进销差价"科目是用来核算采用售价金额核算方法的库存商品进价与售价之间的差额的。贷方登记商品购进、溢余或其他原因增加商品进销差价，借方登记结转已销商品实现的进销差价或其他原因减少商品进销差价，贷方余额反映期末库存商品的进销差价。

"在途商品"科目是用来核算商品的采购成本。借方反映购入商品的金额，贷方反映商品验收入库的金额，余额表示在途商品的采购成本。已验收入库的商品，以该科目的贷方转入"库存商品"科目借方。该科目一般按供货单位、商品类别等设置明细账。

（二）库存商品的会计处理

1. 数量进价金额核算法

1）商品采购的会计处理

采用数量进价金额核算法的企业购进商品时，将购进商品的采购成本即商品进价记入"库存商品"科目，同时登记购进商品的实物数量。

企业在购进商品时，应按商品的购进价格借记"库存商品"科目，按照发票上注明的增值税额借记"应交税费——应交增值税（进项税额）"科目，按应付或实际支付的货款贷记"银行存款"、"应付账款"、"应付票据"等科目。

企业从异地购进商品，采用托收承付或委托收款结算方式时，由于商品运到验收入库的时间与货款结算的时间往往不一致，会出现三种情况：第一种是结算凭证先到，企业根据结算凭证支付货款，而商品尚未运达企业；第二种是商品先运达企业，而结算凭证尚未到达；第三种是商品和结算凭证同时到达。在不同情况下，会计核算也有所不同。企业从异地购进商品，如果进货的相关结算凭证已通过银行转来，而商品尚未运达企业，则应根据经审核无误的结算凭证支付款项，并进行账务处理，即按商品进价金额将尚未运达商品记入"在途商品"科目借方，将支付的增值税进项税额借记"应交税费——应交增值税（进项税额）"科目，并按实际支付款项贷记"银行存款"科目。待商品运达企业验收入库时，再将已验收入库的商品按进价借记"库存商品"科目，贷记"在途商品"科目。

【例 4-23】　某商品流通企业 2010 年 10 月 8 日从外地购进一批商品，价款 200 000 元，增值税额 34 000 元，结算单证已到，货款已付，商品未到。该企业会计分录如下：

（1）支付款项时：

借：在途商品　　　　　　　　　　　　　　　　　200 000
　　应交税费——应交增值税（进项税额）　　　　　34 000
　　贷：银行存款　　　　　　　　　　　　　　　　　234 000

（2）商品到达，并验收入库时：

借：库存商品　　　　　　　　　　　　　　　　　200 000
　　贷：在途商品　　　　　　　　　　　　　　　　　200 000

2）商品销售成本的计算和结转

采用数量进价金额核算法核算商品的企业，对销售商品成本的核算，可根据实际情况选择使用先进先出法、加权平均法等，在计算已销商品的进价成本、结转商品销售成本时，借记"主营业务成本"科目，贷记"库存商品"科目。

2. 售价金额核算法

售价金额核算法是指商品流通企业在建立实物负责制的基础上，库存商品的总分类账和明细分类账只反映商品的售价金额，不反映商品实物数量的核算方法。采用这种核算方法，企业日常商品购进、储存、销售均按售价记账，售价与进价的差额通过"商品进销差价"科目反映。期末计算进销差价率和本期已销商品应分摊的进销差价，并据以调整本期销售成本。

1）商品采购的会计处理

企业购进商品分为同城购进与异地购进两种情况。在异地商品购进业务中，会出现先收到结算凭证、支付货款而商品尚未到达或者商品先到达企业、验收入库而结算凭证未到、未支付货款的情况。

【例 4-24】 某商品流通企业 2010 年 11 月 3 日从本地购进一批商品，价款 100 000 元，增值税进项税额 17 000 元，售价为 150 000 元，款项已付，商品验收入库。该企业会计分录如下：

（1）支付款项时：

借：在途商品　　　　　　　　　　　　　　　　　　100 000
　　应交税费——应交增值税（进项税额）　　　　　　17 000
　　贷：银行存款　　　　　　　　　　　　　　　　　　　　117 000

（2）商品验收入库时：

借：库存商品　　　　　　　　　　　　　　　　　　150 000
　　贷：在途商品　　　　　　　　　　　　　　　　　　　　100 000
　　　　商品进销差价　　　　　　　　　　　　　　　　　　　50 000

2）商品销售成本的计算和结转

采用售价金额核算商品的商品流通企业，平时按商品的销售额随时结转成本。结转已销商品成本时，借记"主营业务成本"科目（售价），贷记"库存商品"科目（售价）。月末，采用一定的方法计算已销商品应分摊的进销差价，将按售价结转的商品销售成本调整为进价成本。结转时借记"商品进销差价"科目，贷记"主营业务成本"科目。企业已销商品进销差价的计算方法主要有综合差价率计算法、分类（柜组）差价率计算法和实际进销差价计算法三种，企业可以结合本单位的实际情况和核算的要求，选择适当的计算方法。

第五节　其他存货

一、周转材料

（一）包装物

1. 包装物的范围

可作为企业周转材料的包装物在会计上并不全部作为包装物来单独核算，根据有关制度规定，包装物的核算范围包括：①生产经营过程中用于包装商品、产品并作为商品、产品组成部分的包装物；②随同商品、产品出售而不单独计价的包装物；③随同商品、产品出售而单独计价的包装物；④出租或出借给购买单位使用的包装物。

企业进行包装物核算时应注意：①单位价值比较小或不能周转使用的各种包装材料（如纸、绳、铁丝、铁皮等）一般作为"原材料"核算，不在"周转材料——包装物"科目核算；②用于储存和保管产品、商品、材料而不对外出售的包装物，一般应按其价值大小和使用年限长短，分别在"固定资产"或"周转材料——低值易耗品"科目核算，不在"周转材料——包装物"科目核算；③单独列作企业商品、产品的自制包装物，一般作为"库存商品"核算，也不在"周转材料——包装物"科目核算。

企业购入、自制、委托外单位加工完成验收入库的包装物，通过"周转材料"科目核算，也可以单独设置"包装物"科目进行核算。

2. 包装物的会计处理

1）包装物入库

企业购入、自制、委托外单位加工完成等验收入库包装物的核算方法与原材料入库的核算方法相同，此处不再重复。

2）生产领用包装物

生产领用包装物的核算与生产领用原材料的核算方法相同。应根据生产领用包装物的成本借记"生产成本"科目，贷记"周转材料——包装物"科目。

3）随同商品或产品出售包装物

在出售商品或产品时，随同商品或产品一并出售的包装物在会计核算上分为以下情况：

（1）单独计价的包装物。包装物随同商品或产品单独计价出售时，实质就是包装物的出售。在会计核算上，包装物出售同原材料出售的会计处理相同，即将出售包装物的收入（不含税收入）记入"其他业务收入"科目，包装物的成本记入"其他业务成本"科目。

【例 4-25】　东方公司销售产品一批，领用随同产品出售并单独计价的包装物 200 个，每个实际成本 20 元。东方公司会计分录如下：

借：其他业务成本　　　　　　　　　　　　　　　　4 000
　　贷：周转材料——包装物　　　　　　　　　　　　　　4 000

（2）不单独计价的包装物。包装物随商品或产品出售但不单独计价时，随商品或产品发出包装物主要是为了确保销售商品或产品的质量或提供较良好的销售服务。因此，应将这部分包装物的成本作为企业发生的销售费用，借记"销售费用"科目，贷记"包装物"科目。

【例 4-26】　东方公司销售产品一批，领用随同产品出售不单独计价的包装物 100 条，每条实际成本 6 元。东方公司会计分录如下：

借：销售费用　　　　　　　　　　　　　　　　　600
　　贷：周转材料——包装物　　　　　　　　　　　　　600

4）出租、出借包装物

为了确保周转使用包装物的安全完好，对于企业可以周转使用的包装物，一般采用出租或出借方式提供给客户使用。以出租方式提供包装物时，要求客户支付包装物的租金；以出借方式提供包装物时，不要求客户交付租金。

第一，包装物发出。

企业将包装物出租给外单位使用时，借记"其他业务成本"科目，贷记"周转材料——

包装物"科目；企业将包装物出借给外单位使用时，借记"销售费用"科目，贷记"周转材料——包装物"科目。

收到出租包装物的租金，借记"库存现金"、"银行存款"等科目，贷记"其他业务收入"等科目。

收到出租、出借包装物的押金，借记"库存现金"、"银行存款"等科目，贷记"其他应付款"科目，退回押金作相反会计分录。对于逾期未退包装物，按没收的押金，借记"其他应付款"科目，按应交的增值税，贷记"应交税费——应交增值税（销项税额）"科目，按其差额，贷记"其他业务收入"科目。这部分没收的押金收入应交的消费税等税费，计入其他业务成本，借记"其他业务成本"科目，贷记"应交税费——应交消费税"等科目；对于逾期未退包装物没收的押金，应转作营业外收入处理，企业应按没收的押金，借记"其他应付款"科目，按应交的增值税、消费税等税费，贷记"应交税费"等科目，按其差额，贷记"营业外收入——逾期包装物押金没收收入"科目。

【例4-27】 东方公司将包装物200条出租给恒发公司（采用一次摊销法），每条麻袋实际成本5元，收取押金6元，每月租金0.50元，租期10个月。东方公司会计分录如下：

（1）发出时：

借：其他业务成本 1 000
    贷：周转材料——包装物 1 000

（2）收取押金时：

借：银行存款 1 200
    贷：其他应付款——存入保证金（恒发公司） 1 200

（3）到期收取租金1 000元，增值税税款170元，以押金抵补，余款30元退回现金时：

借：其他应付款——存入保证金（恒发公司） 1 200
    贷：其他业务收入 1 000
        应交税费——应交增值税（销项税额） 170
        库存现金 30

（4）若出租麻袋报废50条，残料收入25元，收到现金时：

借：库存现金 25
    贷：其他业务成本 25

第二，包装物摊销。

周转使用的包装物及出租、出借在使用过程中，价值逐渐减少的过程称为摊销。

（1）一次摊销法。一次摊销法是将包装物的成本一次全部摊销的方法。采用一次摊销法的，在领用包装物时应按包装物的账面价值，借记"管理费用"、"生产成本"、"销售费用"、"工程施工"等科目，贷记"周转材料——包装物"科目。一次摊销法核算简便，但不利于实物管理，而且价值一次结转也影响成本费用的均衡性。这种方法主要适用于价值较低、使用期限较短、一次领用数量不多的包装物。

（2）五五摊销法。五五摊销法是在领用包装物时摊销其成本的50%，在包装物报废时再摊销其成本的50%的方法。采用五五摊销法的，"包装物"科目可按种类分别"在库"、"在用"和"摊销"进行明细核算。领用时应按其账面价值，借记"周转材料——包装物（在用）"科目，贷记"周转材料——包装物（在库）"科目；摊销时应按摊销额，借记"管理费用"、"生产成本"、"销售费用"、"工程施工"等科目，贷记"周转材料——包装物（摊销）"科目。该方法一般适用于经常领用且使用较为均衡的包装物。

5）包装物维修和报废

为了充分发挥包装物的使用效能，需要对包装物进行必要的维修。发生修理费用时，应根据包装物的使用部门，分别记入"制造费用"、"管理费用"等科目。

包装物由于使用磨损而完全失去使用价值时，应按规定办理报废手续。经批准废弃的包装物如果按五五摊销法摊销的，应将未摊销部分进行摊销。废弃时尚有残值，一般应估价入账，以便加强对包装物的管理。

（二）低值易耗品

1. 低值易耗品的范围

作为存货核算和管理的低值易耗品，一般划分为工具（包括一般工具和专用工具）、管理用具、玻璃器皿、替换设备、劳动保护用品以及在经营过程中周转使用的容器等。

2. 低值易耗品的会计处理

为了反映和监督低值易耗品的增减变动及其结存情况，企业应通过"周转材料"科目，也可以单独设置"低值易耗品"科目，其借方登记低值易耗品的增加，贷方登记低值易耗品的减少，期末余额在借方，反映企业期末结存低值易耗品的金额。

企业的低值易耗品符合存货定义和条件的，按照使用次数分次计入成本费用。金额较小的，可在领用时一次计入成本费用，以简化核算，但为加强实物管理，应当在备查簿上进行登记。

采用五五摊销法摊销低值易耗品，低值易耗品在领用时摊销其账面价值的 50%。在采用分次摊销法的情况下，需要单独设置"周转材料或低值易耗品——在用"、"周转材料或低值易耗品——在库"和"周转材料或低值易耗品——摊销"明细科目。

【例 4-28】　东方公司低值易耗品采用五五摊销法进行摊销。该企业生产车间 2010 年 8 月 1 日从仓库领用工具一批，实际成本 30 000 元。9 月 30 日该批工具全部报废，报废时的残料价值为 2 000 元，作为原材料入库。东方公司的会计分录如下：

（1）2010 年 8 月 1 日领用时：

借：周转材料——低值易耗品（在用）　　　　　　　　　30 000
　　贷：周转材料——低值易耗品（在库）　　　　　　　　　　30 000
借：制造费用　　　　　　　　　　　　　　　　　　　15 000
　　贷：周转材料——低值易耗品（摊销）　　　　　　　　　　15 000

（2）2010 年 9 月 30 日报废时：

借：制造费用　　　　　　　　　　　　　　　　　　　15 000
　　贷：周转材料——低值易耗品（摊销）　　　　　　　　　　15 000
借：原材料　　　　　　　　　　　　　　　　　　　　2 000
　　贷：制造费用　　　　　　　　　　　　　　　　　　　　2 000
借：周转材料——低值易耗品（摊销）　　　　　　　　　30 000
　　贷：周转材料——低值易耗品（在用）　　　　　　　　　　30 000

二、委托加工物资

委托加工物资是指企业在生产经营过程中，由于受工艺设备条件限制，把某些物资委托给外单位加工，制成另一种性能和用途的物资，以满足经营的需要。

（一）委托加工物资的计价

企业委托其他单位加工的物资，其实际成本应包括以下四个部分：①加工中耗用物资的实际成本；②支付的委托加工费用；③支付委托加工物资的往返运杂费和保险费等；④支付委托加工物资应负担的有关税金（如增值税、消费税等）。

企业委托加工物资应负担的增值税，凡属加工物资用于应交增值税项目并取得增值税专用发票的一般纳税企业，可将其作为进项税额，不计入加工物资的成本；凡属加工物资用于非应纳增值税（或免税）项目，以及未取得增值税专用发票的一般纳税企业和小规模纳税企业的加工物资，应将这部分增值税计入加工物资成本。

企业委托加工物资应负担的消费税，凡属加工物资收回直接用于销售的，应将受托方代收代缴的消费税计入委托加工物资的成本；凡属加工物资收回后用于连续生产的，按规定准予抵押的，按受托方代收代缴的消费税计入"应交税费——应交消费税"科目借方，待应缴消费税的加工物资连续生产完工销售后，抵交其应缴纳的销售环节的消费税。

（二）委托加工物资的会计处理

1. 会计科目设置

"委托加工物资"科目是用来反映和监督委托加工物资的发出、收回和结存情况，归集和计算委托加工物资的实际成本，其借方登记发出加工物资的实际成本或计划成本和材料成本差异、支付的加工费和应负担的运杂费、保险费等；贷方登记加工完成验收入库物资以及收回的剩余物资的实际成本或计划成本和材料成本差异；余额在借方，反映委托外单位加工但尚未完成物资的实际成本和发出加工物资的运杂费等。该科目应按加工合同和受托加工单位设置明细账进行明细分类核算。

2. 委托加工物资的会计处理

企业发出委托加工物资时，应按物资的实际成本由"原材料"、"库存商品"等科目转入"委托加工物资"科目，如果发出物资采用计划成本核算的还应同时结转材料成本差异；企业支付的加工费、运杂费等，应计入委托加工物资成本。支付的增值税，如果委托方属于一般纳税企业且取得了增值税专用发票并用于应税项目的，借记"应交税费——应交增值税（进项税额）"科目，对于支付的消费税，要分别不同情况进行处理。委托加工物资加工完成，收回并验收入库后，应按加工收回物资的实际成本和剩余物资的实际成本（采用计划成本计价的，应按计划成本）借记"原材料"科目。

【例 4-29】 东方公司委托宏明工厂加工一批 B 材料（属于应税消费品），发出 C 材料，成本为 80 000 元，加工费 5 000 元，由受托方代扣代缴消费税 2 500 元。该材料已加工完毕，并验收入库，加工费、消费税以银行存款支付。

假如东方公司收回加工后的 B 材料直接用于销售，作会计分录如下：

（1）发出材料时：

借：委托加工物资——宏明工厂　　　　　　　　　　　　80 000

　　贷：原材料——C 材料　　　　　　　　　　　　　　　　　　80 000

（2）支付加工费和由受托方代扣代缴消费税时：

借：委托加工物资——宏明工厂　　　　　　　　　　　　7 500

　　应交税费——应交增值税（进项税额）　　　　　　　850

　　贷：银行存款　　　　　　　　　　　　　　　　　　　　8 350

（3）委托加工物资收回验收入库时：

借：原材料——B 材料　　　　　　　　　　　　　　　　87 500

　　贷：委托加工物资——宏明工厂　　　　　　　　　　　　87 500

假如东方公司收回加工后的 B 材料继续生产应税消费品，作如下会计分录：

（1）发出材料时：

借：委托加工物资——宏明工厂　　　　　　　　　　　　80 000

　　贷：原材料——C 材料　　　　　　　　　　　　　　　　　　80 000

（2）支付加工费和由受托方代扣代缴消费税时：

借：委托加工物资——宏明工厂　　　　　　　　　　　　5 000

　　应交税费——应交增值税（进项税额）　　　　　　　850

　　　　　　——应交消费税　　　　　　　　　　　　　2 500

　　贷：银行存款　　　　　　　　　　　　　　　　　　　　8 350

（3）委托加工物资收回验收入库时：

借：原材料——B 材料　　　　　　　　　　　　　　　　85 000

　　贷：委托加工物资——宏明工厂　　　　　　　　　　　　85 000

第六节　存 货 清 查

一、存货清查的方法

为了保护企业存货的安全完整，做到账实相符，企业必须对存货进行定期或不定期的清查。企业存货的清查，一般是采用实地盘点的方法，即通过点数、过磅、量尺、计算等方法点清存货的数量。企业进行存货盘点时，要将存货盘点的实存数量与有关存货明细分类账的结存数量核对。对于账实不符的存货，要准确确定其差额的数量和金额，查明原因，分清责任，并将结果登记在"存货盘点报告表"内。

二、存货盘盈、盘亏和毁损的会计处理

企业对财产清查中发生的所有盘盈、盘亏和毁损的存货，在报经批准前，应先根据"存货盘点报告表"中有关存货盘点盈亏和毁损的数据计入"待处理财产损溢——待处理流动资产损溢"科目，待批准后，再根据存货盘盈、盘亏和毁损的不同原因和审批意见，做出相应的账务处理。

（一）存货盘盈的会计处理

存货盘盈通常是由企业日常收发计量或计算上的差错所造成的，企业应根据其"存货盘点报告表"中列明的盘盈数额，及时办理存货的入账手续，调整存货的账面结存数，借记有关存货科目，贷记"待处理财产损溢——待处理流动资产损溢"科目。报经有关部门批准后可以冲减管理费用。借记"待处理财产损溢——待处理流动资产损溢"科目，贷记"管理费用"科目。

【例 4-30】 东方公司进行财产清查，存货盘点报告表中列示了存货清查结果：盘盈甲种原材料 500 千克，单价为 9 元，经查明，原因是日常计量错误所致。东方公司会计分录如下：

（1）批准前：

借：原材料——甲材料 4 500

贷：待处理财产损溢——待处理流动资产损溢 4 500

（2）批准后：

借：待处理财产损溢——待处理流动资产损溢 4 500

贷：管理费用 4 500

（二）存货盘亏、毁损的会计处理

企业盘亏、毁损的存货在报经批准前按其盘亏、毁损的金额借记"待处理财产损溢——待处理流动资产损溢"科目，一般纳税企业的存货发生非常损失，其进项税额也应转入"待处理财产损溢——待处理流动资产损溢"科目，贷记有关存货科目。批准后，根据造成盘亏、毁损的原因分别按以下情况处理：

（1）属于正常情况下发生的定额内短缺，批准后转入"管理费用"科目。

（2）属于超定额的短缺，如果属于管理不善，并能确定过失人的，由过失人负责赔偿；如果属于保险责任范围的，应由保险公司负责赔偿，按其金额转入"其他应收款"科目；不能确定过失人的短缺、毁损，按其金额转入"管理费用"科目。

（3）存货因遭受不可抗拒的自然灾害（如地震、洪涝等）而遭受毁损的，扣除保险公司赔偿款和残料价值后的净损失，转入"营业外支出"科目；收回的残料价值转入"原材料"科目。

【例 4-31】 东方公司因受洪涝灾害，导致原材料仓库受灾。经盘点，共计损失材料价值 10 000 元，应负担的增值税进项税额为 1 700 元。抢救出来的损坏材料估价 100 元，保险公司理赔 9 000 元。东方公司会计分录如下：

（1）批准前：

借：待处理财产损溢——待处理流动资产损溢 11 700

贷：原材料 10 000

应交税费——应交增值税（进项税额转出） 1 700

（2）批准后：

借：原材料 100

其他应收款——保险公司 9 000

营业外支出——非常损失 2 600

贷：待处理财产损溢——待处理流动资产损溢 11 700

思考与练习

一、思考题

1. 什么是存货? 存货具体包括哪些内容?
2. 不同来源取得的存货的入账价值在构成上有何特点?
3. 原材料按实际成本核算与按计划成本核算有哪些共同点与不同点?
4. 存货发出的计价方法有哪几种? 各种方法的优缺点是什么?
5. 成本与可变现净值孰低法应如何应用?

二、练习题

1. 大华公司 2010 年 4 月初存货 10 000 千克, 成本为 40 000 元, 本期发出存货 60 000 千克, 本期进货情况如表 4-6 所示。

表 4-6　本期进货情况

进货时间	单价/元	数量/千克
4 月 7 日	4.10	20 000
4 月 15 日	4.15	30 000
4 月 19 日	4.21	20 000
4 月 25 日	4.25	8 000

要求: 采用先进先出法和加权平均法分别计算大华公司 4 月份发出存货成本和月末结存存货成本。

2. 亮维公司按实际成本计价方法进行材料收发核算, 2010 年 9 月发生如下材料收发业务:

(1) 5 日, 向红海公司购进甲材料 20 000 千克, 每千克 17.50 元, 计价款 350 000 元, 增值税进项税额 59 500 元, 款项均尚未支付, 材料已验收入库。

(2) 6 日, 以 "信汇凭证" 汇出应付红海工厂的材料款 350 000 元, 增值税进项税额 59 500 元。

(3) 10 日, 向本地红光工厂购进乙材料 10 000 千克, 每千克 10 元, 增值税税率 17%, 材料已验收入库, 款项以转账支票支付。

(4) 30 日, 月末汇总本月生产车间生产 A 产品领用甲材料 15 000 千克, 生产 B 产品领用乙材料 5 000 千克, 车间一般耗用乙材料 1 000 千克。甲材料每吨成本 17.50 元, 乙材料每吨成本 10 元。

要求: 根据上述经济业务编制会计分录。

3. 某工业企业为增值税一般纳税人, 材料按计划成本核算。甲材料单位计划成本为 10 元/千克, 2010 年 10 月有关甲材料的资料如下:

(1) "原材料" 账户初借方余额 20 000 元, "材料成本差异" 账户期初贷方余额 700 元, "材料采购" 账户期初借方余额 38 800 元。

(2) 5 日, 上月已付款的甲材料 4 040 千克如数收到并验收入库。

(3) 20 日, 从外地 A 公司购入甲材料 8 000 千克, 增值税专用发票上注明材料价款 85 400 元, 增值税额 14 518 元, 款项已用银行存款支付, 材料尚未到达。

(4) 25 日, 从 A 公司购入的甲材料到达, 验收时发现短缺 40 千克, 经查明为途中定额内自然损耗。按实收数量验收入库。

（5）31 日汇总本月发料凭证，本月共发出材料 11 000 千克，全部用于 B 产品生产。

要求：

（1）根据上述有关业务编制会计分录。

（2）计算本月甲材料的成本差异率。

（3）计算并结转本月发出甲材料应负担的成本差异。

（4）计算本月末库存甲材料的实际成本。

4. 通达公司为增值税一般纳税企业，2010 年 12 月末对材料进行清查时发生以下经济业务：

（1）甲材料盘盈 100 件，实际成本共 5 000 元，经查属计量不准造成的。

（2）乙材料盘亏 100 件，实际成本共 200 元，经查属自然损耗。

（3）丙材料毁损 5 000 件，实际成本共 50 000 元，进项税额 8 500 元，系自然灾害造成的损失，该企业材料已参加保险。经与保险公司协商，可收到赔偿款 40 000 元。

要求：根据上述经济业务编制有关会计分录。

第五章

金融资产

本章首先介绍了金融资产的概念和分类，并分别介绍了以公允价值计量且其变动计入当期损益的金融资产、持有至到期投资以及可供出售金融资产的含义、确认和计量，着重阐述了三类金融资产的会计处理要求。

【**重要概念**】 金融资产　公允价值　当期损益　持有至到期投资　可供出售金融资产

第一节　金融资产概述

金融资产是指企业持有的现金、权益工具投资、从其他单位收取现金或其他金融资产的合同权利，以及在有利条件下与其他单位交换金融资产或金融负债的合同权利，主要包括库存现金、应收账款、应收票据、贷款、垫款、其他应收款、应收利息、应收股利、债权投资、股权投资、基金投资、衍生金融资产等。

金融资产是企业重要的金融工具。金融工具是指形成一个企业的金融资产，并形成其他单位的金融负债或权益工具的合同。由此可知：

第一，金融工具本质是一项合同。金融工具的内涵是指经交易双方认可的，用于规定和记录双方在未来的某一时间应享有权利及承担义务的证明文件，并且其会形成一个企业的金融资产，并形成其他单位的金融负债或权益工具。

第二，金融工具不等同于金融资产。从金融工具的定义中可以看出，金融工具共分为三类：金融资产、金融负债或权益工具。一项金融工具，必定形成了一方的金融资产，并形成了另一方的金融负债或权益工具。例如，A 公司发行了一笔债券，B 公司购买了 A 公司所发行的债券，那么这笔债券就是金融工具，是 B 公司的金融资产，是 A 公司的金融负债。如果 A 公司公开发行普通股股票，B 公司购买了 A 公司的该股票成为 A 公司的股东，那么，该普通股也是金融工具，是 B 公司的金融资产，是 A 公司的权益工具。

第三，金融工具不等同于衍生（金融）工具。金融工具分为基础金融工具和衍生工具。

其中，基础金融工具包括企业持有的现金、存放于金融机构的款项、普通股，以及代表在未来期间收取或支付金融资产的合同权利或义务等，如应收账款、应付账款、其他应收款、其他应付款、存出保证金、存入保证金、客户贷款、客户存款、债券投资、应付债券等。衍生工具是指金融业的衍生金融产品，它是一种交易手段，表现为双边和约或支付交换协议。我国现行企业会计准则规定，具有下列特征的金融工具或其他合同为衍生工具：①价值衍生性，即其价值随着特定利率、金融价格、商品价格、汇率、价格指数、费率指数、信用等级、信用指数或其他类似变量的变动而变动，变量为非金融变量的，该变量与合同的任一方不存在特定关系。②不要求初始净投资，或与对市场情况变动有类似反应的其他类型合同相比，要求很少的初始净投资。③在未来某一日期进行结算。衍生工具一般包括远期合同、期货合同、互换和期权，以及具有远期合同、期货合同、互换和期权中一种或一种以上特征的工具。

本书已在前面阐述了货币资金和应收款项的相关会计处理，贷款业务又仅产生于金融企业，故本章对此类金融资产不再单独讲述。至于长期股权投资将在本书第六章中讲解。本章主要涉及证券投资类的金融资产。

企业应当结合自身业务特点和风险管理要求，将取得的金融资产在初始确认时分为以下几类：①以公允价值计量且其变动计入当期损益的金融资产；②持有至到期投资；③贷款和应收款项；④可供可售的金融资产。上述金融资产的分类一旦确定，不得随意改变。企业在初始确认时将某金融资产划分为以公允价值计量且其变动计入当期损益的金融资产或金融负债后，不能重分类为其他类金融资产；反之亦然。持有至到期投资、贷款和应收款项和可供出售金融资产三类之间，也不得随意重新分类。

第二节 以公允价值计量且其变动计入当期损益的金融资产

一、以公允价值计量且其变动计入当期损益的金融资产概述

以公允价值计量且其变动计入当期损益的金融资产可以进一步划分为交易性金融资产和在初始确认时直接指定为以公允价值计量且其变动计入当期损益的金融资产。

（一）交易性金融资产

满足以下条件之一的金融资产，应当划分为交易性金融资产：

（1）取得该金融资产的目的主要是为了近期内出售、回购或赎回。例如，企业为了利用闲置资金赚取差价，从二级市场上购入的股票、债券和基金等。

（2）属于进行集中管理的可辨认金融资产组合的一部分，且有客观证据表明企业近期采用短期获利方式对该组合进行管理。在这种情况下，即使组合中的某一个组项目持有的期限稍长，但是仍以短期获利为目的，也不会影响这一划分。

（3）属于衍生工具，但是不包括被指定且为有效套期工具的衍生工具、属于财产担保合同的衍生工具、与在活跃市场中没有报价且其公允价值不能可靠计量的权益工具投资挂

钩并须通过交付该权益工具结算的衍生工具。其中，财务担保合同是指保证人和债权人约定，当债务人不履行债务时，保证人按照约定履行债务或者承担责任合同。

（二）直接指定为以公允价值计量且其变动计入当期损益的金融资产

企业不能随意将某项金融资产直接指定为以公允价值计量且其变动计入当期损益的金融资产。只有符合下列条件之一时，企业才能将某项金融资产直接指定为以公允价值计量且其变动计入当期损益的金融资产：

（1）该指定可以消除或明显减少由于该金融资产的计量基础不同所导致的相关利得或损失在确认或计量方面不一致的情况。

设立这个条件的目的就是保证相关的利得和损失能够进行配比，如果按照金融工具确认和计量准则规定，有些金融资产可以被指定或划分为可供出售的金融资产，从而其公允价值变动计入所有者权益，但与之直接相关的金融负债却被划分为以摊余成本进行后续计量的金融负债，从而导致会计处理上的不配比。

（2）企业风险管理或投资策略的正式书面文件已载明，该金融资产组合或该金融资产和金融负债组合，以公允价值为基础进行管理、评价并向关键管理人员报告。

这一划分标准是以企业日常管理及业绩评价的方式为依据的，其并不关注金融工具组合中各组成部分的性质，如风险投资机构、证券投资基金，它们的经营活动主要是对金融工具组合进行投资，并从其公允价值的变动中获取回报，这在其风险管理或投资策略的正式书面文件已被说明。

应当说明的是，在活跃市场中没有报价、公允价值不能可靠计量的权益工具投资，不得指定为以公允价值计量且其变动计入当期损益的金融资产。

这就需要判断什么是活跃市场。活跃市场是指同时具有下列特征的市场：①市场内交易的对象具有同质性；②可随时找到自愿交易的买方和卖方；③市场价格信息是公开的。

二、以公允价值计量且其变动计入当期损益的金融资产初始计量

以公允价值计量且其变动计入当期损益的金融资产初始确认时，应按公允价值计量，相关交易费用应当直接计入当期损益。其中，公允价值通常应当以市场交易价格为基础确定。交易费用是指可直接归属于购买、发行或处置金融工具新增的外部费用，包括支付给代理机构、咨询公司、券商等的手续费和佣金以及其他必要的支出，不包括债券溢价、折价、融资费用、内部管理成本及其他与交易不直接相关的费用。交易费用构成实际利率的组成部分。这里所说"新增的"是指企业不购买、发行或处置金融工具就不会发生的费用，不包括与此交易不相干的任何费用；"外部费用"是指企业与外部单位或机构之间的费用，并不包括债券的溢折价、融资费用、内部管理成本等。

对于以公允价值计量且其变动计入当期损益的金融资产，相关交易费用应当计入当期损益；对于其他类别的金融资产，相关交易费用应当计入其初始确认金额。

三、以公允价值计量且其变动计入当期损益的金融资产的会计处理

（一）会计科目的设置

"交易性金融资产"科目用于核算企业为交易目的所持有的债券投资、股票投资、基金投资等交易性金融资产的公允价值。企业持有的直接指定为以公允价值计量且其变动计入当期损益的金融资产也在"交易性金融资产"科目核算。该科目属于资产类科目，其借方登记交易性金融资产的取得成本、资产负债表日其公允价值高于账面余额的差额；贷方登记在持有交易性金融资产期间收到被投资企业宣告发放的现金股利或债券利息、收到的属于取得交易性金融资产支付价款中包含的已宣告发放的现金股利或债券利息、资产负债表日其公允价值低于账面余额的差额、企业出售交易性金融资产的成本。期末借方余额，反映企业持有的交易性金融资产的公允价值。本科目按照交易性金融资产的类别和品种，分别"成本"、"公允价值变动"进行明细核算。

"公允价值变动损益"科目用于核算企业在初始确认时划分为以公允价值计量且其变动计入当期损益的金融资产或金融负债（包括交易性金融资产或金融负债和直接指定为以公允价值计量且其变动计入当期损益的金融资产或金融负债)，以及采用公允价值模式计量的投资性房地产、衍生工具、套期业务中公允价值变动形成的应计入当期损益的利得或损失。该科目属于损益类科目，贷方登记资产负债表日，企业应按交易性金融资产或采用公允价值模式计量的投资性房地产的公允价值高于其账面余额的差额、交易性金融负债的公允价值低于其账面余额的差额；借方登记资产负债表日，企业应按交易性金融资产或采用公允价值模式计量的投资性房地产的公允价值低于其账面余额的差额、资产负债表日，交易性金融负债的公允价值高于其账面余额的差额。期末，应将本科目余额转入"本年利润"科目，结转后本科目无余额。本科目按照交易性金融资产、交易性金融负债、投资性房地产等进行明细核算。

"投资收益"科目用于核算企业因投资发生的投资损失和实现的投资收益。仅对交易性金融资产投资而言，该科目借方登记取得交易性金融资产投资时发生的交易费用、出售交易性金融资产投资时实际收到金额小于其账面余额的差额，以及同时转销该项交易性金融资产投资公允价值变动的损失；贷方登记交易性金融资产投资持有期间获得的被投资企业宣告发放的现金股利，或在资产负债表日按分期付息、一次还本债券投资的票面利率计算的利息、出售交易性金融资产投资时实际收到金额大于其账面余额的差额以及同时转销该项交易性金融资产投资公允价值变动的利得；期末应将该科目的余额结转至"本年利润"科目，结转后该科目没有余额。该账户应当按照投资项目进行明细核算。

（二）主要会计处理

1. 以公允价值计量且其变动计入当期损益的金融资产取得

以公允价值计量且其变动计入当期损益的金融资产初始计量的重点是交易性金融资产成本的确定，企业的交易性金融资产应在取得时，按照取得时的公允价值入账。企业购入的各种股票、债券、基金等，实际支付的价款中包含已宣告但尚未领取的现金股利或已到付息期但尚未领取的债券利息记入"应收利息"或"应收股利"科目。企业持有该金融资

产期间取得的债券利息或现金股利应当在计息日或现金股利宣告发放日确认为投资收益。

进行账务处理时，企业应按照以公允价值计量且其变动计入当期损益的金融资产的公允价值，借记"交易性金融资产——成本"科目，按发生的交易费用，借记"投资收益"科目，按实际支付的价款中包含已宣告但尚未领取的现金股利或已到付息期但尚未领取的债券利息，借记"应收利息"或"应收股利"科目，按实际支付的金额贷记"银行存款"科目。

2. 持有以公允价值计量且其变动计入当期损益的金融资产期间现金股利和利息

持有以公允价值计量且其变动计入当期损益的金融资产期间现金股利和利息，应分别按下列情况处理：

（1）持有以公允价值计量且其变动计入当期损益的金融资产取得时实际支付的价款中包含的已宣告而尚未领取的现金股利，或已到付息日尚未领取的债券利息，因在购买时已记入"应收股利"或"应收利息"科目，因此，在实际收到时冲减"应收股利"或"应收利息"科目。

（2）持有以公允价值计量且其变动计入当期损益的金融资产持有期间所获得的现金股利或利息，借记"应收利息"或"应收股利"科目，贷记"投资收益"科目。

3. 持有以公允价值计量且其变动计入当期损益的金融资产期末计价

在资产负债表日，企业应将以公允价值计量且其变动计入当期损益的金融资产的公允价值变动计入当期损益。公允价值高于其账面余额的差额，借记"交易性金融资产（公允价值变动）"科目，贷记"公允价值变动损益"科目；公允价值低于其账面余额的差额，借记"公允价值变动损益"科目，贷记"交易性金融资产（公允价值变动）"科目。"公允价值变动损益"作为损益项目列入利润表。

4. 处置以公允价值计量且其变动计入当期损益的金融资产

处置以公允价值计量且其变动计入当期损益的金融资产，主要指以公允价值计量且其变动计入当期损益的金融资产的出售、转让等情形。出售以公允价值计量且其变动计入当期损益的金融资产时，应按实际收到的金额，借记"银行存款"科目，按该项以公允价值计量且其变动计入当期损益的金融资产的成本，贷记"交易性金融资产——成本"科目，按该项以公允价值计量且其变动计入当期损益的金融资产的公允价值变动，贷记或借记"交易性金融资产——公允价值变动"科目，按其差额，贷记或借记"投资收益"科目。同时，按该项以公允价值计量且其变动计入当期损益的金融资产的公允价值变动，借记或贷记"公允价值变动损益"科目，贷记或借记"投资收益"科目。

【例 5-1】 2010 年 1 月 1 日，东方公司从二级市场支付价款 1 020 000 元（含已到付息期但尚未领取的利息 20 000 元）购入 A 公司发行的债券，另发生交易费用 20 000 元。该债券面值 1 000 000 元，剩余期限为 2 年，票面年利率为 4%，每半年末付息一次，东方公司将其划分为交易性金融资产。全部资料如下：

（1）2010 年 1 月 1 日，东方公司购入 A 公司发行的债券；

（2）2010 年 1 月 5 日，东方公司收到 A 公司债券 2009 年下半年利息 20 000 元；

（3）2010 年 6 月 30 日，东方公司确认 A 公司债券的公允价值为 1 150 000 元（不含利息）；

（4）2010 年 7 月 5 日，东方公司收到 A 公司债券 2010 年上半年利息；

（5）2010 年 12 月 31 日，东方公司确认 A 公司债券的公允价值为 1 100 000 元（不含利息）；

（6）2011 年 1 月 5 日，东方公司收到确认 A 公司债券 2010 年下半年利息；

（7）2011 年 3 月 31 日，东方公司将 A 公司债券出售，取得价款 1 180 000 元（含 1 季度利息 10 000 元）。

东方公司相关的会计分录如下：

（1）2010 年 1 月 1 日，购入 A 公司发行债券时：

借：交易性金融资产——成本   1 000 000

  应收利息—A 公司   20 000

  投资收益   20 000

  贷：银行存款   1 040 000

（2）2010 年 1 月 5 日，收到 A 公司债券 2009 年下半年利息 20 000 元时：

借：银行存款   20 000

  贷：应收利息——A 公司   20 000

（3）2010 年 6 月 30 日，确认 A 公司债券公允价值变动 150 000 元（1 150 000 - 1 000 000）和投资收益 20 000 元（1 000 000 × 4% ÷ 2）时：

借：交易性金融资产——公允价值变动   150 000

  贷：公允价值变动损益   150 000

借：应收利息——A 公司   20 000

  贷：投资收益   20 000

（4）2010 年 7 月 5 日，收到 A 公司债券 2010 年上半年利息 20 000 元时：

借：银行存款   20 000

  贷：应收利息——A 公司   20 000

（5）2010 年 12 月 31 日，确认 A 公司债券公允价值变动 -50 000 元（1 100 000 - 1 150 000）和投资收益 20 000 元（1 000 000 × 4% ÷ 2）时：

借：公允价值变动损益   50 000

  贷：交易性金融资产——公允价值变动   50 000

借：应收利息——A 公司   20 000

  贷：投资收益   20 000

（6）2011 年 1 月 5 日，收到 A 公司债券 2010 年下半年利息 20 000 元时：

借：银行存款   20 000

  贷：应收利息——A 公司   20 000

（7）2011 年 3 月 31 日，东方公司将 A 公司债券出售时：

借：应收利息——A 公司   10 000

  贷：投资收益   10 000

借：银行存款   1 170 000

  公允价值变动损益   100 000

  贷：交易性金融资产——成本   1 000 000

       ——公允价值变动   100 000

　　　　投资收益　　　　　　　　　　　　　　　　　　　170 000
　　借：银行存款　　　　　　　　　　　　　　　　　10 000
　　　　贷：应收利息——A公司　　　　　　　　　　　　　　10 000

第三节　持有至到期投资

一、持有至到期投资概述

（一）持有至到期投资的概念

持有至到期投资是指到期日固定、回收金额固定或可确定，且企业有明确意图和能力持有至到期的非衍生金融资产。因为股权投资没有固定到期日，因此，从性质上看，持有至到期投资属于债权性投资。企业从二级市场上购入的固定利率国债、浮动利率金融债券等都属于持有至到期投资。持有至到期投资通常具有长期性，但期限较短（1年以内）的债券投资，符合持有至到期投资条件的，也可将其划分为持有至到期投资。

企业不能将下列非衍生金融资产划分为持有至到期投资：①初始确认时即被指定为以公允价值计量且其变动计入当期损益的非衍生金融资产；②初始确认时被指定为可供出售的非衍生金融资产；③符合贷款和应收款项的定义的非衍生金融资产。

（二）持有至到期投资的特征

1. 该金融资产到期日固定、回收金额固定或可确定

到期日固定、回收金额固定或可确定是指相关合同明确了投资者在确定的期间内获得或应收取现金流量的金额和时间。例如，符合持有至到期投资条件的债券投资，其到期日固定，利息和本金金额固定或可以确定，而购入的股权投资因其没有固定的到期日，不符合持有至到期投资的条件，不能划分为持有至到期投资。

2. 有明确意图持有至到期

有明确意图持有至到期是指投资者在取得投资时意图就是明确的，除非遇到一些企业所不能控制、预期不会重复发生且难以合理预计的独立事件，否则将持有至到期。存在下列情况之一的，表明企业没有明确意图将金融资产投资持有至到期：①持有该金融资产的期限不确定。②发生市场利率变化、流动性需要变化、替代投资机会及其投资收益率变化、融资来源和条件变化、外汇风险变化等情况时，将出售该金融资产。但是，无法控制、预期不会重复发生且难以合理预计的独立事项引起的金融资产出售除外。③该金融资产的发行方可以按照明显低于其摊余成本的金额清偿。④其他表明企业没有明确意图将该金融资产持有至到期的情况。据此，对于发行方可以赎回的债务工具，如发行方行使赎回权，投资者仍可收回其几乎所有初始净投资（含支付的溢价和交易费用），那么投资者可以将此类投资划分为持有至到期投资。但是，对于投资者有权要求发行方赎回的债务工具投资，投资者不能将其划分为持有至到期投资。

3. 有能力将该金融资产持有至到期

有能力持有至到期是指企业有足够的财务资源，并不受外部因素影响将投资持有至到期。存在下列情况之一的，表明企业没有能力将具有固定期限的金融资产投资持有至到期：①没有可利用的财务资源持续地为该金融资产投资提供资金支持，以使该金融资产投资持有至到期；②受法律、行政法规的限制，使企业难以将该金融资产投资持有至到期；③其他表明企业没有能力将具有固定期限的金融资产投资持有至到期的情况。

（三）到期前处置或重分类对所持有剩余非衍生金融资产的影响

企业应当于每个资产负债表日对持有至到期投资的意图和能力进行评价。发生变化的，应当将其重分类为可供出售金融资产进行处理。

企业将持有至到期投资在到期前处置或重分类，通常表明其违背了将投资持有至到期的最初意图。如果处置或重分类为其他类金融资产的金额相对于该类投资（即企业全部持有至到期投资）在出售或重分类前的总额较大（通常掌握在达到或超过企业持有至到期投资总额5%），则企业在处置或重分类后应立即将其剩余的持有至到期投资（即全部持有至到期投资扣除已处置或重分类的部分）重分类为可供出售的金融资产。但是，遇到下列情况除外：

（1）出售日或重分类日距离该项投资到期日或赎回日较近（通常掌握在到期前 3 个月内），且市场利率变化对该项投资的公允价值没有显著影响。

（2）根据合同约定的定期偿付或提前还款方式收回该投资几乎所有初始本金（通常掌握在达到或超过本金的 95%）后，将剩余部分予以出售或重分类。

（3）出售或重分类是由企业无法控制、预期不会重复发生且难以合理预计的独立事件所引起的。例如，因被投资企业信用状况严重恶化，将持有至到期投资予以出售；因相关税收法规取消了持有至到期投资的利息税前可抵扣政策，或显著减少了税前可抵扣金额，将持有至到期投资予以出售；因发生重大企业合并或重大处置，为保持现行利率风险头寸或维持现行信用风险政策，将持有至到期投资予以出售；因法律、行政法规对允许投资的范围或特定投资品种的投资限额做出重大调整，将持有至到期投资予以出售；因监管部门要求大幅度提高资产流动性，或大幅度提高持有至到期投资在计算资本充足率时的风险权重，将持有至到期投资予以出售等。

二、持有至到期投资的计量

（一）持有至到期投资的初始计量

持有至到期投资应当按取得时的公允价值和相关交易费用之和作为初始确认金额。实际支付的价款中包含的已到付息期但尚未领取的债券利息，应单独确认为应收项目。

（二）持有至到期投资的后续计量

持有至到期投资的后续计量采用实际利率法，按摊余成本计量。以摊余成本计量的金融资产（被指定为被套期项目的除外），在发生减值、摊销或终止确认时，应当将所产生的利得或损失计入当期损益。

（1）实际利率法。实际利率法是指按照金融资产或金融负债（含一组金融资产或金融负债）的实际利率计算其摊余成本及各期利息收入或利息费用的方法。

实际利率是指将金融资产或金融负债在预期存续期间或适用的更短期间内的未来现金流量，折现为该金融资产或金融负债当前账面价值所使用的利率。企业在对以摊余成本加以计量的金融资产进行初始确认的时候，就应当计算确定实际利率，并在相关金融资产预期存续期间或适用的更短期间内保持不变。

在确定实际利率时，应在考虑金融资产所有合同条款的基础上预计未来现金流量，但是不应考虑未来信用损失。当金融资产的未来现金流量无法被可靠确定时，应采用该金融资产在整个合同期内的合同现金流量。

（2）摊余成本。金融资产的摊余成本是指该金融资产初始确认金额经下列调整后的结果：①扣除已偿还的本金；②加上或减去采用实际利率法将该初始确认金额与到期日金额之间的差额进行摊销形成的累计摊销额；③扣除已发生的减值损失（仅适用于金融资产）。

对于需采用按照实际利率法计算的摊余成本进行后续计量的金融资产，如果有客观证据表明，按该金融资产的实际利率与名义利率分别计算的各期利息收入或利息费用之间的差额很小，也可以采用按照名义利率计算的摊余成本进行后续计量。

三、持有至到期投资的会计处理

（一）会计科目的设置

"持有至到期投资"科目用于核算企业持有至到期投资摊余成本的增减变动情况。该科目应按照持有至到期投资的类别和品种，分别"成本"、"利息调整"、"应计利息"等进行明细核算。该科目属于资产类科目，其借方登记企业取得持有至到期投资时的债券面值和债券初始确认金额与到期日金额之间的借方差额、持有至到期投资在持有期间按实际利率法计算确定的初始确认金额与到期日金额之间的贷方差额摊销额、持有至到期投资为一次还本付息债券投资的，在资产负债表日按票面利率计算确定的应收未收利息、出售持有至到期投资时而转销的尚未摊销完毕的债券初始确认金额与到期日金额之间的贷方差额；贷方登记取得持有至到期投资的初始确认金额与到期日金额之间的贷方差额、持有至到期投资在持有期间按实际利率法计算确定的初始确认金额与到期日金额之间的借方差额摊销额、出售持有至到期投资时而转销的债券面值和尚未摊销完毕的初始确认金额与到期日金额之间的借方差额以及应计利息；期末余额在借方，反映企业持有至到期投资的摊余成本。

"投资收益"科目用于核算企业因投资发生的投资损失和实现的投资收益。仅对持有至到期投资而言，该科目核算企业持有至到期投资在持有期间取得的投资收益和处置损益。该科目借方登记持有至到期投资发生的损失；贷方登记持有至到期投资在持有期间内按摊余成本和实际利率计算确定的利息收入和实现的处置收益；期末应将该科目的余额结转至"本年利润"科目，结转后该科目没有余额。该科目应当按照投资项目进行明细核算。

（二）主要会计处理

企业在取得持有至到期投资时，应当按取得该投资的面值，借记"持有至到期投资——投资成本"科目，按已到付息日但尚未领取的利息，借记"应收利息"科目，按实际支付的价款，贷记"银行存款"科目，按其差额，借记或贷记"持有至到期投资——利息调整"科目。

持有至到期投资的持有期限一般长于一年，根据权责发生制原则及配比原则，无论是到期还本付息的持有至到期投资还是分期付息、到期还本的持有至到期投资，在持有期间均需按期计提利息。

持有至到期投资的利息应根据不同的情况分别处理：

（1）分期付息、一次还本债券投资，应于资产负债表日按票面利率计算确定的应收未收利息，借记"应收利息"科目，按持有至到期投资摊余成本和实际利率计算确定的利息收入，贷记"投资收益"科目，按其差额，借记或贷记"持有至到期投资——利息调整"科目。

（2）一次还本付息债券投资，应于资产负债表日按票面利率计算确定的应收未收利息，借记"持有至到期投资——应计利息"科目，按持有至到期投资摊余成本和实际利率计算确定的利息收入，贷记"投资收益"科目，按其差额，借记或贷记"持有至到期投资——利息调整"科目。

（3）实际收到分期付息的持有至到期投资利息时，冲减已计算的"应收利息"科目；实际收到到期还本付息的债权投资利息时，则冲减持有至到期投资的账面价值。

处置持有至到期投资时，按实际取得的价款与持有至到期投资账面价值的差额，作为当期投资损益。

【例5-2】 2007年1月1日，东方公司支付价款1 996万元，交易费用4万元，从二级市场上购入乙公司5年期债券，面值2 500万元，票面利率4.72%，分年付息，到期还本。合同约定，该债券的发行方在遇到特定情况时可将债券赎回，且不需为提前赎回支付额外款项。甲公司在购买该债券时，预计发行方不会提前赎回。不考虑所得税、减值损失等因素，实际利率 $R = 10\%$。有关各项摊余成本、实际收益和名义收益等如表5-1所示。

表5-1 相关数据　　　　　　　　　　　　　　　单位：万元

年份	期初摊余成本	实际利息	现金流入	期末摊余成本	利息调整
2007	2 000	200	118	2 082	
2008	2 082	208	118	2 172	
2009	2 172	217	118	2 271	
2010	2 271	227	118	2 380	
2011	2 380	238	2 618	0	

在表5-1中，有

初始摊余成本 = 购入公允价值 + 交易费用

实际利息 = 期初摊余成本 × 实际利率

现金流入 = 票面金额 × 票面利率

期末摊余成本 = 期初摊余成本 + 实际利息 − 现金流入

在上述计算过程中，最后一年期末摊余成本不为零时，一般属于计算时四舍五入所致，可调整最后一年的实际利息额，使其为零。

根据表5-1的计算结果，东方公司作会计分录如下：

（1）2007年1月1日，购入债券时：

借：持有至到期投资——成本　　　　　　　　　　25 000 000

　　贷：银行存款　　　　　　　　　　　　　　　　　　20 000 000

　　　　持有至到期投资——利息调整　　　　　　　　　　5 000 000

（2）2007 年 12 月 31 日，确认实际利息收入、收到票面利息时：

借：应收利息——乙公司　　　　　　　　　　　　　　1 180 000

　　持有至到期投资——利息调整　　　　　　　　　　　820 000

　　贷：投资收益　　　　　　　　　　　　　　　　　　　2 000 000

借：银行存款　　　　　　　　　　　　　　　　　　　1 180 000

　　贷：应收利息——乙公司　　　　　　　　　　　　　　1 180 000

（3）2008 年 12 月 31 日，确认实际利息收入、收到票面利息时：

借：应收利息——乙公司　　　　　　　　　　　　　　1 180 000

　　持有至到期投资——利息调整　　　　　　　　　　　900 000

　　贷：投资收益　　　　　　　　　　　　　　　　　　　2 080 000

借：银行存款　　　　　　　　　　　　　　　　　　　1 180 000

　　贷：应收利息——乙公司　　　　　　　　　　　　　　1 180 000

（4）2009 年 12 月 31 日，确认实际利息收入、收到票面利息时：

借：应收利息——乙公司　　　　　　　　　　　　　　1 180 000

　　持有至到期投资——利息调整　　　　　　　　　　　990 000

　　贷：投资收益　　　　　　　　　　　　　　　　　　　2 170 000

借：银行存款　　　　　　　　　　　　　　　　　　　1 180 000

　　贷：应收利息——乙公司　　　　　　　　　　　　　　1 180 000

（5）2010 年 12 月 31 日，确认实际利息收入、收到票面利息时：

借：应收利息——乙公司　　　　　　　　　　　　　　1 180 000

　　持有至到期投资——利息调整　　　　　　　　　　　1 090 000

　　贷：投资收益　　　　　　　　　　　　　　　　　　　2 270 000

借：银行存款　　　　　　　　　　　　　　　　　　　1 180 000

　　贷：应收利息——乙公司　　　　　　　　　　　　　　1 180 000

（6）2011 年 12 月 31 日，确认实际利息收入、收到票面利息和本金时：

借：应收利息——乙公司　　　　　　　　　　　　　　1 180 000

　　持有至到期投资——利息调整　　　　　　　　　　　1 200 000

　　贷：投资收益　　　　　　　　　　　　　　　　　　　2 380 000

借：银行存款　　　　　　　　　　　　　　　　　　　26 180 000

　　贷：应收利息——乙公司　　　　　　　　　　　　　　1 180 000

　　　　持有至到期投资——成本　　　　　　　　　　　　25 000 000

【例 5-3】　承【例 5-2】的资料，假设在 2008 年 1 月 1 日，东方公司预计一半本金（即 1 250 万元）将会在该年年末收回，而其余的一半本金将于 2011 年年末收回。这种情况下，东方公司应当调整 2009 年年初的摊余成本，计入当期损益，调整时采用最初确定的实际利率。调整上述表中相关数据后如表 5-2 所示。

表 5-2　调整后数据　　　　　　　　　　　　　　单位：万元

年份	期初摊余成本	实际利息	现金流入	期末摊余成本	利息调整
2009	2 275	228	118 + 1 250	1 135	
2010	1 135	114	59	1 190	
2011	1 190	119	1 250 + 59	0	

$(1\,250 + 118) \times (1 + 10\%)^{-1} + 59 \times (1 + 10\%)^{-2} + (1\,250 + 59) \times (1 + 10\%)^{-3}$

$\approx 2\,275$（万元）

2009 年年初摊余成本 2 275 万元与 2012 年年末摊余成本 2 172 万元的误差，是由于当初计算实际利率时未考虑提前还本造成的。

根据上述调整，东方公司作会计分录如下：

（1）2009 年 1 月 1 日，调整期初摊余成本时：

| 借：持有至到期投资——利息调整 | 1 030 000 | |
| 贷：投资收益 | | 1 030 000 |

（2）2009 年 12 月 31 日，确认实际利息、收回本金时：

借：应收利息	1 180 000	
持有至到期投资——利息调整	1 100 000	
贷：投资收益		2 280 000
借：银行存款	13 680 000	
贷：应收利息——乙公司		1 180 000
持有至到期投资——成本		12 500 000

（3）2010 年 12 月 31 日，确认实际利息、收回本金时：

借：应收利息——乙公司	590 000	
持有至到期投资——利息调整	550 000	
贷：投资收益		1 140 000
借：银行存款	590 000	
贷：应收利息——乙公司		590 000

（4）2011 年 12 月 31 日，确认实际利息、收回本金时：

借：应收利息——乙公司	590 000	
持有至到期投资——利息调整	600 000	
贷：投资收益		1 190 000
借：银行存款	13 090 000	
贷：应收利息——乙公司		590 000
持有至到期投资——成本		12 500 000

【例 5-4】 承【例 5-2】的资料，假设东方公司购买的债券不是分次付息，而是到期一次还本付息的，且利息不以复利计算。此时，东方公司所购买债券的实际利率 r 计算如下：

$(2\,500 + 118 \times 5) \times (1 + r)^{-5} = 2\,000$，用内插法得出 $r \approx 9.09\%$。

据此，调整上述表中相关数据后如表 5-3 所示。

表 5-3　调整后数据　　　　　　　　　　　　　单位：万元

年份	期初摊余成本	实际利息	现金流入	期末摊余成本	利息调整
2007	2 000.00	181.80	0	2 181.80	
2008	2 181.80	198.33	0	2 308.13	
2009	2 380.13	216.35	0	2 596.48	
2010	2 596.48	236.02	0	2 832.50	
2011	2 832.50	257.50*	2 500+590	0	

* 计算过程中出现尾差 0.03。

根据上述计算结果，东方公司作会计分录如下：

（1）2007 年 1 月 1 日，购入债券时：

借：持有至到期投资——成本	25 000 000
贷：银行存款	20 000 000
持有至到期投资——利息调整	5 000 000

（2）2007 年 12 月 31 日，确认实际利息收入时：

借：持有至到期投资——应计利息	1 180 000
——利息调整	638 000
贷：投资收益	1 818 000

（3）2008 年 12 月 31 日，确认实际利息收入时：

借：持有至到期投资——应计利息	1 180 000
——利息调整	803 300
贷：投资收益	1 983 300

（4）2009 年 12 月 31 日，确认实际利息收入时：

借：持有至到期投资——应计利息	1 180 000
——利息调整	983 500
贷：投资收益	2 163 500

（5）2010 年 12 月 31 日，确认实际利息收入时：

借：持有至到期投资——应计利息	1 180 000
——利息调整	1 180 200
贷：投资收益	2 360 200

（6）2011 年 12 月 31 日，确认实际利息收入、收到本金和名义利息时：

借：持有至到期投资——应计利息	1 180 000
——利息调整	1 395 000
贷：投资收益	2 575 000
借：银行存款	30 900 000
贷：持有至到期投资——成本	25 000 000
——应计利息	5 900 000

【例 5-5】　2010 年 7 月 1 日，东方公司从二级市场平价（不考虑交易费用）购入一批债券，面值 100 万元，剩余期限 3 年，划分为持有至到期投资。2011 年 7 月 1 日，东方公司将该批债券的 20% 出售，取得价款 19 万元。当日，该批债券整体的公允价值和摊余成本分别为 95 万元和 100 万元。

假定出售债券时不考虑交易费用和其他相关因素，东方公司作会计分录如下：

（1）2011 年 7 月 1 日，出售债券：

借：银行存款	190 000
投资收益	10 000
贷：持有至到期投资	200 000

（2）2011 年 7 月 1 日，重分类时：

借：可供出售金融资产——成本	760 000
资本公积——其他资本公积	40 000
贷：持有至到期投资	800 000

第四节 可供出售金融资产

一、可供出售金融资产的概念

可供出售金融资产是指初始确认时即被指定为可供出售的非衍生金融资产，以及除贷款和应收款项、持有至到期投资和以公允价值计量且其变动计入当期损益的金融资产等各类资产以外的金融资产。满足下列条件的金融资产，应确认为可供出售金融资产投资：

（1）初始确认时即被指定为可供出售的非衍生金融资产；

（2）在活跃市场上有报价（如购入的在活跃市场上有报价的股票、债券和基金等）；

（3）持有时间不固定（如没有划分为持有至到期投资等）。

二、可供出售金融资产的计量

（一）可供出售金融资产的初始计量

可供出售金融资产的初始计量是初始投资成本的计量，企业在取得可供出售金融资产投资时，应当按照取得该项投资时的公允价值和相关交易费用之和作为初始确认金额。企业在取得可供出售金融资产投资时所支付的价款中，包含已宣告但尚未发放的现金股利或已到付息期但尚未领取的债券利息，应当单独确认为应收项目，不构成可供出售金融资产的初始投资成本。

（二）可供出售金融资产的后续计量

企业应当按照公允价值对可供出售金融资产进行后续计量，且不扣除将来处置该金融资产时可能发生的交易费用。可供出售金融资产公允价值变动所形成的利得或损失（除减值损失和外币货币性金融资产形成的汇兑差额之外）应当直接计入所有者权益，在该金融资产终止确认时转出，计入当期损益。

三、可供出售金融资产的会计处理

（一）会计科目的设置

"可供出售金融资产"科目用于核算企业持有的可供出售金融资产的价值，包括划分为可供出售的股票投资、债券投资等金融资产。该科目属于资产类科目，借方登记企业取得可供出售金融资产时的公允价值；在资产负债表日可供出售金融资产公允价值高于其账面余额的差额、已确认减值损失的可供出售金融资产价值恢复金额；贷方登记资产负债表日可供出售金融资产公允价值低于其账面余额的差额、处置可供出售金融资产的账面余额、可供出售金融资产处置时从所有者权益中转出原计入资本公积的累计损失金额；期末余额在借方，反映企业可供出售金融资产的公允价值。该科目按可供出售金融资产的类别和品种，分别"成本"、"利息调整"、"应计利息"、"公允价值变动"等进行明细核算。

（二）主要会计处理

企业取得可供出售的金融资产为权益工具投资的，应按其公允价值与交易费用之和，借记"可供出售金融资产——成本"科目；按支付的价款中包含的已宣告但尚未发放的现金股利，借记"应收股利"科目；按实际支付的金额，贷记"银行存款"等科目。

企业取得的可供出售金融资产为债券投资的，应按债券的面值，借记"可供出售金融资产——成本"科目；按支付的价款中包含的已到付息期但尚未领取的利息，借记"应收利息"科目；按实际支付的金额，贷记"银行存款"等科目；按差额，借记或贷记"可供出售金融资产——利息调整"科目。

资产负债表日，可供出售债券如为分期付息、一次还本债券投资的，应按票面利率计算确定的应收未收利息，借记"应收利息"科目，按可供出售债券的摊余成本和实际利率计算确定的利息收入，贷记"投资收益"科目，按其差额，借记或贷记"可供出售金融资产——利息调整"科目。可供出售债券如果为一次还本付息债券投资的，应按票面利率计算确定的应收未收利息，借记"可供出售金融资产——应计利息"科目，按可供出售债券的摊余成本和实际利率计算确定的利息收入，贷记"投资收益"科目，按其差额，借记或贷记"可供出售金融资产——利息调整"科目。

在资产负债表日，如果可供出售金融资产的公允价值高于其账面余额，应按照公允价值与账面余额的差额，借记"可供出售金融资产——公允价值变动"科目，贷记"资本公积——其他资本公积"科目；如果可供出售金融资产的公允价值低于其账面余额，则按照差额做相反的会计分录。

企业出售可供出售的金融资产时，应按实际收到的金额，借记"银行存款"科目，按可供出售的金融资产的账面余额，贷记"可供出售金融资产——成本、公允价值变动、利息调整、应计利息"科目，按应从所有者权益中转出的公允价值累计变动额，借记或贷记"资本公积——其他资本公积"科目，按借方和贷方的差额，贷记或借记"投资收益"科目。

【例 5-6】 2010 年 1 月，东方公司以 990 万元购入丙公司股票 100 万股作为可供出售金融资产，另支付手续费 10 万元。2010 年 3 月 30 日，该股票每股市价为 11 元。2010 年 4 月 10 日，丙公司宣告分派现金股利，每股 0.20 元。5 月 10 日，东方公司收到分派的现金股利。至 2010 年 12 月 31 日，东方公司仍持有该可供出售金融资产，期末每股市价为 10.5 元。2011 年 3 月 3 日，东方公司以 1 120 万元出售该可供出售金融资产。东方公司作会计分录如下：

（1）2010 年 1 月购入股票时：

借：可供出售金融资产——成本　　　　　　　　　　10 000 000

　　贷：银行存款　　　　　　　　　　　　　　　　　　10 000 000

（2）2010 年 3 月 30 日时：

借：可供出售金融资产——公允价值变动　　　　　　 1 000 000

　　贷：资本公积——其他资本公积　　　　　　　　　　 1 000 000

（3）2010 年 4 月 10 日，宣告分派现金股利时：

借：应收股利　　　　　　　　　　　　　　　　　　　 200 000

　　贷：投资收益　　　　　　　　　　　　　　　　　　　 200 000

（4）2010 年 5 月 10 日，收到股利时：

借：银行存款　　　　　　　　　　　　　　　　200 000
　　贷：应收股利　　　　　　　　　　　　　　　　200 000
（5）2010 年 12 月 31 日时：
借：资本公积——其他资本公积　　　　　　　　500 000
　　贷：可供出售金融资产——公允价值变动　　　　500 000
（6）2011 年 3 月 3 日，处置该可供出售金融资产时：
借：银行存款　　　　　　　　　　　　　　　11 200 000
　　资本公积——其他资本公积　　　　　　　　　500 000
　　贷：可供出售金融资产——公允价值变动　　　　500 000
　　　　　　　　　　　　——成本　　　　　　10 000 000
　　　　投资收益　　　　　　　　　　　　　　1 200 000

第五节　金融资产减值

一、金融资产减值损失的确认

企业应当在资产负债表日对以公允价值计量且其变动计入当期损益的金融资产以外的金融资产（含单项金融资产或一组金融资产）的账面价值进行检查，有客观证据表明，该金融资产发生减值的，应当确认减值损失，计提减值准备。

表明金融资产发生减值的客观证据是指金融资产初始确认后实际发生的、对该金融资产的预计未来现金流量有影响，且企业能够对该影响进行可靠计量的事项。金融资产发生减值的客观证据，包括下列各项：

（1）发行方或债务人发生严重财务困难；

（2）债务人违反了合同条款，如偿付利息或本金发生违约或逾期等；

（3）债权人出于经济或法律等方面因素的考虑，对发生财务困难的债务人做出让步；

（4）债务人很可能倒闭或进行其他财务重组；

（5）因发行方发生重大财务困难，该金融资产无法在活跃市场继续交易；

（6）无法辨认一组金融资产中某项资产的现金流量是否已经减少，但根据公开的数据对其进行总体评价后发现，该组金融资产自初始确认以来的预计未来现金流量确已减少且可计量，如该组金融资产的债务人支付能力逐步恶化、或债务人所在国家或地区失业率提高、担保物在其所在地区的价格明显下降、所处行业不景气等；

（7）债务人经营所处的技术、市场、经济或法律环境等发生重大不利变化，使权益工具投资人可能无法收回投资成本；

（8）权益工具投资的公允价值发生严重或非暂时性下跌；

（9）其他表明金融资产发生减值的客观证据。

二、金融资产减值损失的计量

（一）持有至到期投资、贷款和应收款项减值损失的计量

持有至到期投资、贷款和应收款项以摊余成本后续计量，其发生减值时，应当将该金

融资产的账面价值与预计未来现金流量现值之间的差额，确认为减值损失，计入当期损益。基本公式为

$$
\begin{array}{ccc}
\text{摊余成本计量的} & & \text{摊余成本计量资产} & & \text{预计未来} \\
\text{金融资产减值损失} & = & \text{期末账面价值} & - & \text{现金流量现值}
\end{array}
$$

在对以摊余成本计量的金融资产确认减值损失后，如果有客观证据表明该金融资产价值已恢复，且客观上与确认损失后发生的事项有关，原确认的减值损失应当予以转回，计入当期损益，但是转回后的账面价值不应当超过假定在不计提减值准备情况下该金融资产在转回日的摊余成本。

（1）判断持有至到期投资、贷款和应收款项是否发生减值损失的标准——预计未来现金流量的现值与账面价值之间的差额。持有至到期投资、贷款和应收款项以摊余成本后续计量，其发生减值时，应当将该金融资产的账面价值与预计未来现金流量现值之间的差额，确认为减值损失，计入当期损益。

以摊余成本计量的金融资产预计未来现金流量现值，应当按照该金融资产的原实际利率折现确定，并考虑相关担保物的价值（取得和出售该担保物发生的费用应当予以扣除）。原实际利率是初始确认该金融资产时计算确定的实际利率。对于浮动利率贷款、应收款项或持有至到期投资，在计算未来现金流量现值时可采用合同规定的现行实际利率作为折现利率。即使合同条款因债务方或金融资产发行方发生财务困难而重新商定或修改，在确认减值损失时，也仍用条款修改前所计算的该金融资产的原实际利率计算。

短期应收款项的预计未来现金流量与其现值相差很小的，在确定相关减值损失时，可不对其预计未来现金流量进行折现。

（2）减值测试的方式——单项测试与组合测试。对于存在大量性质类似且以摊余成本进行后续计量的金融资产的企业，在对该金融资产进行减值测试时，应当先将金额重大的金融资产区分开来，单独进行减值测试。如果有客观证据表明其已发生减值的，应当确认减值损失，计入当期损益。对单项金额不重大的金融资产，减值测试可以单独进行，也可以包括在具有类似信用风险特征的金融资产组合中进行减值测试。企业可以根据具体情况确定单项金额重大的标准。该项标准一经确定，应当一致运用，不得随意变更。

单独测试未发现减值的金融资产（包括单项金额重大和不重大的金融资产），应当包括在具有类似信用风险特征的金融资产组合中再进行减值测试。已单项确认减值损失的金融资产，不应包括在具有类似信用风险特征的金融资产组合中进行减值测试。

以摊余成本计量的金融资产减值损失计量的一般处理如表 5-4 所示。

（二）可供出售金融资产减值损失的计量

第一，可供出售金融资产发生减值时，即使该金融资产没有终止确认，原直接计入所有者权益中的因公允价值下降形成的累计损失，也应当予以转出，计入当期损益。转出的累计损失，等于可供出售金融资产的初始取得成本扣除已收回本金和已摊余金额、当前公允价值和原已计入损益的减值损失后的余额。

表 5-4　摊余成本计量的金融资产减值测试

资产的分类	单独/组合测试	是否发现减值	是否再测试/进行计量
单项金额重大的金融资产	应当单独进行	发现减值	应当确认减值损失，计入当期损益
		未发现减值	单独测试未发生的减值的金融资产（包括单项金额重大和不重大的金融资产），应当包括在具有类似信用风险性的金融资产组合中再进行减值测试
单项金额不重大的金融资产	可以单独进行	未发现减值	
		发现减值	应当确认减值损失，计入当期损益
	也可以包括在具有类似信用风险特征的金融资产组合中进行	发现减值	已单项确认减值损失的金融资产，不应包括在具有类似信用风险特征的金融资产组合中进行减值测试
		未发现减值	

在活跃市场中没有报价且其公允价值不能可靠计量的权益工具投资发生减值时，应当将该项权益工具投资或衍生金融资产的账面价值，与按照类似金融资产当时市场收益率对未来现金流量折现确定的现值之间的差额，确认为减值损失，计入当期损益。与该权益工具挂钩并须通过交付该权益工具结算的衍生金融资产发生减值的，也应当采用类似的方法确认减值损失。

第二，对于已确认减值损失的可供出售债务工具，在随后的会计期间，其公允价值已上升且客观上与原减值损失确认后发生的事项有关的，原确认的减值损失应当予以转回，计入当期损益。

第三，可供出售权益工具投资发生的减值损失，不得通过损益转回。但在活跃市场中没有报价且其公允价值不能可靠计量的权益工具投资，或与该权益工具挂钩并须通过交付该权益工具结算的衍生金融资产发生的减值损失，不得转回。金融资产减值损失冲回的一般情况如表 5-5 所示。

表 5-5　金融资产减值的转回

资产分类		减值损失可否转回
以摊余成本计量的金融资产		可转回
可供出售金融资产	可供出售的债务工具	可转回
	可供出售的权益工具	不得通过损益转回，可通过权益转回，公允价值的后续增加全数计入权益中
以成本计量的权益工具投资	在活跃市场中没有报价且其公允价值不能可靠计量的权益工具投资	不得转回

必须说明的是，表 5-5 中所列"以成本计量的权益工具投资"，不属于我国现行金融工具准则中的任一分类，在没有新设会计科目核算的情况下，实际上属于长期股权投资的核算范围，故其减值损失不得冲回。

【例 5-7】　2008 年 1 月 1 日，东方公司按面值从债券二级市场购入海通公司发行的债券 1 000 张，每张面值 10 000 元，票面利率 3%，划分为可供出售金融资产。

2008 年 12 月 31 日，该债券的市场价格为每张 10 000 元。

2009 年，海通公司因投资决策失误，发生严重财务困难，但仍可支付该债券当年的票面利息。2009 年 12 月 31 日，该债券的公允价值下降为每张 8 000 元。东方公司预计，如果海通公司不采取措施，该债券的公允价值预计会持续下跌。

2010 年，海通公司调整产品结构并整合其他资源，使得财务情况大为好转。2010 年 12 月 31 日，该债券的公允价值已上升至每张 9 500 元。

假定东方公司初始确认该债券时计算确定的债券实际利率为 3%，且不考虑其他因素，则东方公司有关的会计分录如下：

（1）2008 年 1 月 1 日，购入债券时：

借：可供出售金融资产——成本　　　　　　　　　　10 000 000
　　贷：银行存款　　　　　　　　　　　　　　　　　　10 000 000

（2）2008 年 12 月 31 日，确认利息及公允价值变动时：

借：应收利息　　　　　　　　　　　　　　　　　　300 000
　　贷：投资收益　　　　　　　　　　　　　　　　　　300 000
借：银行存款　　　　　　　　　　　　　　　　　　300 000
　　贷：应收利息　　　　　　　　　　　　　　　　　　300 000

债券的公允价值变动为零，故不作账务处理。

（3）2009 年 12 月 31 日，确认利息收入及减值损失时：

借：应收利息　　　　　　　　　　　　　　　　　　300 000
　　贷：投资收益　　　　　　　　　　　　　　　　　　300 000
借：银行存款　　　　　　　　　　　　　　　　　　300 000
　　贷：应收利息　　　　　　　　　　　　　　　　　　300 000
借：资产减值损失　　　　　　　　　　　　　　　2 000 000
　　贷：可供出售金融资产——公允价值变动　　　　　2 000 000

由于预计该债券的公允价值会持续下跌，东方公司应确认减值损失。

（4）2010 年 12 月 31 日，确认利息收入及减值损失转回时：

应确认的利息收入 = 8 000 000×3% = 240 000（元）

借：应收利息　　　　　　　　　　　　　　　　　　300 000
　　贷：投资收益　　　　　　　　　　　　　　　　　　240 000
　　　　可供出售金融资产——利息调整　　　　　　　　60 000
借：银行存款　　　　　　　　　　　　　　　　　　300 000
　　贷：应收利息　　　　　　　　　　　　　　　　　　300 000

减值损失转回前的摊余成本 = 8 000 000 - 60 000 = 7 940 000（元）

2010 年 12 月 31 日，该债券的公允价值 = 9 500 000（元）

应转回的金额 = 9 500 000 - 7 940 000 = 1 560 000（元）

借：可供出售金融资产——公允价值变动　　　　　1 560 000
　　贷：资产减值损失　　　　　　　　　　　　　　　1 560 000

【例 5-8】　2008 年 4 月 15 日，东方公司从股票二级市场以每股 15 元（含已宣告发放但尚未领取的现金股利 0.2 元）的价格购入陆远公司发行的股票 1 000 000 股，占陆远公司有表决权股份的 10%，对陆远公司无重大影响。东方公司将该股票划分为可供出售金融资产。其他资料如下：

（1）2008 年 5 月 10 日，东方公司收到陆远公司发放的上年现金股利 200 000 元。

（2）2008 年 12 月 31 日，该股票的市场价格为每股 13 元。东方公司预计该股票的价格下跌是暂时的。

（3）2009 年，陆远公司因违法排污，受到相关部门查处。受此影响，陆远公司股票的价格发生下挫。至 2009 年 12 月 31 日，该股票的市场价格下跌到每股 5 元。

（4）2010 年，陆远公司污水处理工程完成，加之市场宏观面好转，股票价格有所回升。至 12 月 31 日，该股票的市场价格上升到每股 16 元。

假定 2009 年和 2010 年均未分派现金股利，不考虑其他因素的影响，则东方公司会计分录如下：

（1）2008 年 4 月 15 日，购入股票时：

借：可供出售金融资产——成本　　　　　　　　　　14 800 000
　　应收股利　　　　　　　　　　　　　　　　　　　200 000
　　贷：银行存款　　　　　　　　　　　　　　　　　15 000 000

（2）2008 年 5 月，确认现金股利时：

借：银行存款　　　　　　　　　　　　　　　　　　　200 000
　　贷：应收股利　　　　　　　　　　　　　　　　　　200 000

（3）2008 年 12 月 31 日，确认股票公允价值变动时：

借：资本公积——其他资本公积　　　　　　　　　　2 000 000
　　贷：可供出售金融资产——公允价值变动　　　　　2 000 000

（4）2009 年 12 月 31 日，确认股票投资的减值损失时：

借：资产减值损失　　　　　　　　　　　　　　　10 000 000
　　贷：资本公积——其他资本公积　　　　　　　　　2 000 000
　　　　可供出售金融资产——公允价值变动　　　　　8 000 000

（5）2010 年 12 月 31 日，确认股票价格上涨时：

借：可供出售金融资产——公允价值变动　　　　　11 000 000
　　贷：资本公积——其他资本公积　　　　　　　　11 000 000

思考与练习

一、思考题

1. 金融资产的概念及范围是什么？

2. 交易性金融资产的确认条件是什么？

3. 可供出售金融资产的概念及确认条件是什么？

4. 交易性金融资产与可供出售金融资产有何异同？

5. 持有至到期投资的概念及特征是什么？

6. 以摊余成本计量的金融资产发生减值损失时如何处理？

二、练习题

1. 甲公司 2009 年 4 月 10 日以每股 3 元购入乙公司股份 100 万股作为可供出售金融资产，另支付相关税费 2 万元。6 月 30 日每股市价 2.8 元，9 月 30 日每股市价 2.6 元，12 月 31 日由于乙公司发生严重财务困难，每股市价 1 元，甲公司应对该金融资产计提减值准备。2010 年 1 月 5 日，甲公司将该金融资产出售，每股售价 0.9 元。甲公司对外提供季度报告。

要求：根据上述资料编制甲公司相关会计分录。

2. 2009 年 5 月 10 日，甲公司以 620 万元（含已宣告但尚未领取的现金股利 20 万元）购入乙公司股票 200 万股作为交易性金融资产，另支付手续费 6 万元，5 月 30 日，甲公司收到现金股利 20 万元。2009 年 6 月 30 日该股票市价为 3.2 元，2009 年 8 月 10 日，乙公司宣告分派现金股利 0.2 元，8 月 20 日，甲公司收到分派的现金股利。至 12 月 31 日甲公司仍持有该交易性金融资产，期末每股市价 3.6 元，2010 年 1 月 3 日以 630 万元出售该交易性金融资产。甲公司对外提供半年度报表。

要求：

（1）根据上述业务编制会计分录；

（2）计算该交易性金融资产的累计损益。

3. 甲公司于 2009 年 1 月 1 日购入乙公司于 2008 年 1 月 1 日发行的债券：5 年期，票面利率 5%，实际利率为 6%，每年 1 月 5 日支付上一年度的利息，到期日为 2013 年 1 月 1 日，本金到期后一次性归还。面值 1 000 万元，实际支付价款 1 005.35 万元，另支付相关费用 10 万元。甲公司购入后将其划分为持有至到期投资。2009 年 12 月 31 日，该债券的预计未来现金流量现值为 930 万元（不属于暂时性的公允价值变动）。2010 年 1 月 2 日，甲公司将该持有至到期投资重分类为可供出售金融资产，其公允价值为 925 万元。

要求：编制甲公司从 2009 年 1 月 1 日至 2010 年 1 月 2 日的会计分录。

第六章

长期股权投资

本章在介绍长期股权投资的概念、特点和内容的基础上，重点阐述了长期股权投资的初始计量、后续计量及其相应的会计处理。

【重要概念】　长期股权投资　控制　共同控制　重大影响　成本法　权益法

第一节　长期股权投资概述

一、长期股权投资的概念及特点

（一）长期股权投资的概念

长期股权投资是指通过投出各种资产取得被投资企业股权且不准备随时出售的投资。其主要目的是为了长远利益而影响、控制其他在经济业务上相关联的企业。

（二）长期股权投资的特点

长期股权投资具有以下特点：

（1）准备长期持有。长期股权投资通过长期持有，达到控制被投资企业、改善与被投资企业的贸易关系等目的。而且，股票投资和其他长期股权投资一般不能随意抽回投资。

（2）获得经济利益。通过长期股权投资，可以获得两方面的经济利益，一方面，通过分得利润或股利获得被投资企业的经济利益流入；另一方面，通过对被投资企业施加影响，来改善本单位的生产经营环境，从而使本企业获得经济利益。

（3）按比例承担风险。通过股权投资成为被投资企业的股东应承担相应的风险，不仅可以获得经济利益，而且需要承担投资损失。

二、投资企业与被投资企业的关系

长期股权投资形成后，按照投资企业对被投资企业的影响程度，投资企业与被投资企业的关系分为控制、共同控制、重大影响和无重大影响四种情况。

（一）控制

控制是指投资企业有权决定被投资企业的财务和经营政策，并能据以从该企业的经营活动中获取利益。控制包括：①投资企业直接、间接或直接和间接共同拥有被投资企业50%以上的表决权资本；②投资企业虽然直接拥有被投资企业50%或以下的表决权资本，但具有实质控制权。实质控制权的表现形式有：通过与其他投资者的协议，投资企业拥有被投资企业50%以上表决权资本的控制权；根据章程或协议，投资企业有权控制被投资企业的财务和经营政策；有权任免被投资企业董事会等类似权力机构的多数成员；在董事会或类似权力机构会议上有半数以上投票权。拥有控制权的投资企业一般称为母公司，被母公司控制的企业，一般称为子公司。

（二）共同控制

共同控制是指按合同约定对共同控制实体所共有的控制。共同控制实体是指由两个或多个企业共同投资建立的实体，该被投资企业的财务和经营政策必须由投资双方或若干方共同决定。实务中，在确定是否构成共同控制时，一般可以考虑以下情况作为确定基础：①任何一个合营方均不能单独控制合营企业的生产经营活动。②涉及合营企业基本经营活动的决策需要各合营方一致同意。③各合营方可能通过合同或协议的形式任命其中的一个合营方对合营企业的日常活动进行管理，但其必须在各合营方已经一致同意的财务和经营政策范围内行使管理权。当被投资企业处于法定重组或破产中时，或者在向投资方转移资金的能力受到严格的长期限制的情况下经营时，通常投资方对被投资企业可能无法实施共同控制。但如果能够证明存在共同控制，合营各方仍应当按照长期股权投资准则的规定采用权益法核算。被各投资方共同控制的企业一般称为投资企业的合营企业。

（三）重大影响

重大影响是指对一个企业的财务和经营政策有参与决策的权力，但并不能够控制或者与其他方一起共同控制这些政策的制定。当投资企业直接拥有被投资企业20%～50%表决权资本时，一般认为对被投资企业具有重大影响，除非有明确的证据表明该种情况下不能参与被投资企业的生产经营决策，不形成重大影响。如果投资企业直接拥有被投资企业20%以下的表决权资本，但符合下列情况之一的，也应确认为对被投资企业具有重大影响：①在被投资企业的董事会或类似权力机构中派有代表；②参与被投资企业的政策制定过程；③向被投资企业派出管理人员；④依赖投资企业的技术资料；⑤与被投资企业之间发生重要交易；⑥其他能足以证明投资企业对被投资企业具有重大影响的情形。在确定能否对被投资企业施加重大影响时，一方面应考虑投资企业直接或间接持有被投资企业的表决权股份，另一方面要考虑企业及其他方持有的现行可执行潜在表决权在假定转换为对被投资企业的股权后产生的影响，如被投资企业发行的现行可转换的认股权证、股份期权及可转换公司债券等的影响。被各投资方如果受到投资企业的重大影响，一般称为投资企业的联营企业。

（四）无重大影响

无重大影响是指投资企业对被投资企业不具有控制和共同控制的权利，也不具有重大影响。具体表现在：①投资企业直接拥有被投资企业 20%以下的表决权资本，同时不存在其他实施重大影响的途径；②投资企业直接拥有被投资企业 20%或以上的表决权资本，但实质上对被投资企业不具有控制、共同控制和重大影响。

第二节 长期股权投资初始计量及取得的会计处理

为了核算企业的长期股权投资，企业应当设置"长期股权投资"、"长期股权投资减值准备"等科目。

"长期股权投资"科目用来核算企业持有的采用成本法和权益法核算的长期股权投资。该科目属于资产类科目，借方登记长期股权投资取得时的成本以及采用权益法核算时按被投资企业实现的净利润等计算的应分享的份额，贷方登记收回长期股权投资的价值或采用权益法核算时被投资企业宣告分派现金股利或利润时企业按持股比例计算应享有的份额，及按被投资企业发生的净亏损等计算的应分担的份额，期末借方余额，反映企业持有的长期股权投资的价值。该科目按照被投资企业进行明细核算。

"长期股权投资减值准备"科目用来核算企业长期股权投资发生减值时计提的减值准备。在资产负债表日，确定长期股权投资发生减值时，按应减记的金额，借记"资产减值损失"科目，贷记"长期股权投资减值准备"科目。在处置长期股权投资时，应同时结转已计提的长期股权投资减值准备。账户期末贷方余额，反映企业已计提但尚未转销的长期股权投资减值准备。"长期股权投资减值准备"科目应当按照被投资企业进行明细核算。

一、企业合并取得的长期股权投资初始计量及取得的会计处理

按照企业合并会计准则的规定，企业合并形成的长期股权投资，应按照同一控制下合并与非同一控制下合并的不同类型，确定长期股权投资的初始投资成本。

1. 同一控制下企业合并取得的长期股权投资

同一控制下的企业合并是指参与合并的企业在合并前后均受同一方或相同的多方最终控制，且该控制不是暂时性的。例如，甲公司为乙公司和丙公司的母公司，甲公司将其持有乙公司 65%的股权转让给丙公司。转让股权后，丙公司持有乙公司 65%的股权，但乙公司和丙公司仍由甲公司所控制。同一控制下的企业合并，在合并日（合并方实际取得对被合并方控制权的日期）取得对其他参与合并企业控制权的一方为合并方，如上述的甲公司；参与合并的其他企业为被合并方，如上述的乙公司和丙公司。

合并方以支付现金、转让非现金资产或承担债务方式取得被合并方的股权，应当在合并日按享有被合并方所有者权益账面价值的份额作为长期股权投资的初始投资成本，借记"长期股权投资——投资成本"科目，按应享有被投资企业已宣告但尚未发放的现金股利或利润，借记"应收股利"科目；按支付的货币资金或转让非现金资产、承担债务的账面价值，贷记"银行存款"以及相应的资产或负债科目；按长期股权投资初始投资成本与支付的现金、转让的非现金资产以及所承担债务账面价值之间的差额，调整资本公积（资本或股本溢价），资本公积不足冲减的，借记"盈余公积"、"利润分配——未分配利润"科目。上述业务如果是以发行权益性证券方式进行的，应按发行权益性证券的面值总额，贷记"股

本"科目。

【例 6-1】　东方公司为乙公司和丙公司的母公司。2010 年 6 月 30 日，东方公司将其持有丙公司 65%的股权转让给乙公司，双方协商确定的价格为 7 000 000 元，以货币资金支付；乙公司以银行存款支付审计、评估费 10 000 元。在合并日，丙公司所有者权益的账面价值为 10 000 000 元；乙公司资本公积余额为 4 000 000 元。乙公司取得长期股权投资的会计分录如下：

乙公司初始投资成本=10 000 000×65% = 6 500 000（元）

借：长期股权投资——投资成本　　　　　　　　　　　6 500 000
　　资本公积　　　　　　　　　　　　　　　　　　　　500 000
　　管理费用　　　　　　　　　　　　　　　　　　　　 10 000
　　贷：银行存款　　　　　　　　　　　　　　　　　　7 010 000

【例 6-2】　东方公司为 B 公司和 C 公司的母公司，持有 B 公司 68%的股权，持有 C 公司 65%的股权。2010 年 1 月 1 日，B 公司以发行每股面值为 1 元的股票 3 000 000 股，换取东方公司持有的 C 公司 65%的股权，并以银行存款支付发行股票手续费 20 000 元。在合并日，C 公司所有者权益的账面价值为 10 000 000 元。B 公司的会计分录如下：

B 公司初始投资成本 = 10 000 000×65% = 6 500 000（元）

借：长期股权投资——投资成本　　　　　　　　　　　6 500 000
　　贷：股本　　　　　　　　　　　　　　　　　　　　3 000 000
　　　　银行存款　　　　　　　　　　　　　　　　　　　20 000
　　　　资本公积　　　　　　　　　　　　　　　　　　3 480 000

2. 非同一控制下的企业合并取得的长期股权投资

非同一控制下的企业合并是指参与合并的各个企业在合并前后不受同一方或相同的多方最终控制。非同一控制下的企业合并，在购买日（购买方实际取得对被购买方控制权的日期）取得对其他参与合并企业控制权的一方为购买方，参与合并的其他企业为被购买方。

购买方在购买日以支付货币资金的方式取得被购买方的股权，应以支付的货币资金作为初始投资成本，借记"长期股权投资——投资成本"科目，按应享有被投资企业已宣告但尚未发放的现金股利或利润，借记"应收股利"科目；贷记"银行存款"科目。

购买方在购买日以付出货币资金以外的其他资产的方式取得被购买方的股权，应按资产的公允价值作为初始投资成本，借记"长期股权投资——投资成本"科目；按资产的价值，贷记"主营业务收入"、"其他业务收入"、"固定资产清理"、"应交税费——应交增值税"等科目。

购买方以发行股票等方式取得被购买方的股权，应在购买日按发行股票等的公允价值作为长期股权投资的初始投资成本，借记"长期股权投资——投资成本"科目；按发行股份的面值总额，贷记"股本"科目；按长期股权投资初始投资成本与所发行股份面值总额之间的差额，贷记"资本公积——股本溢价"科目。

【例 6-3】　M 与 N 两家公司属非同一控制下的独立公司。M 公司以固定资产取得 N 公司 70%的股份。固定资产原值 2 400 万元，已提折旧 900 万元，在投资当日该设备的公允价值为 2 000 万元。假定无其他因素影响。M 公司的会计分录如下：

借：长期股权投资——N 公司　　　　　　　　　　　20 000 000
　　累计折旧　　　　　　　　　　　　　　　　　　　9 000 000

| 贷：固定资产 | 24 000 000 |
| 营业外收入 | 5 000 000 |

二、非企业合并取得的长期股权投资初始计量及取得的会计处理

以企业合并以外的其他方式取得的长期股权投资，应当按照以下要求确定初始投资成本。

1. 以支付现金取得的长期股权投资

以支付现金取得的长期股权投资，应当按照实际支付的购买价款作为初始投资成本。初始投资成本包括与取得长期股权投资直接相关的费用、税金及其他必要支出，但所支付价款中包含的被投资企业已宣告但尚未发放的现金股利或利润应作为应收项目核算，不构成取得长期股权投资的成本。

【例 6-4】　2010 年 6 月 1 日，东方公司从证券市场上购入 Z 公司发行在外 2 000 万股股票作为长期股权投资，每股 6 元（含已宣告但尚未发放的现金股利 1 元），实际支付价款 12 000万元，另支付相关税费 30 万元。东方公司的会计分录如下：

借：长期股权投资	100 300 000
应收股利	20 000 000
贷：银行存款	120 300 000

2. 以发行权益性证券取得的长期股权投资

以发行权益性证券取得的长期股权投资，应当按发行权益性证券的公允价值作为初始投资成本，其中不包括应自被投资企业收取的已宣告但尚未发放的现金股利或利润。为发行权益性证券支付的手续费、佣金等应自权益性证券的溢价发行收入中扣除，溢价收入不足的，应冲减盈余公积和未分配利润。

【例 6-5】　2010 年 7 月 1 日，东方公司发行股票 3 000 000 股作为对价向 C 公司投资，每股面值为 1 元，实际发行价为每股 3 元。为增发该部分股份，东方公司向证券承销机构等支付了 10 万元的佣金和手续费。假定东方公司取得该部分股权后能够对 C 公司的生产经营决策施加重大影响。东方公司的会计分录如下：

借：长期股权投资	9 000 000
贷：股本	3 000 000
资本公积——股本溢价	6 000 000

发行权益性证券过程中支付的佣金和手续费，应冲减权益性证券的溢价发行收入：

| 借：资本公积——股本溢价 | 100 000 |
| 贷：银行存款 | 100 000 |

3. 投资者投入取得的长期股权投资

投资者投入的长期股权投资是指投资者以其持有的对第三方的投资作为出资投入企业，接受投资的企业在确定所取得的长期股权投资的成本时，应当按照投资合同或协议约定的价值作为初始投资成本，但合同或协议约定价值不公允的除外。

在确定投资者投入的长期股权投资的公允价值时，有关权益性投资存在活跃市场的，应当参照活跃市场中的市价确定其公允价值；不存在活跃市场的，在无法按照市场信息确定其公允价值的情况下，应当将按照一定的估值技术等合理的方法确定的价值作为其公允价值。

【例 6-6】　东方公司设立时，其主要出资方之一丁公司以其持有的对 W 公司的长期股权投

资作为出资投入东方公司。投资各方在投资合同中约定，作为出资的该项长期股权投资作价 5 000 万元。该作价是按照 W 公司股票的市价经考虑相关调整因素后确定的。东方公司注册资本为 20 000 万元。丁公司出资占东方公司注册资本的 20%。取得该项投资后，东方公司根据其持股比例，能够派人参与 W 公司的财务和生产经营决策。东方公司对于投资者投入的该项长期股权投资，其会计分录如下：

借：长期股权投资　　　　　　　　　　　　　　　　50 000 000
　　贷：实收资本　　　　　　　　　　　　　　　　40 000 000
　　　　资本公积——资本溢价　　　　　　　　　　10 000 000

第三节　长期股权投资后续计量

一、长期股权投资核算的成本法

成本法是指长期股权投资按投资成本计价的方法。当投资企业能够对被投资企业实施控制时，或者对被投资企业不具有共同控制或重大影响时，且该投资在活跃市场中没有报价、公允价值不能可靠计量的长期股权投资时，采用成本法核算。在成本法下，"长期股权投资"科目除追加投资或收回投资外，投资金额不受被投资企业权益变动的影响，"长期股权投资"科目的账面价值一般应当保持不变。被投资企业宣告分派的利润或现金股利，确认为当期投资收益。

1. 初始投资或追加投资

采用成本法核算的长期股权投资，在初始投资或追加投资时，按照初始投资或追加投资时的成本增加长期股权投资的账面价值。

【例 6-7】　东方公司 2010 年 1 月 10 日购买长信股份有限公司发行的股票 50 000 股准备长期持有，从而拥有长信股份有限公司 5% 的股份。每股买入价为 6 元，另外购买该股票时发生有关税费 5 000 元，款项已由银行存款支付。东方公司会计分录如下：

计算初始投资成本：
股票成交金额（50 000×6）　　　　　　　　　　　300 000
加：相关税费　　　　　　　　　　　　　　　　　　5 000
　　　　　　　　　　　　　　　　　　　　　　　305 000
借：长期股权投资　　　　　　　　　　　　　　　305 000
　　贷：银行存款　　　　　　　　　　　　　　　　305 000

2. 被投资企业宣告分派的利润或现金股利

被投资企业宣告分派的利润或现金股利，投资企业按应享有的部分，确认为当期投资收益。

【例 6-8】　东方公司 2010 年 4 月 1 日购入 B 公司股份 20 000 股，每股价格 15 元，另支付相关税费 5 000 元，东方公司购入 B 公司股份占 B 公司有表决权资本的 10%，并准备长期持有。假定东方公司对 B 公司的生产经营决策不具有重大影响或共同控制，且该投资不存在活跃的交易市场，公允价值无法取得。B 公司于 2010 年 5 月 1 日宣告分派 2009 年度的现金股利，每股 0.3 元。根据上述资料，东方公司的会计分录如下：

（1）计算初始投资成本：
　　成交价（20 000×15）＝300 000（元）

　　　加：税费 5 000（元）

　　　投资成本＝305 000（元）

（2）购入时：

借：长期股权投资——B 公司　　　　　　　　　　　305 000

　贷：银行存款　　　　　　　　　　　　　　　　　　305 000

（3）5 月 1 日，B 公司宣告分派股利时：

借：应收股利　　　　　　　　　　　　　　　　　　6 000

　贷：投资收益　　　　　　　　　　　　　　　　　　6 000

东方公司收到 B 公司现金股利时：

借：银行存款　　　　　　　　　　　　　　　　　　6 000

　贷：应收股利　　　　　　　　　　　　　　　　　　6 000

　　成本法的优点在于：①长期股权投资科目能够反映投资的成本；②核算简便；③能反映企业实际获得的利润或现金股利的情况，而且获得的利润或现金股利与其流入的现金在时间上基本吻合；④与法律上企业法人的概念相符，即投资企业与被投资企业是两个法人实体，被投资企业实现的净利润或发生的净亏损，不会自动成为投资企业的利润或亏损；⑤所确认的投资收益，与我国税法上确认应纳税所得额时对投资收益的确认时间和标准是一致的，不存在会计核算时间上与税法不一致的问题；⑥核算比较稳健，即长期股权投资科目只反映投资成本，投资收益只反映实际获得的利润或现金股利。

　　成本法的局限性在于：①长期股权投资科目停留在初始或追加投资时的投资成本上，不能反映投资企业在被投资企业中的权益；②当投资企业能够控制被投资企业，或对被投资企业施加重大影响时，投资企业可以凭借其控制和影响力，操纵被投资企业的利润或股利的分配，在这种情况下，其投资收益不能真正反映应当获得的投资利益。

二、长期股权投资核算的权益法

　　权益法是指长期股权投资最初以初始投资成本计价，以后根据投资企业享有被投资企业所有者权益份额的变动对长期股权投资的账面价值进行调整的方法。投资企业对被投资企业具有共同控制或重大影响的长期股权投资采用权益法核算。在权益法下，"长期股权投资"科目的账面价值随被投资企业所有者权益的变动而变动，在股权持有期间，"长期股权投资"科目的账面价值与占被投资企业所有者权益的份额相对应。投资企业不编制合并财务报表，但由于在被投资企业中占有较大的份额，按照重要性原则，应对长期股权投资的账面价值进行调整，以客观地反映投资状况。

　　（一）初始投资成本与投资时应享有被投资企业可辨认净资产公允价值份额差额的处理

　　长期股权投资的初始投资成本大于投资时应享有被投资企业可辨认净资产公允价值份额的，不调整长期股权投资的初始投资成本；长期股权投资的初始投资成本小于投资时应享有被投资企业可辨认净资产公允价值份额的，其差额应当计入当期损益，同时调整长期股权投资的成本。

【例 6-9】　东方公司于 2008 年 1 月 1 日以 80 万元投资 B 企业普通股，占 B 公司普通股的

30%，B 公司 2008 年 1 月 1 日的所有者权益账面价值 200 万元，公允价值为 230 万元。假定无其他因素的影响。东方公司在取得 B 公司的股权后，能够对 B 公司施加重大影响，对该投资采用权益法核算。东方公司的会计分录如下：

长期股权投资的初始投资成本 800 000 元大于应享有 B 公司当日的所有者权益公允价值份额 690 000（2 300 000×30%）元，该差额不调整长期股权投资的账面价值。

借：长期股权投资——B 公司（投资成本）　　　　　　　800 000
　　贷：银行存款　　　　　　　　　　　　　　　　　　　　800 000

【例 6-10】　承【例 6-9】的资料，假定东方公司支付的价款是 60 万元，不是 80 万元，其他情况不变。此时东方公司的会计分录如下。

长期股权投资的初始投资成本 600 000 元小于应享有 B 公司当日的所有者权益公允价值份额 690 000（2 300 000×30%）元，则初始投资成本与应享有被投资企业可辨认净资产公允价值份额之间的差额 9 万元应计入取得投资当期的营业外收入。

借：长期股权投资——B 公司（投资成本）　　　　　　　600 000
　　贷：银行存款　　　　　　　　　　　　　　　　　　　　600 000
借：长期股权投资——B 公司（投资成本）　　　　　　　 90 000
　　贷：营业外收入　　　　　　　　　　　　　　　　　　　 90 000

（二）投资企业在被投资企业实现净损益和宣告分派现金股利或利润的处理

在采用权益法核算时，企业应在取得股权投资后，按应享有或应分担的被投资企业当年实现的净利润或发生的净亏损的份额，调整投资的账面价值，并作为当期投资损益，借记“长期股权投资——损益调整”科目，贷记“投资收益”科目，被投资企业发生净亏损做相反的会计分录，但以本科目的账面价值减记至零为限，投资企业负有承担额外损失义务的除外。投资企业在确认应享有被投资企业净损益的份额时，应当以取得投资时被投资企业各项可辨认资产等的公允价值为基础，对被投资企业的净利润进行调整后确认。基于重要性原则，通常应考虑的调整因素是：以取得投资时被投资企业固定资产、无形资产的公允价值为基础计提的折旧额或摊销额以及减值准备的金额对被投资企业净利润的影响。其他项目如果为重要的，也应进行调整。无法合理确定取得投资时被投资企业各项可辨认资产公允价值的，或者投资时被投资企业可辨认资产的公允价值与其账面价值相比，两者之间的差额不具有重要性的，可以按照被投资企业的账面净利润，经调整未实现内部交易损益后，计算确认投资收益，但应在附注中说明这一事实，以及无法合理确定被投资企业各项可辨认资产公允价值等原因。期末，企业按被投资企业实现的净利润计算的应分享的份额，借记“长期股权投资——损益调整”科目，贷记“投资收益”科目。

【例 6-11】　承【例 6-9】的资料，假定东方公司 2008 年 1 月 1 日取得投资时 B 公司的固定资产公允价值为 70 万元，账面价值为 40 万元，B 公司其他资产的账面价值与公允价值相同。固定资产的预计使用年限为 10 年，净残值为零，按照直线法计提折旧。B 公司 2008 年度利润表中净利润为 50 万元，已按其账面价值计算扣除的固定资产折旧费用为 4 万元，按照取得投资时固定资产的公允价值计算确定的折旧费用为 7 万元，不考虑所得税影响，按照被投资企业的账面净利润计算确定的投资收益应为 15（50×30%）万元。按该固定资产的公允价值计算的净利润为 47（50–3）万元，投资企业按照持股比例计算确认的当期投资收益应为 14.1（47×30%）万元。东方公司的会计分录如下：

　　借：长期股权投资——B 公司（损益调整）　　　　　　141 000
　　　　贷：投资收益　　　　　　　　　　　　　　　　　　　　141 000

　　企业确认被投资企业发生的净亏损，应当以长期股权投资的账面价值以及其他实质上构成对被投资企业净投资的长期权益减记至零为限，投资企业负有承担额外损失义务的除外。期末，企业按被投资企业发生的净亏损计算的应分担的份额，借记"投资收益"科目，贷记"长期股权投资——损益调整"科目。如果被投资企业以后各期实现净利润，企业应在计算的收益分享额超过未确认的亏损分担额以后，按超过未确认的亏损分担额的金额，恢复投资的账面价值。

【例 6-12】　承【例 6-9】的资料，假定 B 公司 2009 年度利润表中净亏损为 400 万元，2010 年度利润表中净利润为 300 万元。假定无其他因素的影响。东方公司的会计分录如下：
　　（1）2009 年 12 月 31 日：
　　东方公司应承担的损失 =（－400－3）×30% =－120.9（万元）
　　长期股权投资的账面价值 = 80 + 14.1 = 94.1（万元）

　　借：投资收益　　　　　　　　　　　　　　　　　　　941 000
　　　　贷：长期股权投资——B 公司（损益调整）　　　　　　　941 000

　　未确认的亏损 = 120.9 － 94.1 = 26.8（万元），记入备查簿
　　（2）2010 年 12 月 31 日：
　　东方公司应享有收益 =（300－3）×30% = 89.1（万元）
　　东方公司应确认的净收益 = 89.1 － 26.8 = 62.3（万元）

　　借：长期股权投资——B 公司（损益调整）　　　　　　623 000
　　　　贷：投资收益——股权投资收益　　　　　　　　　　　623 000

　　被投资企业宣告分派现金股利或利润，企业按持股比例计算应享有的份额，借记"应收股利"科目，贷记"长期股权投资——损益调整"科目；自被投资企业取得的现金股利或利润超过已确认损益调整的部分应视同投资成本的收回，冲减长期股权投资的成本。收到被投资企业分来的股票股利，不进行账务处理，但应在备查簿中登记。

【例 6-13】　承【例 6-12】的资料，B 公司在 2011 年 3 月 20 日宣告分派现金股利 10 万元，此时东方公司的会计分录如下：

　　借：应收股利　　　　　　　　　　　　　　　　　　　30 000
　　　　贷：长期股权投资——B 公司（损益调整）　　　　　　　30 000

【例 6-14】　东方公司持有 B 公司有表决权股份的 30%，能够对 B 公司生产经营施加重大影响。2010 年 8 月，东方公司将其账面价值为 700 万元的商品以 1 000 万元的价格出售给 B 公司，B 公司将取得的商品作为管理用固定资产核算，预计使用寿命为 10 年，净残值为 0。假定东方公司取得该项投资时，B 公司各项可辨认资产、负债的公允价值与其账面价值相同，两者在以前期间未发生过内部交易。B 公司 2010 年实现净利润为 2 000 万元。假定不考虑所得税影响。
　　东方公司在该项交易中实现利润 300 万元，其中的 90（300×30%）万元是针对本企业持有的对联营企业的权益份额，在采用权益法计算确认投资损益时应予抵销，同时应考虑相关固定资产折旧对损益的影响。
　　折旧对损益的影响金额 =（300÷10）×（4÷12）= 10（万元）

应抵销的未实现内部交易损益=（2 000–300+10）×30%＝513（万元）

东方公司的会计分录如下：

借：长期股权投资——损益调整   5 130 000

　　贷：投资收益   5 130 000

东方公司如存在子公司需要编制合并财务报表，在合并财务报表中对该未实现内部交易损益应在个别报表已确认投资收益的基础上进行以下调整：

借：营业收入   （1 000×30%）3 000 000

　　贷：营业成本   （700×30%）2 100 000

　　　　投资收益   900 000

【例6-15】　东方公司持有B公司有表决权股份的30%，能够对B公司生产经营施加重大影响。2010年8月，B公司将其账面价值为700万元的商品以1 000万元的价格出售给东方公司，东方公司将取得的商品作为管理用固定资产核算，预计使用寿命为10年，净残值为0。假定东方公司取得该项投资时，B公司各项可辨认资产、负债的公允价值与其账面价值相同，两者在以前期间未发生过内部交易。B公司2008年实现净利润为2 000万元。假定不考虑所得税影响。

东方公司在按照权益法确认应享有乙公司2008年净损益时，同时应考虑相关固定资产折旧对损益的影响。

折旧对损益的影响金额=（300÷10）×（4÷12）＝10（万元）

应抵销的未实现内部交易损益=（2 000–300+10）×30%＝513（万元）

东方公司的会计分录如下：

借：长期股权投资——损益调整   5 130 000

　　贷：投资收益   5 130 000

或者：

借：长期股权投资——损益调整   6 000 000

　　贷：投资收益   （2 000×30%）6 000 000

借：投资收益   ［（300–10）×30%］ 870 000

　　贷：长期股权投资——损益调整   870 000

东方公司如果存在子公司需要编制合并财务报表，在合并财务报表中，因该未实现内部交易体现在投资企业持有固定资产的账面价值当中，对该未实现内部交易损益应在个别报表已确认投资收益的基础上进行以下调整：

借：长期股权投资——损益调整   2 900 000

　　累计折旧   100 000

　　贷：固定资产   3 000 000

（三）被投资企业的除净损益以外的其他所有者权益变动时的处理

在持股比例不变的情况下，投资企业对于被投资企业除净损益以外所有者权益的其他变动，应当按持股比例计算应享有的份额，借记"长期股权投资——所有者权益其他变动"科目，贷记"资本公积——其他资本公积"科目。

【例6-16】　C公司拥有D公司40%的股权，东方公司对该项股权投资采用权益法核算。2010年12月31日，D公司拥有的一项可供出售金融资产的公允价值为250 000元，该项可供出售金融资产当日的账户余额为210 000元。假定无其他因素。

由于 D 公司在资产负债表日将可供出售金融资产的公允价值变动的金额 40 000（250 000－210 000）元调整增加了该公司的资本公积，使得该公司所有者权益增加了 40 000 元，而该项增加不属于净损益，因此，C 公司的会计分录如下：

借：长期股权投资——所有者权益其他变动　　　　　　　16 000
　　贷：资本公积——其他资本公积　　　　　　　　　　　　　　16 000

权益法的优点：①投资账户能够反映投资企业在被投资企业中的权益，反映了投资企业拥有被投资企业所有者权益份额的经济现实；②投资收益反映了投资企业经济意义上的投资利益。

权益法的局限性：①与法律上的企业法人的概念相悖；②在权益法下，投资收益的实现与现金流入的时间不相吻合；③会计核算比较复杂。

三、成本法和权益法转换的会计处理

（一）成本法转换为权益法

1. 由于追加投资将成本法转换为权益法

原来的持股比例不足以对被投资企业产生控制、共同控制或重大影响，且在活跃的市场中缺乏报价，公允价值不能可靠计量的长期股权投资，因为追加投资导致持股比例达到能够对被投资企业施加重大影响或共同控制的，由成本法转换为权益法。此时，应该区分原有的长期股权投资及新增的长期股权投资两部分的会计处理。

第一，原有的长期股权投资的账面价值与按原持股比例计算应享有原取得投资时被投资企业可辨认净资产的公允价值份额之间的差额，体现为商誉，不调整长期股权投资的账面价值。原取得投资时因投资成本小于应享有被投资企业可辨认净资产的公允价值份额之间的差额，应调整长期股权投资的账面价值，同时调整留存收益（不应调整当期损益，因为属于追溯调整的范畴）。

第二，对新增的股权，应比较新增投资的成本与取得该部分投资时应享有被投资企业可辨认净资产的公允价值的份额，若投资成本大于投资时应享有被投资企业可辨认净资产的公允价值份额的，不调整长期股权投资的成本；若投资成本小于投资时应享有被投资企业可辨认净资产的公允价值份额，差额应调增长期股权投资的成本，同时将差额计入当期损益。

第三，在原取得投资日至新增投资日之间，被投资企业可辨认的净资产公允价值的变动，投资企业应按照原持股比例，属于被投资企业净利润或净损失导致的所有者权益的变动，调整长期股权投资的账面价值和留存收益（不得调整当期损益）；属于其他因素导致被投资企业可辨认的净资产公允价值的变动中投资企业应享有的份额，调整长期股权投资的账面价值和资本公积。

2. 因减持股份将成本法转换为权益法

因减持部分长期股权投资，导致投资企业对被投资企业由控制转为具有重大影响或者共同控制的情况，应按以下步骤处理：

第一，按照处置或回收长期股权投资的比例结转已终止的长期股权投资成本。

第二，比较剩余未转让的长期股权投资成本与按照剩余股权比例计算的原投资时应享

有被投资企业可辨认净资产的公允价值的份额，若属于投资成本大于原投资时应享有的被投资企业可辨认净资产公允价值份额的，体现为商誉，不调整长期股权投资的账面价值；属于投资成本小于原投资时应享有的被投资企业可辨认净资产公允价值份额的，调整长期股权投资成本，并调整留存收益。

第三，对原取得投资到转变为权益法之日，被投资企业实现净损益中应享有的份额，调整长期股权投资的账面价值并调整留存收益；若属于其他因素导致被投资企业可辨认的净资产公允价值的变动中投资企业应享有的份额，应同时调整长期股权投资的账面价值和资本公积（其他资本公积）。

【例 6-17】   东方公司于 2009 年 3 月 1 日取得 H 公司 10% 的股权，成本为 360 万元，当日 H 公司可辨认净资产的公允价值为 3 360 万元（假设 H 公司可辨认净资产的账面价值与公允价值相等）。由于 3 月 1 日取得的长期股权投资对 H 公司无法产生重大影响，且无法可靠确定其公允价值，东方公司采用成本法进行相关的会计处理，并按照 10% 计提盈余公积。

2010 年 4 月 15 日，东方公司以 720 万元的价格再次取得 H 公司 12% 的股权，当日 H 公司可辨认净资产的公允价值为 4 800 万元。取得此部分股权后，东方公司可以参与 H 公司的财务与经营决策，改用权益法对此项长期股权投资进行核算。

东方公司 2009 年 3 月 1 日取得 H 公司 10% 的股权之后至 2010 年 4 月 15 日再次取得 12% 的股权之间，H 公司实现净利润 360 万元，且未派发现金股利。东方公司的会计分录如下：

（1）2009 年 3 月 1 日时：

借：长期股权投资——投资成本   3 600 000

　　贷：银行存款   3 600 000

（2）2010 年 4 月 15 日：

因为 720>4 800×12%，所以不应调整长期股权投资的成本。

借：长期股权投资——投资成本   7 200 000

　　贷：银行存款   7 200 000

由于达到了权益法应用的条件，所以应追溯调整 2009 年 3 月 1 日投资成本与当日被投资企业可辨认净资产的公允价值份额之间的差额。由于 2009 年 3 月 1 日东方公司的投资成本 360 万元大于当日东方公司在被投资企业可辨认的净资产的公允价值份额 336（3 360×10%）万元，所以其差额不应调整长期股权投资成本。

对于 H 公司在 2009 年 3 月 1 日至 2010 年 4 月 15 日之间可辨认的净资产的公允价值的变动 1 440（4 800−3 360）万元，需分为两个部分：① 2009 年 3 月 1 日至 2010 年 4 月 15 日之间 H 公司的净利润 360 万元应按照 10% 的比例调整长期股权投资（损益调整）、盈余公积和未分配利润；② H 公司除净损益之外的其他所有者权益变动 1 080（720+360）万元应按照 10% 的比例调整长期股权投资（其他权益变动）和资本公积（其他资本公积）。东方公司会计分录如下：

借：长期股权投资——损益调整   （3 600 000×10%）360 000

　　　　　　　　　　——其他权益变动（10 800 000×10%）   1 080 000

　　贷：盈余公积   36 000

　　未分配利润   324 000

　　资本公积——其他资本公积   108 000

对于 2010 年 4 月 15 日新增的 12% 股权投资，其投资成本 720 万元超过了在 H 公司的净资产公允价值 4 800 万元中按照持股比例 12% 计算的份额 576 万元，所以不应调整长期股权投资的账面价值。

【例 6-18】 东方公司 2009 年持有 F 公司 60% 的股权，其账面余额为 4 500 万元，未计提减值准备。2010 年 10 月 11 日，东方公司以 2 700 万元的价格出售了其持有的对 F 公司长期股权投资的 1/3，当日 F 公司可辨认净资产公允价值总额为 12 000 万元。东方公司原取得 F 公司 60% 股权时，F 公司可辨认净资产公允价值总额为 6 750 万元（假定 F 公司可辨认净资产的公允价值与账面价值相同）。自东方公司取得对 F 公司长期股权投资后至部分处置投资前，F 公司实现净利润 3 750 万元，没有进行利润分配。假设除所实现净损益外，F 公司未发生其他计入资本公积的交易或事项。东方公司按净利润的 10% 计提盈余公积。东方公司的会计分录如下：

（1）出售 1/3 股权投资后，东方公司对 F 公司的持股比例降低为 40%，会计处理方法由成本法转换为权益法时：

借：银行存款   27 000 000
  贷：长期股权投资   15 000 000
    投资收益   12 000 000

（2）由于剩余长期股权投资的账面价值 3 000 万元超过了原投资时享有的被投资企业可辨认净资产公允价值份额 2 700（6 750×40%）万元，因此不应调整长期股权投资的账面价值。

处置投资后东方公司应该按照新的持股比例 40% 计算所分享的 F 公司从东方公司购买日到处置投资日之间实现的净利润 3 750 万元，调增长期股权投资的账面价值和留存收益。

借：长期股权投资   （3 750 000×40%）15 000 000
  贷：盈余公积   1 500 000
    利润分配——未分配利润   13 500 000

F 公司在东方公司取得原始投资至处置投资交易日之间公允价值变动金额为 14 250（12 000−6 750）万元，按剩余持股比例计算的应享有的份额为 2 100（14 250×40%）万元，其中，属于被投资企业实现净损益中应享有的份额为 1 500（3 750×40%）万元。剩余部分 600（2 100−1 500）万元应调整长期股权投资的账面价值和资本公积（其他资本公积）

借：长期股权投资——F 公司（其他权益变动）   6 000 000
  贷：资本公积——其他资本公积   6 000 000

（二）权益法转换为成本法

1. 投资企业对被投资企业由共同控制或重大影响转为无重大影响

投资企业因处置投资等原因对被投资企业不再具有共同控制或重大影响，应改按成本法核算，并以权益法下长期股权投资的账面价值作为按照成本法核算的初始投资成本。处置投资以后，投资企业收取的现金股利如果没有超过处置投资时保留的原采用权益法确认的损益调整的数额，应作为长期股权投资账面价值的收回，不确认投资收益；收取的现金股利超过处置投资时保留的原采用权益法确认的损益调整的数额，确认为投资收益。

【例 6-19】 东方公司 2009 年 1 月 1 日以银行存款 660 000 元购入 F 公司 30% 的股权，对 F 公司有重大影响，采用权益法进行核算。2009 年 1 月 1 日 F 公司可辨认净资产公允价值为 2 000 000 元（假定可辨认净资产公允价值与账面价值相同）。2010 年 1 月 1 日，东方公司将持有的 F 公司 20% 股权出售，收取价款 500 000 元。F 公司 2009 年实现净利润 140 000

元，当年未分配现金股利，2010 年实现净利润 220 000 元，分配当年现金股利 180 000 元。东方公司会计分录如下：

（1）2008 年 1 月 1 日取得长期股权投资时：

借：长期股权投资——投资成本　　　　　　　　　　　　660 000

　　贷：银行存款　　　　　　　　　　　　　　　　　　　　660 000

东方公司长期股权投资成本 660 000 元大于享有 F 公司可辨认净资产公允价值份额 600 000（2 000 000×30%）元，形成投资商誉 60 000 元。

（2）2009 年 12 月 31 日采用权益法确认投资收益时：

投资收益 = 140 000×30% = 42 000（元）

借：长期股权投资——损益调整　　　　　　　　　　　　42 000

　　贷：投资收益　　　　　　　　　　　　　　　　　　　　42 000

（3）2010 年 1 月 1 日处置长期股权投资时：

借：银行存款　　　　　　　　　　　　　　　　　　　　500 000

　　贷：长期股权投资——投资成本　　　　　　　　　　　　440 000

　　　　　　　　　　——损益调整　　　　　　　　　　　　28 000

　　　　投资收益　　　　　　　　　　　　　　　　　　　　32 000

东方公司处置投资后，剩余投资占 F 公司股权的 10%，账面价值为 234 000（660 000 + 42 000−440 000−28 000）元，作为成本法核算的基础，其中，初始投资成本为 220 000 元，损益调整为 14 000 元。

（4）2010 年收取现金股利时：

收取现金股利 = 180 000×10% = 18 000（元）

借：银行存款　　　　　　　　　　　　　　　　　　　　18 000

　　贷：长期股权投资——损益调整　　　　　　　　　　　　14 000

　　　　投资收益　　　　　　　　　　　　　　　　　　　　4 000

东方公司 2010 年收取现金股利后，长期股权投资账面价值为 220 000 元，即初始投资成本。

2. 投资企业对被投资企业由共同控制或重大影响转为控制

投资企业增加长期股权投资，或其他原因使得投资企业由对被投资企业具有重大影响或共同控制转换为控制，应将权益法转换为成本法进行会计处理。投资企业在追加投资日，应对原长期股权投资采用权益法确认的账面价值进行调整，还原为原购买日的初始投资成本，但在合并财务报表中，应采用权益法进行追溯调整；追加投资日的投资成本按照支付投资对价的公允价值确认；两者之和即为追加投资后长期股权投资的账面价值。

【例 6-20】 东方公司 2009 年 1 月 1 日以银行存款 660 000 元购入 F 公司 30% 的股权，对 F 公司有重大影响，采用权益法进行核算。2009 年 1 月 1 日 F 公司可辨认净资产公允价值为 2 000 000 元（假定可辨认净资产公允价值与账面价值相同）。2010 年 1 月 1 日，东方公司以银行存款 680 000 元再次购入 F 公司 30% 股权，对 F 公司形成控制。F 公司 2009 年实现净利润 140 000 元，当年未分配现金股利；2010 年 1 月 1 日 F 公司可辨认净资产公允价值为 2 140 000 元（假定可辨认净资产公允价值与账面价值相同）。东方公司会计分录如下：

（1）2009 年 1 月 1 日取得长期股权投资时：

借：长期股权投资——投资成本　　　　　　　　　　　　660 000

　　贷：银行存款　　　　　　　　　　　　　　　　　　　　660 000

东方公司长期股权投资成本 660 000 元大于享有 F 公司可辨认净资产公允价值份额

600 000 （2 000 000×30%）元，形成投资商誉 60 000 元。

（2）2009 年 12 月 31 日采用权益法确认投资收益时：

投资收益 = 140 000×30% = 42 000（元）

借：长期股权投资——损益调整　　　　　　　　42 000

　　贷：投资收益　　　　　　　　　　　　　　　　42 000

（3）2010 年 1 月 1 日追加投资时对原长期股权投资账面价值进行调整时

冲减盈余公积 = 42 000×10% = 4 200（元）

冲减年初未分配利润 = 42 000×90% = 37 800（元）

借：盈余公积　　　　　　　　　　　　　　　　　4 200

　　利润分配——未分配利润　　　　　　　　　37 800

　　贷：长期股权投资——损益调整　　　　　　　42 000

经调整后，长期股权投资的账面价值为 660 000 （660 000+42 000-42 000）元，即初次投资的初始投资成本。

（4）2010 年 1 月 1 日追加投资时：

借：长期股权投资——投资成本　　　　　　　680 000

　　贷：银行存款　　　　　　　　　　　　　　680 000

东方公司追加投资成本 680 000 元大于享有 F 公司可辨认净资产公允价值份额 642 000（2 140 000×30%）元，形成追加投资商誉 38 000 元。甲公司追加投资后，全部投资的账面价值为 1 340 000 元，其中投资商誉为 98 000 元。

第四节　长期股权投资的减值及处置

一、长期股权投资的减值

每年年终，企业应对长期股权投资的账面价值进行检查。如果出现减值迹象，应对其可收回金额进行估计。可收回金额应根据长期股权投资的公允价值减去处置费用后的净额与长期股权投资预计未来现金流量的现值两者之间较高者确定。

如果长期股权投资可收回金额的计量结果表明其可收回金额低于账面价值，说明长期股权投资已经发生减值损失，应当将其账面价值减记至可收回金额，借记"资产减值损失"科目，贷记"长期股权投资减值准备"科目。长期股权投资减值损失一经确认，在以后会计期间不得转回。

二、长期股权投资的处置

在进行长期股权投资处置时，其账面价值与实际取得价款的差额，应当计入当期损益。投资企业应根据实际收到的价款，借记"银行存款"等科目，根据处置长期股权投资的账面价值，贷记"长期股权投资"等科目，根据两者的差额，借记或贷记"投资收益"科目。采用权益法核算的长期股权投资，因被投资企业除净损益以外所有者权益的其他变动而计入资本公积的数额，也应转入当期损益。

【例 6-21】　东方公司拥有 S 公司有表决权股份的 30%，对 S 公司有重大影响。2010 年 12

月 31 日，东方公司出售了其持有的 S 公司 50% 的股权，所得价款为 1 950 万元，全部存入银行。处置当天，该项长期股权投资的账面价值为 2 700 万元，其中，投资成本 1 650 万元，损益调整 900 万元，股权投资减值准备 300 万元，所有者其他权益变动 450 万元，处置费用 3 万元。东方公司会计分录如下：

借：银行存款　　　　　　　　　　　　　　　　19 470 000
　　长期股权投资减值准备　　　　　　　　　　　1 500 000
　　贷：长期股权投资——投资成本　　　　　　　　　　8 250 000
　　　　　　　　　　——损益调整　　　　　　　　　　4 500 000
　　　　　　　　　　——其他权益变动　　　　　　　　2 250 000
　　　　投资收益　　　　　　　　　　　　　　　　　　5 970 000

同时，将原计入资本公积的金额转入投资收益：

借：资本公积——其他资本公积　　　　　　　　　2 250 000
　　贷：投资收益　　　　　　　　　　　　　　　　　　2 250 000

思考与练习

一、思考题

1. 分别说明长期股权投资的成本法和权益法的适用范围是什么？
2. 长期股权投资成本法会计处理的要点是什么？
3. 长期股权投资权益法会计处理的要点是什么？
4. 同一控制下企业合并与非同一控制下企业合并形成的长期股权投资取得成本的确定有何区别？

二、练习题

1. 甲公司适用的增值税税率为 17%，甲公司 2009~2010 年有关长期股权投资资料如下：

（1）2009 年 1 月 1 日，甲公司以一项固定资产与一批存货作为对价，取得乙公司 60% 的股权。甲公司所付出固定资产的原价为 3 000 万元，累计折旧为 1 800 万元，公允价值为 1 500 万元，存货的成本为 500 万元，公允价值（等于计税价格）为 600 万元。合并日乙公司所有者权益账面价值总额为 5 000 万元，可辨认净资产的公允价值为 5 400 万元。在企业合并过程中，甲公司支付相关法律咨询费用 40 万元，相关手续均已办理完毕。

（2）2009 年 4 月 21 日，乙公司宣告分派 2008 年度的现金股利 300 万元。

（3）2009 年 5 月 10 日，甲公司收到乙公司分派的 2008 年度现金股利。

（4）2009 年度，乙公司实现净利润 600 万元。

（5）2010 年 4 月 25 日，甲公司处置该项股权投资，取得价款 3 500 万元。

要求：

（1）假定合并前，甲公司与乙公司属于同一集团，编制甲公司 2009~2010 年与该项长期股权投资的有关的会计分录。

（2）假定合并前，甲公司与乙公司不具有关联方关系，编制甲公司取得该项长期股权投资时的会计分录（单位为万元）。

2. A 公司于 2009 年 1 月 1 日以 1 000 万元购入 B 公司股票 400 万股，每股面值 1 元，占 B 公司实际发行在外股数的 30%，A 公司采用权益法核算此项投资。

2009 年 1 月 1 日 B 公司可辨认净资产公允价值为 3 000 万元。除下列项目外，其他账面资产、负债的公允价值与账面价值相同（单位为万元）。

B公司上述固定资产、无形资产均采用直线法计提折旧或摊销，预计净残值均为0。在A公司取得投资时的B公司账面存货于2009年对外部第三方售出60%，剩余部分于2010年全部对外售出。

2009年B公司实现净利润340万元。2010年B公司发生亏损500万元。假定不考虑其他因素。

要求：完成A公司上述有关投资业务的会计分录（单位为万元）。

3. M公司于2009年2月取得N公司10%的股权，成本为600万元，取得投资时N公司可辨认净资产公允价值总额为5 600万元（假定公允价值与账面价值相同）。因对被投资单位不具有重大影响且无法可靠确定该项投资的公允价值，M公司对其采用成本法核算。M公司按照净利润的10%提取盈余公积。

2010年4月10日，M公司又以1 200万元的价格取得N公司12%的股权，当日N公司可辨认净资产公允价值总额为8 000万元。取得该部分股权后，按照N公司章程规定，M公司能够派人参与N公司的生产经营决策，对该项长期股权投资转为采用权益法核算。假定M公司在取得对N公司10%股权后至新增投资日，N公司通过生产经营活动实现的净利润为600万元，未派发现金股利或利润。

要求：

（1）编制2010年4月10日M公司以1 200万元的价格取得N公司12%的股权的会计分录。

（2）编制由成本法转为权益法核算对长期股权投资账面价值进行调整的会计分录。

第七章

投资性房地产

本章介绍了投资性房地产的概念、特征与范围，重点阐述了投资性房地产的确认、计量及初始计量，以及投资性房地产的转换和处置。

【重要概念】　投资性房地产　成本模式　公允价值模式　房地产的转换

第一节　投资性房地产概述

一、投资性房地产的概念及特征

（一）投资性房地产的概念

房地产是土地和房屋及其权属的总称。由于我国土地归国家或集体所有，企业只能取得土地使用权。因此，房地产中的土地是指土地使用权。房屋是指土地上的房屋等建筑物及构筑物。根据投资性房地产会计准则的规定，投资性房地产是指为赚取租金或资本增值，或两者兼有而持有的房地产。投资性房地产应当能够单独计量和出售。

（二）投资性房地产的特征

与自用的房地产相比，投资性房地产不同于自用目的的土地使用权和建筑物。投资性房地产的基本特征是：①企业持有的目的并非自用；②投资性房地产通常具有一定的稀缺性，随着时间的推移，投资性房地产很可能获得相应的升值，所以企业持有之后很可能既赚取租金回报，又能获得有利的买卖价差；③投资性房地产具有典型的投资性，企业或通过出租获得租金回报，或通过更高价格出售后赚取价差。

二、投资性房地产的范围

根据投资性房地产准则规定，投资性房地产的范围限定为已出租的土地使用权、持有并准备增值后转让的土地使用权和已出租的建筑物。

1. 已出租的土地使用权

已出租的土地使用权是指企业通过出让或转让方式取得并以经营租赁方式出租的土地

使用权。企业取得的土地使用权通常包括在一级市场上以交纳土地出让金的方式取得的土地使用权，也包括在二级市场上接受其他单位转让的土地使用权。对于以经营租赁方式租入土地使用权再转租给其他单位的，不能确认为投资性房地产。

2. 持有并准备增值后转让的土地使用权

持有并准备增值后转让的土地使用权是指企业取得的、准备增值后转让的土地使用权。这类土地使用权很可能给企业带来资本增值收益，符合投资性房地产的定义。按照国家有关规定认定的闲置土地，不属于持有并准备增值后转让的土地使用权，也就不属于投资性房地产。

3. 已出租的建筑物

已出租的建筑物是指企业拥有产权的、以经营租赁方式出租的建筑物，包括自行建造或开发活动完成后用于出租的建筑物。企业以经营租赁方式租入再转租的建筑物不属于投资性房地产。

企业为生产商品、提供劳务或者经营管理而持有的房地产，是服务于企业自身的生产经营活动的自用房地产，如生产经营用的厂房和办公楼（固定资产）与土地使用权（无形资产）。自用房地产的价值随着房地产的使用而逐渐转移到产品成本或费用中，通过销售商品或提供劳务为企业带来经济利益，所产生的现金流量与企业其他资产密切相关。因此，具有自用房地产性质的不属于投资性房地产。

房地产开发企业在正常经营过程中销售的或为销售而正在开发的商品房和土地，这些房地产属于房地产开发企业的存货，其生产、销售构成企业的主营业务活动。因此，具有存货性质的房地产不属于投资性房地产。

在我国，依据国家有关规定认定的闲置土地，不属于持有且拟增值后转让的土地使用权，也就不属于投资性房地产。

第二节　投资性房地产的确认与初始计量

一、投资性房地产的确认

同其他资产一样，投资性房地产的确认要同时满足下列条件：①与该投资性房地产有关的经济利益很可能流入企业；②该投资性房地产的成本能够可靠地计量。

企业外购的房地产，只有在购入的同时开始对外出租或用于资本增值，才能作为投资性房地产加以确认。企业购入房地产，自用一段时间之后再改为出租或用于资本增值的，应先将外购的房地产确认为固定资产或无形资产，自租赁期开始日或用于资本增值之日起，才能从固定资产或无形资产转换为投资性房地产。

企业自行建造的房地产，只有在自行建造活动完成（即达到预定可使用状态）的同时开始对外出租或用于资本增值，才能将自行建造的房地产确认为投资性房地产。自行建造投资性房地产的成本，由建造该项房地产达到预定可使用状态前发生的必要支出构成。企业自行建造房地产达到预定可使用状态后一段时间才对外出租或用于资本增值的，应先将自行建造的房地产确认为固定资产、无形资产或存货，自租赁期开始日或用于资本增值之日开始，从固定资产、无形资产或存货转换为投资性房地产。

二、投资性房地产的初始计量

投资性房地产应当按照成本进行初始计量。但不同获取方式的投资性房地产具有不同的成本构成。所以，投资性房地产的初始计量应根据如下不同情况分别进行处理：①外购投资性房地产，应当按照取得时的实际成本进行初始计量；②自行建造投资性房地产，其成本由建造该项资产达到预定可使用状态前发生的必要支出构成，包括土地开发费、建造成本、应予以资本化的借款费用、支付的其他费用和分摊的间接费用等。建造过程中发生的非常损失直接计入当期损益，不计入建造成本；③以其他方式取得的投资性房地产的成本，按照相关会计准则的规定确定。

三、投资性房地产的会计处理

（一）会计科目的设置

"投资性房地产"科目用于核算企业采用成本模式计量或采用公允价值模式计量的投资性房地产的成本。该科目属于资产类科目，其借方登记增加投资性房地产的成本、采用公允价值模式计量的投资性房地产在资产负债表日公允价值大于其原账面价值的差额；贷方登记处置的投资性房地产的账户余额、采用公允价值模式计量的投资性房地产在资产负债表日公允价值小于其原账面价值的差额；期末余额在借方，反映投资性房地产成本（企业采用成本模式计量），或反映投资性房地产的公允价值（企业采用公允价值模式计量）。该科目可按投资性房地产类别和项目进行明细核算。采用公允价值模式计量的投资性房地产，还应当分别"成本"和"公允价值变动"进行明细核算。

（二）主要会计处理

1. 外购的投资性房地产

外购的投资性房地产采用成本模式计量的，成本包括购买价款、相关税费和可直接归属于该资产的其他支出。企业购入的房地产，部分用于出租（或资本增值）、部分自用，用于出租（或资本增值）的部分应当予以单独确认的，应按照不同部分的公允价值占公允价值总额的比例将成本在不同部分之间进行合理分配。取得时按实际成本，借记"投资性房地产"科目，贷记"银行存款"等科目。采用公允价值模式计量的情况下，企业应当在"投资性房地产"科目下设置"成本"和"公允价值变动"两个明细科目，按照外购的投资性房地产发生的实际成本，计入"投资性房地产——成本"科目。

【例 7-1】 东方公司于 2010 年 1 月以银行存款购得一栋写字楼用于对外出租。实际支付购买价款 2 000 万元，另支付相关税费 30 万元。假定不存在其他因素的影响。东方公司作如下会计分录：

借：投资性房地产	20 300 000
贷：银行存款	20 300 000

2. 自行建造投资性房地产

自行建造的投资性房地产，采用成本模式计量的，应按照确定的成本，借记"投资性房地产"科目，贷记"在建工程"或"开发产品"科目。采用公允价值模式计量的，应按照确定的成本，借记"投资性房地产——成本"科目，贷记"在建工程"或"开发产品"科目。

【例7-2】　东方公司于2009年8月购入一块土地的使用权，并在这块土地上开始自行建造一栋写字楼。2010年10月，预计写字楼完工并与F公司签订了经营租赁合同。合同约定，该写字楼于完工时开始起租。2010年11月1日，写字楼完工。该块土地使用权的成本为4 000万元；写字楼的实际造价为9 000万元，能够单独出售。东方公司作如下会计分录：

借：投资性房地产——写字楼　　　　　　　　　　130 000 000
　　贷：无形资产——土地使用权　　　　　　　　　　40 000 000
　　　　银行存款　　　　　　　　　　　　　　　　　90 000 000

四、与投资性房地产有关的后续支出的处理

（一）资本化后续支出

与投资性房地产有关的后续支出，满足投资性房地产确认条件的，应当计入投资性房地产成本。

采用成本模式计量的，投资性房地产进入改良或装修阶段，应当按其账面价值，借记"投资性房地产——在建"、"投资性房地产累计折旧（摊销）"等科目，贷记"投资性房地产"科目。发生资本化的改良或装修支出，借记"投资性房地产——在建"科目，贷记"银行存款"、"应付账款"等科目。改良或装修完成后，继续用于投资性房地产的，应当从在建工程转入投资性房地产，借记"投资性房地产"科目，贷记"投资性房地产——在建"科目。

采用公允价值模式计量的，投资性房地产进入改良或装修阶段，应当按其账面价值，借记"投资性房地产——在建"科目，贷记"投资性房地产——成本"、"投资性房地产——公允价值变动"等科目；在改良或装修完成后，继续用于投资性房地产的，借记"投资性房地产——成本"科目，贷记"投资性房地产——在建"科目。

【例7-3】　2010年3月，东方公司与B公司的仓库租赁协议即将到期，该仓库按照成本模式进行后续计量，原价为1 000万元，已计提折旧300万元。东方公司决定在租赁期满后对仓库进行改扩建，并与C公司签订了经营租赁合同，约定自改扩建完工时将仓库出租给C公司。3月31日，与B公司的租赁合同到期，仓库随即进入改扩建工程。7月31日，仓库改扩建工程完工，共发生支出90万元。按照租赁合同出租给C公司。东方公司作如下会计分录：

（1）投资性房地产转入改扩建工程时：

借：投资性房地产——仓库（在建）　　　　　　　7 000 000
　　投资性房地产累计折旧　　　　　　　　　　　3 000 000
　　贷：投资性房地产——仓库　　　　　　　　　10 000 000

（2）实际支付工程款时：

借：投资性房地产——在建　　　　　　　　　　　900 000
　　贷：银行存款　　　　　　　　　　　　　　　900 000

（3）改扩建工程完工时：

借：投资性房地产——仓库　　　　　　　　　　　　　1 600 000

　　贷：投资性房地产——仓库（在建）　　　　　　　　　1 600 000

（二）费用化后续支出

与投资性房地产有关的后续支出，不满足投资性房地产确认条件的，应当在发生时计入当期损益。企业在发生投资性房地产费用化的后续支出时，借记"其他业务成本"等科目，贷记"银行存款"等科目。

第三节　投资性房地产的后续计量

投资性房地产的后续计量有两种模式，即成本模式和公允价值模式。企业通常采用成本模式进行后续计量，只有符合规定条件的，可以采用公允价值模式进行后续计量。但是，同一企业只能采用一种计量模式对所有投资性房地产进行后续计量，不得同时采用两种计量模式。企业对投资性房地产的计量模式一经确定，不得随意变更。成本模式转为公允价值模式的，应当作为会计政策变更，按照会计政策、会计估计变更和差错更正会计准则处理。已采用公允价值模式计量的投资性房地产，不得从公允价值模式转为成本模式。

一、采用成本模式进行后续计量的投资性房地产

采用成本模式进行后续计量的投资性房地产，遵循以下会计处理原则：

（1）投资性房地产是出租的建筑物的或是已出租的土地使用权或持有并准备增值后转让的土地使用权的，按照固定资产准则或无形资产准则的规定，按期（月）计提折旧或摊销，借记"其他业务成本"科目，贷记"投资性房地产累计折旧（摊销）"科目。

（2）取得的租金收入，借记"银行存款"科目，贷记"其他业务收入"科目。

（3）资产负债表日进行减值测试，存在减值迹象的，按照资产减值准则的规定计提资产减值准备。借记"资产减值损失"科目，贷记"投资性房地产减值准备"科目。已经计提减值准备的投资性房地产，其减值损失在以后的会计期间不得转回。

（4）投资性房地产处置时，按实际收到的金额，借记"银行存款"科目，贷记"其他业务收入"科目；按该资产账面价值，借记"其他业务成本"科目，按该资产的累计折旧或累计摊销额，借记"投资性房地产累计折旧（摊销）"科目，按该资产的账面余额，贷记"投资性房地产"科目。

【例 7-4】　2010 年 1 月 1 日，东方公司将一栋办公楼楼出租，确认为投资性房地产，采用成本模式进行后续计量。该办公楼成本为 1 800 万元，按照年限平均法计提折旧，预计使用寿命为 40 年，预计净残值为零。经营租赁合同约定，东方公司每月收取租金 10 万元。东方公司作如下会计分录：

（1）计提折旧时：

每月计提折旧金额 = 1 800 ÷ 40 ÷ 12 = 3.75（万元）

借：其他业务成本　　　　　　　　　　　　　　　　　37 500

　　贷：投资性房地产累计折旧　　　　　　　　　　　　　37 500

（2）确认租金时：

借：银行存款   100 000

   贷：其他业务收入   100 000

二、采用公允价值模式进行后续计量的投资性房地产

企业只有存在确凿证据表明投资性房地产的公允价值能够持续可靠取得的，该投资性房地产才可以采用公允价值模式进行后续计量。

如果投资性房地产采用公允价值模式进行后续计量，应当同时满足下列条件：

（1）投资性房地产所在地有活跃的房地产交易市场。所在地通常指投资性房地产所在的城市。投资性房地产位于大中城市的，所在地指其所在的城区。

（2）企业能够从房地产交易市场上取得同类或类似房地产的市场价格及其他相关信息，从而对投资性房地产的公允价值做出合理的估计。

企业可以参照活跃市场上同类或类似房地产的现行市场价格（市场公开报价）来确定投资性房地产的公允价值；无法取得同类或类似房地产现行市场价格的，可以参照活跃市场上同类或类似房地产的最近交易价格，并考虑交易情况、交易日期、所在区域等因素予以确定。

采用公允价值模式进行后续计量的投资性房地产，遵循以下会计处理原则：

（1）不需对投资性房地产计提折旧或摊销。

（2）以资产负债表日投资性房地产的公允价值为基础调整其账面价值，公允价值与原账面价值之间的差额计入当期损益，即公允价值高于原账面价值之间的差额借记"投资性房地产"科目，贷记"公允价值变动损益"科目；反之，作相反的会计处理。

（3）在进行投资性房地产处置时，按实际收到的金额，借记"银行存款"科目，贷记"其他业务收入"科目；按注销投资性房地产的账面余额借记"其他业务成本"科目，贷记"投资性房地产（成本）"科目，贷记或借记"投资性房地产（公允价值变动）"科目；同时，按该项投资性房地产的公允价值变动，借记或贷记"公允价值变动损益"科目，贷记或借记"其他业务成本"科目。如果存在成本模式变更为公允价值模式的，原模式变更日已经计入资本公积的金额也应当一并结转，借记"资本公积——其他资本公积"科目，贷记"其他业务成本"科目。

【例7-5】 承【例7-1】的资料，2010年12月31日，与该写字楼类似的房地产公允价值为2 000万元。东方公司作如下会计分录：

借：公允价值变动损益   300 000

   贷：投资性房地产——公允价值变动   300 000

第四节 投资性房地产的转换和处置

一、投资性房地产的转换

房地产的转换是指房地产用途的变更。企业持有某项房地产一段时间后，可以改变其持有目的，进行房地产转换。这里所说的房地产的转换是针对房地产的用途而言的，而不是后续计量模式的转变。

（一）投资性房地产转换的形式

我国投资性房地产会计准则规定，如果企业有确凿证据表明房地产用途发生改变，包括企业董事会或类似机构应当就改变房地产用途形成正式的书面决议和房地产因用途改变而发生实际状态上的改变的证据，并满足下列条件之一的，应当将投资性房地产转换为其他资产或者将其他资产转换为投资性房地产：

（1）投资性房地产开始自用，即投资性房地产转换为自用房地产。

（2）作为存货的房地产改为出租，即存货转换为投资性房地产。

（3）自用建筑物停止自用改为出租，即自用房地产转换为投资性房地产。

（4）自用土地使用权停止自用改为用于赚取租金或资本增值，即原有的无形资产被转换为投资性房地产。

（5）房地产企业将用于经营出租的房地产重新开发用于对外销售，即投资性房地产转换为存货。

（二）投资性房地产转换日的确定

第一，投资性房地产开始自用，将投资性房地产转为自用房地产。转换日为房地产达到自用状态，企业开始将其用于生产商品、提供劳务或者经营管理的日期。

第二，作为存货的房地产改为出租，存货相应地转换为投资性房地产。转换日为房地产的租赁期开始日。

第三，自用建筑物停止自用改为出租，自用房地产转换为投资性房地产。转换日为租赁期开始日。

第四，自用土地使用权停止自用改用于赚取租金或资本增值。转换日为自用土地使用权停止自用后，确定用于赚取租金或资本增值的日期。

第五，房地产企业将用于经营出租的房地产重新开发用于对外销售，从投资性房地产转为存货。转换日为租赁期满，企业董事会或类似机构做出书面决议明确表明将其重新开发用于对外销售的日期。

（三）主要会计处理

1. 投资性房地产转换为自用房地产

（1）采用成本模式计量。企业将采用成本模式计量的投资性房地产转换为自用房地产时，应当按该项投资性房地产在转换日的账面余额、累计折旧或摊销、减值准备等，分别转入"固定资产"、"累计折旧"或"无形资产"科目，贷记"投资性房地产"科目；按已计提的折旧或摊销，借记"投资性房地产累计折旧（摊销）"科目，贷记"累计折旧"或"累计摊销"科目；原已计提的减值准备的，借记"投资性房地产减值准备"科目，贷记"固定资产减值准备"或"无形资产减值准备"科目。

【例7-6】 2011年3月1日，东方公司将对外出租的一项固定资产收回，作为生产经营用固定资产。收回时，该固定资产的账面余额为2 500万元，已计提的投资性房地产累计折旧为1 000万元。东方公司作如下会计分录：

借：固定资产　　　　　　　　　　　　　　　　25 000 000

　　投资性房地产累折旧（摊销）　　　　　　　10 000 000

贷：投资性房地产	25 000 000
累计折旧	10 000 000

（2）采用公允价值模式计量。企业将采用公允价值模式进行后续计量的投资性房地产转换为自用房地产时，应当以转换日的公允价值作为自用房地产的账面价值，借记"固定资产"或"无形资产"科目，按该项投资性房地产的成本，贷记"投资性房地产——成本"科目，按该项投资性房地产的公允价值变动，贷记或借记"投资性房地产——公允价值变动"科目，按公允价值与原账面价值的差额计入"公允价值变动损益"科目。

【例7-7】 2010年12月1日，东方公司将出租用固定资产收回，作为生产经营用固定资产，当日同类房地产的市场价值为560万元。该项房地产在转换前采用公允价值模式计量，原账面价值为500万。其中，成本为460万元，公允价值变动为40万元。东方公司作如下会计分录：

借：固定资产	5 600 000
贷：投资性房地产——成本	4 600 000
投资性房地产——公允价值变动	400 000
公允价值变动损益	600 000

2. 投资性房地产转换为存货

（1）采用成本模式计量。企业将采用成本模式计量的投资性房地产转换为存货时，应当按照该项房地产在转换日的账面价值，借记"开发产品"科目，按照已计提的折旧或摊销，借记"投资性房地产累计折旧（摊销）"科目，原已计提减值准备的，借记"投资性房地产减值准备"科目，按其账面余额，贷记"投资性房地产"科目。

（2）采用公允价值模式计量。企业将采用公允价值模式进行后续计量的投资性房地产转换为存货时，应当以其转换日的公允价值作为存货的账面价值，公允价值与原账面价值的差额计入当期损益。

在转换日，按该项投资性房地产的公允价值，借记"开发产品"等科目，按该项投资性房地产的成本，贷记"投资性房地产——成本"科目；按该项投资性房地产的累计公允价值变动，贷记或借记"投资性房地产——公允价值变动"科目；按其差额，贷记或借记"公允价值变动损益"科目。

3. 自用房地产转换为投资性房地产

（1）采用成本模式计量。企业将采用成本模式计量的自用房地产转换为投资性房地产时，应当按该自用房地产在转换日的原价、累计折旧、减值准备等，分别转入"投资性房地产"、"投资性房地产累计折旧（摊销）"、"投资性房地产减值"科目，按其账面余额，借记"投资性房地产"科目，贷记"固定资产"或"无形资产"科目，按已计提的折旧或摊销，借记"累计折旧"或"累计摊销"科目，贷记"投资性房地产累计折旧（摊销）"科目，原已计提减值准备的，借记"固定资产减值准备"或"无形资产减值准备"科目，贷记"投资性房地产减值准备"科目。

（2）采用公允价值模式计量。企业将采用公允价值模式进行后续计量的自用房地产转换为投资性房地产时，应按该房地产转换日的公允价值，借记"投资性房地产——成本"科目，按已计提的累计折旧或累计摊销，借记"累计折旧"或"累计摊销"科目，原已计提减值准备的，借记"固定资产减值准备"、"无形资产减值准备"科目，按其账面余额，贷记"固定资产"或"无形资产"科目。转换日的公允价值小于账面价值的，按其差额，借记"公允价值变动损益"科目，转换日的公允价值大于原账面价值的，按其差额，贷记"资本公积——其他资本公积"科目。当该项投资性房地产处置时，因转换计入资本公积的部分应转入当期损益。

【例7-8】　东方公司 2010 年 9 月 1 日将一写字楼用于对外出租，该写字楼的账面余额为 2 000 万元，已计提累计折旧为 800 万元，当日同类房地产的市价为 1 500 万元。东方公司作如下会计分录：

　　借：投资性房地产——成本　　　　　　　　　　　15 000 000
　　　　累计折旧　　　　　　　　　　　　　　　　　 8 000 000
　　　　贷：固定资产　　　　　　　　　　　　　　　　　　20 000 000
　　　　　　资本公积——其他资本公积　　　　　　　　　　 3 000 000

4. 作为存货的房地产转换为投资性房地产

（1）采用成本模式计量。企业将采用成本模式计量的作为存货的房地产转换为投资性房地产时，应按该项存货在转换日的账面价值，借记"投资性房地产"科目，原已计提跌价准备的，借记"存货跌价准备"科目，按其账面余额，贷记"开发产品"等科目。

（2）采用公允价值模式计量。企业将采用公允价值模式计量的作为存货的房地产转换为投资性房地产时，应按该项房地产在转换日的公允价值，借记"投资性房地产——成本"科目，原已计提跌价准备的，借记"存货跌价准备"科目，按其账面余额，贷记"开发产品"等科目；转换日的公允价值小于账面价值的，按其差额，借记"公允价值变动损益"科目，转换日的公允价值大于账面价值的，按其差额，贷记"资本公积——其他资本公积"科目。待该项投资性房地产处置时，因转换计入资本公积的部分应转入当期损益。

二、投资性房地产的处置

像其他资产一样，投资性房地产也面临处置的问题。当投资性房地产被处置，或者永久退出使用且预计不能从其处置中取得未来经济利益时，应当终止确认该项投资性房地产。

企业出售、转让、报废投资性房地产或者发生投资性房地产毁损，应当将处置收入扣除账面价值和相关税费后的金额计入当期损益。

（一）成本模式计量的投资性房地产的处置

处置采用成本模式计量的投资性房地产时，应当按实际收到的金额，借记"银行存款"等科目，贷记"其他业务收入"科目；按该项投资性房地产的累积折旧或累计摊销，借记"投资性房地产累计折旧（摊销）"科目，按该项投资性房地产的账面价值，借记"其他业务成本"科目，按该项投资性房地产的账面余额，贷记"投资性房地产"科目。已计提减值准备的，还应同时结转减值准备。

【例7-9】　承【例7-8】的资料，2011 年 3 月 1 日，东方公司将对外出租的写字楼出售，该写字楼的账面余额为 2 000 万元，已计提的投资性房地产累计折旧为 1 000 万元，出售写字楼的价款为 2 200 万元已收到并存入银行。东方公司作如下会计分录：

　　借：银行存款　　　　　　　　　　　　　　　　　22 000 000

　　　　贷：其他业务收入　　　　　　　　　　　　　　22 000 000
　　借：其他业务成本　　　　　　　　　　　　　10 000 000
　　　　投资性房地产累计折旧　　　　　　　　10 000 000
　　　　贷：投资性房地产　　　　　　　　　　　　　　20 000 000

（二）公允价值模式计量的投资性房地产的处置

　　处置采用公允价值模式计量的投资性房地产时，应按实际收到的金额，借记"银行存款"等科目，贷记"其他业务收入"科目。按该项投资性房地产的账面余额，借记"其他业务成本"科目，按其成本，贷记"投资性房地产——成本"科目，按其累计公允价值变动，贷记或借记"投资性房地产——公允价值变动"科目；同时，按该项投资性房地产的公允价值变动，借记或贷记"公允价值变动损益"科目，贷记或借记"其他业务收入"科目。按该项投资性房地产在转换日记入资本公积的金额，借记"资本公积——其他资本公积"科目，贷记"其他业务收入"科目。

思考与练习

一、思考题

1. 投资性房地产的概念及特征是什么？
2. 投资性房地产的核算范围包括哪些？
3. 按不同方法取得的投资性房地产是如何进行初始计量的？
4. 成本模式和公允价值模式有何不同？

二、练习题

1. 甲公司从事房地产开发经营业务，对出租的商品房、土地使用权和商铺均采用成本模式进行后续计量。甲公司的财务经理在复核 2010 年度财务报表时，对以下交易或事项会计处理的正确性难以作判断：

（1）1 月 1 日，因商品房滞销，董事会决定将两栋商品房用于出租。1 月 20 日，甲公司与乙公司签订租赁合同并已将两栋商品房以经营租赁方式提供给乙公司使用。出租商品房的账面余额为 9 000 万元，未计提跌价准备，公允价值为 10 000 万元。该出租商品房预计使用 50 年，预计净残值为零，采用年限平均法计提折旧。

　　甲公司认为其出租的商品房属于存货，因此 2010 年未对商品房计提折旧。

（2）1 月 5 日，收回租赁期届满的一宗土地使用权，经批准用于建造办公楼。该土地使用权成本原取得时为 5 000 万元，未计提减值准备，至办公楼开工之日已摊销 10 年，预计尚可使用年限为 40 年，采用直线法摊销，无残值。办公楼于 3 月 1 日开始建造，至年末尚未完工，共发生工程支出 3 500 万元。甲公司将土地使用权的成本计入办公楼成本。

（3）3 月 5 日，收回租赁期届满的商铺，并计划对其重新装修后继续用于出租。该商铺成本为 6 500 万元，至重新装修之日，已计提折旧 2 000 万元，账面价值为 4 500 万元。装修工程于 8 月 1 日开始，于年末完工并达到预定可使用状态，共发生装修支出 1 500 万元，替换原装修支出的账面价值为 300 万元。装修后预计租金收入将大幅增加。甲公司将发生的装修支出 1 500 万元计入当期损益。

　　要求：

（1）根据资料（1），判断甲公司 2010 对出租商品房未计提折旧的会计处理是否正确，同时说明判断依据；如果甲公司出租的商品房 2010 年需要计提折旧，请计算折旧额。

（2）根据资料（2），判断甲公司 2010 对土地使用权的会计处理是否正确，同时说明判断依据；如果甲公司土地使用权不计入办公楼成本，请计算 2010 年土地使用权摊销金额。

（3）根据资料（3），判断甲公司将发生的装修支出 1 500 万元计入当期损益的会计处理是否正确，同时说明判断依据。计算商铺 2010 年 12 月 31 日的账面价值。

（4）计算 2010 年 12 月 31 日资产负债表中投资性房地产的列报金额。

2. 甲股份有限公司（以下简称甲公司）为华北地区的一家上市公司，甲公司 2008~2010 年与投资性房地产有关的业务资料如下：

（1）2008 年 1 月，甲公司购入一幢建筑物，取得的增值税专用发票上注明的价款为 8 000 000 元，款项以银行存款转账支付。不考虑其他相关税费。

（2）甲公司购入的上述用于出租的建筑物预计使用寿命为 15 年，预计净残值为 36 万元，采用年限平均法按年计提折旧。

（3）甲公司将取得的该项建筑物自当月起用于对外经营租赁，甲公司对该房地产采用成本模式进行后续计量。

（4）甲公司该项房地产 2008 年取得租金收入为 900 000 元，已存入银行。假定不考虑其他相关税费。

（5）2010 年 12 月，甲公司将原用于出租的建筑物收回，作为企业经营管理用固定资产处理。

要求：

（1）编制甲公司 2008 年 1 月取得该项建筑物的会计分录。

（2）计算 2008 年度甲公司对该项建筑物计提的折旧额，并编制相应的会计分录。

（3）编制甲公司 2008 年取得该项建筑物租金收入的会计分录。

（4）计算甲公司该项房地产 2009 年末的账面价值。

（5）编制甲公司 2010 收回该项建筑物的会计分录。

3. 甲企业拥有一栋写字楼，用于本企业办公。2009 年 1 月 1 日，甲企业与乙公司签订了租赁协议，将该写字楼经营租赁给乙公司，租赁期为 1 年，年租金为 300 万元，租金于每年年末结清。租赁期开始日为 2009 年 1 月 1 日。租赁期间，由甲企业提供该写字楼的日常维护。该写字楼的原造价为 3 000 万元，按直线法计提折旧，使用寿命为 30 年，预计净残值为零，已计提折旧 1 000 万元，账面价值为 2 000 万元。甲企业采用成本模式对投资性房地产进行后续计量。

2009 年 12 月，该办公楼发生减值迹象，经减值测试，其可收回金额为 1 700 万元；2009 年共发生日常维护费用 40 万元，均以银行存款支付。

2010 年 1 月 1 日，甲企业决定于当日开始对该写字楼进行再开发，开发完成后将继续用于经营租赁。2010 年 4 月 20 日，甲企业与丙公司签订经营租赁合同，约定自 2010 年 7 月 1 日起将写字楼出租给丙公司。租赁期为 2 年，年租金为 500 万元，租金每半年支付一次。

2010 年 6 月 30 日，该写字楼再开发完成，共发生支出 200 万元，均以银行存款支付。现预计该项投资性房地产尚可使用年限为 25 年，预计净残值为零，折旧方法仍为直线法。

要求：

（1）编制 2009 年 1 月 1 日甲企业出租写字楼的有关会计分录。

（2）编制 2009 年 12 月 31 日该投资性房地产的有关会计分录。

（3）编制 2010 年甲企业该投资性房地产再开发的有关会计分录。

（4）编制 2010 年 12 月 31 日该投资性房地产的有关会计分录。

固定资产

本章介绍了固定资产的概念、特征、确认条件以及分类，较为详细地阐释了固定资产的初始计量、固定资产的后续计量、固定资产的后续支出以及固定资产处置的会计核算。

【重要概念】 固定资产 累计折旧 双倍余额递减法 年数总和法

第一节 固定资产概述

一、固定资产的概念与特征

固定资产是指为生产商品、提供劳务、出租或经营管理而持有的，使用寿命超过一个会计年度的有形资产。

固定资产作为企业的一类资产，具有资产所有的特征，此外，还具有其自身的特征。

1. 为生产商品、提供劳务、出租或经营管理而持有

企业持有固定资产的目的是为了生产商品、提供劳务、出租或经营管理，即企业持有的固定资产是企业的劳动工具或手段而不是用于出售的产品。其中，出租的固定资产是指以经营租赁方式出租的机器设备等各类固定资产，但不包括以经营租赁方式出租的建筑物，后者属于企业的投资性房地产，不属于固定资产。

2. 使用寿命超过一个会计年度

固定资产的使用寿命是指企业使用固定资产的预计期间，或者固定资产所能生产产品或提供劳务的数量。例如，自用房屋建筑物的使用寿命表现为企业对该建筑物的预计使用年限；对于某些机械设备或运输设备等固定资产，其使用寿命表现为该固定资产所能生产产品或提供劳务的数量；汽车或飞机等，按其预计行驶或飞行里程估计使用寿命。

固定资产的使用寿命超过一个会计年度，意味着固定资产属于非流动资产，随着使用和磨损，通过计提折旧的方式逐渐减少账面价值，是对固定资产进行后续计量的重要内容。

3. 固定资产是有形资产

固定资产具有实物特征，这一特征将固定资产与无形资产区别开来。有些无形资产可能同时符合固定资产的其他特征，如无形资产为生产商品、提供劳务而持有，使用寿命超过一个会计年度，由于没有实物形态，故不属于固定资产。

二、固定资产的确认条件

固定资产在符合定义的前提下，应当同时满足以下两个条件，才能加以确认。

1. 与该固定资产有关的经济利益很可能流入企业

企业在确认固定资产时，需要判断与该项固定资产有关的经济利益是否很可能流入企业。在实务中，主要通过判断与该固定资产所有权相关的风险和报酬是否转移到企业来确定。与固定资产所有权相关的风险是指由于经营情况变化造成的相关收益的变动，以及由于资产闲置、技术陈旧等原因造成的损失；与固定资产所有权相关的报酬是指在固定资产使用寿命内使用该资产而获得的收入，以及处置该资产所实现的利得等。

取得固定资产的所有权是判断与固定资产所有权相关的风险和报酬转移到企业的一个重要标志。但所有权是否转移并不是唯一标志，在有些情况下，某项固定资产的所有权虽然不属于企业，但企业能够控制与该项固定资产有关的经济利益流入企业，这就意味着与该固定资产所有权相关的风险和报酬实质上已转移到企业，在这种情况下，企业应对该项固定资产予以确认。例如，融资租入的固定资产，企业虽然不拥有固定资产的所有权，但与固定资产所有权相关的风险和报酬实质上已转移到了承租人，因此，符合固定资产确认的第一个条件。

2. 该固定资产的成本能够可靠地计量

成本能够可靠地计量是资产确认的一项基本条件。企业在确定固定资产成本时必须取得确凿证据，但有时需要根据所获得的最新资料，对固定资产的成本进行合理估计。例如，企业对于已达到预定可使用状态但尚未办理竣工决算的固定资产，需要根据工程预算、工程造价或者工程实际发生的成本等资料，按估计价值确定其成本，办理竣工决算后，再按照实际成本调整原来的暂估价值。

三、固定资产的分类

企业可以根据自身的管理需要和核算要求，选择不同的分类标准对固定资产进行分类管理与核算。

（一）按固定资产经济用途分类

固定资产按经济用途分类，可以分为生产经营用固定资产、非生产经营用固定资产。

生产经营用固定资产是指直接服务于企业生产、经营过程的各种固定资产，如生产经营用的房屋、建筑物、厂房、机器设备、工具器具等。

非生产经营用固定资产是指不直接服务于生产经营过程的各种固定资产，如职工食堂、卫生保健等方面的房屋、设备等。

（二）按固定资产使用情况分类

固定资产按照使用情况分类，可以分为使用中固定资产、未使用固定资产、不需用固定资产和租出固定资产。

使用中固定资产是指企业正在使用的经营用固定资产和非经营用固定资产。企业的房屋及建筑物无论是否在实际使用，都应视为使用中固定资产。由于季节性生产经营或进行大修理等原因而暂时停止使用以及存放在生产车间或经营场所备用、轮换使用的固定资产，也属于使用中固定资产。

未使用固定资产是指已购建完成但尚未交付使用的新增固定资产以及进行改建、扩建等暂时脱离生产经营过程的固定资产。

不需用的固定资产是指本企业因生产条件变化等原因而出现多余或不适用，需要处置的固定资产。

租出固定资产是指经营性租赁租出的固定资产，企业将闲置的固定资产暂时出让其使用权，根据合同获得租金收入，并计提折旧。

（三）按固定资产所有权分类

固定资产按其所有权分类，可分为自有固定资产和租入固定资产。

自有固定资产是指企业拥有的可供企业自由支配使用的固定资产。

租入的固定资产是指企业采用租赁的方式从其他企业租入的固定资产。租入固定资产可分为经营租入固定资产和融资租入固定资产。经营租入的固定资产不符合资产的定义，所以不应作为企业的固定资产处理。融资租入的固定资产，企业虽然不拥有它的所有权，但却可以为企业拥有或控制，预期会给企业带来未来的经济利益流入，符合资产的定义，所以也属于本企业的资产，但在未完全取得所有权之前，应在企业固定资产科目下单独设置明细分类账进行核算。

（四）按固定资产经济用途和使用情况综合分类

固定资产的综合分类，可以分为生产经营用固定资产、非生产经营用固定资产、经营性租出固定资产、不需用固定资产、未使用固定资产、土地和融资租入固定资产。

由于企业的经营状况不同，经营规模各异，所以对固定资产具有不同的管理需要和核算要求，因此企业应该根据自身的实际情况制定出具体而恰当的固定资产分类标准，并在实施中遵循一贯性原则，不得随意变更。

第二节　固定资产的初始计量

固定资产的初始计量是指确定固定资产的取得成本。固定资产应当按照成本进行初始计量。成本包括企业为构建某项固定资产达到预定可使用状态前所发生的一切合理的、必要的支出。这些支出既有直接发生的，如购置固定资产的价款、运杂费、包装费和安装成本等；也有间接发生的，如应分摊的借款利息、外币借款汇兑差额以及应分摊的其他间接费用等。企业在确定固定资产成本时，应当考虑预计弃置费用因素。

在实务中，企业取得固定资产的方式包括外购、自行建造、投资者投入、融资租入、非货币性资产交换以及债务重组等，由于取得的方式不同，其成本的构成内容及确定方法也不同。

一、外购的固定资产

（一）外购固定资产的成本构成

企业外购固定资产的成本，包括购买价款、相关税费（不包括允许抵扣的增值税进项税）、使固定资产达到预定可使用状态前所发生的可归属于该项资产的运输费、装卸费、安装费和专业人员服务费等。

企业用一笔款项购入多项没有单独标价的固定资产，应当按照各项固定资产公允价值比例对总成本进行分配，分别确定各项固定资产的成本。

企业购买固定资产的价款超过正常信用条件延期支付，实质上具有融资性质的，固定资产的成本以购买价款的现值为基础确定。实际支付的价款与购买价款的现值之间的差额，符合借款费用会计准则规定的资本化的条件，应当计入固定资产成本，其余部分应当在信用期间内确认为财务费用，计入当期损益。

（二）外购固定资产的会计处理

1. 会计科目的设置

"固定资产"科目用于核算企业持有的固定资产的历史成本（历史成本亦称原始价值）。该科目属于资产类科目，其借方登记增加的固定资产的历史成本；贷方登记减少的固定资产的历史成本；期末余额在借方，反映企业现有固定资产的历史成本。为了反映固定资产的明细资料，企业应设置"固定资产登记簿"和"固定资产卡片"，按固定资产的类别、使用部门和每项固定资产进行明细核算。

2. 主要会计处理

1）购入不需要安装的固定资产

企业购入不需要安装的固定资产，按照实际支付的购买价款、相关税费、使固定资产达到预定可使用状态前所发生的可归属于该项固定资产的运输费、装卸费、专业人员的服务费等，作为固定资产的历史成本，计入"固定资产"科目的借方。

若企业为增值税一般纳税人，则企业购进用于生产经营的机器设备等固定资产的进项税额不纳入固定资产成本核算，可以在销项税金中抵扣。

根据《国家税务总局关于全国实施增值税转型改革若干问题的通知》中的规定：① 自2009 年 1 月 1 日起，增值税一般纳税人购进（包括接受捐赠、实物投资）或者自制（包括改扩建、安装）固定资产发生的进项税额，可凭增值税专用发票、海关进口增值税专用缴款书和运输费用结算单据从销项税额中抵扣，其进项税额记入"应交税费——应交增值税（进项税额）"科目。② 纳税人允许抵扣的固定资产进项税额是指纳税人 2009 年 1 月 1 日以后（含 1 月 1 日）实际发生，并取得 2009 年 1 月 1 日以后开具的增值税开具的增值税扣税凭证上注明的或者依据增值税扣税凭证计算的增值税税额。

【例 8-1】　2010 年 6 月 1 日，东方公司购入一台不需要安装的生产设备，取得的增值税专用发票上注明的设备价款为 50 000 元，增值税进项税额为 8 500 元，发生的运费 6 500 元，款项全部付清。东方公司的会计分录如下：

借：固定资产　　　　　　　　　　　　　　　　　　56 500
　　应交税费——应交增值税（进项税额）　　　　　　8 500

贷：银行存款　　　　　　　　　　　　　　　　　　65 000

企业购入多项没有单独标价的固定资产。企业若用一笔款项购入多项没有单独标价的固定资产，应以各项固定资产的公允价值对一次支付的款项采用比例法进行分配后的金额，作为各项固定资产的成本。

【例8-2】　东方公司于2011年3月30日一次购进两套设备M和N。东方公司共支付两套设备款340 000元，增值税进项税额57 800元，运费18 000元，全部以银行存款支付。假定设备M和N的公允价值分别为157 500元和192 500元；不考虑其他相关税费。东方公司的会计分录如下：

（1）确定应计入固定资产成本的买价、运费等款项：

340 000 + 18 000 = 358 000（元）

（2）确定设备M和N的价值分配比例：

M设备应分配的固定资产价值比例为157 500 ÷（157 500+192 500）× 100% = 45%

N设备应分配的固定资产价值比例为192 500 ÷（157 500+192 500）× 100% = 55%

（3）确定M和N设备各自的入账价值：

M设备入账价值为358 000 × 45% = 161 100（元）

N设备入账价值为358 000 × 55% = 196 900（元）

（4）会计处理如下：

借：固定资产——M　　　　　　　　　　　　　　　　161 100

　　　　——N　　　　　　　　　　　　　　　　196 900

　　应交税费——应交增值税（进项税额）　　　　　 57 800

　　贷：银行存款　　　　　　　　　　　　　　　　　415 800

2）购入需要安装的固定资产

购入需要安装的固定资产，应在购入不需要安装的固定资产取得成本的基础上加上安装调试成本等，作为购入固定资产的成本，先通过"在建工程"科目归集其成本，待达到预定可使用状态时，再由"在建工程"科目转入"固定资产"科目。

【例8-3】　2011年3月1日，东方公司购入一台需要安装的生产用固定资产，取得增值税专用发票，记明价款80 000元，增值税13 600元，购入时发生运费和装卸费共计6 400元，货款及运杂费均已通过银行结算。该材料购入后安装领用4个月前外购的原材料一批，该批材料购进时取得增值税专用发票，记明价款70 000元，增值税为11 900元。工程人员工资20 000元，支付其他费用11 700元。东方公司的会计分录如下：

（1）购买需要安装的固定资产时：

借：在建工程　　　　　　　　　　　　　　　　　　 86 400

　　应交税费——应交增值税（进项税额）　　　　　 13 600

　　贷：银行存款　　　　　　　　　　　　　　　　　100 000

（2）工程领用原材料时：

借：在建工程　　　　　　　　　　　　　　　　　　 81 900

　　贷：原材料　　　　　　　　　　　　　　　　　　 70 000

　　　　应交税费——应交增值税（进项税额转出）　　 11 900

（3）支付工程人员工资、其他费用时：

借：在建工程　　　　　　　　　　　　　　　　　　 31 700

　　贷：应付职工薪酬　　　　　　　　　　　　　　　　20 000
　　　　银行存款　　　　　　　　　　　　　　　　　11 700
（4）安装完工投入使用时：
借：固定资产　　　　　　　　　　　　　　　　　　200 000
　　贷：在建工程　　　　　　　　　　　　　　　　200 000

二、自行建造的固定资产

（一）自行建造的固定资产的成本构成

　　企业自行建造的固定资产，应按建造该项资产达到预定可使用状态前所发生全部必要支出作为入账价值，包括工程用物资成本、人工成本、交纳的相关税费，应予资本化的借款费用以及应分摊的间接费用等。企业为建造固定资产通过出让方式取得土地使用权而支付的土地出让金不计入在建工程成本，应确认为无形资产（土地使用权）。企业自行建造固定资产包括自营建造和出包建造两种方式。无论采用何种方式，所建工程都应当按照实际发生的支出确定其工程成本并单独核算。

（二）自行建造的固定资产的会计处理

1. 会计科目的设置

　　"在建工程"科目用于核算企业基建工程、技术改造等在建工程发生的价值。企业发生的满足固定资产准则规定的确认条件的更新改造支出等固定资产后续支出，也在本科目核算。该科目属于资产类科目，其借方登记企业出包或自营基建工程或更新改造工程达到预定可使用状态前所发生的全部净支出、工程建设期间所发生的工程物资盘亏、报废和毁损的处置损失，以及基建工程或更新改造工程达到预定可使用状态前进行负荷联合试车发生的费用；贷方登记基建工程或更新改造工程达到预定使用状态转出的实际工程成本；期末余额在借方，反映企业尚未完工的基建工程或更新改造工程发生的各项实际支出。本科目应当按照"建筑工程"、"安装工程"、"在安装设备"、"待摊支出"以及单项工程等进行明细核算。

　　"工程物资"科目用于核算企业为基建工程、更新改造工程准备的各种物资的成本，包括为工程准备的材料、尚未交付安装的需要安装设备的实际成本，以及预付大型设备款和基本建设期间根据项目概算购入为生产准备的工具及器具等的实际成本。该科目属于资产类科目，其借方登记企业购入为工程准备的物资、为购置大型设备而预付的款项以及盘盈的工程物资和工程完工办理退库手续的剩余工程物资；贷方登记领用、盘亏、报废、毁损的工程物资；期末余额在借方，反映企业为工程购入但尚未领用的专用材料的实际成本、购入需要安装设备的实际成本，以及为生产准备但尚未交付的工具及器具的实际成本等。本科目应当按照"专用材料"、"专用设备"、"预付大型设备款"和"为生产准备的工具及器具"等进行明细核算。

2. 主要会计处理

1）自营方式建造固定资产

　　企业以自营方式建造固定资产是指企业自行组织工程物资采购、自行组织施工人员从事工程施工完成固定资产建造，其成本应当按照建造该项固定资产达到预定可使用状态前发生的必要支出确定，包括实际发生的直接材料、直接人工、直接机械施工费等。

工程项目较多且工程支出较大的企业，应当按照工程项目的性质分别核算各工程项目的成本。

企业为建造固定资产准备的各种物资应当按照实际支付的买价、运输费、保险费等相关税费作为实际成本，并按照各种专项物质的种类进行明细核算。工程完工后，剩余的工程物资转为本企业存货的，按其实际成本或计划成本进行结转。盘盈、盘亏、报废及毁损的工程物资减去残料价值以及由保险公司、过失人赔偿部分后的差额，计入当期损益。

【例8-4】 2010年11月1日，东方公司购入工程用材料，取得增值税专用发票，记明价款160 000元，增值税为27 200元。购入工程用材料时发生运费和装卸费，取得运输机构的运费发票，运费共计12 000元，装卸费800元，货款及运杂费均已通过银行结算，该材料购入后全部用于工程建设（非增值税应税项目）。该工程领用自产商品一批，实际成本100 000元，计税价格120 000元，增值税率17%。该工程领用4个月前外购的原材料一批，该批材料购进时取得增值税专用发票，记明价款140 000元，增值税为23 800元。工程人员工资60 000元，支付其他费用55 800元。东方公司的会计分录如下：

（1）购买工程用材料时：

借：工程物资   200 000

    贷：银行存款   200 000

（2）工程领用工程物资时：

借：在建工程   200 000

    贷：工程物资   200 000

（3）工程领用自产商品时：

借：在建工程   120 400

    贷：库存商品   100 000

        应交税费——应交增值税（销项税额）   20 400

（4）工程领用原材料时：

借：在建工程   163 800

    贷：原材料   140 000

        应交税费——应交增值税（进项税额转出）   23 800

（5）工程人员工资、支付其他费用时：

借：在建工程   115 800

    贷：应付职工薪酬   60 000

        银行存款   55 800

（6）完工投入使用，结转成本时：

借：固定资产   600 000

    贷：在建工程   600 000

2）出包方式建造固定资产

采用出包方式建造固定资产，是企业通过签订承包合同委托承包单位建造本企业固定资产的一种自建固定资产方式。企业的新建、改建、扩建等建设项目，通常采用出包方式建造。

　　企业以出包方式建造固定资产，其成本由建造该项固定资产达到预定可使用状态前所发生的必要支出构成，包括发生的建筑工程支出、安装工程支出以及需分摊计入固定资产价值的待摊支出。其中待摊支出是指在建设期间发生的、不能直接计入某项固定资产价值、而应由所建固定资产共同负担的费用，包括为建造工程发生的管理费、可行性研究费、临时设施费、公证费、监理费、应负担的相关税金、符合资本化条件的借款费用、建设期间发生的工程物资盘亏、报废及毁损净损失，以及负荷联合试车费等。

　　以出包方式建造固定资产的具体支出，由建造承包商核算，企业将与建造承包商结算的工程价款作为工程成本，先统一通过"在建工程"科目核算，待达到预定可使用状态后再转入"固定资产"科目。

三、其他方式取得的固定资产

（一）投资者投入的固定资产

　　企业接受投资者以固定资产投入的资本，在办理了固定资产移交手续后，应按照公允的投资合同或协议约定的价值加上应支付的相关税费作为固定资产的入账价值，借记"固定资产"科目，贷记"实收资本"或"股本"科目，以及"资本公积"科目。

　　【例 8-5】　东方公司根据投资各方达成的协议，按资产评估确认的价值作为投资各方投入资本价值确认的标准。在各方的投资中 A 股东以一厂房作为投资投入该公司，该厂房经评估确认价值为 1 200 000 元，按协议可折换成每股面值为 1 元、数量为 1 000 000 股股票的股权。东方公司的会计分录如下：

　　借：固定资产　　　　　　　　　　　　　　　　　1 200 000
　　　贷：股本——A 股东　　　　　　　　　　　　　　　1 000 000
　　　　资本公积　　　　　　　　　　　　　　　　　　　200 000

（二）接受捐赠的固定资产

　　企业接受捐赠的固定资产，应根据具体情况合理确定其入账价值。一般分为两种情况：

　　（1）捐赠方提供了有关凭据的，按凭据上标明的金额加上应支付的相关税费，作为入账价值。

　　（2）捐赠方没有提供有关凭据的，按如下顺序确定其入账价值：① 同类或类似固定资产存在活跃市场的，按同类或类似固定资产的市场价格估计的金额，加上应支付的相关税费，作为入账价值。② 同类或类似固定资产不存在活跃市场的，按该接受捐赠的固定资产预计未来现金流量的现值，加上应支付的相关税费，作为入账价值。

　　接受捐赠的固定资产，借记"固定资产"或"在建工程"等科目；按税法规定确定的入账价值确认为接受捐赠收入，贷记"营业外收入——捐赠利得"；按支付的各项费用，贷记"银行存款"等科目。

　　企业接受捐赠资产会计规定确定的入账价值与税法规定确定的入账价值的区别主要在于："会计规定确定的入账价值"是指按会计规定计入受赠固定资产成本的金额，包括接受捐赠固定资产的价值和因接受捐赠固定资产另外支付的构成受赠固定资产成本的相关税费；"税法规定确定的入账价值"是指根据有关凭据确定的应计入应纳税所得额的接受捐赠固定资产的价值，不包括按会计规定应计入受赠固定资产成本的由受赠企业另外支付的相关税费。

【例 8-6】 东方公司接受外单位捐赠一台需安装的新设备，捐赠方提供了该设备的凭证，市场价格为 336 000 元，与税法规定确定的价值相同，投入使用前以银行存款支付安装费 20 000 元。该企业所得税税率为 25%，符合税法规定。现安装完毕交生产车间使用。东方公司的会计分录如下：

（1）接受捐赠设备时：

借：在建工程——安装工程（设备） 336 000

    贷：递延所得税负债 84 000

        营业外收入——捐赠利得 252 000

（2）设备交付安装时：

借：在建工程——安装工程（设备） 20 000

    贷：银行存款 20 000

（3）设备安装完毕，达到可使用状态时：

借：固定资产——生产用固定资产 356 000

    贷：在建工程——安装工程（设备） 356 000

【例 8-7】 东方公司接受一台全新专用设备的捐赠，捐赠者提供的有关价值凭证上标明的价格为 100 000 元，应交增值税 17 000 元，办理产权过户手续时支付相关税费 3 000 元。东方公司的会计分录如下：

借：固定资产 100 000

    应交税费——应交增值税（进项税额） 17 000

    贷：营业外收入——捐赠利得 114 000

        银行存款 3 000

（三）融资租入取得的固定资产

根据固定资产会计准则的规定：购买固定资产的价格超过正常信用条件延期支付，实质上具有融资性质。由于在租赁期里承租企业实质上获得了该资产所提供的主要经济利益，同时承担了与资产有关的风险，因此，承租企业应将融资租入资产作为一项固定资产计价入账，同时确认相应的负债，并且要计提固定资产折旧。固定资产的所有权最终可能转移，也可能不转移。

为了区别融资租入固定资产和企业其他自有固定资产，企业应对融资租入固定资产单独设立"融资租入固定资产"明细科目核算，《企业会计准则第 21 号——租赁》规定：在租赁开始日，承租人应当将租赁开始日租赁资产公允价值与最低租赁付款额现值两者较低者作为租入资产的入账价值，借记"固定资产"或"在建工程"科目，将最低租赁付款额作为长期应付款的入账价值，贷记"长期应付款"科目，其差额作为未确认融资费用，借记"未确认融资费用"科目。

（四）非货币性资产交换取得的固定资产

非货币性资产交换取得的固定资产，其入账价值应按照非货币性资产交换会计准则的规定确定。首先根据交易的实质和公允价值的可确定性来区分以公允价值还是以账面价值为入账基础，再根据是否发生补价来进行处理。

（五）债务重组取得的固定资产

企业通过债务重组方式取得的固定资产，其成本应当按照债务重组会计准则的规定确定。但该项固定资产的后续计量和披露应当执行固定资产准则的规定。

（六）盘盈的固定资产

盘盈的固定资产，作为前期差错处理，其成本按照现在或购买相同或者相似资产所需支付的现金或者现金等价物的金额计量。在按管理权限报经批准处理前，应先通过"以前年度损益调整"科目核算。

【例 8-8】　东方公司年末对资产进行清查时，发现未入账的设备一台，当时类似商品市场价值为 100 000 元，估计折旧 20 000 元，该公司所得税税率为 25%，按净利润的 10% 计提法定盈余公积。东方公司的会计分录如下：

（1）盘盈时：

借：固定资产　　　　　　　　　　　　　　　　　80 000
　　贷：以前年度损益调整　　　　　　　　　　　　　　80 000

（2）确定应交所得税时：

借：以前年度损益调整　　　　　　　　　　　　　20 000
　　贷：应交税费——应交所得税　　　　　　　　　　　20 000

（3）结转为留存收益时：

借：以前年度损益调整　　　　　　　　　　　　　60 000
　　贷：盈余公积——法定盈余公积　　　　　　　　　　6 000
　　　　利润分配——未分配利润　　　　　　　　　　　54 000

第三节　固定资产的后续计量

一、固定资产折旧

（一）固定资产折旧的概念

固定资产折旧是指在固定资产使用寿命内，按照确定的方法对应计折旧额进行系统分摊。其中，应计折旧额是指应当计提折旧的固定资产的原价扣除其预计净残值后的金额；已计提减值准备的固定资产，还应当扣除已计提的固定资产减值准备累计金额。预计净残值是指假定固定资产预计使用寿命已满并处于使用寿命终了时的预期状态，企业目前从该项资产处置中获得的扣除预计处置费用后的金额。

企业应当根据固定资产的性质和使用情况，合理确定固定资产的使用寿命和预计净残值。固定资产的使用寿命、预计净残值一经确定，不得随意变更。

（二）影响固定资产折旧的因素

影响固定资产折旧的因素主要有以下四个方面。

（1）固定资产原价，是指固定资产的成本。

（2）固定资产的预计净残值，是指在资产使用年限终了时，企业预期从该资产的处置中获得的处置收入扣除预计清理费用后的净额。

（3）固定资产的预计使用寿命，是指企业使用固定资产的预计期间，或者该固定资产所能生产产品或提供劳务的数量。企业在确定固定资产的预计使用寿命时应考虑：①该资产的预计生产能力或实物产量；②该资产的有形损耗，如设备使用过程中发生磨损、房屋建筑物受到自然侵蚀等；③该资产的无形损耗，如因新技术的出现而使现有的资产技术水平相对陈旧，市场需求变化使产品过时等。

（4）有关资产使用的法律或者类似的限制等因素。

企业应当根据固定资产的性质和使用情况，合理确定固定资产的使用寿命和预计净残值。除企业在对固定资产的使用寿命进行定期复核时，发现其使用寿命的预期数与原先的估计数有重大差异外，固定资产的预计使用寿命、预计净残值一经确定，不得随意变更。

（三）固定资产折旧的范围

企业应对所有固定资产计提折旧。但单独计价作为固定资产入账的土地除外。

在具体计提折旧时，还应注意以下几点：

（1）企业应按月提取折旧，并根据用途计入相关资产的成本或者当期损益。当月增加的固定资产，当月不计提折旧，从下月起计提折旧；当月减少的固定资产，当月照提折旧，从下月起不提折旧。

（2）固定资产提足折旧后，不管能否继续使用，均不再提取折旧；提前报废的固定资产也不再补提折旧。所谓提足折旧是指已经提足该项固定资产的应计折旧总额。

（3）已达到预定可使用状态但尚未办理竣工决算的固定资产，应当按照估计价值确定其成本，并计提折旧；待办理竣工决算后再按实际成本调整原来的暂估价值，但不需要调整原已计提的折旧额。

（4）处于更新改造过程停止使用的固定资产，应将其账面价值转入在建工程，不再计提折旧。当更新改造项目达到预计可使用状态转为固定资产后，再按照重新确定的折旧方法和该资产的尚可使用年限计提折旧。

（四）固定资产折旧方法

企业应根据与固定资产有关的经济利益的预期实现方式，合理选择折旧方法，可选用的折旧方法包括年限平均法、工作量法、双倍余额递减法、年数总和法等。除企业在对固定资产折旧方法定期进行复核时发现固定资产包含的经济利益的预期实现方式有重大改变，而相应改变固定资产折旧方法外，折旧方法一经确定，不得随意变更。如需变更，应经批准后报送有关各方备案，并应在会计报表附注中予以说明。

1. 年限平均法

年限平均法又称直线法，是指将固定资产的应计提折旧总额均衡地分摊到固定资产预计使用寿命内的一种方法。采用这种方法计算的每期折旧额相等。其计算公式为

$$年折旧率 ＝（1-预计净残值率）÷预计使用寿命（年）×100\%$$

$$年折旧额 = 固定资产原值 \times 年折旧率$$
$$月折旧率 = 年折旧率 \div 12$$
$$月折旧额 = 固定资产原值 \times 月折旧率$$

或

$$每期折旧额 = 固定资产原价 \times (1 - 预计净残值率)$$

【例 8-9】　东方公司某项固定资产原值为 200 万元，预计使用 20 年，预计净残值率为 4%。东方公司固定资产按年限平均法计提折旧。则

年折旧率 $= (1-4\%) \div 20 \times 100\% = 4.8\%$

年折旧额 $= 200 \times 4.8\% = 9.6$（万元）

月折旧率 $= 4.8\% \div 12 = 0.4\%$

月折旧额 $= 200 \times 0.4\% = 0.8$（万元）

固定资产折旧率可以分为个别折旧率、分类折旧率和综合折旧率。个别折旧率是单项固定资产计算的折旧率；分类折旧率是按各类固定资产分别计算的折旧率；综合折旧率则是指按全部固定资产计算的折旧率。企业可以根据其固定资产的使用情况选择不同的折旧率计算方法。例如，对于固定资产数量繁多且基本上为同一类别的企业，应选择综合折旧率；固定资产数量不多的企业，可选择个别折旧率或分类折旧率。

采用年限平均法计算的折旧额，在各个使用年份或月份中都是相等的，这种方法计算简便，应用范围比较广泛。但也存在局限性，如年限平均法没有考虑到固定资产在不同使用年限提供的经济效益是不同的因素。另外，固定资产在不同的使用年限发生的维修费用也不一样。固定资产的维修费用将随其使用时间的延长而不断增加，而年限平均法也没有考虑这个因素。

2. 工作量法

工作量法是将固定资产的应计折旧额在固定资产预计总工作量中平均分摊的一种折旧计提方法。其计算公式为

$$单位工作量折旧额 = 固定资产原价 \times (1 - 预计净残值率) \div 预计总工作量$$
$$某项固定资产月折旧额 = 该固定资产当月工作量 \times 单位工作量折旧额$$

【例 8-10】　东方公司有载货车一辆，原值 400 000 元，预计净残值率为 4%，预计总行驶里程为 500 000 公里，10 月份行驶 10 000 公里，该辆载货汽车的单位折旧额和本月的折旧额为

单位折旧额 $= 400\ 000 \times (1-4\%) \div 500\ 000 = 0.768$（元/公里）

10 月份折旧额 $= 10\ 000 \times 0.768 = 7\ 680$（元）

采用工作量法计算的折旧额，在各个使用年份或月份中不是等额的，月折旧额的多少与工作量完成的多少相联系。这种折旧计算方法适合于各期完成工作量不均衡的固定资产。

3. 双倍余额递减法

双倍余额递减法是指在不考虑固定资产预计净残值的情况下，根据每期期初固定资产原值减去累计折旧后的余额和双倍的直线法折旧率计算固定资产折旧的一种方法。其计算公式为

$$年折旧率 = 2 \div 预计使用寿命（年）\times 100\%$$
$$年折旧额 = 年初固定资产账面净值 \times 年折旧率$$
$$月折旧额 = 年折旧额 \div 12$$

应用这种方法计算折旧额时，由于每年年初固定资产净值没有扣除预计净残值，所以在计算固定资产折旧额时，应在其折旧年限到期的最后两年内，将固定资产净值扣除预计净残值后的余额平均摊销，计算公式为

年折旧额 =（固定资产原值 – 已计提的累计折旧 – 预计净残值）/2

【例8-11】　东方公司一项固定资产原始价值400 000元，预计使用年限为5年，预计残值为16 000元，该项固定资产按双倍余额递减法计算各年的折旧额如下：

折旧率 = 1÷5×2×100% = 40%

第一年应提折旧 = 400 000×40% = 160 000（元）

第二年应提折旧 =（400 000–160 000）×40% = 96 000（元）

第三年应提折旧 =（400 000–160 000–96 000）×40% = 57 600（元）

第四年应提折旧 =（400 000–160 000–96 000–57 600–16 000）÷2 = 35 200（元）

第五年应提折旧 = 第四年应提折旧 = 35 200（元）

根据年折旧率计算的各年折旧额如表8-1所示。

表8-1　折旧计算表（双倍余额递减法）

年份	期初账面价值/元 ①	折旧率/% ②	当年折旧/元 ③=①×②	累计折旧额/元 ④	期末账面价值/元 ⑤=①×③
1	400 000	40%	160 000	160 000	240 000
2	240 000	40%	96 000	256 000	144 000
3	144 000	40%	57 600	313 600	86 400
4	86 400		35 200	348 800	51 200
5	51 200		35 200	384 000	16 000

4. 年数总和法

年数总和法又称年限合计法，是将固定资产的原值减去预计净残值后的余额乘以一个逐年递减的分数计算每年的折旧额，这个分数的分子代表固定资产尚可使用的年数，分母代表使用年限的逐年数字总和。其计算公式如下：

年折旧率 = 尚可使用年限÷预计使用年限的年数总和×100%

月折旧率 = 年折旧率÷12

月折旧额 =（固定资产原值–预计净残值）×月折旧率

【例8-12】　东方公司某项固定资产原始价值200 000元，预计使用年限为5年，预计残值为8 000元，该项固定资产按年数总和法计算各年的折旧额，如表8-2所示。

表8-2　折旧计算表（年数总和法）

年份	（原值–净残值）/元	尚可使用年限/年	年折旧率/%	年折旧额/元	累计折旧/元
1	192 000	5	5/15	64 000	64 000
2	192 000	4	4/15	51 200	115 200
3	192 000	3	3/15	38 400	153 600
4	192 000	2	2/15	25 600	179 200
5	192 000	1	1/15	12 800	192 000

双倍余额递减法和年数总和法都属于加速折旧法,其特点是在固定资产使用的早期多提折旧,后期少提折旧,其递减的速度逐年加快,从而相对加快折旧的速度,目的是使固定资产成本在估计使用寿命期内加快得到补偿。

（五）固定资产折旧的会计处理

企业按月计提固定资产折旧,提取时一般以月初可提取折旧的固定资产原值为依据,遵循当月增加的固定资产当月不提折旧,当月减少的固定资产当月照提折旧的原则,在上月折旧额的基础上,对上月固定资产的增减情况进行调整后计算当月折旧额。其计算公式为

$$\begin{array}{c}\text{当月应提}\\\text{折旧额}\end{array} = \begin{array}{c}\text{上月计提}\\\text{折旧额}\end{array} + \begin{array}{c}\text{上月增加固定资产}\\\text{应计提的折旧额}\end{array} - \begin{array}{c}\text{上月减少固定资产}\\\text{应计提的折旧额}\end{array}$$

为了核算固定资产的折旧,企业应设置"累计折旧"科目。该科目为"固定资产"科目的备抵科目,其贷方反映计提的固定资产折旧额和增加固定资产时相应增加的折旧额,借方反映因出售、报废清理、盘亏等原因减少固定资产所转销的已提折旧额,余额在贷方,表示企业现有固定资产的累计折旧额。

企业计提的固定资产折旧,应当根据用途计入相关资产的成本或者当期损益。例如,基本生产车间使用的固定资产,计提的折旧应计入制造费用;管理部门使用的固定资产,计提的折旧应计入管理费用;销售部门使用的固定资产,计提的折旧应计入销售费用等。

【例 8-13】 东方公司 2010 年 11 月份固定资产计提折旧情况如下:甲车间厂房计提折旧 45 000 元,机器设备计提折旧 38 000 元;管理部门房屋建筑物计提折旧 56 000 元,运输设备计提折旧 42 000 元;销售部门房屋计提折旧 23 000 元。东方公司的会计分录如下:

```
借：制造费用——甲车间            83 000
    管理费用                    98 000
    销售费用                    23 000
  贷：累计折旧                        204 000
```

（六）固定资产预计使用寿命的复核

为了真实地反映固定资产为企业提供经济利益的期间及每期实际的资产消耗,企业至少应当于每年年度终了时,对固定资产使用寿命和预计净残值进行复核。如果固定资产使用寿命预计数与原先估计数有差异,应当调整固定资产使用寿命;如果固定资产预计净残值预计数与原先估计数有差异,应当调整预计净残值。如果固定资产给企业带来经济利益的方式发生重大变化,企业也应相应改变固定资产折旧方法。

固定资产使用寿命、预计净残值和折旧方法的改变应作为会计估计变更。

二、固定资产的后续支出

固定资产的后续支出是指固定资产使用过程中发生的更新改造支出、修理费用等。企业的固定资产在投入使用后,为了适应新技术发展的需要,或为了维护和提高固定资产的使用效能,会对现有的固定资产进行维护、改建、扩建或改良。

固定资产后续支出的处理原则是:符合固定资产确认条件的,应当计入固定资产成本,即资本化;如果有被替换的部分,应同时将被替换部分的账面价值从该固定资产原账面价

值中扣除；不符合固定资产确认条件的，应当在发生时计入当期损益，即费用化。

（一）资本化的后续支出

固定资产发生可资本化的后续支出时，企业一般应将该固定资产的原价、已计提的累计折旧和减值准备转销，将其账面价值转入"在建工程"科目，并停止计提折旧。被替换部分资产的账面价值冲减在建工程成本，待更新改造的固定资产后续支出完工并达到预定可使用状态时，再从"在建工程"科目转为"固定资产"科目，并按重新更新改造后固定资产的价值、预计使用寿命、预计净残值和折旧方法计提折旧。

【例 8-14】　东方公司有一项固定资产，原值 2 000 000 元，已提折旧 600 000 元，经批准进行技术改造。改造中拆除原有部分部件，以银行存款支付部件拆除费 10 000 元。被拆除的部件账面价值为 27 000 元。该固定资产改造工程以出包方式进行，以银行存款支付工程出包款 190 000 元。东方公司会计分录如下：

（1）注销更新改造的固定资产时：

借：在建工程——技术改造工程　　　　　　　　　　　1 400 000

　　累计折旧　　　　　　　　　　　　　　　　　　　 600 000

　贷：固定资产——生产经营用固定资产　　　　　　　　　　　2 000 000

（2）支付部分部件拆除费时：

借：在建工程——技术改造工程　　　　　　　　　　　　10 000

　贷：银行存款　　　　　　　　　　　　　　　　　　　　　　10 000

（3）将被替换部件的账面价值扣除更新改造资产账面价值时：

借：营业外支出　　　　　　　　　　　　　　　　　　　27 000

　贷：在建工程——技术改造工程　　　　　　　　　　　　　　27 000

（4）支付工程出包款时：

借：在建工程——技术改造工程　　　　　　　　　　　190 000

　贷：银行存款　　　　　　　　　　　　　　　　　　　　　　190 000

（5）工程完工交付使用时：

更新改造后生产线的原值= 1400 000+10 000–27 000+190 000 = 1 573 000（元）

借：固定资产——生产经营用固定资产　　　　　　　　1 573 000

　贷：在建工程——技术改造工程　　　　　　　　　　　　　　1 573 000

（二）费用化的后续支出

固定资产费用化的后续支出是指不满足固定资产确认条件的支出。由于固定资产在投入使用之后，可能导致固定资产的局部损坏，为了维护固定资产的正常运转和使用，充分发挥其使用效能，企业会对固定资产进行必要的维护支出。这些支出是为了恢复或保持固定资产原有的性能和使用状态，不能使流入企业的经济利益超过原先的估计，应作为费用性支出，在支出发生时直接计入当期损益。企业生产车间和行政管理部门等发生的固定资产修理费用等后续支出计入"管理费用"科目；企业专设销售机构的，其发生的与专设销售机构相关的固定资产修理费用等后续支出，计入"销售费用"科目。固定资产更新改造支出不满足固定资产确认条件的，也应当费用化，在后续支出发生时计入当期损益；企业对固定资产进行定期检查发生的大修理费用，符合固定资产确认条件的，可以计入固定资产成本，不符合固定资产确认条件的，计入当期损益。

融资租入固定资产发生的固定资产后续支出，比照上述原则处理。经营租入固定资产发生的改良支出，应通过"长期待摊费用"科目核算，并在剩余租赁期与租赁资产尚可使用年限两者中较短的期间内，采用合理的方法进行摊销。

第四节　固定资产的处置

一、固定资产终止确认的条件

固定资产处置是指固定资产因出售、转让、报废和毁损、对外投资、非货币性资产交换、债务重组等事项引起的固定资产的减少。固定资产满足下列条件之一的，应当予以终止确认：①该固定资产处于处置状态；②该固定资产预期通过使用或处置不能产生经济利益。也就是说，处于处置状态的固定资产不再用于生产产品、提供劳务、出租和经营管理，不能再产生经济利益流入企业，因此它不符合固定资产的定义和确认条件，应终止确认。

二、固定资产处置的会计处理

（一）固定资产处置事项的会计处理要求

（1）企业出售、转让、报废固定资产或发生固定资产毁损，应将处置收入扣除账面价值和相关税费后的金额计入当期损益。

（2）对外投资转出的固定资产的投资成本，应按照转出固定资产账面价值和支付的相关税费确定。

（3）如果非货币性资产交换具有商业实质，并且换入资产或换出资产的公允价值能够可靠计量，应以换出固定资产的公允价值和应支付的相关税费作为换入资产的成本，公允价值与换出资产账面价值的差额计入当期损益；如果不同时满足上述两个条件，应以换出固定资产的账面价值和应支付的相关税费作为换入资产的成本，不确认损益。

（4）固定资产的债务重组交易参见本书第十一章第六节相关会计处理内容。

（5）在财产清查中盘亏的固定资产，应借记"营业外支出——盘亏损失"科目，贷记"待处理财产损溢——待处理固定资产损溢"科目；盘盈的固定资产，作前期差错处理，通过"以前年度损益调整"科目核算。

（二）会计科目设置

"固定资产清理"科目用于核算因出售、转让、报废和毁损、对外投资、非货币性资产交换、债务重组等原因转出的固定资产价值以及在清理过程中发生的费用。该科目属于资产类科目，其借方登记因出售、转让、报废和毁损、对外投资、非货币性资产交换、债务重组等原因转出的固定资产账面价值、清理过程中发生的相关税费及其他费用；贷方登记收回出售固定资产的价款、残料价和变价收入；期末余额在借方，反映企业尚未清理完毕的固定资产净损失。本科目可按照被清理的固定资产项目进行明细核算。

（三）主要会计处理

1. 出售、报废和毁损的固定资产会计处理

（1）固定资产转入清理的处理。固定资产转入清理时，按该项固定资产账面净额，借记"固定资产清理"科目，按已计提的累计折旧，借记"累计折旧"科目，原已计提减值准备的，借记"固定资产减值准备"科目，按固定资产原值，贷记"固定资产"科目。

（2）发生的清理费用的处理。在固定资产清理过程中发生的相关税费及应支付的其他费用，借记"固定资产清理"科目，贷记"银行款存"、"应交税费——应交营业税"等科目。

（3）出售收入、残料等的处理。企业收回出售固定资产的价款、残料价值和变价收入等，借记"银行存款"、"原材料"等科目，贷记"固定资产清理"、"应交税费——应交增值税"等科目。

（4）保险赔偿的处理。企业计算或收到的应由保险公司或过失人赔偿的损失，借记"其他应收款"、"银行存款"等科目，贷记"固定资产清理"科目。

（5）清理净损益的处理。固定资产清理完成后，"固定资产清理"科目的借方余额，属于筹建期间的，借记"管理费用"科目，贷记"固定资产清理"科目；属于生产经营期间由于自然灾害等非正常原因造成的损失，借记"营业外支出——非常损失"科目，贷记"固定资产清理"科目；属于生产经营期间正常的处理损失，借记"营业外支出——处置非流动资产损失"科目，贷记"固定资产清理"科目。固定资产清理完成后"固定资产清理"科目的贷方余额，属于筹建期间的，借记"固定资产清理"科目、贷记"管理费用"科目；属于生产经营期间的，借记"固定资产清理"科目，贷记"营业外收入——处置非流动资产利得"科目。

【例8-15】 2010年东方公司一项固定资产使用期满经批准报废。该固定资产原值800 000元，累计已提折旧700 000元，已提减值准备80 000元。在清理过程中以银行存款支付清理费用3 000元，收到残料变价收入11 200元。东方公司的会计分录如下：

（1）固定资产转入清理时：

借：固定资产清理	20 000	
累计折旧	700 000	
固定资产减值准备	80 000	
贷：固定资产		800 000

（2）发生清理费用时：

借：固定资产清理	3 000	
贷：银行存款		3 000

（3）收到残料变价收入时：

借：银行存款	11 200	
贷：固定资产清理		11 200

（4）结转固定资产净损益时：

借：营业外支出——处置非流动资产损失	11 800	
贷：固定资产清理		11 800

2. 盘盈或盘亏的固定资产会计处理

对固定资产应当定期或者至少每年年末实地盘点一次。在清查过程中如果发现盘盈、盘亏的固定资产，应填制固定资产盘盈盘亏报告表。清查固定资产的损溢，应及时查明原因，并按照规定程序报批处理。

（1）盘盈的固定资产会计处理。企业在财产清查中盘盈的固定资产应作为前期差错处理，在按管理权限报经批准处理前，应按重置成本作如下处理。

借：固定资产（重置成本）

　　贷：以前年度损益调整

期末，将以前年度损益调整转入"利润分配——未分配利润"科目。

（2）盘亏的固定资产会计处理。企业对盘亏的固定资产应将其账面价值记入"待处理财产损溢——固定资产盘亏"科目并注销其账面价值、累计折旧和固定资产减值准备，期末结账前从"待处理财产损溢——固定资产盘亏"科目转入"营业外支出——固定资产盘亏"科目。如果盘亏的固定资产在期末结账前尚未批准处理的，在对外提供财务报告时应按上述规定进行处理，并在会计报表附注中做出说明；如果其后批准处理的金额与已处理的金额不一致，应按其差额调整会计报表相关项目的年初数。

【例8-16】　东方公司在财产清查中，盘亏管理用设备一台，该设备原值 20 000 元，已提折旧 14 000 元，已提减值准备 3 000 元。东方公司的会计分录如下：

（1）盘亏时：

借：待处理财产损溢——固定资产盘亏	3 000
累计折旧	14 000
固定资产减值准备	3 000
贷：固定资产	20 000

（2）期末结账前：

借：营业外支出——固定资产盘亏	3 000
贷：待处理财产损溢——固定资产盘亏	3 000

3. 捐赠转出的固定资产会计处理

由于企业以固定资产对外进行捐赠，因此企业不对接受捐赠的单位和个人谋求任何经济利益，也不承担任何经济责任。但由于对外捐赠转出固定资产使得本企业的固定资产流出，形成了一项支出，故应将对外捐赠转出的固定资产净支出计入当期损益。

（1）注销固定资产账面价值时：

借：固定资产清理（账面净值）

　　累计折旧（已计提的累计折旧）

　　固定资产减值准备（已计提的减值准备）

　　贷：固定资产（账面原值）

（2）结转对外捐赠转出的固定资产净支出时：

借：营业外支出——捐赠支出（净损失）

　　贷：固定资产清理

4. 其他方式减少的固定资产会计处理

其他方式减少的固定资产，如以固定资产清偿债务、投资转出固定资产、以非货币性资产交换换出固定资产等，分别按照债务重组、非货币性资产交换等的处理原则进行核算。

思考与练习

一、思考题

1. 固定资产确认应满足哪些条件？
2. 固定资产终止确认的条件是什么？
3. 如何确定自建固定资产的成本？
4. 什么是固定资产折旧？影响固定资产折旧的因素有哪些？
5. 固定资产折旧的直线法和加速折旧法各有哪些特点？
6. 与经营租赁固定资产相比，融资租赁固定资产有何不同？
7. 如何进行固定资产处置的会计处理？

二、练习题

1. A 企业车间用的设备原价为 150 000 元，预计使用年限为 6 年，预计净残值 6 000 元。
要求：
（1）采用双倍余额递减法计算各年的折旧额；
（2）采用年数总和法计算各年的折旧额；
（3）采用平均年限法计算各年的折旧额。

2. 2010 年甲公司一台设备使用期满经批准报废。该货车原价为 400 000 元，累计已提折旧 350 000 元，已提减值准备 40 000 元。在清理过程中以银行存款支付清理费用 1 500 元，收到残料变价收入 5 600 元。
要求：编制有关的会计分录。

3. 广地公司有关设备的经济业务如下：
（1）购买生产用设备一台价款 80 万元，运杂费 8 万元，以银行存款支付，直接进行安装。
（2）购买工程物资 15 万元，以银行存款支付，直接用于安装工程。
（3）应付安装工程人员工资 7 万元。
（4）安装工程完工，交付使用。
（5）该设备预计使用 10 年，净残值率 5%，采用直线法计提年折旧。
（6）该设备于交付使用后第 5 年年初出售，售价 70 万元，现金支付清理费 1 000 元。
要求：编制有关会计分录。

第九章

无　形　资　产

本章介绍了无形资产的概念、分类，重点介绍了无形资产购入、自行开发、摊销和处置的会计处理，以及和其他资产的范围与会计处理。

【重要概念】　无形资产　长期待摊费用

第一节　无形资产概述

一、无形资产的概念及基本特征

无形资产是指企业拥有或者控制的没有实物形态的可辨认非货币性资产。与其他资产相比，无形资产具有以下特征。

1. 无形资产不具有实物形态

无形资产是不具有实物形态的隐形资产，它以某种特有技术知识和权利形式存在。不具有实物形态是无形资产区别于其他资产的最显著的特征，如专利权、土地使用权、非专利技术等。虽然无形资产不具有实物形态，但它通常又要依附于一定的实体，如某种专有技术必须通过一定配方、一定设备或工艺流程来体现。无形资产失去依托，将无法发挥作用。

2. 无形资产属于非货币性资产

货币性资产是指持有的现金及将以固定或可确定金额的货币收取的资产，包括现金、应收账款和应收票据以及准备持有至到期的债券投资等。按照此定义，无形资产属于非货币性资产。无形资产成为一项非货币性资产的原因在于其往往不存在活跃的交易市场，难以便捷地取得公允价值，即使无形资产可以进行交易，其交易金额也是难以用货币进行可靠计量的（尽管资本市场上通常存在对某一绩优企业的无形资产进行投资估价的做法，但毕竟是估价，不符合货币性资产定义中的"以可确定的金额收取的资产"的限定条件）。

3. 无形资产具有可辨认性

无形资产的可辨认性，体现为如下情况之一：

（1）能够独立于企业的其他资产，并能够单独用于出售或转让，且无须同时处置其他资产。但不排除无形资产与其他资产在某些情况下可能根据合同的规定一揽子出售，但这并不影响无形资产的可辨认性。

（2）无形资产产生于合同性权利或其他法定权利，无论这些权利是否可以从企业或其他权利和义务中转移或者分离，如一方通过与另一方签订特许权合同而获得的特许使用权，通过法律程序申请获得的商标权、专利权等。

4. 无形资产可以给企业带来超额的经济利益

无形资产之所以存在并受到企业重视，主要是由于其具有优越性，某种先进成果或有利情形，如申请专利权的重要前提是必须具有独特性，又如可口可乐等商标权往往是优质产品的代名词。可以说，技术水平、产品质量和综合信誉等方面超出同行业其他企业是无形资产形成超额盈利能力的源泉。但这种相对优势必须具有强烈的独占性和排他性，否则任何企业都可以不受限制地取得和使用，便毫无优势可言，无形资产也就没有存在的必要了。在自由竞争的市场经济条件下，资金总是向利润率高的行业和企业流动，最终将使投资报酬趋于平均。如果某些企业拥有了无形资产，竞争就变成了不完全的自由竞争，这些垄断性企业必然可以获取超额盈利。当我们在决定是否确认一项无形资产时，必须以它是否能够带来超额盈利为判断标准。例如，按照商标法的要求，某些产品必须经过注册以后才能上市销售。其结果是每个企业都可能有商标权。如果企业产品质量水平不为公众认可，必然不能带来超额盈利，该产品的商标权就不能被确认为无形资产，有关的商标制作费、注册费等只能作为期间费用。相反，如果产品质优价廉，深受顾客青睐，企业必能获利，与该产品有关的商标权自然应作为无形资产入账。

5. 无形资产给企业带来的未来经济利益具有很大的不确定性

无形资产作为会计学意义上的资产，其必须首先满足资产的本质标准，即"能够给企业带来未来的经济利益"。但无形资产给企业带来的未来经济利益相对于其他资产而言，又具有一定的特殊性，就是无形资产带来的未来经济利益往往具有极大的不确定性。这种不确定性主要表现在以下几个方面：

（1）无形资产的价值在于它的优越性和独占性，但随着科学技术迅猛发展、市场竞争日益加剧，某项无形资产所具有的优越性可能很快就被其他更先进的无形资产所取代，它原先所能带来的超额盈利，可能在顷刻间便荡然无存。

（2）有些无形资产的寿命很难确定，它们能在多长时间内使企业受益自然也不得而知了。

（3）有些无形资产（如商誉）只对特定企业有价值，一旦离开这一特定范围，就不复存在了。

二、无形资产的内容

（一）专利权

专利权是指国家专利主管机关依法授予发明创造专利申请人，对其发明创造在法定期限内所享有的专有权利，我国专利法规定，依法可以取得专利权的发明创造（即专利权的客体），包括发明、实用新型和外观设计三种。专利权的经济价值并不在于专利权本身，而在于通过使用专利权所获得的收益。因为一旦享有专利权，能使专利权持有者具有排除他人生产或销售专利产品的特殊权利，而由此独占市场，获得较大的经济效益。

（二）商标权

商标是商品或商业服务的标记，是商品生产者或经营者用以标明自己所生产或销售的商品，或商业服务者用以标明自己所提供的服务，以区别于他人的商品或服务的标记。商标是消费者辨别商品或服务的质量、性能和品位的重要标志，著名商品常能给企业带来巨额经济利益，甚至可以成为企业最有价值的资产。商标按其是否注册可分为注册商标和非注册商标。按规定程序申请注册并获得批准的商标，可以获得商标权，受到法律保护；未申请注册的商标，不能获得商标权，也不受法律保护。

商标权是指专门在某类商品或产品上使用特定的名称或图案的权利，包括商标所有权和与此相关的商标专用权、转让权、续展权、许可权和法律诉讼权等。企业可以通过购买或接受投资，从其他单位取得商标权，也可以自行设计并申请注册取得商标权。

（三）非专利技术

非专利技术又称技术秘诀、专有技术或技术诀窍，是指不为外界所知、在生产经营活动的实践中已采用的、不享有法律保护的各种技术知识和经验，包括工业专有技术、商业贸易专有技术、管理专有技术等，其主要特征在于经济性、机密性和动态性。和专利权一样，技术秘诀也是一种先进的知识和技术，具有优越性和实用性，因而能提高企业的竞争力，为企业带来未来经济利益。与专利权不同的是，技术秘诀不受法律保护，其保密性主要来自企业自身的保护，有时在技术贸易合同中也会做出相应的保密规定。由此可见，技术秘诀的安全性不如专利权。但专利在法定有效期届满后即不受法律保护，任何人都可以采用；而技术秘诀只要企业保密得当，就可以长期保持其优势，为企业带来持久的经济利益。因此，如果企业认为有能力对技术秘诀进行保密，往往不愿意申请专利，以期从中长期获得经济利益。非专利技术可以从外部购得，但大多数情况下是企业自创的。基于上述原因，会计上将非专利技术作为无形资产单独核算的，仅指外购或接受投资的非专利技术。

（四）版权

版权是指政府依法赋予某项作品（文学、艺术、自然科学、工程技术作品等）的发表权、署名权、修改权、保护作品完整权、使用权、获得报酬权等。根据版权保护对象的不同，可分为文化艺术版权和工业版权。文化艺术版权保护的范围包括文化作品和艺术作品，这是传统的版权概念。随着科学技术的发展，出现了一些新形式的作品，它们有别于传统的文化艺术作品，多存在于工程技术领域。为了区别于传统的版权概念，人们将赋予这类作品的版权称为工业版权。典型的工业版权有计算机软件版权和集成电路版权。

著作者自己申请获得的版权，所发生的费用一般作为期间费用处理。如果通过购买或接受投资等形式从版权所有者那里取得的版权，所发生的支付必须予以资本化，并在一定期间内摊销。版权的法定期限往往较长，我国的有关法律规定，公民的作品，其发表权、使用权和获得报酬权的保护期为作者终身及其死后 50 年；法人或者非法人单位的作品，其发表权、使用权和获得报酬权的保护期为作品首次发表后 50 年；计算机软件的保护期为 25 年，届满后可续展 25 年。

（五）特许经营权

特许经营权又称专营权，通常有两种形式：一种是由政府机构授予特定企业使用公共财产或一定区域内经营某种特许业务的权利，如准许企业使用公共水域经营轮渡业务、利用公共土地架设输电线路、利用街道行驶营运汽车、销售免税商品、生产经营烟酒等特殊商品等等。另一种更为常见的形式是一家企业（特许人）依照双方签订的协议，授予另一家企业（被特许人）在一定范围内销售其产品或服务，使用其专利权、商标权、技术秘诀、商号等无形资产的权利。特许经营权的内容，往往是适销对路的商品，或驰名的商标或商号、先进的专利技术或技术秘诀等，被特许人可据以获得比较可靠的利益，特许人则可因此扩大产品销售，提高商标或商号的知名度，并可收取特许经营费。特许经营方式在连锁店和快餐行业最为常见。

（六）土地使用权

土地使用权指国家准许某一企业在一定时期内对国有土地享有开发、利用、经营的权利。根据我国《土地管理法》的规定，我国土地实行公有制，任何单位和个人不得侵占、买卖、或者以其他形式非法转让，因此在中国境内的企业不可能拥有土地所有权，只能依法取得土地使用权。在会计上则将土地使用权作为一项无形资产加以核算，并在一定期限内摊销。

土地使用权的取得，可以来自政府的无偿划拨，也可以来自政府的有偿出让或其他单位的有偿转让。土地使用权的有偿出让，是指政府将国家或集体所有土地按指定地块、年限、用途和其他条件，有偿地供土地使用权受让人开发经营。土地使用权受让人则向政府支付土地使用权出让金和使用金。其中，出让金是土地使用权受让人为了获得土地使用权而支付给政府的一次性价款，使用金则是指土地使用权受让人因使用土地而按年向政府交纳的使用费。土地使用权的转让，是指土地使用权出让后，受让人将土地使用权再转移给其他单位或个人的行为，后者则要向前者支付转让金。

三、无形资产的分类

（一）按其取得来源不同分类

无形资产按其取得来源不同分为外部取得的无形资产和内部自创的无形资产。

外部取得的无形资产是指企业购入的无形资产、自行开发的无形资产、投资者投入的无形资产、通过非货币资产交换取得的无形资产、企业合并取得的无形资产、债务重组取得的无形资产及接受捐赠取得的无形资产等，如专利权、商标权、土地使用权等。

内部自创的无形资产是指企业自行研究与开发而取得的无形资产，如企业自行研究与开发的专利权、商标权等。

由于无形资产的来源不同，其初始成本的确定方法不同，所以，这种分类是为了使无形资产的初始计量更加准确合理。

（二）按其使用寿命分类

无形资产按其使用寿命分类，分为使用寿命有限的无形资产和使用寿命不确定的无形资产。

使用寿命有限的无形资产是指有法律或合同规定的有最长有效期限的无形资产，如专利权、特许权、商标权等。这些无形资产在法律规定的有效期限内受法律保护。有效期限届满时，如果企业未继续办理有关手续，将不再受法律保护。

使用寿命不确定的无形资产是指法律或合同等没有规定也不能确定其有效期限的无形资产。这些无形资产使用期限的长短取决于科技发展的快慢和技术保密工作的好坏以及企业自身对其维护的程度等因素。只要其还有使用价值，企业愿意就可以使用下去，直到其丧失经济价值为止，如非专利技术等。使用寿命不确定的无形资产不应进行摊销。

这种分类主要是为了正确地将无形资产的应摊销金额在无形资产的使用寿命内系统而合理地进行摊销。

四、无形资产的确认

由于无形资产是一种没有实物形态的资产，应同时满足下列条件，才能予以确认。

1. 符合无形资产的定义

作为无形资产核算的项目首先应该符合无形资产的定义。符合无形资产定义的重要表现之一，就是企业能够控制该无形资产产生的经济利益。这虽是企业一般资产所具有的特征，但对于无形资产来说，显得尤其重要。一般来说，如果企业有权获得某项无形资产产生的经济利益，同时又能约束其他人获得这些经济利益，则说明企业控制了该无形资产，或者说控制了该无形资产产生的经济利益，具体表现为企业拥有该无形资产的法定所有权，或企业与他人签订了协议，使得企业的相关权利受到法律的保护。

反之，如果没有通过法定方式或合约方式等来认定企业所拥有的控制权，则说明相关的项目不符合无形资产的定义。例如，某企业有一支熟练的员工队伍，且能认定通过进一步的培训将会使员工的技术更有长进。在这种情况下，企业可以预期员工将会继续把他们的技术贡献给企业。但是，企业通常无法对因拥有一支熟练的员工队伍以及对他们进行过培训将产生的预期未来经济利益实施足够的控制，因而不能认为符合无形资产的定义。

2. 与该无形资产有关的经济利益很可能流入企业

作为无形资产确认的项目，必须具备其所产生的经济利益很可能流入企业这一条件。会计实务中，要确定无形资产所创造的经济利益是否很可能流入企业，需要进行职业判断。在进行这种判断时，需要考虑相关的因素，且应当有确凿的证据支持，如企业是否有足够的人力资源、高素质的管理队伍、相关的硬件设备、相关的原材料等来配合无形资产为企业创造经济利益。同时，更为重要的是关注一些外界因素的影响，如是否存在与该无形资产相关的新技术、新产品冲击，或产品是否存在市场等。在实施判断时，企业的管理当局应对在无形资产的预计使用寿命内存在的各种因素做出最稳健的估计。

3. 该无形资产的成本能够可靠地计量

成本能够可靠计量是确认为资产的一项基本条件，对于无形资产而言，这个条件相对更为重要。例如，一些高科技领域的高科技人才，假定其与企业签订了服务合同，且合同规定其在一定期限内不能为其他企业提供服务。虽然他们的知识在规定的期限内预期能够为企业创造经济利益，但由于这些人才的知识难以准确或合理辨认，且为形成这些知识所发生的支出难以计量，从而不能作为企业的无形资产加以确认。

第二节 无形资产的初始计量

无形资产应当按照实际成本进行初始计量。由于无形资产取得的途径不同，其成本的构成内容也不同。

一、外购无形资产的初始计量

外购无形资产的成本包括购买价款、相关税费以及直接归属于使该项资产达到预定用途所发生的其他支出。

购买无形资产的价款超过正常信用条件延期支付，实质上具有融资性质的，无形资产的成本以购买价款的现值为基础确定。实际支付的价款与购买价款的现值之间的差额，满足借款费用资本化条件的，应予资本化，其他部分应当在信用期间内计入当期损益，即按购买价款的现值，借记"无形资产"科目，按应支付的金额，贷记"长期应付款"科目，按其差额，借记"未确认融资费用"科目。

【例 9-1】 东方公司购入一项商标权，价格 100 000 元，相关手续费 12 000 元，款项通过银行存款支付。东方公司的会计分录如下：

借：无形资产——商标权　　　　　　　　　　　112 000
　　贷：银行存款　　　　　　　　　　　　　　　　　112 000

【例 9-2】 东方公司 2009 年 1 月 1 日从外单位购买一项专利权，采用分期付款方式支付款项。合同规定，该项专利权总计 500 000 元，每年末付款 250 000 元，两年付清。假定银行同期贷款利率为 6%。2 年期年金现值系数为 1.833 4。东方公司的会计分录如下：

无形资产现值 = 250 000×1.833 4 = 458 350（元）
未确认融资费用 = 500 000 − 458 350 = 41 650（元）
第一年应确认的融资费用 = 458 350×6% = 27 501（元）
第二年应确认的融资费用 = 41 650 − 27 501 = 14 149（元）

（1）2009 年 1 月 1 日：

借：无形资产——专利权　　　　　　　　　　　458 350
　　未确认融资费用　　　　　　　　　　　　　41 650
　　贷：长期应付款　　　　　　　　　　　　　　　　500 000

（2）2009 年 12 月 31 日付款时：

借：长期应付款　　　　　　　　　　　　　　　250 000
　　贷：银行存款　　　　　　　　　　　　　　　　　250 000
借：财务费用　　　　　　　　　　　　　　　　27 501
　　贷：未确认融资费用　　　　　　　　　　　　　　27 501

（3）2010 年 12 月 31 日付款时：

借：长期应付款　　　　　　　　　　　　　　　250 000
　　贷：银行存款　　　　　　　　　　　　　　　　　250 000
借：财务费用　　　　　　　　　　　　　　　　14 149
　　贷：未确认融资费用　　　　　　　　　　　　　　14 149

二、其他方式取得无形资产的初始计量

(一)接受投资者投入的无形资产

投资者投入的无形资产,其成本应当按照投资合同或协议约定的价值确定,但合同或协议约定价值不公允的除外。在投资合同或协议约定价值不公允的情况下,应按无形资产的公允价值入账,所确认初始成本与实收资本或股本之间的差额调整资本公积。

【例9-3】 东方公司接受某单位以其所拥有的专利权作为出资投入,双方协议约定的价值为 600 万元,按照市场情况估计其公允价值为 500 万元,已办妥相关手续。东方公司的会计分录如下:

借:无形资产   5 000 000

    资本公积   1 000 000

  贷:实收资本   6 000 000

(二)通过非货币性资产交换取得的无形资产

企业通过非货币性资产交换取得的无形资产,包括以投资、存货、固定资产或无形资产换入的无形资产等。通过非货币性资产交换取得的无形资产,其成本应当按照《企业会计准则第 7 号——非货币性资产交换》的规定确定。非货币性资产交换具有商业实质且公允价值能够可靠计量的,在发生补价的情况下,支付补价方应当以换出资产的公允价值加上支付的补价(即换入无形资产的公允价值)和应支付的相关税费,作为换入无形资产的成本;收到补价方应当以换入无形资产的公允价值(或换出资产的公允价值减去补价)和应支付的相关税费,作为换入无形资产的成本。

(三)通过债务重组取得的无形资产

通过债务重组取得的无形资产,是指企业作为债权人取得的债务人用于偿还债务的非现金资产,且企业作为无形资产管理的资产。通过债务重组取得的无形资产,其成本应当按照债务重组会计准则的规定确定。通过债务重组取得的无形资产成本,应当以其公允价值入账。

(四)通过政府补助取得的无形资产

通过政府补助取得的无形资产,其成本应当按照政府补助会计准则的规定确定。通过政府补助取得的无形资产成本,应当按照公允价值计量;公允价值不能可靠取得的,按照名义金额计量。

(五)企业合并中取得的无形资产

企业合并中取得的无形资产,购买方应以该无形资产在购买日的公允价值计量。

(六)取得的土地使用权

企业取得的土地使用权应作为无形资产核算,在一般情况下,当土地使用权用于自行开发建造厂房等地上建筑物时,相关的土地使用权账面价值不转入在建工程成本。有关的土地使用权与地上建筑物分别按照其应摊销或应折旧年限进行摊销、提取折旧。企业改变

土地使用权的用途，将其用于出租或增值目的时，应将其转为投资性房地产。

第三节 内部研究开发费用的确认与计量

研究与开发费用本身并不一定形成企业的无形资产，但由于研究与开发活动的结果可能会导致专利权、技术秘诀或版权等无形资产的产生。在竞争日益加剧的市场经济条件下，国外一些大公司，特别是高科技企业，研究与开发成本往往占销售收入的百分之十几甚至更多。在我国，企业研发费用支出已呈现金额大额化、支出频率日常化、支出增加加速化的趋势。

一、研究阶段与开发阶段的划分

研究与开发活动可分为"研究"与"开发"两个互相联系的阶段。企业内部研究开发项目的支出，应当区分研究阶段支出与开发阶段支出。

1. 研究阶段

研究阶段，是指为获取并理解新的科学或技术知识而进行的独创性的有计划调查。

研究阶段的基本特点包括：①计划性，即研究阶段是建立在有计划的调查基础之上的，得到相关决策机构如董事会的批准，已经着手收集相关的文献资料和市场调研。②探索性，即研究阶段往往具有较大的风险，甚至具有一定的尝试性和成功的偶然性。因此，研究成功与否具有很大的不确定性。

2. 开发阶段

开发阶段，是指在进行商业性生产或使用前，将研究成果或其他知识应用于某项计划或设计，以生产出新的或具有实质性改进的材料、装置、产品等。开发阶段应当是完成了研究阶段的工作，在很大程度上已经具备了形成一项新产品或新技术的基本条件，如生产前或使用前的原型和模型的设计、建造和测试，不具有商业性生产经济规模的生产设施的设计、建造和运营等均属于开发活动。

开发阶段的特点包括：①针对性。开发阶段是建立在研究阶段的基础上，因此对项目的开发据有针对性。②可能性。形成成果的可能性较大。

由于开发阶段相对于研究阶段更进一步，且很大程度上形成一项新产品或新技术的基本条件已经具备，若此时企业能够证明满足无形资产的定义及相关确认条件，则所发生的开发支出就可予以资本化，计入无形资产成本。

二、开发阶段有关支出资本化的条件

企业内部研究开发项目开发阶段的支出，同时满足下列条件的，才能确认为无形资产。

第一，完成该无形资产以使其能够使用或出售在技术上具有可行性。判断无形资产的开发在技术上是否具有可行性，应当以目前阶段的成果为基础，并提供充分可靠的证据和材料，证明企业进行开发所需的技术条件等已经成熟，不存在技术上的障碍或其他不确定性。如果企业已经完成了全部的研究计划、设计和测试活动，这些活动应使资产能够达到设计规划书中的功能，并经过相关领域专家的鉴定。

第二，具有完成该无形资产并使用或出售的意图。研究项目形成成果之后，企业的管理当局具有将其进行出售获取经济利益的意图，或者由企业自己使用，与其他有形资产一并为企业贡献未来的经济利益。为了证明此项条件已经具备，企业的管理当局应该有明确的证据证明企业有完成该项无形资产并将其能够予以出售或由本企业自己使用的可能性。

第三，无形资产产生经济利益的方式，包括能够证明运用该无形资产生产的产品存在市场或无形资产自身存在市场，无形资产将在内部使用的，应当证明其有用性。很可能为企业带来未来经济利益是确认一项无形资产的最基本的条件。如果有关的无形资产在形成后，主要用于生产新产品，企业应当对运用该无形资产生产产品的市场情况进行可靠预计，以证明所生产的产品存在市场，并能够带来经济利益的流入；如果有关无形资产开发以后主要用于对外出售，则企业应当能够证明市场上存在对无形资产的需求，能够出售并为企业带来经济利益的流入；如果无形资产开发以后是在企业内部使用，企业应当能够证明其对企业的有用性。

第四，有足够的技术、财务资源和其他资源支持，以完成该无形资产的开发，并有能力使用或出售该无形资产。这一条件是否满足，可以从以下几个方面进行判断：①有充分的证据证明，企业完成该无形资产具有技术性的可行性和可靠性；②企业可以为开发无形资产提供财务资源和其他方面的强有力的支持；③企业必须能够证明，可以通过自有资金、举借债务和权益融资等各种途径，为开发过程中的无形资产提供强有力的支持；④企业有能力通过出售或使用该无形资产而取得收益。

第五，归属于该无形资产开发阶段的支出能够可靠地计量。企业对于开发过程中的支出应当单独核算，如直接发生的研发人员的工资、材料费等。如果企业同时从事多项无形资产的开发，应该能够将开发过程中的支出在不同的无形资产之间按照一定的标准进行分配；无法明确分配的，应予费用化计入当期损益，不计入开发活动的成本。

三、内部开发的无形资产的计量

内部开发活动形成的无形资产，其成本由可直接归属于该资产的创造、生产并使该资产能够以管理层预定的方式运作的所有必要支出组成。可直接归属于该资产的成本包括：开发该无形资产时耗费的材料、劳务成本、注册费、在开发该无形资产过程中使用的其他专利权和特许权的摊销，以及按照借款费用的处理原则可资本化的利息支出。在开发无形资产过程中发生的除上述可直接归属于无形资产开发活动的其他销售费用、管理费用等间接费用、无形资产达到预定用途前发生的可辨认的无效和初始运作损失、为运行该无形资产发生的培训支出等，不构成无形资产的开发成本。

需要注意的是，内部开发无形资产的成本仅包括在满足资本化条件时点到无形资产达到预定用途前发生的支出总和，对于同一项无形资产在开发过程中达到资本化条件之前已经费用化计入损益的支出不再进行调整。

四、内部研究开发费用的会计处理

无形资产会计准则规定，研究阶段的支出应该全部费用化，计入当期的管理费用。对于开发阶段的支出，符合条件的进行资本化，不符合条件的计入当期的管理费用。如果企业无法明确区分研究阶段与开发阶段的支出，应该将发生的所有的研究开发支出进行费用化，计入当期损益。

核算自行开发的无形资产，需设置"研发支出"科目，用于核算企业进行研究与开发无形资产过程中发生的各种支出。该科目可按研究开发项目，分别"费用化支出"和"资本化支出"进行明细核算。企业自行开发无形资产发生的研发支出，不满足资本化条件的，借记"研发支出——费用化支出"科目；满足资本化条件的，借记"研发支出——资本化支出"科目，贷记"原材料"、"银行存款"、"应付职工薪酬"等相关科目。研究开发项目达到预定用途形成无形资产的，应按"研发支出——资本化支出"科目的金额，借记"无形资产"科目，贷记"研发支出——资本化支出"科目。期末，应将本科目归集的费用化支出金额，转入"管理费用"科目，借记"管理费用"科目，贷记"研发支出——费用化支出"科目；该科目期末借方余额，反映企业正在进行无形资产研究开发项目满足资本化条件的支出。

【例 9-4】 东方公司自行研制开发某项专利技术，研究开发过程中，共发生费用 310 000 元，其中，研究人员工资 140 000 元，其他费用 100 000 元，消耗材料 70 000 元。符合资本化条件的支出为 280 000 元。期末，该项专利技术达到预定用途。东方公司的会计分录如下：

（1）发生相关支出时：

借：研发支出——资本化支出　　　　　　　　　　280 000
　　　　　　——费用化支出　　　　　　　　　　　30 000
　　贷：银行存款　　　　　　　　　　　　　　　　100 000
　　　　应付职工薪酬　　　　　　　　　　　　　　140 000
　　　　原材料　　　　　　　　　　　　　　　　　70 000

（2）期末时：

借：无形资产　　　　　　　　　　　　　　　　　280 000
　　管理费用　　　　　　　　　　　　　　　　　　30 000
　　贷：研发支出——资本化支出　　　　　　　　　280 000
　　　　　　——费用化支出　　　　　　　　　　　30 000

第四节　无形资产的后续计量

一、无形资产后续计量的原则

（一）区分使用寿命有限的无形资产和使用寿命不确定的无形资产

无形资产的后续计量，是指按照无形资产的成本减去累计摊销额和相应的减值准备之后的余额进行计量。这意味着：

第一，对于使用寿命有限的无形资产，可以认为或假设其价值会随着使用和时间的流逝而逐渐降低，所以对使用寿命有限的无形资产按照年限进行系统的摊销是合乎逻辑的。

第二，对于使用寿命不确定的无形资产，由于缺乏明确、有效的证据证明其价值会随着使用或时间的流逝而逐渐降低，并且因为没有明确的摊销年限，因此不应该逐期摊销，而应该在每个资产负债表日，通过判断是否存在减值的迹象、比较其可回收额与账面价值来决定是否计提减值准备。

（二）考虑无形资产使用寿命的因素

企业应该在取得无形资产之日，对其使用寿命进行慎重的分析和判断。估计无形资产的使用寿命，通常应该考虑如下因素。

第一，法律、规章或合同的规定，这称为法定寿命，如法律规定专利权的有效期为 20 年、商标权的有效期为 10 年等。值得注意的是，法定寿命并不一定与经济实质相符。由于技术进步日新月异，加之市场竞争，使得无形资产的使用寿命往往比法定寿命要短。确定无形资产的使用寿命的原则为"合同年限与法律规定年限孰低"。可按照如下原则确定：①若合同规定有明确的年限，而法律没有规定有效年限的，则按照合同规定的年限为基础确定使用寿命；②若合同没有规定明确的年限，而法律有规定有效年限的，则按照法律规定的有效年限确定使用寿命；③若合同规定有明确的年限，而法律也有规定有效年限的，则按照"合同规定的年限和法律规定的有效年限孰低"原则确定使用寿命。

第二，应考虑产品生命周期、技术工艺的现实情况及未来可能的发展、潜在的竞争对手的情况、对资产的控制权的存续期限等。

（三）无形资产经济寿命的确定

若无形资产存在着明确的法定寿命或合同、章程对无形资产的使用寿命存在着明确的规定，那么最终确定的无形资产的使用寿命就不应超过法定寿命或合同、章程规定的法定寿命。若合同规定无形资产到期时企业可以无需付出重大的成本就可以延长使用寿命时，企业再估计无形资产的使用寿命时，就应该将延期的期间考虑在内。但若合同规定无形资产到期时企业必须付出成本且所付成本与未来获取的经济利益相比具有重要性的，就相当于企业重新获得了一项新的无形资产。

（四）无形资产使用寿命的复核

企业在使用无形资产的过程中，至少应该在每年的年末，对无形资产的使用寿命进行复核，若有新的证据表明原来估计的无形资产的使用寿命已经与目前的实际情况不符，或者说合同的续约等因素延长或缩短了无形资产的使用寿命，企业应该按照会计政策、会计估计变更和差错更正会计准则进行会计处理。

对于原来确定为使用寿命不确定的无形资产，若实际情况发生了变化，且有充分的证据表明无形资产的使用寿命是有限的，那么企业应该将其视为会计估计变更，并按照关于使用寿命有限的无形资产进行会计处理。

二、使用寿命有限的无形资产的摊销

使用寿命有限的无形资产，应在其预计的使用寿命内采用系统合理的方法对应摊销金额进行摊销。应摊销金额是指无形资产的成本扣除残值后的金额。

1. 摊销期和摊销方法

无形资产的摊销期自其可供使用时（即其达到能够按管理层预定的方式运作所必需的

状态）开始至终止确认时止，即企业当月增加的无形资产，当月开始摊销；当月减少的无形资产，当月停止摊销。无形资产的摊销有多种方法，包括直线法、生产总量法等。在具体选择时，应反映与该项无形资产有关的经济利益的预期实现方式，并一致地运用于不同会计期间。例如，非专利技术等无形资产，可采用固定资产加速折旧的方法进行摊销；有特定产量限制的特许经营权或专利权，可采用产量法进行摊销。

无形资产的摊销一般应计入当期损益，但如果某项无形资产是专门用于生产某种产品的，其所包含的经济利益是通过转入到所生产的产品中体现的，无形资产的摊销费用应构成产品成本的一部分。

2. 残值的确定

在一般情况下无形资产的残值为零。除非有第三方承诺在无形资产使用寿命结束时愿意以一定的价格购买该项无形资产，或是可以根据活跃市场得到预计残值信息，并且该市场在无形资产使用寿命结束时还可能存在的情况下，无形资产可以存在残值。

无形资产的残值意味着在其经济寿命结束之前企业预计将会处置该无形资产，并且从该处置中取得利益。估计无形资产的残值应以资产处置时的可收回金额为基础，此时的可收回金额是指在预计出售日，出售一项使用寿命已满且处于类似使用状况下，同类无形资产预计的处置价格（扣除相关税费）。残值确定以后，在持有无形资产的期间，至少应于每年年末进行复核，预计其残值与原估计金额不同的，应按照会计估计变更进行处理。如果无形资产的残值重新估计以后高于其账面价值的，无形资产不再摊销，直至残值降至低于账面价值时再恢复摊销。

"累计摊销"科目是用来核算企业对使用寿命有限的无形资产计提的累计摊销额，借方登记无形资产预期不能为企业带来经济利益或处置无形资产时结转的累计摊销额，贷方登记企业按期计提的累计摊销额，贷方余额反映企业无形资产的累计摊销额。本科目可以按无形资产项目进行明细核算。

无形资产的摊销金额一般应当计入当期损益，某项无形资产包含的经济利益通过所生产的产品或其他资产实现的，其摊销金额应当计入相关资产的成本，借记"管理费用"或"其他业务成本"科目，贷记"累计摊销"科目。

【例 9-5】　东方公司 2010 年 5 月购入一项商标权，支付价款 700 万元，款项已支付，该商标权的使用寿命为 10 年，不考虑残值的因素。东方公司的会计分录如下：

（1）购入时：

借：无形资产——商标权　　　　　　　　　　　　7 000 000

　　贷：银行存款　　　　　　　　　　　　　　　　　　7 000 000

（2）在该无形资产使用寿命期内每年期末摊销时：

借：管理费用　　　　　　　　　　（7 000 000÷10）700 000

　　贷：累计摊销　　　　　　　　　　　　　　　　　　700 000

三、使用寿命不确定的无形资产的减值

（一）判断无形资产是否减值

在期末或结账日，企业应该对本企业资产负债表上确认的、使用寿命不确定的无形资

产进行检查，确认是否无形资产已经发生了减值，即无形资产的可回收额是否已经低于其账面价值。判断的依据主要包括：

（1）该无形资产已经被其他的新技术所取代，使其为企业创造经济利益的能力受到重大的不利影响。

（2）该无形资产的市价在当期发生严重下跌，在预计的剩余存续年限内不会恢复。

（3）某项无形资产已经超过了法律的保护期限，但仍具有部分使用价值。

（4）其他足以表明该无形资产已经实质上发生减值的情况或证据。

（二）无形资产减值准备的处理

计提无形资产减值准备的原则如下：

（1）若结账日无形资产的可回收额大于无形资产的账面价值，说明无形资产未发生减值，无需进行减值准备的计提，且此前计提的无形资产减值也不应转回，除非企业将无形资产进行出售。

（2）若结账日无形资产的可回收额小于无形资产的账面价值，说明无形资产已然发生了减值，无形资产账面价值与无形资产可回收额之间的差额就为本期期末无形资产减值准备的余额，但并非是本期应该计提的无形资产减值准备。本期计提的无形资产减值的计算公式为

$$\begin{array}{c}\text{本期计提的无形} \\ \text{资产减值准备}\end{array} = \left(\begin{array}{cc}\text{无形资产的} & \text{无形资产的} \\ \text{账面价值} & \text{可回收额}\end{array}\right) - \begin{array}{c}\text{无形资产减值} \\ \text{准备的期初余额}\end{array}$$

"无形资产减值准备"科目用来核算企业无形资产的减值准备，借方登记无形资产预期不能为企业带来经济利益或处置无形资产时结转的已计提无形资产减值准备；贷方登记资产负债表日无形资产发生的减值金额；贷方余额反映企业已计提但尚未转销的无形资产减值准备。

【例 9-6】 2009 年 1 月 1 日，东方公司购入无形资产一项，实际支付价款为 100 万元。根据相关法律的规定，购入的无形资产的有效年限为 10 年，东方公司对无形资产的预计使用年限为 5 年。2010 年 12 月 31 日，由于与该无形资产相关的经济环境因素发生了急剧的变化，导致该无形资产的可回收额降低到 32 万元。假定不考虑相关税费，且企业之前的无形资产减值准备的余额为零。东方公司的会计分录如下：

（1）2009 年 1 月 1 日购入无形资产时：

借：无形资产		1 000 000
贷：银行存款		1 000 000

（2）2009 年年底无形资产摊销时：

借：管理费用——无形资产摊销	（1 000 000÷5）	200 000
贷：累计摊销		200 000

（3）2010 年年底进行无形资产摊销时：

借：管理费用——无形资产摊销	200 000
贷：累计摊销	200 000

（4）2010 年 12 月 31 日计提无形资产减值准备时：

应计提的无形资产减值准备＝（1 000 000－200 000－200 000）－320 000 ＝ 280 000（元）

借：资产减值损失——无形资产减值损失	280 000
贷：无形资产减值准备	280 000

第五节 无形资产的处置

无形资产的处置，包括企业将无形资产出租、出售、对外投资或捐赠、进行非货币性交易或用于债务重组事项中的抵债，或者无形资产无法为企业带来未来经济利益时予以终止确认并注销等情形。

一、无形资产的出租

无形资产的出租是指企业将所拥有的无形资产的使用权让渡给他人，并收取租金。这类交易属于企业让渡资产使用权，因而相关所得属于企业的出租收入。

无形资产的出租收入应在符合以下条件时予以确认：① 与出租交易相关的经济利益能够流入企业；② 租金收入的金额能够可靠地计量。在符合上述条件的情况下，租金收入应按合同或协议规定计算确定。

企业在无形资产出租中并不丧失原有的占有、使用、收益和处分该无形资产的权利，只是将部分使用权让渡给其他企业。因此，出租期内不需注销无形资产的账面价值，只需将出租过程中发生的相关收入记入"其他业务收入"科目；所发生的相关成本及费用（如出租期间摊销的无形资产价值、发生的技术服务或咨询费等），则记入"其他业务成本"科目，企业按规定摊销的无形资产价值，记入"其他业务成本"科目，从而与出租收入配比。至于根据出租收入应交纳的营业税，则记入"营业税金及附加"科目。

二、无形资产的出售

企业所拥有的无形资产可以依法出售，出售无形资产实质上是将对无形资产的占有、使用、收益及处置的权利转让给受让方。企业持有无形资产的目的是自用，出售无形资产并非企业的日常活动，从而所发生的出售损益不属于会计要素的收入与费用，应确认为利得，作为营业外收支处理。出售无形资产净损益的计算公式为

出售无形资产净损益 = 出售收入 − 无形资产账面价值 − 所发生的相关税费

既然无形资产的出售是转让其所有权，会计上应按出售价款借记"银行存款"科目；同时注销无形资产的账面价值，按已计提的减值准备借记"无形资产减值准备"科目，对已计提的摊销借记"累计摊销"科目，按无形资产的实际成本贷记"无形资产"科目；按出售收入计算的应交营业税，贷记"应交税费"科目；对出售净收益，则贷记"营业外收入"科目，若为出售净亏损，则借记"营业外支出"科目。

【例 9-7】 东方公司将拥有的一项非专利技术出售，取得收入 300 万元，应交的营业税为 15 万元。该非专利技术的账面余额为 400 万元，累计摊销额为 150 万元，已计提的减值准备为 25 万元。东方公司的会计分录如下：

借：银行存款	3 000 000
累计摊销	1 500 000
无形资产减值准备	250 000

贷：无形资产	4 000 000
应交税费——应交营业税	150 000
营业外收入——处置非流动资产利得	600 000

三、无形资产的报废

企业根据下列迹象判断无形资产是否预期不能为企业带来经济利益：① 该无形资产是否已被其他新技术等替代，且已不能为企业带来经济利益；② 该无形资产是否不再受法律保护，且不能给企业带来经济利益。如果判定某项无形资产已经不能给企业带来未来经济利益，应将该无形资产的账面价值全部转入当期损益。

【例 9-8】　东方公司拥有一项专利，用其生产的产品已没有市场，决定予以注销。该项专利权实际成本 200 万元，注销时已累计摊销 170 万元，累计计提减值 15 万元。不考虑其他相关情况。注销上项专利权时，东方公司的会计分录如下：

借：累计摊销	1 700 000
无形资产减值准备	150 000
营业外支出	150 000
贷：无形资产——专利权	2 000 000

第六节　其他资产

一、长期待摊费用

长期待摊费用是指企业已经发生但应由本期和以后各期分担的分摊期限在一年（不含一年）以上的各项费用，包括股份有限公司发行股票的手续费或佣金、租入固定资产的改建支出以及摊销期限在一年以上的其他待摊费用。

"长期待摊费用"科目，用来核算长期待摊费用的发生、摊销和摊余等情况。其借方登记企业发生的各项长期待摊费用，贷方登记各期摊销转出的各项长期待摊费用，期末借方余额反映企业尚未摊销的各项长期待摊费用的摊余价值。本科目应按费用的种类设置明细科目，进行明细核算。企业发生的长期待摊费用，应借记"长期待摊费用"科目，贷记"银行存款"、"原材料"等相关科目。摊销长期待摊费用时，借记"管理费用"、"销售费用"等科目，贷记"长期待摊费用"科目。

（一）租入固定资产的改建支出

租入固定资产的改建支出是指能增加租入固定资产效用或延长使用寿命的改装、翻建等支出，由于租入固定资产的所有权不属于承租方，承租方企业只获得在租赁有效期内对改良项目的使用权，因此，对这类支出作为长期待摊费用处理。发生时，通过"长期待摊费用"账户归集；各期分摊的金额，则按照资产的使用部门，计入相关产品成本或费用。

（二）股票发行费用

股票发行费用是指与股票发行直接相关的费用，如股票承销费、注册会计师费（审计、验资和进行盈利预测等项费用）、评估费、律师费、公关及广告费、股票印制费等。按照规定，股份有限公司委托其他单位发行股票支付的手续费或佣金等相关费用减去股票发行冻结期间的利息收入后的余额，从发行股票的溢价中抵扣；不够抵扣或无溢价的，作为长期待摊费用，在不超过两年的期限内平均摊销，计入当期损益；若金额较小，则直接计入当期损益。

（三）开办费

开办费是指企业在筹建期间发生的、不构成固定资产或无形资产成本的各项费用，包括人员工资、办公费、培训费、差旅费、印刷费、注册登记费以及不计入固定资产价值的借款费用等。在我国，基于谨慎性原则，开办费发生时，先在"长期待摊费用"账户中归集；待企业正式开始生产经营时将其一次计入开始生产经营当月的损益。我国对开办费采取不予摊销的做法。

二、其他长期资产

其他长期资产是指一些特殊的各项长期资产，包括特种储备物资、银行冻结存款、诉讼中的财产等。其中，特种储备物资是指经国家批准储备的、具有专门用途、不参加生产经营周转的物资，如中国储备粮管理总公司所属企业代国家储备的粮食、中国储备棉管理总公司所属企业代国家储备的棉花。银行冻结存款是指被政法部门依法冻结、不能支取的银行存款。冻结物资是指由于各种原因，被冻结已不能正常处置的资产。诉讼中的财产是指由于发生产权纠纷，进入司法程序后被法院认定为涉及诉讼、尚未判定所有权归属的财产。

上述特殊的其他长期资产，平时的核算与相同正常资产的核算相同，但在财务报表中应以"其他非流动资产"项目单独反映，并在报表附注中说明。

思考与练习

一、思考题

1. 什么是无形资产？无形资产的特征有哪些？
2. 应如何对无形资产进行分类？
3. 无形资产的确认条件有哪些？
4. 无形资产摊销与固定资产折旧有何区别？
5. 企业内部研究开发项目开发阶段的支出确认为无形资产需要满足的条件有哪些？

二、练习题

1. 某股份有限公司 2006~2009 年无形资产业务有关资料如下：

（1）2006 年 12 月 1 日，以银行存款 3 000 000 元购入一项无形资产（不考虑相关税费）。该无形资产的预计使用年限为 10 年，该无形资产采用直线法摊销。

（2）2008 年 12 月 31 日对该无形资产进行减值测试时，该无形资产的可收回金额为 1 900 000 元。减值测试后，该无形资产的预计使用年限不变。

（3）2009 年 4 月 1 日，将该无形资产对外出售，取得价款 2 600 000 元并收存银行（不考虑相关税费）。

要求：

（1）编制该无形资产购入时的会计分录；

（2）计算 2006 年 12 月无形资产的摊销金额并编制会计分录；

（3）计算该无形资产 2008 年年底计提的减值准备金额并编制会计分录；

（4）编制该无形资产出售时的会计分录。

2. 某股份有限公司 2007 年 1 月 1 日从新新公司购买一项无形资产，协商采用分期付款方式支付款项，合同规定，该项无形资产的总价款为 3 000 000 元，每年年末付款 1 000 000 元，三年付清。假定银行同期贷款利率为 5%，3 年期年金现值系数为 2.723 2。未确认融资费用采用实际利率法进行摊销。

要求：编制某股份有限公司购入无形资产和每年年末付款并摊销未确认融资费用的会计分录。

第十章

流动负债

本章主要介绍了流动负债的概念、特征、分类与计价，具体介绍了应付账款、应付票据、应付职工薪酬、应交税费以及或有事项的会计核算。

【重要概念】 流动负债 或有事项

第一节 流动负债概述

一、流动负债的概念及特征

企业全部资产中体现出的权益，按要求权不同可以分为所有者权益和债权人权益两部分，其中债权人权益又称为负债。

我国《企业会计准则——基本准则》将负债定义为"负债是指企业过去的交易或事项形成的预期会导致利益流出企业的现时义务"。从定义可以得出，负债至少具有以下基本特征。

（1）负债是由于过去的交易或事项而产生的，导致形成负债的交易或者事项已经发生，即负债只与已经发生的交易或事项相关，如企业采购材料后的未付款，企业销售商品后应缴而未缴的税金，利润分配形成的应付未付利润，服务行业根据合同预收服务费后在规定的未来期限内提供服务的责任等；与尚未发生或是将来可能发生的交易或事项无关，如购货预约，它只是买卖双方就将来要进行的商品交易达成的协议，交易业务目前尚未实际发生，并不构成当前债务义务。

（2）负债是企业承担的现时义务。它意味着负债是企业必须履行的经济责任，因为过去的交易或事项一般是以合同、协议或有关法律作为约束条件，一旦形成负债的交易或事项已经发生，企业就不得不承担由此而带来的经济责任，即负债已经成为了事实，并且它将伴随企业直到履行该项经济业务为止。

（3）负债的清偿会导致企业未来经济利益的流出。企业负债的清偿可以有多种方式，大多数负债是通过支付现金的方式清偿的，如应付账款、应付票据及应付债券等。少数负债可以通过提供产品或劳务来进行偿还，如预收货款销售、销售产品时做出的售后服务承诺等。有些负债到期后，还可以用借新债来偿还旧债，如用短期应付票据替代应付账款，向银行借入新债偿还旧债等。不管用哪种方式进行偿还，最终会导致经济利益流出企业。

负债按其偿还时间长短可以分为流动负债和非流动负债两种。

流动负债是指在一年内或超过一年的一个营业周期内偿还的债务。作为流动负债，除了符合负债的基本特征外，还需同时具备两个条件：一是偿还期在一年内或超过一年的一个营业周期内，二是到期必须用流动资产或新的流动负债偿付。这就将一年内到期、但不用流动资产或新的流动负债偿付的长期债务排除在外。例如，用偿债基金、用发行股票或发行长期债券筹集资金清偿长期负债中一年内到期的部分，就不构成流动负债。

二、流动负债的分类

企业举借短期债务的目的在于缓解临时性、经营过程中形成的资金短缺问题，企业一般用流动资产进行债务偿还。因此，将企业的流动资产与流动负债进行比较，是判断企业短期偿债能力的重要指标。流动负债主要包括短期借款、应付票据、应付账款、预收账款、应付职工薪酬、应交税费、应付利息、其他应付款等。

由于流动负债是在企业生产经营过程中产生的负债，因此，根据其形成的原因不同，可以将其分为很多种类，如筹资过程中形成的负债、结算过程中形成的负债、权责发生制下调整费用形成的负债及利润分配过程中形成的负债等。

1. 按应付金额是否确定分类

流动负债按其应付金额是否确定，可分为金额确定的流动负债、应付金额视经营情况而定的流动负债和应付金额需要预先估计的流动负债三类。

（1）应付金额确定的流动负债。这类流动负债根据合同、契约或法律的规定具有确切的金额、债权人且有确切的偿还到期日，如短期借款、应付票据、应付账款、应付职工薪酬、预收账款、其他应付款等。

（2）应付金额视经营情况而定的流动负债。这类流动负债只有到会计期末计算出一定期间的经营成果后才能确定负债金额，如应交所得税以及应分配给投资者的利润。

（3）应付金额需预先估计的流动负债。这类流动负债虽确已存在，但其金额需要根据以往的经验或依据有关资料加以合理预计，如产品质量担保债务、未决诉讼等。

2. 按产生的原因分类

流动负债按其产生的原因，可分为经营活动形成的流动负债、融资活动形成的流动负债和收益分配形成的流动负债三类。

（1）经营活动形成的流动负债。这类流动负债是企业在正常生产经营过程中形成的流动负债，具体包括两个方面：一是外部业务结算过程中形成的流动负债，如应付账款、应付票据、应交税费、预收账款等；二是企业内部结算形成的流动负债，如应付职工薪酬等。

（2）融资活动形成的流动负债。这类流动负债是企业为筹集生产经营周转用的资金而向银行及非银行金融机构筹措资金而形成的流动负债。这类流动负债需有确切的预定到期日，供企业有偿使用，如短期借款、一年内到期的长期负债等。

（3）收益分配形成的流动负债。这类流动负债是企业根据所实现的利润进行分配所形成的流动负债，如应付股利等。

3. 按偿还的方式分类

流动负债按照偿还方式分类，可以分为货币性流动负债和非货币性流动负债。

（1）货币性流动负债，是指需要以货币性资产偿还的流动负债，如短期借款、应付账款、应付票据、应付职工薪酬、应付股利、应交税费及其他应付款等。

（2）非货币性流动负债，是指不需要以货币性资产偿还的流动负债，如预收账款等。

三、流动负债的计价

为了客观公正地反映企业所承担的债务，为会计报表使用者预测企业未来现金流量和财务风险等提供有关的会计信息，必须对负债进行正确合理的计价。从理论上说，负债应按偿还的现金流出量的现值计价，即考虑货币的时间价值，而不管负债偿还期限的长短，一律在负债发生时按未来偿付金额的贴现值入账。但是，由于流动负债偿还期限短，其现值与流出量的差异很小，因此，流动负债一般不要求以现值来计价，而直接以其到期值计价。

第二节　短期借款

短期借款是企业向银行或其他金融机构等借入的、期限在一年以下（含一年）的各种款项。短期借款一般是企业为维持正常的生产经营所需的资金或者抵偿某项债务而借入的。

为了核算和监督企业向银行或其他金融机构借入的期限在一年以内（含一年）的各种借款，企业应设置"短期借款"科目。该科目属于负债类科目，其贷方登记企业取得的各种短期借款；借方登记企业归还的各种短期借款，期末贷方余额表示企业尚未偿还的各种短期借款的本金。企业的短期借款应当按照不同的债权人分别设置明细账，并且按照借款种类进行明细核算。

企业借入的各种短期借款，应按实际借入金额，借记"银行存款"科目，贷记"短期借款"科目。归还借款时，借记"短期借款"科目，贷记"银行存款"科目。

短期借款的核算除了借款本金的取得和偿还外，还包括借款利息的结算。短期借款的利息，作为一项筹资费用，应计入财务费用。在会计核算上要分别以下情况处理。

（1）如果短期借款的利息是按季度或半年度支付的，或者利息是在借款到期时连同本金一并归还，并且数额较大的，为了正确计算各期的损益，可以采用预提的办法，按月预提计入财务费用。预提时，按预计应记入财务费用的借款利息，借记"财务费用"科目，贷记"应付利息"科目；实际支付利息的月份，按照已经预提的利息金额，借记"应付利息"科目，按实际支付的利息金额与预提数的差额，借记"财务费用"科目，按实际支付的利息金额，贷记"银行存款"科目。

（2）如果短期借款的利息是按月支付的，或者利息是在借款到期时连同本金一并归还，但是数额不大的，可以在实际支付或收到银行的利息通知时，直接计入当期损益，借记"财务费用"科目，贷记"银行存款"科目。

【例 10-1】　东方公司因生产经营的临时需要，于 2010 年 7 月 1 日向其开户银行借入款项 3 000 000 元，年利率 5%，期限 3 个月，利息到期一次支付，企业按月计提利息费用。东

方公司的会计分录如下:

(1) 7月1日借入款项时:

借:银行存款 3 000 000

　贷:短期借款 3 000 000

(2) 7月、8月、9月末分别计提当月利息费用时:

借:财务费用 12 500

　贷:应付利息 12 500

(3) 9月1日还本付息时:

借:短期借款 3 000 000

　　应付利息 37 500

　贷:银行存款 3 037 500

第三节　以公允价值计量且其变动计入当期损益的金融负债

金融负债是金融工具的组成部分。企业应当结合自身业务特点和风险管理要求,将承担的金融负债在初始确认时分为两种:①以公允价值计量且其变动计入当期损益的金融负债;②其他金融负债。其他金融负债是指没有划分为以公允价值计量且其变动计入当期损益的金融负债。

一、以公允价值计量且其变动计入当期损益的金融负债的分类

以公允价值计量且其变动计入当期损益的金融负债,包括交易性金融负债和直接指定为以公允价值计量且其变动计入当期损益的金融负债。

1. 交易性金融负债

满足以下条件之一的金融负债,应当划分为交易性金融负债:

(1) 取得该金融资产或承担该金融负债的目的,主要是为了近期内出售或回购,如预收账款。

(2) 属于进行集中管理的可辨认金融工具组合的一部分,且有客观证据表明企业近期采用短期获利方式对该组合进行管理。在这种情况下,即使组合中有某个组成项目持有的期限稍长也不受影响。

(3) 属于衍生工具。但是被指定为有效套期工具的衍生工具、属于财务担保合同的衍生工具、与在活跃市场中没有报价且其公允价值不能可靠计量的权益工具投资挂钩并须通过交付该权益工具结算的衍生工具除外。其中,财务担保合同是指保证人和债权人约定,当债务人不履行债务时,保证人按照约定履行债务或者承担责任的合同。

2. 直接指定为以公允价值计量且其变动计入当期损益的金融负债

企业不能随意将某项金融负债直接指定为以公允价值计量且其变动计入当期损益的金融负债。对于以上混合工具以外的金融负债,只有能够产生更相关的会计信息时才能将该项金融负债直接指定为以公允价值计量且其变动计入当期损益的金融负债。

符合以下条件之一时,说明直接指定能够产生更相关的会计信息:

（1）该指定可以消除或明显减少由于该金融负债的计量基础不同而导致的相关利得或损失在确认和计量方面不一致的情况。设立这项条件，目的在于通过直接指定为以公允价值计量，并将其变动计入当期损益，以消除会计上可能存在的不配比现象。

（2）企业的风险管理或投资策略的正式书面文件已载明，该金融负债组合或该金融资产和金融负债组合，以公允价值为基础进行管理、评价并向关键管理人员报告。

二、以公允价值计量且其变动计入当期损益的金融负债的确认

金融负债确认是指将符合金融负债定义和金融负债确认条件的项目列入资产负债表的过程。

企业成为金融工具合同的一方并承担相应义务时确认金融负债。根据此确认条件，对于由衍生工具合同形成的义务，企业应当将其确认为金融负债。但是如果衍生工具涉及金融资产转移且导致金融资产转移不符合终止确认条件的则不再确认该项义务为金融负债，以避免企业重复确认负债。企业应当在金融负债的现时义务全部或部分已经解除的，终止确认该金融负债或其一部分。

三、以公允价值计量且其变动计入当期损益的金融负债的计量

（一）金融负债的初始计量

对于以公允价值计量且其变动计入当期损益的金融负债，相关交易费用应当直接计入当期损益。其中，金融负债的公允价值，应当以市场交易价格为基础确定。交易费用是指可直接归属于购买、发行或处置金融工具新增的外部费用。新增的外部费用是指企业不购买、发行或处置金融工具就不会发生的费用，包括支付给代理机构、咨询公司、券商等的手续费和佣金及其他必要支出，不包括债券溢价、折价、融资费用、内部管理成本及其他与交易不直接相关的费用。交易费用构成实际利息的组成部分。

（二）金融负债的后续计量

对于按照公允价值进行后续计量的金融负债，其公允价值变动形成利得或损失，除与套期保值有关外，应当计入当期损益。企业应设置"交易性金融负债"科目核算。以摊余成本或成本计量的金融负债，在摊销、终止确认时产生的利得或损失，应当计入当期损益，符合资本化条件的，应当按照借款费用会计处理原则处理。

第四节　应付票据与应付账款

一、应付票据

应付票据是指由出票人签发的，委托付款人在指定日期无条件支付确定的金额给收款人或持票人的票据。

在我国会计实务中一般采用按票据的面值记账的方法，应付票据按是否带息，分为带息应付票据和不带息应付票据两种。

（1）应付票据如果为带息票据，其票据的面值一般情况下就是票据的现值。由于我国商业汇票期限较短，在期末，通常对尚未支付的应付票据计提利息，计入当期财务费用；票据到期支付票款时，尚未计提的利息部分直接计入当期财务费用。

（2）应付票据如果为不带息应付票据，其票据的面值就是票据到期时的应付金额。如果应付票据到期企业不能如数偿还这项负债，应在票据到期内，将"应付票据"账面余额转入"应付账款"科目，待协商后再行处理，如果以重新签发新的票据以清偿原应付票据的，应从"应付账款"科目转入"应付票据"科目。

"应付票据"科目用于核算应付票据的发生、偿付等情况。该科目属于负债类科目，其贷方登记开出、承兑汇票的面值及带息票据的预提利息，借方登记支付票据的金额，余额在贷方，表示企业尚未到期的商业汇票的票面金额和应计未付的利息。

【例10-2】　东方公司于 2010 年 10 月 1 日购入一批价值为 60 000 元的商品，同时签发了一张期限为 4 个月的带息商业汇票，年利率 5%，增值税率为 17%。假如企业按商品价款的 1%支付银行承兑汇票的手续费。东方公司的会计分录如下。

（1）2010 年 10 月 1 日购入商品时：

借：库存商品　　　　　　　　　　　　　　　　　　　　　60 000
　　应交税费——应交增值税（进项税额）　　　　　　　　10 200
　　贷：应付票据　　　　　　　　　　　　　　　　　　　　　70 200

（2）支付银行承兑汇票手续费时：

借：财务费用　　　　　　　　　　　　　　　　　　　　　　600
　　贷：银行存款　　　　　　　　　　　　　　　　　　　　　600

（3）2010 年 12 月 31 日，3 个月的应付利息为 877.50 （70 200×5%÷12×3）元

借：财务费用　　　　　　　　　　　　　　　　　　　　　877.5
　　贷：应付票据　　　　　　　　　　　　　　　　　　　　877.5

（4）2011 年 2 月 1 日到期付款时：

借：应付票据　　　　　　　　　　　　　　　　　　　　71 077.5
　　财务费用　　　　　　　　　　　　　　　　　　　　　292.5
　　贷：银行存款　　　　　　　　　　　　　　　　　　　71 370

（5）2011 年 2 月 1 日到期未付款时：

借：财务费用　　　　　　　　　　　　　　　　　　　　　292.5
　　贷：应付票据　　　　　　　　　　　　　　　　　　　　292.5
借：应付票据　　　　　　　　　　　　　　　　　　　　71 370
　　贷：应付账款　　　　　　　　　　　　　　　　　　　71 370

二、应付账款

应付账款指因购买材料、商品或接受劳务供应等而发生的债务。这是买卖双方由于取得物资或服务与支付货款在时间上不一致而产生的负债。应付账款同样也是商业购销形成的商业信用，但是它的法律约束力明显弱于应付票据。应付账款与应付票据两者虽然都是由于交易行为而引起的负债，都属于流动负债性质，但应付账款是尚未结清的债务，而应付票据是延期付款的证明，有承兑付款的票据为依据。

应付账款入账时间的确定，一般应以与所购买物资所有权有关的风险和报酬已经转移或劳务已经接受为标志。

但在实际工作中，一般区别以下两种情况处理：

（1）在物资和发票账单同时到达的情况下，应付账款一般待物资验收入库后，才按发票账单登记入账。

（2）在物资和发票账单未同时到达的情况下，由于应付账款需根据发票账单登记入账，有时货物已到，发票账单要间隔较长时间才能到达，由于这笔负债已经成立，应作为一项负债反映。为在资产负债表上客观反映企业所拥有的资产和承担的债务，在实际工作中采用在月份终了将所购物资和应付债务估计入账，待下月初再用红字予以冲回的办法。

"应付账款"科目用于核算应付账款的发生、偿还、转销等情况。该科目属于负债类科目，其贷方登记企业购买材料、商品和接受劳务等而发生的应付账款，借方登记偿还的应付账款，或开出商业汇票抵付应付账款的款项，或已冲销的无法支付的应付账款。余额一般在贷方，表示企业尚未支付的应付账款余额。本科目一般应按照债权人设置明细科目进行明细核算。

应付账款一般按应付金额入账，而不按到期应付金额的现值入账。如果购入的资产在形成一笔应付账款时是带有现金折扣的，应付账款入账金额的确定按发票上记载的应付金额的总值（即不扣除折扣）记账。在这种方法下，应按发票上记载的全部应付金额，借记有关科目，贷记"应付账款"科目；获得的现金折扣冲减财务费用。

【例 10-3】 东方公司于 2010 年 9 月 1 日购入材料一批并已验收入库。增值税专用发票上列明，该材料价款为 800 000 元，增值税为 136 000 元。按合同规定，东方公司如在 10 天内付清货款，将获得 2% 的现金折扣（假定计算现金折扣时考虑增值税）。东方公司会计分录如下：

借：库存商品　　　　　　　　　　　　　　　　　800 000
　　应交税费——应交增值税（进项税额）　　　　136 000
　　贷：应付账款——××公司　　　　　　　　　　936 000

若东方公司于 2010 年 9 月 8 以银行存款付清了所欠材料款，则取得现金折扣为 18 720（93 6000×2%）元，实际支付的货款 917 280 （936 000－936 000×2%）元。按扣除现金折扣后的金额，东方公司会计分录如下。

借：应付账款——××公司　　　　　　　　　　　936 000
　　贷：银行存款　　　　　　　　　　　　　　　　917 280
　　　　财务费用　　　　　　　　　　　　　　　　 18 720

第五节　应付职工薪酬

一、职工薪酬及其内容

职工薪酬是指企业为获得职工提供的服务而给予各种形式的报酬以及其他相关支出。

企业职工的范围指：①与企业订立劳动合同的所有人员，含全职、兼职和临时职工；②虽未与企业订立劳动合同，但由企业正式任命的企业治理层和管理层人员，如董事会成员、监事会成员等；③在企业的计划和控制下，虽未与企业订立劳动合同或未由其正式任命，但为其提供与职工类似服务的人员，如通过中介机构签订用工合同，为企业提供与本企业职工类似服务的人员。

职工薪酬核算企业因职工提供服务而支付的或放弃的对价，企业需要全面综合考虑职工薪酬的内容，以确保其准确性。企业职工薪酬主要包括以下内容。

1. 职工工资、奖金、津贴和补贴

职工工资、奖金、津贴和补贴是指构成工资总额的计时工资、计件工资、支付给职工的超额劳动报酬和增收节支的劳动报酬、为了补偿职工特殊或额外的劳动消耗和因其他特殊原因支付给职工的津贴，以及为了保证职工工资水平不受物价影响支付给职工的物价补贴等。

2. 职工福利费

职工福利费主要是尚未实行主辅分离、辅业改制的企业，内设医务室、职工浴室、理发室、托儿所等集体福利机构人员的工资、医务经费，职工因公负伤赴外地就医路费、职工生活困难补助，以及按照国家规定开支的其他职工福利支出。

职工福利费具有专门用途。作为职工薪酬内容，职工福利费应按规定渠道列支、计入有关成本费用。各期提取的金额必须由企业统一管理，专款专用，不能支付给职工个人。

3. 医疗保险费、养老保险费、失业保险费、工伤保险费和生育保险费等社会保险费

医疗保险费、养老保险费、失业保险费、工伤保险费和生育保险费等社会保险费是指企业按照国务院、各地方政府规定的基准和比例计算，向社会保险经办机构缴纳的医疗保险费、养老保险费、失业保险费、工伤保险费和生育保险费。企业按照年金计划规定的基准和比例计算，向企业年金管理人缴纳的补充养老保险，以及企业以购买商业保险形式提供给职工的各种保险。

4. 住房公积金

住房公积金是指企业按照国务院《住房公积金管理条例》规定的基准和比例计算，向住房公积金管理机构缴存的住房公积金。

5. 工会经费和职工教育经费

工会经费和职工教育经费是指企业为了改善职工文化生活、为职工学习先进技术、提高文化水平和业务素质，用于开展工会活动和职工教育及职业技能培训等相关支出。企业按照国家规定的工资总额的一定比例计提工会经费与职工教育经费，并作为管理费用列支。根据职工薪酬准则，企业计提的工会经费与职工教育经费作为职工薪酬内容核算，计提方法与用途不变。

6. 非货币性福利

非货币性福利是指企业以自己的产品或外购商品发放给职工作为福利，企业提供给职工无偿使用自己拥有的资产或租赁资产供职工无偿使用，如提供给企业高级管理人员使用的住房等，免费为职工提供诸如医疗保健的服务或向职工提供企业支付了一定补贴的商品或服务等，如以低于成本的价格向职工出售住房等。

7. 因解除与职工的劳动关系给予的补偿

因解除与职工的劳动关系给予的补偿是指由于分离办社会职能、实施主辅分离、辅业改制、分流安置富余人员、实施重组、改组计划、职工不能胜任等原因，企业在职工劳动合同尚未到期之前解除与职工的劳动关系，或者为鼓励职工自愿接受裁减而提出补偿建议的计划中给予职工的经济补偿，即国际财务报告准则中所指的辞退福利。

8. 其他与获得职工提供的服务相关的支出

其他与获得职工提供的服务相关的支出是指除上述七种薪酬以外的其他为获得职工提供的服务而给予的薪酬，如企业提供给职工以权益形式结算的认股权、以现金形式结算但以权益工具公允价值为基础确定的现金股票增值权等。

二、职工薪酬的确认与计量

（一）职工薪酬的确认

企业应当在职工为其提供服务的会计期间，除解除劳动关系给予的补偿外，应当根据职工提供服务的受益对象，分别下列情况处理：

（1）应由生产产品、提供劳务负担的职工薪酬，计入产品成本或劳务成本。

（2）应由在建工程、无形资产负担的职工薪酬，计入建造固定资产或无形资产成本。

（3）上述（1）和（2）之外的其他职工薪酬，计入当期损益。

（二）职工薪酬的计量

1. 货币性职工薪酬的计量

在确定应付职工薪酬和应当计入成本费用的职工薪酬金额时，有以下两种特殊情况。

第一，对于国务院有关部门、省、自治区、直辖市人民政府或经批准的企业年金计划规定了计提基础和计提比例的职工薪酬项目，企业应按照规定的计提标准，计量企业承担的职工薪酬义务和计入成本费用的职工薪酬。其中：①"五险一金"。对于医疗保险费、养老保险费、失业保险费、工伤保险费、生育保险费和住房公积金，企业应按照国务院、所在地政府或企业年金计划规定的标准计量应付职工薪酬义务和应计入成本费用的薪酬金额。②工会经费和职工教育经费。企业应按照国家相关规定，分别按照职工工资总额的 2%和 1.5%计量应付职工薪酬（工会经费、职工教育经费）义务金额和应相应计入成本费用的薪酬金额；从业人员技术要求高、培训任务重、经济效益好的企业，可根据国家相关规定，按照职工工资总额的 2.5%计量应计入成本费用的职工教育经费。按照明确标准计算确定应承担的职工薪酬义务后，再根据受益对象计入相关资产的成本或当期费用。

第二，对于国家（包括省、市、自治区政府）相关法律法规没有明确规定计提基础和计提比例的职工福利费，企业应根据历史经验数据和自身实际情况，预计应付职工薪酬金额和应计入成本费用的薪酬金额。每个资产负债表日，企业应当对实际发生的福利费金额和预计金额进行调整。

职工薪酬通过"应付职工薪酬"科目核算。"应付职工薪酬"科目可按"工资"、"职工福利"、"社会保险费"、"住房公积金"、"工会经费"、"职工教育经费"、"非货币性福利"、"辞退福利"、"股份支付"等进行明细核算。"应付职工薪酬"科目期末贷方余额，反映企业应付未付的职工薪酬。

企业在发生货币性职工薪酬时，按以下情况处理：

（1）生产部门人员的职工薪酬，借记"生产成本"、"制造费用"、"劳务成本"等科目，贷记"应付职工薪酬——工资、职工福利、社会保险费、住房公积金、工会经费、职工教育经费"科目。

（2）应由在建工程、研发支出负担的职工薪酬，借记"在建工程"、"研发支出"等科目，贷记"应付职工薪酬——工资、职工福利、社会保险费、住房公积金、工会经费、职工教育经费"科目。

（3）管理部门人员、销售人员的职工薪酬，借记"管理费用"或"销售费用"科目，贷记"应付职工薪酬——工资、职工福利、社会保险费、住房公积金、工会经费、职工教育经费"科目。

向职工支付工资、奖金、津贴、福利费等，从应付职工薪酬中扣还的各种款项等，借记"应付职工薪酬——工资、职工福利"科目，贷记"银行存款"、"库存现金"、"其他应收款"、"应交税费——应交个人所得税"等科目。

支付工会经费和职工教育经费用于工会活动和职工培训，借记"应付职工薪酬——工会经费、职工教育经费"科目，贷记"银行存款"等科目。

按照国家有关规定缴纳社会保险费和住房公积金，借记"应付职工薪酬——社会保险费、住房公积金"科目，贷记"银行存款"科目。

【例 10-4】 东方公司 2011 年 3 月应付工资总额 760 000 元，工资费用分配汇总表中列示的生产人员工资为 420 000 元，车间管理人员工资为 130 000 元，行政管理人员工资为 100 000 元，销售人员工资为 110 000 元。公司按照 14% 计提福利费。东方公司的会计分录如下：

借：生产成本——基本生产成本	420 000
制造费用	130 000
管理费用	100 000
销售费用	110 000
贷：应付职工薪酬——工资	760 000
借：生产成本——基本生产成本	58 800
制造费用	18 200
管理费用	14 000
销售费用	15 400
贷：应付职工薪酬——工资	106 400

【例 10-5】 承【例 10-4】的资料，根据国家规定的计提标准计算，东方公司本月应向社会保险经办机构缴纳职工基本养老保险费共计 91 200 元，其中，应计入基本生产车间生产成本的金额为 50 400 元，应计入制造费用的金额为 15 600 元，应计入管理费用的金额为 12 000 元，应计入销售费用的金额为 13 200 元。东方公司的会计分录如下：

借：生产成本——基本生产成本	50 400
制造费用	15 600
管理费用	12 000
销售费用	13 200
贷：应付职工薪酬——社会保险费（基本养老保险）	91 200

2. 非货币性职工薪酬的计量

非货币性职工薪酬主要有以企业自产产品作为非货币性福利发放给职工、将企业拥有的房屋等资产无偿提供给职工使用和租赁住房等资产供职工无偿使用等情况。

企业以其自产产品作为非货币性福利发放给职工的，应当根据受益对象，按照该产品的公允价值，计入相关资产成本或当期损益，同时确认应付职工薪酬。

将企业拥有的房屋等资产无偿提供给职工使用的，应当根据受益对象，将该住房每期应计提的折旧计入相关资产成本或当期损益，同时确认应付职工薪酬。租赁住房等资产供职工无偿使用的，应当根据受益对象，将每期应付的租金计入相关资产成本或当期损益，并确认应付职工薪酬。难以认定受益对象的非货币性福利，直接计入当期损益和应付职工薪酬。

企业发生非货币性职工薪酬时，按以下情况处理：

企业决定以其自产产品发放给职工作为职工薪酬的，借记"生产成本"、"制造费用"、"管理费用"等科目，贷记"应付职工薪酬——非货币性福利"科目。企业实际以其自产产品发放给职工的，借记"应付职工薪酬——非货币性福利"科目，贷记"主营业务收入"科目；同时，还应结转产成品的成本。涉及增值税销项税额的，还应进行相应的处理。

无偿向职工提供住房等固定资产使用的，按应计提的折旧额，借记"管理费用"、"生产成本"、"制造费用"等科目，贷记"应付职工薪酬——非货币性福利"科目；同时，借记"应付职工薪酬——非货币性福利"科目，贷记"累计折旧"科目。

租赁住房等资产供职工无偿使用的，按每期应支付的租金，借记"生产成本"、"制造费用"、"管理费用"等科目，贷记"应付职工薪酬——非货币性福利"科目。支付租赁住房等资产供职工无偿使用所发生的租金，借记"应付职工薪酬——非货币性福利"科目，贷记"银行存款"等科目。

【例10-6】 乙公司为冰箱生产企业，共有职工400名，2011年1月，公司以其生产的成本为1 000元的冰箱作为福利发放给公司每名职工。该冰箱的售价为每台1 400元，公司适用的增值税率为17%。假定400名职工中370名为直接参加生产的职工，30名为公司管理人员。乙公司会计分录如下：

```
借：生产成本            （1 400×370×1.17）606 060
    管理费用            （1 400×30×1.17）49 140
  贷：应付职工薪酬——非货币性福利              655 200
借：应付职工薪酬——非货币性福利              655 200
  贷：主营业务收入                          560 000
      应交税费——应交增值税（销项税额）        95 200
借：主营业务成本                          400 000
  贷：库存商品                            400 000
```

【例10-7】 丙公司为部门经理级别以上职工每人提供一辆汽车免费使用，该公司共有部门经理以上职工10名，假定每辆汽车每月计提折旧800元，公司还为3名副总裁以上高级管理人员每人租赁一套公寓免费使用，月租金为每套3 000元。丙公司会计分录如下：

（1）提供汽车免费使用：

```
借：管理费用                              8 000
  贷：应付职工薪酬——非货币性福利              8 000
借：应付职工薪酬——非货币性福利              8 000
  贷：累计折旧                            8 000
```

（2）提供公寓免费使用：

借：管理费用　　　　　　　　　　　　　　　　　　　　　9 000
　　贷：应付职工薪酬——非货币性福利　　　　　　　　　　9 000
借：应付职工薪酬——非货币性福利　　　　　　　　　　　　9 000
　　贷：银行存款　　　　　　　　　　　　　　　　　　　　9 000

三、辞退福利的确认与计量

辞退福利是指企业在职工劳动合同到期之前解除与职工的劳动关系，或者为鼓励职工自愿接受裁减而提出给予补偿。主要有两种情况：①职工劳动合同到期前，不论职工本人是否愿意，企业决定解除与职工的劳动关系而给予的补偿；②职工劳动合同到期前，为鼓励职工自愿接受裁减而给予的补偿，职工有权选择继续在职或接受补偿离职。

（一）辞退福利的确认

职工薪酬准则规定，企业在职工合同到期之前解除与职工的劳动关系，或者为鼓励职工自愿接受裁减而提出给予补偿的建议，同时满足下列条件的，应当确认因解除与职工的劳动关系给予补偿而产生的预计负债，同时计入当期管理费用。

（1）企业已经制定正式的解除劳动关系计划或提出自愿裁减建议，并即将实施。该计划或建议应当包括拟解除劳动关系或裁减的职工所在部门、职位及数量；根据有关规定按工作类别或职位确定的解除劳动关系或裁减补偿金额；拟解除劳动关系或裁减的时间。

正式的辞退计划或建议应当经过董事会或类似权力机构的批准。辞退工作一般应当在一年内实施完毕，但因付款程序等原因使部分款项推迟至一年后支付的，视为符合应付职工薪酬的确认条件。

（2）企业不能单方面撤回解除劳动关系计划或裁减建议。如果企业能够单方面撤回解除劳动关系计划或裁减建议，则表明未来经济利益流出不是很可能，因而不符合负债的确认条件。

由于被辞退的职工不再为企业带来未来经济利益，因此，对于所有辞退福利均应当于辞退计划满足职工薪酬准则预计负债确认条件的当期计入费用，不计入资产成本。在确认辞退福利时，需要注意两个方面问题：①对于分期或分阶段实施的解除劳动关系计划或自愿裁减建议，企业应当将整个计划看做是由一个个单项解除劳动关系计划或自愿裁减建议组成，在每期或每阶段计划符合预计负债确认条件时，将该期或该阶段计划中由提供辞退福利产生的预计负债予以确认，计入该部分计划满足预计负债确认条件的当期管理费用，不能等全部计划都符合确认条件时再予以确认。②对于企业实施的职工内部退休计划，由于这部分职工不再为企业带来经济利益，企业应当比照辞退福利处理。

（二）辞退福利的计量

企业应当根据职工薪酬准则和或有事项准则，严格按照辞退计划条款的规定，合理预计并确认辞退福利产生的负债。辞退福利的计量因辞退计划中职工有无选择权而有所不同。

（1）对于职工没有选择权的辞退计划，应当根据计划条款规定拟解除劳动关系的职工数量、每一职位的辞退补偿等计提应付职工薪酬（预计负债）。

（2）对于自愿接受裁减的建议，因接受裁减的职工数量不确定，企业应当根据或有事项准则规定，预计将会接受裁减建议的职工数量，根据预计的职工数量和每一职位的辞退补偿等计提应付职工薪酬（预计负债）。

（3）符合应付职工薪酬确认条件、实质性辞退工作在一年内完成但付款时间超过一年的辞退福利，企业应当选择恰当的折现率，以折现后的金额计量应付职工薪酬。

发生因解除与职工的劳动关系给予的补偿，借记"管理费用"科目，贷记"应付职工薪酬—辞退福利"科目。企业支付因解除与职工的劳动关系给予职工的补偿，借记"职工薪酬—辞退福利"科目，贷记"银行存款"、"库存现金"等科目。

【例 10-8】 B 公司 2010 年 9 月制定了一项辞退计划，计划规定从 2011 年 1 月 1 日起，公司将以职工自愿方式，辞退其甲车间的职工。辞退计划的详细内容均已与职工沟通，并达成一致意见，辞退计划已于当年 12 月 8 日经董事会正式批准，辞退计划将于下一个年度内实施完毕。该项辞退计划内容如表 10-1 所示。

表 10-1　2010 年辞退计划一览表

单位名称：B 公司

所属部门	职位	辞退数量/名	工龄/年	每人补助/万元
甲生产车间	车间副主任以上	8	1~10	10
			10~20	20
			20~30	30
	高级技工	40	1~10	8
			10~20	18
			20~30	28
	一般技工	90	1~10	5
			10~20	15
			20~30	25
合计		138		

2010 年 12 月 31 日，公司预计各级别职工拟接受辞退职工数量的最佳估计数及其应支付的补偿如表 10-2 所示。

表 10-2　2010 年辞退计划相关数据

所属部门	职位	辞退数量/名	工龄/年	接受数量/名	每人补助/万元	补偿金额/万元
甲生产车间	车间副主任以上	8	1~10	4	10	40
			10~20	2	20	40
			20~30	1	30	30
	高级技工	40	1~10	20	8	160
			10~20	10	18	180
			20~30	5	28	140
	一般技工	90	1~10	45	5	225
			10~20	20	15	300
			20~30	10	25	250
合计		138		117		1365

按照或有事项准则有关计算最佳估计数的方法，预计接受辞退的职工数量可以根据最

可能发生的数量确定，也可以采用按照各种发生数量及其发生概率计算确定。根据表 10-2，愿意接受辞退职工的最可能数量为 117 名，预计补偿总额为 1 365 万元，则企业在 2010 年（辞退计划是 2010 年 12 月 8 日由董事会批准）作如下会计分录：

借：管理费用　　　　　　　　　　　　　　　　13 650 000

　　贷：应付职工薪酬——辞退福利　　　　　　　　　13 650 000

第六节　应交税费

企业在一定时期取得的营业收入和实现的利润或发生特定经营行为，要按照规定向国家交纳各种税费，主要包括增值税、消费税、营业税、资源税、土地增值税、城市维护建设税、所得税、房产税、土地使用税、车船税、印花税、耕地占用税等。这些应交的税费在未交纳之前暂时停留在企业，形成企业的一项负债。按照权责发生制原则的要求，这些应交的税费，应当预提计入有关科目。

一、增值税

增值税是以生产和流通各环节的增值额（也称附加值）为征税对象征收的一种税。增值税的计算方法有两种：一种是直接计算法，即先计算增值额，根据增值额再计算增值税；另一种是间接计算法，即从应税销售收入的应纳税款中扣除外购商品的已纳税款，从而求得企业新增价值部分应缴纳的增值税，又称扣税法。我国现行增值税对一般纳税人采用扣税法计算。实际操作上，即从事货物销售以及提供应税劳务的纳税人，要根据货物或应税劳务的销售额和适用税率计算税款，然后从中扣除上一环节已纳增值税款，其余额为纳税人本环节应纳增值税税款。按照增值税暂行条例规定，一般纳税人企业购入货物或接受应税劳务支付的增值税（即进项税额），可以从销售货物或提供劳务按规定收取的增值税（即销项税额）中抵扣。按照规定，一般纳税人企业购入货物或接受劳务必须具备以下凭证，其进项税额才能予以扣除。

2008 年，我国修订了《中华人民共和国增值税暂行条例》，实现了生产型增值税向消费型增值税的转型。修订后的《中华人民共和国增值税暂行条例》自 2009 年 1 月 1 日起在全国范围内实施。修订后的《中华人民共和国增值税暂行条例》规定，一般纳税人企业购入的机器设备等生产经营用固定资产所支付的增值税在符合税收法规规定下，应从销项税额中扣除，不再计入固定资产成本。按照税收法规规定，购入的用于集体福利或个人消费等目的固定资产而支付的增值税，不能从销项税额中扣除，仍应计入固定资产成本。

按规定，一般纳税人企业购入货物或接受劳务必须具备以下凭证，其进项税额才能予以扣除。

（1）从销售方取得的增值税专用发票。实行增值税以后，一般纳税人企业销售货物或者提供应税劳务应开具增值税专用发票，增值税专用发票记载了销售货物的售价、税率以及税额等，购货方以增值税专用发票上记载的购入货物已支付的税额，作为扣税和记账的依据。

（2）从海关取得的海关进口增值税专用缴款书。一般纳税人企业进口货物必须交纳增值税，其交纳的增值税在海关进口增值税专用缴款书上注明，进口货物交纳的增值税根据从海关取得的海关进口增值税专用缴款书上注明的增值税额，作为扣税和记账依据。

（3）农产品收购发票或者销售发票。一般纳税人企业购进农产品，按照农产品收购发票或者销售发票上注明的农产品买价和 13% 的扣除率计算进项税额。农产品进项税额的计算公式为

$$进项税额 = 买价 \times 扣除率$$

（4）运输机构的运输费用结算单据。一般纳税人企业购进或者销售货物以及在生产经营过程中支付运输费用的，按照运输费用结算单据上注明的运输费用金额和 7% 的扣除率计算进项税额。但随同运费支付的装卸费、保险费等其他杂费不得计算扣除进项税额。

一般纳税人企业购入货物或者接受应税劳务，没有按照规定取得并保存增值税扣税凭证，或者增值税扣税凭证上未按照规定注明增值税额及其他有关事项的，其进项税额不能从销项税额中抵扣。如果企业不能取得有关的扣税证明，购进货物或接受应税劳务支付的增值税额就不能作为进项税额扣税，其已支付的增值税只能记入购入货物或接受劳务的成本。

为了总括地核算和监督企业应交税费的计算和交纳情况，企业应设置"应交税费"科目进行核算。该科目的贷方登记企业应交纳的各种税费，借方登记企业已交纳的各种税费，期末贷方余额表示企业尚未交纳的税费，期末借方余额表示企业多交的税费。该科目按各种税费分别设置明细账户进行核算。对于企业交纳的印花税和耕地占用税，由于不存在与税务部门发生结算或清算，因此不通过本科目核算。

一般纳税人企业应交的增值税，在"应交税费"科目下设置"应交增值税"明细科目进行核算。"应交增值税"明细科目的借方发生额反映企业购进货物或接受应税劳务支付的进项税额、实际已交纳的增值税等；贷方发生额反映销售货物或提供应税劳务应交纳的增值税额、出口货物退税、转出已支付或应分担的增值税等；期末借方余额反映企业尚未抵扣的增值税。"应交税费——应交增值税"科目分别设置"进项税额"、"已交税金"、"销项税额"、"出口退税"、"进项税额转出"、"转出未交增值税"、"转出多交增值税"、"减免税款"、"出口抵减内销产品应纳税额"等专栏。

（一）一般纳税企业的会计处理

从税务角度看，实行增值税的一般纳税企业可以使用增值税专用发票，企业销售货物或提供劳务可以开具增值税专用发票；购入货物取得的增值税专用发票上注明的增值税额可以用销项税额抵扣；如果企业销售货物或者提供劳务采用销售额和销项税额合并定价方法的，可按不含税销售额计算销项税额。

1. 一般购销业务的会计处理

一般纳税企业购入货物或接受应税劳务时，借记"材料采购"、"应交税费——应交增值税（进项税额）"科目，贷记"银行存款"、"应付账款"等科目；企业对外销售货物或应税劳务，收取增值税时，借记"银行存款"、"应收账款"等相关科目，贷记"主营业务收入"及"应交税费——应交增值税（销项税额）"科目。

【例 10-9】 东方公司 2010 年 10 月 18 日购入一批原材料，增值税专用发票上注明的原材料价款 500 000 元，增值税额为 85 000 元。货款已经支付，材料到达并验收入库。该企业当期销售产品收入为 1 000 000 元（不含应向购买者收取的增值税），货款尚未收到。假

如该产品的增值税率为17%，不交纳消费税。东方公司的会计分录如下：

（1）购入原材料时：

借：材料采购　　　　　　　　　　　　　　　　　　　5 000 000

　　应交税费——应交增值税（进项税额）　　　　　　850 000

　　贷：银行存款　　　　　　　　　　　　　　　　　　　　5 850 000

（2）销售产品时：

销项税额 = 1 000 000×17% = 1 700 000（元）

借：应收账款　　　　　　　　　　　　　　　　　　11 700 000

　　贷：主营业务收入　　　　　　　　　　　　　　　　　10 000 000

　　　　应交税费——应交增值税（销项税额）　　　　　1 700 000

2. 购入免税产品的会计处理

按照增值税暂行条例规定，对农业生产者销售的自产农业产品等部分项目免征增值税。企业销售免征增值税项目的货物，不能开具增值税专用发票，只能开具普通发票。企业购进免税产品，一般情况下不能扣税，但按税法规定，对于购入的免税农业产品可以按买价（或收购金额）的一定比率计算进项税额，并准予从销项税额中抵扣。这里购入免税农业产品的买价是指企业购进免税农业产品支付给农业生产者的价款。在会计核算时，按购进免税农业产品有关凭证上确定的金额（或收购金额），扣除一定比例的进项税额，作为购进农业产品的成本；扣除部分作为进项税额，待以后用销项税额抵扣。

【**例 10-10**】　东方公司 2010 年 10 月收购农业产品，实际支付的价款为 500 000 元，收购的农业产品已验收入库，款项已经支付，该产品准予抵扣的进项税额按买价的 13% 计算确定。东方公司的会计分录如下：

进项税额 = 500 000 × 13% = 65 000（元）

借：材料采购　　　　　　　　　　　　　　　　　　435 000

　　应交税费——应交增值税（进项税额）　　　　　　65 000

　　贷：银行存款　　　　　　　　　　　　　　　　　　　500 000

3. 视同销售的会计处理

按照增值税暂行条例及其实施细则的规定，对于企业将自产、委托加工或购买的货物分配给股东或投资者；将自产、委托加工的货物用于集体福利或个人消费等行为，视同销售货物，需计算交纳增值税。

对于视同销售的业务，销售价格确定的方法包括按当月同类货物的平均销售价格确定和最近期同类货物的平均销售价格不确定者，按组成计税价格确定。其计算公式为

$$组成计税价格 = 成本×（1+成本利润率）+消费税$$

$$应交增值税额 = 组成计税价格×增值税税率$$

【**例 10-11**】　东方公司 2010 年 10 月在建工程（非增值税应税项目）领用企业自产的产品，该产品成本为 300 000 万元，计税价格为 400 000 万元。东方公司的会计分录如下：

借：在建工程　　　　　　　　　　　　　　　　　　368 000

　　贷：库存商品　　　　　　　　　　　　　　　　　　　300 000

　　　　应交税费——应交增值税（销项税额）　　　　　68 000

4. 不予抵扣项目的会计处理

按照增值税暂行条例及其实施细则的规定，企业购进用于集体福利或个人消费的固定资产、用于非应税项目的购进货物或者应税劳务等按规定不予抵扣增值税进项税额。属于购入货物时就能认定其进项税额不能抵扣的，如购进用于集体福利或个人消费的固定资产、购入的货物直接用于免税项目、直接用于非应税项目，或者直接用于集体福利和个人消费的，进行会计处理时，其增值税专用发票上注明的增值税额，计入购入货物及接受劳务的成本。属于购入货物时不能直接认定其进项税额能否抵扣的，增值税专用发票上注明的增值税额，记入"应交税费——应交增值税（进项税额）"科目；如果这部分购入货物以后用于按规定不得抵扣进项税额项目的，应将原已计入进项税额并已支付的增值税，通过"应交税费——应交增值税（进项税额转出）"科目转入有关的"在建工程"、"应付职工薪酬——职工福利"、"待处理财产损溢"等科目。

【例 10-12】 东方公司 2010 年 9 月购入一批材料，增值税专用发票上注明的增值税额为 34 万元，材料价款 200 万元。材料已入库，货款已经支付（假如该企业材料采用实际成本进行核算）。材料入库后，公司将该批材料全部用于基建工程的建设项目。东方公司的会计分录如下：

（1）材料入库时：

借：原材料	2 000 000	
应交税费——应交增值税（进项税额）	340 000	
贷：银行存款		2 340 000

（2）工程领用材料时：

借：在建工程	2 340 000	
贷：应交税费——应交增值税（进项税额转出）		340 000
原材料		2 000 000

5. 转出多交增值税和未交增值税的会计处理

为了分别反映增值税一般纳税人欠交增值税款和待抵扣增值税的情况，确保企业及时足额上交增值税，企业应在"应交税费"科目下设置"未交增值税"明细科目，核算企业月份终了从"应交税费——应交增值税"科目转入的当月未交或多交的增值税；同时，在"应交税费——应交增值税"科目下设置"转出未交增值税"和"转出多交增值税"专栏。月份终了，企业计算出当月应交未交的增值税，借记"应交税费——应交增值税（转出未交增值税）"科目，贷记"应交税费——未交增值税"科目；当月多交的增值税，借记"应交税费——未交增值税"科目，贷记"应交税费——应交增值税（转出多交增值税）"科目，经过结转后，月份终了，"应交税费——应交增值税"科目的余额，反映企业尚未抵扣的增值税。

企业按规定实际交纳增值税时，本月交纳本月的增值税与本月交纳以前各期的应交未交增值税的账务处理是不同的。企业本月交纳本月的增值税，仍通过"应交税费——应交增值税（已交税金）"科目核算，即借记"应交税费——应交增值税（已交税金）"科目，贷记"银行存款"科目；本月交纳上期应交未交的增值税，则通过"应交税费——未交增值税"科目核算，即借记"应交税费——未交增值税"科目，贷记"银行存款"科目。

（二）小规模纳税企业的会计处理

小规模纳税企业按照国家有关规定由税务机关认定。小规模纳税企业具有以下特点：

①小规模纳税企业销售货物或提供应税劳务，一般情况下只能开具普通发票，不能开具增值税专用发票；②小规模纳税企业销售货物或提供应税劳务，实行简易办法计算应纳税额，按照销售额的一定比率计算，不得抵扣进项税额；③小规模纳税企业的销售额不包括其应纳税额。采用销售额和应纳税额合并定价方法的，按照公式"销售额＝含税销售额÷（1+征收率）"还原为不含税销售额计算。

小规模纳税企业购入货物无论是否具有增值税专用发票，其支付的增值税额均不计入进项税额，不得由销项税额抵扣，而计入购入货物的成本。相应地，其他企业从小规模纳税企业购入货物或接受劳务支付的增值税额，如果不能取得增值税专用发票，也不能作为进项税额抵扣，而应计入购入货物或应税劳务的成本；小规模纳税企业的销售收入按不含税价格计算。

由于小规模纳税企业不得抵扣任何税款，不需在"应交税费——应交增值税"科目中设置专栏，只需设置"应变税费——应交增值税"科目即可。

【例 10-13】　某企业核定为小规模纳税企业，本期购入原材料，按照增值税专用发票上记载的原材料价款为 20 万元，支付的增值税额 3.4 万元，企业开出承兑的商业汇票，材料尚未到达。该企业本期销售产品总额为 50 万元（含税），增值税征收率为 3%，货款尚未收到。该企业的账务处理如下：

（1）购进货物时：

借：材料采购　　　　　　　　　　　　　　　　　　234 000
　贷：应付票据　　　　　　　　　　　　　　　　　　234 000

（2）销售货物时：

不含税价格＝50÷（1+3%）＝48.5437（万元）

应交增值税＝48.5436×3%＝1.4563（万元）

借：应收账款　　　　　　　　　　　　　　　　　　500 000
　贷：主营业务收入　　　　　　　　　　　　　　　　485 437
　　　应交税费——应交增值税　　　　　　　　　　　　14 563

二、消费税

消费税是我国对生产、委托加工和进口应税消费品的单位和个人征收的一种流转税。为了正确引导消费，调节消费结构，我国在普遍征收增值税的基础上，对部分消费品再征收一道消费税。消费税的征收实行从价定率和从量定额两种办法。

按从价定率办法计征的应纳税额的税基为销售额，如果企业应税消费品的销售额中未扣除增值税税款，或者因不能开具增值税专用发票而发生价款和增值税税款合并收取的，在计算消费税时应换算为不含增值税税款的销售额。计算公式为

应税消费品的销售额＝含增值税的销售额÷（1＋增值税税率或征收率）

实行从量定额办法计征的应纳税额的销售数量是指应税消费品的数量；属于销售应税消费品的，为应税消费品的销售数量；属于自产自用应税消费品的，为应税消费品的移送使用数量；属于委托加工应税消费品的，为纳税人收回的应税消费品数量；进口的应税消费品，为海关核定的应税消费品进口征税数量。

企业按规定应交的消费税，在"应交税费"科目下设置"应交消费税"明细科目核算。

（一）产品销售的会计处理

企业销售产品时应交纳的消费税，应分别情况进行处理：

1. 直接对外销售产品的会计处理

企业将生产的产品直接对外销售的，对外销售产品应交纳的消费税，通过"主营业务税金及附加"科目核算。企业按规定计算出应交的消费税，借记"主营业务税金及附加"科目，贷记"应交税费——应交消费税"科目。

【例10-14】 东方公司2010年10月销售其生产的应纳消费税产品，应纳消费税产品的售价为20万元（不含应向购买者收取的增值税额），产品成本为14万元。该产品的增值税税率为17%，消费税税率为10%。产品已经发出，符合收入确认条件，款项尚未收到。东方公司的会计分录如下：

应向购买者收取的增值税额 = 200 000×17% = 34 000（元）

应交的消费税 = 200 000×10% = 20 000（元）

借：应收账款 234 000
　　贷：主营业务收入 200 000
　　　　应交税费——应交增值税（销项税额） 34 000

借：营业税金及附加 20 000
　　贷：应交税费——应交消费税 20 000

借：主营业务成本 140 000
　　贷：库存商品 140 000

2. 视同销售的应税消费品会计处理

企业用应税消费品用于非货币性交易，用于对外投资，或用于在建工程、非生产机构等其他方面，按规定应交的消费税，应计入有关的成本，借记"长期股权投资"、"固定资产"、"在建工程"、"营业外支出"等科目，贷记"应交税金——应交消费税"科目。

【例10-15】 东方公司2009年10月将本企业生产的产品对外无偿赠送他人，其成本为400 000元，计税价格为500 000元，增值税税率为17%，消费税税率为10%。东方公司的会计分录如下：

应交消费税 = 500 000 × 10% = 50 000（元）

借：营业外支出 535 000
　　贷：库存商品 400 000
　　　　应交税费——应交增值税（销项税额） 85 000
　　　　应交税费——应交消费税 50 000

（二）委托加工应税消费品的会计处理

按税法规定，需要交纳消费税的委托加工物资，由受托方交货时代收代缴税款。委托加工的应税消费品，委托方用于连续生产应税消费品的，所纳税款准予按规定抵扣。委托加工应税消费品是指由委托方提供原料和主要材料，受托方只收取加工费和代垫部分辅助材料加工的应税消费品。对于由受托方提供原材料生产的应税消费品，或者受托方先将原材料卖给委托方，然后再接受加工的应税消费品，以及由受托方以委托方名义购进原材料生产的应税消费品，都不作为委托加工应税消费品，而应当按照销售自制应税消费品交纳消费税。委托加工的应税消费品直接出售的，不再征收消费税。

在进行会计处理时,需要交纳消费税的委托加工应税消费品,于委托方提货时,由受托方代扣代缴税款。委托加工应税消费品收回后,直接用于销售的,委托方将代扣代缴的消费税计入委托加工的应税消费品成本,借记"委托加工物资"、"生产成本"等科目,贷记"应付账款"、"银行存款"等科目,待委托加工应税消费品销售时,不需要再交纳消费税;委托加工的应税消费品收回后用于连续生产应税消费品,按规定准予抵扣的,委托方应按代收代缴的消费税款,借记"应交税费——应交消费税"科目,贷记"应付账款"、"银行存款"等科目,待用委托加工的应税消费品生产出应纳消费税的产品销售时,再交纳消费税。

(三)进出口产品的会计处理

需要交纳消费税的进口消费品,其交纳的消费税应计入该进口消费品的成本,借记"材料采购"、"固定资产"等科目,贷记"银行存款"等科目。

免征消费税的出口应税消费品分别不同情况进行账务处理:属于生产企业直接出口应税消费品或通过外贸企业出口应税消费品,按规定直接予以免税的,可以不计算应交消费税;属于委托外贸企业代理出口应税消费品的生产企业,应在计算消费税时,按应交消费税额,借记"应收账款"科目,贷记"应交税费——应交消费税"科目。应税消费品出口收到外贸企业退回的税金时,借记"银行存款"科目,贷记"应收账款"科目。发生退关、退货而补交已退的消费税,作相反的账务处理。

三、营业税

营业税是对提供劳务、转让无形资产或销售不动产的单位和个人征收的一种税。应税劳务指交通运输、建筑、金融保险、邮电通信、文化体育、娱乐、服务业等劳务。营业税按照营业额和规定的税率计算应纳税额。营业额指企业提供应税劳务、转让无形资产或销售不动产向对方收取的全部价款和价外费用。价外费用包括向对方收取的手续费、集资费、代收、代垫款项及其他各种性质的价外收费。

企业按规定应交的营业税,在"应交税费"科目下设置"应交营业税"明细科目核算。

企业计算应交纳营业税时,借记"主营业务税金及附加"、"其他业务支出"、"固定资产清理"等科目,贷记"应交税费——应交营业税"科目。企业上缴营业税时,借记"应交税费——应交营业税"科目,贷记"银行存款"科目。

企业销售不动产,应向不动产所在地主管税务机关申报交纳营业税。企业销售不动产按规定应交的营业税,在"固定资产清理"科目核算,借记"固定资产清理"科目(房地产开发企业经营房屋不动产所交纳的营业税,记入"营业税金及附加"科目),贷记"应交税费——应交营业税"科目。

企业转让无形资产所有权应该交纳营业税,借记"营业外支出"科目,贷记"应交税费——应交营业税"科目;转让无形资产使用权时,借记"其他业务支出"科目,贷记"应交税费——应交营业税"科目。

四、其他应交税费

1. 资源税

资源税是国家对在我国境内开采矿产品或者生产盐的单位和个人征收的一种税。资源税采取从量定额的办法征收，按照应税产品的课税数量和规定的单位税额计算，课税数量为开采或生产应税产品销售的，以销售数量为课税数量；开采或生产应税产品自用的，以自用数量为课税数量。

企业按规定应交的资源税，在"应交税费"科目下设置"应交资源税"明细科目核算。

在进行会计处理时，企业按规定计算出销售的应税产品应交纳的资源税，借记"主营业务税金及附加"科目，贷记"应交税费——应交资源税"科目；企业计算出自产自用的应税产品应交纳的资源税，借记"生产成本"、"制造费用"等科目，贷记"应交税费——应交资源税"科目。

2. 土地增值税

土地增值税是对转让国有土地使用权、地上建筑物及其附着物并取得收入的单位和个人，就其转让房地产所取得的增值额征收的一种税。土地增值税按照转让房地产所取得的增值额和规定的税率计算征收。这里的增值额是指转让房地产所取得的收入减除规定扣除项目金额后的余额。

企业按规定应交的土地增值税，在"应交税费"科目下设置"应交土地增值税"明细科目核算。

在进行会计处理时，兼营房地产业务的企业，应由当期收入负担的土地增值税，借记"其他业务支出"科目，贷记"应交税费——应交土地增值税"科目。转让的国有土地使用权与地上建筑物及其附着物一并在"固定资产"或"在建工程"科目核算的，转让时应交纳的土地增值税，借记"固定资产清理"、"在建工程"科目，贷记"应交税费——应交土地增值税"科目（房地产开发企业转让房地产所交纳的营业土地增值税，记入"营业税金及附加"科目），贷记"应交税费——应交土地增值税"科目。

企业在项目全部竣工结算前转让房地产取得的收入，按税法规定预交的土地增值税，借记"应交税费——应交土地增值税"科目，贷记"银行存款"等科目；待房地产销售收入实现时，再按上述销售业务的会计处理方法进行处理。该项目全部竣工、办理结算后进行清算，收到退回多交的土地增值税，借记"银行存款"等科目，贷记"应交税费——应交土地增值税"科目，补交的土地增值税，借记"应交税费——应交土地增值税"科目，贷记"银行存款"等科目。

3. 城市维护建设税

为了加强城市的维护建设，扩大和稳定城市维护建设资金的来源，国家开征了城市维护建设税。城市维护建设税是国家对交纳增值税、消费税、营业税三税的单位和个人就其实际缴纳的"三税"税额为计税依据而征收的一种税。税率因纳税人所在地不同从 1%~7% 不等。应纳税额的计算公式为

应纳税额 =（应交增值税+应交消费税+应交营业税）× 适用税率

企业按规定应交的城市维护建设税，在"应交税费"科目下设置"应交城市维护建设税"明细科目核算。

在进行会计处理时，企业按规定计算出的城市维护建设税，借记"主营业务税金及附加"、"其他业务支出"、"固定资产清理"等科目，贷记"应交税费——应交城市维护建设税"科目；实际上交时，借记"应交税费——应交城市维护建设税"科目，贷记"银行存

款"科目。

4. 应交教育费附加

教育费附加是为了发展教育事业而向企业征收的附加费用,企业按应交流转税的一定比例计算交纳。该项附加向缴纳"三税"的单位和个人征收,以其实际缴纳的"三税"为计征依据,与"三税"同时缴纳。企业应交的教育费附加,借记"营业税金及附加"等科目,贷记"应交税费——应交教育费附加"科目。

5. 房产税、城镇土地使用税、车船税及印花税

房产税是以房产为征税对象,依据房产价格或房产租金收入向房产所有人或经营人征收的一种税。房产税依照房产原值一次减除 10%~30% 后的余额计算交纳。没有房产原值作为依据的,应由房屋所在地的税务机关参考同类房屋的价值核定;房产出租的,以房产租金收入为房产税的计税依据。

城镇土地使用税是国家为了合理利用城镇土地,调节土地级差收入,提高土地使用效益,加强土地管理而开征的一种税。城镇土地使用税以纳税人实际占用的土地面积,按照规定的税额计算征收。

车船税是指国家对行驶于境内公共道路的车辆和航行于境内河流、湖泊或者领海的船舶,依法征收的一种税。车船税纳税义务人是指在我国境内,车辆、船舶的所有人或者管理人。车船税按照适用税额计算交纳。

企业按规定计算应交的房产税、城填土地使用税、车船税时,借记"管理费用"科目,贷记"应交税费——应交房产税(或土地使用税、车船税)"科目;上交时,借记"应交税费——应交房产税(或土地使用税、车船税)"科目,贷记"银行存款"科目。

印花税是对书立、领受购销合同等凭证行为征收的税款。应纳税凭证包括购销、加工承揽、建设工程承包、财产租赁、货物运输、仓储保管、借款、财产保险、技术合同、具有合同性质的凭证、产权转移书据、营业账簿、权力、许可证等。纳税人根据应纳税凭证的性质,分别按比例税率或按件定额计算应纳税额。

由于企业交纳的印花税是由纳税人根据规定自行计算应纳税额以购买并一次贴足印花税票的方法交纳的税款,因此企业需要预先购买印花税票,发生应税行为时,再根据凭证的性质和规定的比例税率或者按件计算应纳税额,将已购买的印花税票粘贴在应纳税凭证上,并在每枚税票的骑缝处盖戳注销或划销,办理完税手续。企业交纳的印花税,不会发生应付未付税款的情况,不需要预计应纳税金额,同时也不存在与税务机关结算或清算的问题,因此,企业交纳的印花税不需要通过"应交税费"科目核算,于购买印花税票时,直接借记"管理费用"、"固定资产清理"科目,贷记"银行存款"科目。

6. 所得税

企业的生产经营所得和其他所得,依照税法规定需要交纳所得税。企业应交纳的所得税,在"应交税费"科目下设置"应交所得税"明细科目核算;当期应计入损益的所得税,作为一项费用,在净收益前扣除。有关所得税的会计处理,参见第十三章。

7. 耕地占用税

耕地占用税是国家为了利用土地资源,加强土地管理,保护农用耕地而征收的一种税。耕地占用税以实际占用的耕地面积计税,按照规定税额一次征收。企业交纳的耕地占用税,不需要通过"应交税费"科目核算。企业按规定计算交纳耕地占用税时，借记"在建工程"科目，贷记"银行存款"科目。

第七节 其他流动负债

一、预收账款

预收账款是买卖双方协议商定，由购货方预先支付一部分货款给供应方而发生的一项负债，用于弥补订单被取消时可能发生的损失。预收账款由接受款项的企业在以后会计期间提供货物或劳务抵付，接受预收账款的企业若终止其货物或劳务的提供，则购货方有权要求随时收回原预付的货款，并提出损害赔偿。

预收账款的核算应视企业的具体情况而定。如果预收账款比较多的，可以单独设置"预收账款"科目，采取这种做法，预收货款的收入、补付、退回以及销售时货款的结算，均在该账户内进行，"预收账款"科目其贷方反映预收的货款和补付的货款；借方反映应收的货款和退回多收的货款；期末贷方余额，反映尚未结清的预收款项，借方余额反映应收的款项。预收账款不多的，也可以不设置"预收账款"科目，直接记入"应收账款"科目的贷方，这种核算方法能完整地反映与购货单位结算的情况，但期末编制会计报表时，需要根据"应收账款"账户的明细记录，才能分清真正意义的预收账款与应收账款。

二、应付股利

应付股利是企业经董事会或股东大会，或类似机构决议确定应分配的现金股利或利润。企业作为独立核算的经济实体，对其实现的经营成果除了按照税法及有关法规规定交相关税费外，还必须对运用投资者投入的资金给予一定的回报，作为投资者应该分享的投资收益。因此，企业分配给投资者的现金股利或利润，在实际支付给投资者之前，形成了一笔负债。

企业通过"应付股利"科目，核算企业确定或宣告支付但尚未实际支付的现金股利或利润。该科目贷方登记应支付的现金股利或利润，借方登记实际支付的现金股利或利润，期末贷方余额反映企业应付未付的现金股利或利润。该科目应按照投资者设置明细科目进行明细核算。

企业根据股东大会或类似机构审议批准的利润分配方案，确认应付给投资者的现金股利或利润时，借记"利润分配——应付现金股利或利润"科目，贷记"应付股利"科目；向投资者实际支付现金股利或利润时，借记"应付股利"科目，贷记"银行存款"等科目。

企业董事会或类似机构通过的利润分配方案中拟分配的现金股利或利润，不作账务处理，不作为应付股利核算，但应在附注中披露。企业分配的股票股利不通过"应付股利"科目核算。

三、其他应付款

其他应付款是指流动负债中除应付票据、应付账款、预收账款、应付职工薪酬、应交税费、应付利息、应付股利等以外与企业的经营活动直接或间接相关的其他各种应付、暂收款项，主要包括经营租入固定资产或包装物等的应付租金、存入保证金、职工未按时领取的工资、应付赔偿和罚款等。

应通过"其他应付款"科目，核算其他应付款的增减变动及其结存情况，并按照其他应付款的项目和对方单位（或个人）设置明细科目进行明细核算。该科目贷方登记发生的各种应付、暂收款项，借方登记偿还或转销的各种应付、暂收款项；该科目期末贷方余额，反映企业应付未付的其他应付款项。发生上述各种应付、暂收款项时，借记"银行存款"科目，贷记"其他应付款"科目；实际偿付时，做与发生时相反的会计分录。

企业采用售后回购方式融入资金，销售商品时按实际收到的金额，借记"银行存款"科目，贷记"其他应付款"科目；回购价与原销售价之差额，应在售后回购期内分期计提利息费用，借记"财务费用"科目，贷记"其他应付款"科目；按照合同约定回购时，再按实际支付金额，借记"其他应付款"科目，贷记"银行存款"科目。

第八节　或有事项

一、或有事项的概念和特征

（一）或有事项的概念

企业在经营活动中有时会面临一些具有较大不确定性的经济事项，这些不确定事项对企业的财务状况和经营成果可能会产生较大的影响，其最终结果须由某些未来事项的发生或不发生加以决定。例如，企业售出一批商品并对商品提供售后担保，承诺在商品发生质量问题时由企业无偿提供修理服务。销售商品并提供售后担保是企业过去发生的交易，由此形成的未来修理服务构成一项不确定事项，修理服务的费用是否会发生以及发生金额是多少将取决于未来是否发生修理请求以及修理工作量、费用等的大小。按照权责发生制原则，企业不能等到客户提出修理请求时，才确认因提供担保而发生的义务，而应当在资产负债表日对这一不确定事项做出判断，以决定是否在当期确认承担的修理义务。这种不确定事项在会计上被称为或有事项。

或有事项是指过去的交易或者事项形成的，其结果须由某些未来事项的发生或不发生才能决定的不确定事项。或有事项主要包括未决诉讼或未决仲裁、债务担保、产品质量保证（含产品安全保证）、亏损合同、重组义务、承诺、环境污染整治等。

（二）或有事项的特征

第一，由过去的交易或者事项形成的。或有事项作为一种不确定事项，是因企业过去的交易或者事项形成的。由过去的交易或者事项形成，是指或有事项的现存状况是过去交易或者事项引起的客观存在。例如，产品质量保证是对企业已售出商品或已经提供的劳务，而不是针对尚未出售的商品或尚未提供的劳务。就是说，或有事项是截止到资产负债表日已经存在的客观状况。

第二，结果具有不确定性。结果具有不确定性是指或有事项的结果是否发生具有不确定性或者或有事项的结果预计将会发生，但发生的具体时间或金额具有不确定性。例如，产品质量保证是否会带来产品的维修具有不确定性，维修的时间和耗费的金额也具有不确定性。

第三，结果需由未来事项决定。或有事项的结果只能由未来不确定事项的发生或不发生才能决定。或有事项对企业会产生有利影响还是不利影响，或虽已知是有利影响或不利影响，但影响有多大，在或有事项发生时是难以确定的。这种不确定性的消失，只能由未来不确定事项的发生或不发生才能证实。例如，企业为其他单位提供债务担保，该担保事项最终是否会要求企业履行偿还债务的连带责任，一般只能看被担保方的未来经营情况和偿债能力。如果被担保方经营情况和财务状况良好且有较好的信用，按期还款，那么企业将不需要履行该连带责任。只有在被担保方到期无力还款时，担保方才承担偿还债务的连带责任。

二、或有事项的内容

或有事项的可能结果会产生负债、资产、预计负债、或有负债或者或有资产，以下主要介绍或有负债部分。

（一）或有负债

或有负债，是指过去的交易或者事项形成的潜在义务，其存在需通过未来不确定事项的发生或不发生予以证实；或过去的交易或者事项形成的现时义务，履行该义务不是很可能导致经济利益流出企业或该义务的金额不能可靠计量。

由此可以得出，或有负债涉及潜在义务和现时义务两类义务。潜在义务是指结果取决于不确定未来事项的可能义务。也就是说，潜在义务最终是否转变为现时义务，由某些未来不确定事项的发生或不发生才能决定。现时义务是指企业在现行条件下已承担的义务。或有负债作为现时义务，它不同于一般负债之处在于，该现时义务的履行不是很可能（可能性不超过50%导致经济利益流出企业，或者该现时义务的金额不能可靠地计量。

（二）或有资产

或有资产，是指过去的交易或者事项形成的潜在资产，其存在需通过未来不确定事项的发生或不发生予以证实。它与或有负债一样，必须具备两个特征：或有资产由过去的交易或事项产生；或有资产的结果具有不确定性。

三、或有事项的确认与计量

或有事项的确认是指与或有事项相关义务的确认。或有事项的确认和计量通常是指预计负债的确认和计量。或有事项符合确认资产条件时，也应对其确认和计量。

（一）预计负债的确认

与或有事项有关的义务应当在同时符合以下三个条件时确认为负债，作为预计负债进行确认：

（1）该义务是企业承担的现时义务。

（2）履行该义务很可能导致经济利益流出企业。

（3）该义务的金额能够可靠地计量。

从上述三个条件可以得出：只有现时义务才能确认为预计负债，潜在义务不能确认为预计负债；履行或有事项产生的现时义务导致经济利益流出企业的可能性超过50%但尚未达到基本确定程度时，应该确认为预计负债；该义务的金额必须能够可靠计量，不能可靠计量，就难以在财务报表内进行确认，即使满足（1）和（2）两个条件，也只能在报表附注中披露说明。

（二）预计负债的计量

或有事项的计量是指与或有事项相关义务形成的预计负债的计量。包括最佳估计数的确定和预期可获得补偿的处理。

1. 最佳估计数的确定

预计负债应当按照履行相关现时义务所需支出的最佳估计数进行初始计量。最佳估计数的确定按照以下两种情况处理：

（1）所需支出存在一个连续范围，且该范围内各种结果发生的可能性相同时，最佳估计数应当按照该范围内的上下限的平均值确定。

【例10-16】 2010年12月9日，东方公司因合同违约而涉及一桩诉讼案。根据企业的法律顾问判断，最终的判决很可能对本企业不利。2010年12月31日，公司尚未接到法院的判决，因诉讼须承担的赔偿金额也无法准确地确定。假定预计要支付赔偿金额在50万~70万元，而且这个区间内每个金额的可能性都大致相同。则东方公司应在2010年12月31日的资产负债表中确认一项预计负债，金额为（50+70）/2 = 60（万元）。做会计分录如下：

借：营业外支出——赔偿支出　　　　　　　　　600 000

　　贷：预计负债——未决诉讼　　　　　　　　　　600 000

（2）所需支出不存在一个连续范围，或者虽然存在一个连续范围但该范围内各种结果发生的可能性不相同。

第一，或有事项涉及单个项目的，按照最可能发生金额确定。

【例10-17】 承【例10-16】的资料，假设根据企业的法律顾问判断，东方公司最终诉讼胜利的可能性有30%，败诉的可能性有70%。如果败诉，将要赔偿70万元。则东方公司应在2010年12月31日的资产负债表中确认一项预计负债，金额应为最可能发生的金额，即700 000元。做会计分录如下：

借：营业外支出——赔偿支出　　　　　　　　　700 000

　　贷：预计负债——未决诉讼　　　　　　　　　　700 000

第二，或有事项涉及多个项目的，按照各种可能结果及相关概率计算确定。

【例10-18】 2010年，乙企业销售产品40 000件，销售额1.2亿元。乙企业的产品质量保证条款规定：产品售出后一年内，如果发生正常质量问题，乙企业将免费负责修理。根据以往的经验，如果出现较小的质量问题，则须发生的修理费为销售额的1%；而如果出现较大的质量问题，则须发生的修理费为销售额的2%。据预测，本年度已售产品中，有80%不会发生质量问题，有15%将发生较小质量问题，有5%将发生较大质量问题。

2010年末，乙企业应确认的预计负债金额（最佳估计数）=（1.2×1%）×15%+（1.2×2%）×5% = 300 000（元）。做会计分录如下：

借：销售费用——产品质量保证　　　　　　　　300 000

　　贷：预计负债——产品质量保证　　　　　　　　300 000

2. 预期可获得补偿的处理

在有些情况下，企业承担的一些赔偿支出，可以从第三方取得补偿，从而使得企业承担的赔偿金额实际上有可能减少。我国或有事项会计准则规定，企业清偿预计负债所需支出全部或部分预期由第三方补偿的，补偿金额只有在基本确定能够收到时才能作为资产单独确认。确认的补偿金额不应当超过预计负债的账面价值。所谓的"基本确定"是指经济利益流入的概率达到了95%以上（不含95%）。"单独确认"是指确认的补偿金额应该计入资产，不应该作为预计负债的抵减金额。

思考与练习

一、思考题

1. 职工薪酬包括哪些内容？
2. 一般纳税人应缴增值税如何计算和进行会计处理？
3. 一般纳税人的哪些业务应实体销售？
4. 一般纳税人对委托加工物资应交消费税如何进行会计处理？
5. 什么是或有负债？会计上为什么对或有负债不予确认但需要披露相关信息？
6. 如何确认并计量预计负债？

二、练习题

1. 某公司为家电生产企业，共有职工310人，其中生产工人200人，车间管理人员15人，行政管理人员20人，销售人员15人，在建工程人员60人。该公司适用的增值税税率为17%。2010年12月份发生如下经济业务：

（1）本月应付职工工资总额为380万元，工资费用分配汇总表列示的产品生产工人工资为200万元，车间管理人员工资为30万元，企业行政管理人员工资为50万元，销售人员工资40万元，在建工程人员工资60万元。

（2）以本企业自己生产的某种电暖气发放给公司每名职工，每台电暖气的成本为800元，市场售价为每台1 000元。

（3）为总部部门经理以上职工提供汽车免费使用，为副总裁以上高级管理人员没人租赁一套住房。该公司现有总部部门经理以上职员共10人，假定所提供汽车每月计提折旧4万；现有副总裁以上职工3人，所提供住房每月的租金2万元。

（4）用银行存款支付副总裁以上职工住房租金2万元。

（5）结算本月应付职工工资总额为380万元，代扣职工房租10万元，企业代垫职工家属医疗费2万元，代扣个人所得税20万元，余款用银行存款支付。

（6）上交个人所得税20万元。

（7）下设的职工食堂维修领用原材料5万元，其购入时支付的增值税0.85万元。

要求：编制上述业务的会计分录。

2. 甲企业委托乙企业加工用于连续生产的应收消费品。甲、乙两企业均为增值税一般纳税人，适用的增值税税率为17%，适用的消费税率为5%。甲企业对材料采用计划成本核算。有关资料如下：

（1）甲企业发出材料一批，计划成本为70 000元，材料成本差异率为2%。

（2）按合同规定，甲企业用银行存款支付乙企业加工费用4 600元（不含增值税），以及相应的增值税和消费税。

（3）甲企业用银行存款支付往返运杂费600元（不考虑增值税进项税额）。

（4）甲企业委托乙企业加工完成后的材料计划成本为 80 000 元，该批材料已验收入库。

要求：

（1）计算甲企业应支付的增值税和消费税。

（2）编制甲企业委托加工材料发出、支付有关税费和入库有关的会计分录（对于应交税费账户，须列出明细账户，涉及增值税的，还应列出专栏）。

3. 某企业 2010 年 4 月发生如下经济业务：

（1）根据供电部门通知，企业本月应付电费 5 万元。其中生产车间电费 4 万元，企业行政管理部门电费 1 万元。

（2）购入一台不需要安装的设备，价款及价外费用 100 000 元，增值税专用发票上注明的增值税额 17 000 元，款项尚未支付。

（3）管理部门委托外单位修理机器设备，对方开来的专用发票上注明修理费用 2 000 元，增值税额 340 元，款项已用银行存款支付。

（4）库存材料因意外火灾毁损一批，有关增值税专用发票确认的成本为 8 000 元，增值税额为 1 360 元。

（5）建造厂房领用生产用原材料 20 000 元，其购入时支付的增值税为 3 400 元。

（6）出售一栋办公楼，出售收入 640 000 元已存入银行。该办公楼的账面原价为 800 000 元，已提折旧 200 000 元；出售过程中用银行存款支付清理费用 10 000 元。销售该项固定资产适用的营业税率为 5%。

要求：编制上述业务的会计分录。

第十一章

长 期 负 债

本章介绍了长期负债的概念、特征及分类，借款费用资本化与费用化的界定，重点阐述了应付债券的会计处理。

【重要概念】　长期负债　应付债券　长期应付款　借款费用

第一节　长期负债概述

一、长期负债的概念

长期负债是指偿还期在一年或者超过一年的一个营业周期以上的债务，包括长期借款、应付债券、长期应付款等。

由于流动负债主要是用来满足企业生产经营中对资金的短期需要，而长期负债则主要是由于企业扩大经营规模而增加固定资产，在投资人投入企业的资本不足的情况下向债权人筹资的长期性理财活动而产生，这些负债金额大，可供企业有偿使用的期限长但不归企业所有，将来必须以企业资产或劳务进行偿还的债务。

与增发股票相比较，通过举借长期负债筹集资金有以下优越性：

（1）维持股东对企业的控制权。举借长期负债不会影响企业原有的股权结构，股东对企业的控制力不会降低，也不会稀释每股盈余，也不会导致股价下跌。

（2）债务融资成本较低。债权人无权参与剩余的收益分配，更无权参与企业的生产经营决策，只按照事先约定的利率收取利息。

（3）享有税收利益。除资本化的利息支出及相关成本外，举借长期负债的利息可从应纳税所得额中扣除，而股利只能从税后利润中支付，不能作为税前扣除项目。

当然，通过举借长期负债筹集资金也会产生一些不利影响，主要表现在以下几方面：

（1）利息费用的支付具有刚性。长期负债的利息是企业必须定期支付的固定费用，如果举债经营的投资报酬率低于举债的利率，则会给企业带来较重的负担，且有减少股东利益的风险。

（2）具有明确的到期日。由于长期负债金额较大，在偿还负债时会使企业产生大量的现金流出，因此企业必须为债务的偿还做好财务安排。

（3）具有较大的财务风险。法律上规定，债权人对企业财产的求偿权优先于股东，如果企业因资金周转困难而无法按期支付利息或本金，债权人的求偿权可能迫使企业通过破产清算的法定程序追回自己全部或者部分借款。

二、长期负债的分类

企业举借长期债务，根据筹措方式的不同，可分为三类。

（1）长期借款。长期借款是指企业从银行或其他金融机构借入的偿还期在一年以上（不含一年）的借款，包括人民币长期借款和外汇长期借款。人民币长期借款是以人民币或者以人民币为基准计算的借款。外汇长期借款是以外币或者外币为基准计算的长期借款。

（2）长期应付债券。长期应付债券是指企业对外发行并承诺在一定时期内还本付息的一种债务凭证。与银行借款不同，应付债券是举债企业在社会上向公众募集资金，而且可按规定在证券市场上流通，银行借款不具有此优势。

（3）长期应付款。长期应付款是指企业除长期借款和应付债券以外的其他各种长期应付款项，包括应付融资租入固定资产的租赁费、具有融资性质的延期付款购买资产发生的应付款项等。

长期负债还有按本金是在债务到期日一次偿还还是在举债期内分次偿还，分为定期偿还的长期负债和分期偿还的长期负债；按举债的基础是企业提供的担保还是企业的信誉，可分为担保长期负债和信用长期负债。

三、长期负债的确认和计量

长期负债初始确认时，应按照公允价值计量。长期借款初始计量的公允价值则通常是向银行或其他金融机构实际借入的金额。应付债券按发行时的现值计量，期末，长期负债按摊余成本进行后续计量。

第二节　长期借款

长期借款是指企业从银行或其他金融机构借入的偿还期在一年以上（不含一年）的借款。

一、长期借款利息

由于长期借款一般金额较大，因此利息就是一项很重要的因素。利息的计算方法有单利计算法和复利计算法。单利是指在涉及两个或两个以上的计息期情况下，各期的利息均只按最初的本金计算，所生利息不加入本金重复计算以后期间利息。复利是将前期利息加入后期本金计算利息，俗称利滚利。在西方国家，长期借款利息一般按复利计算。我国会计实务中，对长期借款利息一般采用单利计算。

企业应根据贷款合同的规定来确定对借款利息是采用分期支付方式，还是采用在借款到期还本时一起偿付的方式。会计上，对应计入资产成本的借款利息，一般在会计中期、年末和资产达到预定可使用或可销售状态的会计期末将利息计提入账；如果年内分期支付利息，也可按付息期确认。在中期期末和年度终了两个时点，企业必须核算应付利息，以正确反映当期的负债与损益。

二、长期借款的会计处理

长期借款应按实际的借款本金及借款期内形成的利息之和计价核算。企业借入各种长期借款时，按实际收到的款项，借记"银行存款"科目，贷记"长期借款——本金"；按借贷双方之间的差额，借记"长期借款——利息调整"。

在资产负债表日，企业应按长期借款的摊余成本和实际利率计算确定的长期借款的利息费用，借记"在建工程"、"财务费用"、"制造费用"等科目，按借款本金和合同利率计算确定的应付未付利息，贷记"应付利息"科目，按其差额，贷记"长期借款——利息调整"科目。

企业归还长期借款，按归还的长期借款本金，借记"长期借款——本金"科目，按转销的利息调整金额，贷记"长期借款——利息调整"科目，按实际归还的款项，贷记"银行存款"科目，按借贷双方之间的差额，借记"在建工程"、"财务费用"、"制造费用"等科目。

【例 11-1】 东方公司 2009 年 1 月 1 日借入期限为两年的长期借款 2 000 000 元，款项已存入银行。借款利率按市场利率确定为 6%，每年付息一次，期满后一次还清本金。2009 年 1 月 10 日，以银行存款支付工程价款共计 2 000 000 元。该厂房于 2010 年 8 月底完工，达到预定可使用状态。东方公司的会计分录如下：

（1）2009 年 1 月 1 日，取得借款时：

借：银行存款　　　　　　　　　　　　　　　　　　　2 000 000
　　贷：长期借款　　　　　　　　　　　　　　　　　　　　2 000 000

（2）2009 年 1 月 10 日，支付工程款时：

借：在建工程　　　　　　　　　　　　　　　　　　　2 000 000
　　贷：银行存款　　　　　　　　　　　　　　　　　　　　2 000 000

（3）2009 年 12 月 31 日，计算 2009 年应计入工程成本利息时：

借款利息 = 2 000 000×6 % = 120 000（元）

借：在建工程　　　　　　　　　　　　　　　　　　　120 000
　　贷：应付利息　　　　　　　　　　　　　　　　　　　　120 000

（4）支付借款利息时：

借：应付利息　　　　　　　　　　　　　　　　　　　120 000
　　贷：银行存款　　　　　　　　　　　　　　　　　　　　120 000

（5）2010 年 8 月底，达到预定可使用状态，对于 2010 年 8 月份前的利息费用予以资本化。

应计入工程成本的利息 = （2 000 000×6%/12）× 8 = 80 000（元）

借：在建工程　　　　　　　　　　　　　　　　　　　80 000
　　贷：应付利息　　　　　　　　　　　　　　　　　　　　80 000

同时：

借：固定资产　　　　　　　　　　　　　　　　　　　2 200 000
　　贷：在建工程　　　　　　　　　　　　　　　　　　　　2 200 000

（6）2010 年 12 月 31 日，计算 2010 年 9~12 月应计入财务费用的利息时：

应计入财务费用的利息 = （2 000 000×6% ÷ 12）× 4 = 40 000（元）

借：财务费用　　　　　　　　　　　　　　　40 000
　　贷：应付利息　　　　　　　　　　　　　　　　40 000
（7）2010 年 12 月 31 日支付利息时：
借：应付利息　　　　　　　　　　　　　　　120 000
　　贷：银行存款　　　　　　　　　　　　　　　　120 000
（8）2011 年 1 月 1 日到期还本时：
借：长期借款　　　　　　　　　　　　　　　2 000 000
　　贷：银行存款　　　　　　　　　　　　　　　　2 000 000

第三节　应付债券

一、应付债券的概念

债券是依照法定程序发行的、约定在一定期限内还本付息的一种有价债券。企业可以依照法定程序，以对外发行债券的形式筹集资金。应付债券是企业因发行债券筹措资金而形成的一种长期负债。债券的票面上一般载明企业名称、债券面值、票面利率、偿还期限和偿还方式、利息的支付方式和债券的发行日等内容。

二、应付债券的分类

应付债券按照不同的标准进行分类，可分为以下几种类型。

按有无抵押担保分为以下两类：

（1）有担保债券。有担保债券是用一定的财产物资作为公司偿债保证的债券，担保品可以是动产或不动产，也可以用股票、债券、其他有价证券作为担保品。

（2）无担保债券。无担保债券是无担保品作为保证的债券，也称信用债券，是仅凭公司的信用发行的。

按是否记名分为以下两类：

（1）记名债券。记名公司债券是指债券上注明债权人姓名，同时在公司的发行账簿上作同样记录的债券。记名公司债券一般不自由转让，特殊情况下经发行债券公司登记过户可以进行转让。

（2）无记名债券。无记名公司债券是指债券上未注明债权人姓名，也不在发行公司账簿上作同样登记的债券。无记名公司债券可以自由转让。

按偿还本金的方式分为以下两类：

（1）一次还本债券。一次还本债券是指在规定期满时，一并偿还本金的债券。

（2）分期还本债券。分期还本债券是指分期分批偿还本金的债券。

按支付利息的方式分为以下两类：

（1）到期一次付息债券。到期一次付息债券是指在到期日支付全部利息的债券。

（2）分期付息债券。分期付息债券是指每隔一段时间支付一次利息的债券。

按可否转换为发行企业股票分为以下两类：

（1）可转换债券。可转换债券是指债券持有人在持有一定时期后可按照规定的比率转换为公司普通股的债券。

（2）不可转换债券。不可转换债券是指不能转换为发行企业普通股股票的债券。

三、应付债券的发行

（一）债券的发行价格

债券的发行价格是债券发行企业在发行债券时，向债券投资者收取的全部现金或现金等价物。从理论上说，债券的发行价格应该是债券的票面价值，但实际上，债券的发行价格往往与债券的票面价值是不等的。这既有资本市场上的利率水平、供求关系、相对的风险与报酬差异、宏观经济状况等影响债券实际发行价格等多方面的因素，也有发行企业自身的信用状况、资本结构等因素的影响。

一般来讲，债券发行价格的高低取决于债券的现值，即到期应付的债券面值和各期应付的票面利息按市场利率折合的现值总和，其中，市场利率是指债券发行时发行企业与债券投资者双方均能接受的利率。债券发行价格与市场利率的关系可表示为

$$\text{债券的发行价格} = \text{到期偿还面值按市场利率折算的现值} + \text{票面利息按市场利率折算的现值}$$

企业债券的发行价格受同期银行存款利率（相当于市场利率）的影响较大，经常会出现市场利率大于或小于票面利率。当债券票面利率与同期银行利率一致时，债券的发行价格等于其票面价值，即按面值发行；如果债券票面利率高于银行存款利率，可按高于其票面价值的价格发行，称为溢价发行。溢价发行表明企业以后各期多付利息，而事先得到的补偿；如果债券票面利率低于银行存款利率，可按低于债券票面价值的价格发行，称为折价发行。折价发行表明企业以后各期少付利息而预先给投资者的补偿。

在明确了债券发行价格与市场利率的关系之后，就涉及应付债券入账金额的确定问题，也就是对债券发行相关的交易费用的处理问题。与债券发行相关的交易费用是指与债券发行直接相关的手续费、佣金等费用。我国现行会计准则规定，将交易费用计入应付债券的初始确认金额。也就是说，应付债券应按发行时实际收到的价款扣除相关的手续费、佣金等交易费用后的金额入账。因为交易费用是债券融资成本的一部分，将其包括在应付债券的初始确认金额内可以反映完整的融资成本，有利于分析与评价融资的效果。这样应付债券会计处理不仅仅关注债券是溢价发行、折价发行还是平价发行，还要将债券的溢价、折价和交易费用结合考虑。

（二）应付债券的会计处理

"应付债券"科目用来核算和监督企业债券的发行和本金的偿还情况。该科目属于负债类科目，其贷方登记企业发行债券时收到的款项和应支付的债券利息以及摊销的债券折价；借方登记企业实际支付的债券本息以及摊销的债券溢价，期末贷方余额表示企业尚未偿还的债券本息。该科目下设"面值"、"利息调整"和"应计利息"三个明细科目进行明细核算。

企业无论是按面值还是溢价发行或折价发行债券，均按债券面值记入"应付债券"科目的"面值"明细科目，实际收到的款项与面值的差额，记入"利息调整"明细科目。企业发行债券时，按实际收到的款项，借记"银行存款"等科目，按债券票面价值，贷记"应

付债券——面值"科目，按实际收到的款项与票面价值之间的差额，贷记或借记"应付债券——利息调整"科目。

资产负债表日，对于分期付息、一次还本的债券，企业按应付债券的摊余成本和实际利率计算确定的债券利息费用，借记"在建工程"、"制造费用"、"财务费用"等科目；按票面利率计算确定的应付未付利息，贷记"应付利息"科目；按其差额借记或贷记"应付债券——利息调整"科目。在每期支付利息时，借记"应付利息"科目，贷记"银行存款"科目。债券到期偿还本金并支付最后一期利息时，借记"应付债券——面值"、"在建工程"、"财务费用"、"制造费用"等科目，贷记"银行存款"科目，按借贷双方之间的差额，借记或贷记"应付债券——利息调整"科目。

对于一次还本付息的债券，企业应于资产负债表日按应付债券的摊余成本和实际利率计算确定的债券利息费用，借记"在建工程"、"制造费用"、"财务费用"等科目；按票面利率计算确定的应付未付利息，贷记"应付债券——应计利息"科目；按其差额借记或贷记"应付债券——利息调整"科目。企业于债券到期支付债券本息时，借记"应付债券——面值、应计利息"科目，贷记"银行存款"科目。

1. 债券发行的会计处理

【例 11-2】　东方公司 2007 年 1 月 1 日以 390 651 元的价格发行 5 年期的面值为 400 000 元、票面利率为年利率 5% 的债券。发行债券时发生的交易费 7 500 元从发行债券所收到的款项中扣除，实际收到的款项存入银行。债券利息在每年 12 月 31 日支付。东方公司的会计分录如下：

应付债券的入账金额 = 390 651 − 7 500 = 383 151（元）

应确认的利息调整差额 = 400 000 − 383 151 = 16 849（元）

借：银行存款　　　　　　　　　　　　　　　　　　383 151

　　应付债券——利息调整　　　　　　　　　　　　　16 849

　贷：应付债券——面值　　　　　　　　　　　　　　400 000

【例 11-3】　承【例 11-2】的资料，若东方公司 2007 年 1 月 1 日以 425 309 元的价格发行 5 年期的面值为 400 000 元、票面利率为年利率 5% 的债券。发行债券时发生的交易费 7 500 元从发行债券所收到的款项中扣除，实际收到的款项存入银行。债券利息在每年 12 月 31 日支付。东方公司的会计分录如下：

应付债券的入账金额 = 425 309 − 7 500 = 417 809（元）

应确认的利息调整差额 = 417 809 − 400 000 = 17 809（元）

借：银行存款　　　　　　　　　　　　　　　　　　417 809

　贷：应付债券——面值　　　　　　　　　　　　　　400 000

　　　　　　——利息调整　　　　　　　　　　　　　17 809

【例 11-4】　讯达公司 2007 年 1 月 1 日以 378 630 元的价格发行 5 年期的面值为 400 000 元、票面利率为年利率 5% 的债券。发行债券时发生的交易费 7 500 元从发行债券所收到的款项中扣除，实际收到的款项存入银行。债券利息按单利计算且于债券到期时一次性支付。讯达公司的会计分录如下：

应付债券的入账金额 = 378 630 − 7500 = 371 130（元）

应确认的利息调整差额 = 400 000 − 371 130 = 28 870（元）

借：银行存款　　　　　　　　　　　　　　　　　　371 130

应付债券——利息调整		28 870
贷：应付债券——面值		400 000

2. 债券利息的会计处理

由于债券利率的差异导致债券发行时会存在"利息调整"项目，该项目会在债券存续期对债券利息进行调整，使发债公司计提的利息与市场利率相符。

我国企业会计准则规定，利息调整的方法需采用实际利率法。实际利率法是根据企业期初应付债券的摊余成本乘以实际利率，计算各期的实际利息费用，再与按面值及票面利率计算的各期应付利息比较，两者之差额即为各期应分摊的债券溢价或折价，亦即利息调整额。计算公式为

$$每期应付债券利息 = 债券面值 \times 票面利率$$
$$每期实际利息费用 = 债券期初摊余成本 \times 实际利率$$
$$每期利息调整金额 = 各期应付债券利息 - 当期实际利息费用$$

【例 11-5】 承【例 11-2】的资料，东方公司采用实际利率法确定应付债券的摊余成本，假设所发行债券的实际利率为 6%。编制应付债券利息调整摊销表，如表 11-1 所示。

表 11-1 利息调整摊销表（分期付息） 单位：元

期数	应付利息 ① = 面值×5%	实际利息 ② = 上期⑤×6%	摊销的利息调整 ③ = ②-①	利息调整余额 ④ = 上期④-③	摊余成本 ⑤ = 面值-④
发行时				16 849	383 151
1	20 000	22 989.06	2 989.06	13 859.94	386 140.06
2	20 000	23 168.40	3 168.40	10 691.54	389 308.46
3	20 000	23 358.51	3 358.51	7 333.03	392 666.97
4	20 000	23 560.02	3 560.02	3 773.01	396 226.99
5	20 000	23 773.01*	3 773.01	0	400 000

*含尾数调整。

2007 年 12 月 31 日，东方公司会计分录如下：

（1）支付利息时：

借：财务费用		20 000
贷：银行存款		20 000

（2）摊销利息调整时：

借：财务费用		2 989.06
贷：应付债券——利息调整		2 989.06

2008~2010 年每年 12 月 31 日的会计分录均相同。2011 年 12 月 31 日，东方公司会计分录如下：

（1）支付利息时：

借：财务费用		20 000
贷：银行存款		20 000

（2）摊销利息调整时：

借：财务费用		3 773.01

贷：应付债券——利息调整　　　　　　　　　　　　　3 773.01

【例11-6】　承【例11-3】的资料，东方公司采用实际利率法确定应付债券的摊余成本，假设所发行债券的实际利率为4%。编制应付债券利息调整摊销表，如表11-2所示。

表11-2　利息调整摊销表（分期付息）　　　　　　　　单位：元

期数	应付利息 ①=面值×5%	实际利息 ②=上期⑤×4%	摊销的利息调整 ③=①-②	利息调整余额 ④=上期④-③	摊余成本 ⑤=面值+④
发行时				17 809	417 809
1	20 000	16 712.36	3 287.64	14 521.36	414 521.36
2	20 000	16 580.85	3 419.15	11 102.21	411 102.21
3	20 000	16 444.09	3 555.91	7 546.30	407 546.30
4	20 000	16 301.85	3 698.15	3 848.15	403 848.15
5	20 000	16 151.85*	3 848.15	0	400 000

*含尾数调整。

2007年12月31日，东方公司会计分录如下：

（1）支付利息时：

借：财务费用　　　　　　　　　　　　　　　　　　　20 000

贷：银行存款　　　　　　　　　　　　　　　　　　20 000

（2）摊销利息调整时：

借：应付债券——利息调整　　　　　　　　　　　　　3 287.64

贷：财务费用　　　　　　　　　　　　　　　　　　3 287.64

2008~2010年每年12月31日的会计分录均相同，只是金额不等。2011年12月31日，东方公司会计分录如下：

（1）支付利息时：

借：财务费用　　　　　　　　　　　　　　　　　　　20 000

贷：银行存款　　　　　　　　　　　　　　　　　　20 000

（2）摊销利息调整时：

借：应付债券——利息调整　　　　　　　　　　　　　3 848.15

贷：财务费用　　　　　　　　　　　　　　　　　　3 848.15

【例11-7】　承【例11-4】，假设所发行债券的实际利率为6.7%。编制应付债券利息调整摊销表，如表11-3所示。

表11-3　利息调整摊销表（到期一次付息）　　　　　　单位：元

期数	应付利息 ①=面值×5%	实际利息 ②=上期⑤ ×6.7%	摊销的利息调整 ③=②-①	利息调整余额 ④=上期④-③	摊余成本 ⑤=面值④+∑①
发行时				28 870	371 130
1	20 000	24 865.71	4 865.71	24 004.29	375 995.71
2	20 000	25 191.71	5 191.71	18 812.58	381 187.42
3	20 000	25 539.56	5 539.56	13 273.02	386 726.98

续表

期数	应付利息 ①=面值×5%	实际利息 ②=上期⑤ ×6.7%	摊销的利息调整 ③=②-①	利息调整余额 ④=上期④-③	摊余成本 ⑤=面值④+∑①
4	20 000	25 910.71	5 910.71	7 362.31	392 637.69
5	20 000	27 362.31*	7 362.31	0	4 000 000

*含尾数调整。

2007年12月31日，讯达公司会计分录如下：

（1）确认应付利息时：

借：财务费用　　　　　　　　　　　　　　　　　　　　20 000

　　贷：应付债券——应计利息　　　　　　　　　　　　　　　　20 000

（2）摊销利息调整时：

借：财务费用　　　　　　　　　　　　　　　　　　　　24 865.71

　　贷：应付债券——利息调整　　　　　　　　　　　　　　　　24 865.71

2008~2011年每年12月31日的会计分录均相同只是金额不等。

3. 债券偿还的会计处理

（1）分期付息债券的偿还。

【例11-8】　承【例11-2】的资料，东方公司2007年1月1日发行的债券于2011年1月1日到期，公司以银行存款400 000元偿还债券的面值。东方公司会计分录如下：

借：应付债券——面值　　　　　　　　　　　　　　　　400 000

　　贷：银行存款　　　　　　　　　　　　　　　　　　　　　400 000

（2）到期一次付息债券的偿还。

【例11-9】　承【例11-4】的资料，讯达公司2007年1月1日发行的债券于2011年1月1日到期，公司以银行存款500 000元偿还债券的面值和全部利息。讯达公司会计分录如下：

借：应付债券——面值　　　　　　　　　　　　　　　　400 000

　　　　　　　——应计利息　　　　　　　　　　　　　　100 000

　　贷：银行存款　　　　　　　　　　　　　　　　　　　　　500 000

四、可转换公司债券

（一）可转换债券的概念及性质

可转换债券是指发行人依照法定程序，在一定期间之后，按规定的转换比率或转换价格转换为发行企业股票的债券。我国发行可转换公司债券采取记名式无纸化发行方式，债券最短期限为3年，最长期限为5年。

可转换债券属于混合性证券，它具有债权性证券与权益性证券的双重性质。

对于可转换债券的持有者来说，未转换前是债券，可以定期获取利息收入，直至到期收回本金，所以可转换债券具有一般债券投资的性质。若将债券按规定比率转换为债券发行企业的股票后，当该股票价格上涨时，可以享受股票增值的利益。

对于债券发行企业来说，未转换前是债券，要定期支付债券的利息，到期偿还债券的本金，所以可转换债券具有一般债券的债务性质。若赋予了债券持有者按规定条件将债券转换为本企业股票的权利后，即转换权，此时可转换债券就具有了所有者权益的性质。

（二）可转换债券的发行

可转换债券的发行价格由债券面值及票面利息按市场利率折算的现值和转换权的价值两部分构成。由于债券面值及票面利息按市场利率折算的现值容易计算，因此，关键问题就是转换权的价值的确定。转换权之所以有价值，主要是因为股票价格上涨时，债权人将可转换债券按规定的比率转换成股票，可转换债券的持有人可以得到股票增值的利益。

我国金融工具列报会计准则规定，企业发行可转换债券时，应当在初始确认时将负债和权益成分进行分拆。企业在进行分拆时，应当先确定负债成分的公允价值并以此作为其初始确认金额，确认为应付债券；再按照该可转换公司债券整体的发行价格扣除负债成分初始确认金额后的金额确定权益成分的初始确认金额，确认为资本公积。发行该可转换公司债券发生的交易费用，应当在负债成分和权益成分之间按照其初始确认金额的相对比例进行分摊。

企业发行的可转换公司债券在"应付债券"科目下设置"可转换公司债券"明细科目核算。企业按实际收到的款项，借记"银行存款"等科目，按可转换公司债券包含的负债成分面值，贷记"应付债券——可转换公司债券——面值"科目，按权益成分的公允价值，贷记"资本公积——其他资本公积"科目，按其差额，借记或贷记"应付债券——可转换公司债券——利息调整"科目。

可转换公司债券持有人行使转换权利，将其持有的债券转换为股票的，按可转换公司债券的余额，借记"应付债券——可转换公司债券——面值"科目，借记或贷记"应付债券——可转换公司债券——利息调整"科目，按其权益成分的金额，借记"资本公积——其他资本公积"科目，按股票面值和转换的股数计算的股票面值总额，贷记"股本"科目，按其差额，贷记"资本公积——股本溢价"科目。如果用现金支付不可转换股票的部分，还应贷记"库存现金"、"银行存款"等科目。

（三）可转换债券的会计处理

1. 可转换债券发行的会计处理

【例11-10】　铭铭公司于 2007 年 1 月 1 日发行面值为 600 000 元、票面利率为 4%、5 年期的可转换债券。规定每年 12 月 31 日支付利息。发行 2 年后，按每 1 000 元面值转换为该企业每股面值为 1 元的普通股 900 股。实际发行价格为 574 026 元，市场利率为 5%。不附转换权时，该债券的发行价格为 549 452 元，市场利率为 6%。假定没有发生交易费用。该公司采用实际利率法确定债券的摊余成本。铭铭公司的会计分录如下：

转换权价值＝574 026－549 452＝24 574（元）

利息调整差额＝600 000－549 452＝50 548（元）

（1）2007 年 1 月 1 日发行债券时：

借：银行存款　　　　　　　　　　　　　　　　　　574 026

　　应付债券——可转换公司债券——利息调整　　　　50 548

　　贷：应付债券——可转换公司债券——面值　　　　　　　600 000

　　　　资本公积——其他资本公积　　　　　　　　　　　　　　24 574

（2）2007 年 12 月 31 日支付利息时：

实付利息 = 600 000 × 4% = 24 000（元）

利息费用 = 549 452 × 6% = 32 967（元）

借：财务费用　　　　　　　　　　　　　　　　　　　32 967

　　贷：应付债券——可转换公司债券——利息调整　　　　　　8 967

　　　　银行存款　　　　　　　　　　　　　　　　　24 000

2. 可转换债券的转换会计处理

　　可转换债券发行时，一般都有约定的转换期、转换率和转换价格。当债券持有者按规定将可转换债券转换为普通股股票时，注销这部分债券的账面价值，同时反映所有者权益的增加。具体会计处理方法有账面价值法与市价法。我国现行会计准则要求采用账面价值法，即以债券的账面价值或债券账面价值与转换权价值之和作为股票的价值入账，"股本"科目等于股票的面值，债券的账面价值及转换权价值之和与可转换股份面值的差额减去支付的现金后的余额，作为资本公积。

【例 11-11】　承【例 11-10】的资料，假定铭铭公司可转换债券的持有者于 2009 年 1 月 1 日行使转换权，将该公司于 2007 年 1 月 1 日发行的可转换债券的 80% 转换为普通股股票。

　　首先需确定转换日债券的账面价值与未摊销利息调整差额，计算结果如表 11-4 所示。

表 11-4　利息调整摊销表（实际利率法）　　　　　　　　单位：元

期数	实付利息 ①=面值×4%	实际利息 ②=上期⑤×6%	摊销的利息调整 ③=②-①	利息调整余额 ④=上期④-③	账面价值 ⑤=面值-④
				50 548	549 452
1	24 000	32 967	8 967	41 581	558 419
2	24 000	33 505	9 505	32 076	567 924

　　2008 年 12 月 31 日，全部债券的账面价值为 567 924 元，未摊销利息调整差额为 32 076 元。2009 年 1 月 1 日转换日：

已转换债券的账面价值 = 567 924 × 80% = 454 339（元）

已转换债券的未摊销利息调整差额 = 32 076 × 80% = 25 661（元）

转换普通股的股数 = 600 000 ÷ 1 000 × 80% × 900 = 432 000（股）

应贷记股本的金额 = 432 000 × 1 = 432 000（元）

应借记资本公积（其他资本公积）的金额 = 24 574 × 80% = 19 659（元）

应贷记资本公积（股本溢价）的金额 = 454 339 + 19 659 – 432 000 = 41 998（元）

则转换日的会计分录如下：

借：应付债券——可转换公司债券——面值　　　　　　　480 000

　　资本公积——其他资本公积　　　　　　　　　　　　19 659

　　贷：应付债券——可转换公司债券——利息调整　　　　　25 661

　　　　股本　　　　　　　　　　　　　　　　　　　432 000

　　　　资本公积——股本溢价　　　　　　　　　　　　41 998

第四节　长期应付款

　　长期应付款是指企业除长期借款和应付债券以外的其他各种长期应付款项，包括采用补偿贸易方式引进国外设备的价款、融资租入固定资产的租赁费、专项应付款等。

　　为了核算企业以分期付款方式购入固定资产发生的应付款项和应付融资租入固定资产的租赁费，应设置"长期应付款"科目。该科目属于负债类科目，其贷方登记企业应付的各项长期应付款项；借方登记企业实际支付的各项长期应付款项，期末贷方余额表示企业尚未偿还的各项长期应付款项。该科目按长期应付款的种类和债权人设置明细科目，进行明细分类核算。

一、应付补偿贸易引进设备款

　　采用补偿贸易方式引进国外设备，企业是先从国外引进设备，再用设备投产后的收益偿还设备价款。企业按合同规定引进设备时，按引进的设备及随同设备一起引进的工具和零配件等的价款和国外运杂费的外币金额折合为人民币计价，借记"固定资产"或"在建工程"等科目，贷记"长期应付款"科目。引进设备所需人民币支付的国内费用（如进口关税、国内运杂费和安装费等）不包括在应付引进设备款中。企业以产品归还设备款时，视同产品销售。从 2009 年 1 月 1 日起，我国对补偿贸易引进的国外设备征收增值税，并准予抵扣。

　　【例 11-12】　2010 年年初，东方公司（增值税一般纳税人）采用补偿贸易方式从国外引进一套生产设备，该设备价款为 1 000 000 美元，支付的引进生产设备运抵我国境内的输入地点起卸前的运输及其相关费用、保险费为 50 000 美元，另以人民币支付进口关税和进口增值税，假设该设备的关税税率为 20%，增值税税率为 17%。从海关运到企业的运费 2 000 元，保险费、装卸费等为 800 元，取得运输机构的运费发票。发生安装费为 22 000 元。设备在一周内即安装完毕，引进设备当日美元汇率为 1 美元 = 人民币 7 元。东方公司会计分录如下：

　　（1）引入设备时：

　　借：在建工程　　　　　　　　　[（1 000 000+50 000）× 7] 7 350 000
　　　　贷：长期应付款——应付引进设备款
　　　　　　　　　——美元户（美元 1 050 000）　　　　　7 350 000

　　（2）支付进口关税、进口增值税时：

　　关税完税价格 = 7 350 000（元）

　　关税 = 7 350 000×20% = 1 470 000（元）

　　进口增值税组成计税价格 = 7 350 000+1 470 000 = 8 820 000（元）

　　进口增值税 = 8 820 000×17% = 1 499 400（元）

　　借：在建工程　　　　　　　　　　　　　　　　1 470 000
　　　　应交税费——应交增值税（进项税额）　　　1 499 400
　　　　贷：银行存款　　　　　　　　　　　　　　　　2 969 400

　　（3）支付国内运杂费和设备安装费时：

　　借：在建工程　　　　　　　　　　　　　　　　24 660
　　　　应交税费——应交增值税（进项税额）　　　140

贷：银行存款 24 800

（4）将安装完毕的设备交付使用时：

借：固定资产 8 844 660

  贷：在建工程 8 844 660

（5）企业以引进设备所生产的第一批产品的销售给该公司，计价美元 100 000 美元，1 美元= 人民币 7 元。该批产品成本为 600 000 元：

借：应收账款——外商××公司 700 000

  贷：主营业务收入 700 000

借：主营业务成本 600 000

  贷：产成品 600 000

借：长期应付款——应付引进设备款

    ——美元户（USD100 000） 700 000

  贷：应收账款——外商××公司——美元户（USD100 000） 700 000

二、应付融资租赁款

应付融资租赁款是指企业采用融资租赁方式租入固定资产而形成的长期负债。

融资租入固定资产是企业为取得固定资产而融通资金的一种方式。承租方一般在约定的租赁期内分期等额支付租金，企业在租赁期间拥有该项固定资产的使用权，待租赁期满再支付一小部分款项，便能取得原租入固定资产的所有权。尽管在租赁期间承租方不拥有该项固定资产的所有权，但由于其风险和报酬已经实质转移，承租方已经具有实质的控制权，所以应将融资租入的固定资产视同企业自有的固定资产进行核算。

我国租赁会计准则规定，融资租入的固定资产，按租赁开始日租赁资产的公允价值与最低租赁付款额的现值两者中较低者，加上在租赁谈判和签订租赁合同过程中承租人发生的可直接归属于租赁项目的初始直接费用，如印花税、佣金、律师费等，应当计入租入固定资产价值，作为租入资产的入账价值，借记"固定资产"等科目，按最低租赁付款额，贷记"长期应付款"科目，按发生的初始直接费用，贷记"银行存款"等科目，按其差额，借记"未确认融资费用"科目。其中，最低租赁付款额是指在租赁期内，承租人应支付或可能被要求支付的各种款项（不包括或有租金和履约成本），加上由承租人或与其有关的第三方担保的资产余值。但是，如果承租人有购买租赁资产的选择权，并且所订立的购价预计将远低于行使选择权时租赁资产的公允价值，因而在租赁开始日就可以合理确定承租人将会行使这种选择权，则购买价格也应包括在内。

承租人在计算最低租赁付款额现值时，如果能够取得出租人的租赁内含利率，应采用出租人的租赁内含利率作为折现率；否则，应采用租赁合同规定的利率作为折现率。企业如果无法取得出租人的租赁内含利率且租赁合同没有规定利率的，应当采用同期银行贷款利率作为折现率。租赁内含利率是指在租赁开始日，使最低租赁收款额的现值与未担保余值的现值之和等于租赁资产公允价值与出租人的初始直接费用之和的折现率。未确认融资费用应当在租赁期内各个期间进行分摊。企业应当采用实际利率法计算确认当期的融资费用。

【例 11-13】 2007 年 1 月 1 日，东方公司以融资租赁方式租入一台新的生产设备，设备的最低租赁付款额为 5 780 000 元，租赁期为 5 年，租赁费按年支付，不知道出租人的租赁内含利率，合同中规定的利率为8%。租赁资产的公允价值为4 580 000元，该设备的使用年限为5年，期末残值80 000元。租赁期满，设备归东方公司所有。不考虑初始直接费用。东方公司相关会计分录如下。

最低租赁付款额的现值= 5 780 000÷5×PA（5，8%）= 4 615 573（元）>4 580 000（元）

根据公允价值与最低租赁付款额现值孰低原则，固定资产的入账价值为公允价值4 580 000元。

（1）融资租入设备时：

借：固定资产——融资租入固定资产 4 580 000

未确认融资费用 1 200 000

贷：长期应付款——应付融资租赁款 5 780 000

（2）每年支付租赁费时：

借：长期应付款——应付融资租赁款 （5 780 000÷5）1 156 000

贷：银行存款 1 156 000

（3）每月计提折旧时：

借：制造费用 [（4 580 000 – 80 000）÷ 5/12] 75 000

贷：累计折旧 75 000

（4）融资租赁费用分摊率为租赁开始日使得最低租赁付款额的现值等于租赁资产公允价值的折现率。

4 580 000 = 1 156 000×PA（5，r）

利用插值法计算融资费用分摊率

当 r = 8%时，1 156 000×3.993 = 4 615 908>4 580 000

当 r = 9%时，1 156 000×3.890 = 4 496 840<4 580 000

（4 615 908–4 580 000）+（4 615 908–4 496 840）=（8%–r）÷（8%–9%）

r = 8.30%

采用实际利率法计算的未确认融资费用摊销如表11-5所示。

表11-5 未确认融资费用摊销

2007年1月1日 单位：元

日期	租金①	确认的融资费用②=上期④×8.30%	应付本金减少额③=①-②	应付本金余额期末④=期初④-③
2007.01.01				4 580 000
2007.12.31	1 156 000	380 140	778 860	3 804 140
2008.12.31	1 156 000	315 743.62	840 256.38	2 963 883.62
2009.12.31	1 156 000	246 002.34	909 997.66	2 053 885.96
2010.12.31	1 156 000	170 472.53	985 527.47	1 068 358.50
2011.12.31	1 156 000	87 641.50*	1 068 358.50	0
合计	5 780 000	1 200 000	4 580 000	—

*含尾数调整。

2007年12月31日摊销融资租赁费用时：

借：财务费用 380 140

贷：未确认融资费用 380 140

2008~2010年的每年12月31日摊销融资租赁费用会计分录均相同，只是金额不等。

2011年12月31日摊销融资租赁费用时：

借：财务费用   87 641.50

  贷：未确认融资费用   87 641.50

（5）租赁期满时：

借：固定资产——生产经营用固定资产   80 000

  贷：固定资产——融资租入固定资产   80 000

第五节 借款费用

一、借款费用的概念

借款费用是指企业因借款而发生的利息及其他相关成本。包括借款利息、折价或溢价的摊销、辅助费用以及因外币借款而发生的汇兑差额等。对于企业发生的权益性融资费用，不应包括在借款费用中。

因借款而发生的利息包括企业向银行或者其他金融机构等借入资金发生的利息、发行公司债券或企业债券发生的利息，以及为购建或者生产符合资本化条件的资产而发生的带息债务所承担的利息等。

因借款而发生的折价或者溢价主要是指发行债券等发生的折价或者溢价，发行债券中的折价或者溢价，其实质是对债券票面利息的调整（即将债券票面利率调整为实际利率），属于借款费用的范畴。

因借款而发生的辅助费用是指企业在借款过程中发生的诸如手续费、佣金等费用，由于这些费用是因安排借款而发生的，属于借入资金所付出的代价，是借款费用的构成部分。

因外币借款而发生的汇兑差额是指由于汇率变动导致市场汇率与账面汇率出现差异，从而对外币借款本金及其利息的记账本位币金额所产生的影响金额。

二、借款费用资本化范围

借款费用的确认主要解决的是将每期发生的借款费用资本化、计入相关资产的成本，还是将有关借款费用费用化、计入当期损益的问题。

（一）借款费用资本化的资产范围

按照企业会计准则规定，企业发生的借款费用可直接归属于符合资本化条件的资产的购建或生产的，应当予以资本化，计入相关资产成本；其他借款费用应当在发生时根据其发生额确认为费用，计入当期损益。符合资本化条件的资产是指需要经过相当长时间的购建或者生产活动才能达到预定可使用或者可销售状态的固定资产、投资性房地产和存货等资产。建造合同成本、确认为无形资产的开发支出等在符合条件的情况下，也可以认定为符合资本化条件的资产。

（二）借款费用资本化的借款范围

借款费用资本化的借款范围不仅包括专门借款，还包括一般借款。专门借款是指为购建或生产符合资本化条件的资产而专门借入的款项。一般借款是指除专门借款之外的借款，一般借款在借入时，其用途通常没有特指用于符合资本化条件的资产的购建或生产。企业只有在购建或生产符合资本化条件的资产而占用一般借款时，才能将与该部分一般借款相关的借款费用资本化，否则应计入当期损益。

（三）借款费用资本化的时间范围

借款费用资本化时间范围就是确定借款费用资本化的期间。借款费用资本化的期间是指从借款费用开始资本化的时点到停止资本化时点的期间，但不包括借款费用暂停资本化的期间。

1. 借款费用开始资本化的时点

借款费用同时满足以下三个条件时才能开始资产化。

（1）资产支出已经发生。这里所指的支出包括为购建或生产符合资本化条件的资产而以支付现金、转移非现金资产或者承担带息债务的形式发生的支出。

（2）借款费用已经发生。企业因借款已经发生了利息、折价或溢价的摊销、辅助费用或汇兑差额。如企业以发行债券方式筹集资金来建造一项固定资产，此时债券本身可能还没有开始计息，但企业已经为发行债券向承销机构支付了一笔承销费，即发生了专门借款的辅助费用，因此，应当认为借款费用已经发生。

（3）为使资产达到预定可使用或者可销售状态所必要的购建或者生产活动已经开始。这里主要是指资产的实体建造或者生产活动，如主体设备的安装、厂房的实际建造、存货的生产等，但不包括仅仅持有资产，没有发生为改变资产形态而进行的购建或者生产活动的情况，如购置建筑用地而发生的借款费用，在持有土地但还没有发生有关房屋建造活动期间，不能予以资本化。

2. 借款费用暂停资本化的时间

如果某项符合资本化条件的资产的购建或生产活动发生非正常中断，并且中断时间连续超过3个月（含3个月），则将中断期间所发生的借款利息和外币折合差额应当暂停借款费用资本化，将此期间发生的借款费用确认为费用，计入当期损益。非正常中断一般是指由于企业管理决策上的原因或者其他不可预见的原因等导致的中断。

如果中断是使购建或生产的资产达到预定可使用或者可销售状态的必要程序，则中断期间所发生的借款利息和外币折合差额仍应计入该项资产的成本。如果非正常中断的过程时断时续，即使中断时间累计超过3个月，但每一次中断时间没有连续超过3个月，借款利息和外币折合差额也应计入资产成本。

3. 借款费用停止资本化的时点

在购建或者生产符合资本化条件的资产达到预定可使用或者预定可销售状态时，借款费用应当停止资本化。在购建或者生产符合资本化条件的资产达到预定可使用或者预定可销售状态后所发生的借款费用，应当在发生时根据其发生额确认为费用，计入当期损益。这里所指的"达到预定可使用或者预定可销售状态"，是指资产已经达到购买方或者建造方预定的可使用或者可销售状态。

购建或者生产符合资本化条件的资产需要试生产或者试运行的，在试生产结果表明可以正常生产出合格产品或者试运行结果表明资产能够正常运转或者营业时，应当认为该资产已经达到预定可使用或者可销售状态，这时借款费用应当停止资本化。

三、借款费用资本化金额的计算

由于借款费用资本化的借款范围包括专门借款和一般借款，因此，我国会计准则规定了不同情况下借款费用资本化金额的计算原则。

（一）计算利息的资本化金额

1. 为购建或者生产符合资本化条件的资产而借入的专门借款

为购建或者生产符合资本化条件的资产而借入专门借款的，应当以专门借款当期实际发生的利息费用，减去将尚未动用的借款金额存入银行取得的利息收入或者进行暂时性投资取得的投资收益后的金额确定。计算公式为

$$\begin{matrix} 每一会计期间 \\ 专门借款利息 \\ 的资本金额 \end{matrix} = \begin{matrix} 专门借款当 \\ 期实际发生 \\ 的利息费用 \end{matrix} - \begin{matrix} 尚未动用的 \\ 借款资金的 \\ 利息收入 \end{matrix} - \begin{matrix} 尚未动用的借款 \\ 资金暂时性投资 \\ 取得的投资收益 \end{matrix}$$

应注意的是，专门借款发生的利息费用，在资本化期间内，应当全部计入符合资本化条件的资产成本，不计算借款资本化率。这是新准则与过去的会计制度在借款费用方面的一个主要差异。

2. 为购建或者生产符合资本化条件的资产占用的一般借款

为购建或者生产符合资本化条件的资产占用的一般借款，应当根据累计资产支出超过专门借款部分的资产支出加权平均数乘以所占用一般借款的资本化率，计算确定一般借款应予资本化的利息金额。资本化率应当根据一般借款加权平均利率计算确定，计算公式为

$$\begin{matrix} 每一会计期间一般借 \\ 款利息的资本化金额 \end{matrix} = \begin{matrix} 累计资产支出超过专门借款 \\ 部分的资产支出加权平均数 \end{matrix} \times \begin{matrix} 所占用一般借 \\ 款的资本化率 \end{matrix}$$

$$\begin{matrix} 所占用一般借 \\ 款的资本化率 \end{matrix} = \begin{matrix} 所占用一般借款 \\ 加权平均利率 \end{matrix} = \begin{matrix} 所占用一般借款当期 \\ 实际发生的利息之和 \end{matrix} \div \begin{matrix} 所占用一般借款 \\ 本金加权平均数 \end{matrix}$$

$$\begin{matrix} 所占用一般借款 \\ 本金加权平均数 \end{matrix} = \sum \begin{matrix} 所占用每笔一 \\ 般借款本金 \end{matrix} \times \frac{每笔一般借款在当期所占用的天数}{当期天数}$$

还应当注意的是，在资本化期间，每一会计期间的利息资本化金额，不应当超过当期相关借款实际发生的利息金额。借款存在利息调整差额的，应当按照实际利率法确定每一会计期间应摊销的利息调整差额，调整每期利息。

（二）计算辅助费用的资本化金额

专门借款发生的辅助费用，在所购建或者生产的符合资本化条件的资产达到预定可使用或者可销售状态之前发生的，应当在发生时根据其发生额予以资本化，计入符合资本化条件的资产成本；在所购建或者生产的符合资本化条件的资产达到预定可使用或者可销售状态之后发生的，应当在发生时根据其发生额确认为费用，计入当期损益。

一般借款发生的辅助费用，应当在发生时根据其发生额确认为费用，计入当期损益。

（三）计算汇兑差额的资本化金额

在资本化期间，属于借款费用资本化范围的外币借款本金及利息的汇兑差额，应当予以资本化，计入符合资本化条件的资产成本。

第六节 债务重组

一、债务重组的概念和重组方式

（一）债务重组的概念

在市场经济条件下，竞争日趋激烈，企业为此需要不断地根据环境的变化，调整经营策略，防范和控制经营及财务风险。但有时，由于各种因素（包括内部和外部）的影响，企业可能出现一些暂时性的财务困难，致使资金周转不灵，难以按期偿还债务。此时，作为债权人，一种方式，是可以通过法律程序，要求债务人破产，以清偿债务；另一种方式，可以通过债务重组的方式，债权人做出某些让步，使债务人减轻负担，渡过难关。我国《企业会计准则第 12 号——债务重组》定义，债务重组是指在债务人发生财务困难的情况下，债权人按照其与债务人达成的协议或法院的裁定做出让步的事项。债务重组定义中的"债务人发生财务困难"，是指因债务人出现资金周转困难、经营陷入困境或者其他原因，导致其无法或者没有能力按原定条件偿还债务；"债权人做出让步"是指债权人同意发生财务困难的债务人现在或将来以低于重组债务账面价值的金额或价值偿还债务，让步的结果是债权人发生债务重组损失，债务人获得债务重组收益。"债权人做出让步"的情形主要包括债权人减免债务人部分债务本金或者利息、降低债务人应付债务的利率等。债务人发生财务困难，是债务重组的前提条件，而债权人做出让步是债务重组的必要条件。

不满足上述认定要求的债务重组，如债务人破产清算时发生的债务重组、债务人改组过程中发生的债务重组都不属于本节讨论的债务重组范围。

（二）债务重组的方式

1. 以资产清偿债务

以资产清偿债务是指债务人转让其资产给债权人以清偿债务的债务重组方式。债务人用于偿债的资产主要有现金、存货、金融资产、固定资产、无形资产、股权投资等。这里的现金，是指货币资金，即库存现金、银行存款和其他货币资金，在债务重组的情况下，以现金清偿债务，通常是指以低于债务的账面价值的现金清偿债务，如果以等量的现金偿还所欠债务，则不属于本节所指的债务重组。

2. 债务转为资本

债务转为资本是指债务人将债务转为资本，同时债权人将债权转为股权的债务重组方式。对股份有限公司而言，这种债务重组方式是将债务转为股本，对其他企业这种债务重组方式则是将债务转为实收资本。但应注意，对于股份有限公司，债务人以债务转为资本，必须严格遵守国家有关法律的规定，只有符合相应条件的，才能采取这种方式。但债务人根据转换协议，将应付可转换公司债券转为资本的，则属于正常情况下的债务转资本，不能作为债务重组处理。

3. 修改其他债务条件

修改其他债务条件是指修改不包括上述 1、2 情形在内的债务条件进行债务重组的方式，如减少债务本金、降低利率、免去应付未付的利息、延长偿还期限等。

4. 以上三种方式的组合

以上三种方式的组合是指采用以上三种方式共同清偿债务的债务重组方式。例如，债务的一部分以资产清偿，一部分转为资本，另一部分通过修改其他债务条件进行债务重组。

二、债务重组的会计处理

在债务重组中，企业以资产清偿债务的，通常包括以现金清偿债务和以非现金资产清偿债务等方式。

（一）以现金清偿债务的会计处理

债务人以现金清偿债务的，债务人应当在满足金融负债终止确认条件时，予以终止确认重组债务。债务人应当将重组债务的账面价值与实际支付现金之间的差额，确认为债务重组利得，作为营业外收入，计入当期损益。

债权人应当在满足金融资产终止确认条件时，予以终止确认重组债权。债权人应当将重组债权的账面余额与收到的现金之间的差额，确认为债务重组损失，作为营业外支出，计入当期损益。如果债权人已对重组债权计提了减值准备的，应当先将该差额冲减已提的减值准备，冲减后仍有损失的，计入营业外支出（债务重组损失）；冲减后减值仍有余额的，应予转回并抵减当期资产减值损失。

【例 11-14】 东方公司欠 Y 企业购货款 100 000 元。由于东方公司现金不足，短期内不能支付货款。经协商，Y 企业同意东方公司支付 40 000 元货款，余款不再偿还。东方公司随即支付 40 000 元货款。Y 企业已对该项应收账款计提了 20 000 元的坏账准备。

（1）东方公司的会计分录如下：

借：应付账款——Y 企业　　　　　　　　　　　　100 000
　　贷：银行存款　　　　　　　　　　　　　　　　　40 000
　　　　营业外收入——债务重组收益　　　　　　　　60 000

（2）Y 企业的会计分录如下：

借：银行存款　　　　　　　　　　　　　　　　　40 000
　　坏账准备　　　　　　　　　　　　　　　　　20 000
　　营业外支出——债务重组损失　　　　　　　　　40 000
　　贷：应收账款——东方公司　　　　　　　　　　100 000

（二）以非现金资产清偿债务的会计处理

1. 债务人的会计处理

以非现金资产清偿某项债务的，债务人应当在满足金融负债终止确认条件时，终止确认重组债务。并将重组债务的账面价值与转让的非现金资产的公允价值之间的差额确认为债务重组利得，作为营业外收入，计入当期损益，转让的非现金资产的公允价值与其账面价值的差额作为转让资产损益，计入当期损益。

债务人在转让非现金资产的过程中发生的一些税费，如资产评估费、运杂费等，直接计入转让资产损益。对于增值税应税项目，如果债权人不向债务人另行支付增值税，则债务重组利得应为转让非现金资产的公允价值和该非现金资产的增值税销项税额与重组债务账面价值的差额；如果债权人向债务人另行支付增值税，则债务重组利得应为转让现金资产的公允价值与重组债务账面价值的差额。

2. 债权人的会计处理

债务人以非现金资产清偿某项债务的，债权人应当在满足金融资产终止确认条件时，终止确认重组债权。债权人应当对受让的非现金资产按其公允价值入账，重组债权的账面余额与受让的非现金资产的公允价值之间的差额，计入当期损益。如果债权人已计提减值准备的，应当先将上述差额冲减已计提的减值准备，冲减后仍有损失的，计入营业外支出（债务重组损失）；冲减后减值准备仍有余额的，应予转回并抵减当期资产减值损失。对于增值税应税项目，如果债权人不向债务人另行支付增值税，则增值税进项税额可以作为冲减重组债权的账面余额处理；如果债权人向债务人另行支付增值税，则增值税进项税额不能作为冲减重组债权的账面余额处理。债权人收到非现金资产时发生的有关运杂费等，应当计入相关资产的价值。

【例 11-15】 东方公司向 M 公司购买了一批货物（双方均为一般纳税人），价款 300 000 元，增值税税额 51 000 元，东方公司按合同约定应于 2010 年 10 月 10 日前支付该价款，东方公司至 2010 年 10 月 31 日尚未支付且短期内不能偿还债务。经双方协商，M 公司同意东方公司以其生产的产品偿还债务。该产品的公允价值为 280 000 元，实际成本为 240 000 元。M 公司于 2010 年 11 月 10 日收到东方公司抵债的产品，并作为商品入库；M 公司对该项应收账款计提了 8 000 元坏账准备。

（1）东方公司的会计分录如下：

计算债务重组利得 351 000 −（280 000 + 280 000 × 17%）= 23 400（元）

借：应付账款——M公司　　　　　　　　　　　　351 000
　　贷：主营业务收入　　　　　　　　　　　　　　　280 000
　　　　应交税费——应交增值税（销项税额）　　　 47 600
　　　　营业外收入——债务重组利得　　　　　　　　23 400

同时：

借：主营业务成本　　　　　　　　　　　　　　　240 000
　　贷：库存商品　　　　　　　　　　　　　　　　　240 000

（2）M 公司的会计分录如下：

重组债权的账面价值与受让的产成品公允价值和未支付的增值税进项税额的差额 15 400（351 000−8 000−280 000−280 000×17%）元，应作为债务重组损失。

借：库存商品　　　　　　　　　　　　　　　　　280 000
　　应交税费——应交增值税（进项税额）　　　　　47 600
　　坏账准备　　　　　　　　　　　　　　　　　　 8 000
　　营业外支出——债务重组损失　　　　　　　　　 15 400
　　贷：应收账款——东方公司　　　　　　　　　　　351 000

【例 11-16】 2010 年 6 月 5 日，东方公司销售一批材料给 N 公司（双方均为一般纳税人），价款 800 000 元，增值税税额 136 000 元，N 公司按合同约定应于 2010 年 9 月 5 日前支付价款，但至 2010 年 9 月 30 日 N 公司尚未支付且短期内不能偿还债务。经过协商，东方公司同意 N 公司用其一台固定资产抵偿债务。该项固定资产的账面原值为 1 180 000 元，累计折旧为 350 000 元，公允价值为 770 000 元。抵债的固定资产已于 2010 年 11 月 18 日运抵东方公司，东方公司将该固定资产投入企业生产使用。

N 公司的会计分录如下：

计算债务重组利得 936 000 –（770 000+770 000×17%）= 35 100（元）

计算固定资产清理损益 770 000 –（1 180 000 – 350 000）= –60 000（元）

（1）将固定资产净值转入固定资产清理时：

借：固定资产清理	830 000	
累计折旧	350 000	
贷：固定资产		1 180 000

（2）结转债务重组利得时：

借：应付账款——东方公司	936 000	
贷：固定资产清理		770 000
应交税费——应交增值税（销项税额）		130 900
营业外收入——债务重组利得		35 100

（3）结转转让固定资产损失时：

借：营业外支出——处置非流动资产损失	60 000	
贷：固定资产清理		60 000

东方公司的会计分录如下：

计算债务重组损失：936 000 –（770 000 + 770 000×17%）= 35 100（元）

借：固定资产	770 000	
应交税费——应交增值税（进项税额）	130 900	
营业外支出——债务重组损失	35 100	
贷：应收账款——N 公司		936 000

（三）债务转为资本的会计处理

（1）债务人无论是股份有限公司还是为其他企业，应当在满足金融负债终止确认条件时，终止确认重组债务。①债务人为股份有限公司时，债务人应将债权人因放弃债权而享有股份的面值总额确认为股本；股份的公允价值总额与股本之间的差额确认为资本公积。重组债务的账面价值与股份的公允价值总额之间的差额确认为债务重组利得，计入当期损益。②债务人为其他企业时，债务人应将债权人因放弃债权而享有的股权份额确认为实收资本；股权的公允价值与实收资本之间的差额确认为资本公积。重组债务的账面价值与股权的公允价值之间的差额作为债务重组利得，计入当期损益。

（2）债权人应当在满足金融资产终止确认条件时，终止确认重组债权。债权人将因放弃债权而享有股份的公允价值确认为对债务人的投资，重组债权的账面余额与股份的公允价值之间的差额确认为债务重组损失，计入营业外支出。债权人已对债权计提减值准备的，应先将该差额冲减减值准备，减值准备不足以冲减的部分，作为债务重组损失计入营业外支出。发生的相关税费，分别按长期股权投资或者金融工具确认计量的规定进行处理。

【例 11-17】 2010 年 3 月 1 日东方公司应收 F 公司账款的账面余额为 100 000 元，由于 F 公司财务困难，无法偿付应付账款。经双方协商东方公司同意 F 公司以普通股偿还债务。假设普通股的面值为 1 元，F 公司以 90 000 股抵偿债务，公允价值为 96 000 元，东方公司对该项应收账款计提 1 000 元坏账准备。

（1）债务人 F 公司的会计分录如下：

借：应付账款——东方公司　　　　　　　　　　100 000
　　贷：股本　　　　　　　　　　　　　　　　　　90 000
　　　　资本公积　　　　　　　　　　　　　　　　6 000
　　　　营业外收入　　　　　　　　　　　　　　　4 000

（2）债权人东方公司的会计分录如下：

借：长期股权投资——F 公司　　　　　　　　　　96 000
　　坏账准备　　　　　　　　　　　　　　　　　1 000
　　营业外支出　　　　　　　　　　　　　　　　3 000
　　贷：应收账款　　　　　　　　　　　　　　　100 000

（四）修改其他债务条件清偿债务的会计处理

修改其他债务条件清偿债务是指债务人不以其资产清偿债务，也不将其债务转为资本，而是与债权人达成债务重组协议，以减少债务本金、降低利率、减少或免除债务利息等方式清偿债务。

企业采用修改其他债务条件进行债务重组的，应当区分是否涉及或有应付（或应收）金额进行会计处理。或有应付（或应收）金额是指需要根据未来某种事项出现而发生的应付（或应收）金额，而且该未来事项的出现具有不确定性。

1. 不涉及或有应付（或应收）金额的债务重组会计处理

债务重组事项不涉及或有应付（或应收）金额时，债务人应将修改其他债务条件后债务的公允价值作为重组后债务的入账价值。将重组债务的账面价值大于重组后债务的入账价值的差额作为债务重组利得，计入营业外收入。债权人应当将修改其他债务条件后的债权的公允价值作为重组后债权的账面价值，重组债权的账面余额与重组后债权的账面价值之间的差额作为债务重组损失，计入营业外支出。如果债权人已对该债权计提减值准备的，应当先将该差额冲减减值准备，减值准备不足以冲减的部分，确认为债务重组损失，计入营业外支出。

2. 涉及或有应付（或应收）金额的债务重组会计处理

修改后的债务条款如果涉及或有应付金额，且该或有应付金额符合或有事项会计准则中有关预计负债确认条件的，债务人应当将该或有应付金额确认为预计负债。重组债务的账面价值与重组后债务的入账价值和预计负债金额之和的差额，作为债务重组利得，计入营业外收入。如果或有应付金额在随后的会计期间没有发生的，企业应当冲销已确认的预计负债，同时确认营业外收入。

修改后的债务条款中涉及或有应收金额的，债权人不应当确认或有应收金额，不得将其计入重组后债权的账面价值。根据谨慎性要求，或有应收金额属于或有资产，或有资产不予确认。只有在或有应收金额实际发生时，才计入营业外收入。

【例 11-18】 2008 年 11 月 30 日，东方公司因财务困境无法全部偿还当天到期的欠 H 公司票据面值为 400 000 元，利率 10% 的应付票据，积欠利息 80 000 元。2009 年 11 月 30 日，经协商，H 公司同意把债务偿还期限延长到 2010 年 11 月 30 日，并免除积欠的债务利息，重组后债务不再计息。2010 年 11 月 30 日，东方公司以其普通股 100 000 股偿债，普通股每股面值 1 元，当前股价为 4 元。2008 年 12 月 1 日，东方公司因债务到期无力偿还将应付票据的面值及积欠利息转为应付账款，H 公司因到期无法收回票据款项把应收票据转入应收账款，并计提了坏账准备 40 000 元。假设不存在相关税费。

（1）东方公司的会计分录如下：

2008 年 11 月 30 日：

债务重组利得＝重组债务的账面价值－重组后债务的入账价值

$$= （400\,000+80\,000）－400\,000 = 80\,000（元）$$

借：应付票据——重组前（400 000+80 000）　　　480 000

　　贷：应付账款——重组后　　　　　　　　　　　　400 000

　　　　营业外收入——债务重组利得　　　　　　　　 80 000

2010 年 11 月 30 日：

借：应付账款——重组后　　　　　　　　　　　400 000

　　贷：股本　　　　　　　　　　　　　　　　　　100 000

　　　　资本公积　　　　　　　　　　　　　　　　300 000

（2）H 公司的会计分录如下：

2008 年 11 月 30 日：

债务重组损失＝重组债权的账面价值－重组后债权的入账价值－减值准备

$$= （400\,000+80\,000）－400\,000－40\,000 = 40\,000（元）$$

借：应收账款——重组后　　　　　　　　　　　400 000

　　坏账准备　　　　　　　　　　　　　　　　　40 000

　　营业外支出——债务重组损失　　　　　　　　40 000

　　贷：应收票据　　　　　　　　　　　　　　　　480 000

2010 年 11 月 30 日：

借：长期股权投资——东方公司　　（100 000×4）400 000

　　贷：应收账款——重组后　　　　　　　　　　　400 000

（五）以混合重组方式进行债务重组的会计处理

债务重组是以现金清偿债务、非现金资产清偿债务、债务转为资本、修改其他债务条件等方式组合进行的，债务人应依次以支付的现金、转让的非现金资产公允价值、债权人享有股份的公允价值冲减重组债务的账面价值，再按照或有应付金额的规定处理。债权人应当依次以收到的现金、接受的非现金资产公允价值、债权人享有股份的公允价值冲减重组债权的账面余额，差额与将来应收金额进行比较，据此计算债务重组损失。债权人如果已经计提减值准备，应先将该差额冲减减值准备，减值准备不足以冲减的部分，作为债务重组损失，计入营业外支出。

【例 11-19】　东方公司因财务困境无法全部偿还欠 S 公司的应付账款 400 000 元，经协商，S 公司同意东方公司以现金 200 000 元偿还部分，债务的其余部分以公允价值为 100 000 元的库存商品结算，该批库存商品的成本为 70 000 元，增值税税率为 17%。S 公司已经对该项应收账款计提了 20 000 元的坏账准备。

（1）东方公司会计分录如下：

债务重组利得 = 重组债务的账面价值－现金－非现金资产的公允价值

$$= 400\,000 - 200\,000 - 100\,000 - (100\,000 \times 17\%)$$
$$= 83\,000（元）$$

资产转让收益 = 非现金资产的公允价值 − 非现金资产的账面价值

$$= 100\,000 - 70\,000 = 30\,000（元）$$

借：应付账款   400 000

  贷：库存现金   200 000

     主营业务收入   100 000

     应交税费——应交增值税（销项税额）（100 000×17%）17 000

     营业外收入——债务重组利得   83 000

借：主营业务成本   70 000

  贷：库存商品   70 000

库存商品公允价值 100 000 元与其成本 70 000 元之间的差额 30 000 元，为资产转收益，体现在营业利润中。

（2）S 公司会计分录如下：

债务重组损失 = 重组债权的账面价值 − 现金 − 非现金资产的公允价值 − 减值准备

$$= 400\,000 - 200\,000 - 100\,000 - (100\,000 \times 17\%) - 20\,000$$
$$= 63\,000（元）$$

借：库存现金   200 000

    库存商品   100 000

    应交税费——应交增值税（进项税额）   17 000

    坏账准备   20 000

    营业外支出——债务重组损失   63 000

  贷：应收账款   400 000

思考与练习

一、思考题

1. 与流动负债相比较，长期负债有何特点？

2. 公司债券的发行价格如何构成？会受哪些因素影响？

3. 什么是应付债券的利息调整？如何进行会计处理？

4. 可转换债券有何特点？如何进行会计处理？

5. 什么是借款费用？借款费用的费用化和资本化两种处理方法有何优缺点？这两种方法对财务报表有何不同的影响？

6. 企业为什么要进行债务重组？债务重组业务涉及哪些空间问题？

二、练习题

1. 某企业 2009 年 1 月 1 日开始筹建并向银行取得 2 年期借款 100 万元，年利率 12%，该借款存入银行后，全部用于建造一项生产线，企业该项固定资产于 2009 年 7 月 1 日达到预定可使用状态，2010 年 1 月 1 日进入正常生产经营，2010 年 12 月 31 日偿还借款本息。

要求：编制有关的会计分录。

2. 甲公司 2009 年 4 月 1 日发行面值 300 万元、期限 3 年、票面利率 10%的到期一次还本付息的上市公司债券，用于建造一座厂房，工程于年末达到预定可使用状态并交付使用，发行价格 324 万元，全部被乙公司购买。A 公司于 2009 年 7 月 1 日从乙公司购入其中的 1/3 作为长期投资,购买价款 114.5 万元,其中支付 1 万元的相关税费全部计入当期损益。债券的溢折价采用直线法摊销。

要求:分别甲公司、A 公司对此项长期债券业务进行账务处理。

3. B 公司于 2009 年 7 月 1 日购入 A 公司同日发行的三年期可转换债券,面值为 1 000 万元,实际支付价款 970 万元,另支付相关费用 3 万元(计入投资成本)。A 公司发行的可转换公司债券的面值为 2 000 万元。可转换债券持有人在债券发行日一年以后可申请转换为股份,转换条件为面值 20 元的可转换债券,转换为 1 股普通股(股票每股票面价值为 1 元),可转换债券票面年利率为 6%。如果债券持有人未行使转换权,则在债券到期时一次还本付息。A 公司发行可转换债券收入价款共 1 970 万元,另用银行存款支付有关发行费用 5 万元(金额较大),发行债券期间冻结资金产生的利息收入为 1 万元。A 公司和 B 公司可转换公司债券产生的溢折价采用直线法摊销,每半年计息一次。2010 年 10 月 1 日,B 公司将其持有的 A 公司的可转换债券 1 000 万元(面值)申请转换为股份。

要求:

(1) 对 A 公司从 2009 年 7 月 1 日至 2010 年 10 月 1 日可转换债券业务进行账务处理。

(2) 对 B 公司从 2009 年 7 月 1 日至 2010 年 10 月 1 日可转换债券业务进行账务处理。

第十二章

所有者权益

本章介绍了企业的组织形式、所有者权益特征及分类，并按照所有者权益内容分别介绍了实收资本、资本公积、盈余公积和未分配利润的概念、确认与计量。

【重要概念】 所有者权益　实收资本　资本公积　盈余公积

第一节　所有者权益概述

一、所有者权益的概念及基本特征

（一）所有者权益的概念

所有者权益是指企业资产扣除负债后由所有者享有的剩余权益。虽然所有者权益与资产、负债均属于资产负债表要素，但根据资产负债表恒等式的表示，在计量所有者权益金额之前先计量资产和负债的金额，然后所有者权益在金额上等于资产总额减去负债总额。在经济实质上，负债代表了债权人在企业资产中的利益，而所有者权益代表的是所有者在这些资产上的剩余利益。

我国主要的会计规范都涉及所有者权益的定义，如 1992 年 11 月 30 日财政部发布的《企业会计准则——基本准则》、2000 年 7 月 8 日国务院发布的《企业财务会计报告条例》、2000 年 12 月 29 日财政部发布的《企业会计制度》、2006 年 2 月 15 日颁布的《企业会计准则——基本准则》等一系列会计规范中，所有者权益的定义都是比较接近的，基本上采用了定性和定量相结合的做法。2006 年新的《企业会计准则——基本准则》规定，所有者权益是指企业资产扣除负债后由所有者享有的剩余收益。所有者权益的来源包括所有者投入的资本、直接计入所有者权益的利得和损失、留存收益等，通常由实收资本（或股本）、资本公积（含资本溢价或股本溢价、其他资本公积）、盈余公积和未分配利润构成。

（二）所有者权益的基本特征

第一，所有者权益是一种剩余索取权。所有者权益是所有者对投入企业资产享有的一种剩余权益。所有者将他们的资产投进企业后，该资产附着的所有权、使用权、处置权和收益分配权，没有全部保留在所有者手中，所有者享有的实际上只有剩余求偿权权益。企业的债权人和所有者都是企业资产的提供者，他们对企业的资产都有相应的索偿权，但是从法律角度来看，债权人对企业资产的索偿权是优先于所有者对资产的索偿权的，体现在债权人要求支付利息和偿还本金的权利是在所有者之前，当企业进行清算时，企业的资产只有清偿各种形式的负债后，才能按规定在所有者之间进行分配。因此，所有者权益是资产总额减去负债总额后的余额，代表的是一种剩余权益。

第二，企业在持续经营的情况下，投资人投入的资金一般不能收回，从而为企业提供了可以长期使用的经济资源。任何企业的设立都必须以一定的所有者投入的资本为基础，按照公司法规定，这部分资本在企业终止经营前不得抽回，企业经营就拥有了可供长期使用的资金来源。

第三，所有者权益具有比债权人权益更大的风险。债权人对企业的投资通常以获取利息为目的，利息是按本金和事先确定的利率计算出的固定数额，一般不受企业盈亏的影响，风险较小；所有者的投资能获得多少报酬则取决于企业的盈利水平和利润分配政策，风险较大。

二、企业组织形式以及所有者权益的主要表现形式

（一）企业的组织形式

按照企业的组织形式，企业分为独资企业、合伙企业和公司制企业三种。

1. 独资企业

独资企业是指只有一个业主以盈利为目的而设立的企业。我国个人独资企业法规定："个人独资企业，是指依照本法在中国境内设立，由一个自然人投资，财产为投资人个人所有，投资人以其个人财产对企业债务承担无限责任的经营实体。"在独资企业里，企业内部机构设置简单，经营管理方式灵活，业主对企业债务负无限清偿责任，所有权与经营权合一决定了业主拥有直接的经营管理权和净资产的处置权，净资产归业主所有。从法律上看，独资企业拥有的财产和对外承担的债务，与业主个人另外所拥有的财产和所负的债务没有什么区别，但在会计核算上，仍把独资企业视为一个独立的会计主体，单独予以处理。

独资企业具有以下主要特征：①独资企业是法律上的自然人企业，而不是法人企业；②独资企业只有一个业主，他既是企业的经营者，又是企业的所有者；③独资企业的业主独享企业的经营利润，对企业承担无限责任。

2. 合伙企业

我国新修订的《合伙企业法》规定，合伙企业是指自然人、法人和其他组织在中国境内设立的普通合伙企业和有限合伙企业。普通合伙企业由普通合伙人组成，合伙人对合伙企业债务承担无限连带责任。有限合伙企业由普通合伙人和有限合伙人组成，普通合伙人对合伙企业债务承担无限连带责任，有限合伙人以其认缴的出资额为限对合伙企业债务承担责任。合伙企业由全体合伙人协商一致并以书面形式订立合伙协议，相互约定共同出资、合伙经营、共享收益、共担风险。

合伙企业具有以下主要特征：①合伙企业是一个会计主体，但不具有法人地位；②合伙企业以合伙协议为法律基础，合伙人共同拥有企业的财产；③合伙人均有相互代理权；④普通合伙人对合伙企业的债务承担无限连带责任，有限合伙人以其认缴的出资额为限对合伙企业债务承担责任。

国有独资公司、国有企业、上市公司以及公益性的事业单位、社会团体不得成为普通合伙人。

3. 公司制企业

我国《公司法》定义的公司"是指依照本法在中国境内设立的有限责任公司和股份有限公司。有限责任公司和股份有限公司是企业法人，有独立的法人财产，享有法人财产权。公司以其全部财产对公司的债务承担责任。有限责任公司的股东以其认缴的出资额为限对公司承担责任；股份有限公司的股东以其认购的股份为限对公司承担责任"。

公司是一个以营利为目的的企业法人，它具有民事权利能力和民事行为能力，它以公司拥有的全部财产独立承担公司的债务。公司的所有权属于股东所有，公司股东按照拥有的资本价值或数额比例分配公司利润。

按照股东对公司承担的责任，可以把公司分为有限责任公司和股份有限公司两种形式。有限责任公司的全部资本额由股东确定并如数缴足，股东按认购资本或权利证书的比例份额分享收益，分担风险。股份有限公司的全部资本均等划分为若干股份，通过发行股票方式筹集资本，股东以其所持股份为限对公司承担有限责任，公司以其全部资产对公司债务承担责任。

不同的组织形式，对资产和负债的会计处理并无重大影响，但涉及所有者权益方面的会计处理却大不相同。公司组织是当今世界上最广泛采用的企业组织形式，具有独资企业和合伙企业所不具备的生命力和优越性，在资本结构和筹资方式上更具灵活性。

（二）所有者权益的主要表现形式

从会计的角度看，无论哪一种类型的企业都可以视为独立的会计主体，成为会计核算的对象。对于大多数的交易和事项，会计处理与企业的组织形式是无关的。但是，企业所有者权益的表现形式却与企业的组织关系密切相关。

不同的企业组织形式，其所有者权益的表现形式也不同。独资企业的所有者权益以"业主权益"的形式出现，所有者权益由独资企业的所有者一人独享。合伙企业的所有者权益由各合伙人分享，其所有者权益表现为"合伙人权益"。对于独资企业和合伙企业，法律并没有明确规定要求把投资资本与盈利区分开，因此，独资企业和合伙企业只需分别设置"资本"科目和"提款"科目，记录有关所有者的投资、从企业提取的款项以及企业损益的增减变动。

对于公司制企业，法律明确规定要将投入的资本和盈利区分开来，有限责任公司和股份有限公司这两种类型的公司制企业所有者权益在投入资本的科目设置以及会计核算方面存在着差别，有限责任公司通过"实收资本"和"资本公积"科目核算，而股份有限公司主要以"股本"和"资本公积"科目核算。

第二节 实 收 资 本

一、实收资本的概念

实收资本是指投资者按照企业章程或合同、协议的约定，实际投入企业的资本。我国《民法通则》明确规定，设立企业法人必须条件之一是"有必要的财产或者经费"，我国《企业法人登记条例》明确规定，企业申请开业，必须具备"符合国家规定并与其生产经营和服务规模相适应的资金数额"。我国《公司法》规定，"股东出资达到法定资本最低限额"是有限责任公司设立的基本条件之一。"发起人认购和募集的股本达到法定资本最低限额"是股份有限公司设立的基本条件之一。

在公司制企业中，实收资本即为股本，是按股票面值或核定的股本额缴入的资本部分。在非公司制企业中，实收资本一般是指投资者按照企业章程、或合同、协议的约定，实际投入企业的资本。

实收资本（或股本）的构成比例，通常是确定所有者在企业所有者权益中所占的份额和参与企业财务经营决策的基础，也是企业进行利润分配或股利分配的依据，同时还是企业清算时确定所有者对净资产要求权的依据。

二、实收资本的确认与计量

实收资本是投资者投入资本形成法定资本的价值。具体表现为投资者实际投入企业经营活动的各种财产物资。投资人可以用货币资金、存货、固定资产、知识产权和土地使用权等各种形式的资产对企业投资。我国《公司法》规定，全体股东的货币出资金额不得低于有限责任公司注册资本的30%。

企业应设置"实收资本"科目，核算企业接受投资者投入的实收资本，股份有限公司应将该科目改为"股本"。企业收到投资人投入的现金，应在实际收到或存入企业开户银行时，按实际收到的金额，借记"银行存款"科目，以实物资产投资的，应在办理实物产权转移手续时，按照投资合同或协议约定的价值（合同或协议约定价值不公允的除外），借记有关资产科目，按其在注册资本或股本中所占份额，贷记"实收资本"或"股本"科目，按其差额，贷记"资本公积——资本溢价"或"资本公积——股本溢价"等科目。

三、实收资本增加的会计处理

在一般情况下，企业的实收资本应保持不变，但是在特定情况下，实收资本也可能发生增减变化。增加资本主要有股份有限公司增资扩股、分配股票股利、用盈余公积或资本公积转增资本；有限责任公司有新投资人介入，或投资人增加资本、用盈余公积或资本公积转增资本等。

投资人增加的投资与初始投资相同。有限责任公司有新投资人介入时，收到的出资额大于按约定的投资比例计算的金额的差额记入"资本公积"科目。独资企业和有限责任公司用资本公积、盈余公积转增资本的，借记"资本公积"、"盈余公积"科目，贷记"实收资本"科目，有限责任公司应按投资人所持有股份同比例增加各股东的股权。

股份有限公司采用发放新股或增加股票面值方式的，借记"资本公积——股本溢价"科目，贷记"股本"科目；发放股票股利增资的，经股东大会或类似机构决议，分配给股东的股票股利，应在办理增资手续后，借记"利润分配——转作股本股利"科目，贷记"股本"科目，差额贷记"资本公积——股本溢价"科目；将可转换公司债券转化为股票的，应按可转换公司债券的余额，借记"应付债券——可转换公司债券（面值、利息调整）"科目，按其权益成分的金额，借记"资本公积——其他资本公积"科目，按股票面值和转换的股数计算的股票面值总额，贷记"股本"科目；将重组债务转为资本的，应按重组债务的账面余额，借记"应付账款"等科目，按债权人因放弃债权而享有本企业股份的面值总额，贷记"实收资本"或"股本"科目，按股份的公允价值总额与相应的实收资本或股本之间的差额，贷记或借记"资本公积——资本溢价（或股本溢价）"科目，按其差额，贷记"营业外收入——债务重组利得"科目；以权益结算股份支付的，在行权日，按实际行权情况确定的金额，借记"资本公积——其他资本公积"科目，按应计入实收资本或股本的金额，贷记"实收资本"或"股本"科目，按其差额，贷记"资本公积——资本溢价（或股本溢价）"科目。

【例 12-1】 甲、乙、丙三人共同出资成立铭宜有限责任公司，公司注册资本为 25 000 000 元，甲乙丙认缴比例分别为 40%、30% 和 30%，各方首期出资比例为认缴总额的 20%。2011 年 1 月 5 日，公司如期收到各投资者首期交付的款项。铭宜公司会计分录如下：

```
借：银行存款                          5 000 000
    贷：实收资本——甲                     2 000 000
              ——乙                     1 500 000
              ——丙                     1 500 000
```

【例 12-2】 某有限责任公司由 A、B 二人共同投资设立，原注册资本为 1 000 万元，A、B 分别出资 600 万元和 400 万元。为了扩大经营规模，经批准，公司按照原出资比例将资本公积 500 万元转增资本。公司的会计分录如下：

```
借：资本公积                          5 000 000
    贷：实收资本——A                      3 000 000
              ——B                      2 000 000
```

【例 12-3】 某股份有限公司发行普通股 50 000 000 股，每股面值为 1 元，发行价格为 8 元。股款 400 000 000 元已全部收到，发行过程中发生相关税费 100 000 元。该公司的会计分录如下：

计入股本的金额 = 50 000 000×1 = 50 000 000（元）

计入资本公积的金额 =（8 − 1）×50 000 000 − 100 000 = 349 900 000（元）

```
借：银行存款                        399 900 000
    贷：股本                           50 000 000
        资本公积——股本溢价            349 900 000
```

四、实收资本减少的会计处理

企业实收资本的减少涉及投资者对企业投资的收回，这将会对企业资本实力产生较大的影响，并影响到企业生产经营的方方面面，特别对企业债权人来说将增加其债权的风险，因此国家对企业资本的减少有非常严格的规定，企业应严格按照有关规定办理减资业务。同时对减资业务进行及时、恰当的会计核算。企业应当将因减资而注销股份、发还股款以及因减资需更新股票的变动情况，在实收资本科目的明细科目中及有关备查账中详细记录。投资者按规定转让其出资额，应当于有关的转让手续办理完毕时，将出让方转让的出资额，在实收资本（股本）的有关明细科目及各备查账中转为受让方。

一般企业按法定程序经批准减少注册资本的，借记"实收资本（股本）"科目，贷记"库存现金"、"银行存款"等科目。

股份有限公司因减少注册资本而回购本公司股份的，应按实际支付的金额，借记"库存股"科目，贷记"银行存款"等科目。注销库存股时，应按股票面值和注销股数计算的股票面值总额，借记"股本"科目；按注销库存股的账面余额，贷记"库存股"科目；按其差额，冲减股票发行时原记入资本公积的溢价部分，借记"资本公积——股本溢价"科目。回购价格超过上述冲减"股本"及"资本公积——股本溢价"科目的部分，依次借记"盈余公积"、"利润分配——未分配利润"等科目，如果回购价格低于购回股份所对应的股本，所注销库存股的账面余额与所冲减股本的差额作为增加股本溢价处理，按回购股份所对应的股本面值，借记"股本"科目，按注销库存股的账面余额，贷记"库存股"科目，按其差额，贷记"资本公积——股本溢价"科目。

【例 12-4】 迅达股份有限公司 2010 年 12 月 31 日的股本数为 100 000 000 股，面值为 1 元，资本公积（股本溢价）为 20 000 000 元，盈余公积为 10 000 000 元。经股东大会批准，该公司回购本公司股票 10 000 000 股并注销。

假定该公司按每股 2 元回购股票，不考虑其他因素，其会计分录如下：

（1）回购本公司股票时：

借：库存股　　　　　　　　　　　　　　　　　　　　　20 000 000
　　贷：银行存款　　　　　　　　　　　　　　　　　　　　20 000 000

（2）注销本公司股票时：

借：股本　　　　　　　　　　　　　　　　　　　　　　10 000 000
　　资本公积——股本溢价　　　　　　　　　　　　　　　10 000 000
　　贷：库存股　　　　　　　　　　　　　　　　　　　　20 000 000

假定该公司按每股 3.5 元回购，不考虑其他因素，其会计分录如下：

（1）回购本公司股票时：

借：库存股　　　　　　　　　　　　　　　　　　　　　35 000 000
　　贷：银行存款　　　　　　　　　　　　　　　　　　　　35 000 000

（2）注销本公司股票时：

借：股本　　　　　　　　　　　　　　　　　　　　　　10 000 000
　　资本公积——股本溢价　　　　　　　　　　　　　　　20 000 000
　　盈余公积　　　　　　　　　　　　　　　　　　　　　5 000 000
　　贷：库存股　　　　　　　　　　　　　　　　　　　　35 000 000

由于应冲减的资本公积大于公司现有的资本公积，所以只能冲减资本公积 20 000 000 元，剩余的 5 000 000 元应冲减盈余公积。

假定该公司按每股 0.8 元回购，不考虑其他因素，其会计分录如下：

（1）回购本公司股票时：

借：库存股　　　　　　　　　　　　　　　　　　　　　8 000 000
　　贷：银行存款　　　　　　　　　　　　　　　　　　　　　　8 000 000
（2）注销本公司股票时：
借：股本　　　　　　　　　　　　　　　　　　　　　　10 000 000
　　贷：库存股　　　　　　　　　　　　　　　　　　　　　　　8 000 000
　　　　资本公积——股本溢价　　　　　　　　　　　　　　　　2 000 000

第三节　资本公积

一、资本公积的概念

资本公积是指企业收到投资者出资额超出其在注册资本（或股本）中份额的部分以及直接计入所有者权益的利得和损失等。

资本公积与实收资本（或股本）、盈余公积、未分配利润等都是所有者权益的组成部分，但它们之间存在着一定的区别。

实收资本（或股本）是投资者投入并通过投入资本而谋求一定的经济利益。体现了所有者对企业的基本产权关系。而资本公积没有特定来源，可以是投资者投入，如资本溢价，也可以从其他来源取得，它不直接表明所有者对企业的基本产权关系。实收资本的构成比例是确定所有者参与企业财务经营决策的基础，也是企业进行利润分配的依据。同时还是企业清算时确定对净资产的要求权的依据。资本公积的主要用途是转增资本，不作为财务决策和利润分配的依据。

资本公积与盈余公积虽同属于公积金，但二者也有区别。资本公积是投资者投入或其他来源投入，由所有者共享的公积金。盈余公积主要是从净利润中提取的，除一部分可以由所有者共享外，还可以弥补亏损，发放股利。

二、资本公积的会计处理

企业应通过"资本公积"科目核算资本公积的增减变化情况，并分别以"资本溢价（股本溢价）"、"其他资本公积"明细科目进行核算。

（一）资本（或股本）溢价的会计处理

1. 资本溢价

除股份有限公司以外的其他类型的企业在创立时，投资者认缴的出资额全部计入"实收资本"科目。在企业重组并有新的投资者加入时，为了维护原有投资者的权益，新加入投资者的出资额并不一定全部作为实收资本处理，因为原投资者的原有投资不仅质量上发生了变化，数量上也发生变化。新加入的投资者要付出更大的出资额，才能取得与原有投资者相同的投资比例。投资者投入的资本中按其投资比例计算的出资额部分，应计入"实收资本"科目，大于部分应计入"资本公积"科目。

【例12-5】　某有限责任公司由甲、乙两位各投资300万元而设立，经过两年的经营累计留存收益为100万元。此时有丙投资者愿出资480万元获得与原投资者相同投资比例，该公司收到出资额时作会计分录如下：

借：银行存款　　　　　　　　　　　　　　　　　4 800 000
　　贷：实收资本　　　　　　　　　　　　　　　　　3 000 000
　　　　资本公积——资本溢价　　　　　　　　　　　1 800 000

2. 股本溢价

股份有限公司是以发行股票的方式筹集股本的，股票是企业签发的证明股东按其所持股份享有权利和承担义务的书面证明。由于股东按其所持企业股份享有权利和承担义务，为了反映和便于计算各股东所持股份占企业全部股本的比例，企业的股本总额应按股票的面值与股份总数的乘积计算。

在采用与股票面值相同的价格发行股票的情况下，企业发行股票取得的收入，应全部计入"股本"科目；在采用溢价发行股票的情况下，企业发行股票取得的收入，相当于股票面值的部分计入"股本"科目，超出股票面值的溢价收入计入"资本公积——股本溢价"科目，委托证券商代理发行的股票而支付的手续费、佣金等，应从溢价发行收入中扣除，企业应按扣除手续费、佣金后的数额，计入"资本公积——股本溢价"科目。

【例 12-6】　Y 股份有限公司首次公开发行普通股 80 000 000 股，每股面值 1 元，每股发行价格为 6 元。Y 公司与受托单位约定，按发行收入的 3% 收取手续费，从发行收入中扣除。假定收到的股款已存入银行。Y 公司会计分录如下：

公司收到受托发行单位的现金 = 80 000 000 × 6 × （1 - 3%）= 465 600 000（元）
应记入"资本公积"科目的金额 = 溢价收入 - 发行手续费
　　　　　　　　　　　　　　= 80 000 000 × （6 - 1）- 80 000 000 × 6 × 3%
　　　　　　　　　　　　　　= 385 600 000（元）

借：银行存款　　　　　　　　　　　　　　　　　465 600 000
　　贷：股本　　　　　　　　　　　　　　　　　　 80 000 000
　　　　资本公积——　股本溢价　　　　　　　　　 385 600 000

（二）其他资本公积的会计处理

其他资本公积是指除资本溢价（或股本溢价）项目以外所形成的资本公积，主要包括直接计入所有者权益的利得和损失。其他可直接计入所有者权益的利得和损失，应计入"资本公积——其他资本公积"科目。

（1）采用权益法核算的长期股权投资。长期股权投资采用权益法核算的，在持股比例不变的情况下，对被投资企业除净损益以外所有者权益的其他变动，企业按持股比例计算应享有的份额，如果是利得，应当增加长期股权投资的账面价值，同时增加资本公积（其他资本公积）；如果是损失，应当作相反的会计分录。当处置采用权益法核算的长期股权投资时，应当将原记入"资本公积"科目的相关金额转入"投资收益"科目。

【例 12-7】　讯达公司因可转换公司债券持有人行使转换权利将债务转换资本时，其资本公积增加 600 000 元，B 公司持有讯达公司 50% 股份，讯达公司的会计分录如下：

借：长期股权投资——其他权益变动　　　　　　　 300 000
　　贷：资本公积——其他资本公积　　　　　　　　 300 000

（2）可供出售金融资产公允价值的变动。可供出售金融资产公允价值的变动形成的利得，除减值损失和外币货币性金融资产形成的汇兑差额外，借记"可供出售金融资产——公允价值变动"科目，贷记"资本公积——其他资本公积"科目，公允价值变动形成的损失，作相反的会计分录。

（3）企业以权益结算的股份支付换取职工或其他方提供服务的，应按权益工具授予日的公允价值，在行权日，应按实际行权的权益工具数量计算确定的金额，借记"资本公积——其他资本公积"科目；按计入实收资本（或股本）的金额，贷记"实收资本"或"股本"科目；按其差额，贷记"资本公积——资本溢价或股本溢价"科目。

（4）企业自用房地产或存货转换为采用公允价值模式计量的投资性房地产时，应按转换日的公允价值，借记"投资性房地产"科目；按其账面价值，借记或贷记有关科目，转换日的公允价值大于原账面价值的差额，贷记"资本公积——其他资本公积"科目。

（三）资本公积转增资本的会计处理

按照我国《公司法》的规定，法定公积金（资本公积和盈余公积）转增资本时，所留存的该项公积金不得少于转增前公司注册资本的 25%。经股东大会或类似机构决议，用资本公积转增资本时，应冲减资本公积（资本溢价或股本溢价），并按转增前的实收资本（或股本）的结构比例增加各股东相应的股本份额。

第四节　留存收益

留存收益是企业历年生产经营所形成净收益的一种积累，是由企业内部形成的资本。留存收益包括盈余公积和未分配利润两部分。留存收益在性质上与所有者投入资本一样属于所有者权益，是所有者权益中的重要组成部分。虽然留存收益与投资人投入的资本都属于所有者权益，但是其与投资人投入资本有所不同，表现为投入资本是由所有者从外部投入企业的，它构成了企业的实收资本（或股本），而留存收益不是由投资人从外部投入企业的，而是投资人投入资本（或股本）在企业运营之后的获利。

一、盈余公积

（一）盈余公积的有关规定

根据我国《公司法》等有关法规的规定，企业当年实现的净利润，一般应当按照以下顺序进行分配。

1. 提取法定盈余公积

公司制企业的法定盈余公积金按照税后利润的 10% 比例提取（非公司制企业也可按照超过 10% 的比例提取），公司法定盈余公积累计额为公司注册资本的 50% 以上时，可以不再提取法定盈余公积。

外商投资企业的盈余公积包括以下内容：①储备基金；②企业发展基金；③职工奖励及福利基金；④利润归还投资。

2. 提取任意盈余公积

公司制企业从税后利润中提取法定盈余公积后，经股东会或者股东大会决议，还可以从税后利润中提取任意盈余公积。

法定盈余公积和任意盈余公积两者的区别在于其各自计提的依据不同，前者以国家的法律或行政规章为依据提取，后者则由企业自行决定提取。

企业提取的盈余公积主要可以用于以下几个方面。

（1）弥补亏损。企业弥补亏损的渠道包括：一是用以后年度税前利润弥补。按照现行制度规定，企业发生亏损时，可以用以后五年内实现的税前利润弥补，即税前利润弥补亏损的期间为五年。二是用以后年度税后利润弥补。企业发生的亏损经过五年期间未弥补足额的，尚未弥补的亏损应用所得税后的利润弥补。三是以盈余公积弥补亏损。企业提取的盈余公积弥补亏损时，应当由公司董事会提议，并经股东大会批准。

（2）转增资本。企业将盈余公积转增资本时，必须经股东大会决议批准。在实际将盈余公积转增资本时，要按股东原有持股比例结转。企业提取的盈余公积，无论是用于弥补亏损还是转增资本，都只是在企业所有者权益内部作结构上的调整，并不引起所有者权益总额的变动。

（3）扩大企业生产经营。盈余公积的用途，并不是指其实际占用形态，提取盈余公积也并不是单独将这部分资金从企业资金周转过程中抽出。企业盈余公积的结存数，实际只表现为企业所有者权益的组成部分，表明企业生产经营资金的一个来源。

3. 向投资者分配利润或股利

企业弥补亏损和提取盈余公积后所剩余的税后利润，企业股东按照实缴的出资比例分取红利，但全体股东的约定不按照出资比例分取红利的除外；股份有限公司按照股东持有的股份比例分配，但股份有限公司章程规定不按持股比例分配的除外。

（二）盈余公积的会计处理

为了反映盈余公积的形成及使用情况，企业应设置"盈余公积"科目，并分别以"法定盈余公积"、"任意盈余公积"进行明细核算。

企业提取盈余公积时，借记"利润分配——提取法定盈余公积"、"利润分配——提取任意盈余公积"科目，贷记"盈余公积——法定盈余公积"、"盈余公积——任意盈余公积"科目。

企业用盈余公积弥补亏损或转增资本时，借记"盈余公积"科目，贷记"利润分配——盈余公积补亏"、"实收资本"或"股本"科目。经股东大会决议，用盈余公积派送新股时，按派送新股计算的金额，借记"盈余公积"科目，按股票面值和派送新股总数计算的金额，贷记"股本"科目，如果有差额，贷记"资本公积——股本溢价"科目；企业经股东大会或类似机构决议，用盈余公积分配现金股利或利润时，借记"盈余公积"科目，贷记"应付股利"科目；用盈余公积分配股票股利，应当于实际分配股票股利时，借记"盈余公积"科目，贷记"股本"科目。

二、未分配利润

未分配利润是经过弥补亏损、提取法定盈余公积、提取任意盈余公积和向投资者分配利润等利润分配之后剩余的利润，它是企业留待以后年度进行分配的历年结存的利润。相对于所有者权益的其他部分来说，企业对于未分配利润的使用有较大的自主权。

在会计处理上未分配利润是通过"利润分配"科目进行核算的，"利润分配"科目应当分别以"提取法定盈余公积"、"提取任意盈余公积"、"应付现金股利或利润"、"转作股本的股利"、"盈余公积补亏"和"未分配利润"等进行明细核算。

（一）期末结转的会计处理

企业期末结转利润时，应将各损益类科目的余额转入"本年利润"科目，结平各损益类科目。结转后，"本年利润"的贷方余额为当年实现的净利润。借方余额为当年发生的净亏损。年度终了，应将本年收入和支出相抵后结出的本年实现的净利润或净亏损，转入"利润分配——未分配利润"科目。同时将"利润分配"科目所属的其他明细科目的余额，转入"未分配利润"明细科目。结转后，"未分配利润"明细科目的贷方余额，就是未分配利润的金额；借方余额，则表示为未弥补亏损的金额。"利润分配"科目所属的其他明细科目应无余额。

（二）分配股利或利润的会计处理

经股东大会或类似机构决议，分配给股东或投资者的现金股利或利润，借记"利润分配——应付现金股利或利润"科目，贷记"应付股利"科目，经股东大会或类似机构决议，分配给股东的股票股利，应在办理增资手续后，借记"利润分配——转作股本的股利"科目，贷记"股本"科目。

（三）亏损弥补的会计处理

企业在生产经营过程中可能发生亏损。企业在当年发生亏损的情况下，应当将本年发生的亏损自"本年利润"科目转入"利润分配——未分配利润"科目，借记"利润分配——未分配利润"科目，贷记"本年利润"科目。结转后，"利润分配"科目的借方余额，即未弥补亏损的数额。

以当年实现的利润弥补以前年度结转的未弥补亏损，不需要进行专门的账务处理。企业应将当年实现的利润自"本年利润"科目转入"利润分配——未分配利润"科目的贷方，其贷方发生额与"利润分配——未分配利润"的借方余额自然抵补。无论是以税前还是以税后利润弥补亏损，其会计处理方法均相同。所不同的是，两者在计算缴纳所得税时的处理存在着差异。在以税前利润弥补亏损的情况下，其弥补的数额可以抵减当期企业应纳税所得额；而以税后利润弥补亏损的数额，则不能作应纳税所得额的扣除处理。

【例 12-8】 迅达股份有限公司 2010 年期初"利润分配——未分配利润"科目贷方余额为 100 万元，2010 年实现净利润 500 万元。2011 年年初，经董事会提请的利润分配方案报经股东大会决定，利润分配如下：

（1）按税后利润的 10% 提取法定盈余公积；

（2）提取任意盈余公积 80 万元;

（3）向普通股股东分配现金股利 120 万元;

（4）向普通股股东分派股票股利 50 万元（尚未经有关部门正式批准办理增资手续）。

根据上述资料，迅达公司作会计分录如下:

（1）结转本年实现的净利润时:

借: 本年利润　　　　　　　　　　　　　　　　　　　　5 000 000

　贷: 利润分配——未分配利润　　　　　　　　　　　　　　　　5 000 000

（2）进行相关的利润分配时:

借: 利润分配——提取法定盈余公积　　　　　　　　　　500 000

　　　　　　——提取任意盈余公积　　　　　　　　　　800 000

　　　　　　——应付现金股利或利润　　　　　　　　1 200 000

　贷: 盈余公积——法定盈余公积　　　　　　　　　　　　　　500 000

　　　　　　——任意盈余公积　　　　　　　　　　　　　　800 000

　　　　　　——应付股利　　　　　　　　　　　　　　　1 200 000

（3）利润分配方案中的当期股票股利分配，在正式办理增资手续之前不作任何账务处理，只在备查簿中登记。待经有关部门批准，正式办理增资手续后，再进行利润分配的会计处理。会计分录如下。

借: 利润分配——转作股本的股利　　　　　　　　　　500 000

　贷: 股本　　　　　　　　　　　　　　　　　　　　　　　　500 000

（4）结转利润分配所属各明细科目时:

借: 利润分配——未分配利润　　　　　　　　　　　　2 500 000

　贷: 利润分配——提取法定盈余公积　　　　　　　　　　　500 000

　　　　　　——提取任意盈余公积　　　　　　　　　　800 000

　　　　　　——应付现金股利或利润　　　　　　　　1 200 000

思考与练习

一、思考题

1. 什么是所有者权益?所有者权益包括哪些内容?

2. 与债权人权益相比，所有者权益有哪些特征?

3. 资本公积包括哪些内容? 盈余公积金的主要用途有哪些?盈余公积与资本公积在来源与运用上的区别是什么?

4. 公司制企业利润分配的顺序是什么? 为什么必须遵循这个顺序?

5. 未分配利润如何核算?

二、练习题

1. C、D 两企业共同投资成立大恒公司，2010 年大恒公司发生的部分经济业务如下:

（1）D 公司投入新设备一台，购建价格为 550 000 元，已投入使用。

（2）C 公司按协议规定投入 800 000 元资金，存入银行。

（3）D 公司投入一台旧机器，该机器账面价值 400 000 元，经过评估确认其现在的价值为 450 000 元。

（4）C 公司投入材料一批，其现在的价值为 700 000 元。

（5）获得 D 公司一项专利技术的使用权，经协商该项专利技术作价 250 000 元。

要求：根据以上资料编制会计分录。

2. 宇翔股份有限公司 2010 年发生的部分经济业务如下：

（1）向社会公众发行普通股 20 000 000 股，每股面值 2 元，售价每股 5.5 元，收到款项全部存入银行。

（2）接受某台商捐赠的新机器一台，其市场价格为 880 000 元，机器投入使用。

（3）将某债权一笔债务价值为 70 000 元的账款转做资本。

（4）董事会通过决议，将盈余公积金 6 000 000 元转增资本

（5）董事会通过决议，将资本公积金 4 800 000 元转增资本。

要求：根据以上资料编制会计分录。

3. 置业股份有限公司 2010 年度资料如下：

（1）税后利润为 88 000 000 元，按规定 10%的比率提取法定盈余公积金，并根据股东大会决议按 5%的比率提取任意公积金，按 13%的比率宣布发放现金股利。

（2）按股东大会决议，并办理增资手续，置业股份有限公司将法定盈余公积金 600 000 元，任意公积金 500 000 元转增普通股股本。

（3）2011 年 4 月实际发放现金股利。

要求：根据以上资料编制会计分录。

4. 上方公司 2010 年年初未分配利润为 500 000 元，本年实现利润总额为 4 000 000 元。公司的所得税税率 25%。本年提取法定盈余公积金 300 000 元，提取法定盈余公积金 150 000，宣告发放现金股利 800 000 元。

要求：

（1）编制上方公司上述业务的会计分录。

（2）计算上方公司 2010 年末"利润分配——未分配利润"科目的期末余额。

第十三章

收入、费用及利润

本章介绍了收入和费用的概念、特征及利润的构成，阐述了收入、费用确认条件的基础，详细介绍了收入、费用、利润和所得税费用的会计处理，对本年利润进行了较系统的阐释。

【重要概念】 收入　费用　利润　所得税费用

第一节　收　入

一、收入的特征与分类

收入既是一个会计要素，也是形成企业利润的主要来源。对收入的界定，有广义和狭义之分。广义收入是指会计期间内经济利益的总流入，其表现形式为资产增加或负债减少而引起的所有者权益增加，但不包括与所有者出资等有关的资产增加或负债减少。狭义收入是指企业在销售商品、提供劳务和让渡资产使用权等日常活动中形成的、会引起所有者权益增加的、与所有者出资无关的经济利益的总流入。

我国收入会计准则将收入定义为"收入是指企业在日常活动中形成的、会导致所有者权益增加的、与所有者投入资本无关的经济利益的总流入"。因此，收入属于企业主要的、经常性的业务收入。收入主要包括销售商品收入、提供劳务收入和让渡资产使用权收入。

（一）收入的特征

1. 收入是企业日常活动中形成的，而不是从偶发的交易或事项产生的

日常活动是指企业为完成其经营目标所从事的经常性活动以及与之相关的活动。企业有些活动属于为完成其经营目标所从事的经常性活动，如工业企业制造并销售产品、商品流通企业销售商品、保险公司签发保单、咨询公司提供咨询服务、商业银行对外贷款等，这些活动形成的经济利益的总流入构成收入，属于企业的主营业务收入。企业还有一些活动属于与经常性活动相关的活动，如工业企业对外出售不需用的原材料、对外转让无形资产使用权等活动，这些活动虽不属于企业的经常性活动，但由此形成的经济利益的总流入也构成收入，属于企业的其他业务收入。

企业处置固定资产、无形资产等活动，不是企业为完成其经营目标所从事的经常性活动，也不属于与经常性活动相关的活动，由此产生的经济利益总流入不构成收入，应作为利得。利得是企业日常活动之外产生的收益，不是经常或定期发生的，如固定资产处置收入和无形资产所有权转让收入等偶发的交易或事项为企业带来经济利益，以及企业接受政府补贴和捐赠等不经过经营过程就能取得或不曾期望获得的收入。

2. 收入可能表现为企业资产的增加，或负债的减少，或两者兼而有之

收入可以为企业带来经济利益，既可能表现为资产的增加，也可能表现为负债的减少，或者是两者的组合。甲企业销售给乙公司 A 产品，如果在销售时收到乙公司支付的货款或取得债权，则甲企业在确认收入的同时，增加企业的银行存款或应收账款，这就表现为甲企业的资产增加；如果甲企业预先收到乙公司的订货款，当向乙公司最终发出 A 产品时，那么一方面确认收入，另一方面也减少了对乙公司承担的负债；如果甲企业前欠乙公司款项，现从本次销售给乙公司的商品货款中一部分扣除前欠乙公司债务，另一部分收取现金，就表现为资产的增加和负债的减少同时发生。

3. 收入能导致企业所有者权益的增加

由于收入能增加资产或减少负债或兼而有之，因此根据"资产 – 负债 = 所有者权益"的公式，企业取得收入一定能增加所有者权益。但收入扣除相关成本费用后的净额，则可能增加所有者权益，也可能减少所有者权益。这里仅指收入本身导致的所有者权益的增加，而不是指收入扣除相关成本费用后的毛利对所有者权益的影响。

4. 收入只包括本企业经济利益的流入，不包括为第三方或客户代收的款项

企业为第三方或客户代收的款项，如增值税、代收利息等。代收的款项，一方面增加企业的资产，另一方面增加企业的负债，故不会增加企业的所有者权益，也不属于本企业的经济利益，就不能作为本企业的收入。

（二）收入的分类

1. 收入按企业从事日常活动的性质分类

按照企业从事日常活动的性质，收入可分为销售商品收入、提供劳务收入和让渡资产使用权收入。

（1）销售商品收入。销售商品收入是指企业通过销售商品实现的收入。这里的商品包括企业为销售而生产的产品和为转售而购进的商品，如工业企业生产的产品、商品流通企业购进的商品等，企业销售的其他存货如原材料、包装物等也视同商品。

（2）提供劳务收入。提供劳务收入是指企业通过提供劳务实现的收入，如企业通过提供旅游、运输、咨询、代理、培训、产品安装等劳务所实现的收入。

（3）让渡资产使用权收入。让渡资产使用权收入是指通过让渡资产使用权实现的收入。让渡资产使用权收入包括利息收入和使用费收入。利息收入主要是指金融企业对外贷款形成的利息收入，以及同业之间发生往来形成的利息收入等。使用费收入主要是指企业转让无形资产的使用权形成的使用费收入以及出租固定资产的租金收入、债权投资的利息收入以及股权投资的现金股利收入。

2. 收入按日常活动在企业所处的地位不同分类

按照日常活动在企业所处的地位不同，收入可分为主营业务收入和其他业务收入。

（1）主营业务收入。主营业务收入是指企业为完成其经营目标所从事的经常性活动实现的收入。在不同的行业其主营业务收入的内容不同。例如，工业企业主营业务收入为产品销售收入；商品流通企业主营业务收入为商品销售收入；银行的主营业务收入为以存贷款和为企业办理结算取得的收入等。主营业务收入占企业收入较大的比重，对企业的经济效益产生的影响较大。

（2）其他业务收入。其他业务收入是指企业为完成其经营目标所从事的与经常性活动相关的其他活动实现的收入，如工业企业销售材料、出租周转材料、转让无形资产使用权、对外进行权益性投资（取得现金股利）或债权性投资（取得利息）、提供非工业性劳务等实现的收入。其他业务属于企业日常活动中次要活动，其他业务收入占企业收入较小的比重。

二、收入的确认与计量

收入的确认是指收入应于何时入账并列示于利润表中；收入的计量是指应按多少金额入账并列示于利润表中。收入确认的基本原则是收入只有在经济利益很可能流入从而导致企业资产增加或者负债减少，且经济利益的流入额能够可靠计量时才能予以确认。至于哪些可以作为本期收入予以确认，除符合收入定义外，对于不同种类的收入还有不同的确认条件。

（一）销售商品收入的确认与计量

商品包括企业为销售而生产的产品和为转售而购进的商品，如工业企业生产的产品、商品流通企业购进的商品等，企业销售的其他存货如原料、包装物等也视同企业的商品。收入准则规定，销售商品收入同时满足下列条件的，才能予以确认。

1. 企业已将商品所有权上的主要风险和报酬转移给购货方

企业已将商品所有权上的主要风险和报酬转移给购货方是指与商品所有权有关的主要风险和报酬同时转移。其中，与商品所有权有关的风险是指商品可能发生减值或毁损等形成的损失；与商品所有权有关的报酬是指商品价值增值或通过使用商品等形成的经济利益。

判断企业是否已将商品所有权上的主要风险和报酬转移给购货方，应当遵循实质重于形式原则，关注交易的实质，并结合所有权凭证的转移进行判断。如果一项商品发生的任何损失均不需要本企业承担，带来的经济利益也不归本企业所有，则意味着该商品所有权上的主要风险和报酬已转移给购货方。

在通常情况下，所有权上的风险和报酬的转移伴随着所有权凭证的转移或实物的交付而转移，如大多数零售交易、预收款销售商品等。

在某些情况下，转移商品所有权凭证但未交付实物，商品所有权上的主要风险和报酬随之转移，企业只保留商品所有权上的次要风险和报酬，如交款提货方式销售商品。对于已交付实物但未转移商品所有权凭证，商品所有权上的主要风险和报酬未随之转移，如采用支付手续费方式委托代销商品。

2. 企业既没有保留通常与所有权相联系的继续管理权，也没有对已售出的商品实施有效控制

在通常情况下，企业售出商品后不再保留与商品所有权相联系的继续管理权，也不再对售出商品实施有效控制，商品所有权上的主要风险和报酬转移给购买方，应在发出商品时确认收入。在有的情况下，企业商品售出后，由于各种原因仍然保留通常与所有权相联系的继续管理权，或仍对商品可以实施有效控制，则说明此项销售不能成立，不应确认销售商品收入，如售后租回等。

3. 收入的金额能够可靠地计量

收入的金额能够可靠地计量是指收入的金额能够合理地估计。企业在销售商品时，商品销售价格通常已经确定。但销售商品过程中由于某些不确定因素的影响，也有可能存在商品销售价格发生变动的情况。在这种情况下，新的商品销售价格未确定前通常不应确认销售商品收入。

4. 相关的经济利益很可能流入企业

经济利益是指直接或间接流入企业的现金或现金等价物。在销售商品的交易中，与交易相关的经济利益即为销售商品的价款。相关的经济利益很可能流入企业是指销售商品价款收回的可能性大于不能收回的可能性，即销售商品价款收回的可能性超过 50%。企业在销售商品时，如估计价款收回的可能性不大，即使收入确认的其他条件均已满足，也不应当确认收入。

一般来说，销售商品的价款能否收回，主要根据企业以前和买方交往的直接经验，或从其他方面取得的信息，或政府的有关政策等进行判断。如果企业销售的商品符合合同或协议要求，并已将发票账单交付买方，买方承诺付款，即表明销售商品的价款能够收回。如果企业判断销售商品收入满足确认条件而予以确认，同时确认了一笔应收债权，以后由于购货方资金周转困难无法收回该债权时，不应调整原会计处理，而应对该债权计提坏账准备、确认坏账损失。如果企业根据以前与买方交往的直接经验判断买方信誉较差，或销售时得知买方在另一项交易中发生了巨额亏损、资金周转十分困难，或在出口商品时不能肯定进口企业所在国政府是否允许将款项汇出等，就可能会出现与销售商品相关的经济利益不能流入企业的情况，不应确认收入。

5. 相关的已发生或将要发生的成本能够可靠地计量

相关的已发生或将要发生的成本能够可靠地计量是指与销售商品有关的已发生或将要发生的成本能够合理地估计，如库存商品的成本、商品运输费用等。如果销售商品相关的已发生或将要发生的成本不能够合理地估计，企业不应确认收入，已收到的价款应确认为负债。

（二）提供劳务收入的确认和计量

企业提供劳务的种类有很多，有的劳务一次就能够完成，并且一般为现金交易，如饮食、理发等；有的劳务需要经过较长一段时间才能完成，如安装、培训等。由于劳务完成的时间不同，其收入确认的时点自然也不同。劳务收入应当根据在资产负债表日提供劳务交易的结果是否能够可靠地估计，分别采用不同的方法予以确认和计量。

1. 提供劳务交易结果能够可靠地估计

企业在资产负债表日提供劳务交易的结果能够可靠地估计的，应当采用完工百分比法确认提供劳务收入。

提供劳务交易的结果能够可靠地估计，是指同时满足下列条件。

（1）收入的金额能够可靠地计量。收入的金额能够可靠地计量是指提供劳务收入的总额能够合理地估计。在通常情况下，企业应当按照从接受劳务方已收或者应收的合同或协议价款确定提供劳务收入总额。

（2）相关的经济利益很可能流入企业。相关的经济利益很可能流入企业是指提供劳务收入总额收回的可能性大于不能收回的可能性。企业在确定提供劳务收入总额能否收回时，应当结合接受劳务方的信誉、以前的经验以及双方就结算方式和期限达成的合同或协议条款等因素，综合进行判断。

企业在确定提供劳务收入总额收回的可能性时，应当进行定性分析。如果确定提供劳务收入总额收回的可能性大于不能收回的可能性，即可认为提供劳务收入总额很可能流入企业。在通常情况下，企业提供的劳务符合合同或协议要求，接受劳务方承诺付款，就表明提供劳务收入总额收回的可能性大于不能收回的可能性，如果企业判断提供劳务收入总额不是很可能流入企业，应当提供确凿证据。

（3）交易的完工进度能够可靠地确定。交易的完工进度能够可靠地确定是指交易的完工进度能够合理地估计。企业确定提供劳务交易的完工进度，可以选用已完工作的测量、已经提供的劳务占应提供劳务总量的比例、已经发生的成本占估计总成本的比例等方法来确定提供劳务交易的完工进度。

在实务中，如果特定时期内提供劳务交易的数量不能确定，则该期间的收入应当采用直线法确认，除非有证据表明采用其他方法能更好地反映完工进度。当某项作业相比其他作业都重要得多时，应当在该项重要作业完成之后确认收入。

（4）交易中已发生和将发生的成本能够可靠地计量。交易中已发生和将发生的成本能够可靠地计量是指交易中已经或将要发生的成本能够合理地估计。

通常，企业在与交易的其他方就以下方面达成协议后，表明能够对交易的结果做出可靠的估计：①关于一方提供劳务和另一方获得劳务的强制执行权；②进行交换的对价；③结算的方式和条件。

完工百分比法是指按照提供劳务交易的完工进度确认收入和费用的方法。企业应当在资产负债表日按照提供劳务收入总额乘以完工进度扣除以前会计期间累计已确认提供劳务收入后的金额，确认当期提供劳务收入；同时，按照提供劳务估计总成本乘以完工进度扣除以前会计期间累计已确认劳务成本后的金额，结转当期劳务成本，即

$$\text{本期确认的提供劳务收入} = \text{提供劳务收入总额} \times \text{本期末止劳务的完工进度} - \text{以前会计期间累计已确认提供劳务收入}$$

$$\text{本期确认的提供劳务成本} = \text{提供劳务预计成本总额} \times \text{本期末止劳务的完工进度} - \text{以前会计期间累计已确认提供劳务成本}$$

2. 提供劳务交易结果不能可靠地估计

在资产负债表日，如果企业提供劳务交易结果不能够可靠地估计的，即不能满足上述四个条件中的任何一条时，企业不能采用完工百分比法确认提供劳务收入。此时，企业应正确预计已经发生的劳务成本能够得到补偿和不能得到补偿，分不同情况进行会计处理。

（1）已经发生的劳务成本预计全部能够得到补偿的，应按已收或预计能够收回的金额确认提供劳务收入，并结转已经发生的劳务成本。

（2）已经发生的劳务成本预计部分能够得到补偿的，应按能够得到补偿的劳务成本金额确认提供劳务收入，并结转已经发生的劳务成本。

（3）已经发生的劳务成本预计全部不能得到补偿的，应将已经发生的劳务成本计入当期损益，不确认提供劳务收入。

（三）让渡资产使用权收入的确认和计量

根据企业会计准则规定让渡资产使用权所形成的收入，主要包括因他人使用本企业现金而收取的利息收入以及因他人使用本企业的无形资产等而收取的使用费收入等。企业出租固定资产收取的租金、进行债权投资收取的利息、进行股权投资收取的现金股利，也属于让渡资产使用权形成的收入。

让渡资产使用权的收入，同时满足下列两个条件时，才能予以确认：一是相关的经济利益很可能流入企业；二是收入的金额能够可靠地计量。

使用费收入金额应按照有关合同或协议约定的收费时间和方法计算确定。不同的使用费收入其收费时间和方法各不相同。企业采用不同的收费时间和方法时，使用费收入应当按照下列原则进行确认与计量。

（1）如果合同或协议规定一次性收取使用费，且不提供后续服务的，应视同销售该项资产，一次确认收入；提供后续服务的，应在合同或协议规定的有效期内分期确认收入。

（2）如果合同或协议规定分期收取使用费的，应按合同或协议规定的收款时间和金额或规定的收费方法计算确定的金额分期确认收入。如 A 公司向 B 企业转让其商品的商标使用权，按合同规定 B 企业每年年末按年销售收入的 5% 支付 A 公司使用费。A 企业应按照合同规定，于每年年末确认使用费收入。

三、收入的会计处理

（一）销售商品收入的会计处理

"主营业务收入"科目是用来核算企业销售商品、提供劳务等主营业务实现的收入。企业应根据本期确认的主营业务收入贷记"主营业务收入"科目，按本期发生的销售退回或销售折让应冲减的主营业务收入借记"主营业务收入"科目。期末，应将本科目余额转入"本年利润"科目，结转后本科目应无余额。本科目可按主营业务的种类进行明细核算。

"主营业务成本"科目是用来核算企业确认销售商品、提供劳务等主营业务收入时应结转的成本。期末，企业应根据本期销售的各种商品、提供的各种劳务的实际成本计算应结转的主营业务成本借记"主营业务成本"科目，按本期发生的销售退回应冲减的销售成本贷记"主营业务成本"科目。期末，应将本科目余额转入"本年利润"科目，结转后本科目应无余额。本科目可按主营业务的种类进行明细核算。

"营业税金及附加"科目是用来核算企业经营活动发生的营业税、消费税、城市维护建设税、资源税和教育费附加等相关税费。企业按规定计算确定的与经营活动相关的税费借记"营业税金及附加"科目。期末,应将本科目余额转入"本年利润"科目,结转后本科目应无余额。

"其他业务收入"科目是用来核算企业确认的除主营业务活动以外的其他经营活动实现的收入,包括出租固定资产、出租无形资产、出租包装物和商品、销售材料、用材料进行非货币性交换或债务重组等实现的收入。企业按确认的其他业务收入贷记"其他业务收入"科目。期末,应将本科目余额转入"本年利润"科目,结转后本科目应无余额。本科目可按其他业务的种类进行明细核算。

"其他业务成本"科目是用来核算企业确认的除主营业务活动以外的其他经营活动所发生的支出,包括销售材料的成本、出租固定资产的折旧额、出租无形资产的摊销额、出租包装物的成本或摊销额等。企业按发生的其他业务成本借记"其他业务成本"科目。期末,应将本账户余额转入"本年利润"科目,结转后本科目应无余额。本科目可按其他业务的种类进行明细核算。

1. 符合收入确认条件的商品销售业务的会计处理

在进行销售商品的会计处理时,首先应该考虑销售商品收入是否符合收入确认的条件。符合确认条件确认销售商品收入时,企业应按已收或应收的合同或协议价款,加上应收取的增值税额,借记"银行存款"、"应收账款"、"应收票据"等科目,按确定的收入金额,贷记"主营业务收入"科目,按应收取的增值税额,贷记"应交税费——应交增值税(销项税额)"科目;同时应在资产负债表日,按应缴纳的消费税、资源税、城市维护建设税、教育费附加等税费金额,借记"营业税金及附加"科目,贷记"应交税费——应交消费税(应交资源税、应交城市维护建设税等)"科目。

【例13-1】 2010年9月15日东方公司销售产品一批,增值税发票上注明售价200 000元,增值税34 000元,购货单位以支票付款,该企业已将提货单和发票账单交给购货单位,该批产品适用的消费税税率为5%,生产成本150 000元。东方公司的会计分录如下:

(1)实现主营业务收入时:

借:银行存款　　　　　　　　　　　　　　　234 000

　　贷:主营业务收入　　　　　　　　　　　　200 000

　　　　应交税费——应交增值税(销项税额)　34 000

(2)若同时结转主营业务成本时:

借:主营业务成本　　　　　　　　　　　　　150 000

　　贷:库存商品　　　　　　　　　　　　　　150 000

(3)计算主营业务税金及附加时:

借:营业税金及附加　　　　　　　　　　　　 10 000

　　贷:应交税费——应交消费税　　　　　　　 10 000(200 000×5%)

2. 商品已经发出,但不符合销售商品收入确认条件的销售业务的会计处理

如果判断企业售出的商品不能同时符合销售收入确认的五个条件时,则不能确认收入,也不能结转相关的销售成本。但如果商品已经发出,则将发出商品的成本通过"发出商品"

科目进行核算。"发出商品"科目用来核算企业未满足收入确认条件但已发出商品的实际成本或计划成本。企业对于未满足收入确认条件但已发出的商品,按发出商品的实际成本或计划成本借记"发出商品"科目,贷记"库存商品"科目。发出商品满足收入确认条件时,结转销售成本,借记"主营业务成本"科目,贷记"发出商品"科目。本科目的期末余额应并入资产负债表"存货"项目反映。

发出商品不符合收入确认条件时,如果销售该商品的纳税义务已经发生,如已经开出增值税专用发票,则应确认应交的增值税销项税额,借记"应收账款"等科目,贷记"应交税费——应交增值税(销项税额)"科目。如果纳税义务没有发生,则不需进行上述账务处理。

【例 13-2】 东方公司于 2010 年 9 月 16 日以委托收款方式向 B 企业销售一批商品,成本为 300 000 元,增值税发票上注明售价 380 000 元,增值税 64 600 元。该批商品已经发出,并已向银行办妥托收手续。9 月 28 日得知 B 企业在另一项交易中发生巨额损失,资金周转十分困难。经与购货方交涉,确定此项收入目前收回的可能性不大,决定不确认收入。将已发出的商品成本转入"发出商品"科目,东方公司的会计分录如下:

(1)发出商品时:

借:发出商品　　　　　　　　　　　　　　　　300 000
　　贷:库存商品　　　　　　　　　　　　　　　　　　300 000

(2)同时,因东方公司销售该批商品的纳税义务已经发生,应确认应交的增值税销项税额时:

借:应收账款　　　　　　　　　　　　　　　　64 600
　　贷:应交税费——应交增值税(销项税额)　　　　　64 600

(3)假定 11 月 10 日东方公司得知 B 企业经营情况逐渐好转,B 企业承诺近期付款,东方公司可以确认收入时:

借:应收账款——B 企业　　　　　　　　　　380 000
　　贷:主营业务收入　　　　　　　　　　　　　　　380 000

同时结转成本时:

借:主营业务成本　　　　　　　　　　　　　　300 000
　　贷:发出商品　　　　　　　　　　　　　　　　　300 000

(4)12 月 20 日收到款项时:

借:银行存款　　　　　　　　　　　　　　　　444 600
　　贷:应收账款——B 企业　　　　　　　　　　　　444 600

3. 涉及现金折扣、商业折扣和销售折让的销售业务的会计处理

企业销售商品收入的金额通常按照从购货方已收或应收合同或协议价款确定。在发生现金折扣、商业折扣、销售折让时,销售商品收入金额应当按照下列原则进行账务处理。

(1)现金折扣。现金折扣是指债权人为鼓励债务人在规定的期限内付款而向债务人提供的债务扣除。企业销售商品涉及现金折扣的,应当按照扣除现金折扣前的金额确定销售商品收入金额。现金折扣在实际发生时计入当期财务费用。在计算现金折扣时,还应注意销售方是按不包含增值税的价款提供现金折扣,还是按包含增值税的价款提供现金折扣,两种情况下购买方享有的现金折扣金额不同。

(2)商业折扣。商业折扣是指企业为促进商品销售而在商品标价上给予的价格扣除。

企业销售商品涉及商业折扣的，应当按照扣除商业折扣后的金额确定销售商品收入金额。

（3）销售折让。销售折让是指企业因售出商品的质量不合格等原因而在售价上给予的减让。销售折让如果发生在确认销售收入之前，则应在确认销售收入时直接按扣除销售折让后的金额确认；已确认销售收入的售出商品发生销售折让，且不属于资产负债表日后事项的，应在发生时冲减当期销售商品收入；如果按规定允许扣减增值税税额的，还应冲减已确认的应交增值税销项税额。

【例 13-3】 2010 年 10 月 10 日东方公司销售商品 100 件，增值税发票上注明售价 60 000 元，增值税额 10 200 元。企业为了及早收回货款在合同中规定符合现金折扣的条件为"3/10，1/20，n/30"，假定计算折扣时不考虑增值税。东方公司的会计分录如下：

（1）10 月 10 日销售实现时：

借：应收账款		70 200
贷：主营业务收入	60 000	
应交税费——应交增值税（销项税额）	10 200	

（2）如 10 月 19 日买方付清货款时：

借：银行存款		68 400
财务费用		1 800
贷：应收账款	70 200	

（3）如买方在 11 月初付款时：

借：银行存款		70 200
贷：应收账款	70 200	

【例 13-4】 东方公司销售一批商品，增值税发票上的售价 200 000 元，增值税额 34 000 元，货到后买方发现商品质量不合格，要求在价格上给予 10% 的折让。假定东方公司已确认销售收入，与销售折让有关的增值税额税务机关允许冲减，销售折让不属于资产负债表日后事项。东方公司的会计分录如下：

（1）销售实现时：

借：应收账款		234 000
贷：主营业务收入	200 000	
应交税费——应交增值税（销项税额）	34 000	

（2）发生销售折让时：

借：主营业务收入		20 000
应交税费——应交增值税（销项税额）		3 400
贷：应收账款	23 400	

（3）实际收到款项时：

借：银行存款		210 600
贷：应收账款	210 600	

4. 销售退回及附有销售退回条件的销售业务的会计处理

1）销售退回的会计处理

销售退回是指企业售出的商品，由于质量、品种不符合要求等原因而发生的退货。销售退回可能发生在企业确认收入之前，这种处理比较简单，只要将已计入"发出商品"科目的商品成本转回"库存商品"科目。

如果企业确认收入后又发生销售退回的，除属于资产负债表日后事项外，一般应在发生时冲减当期销售商品收入；同时冲减当期销售产品成本。如果该项销售已经发生现金折扣的，应同时调整相关财务费用的金额；如果该项销售退回允许扣减增值税额的，应同时调整"应交税费——应交增值税（销项税额）"科目的相应金额。

属于资产负债表日后事项的销售退回是指资产负债表日及之前售出的商品在资产负债表日至财务会计报告批准报出日之间发生的退回。对这类退回，除应在退回当期作相关的账务处理外，还应作为资产负债表日后发生的调整事项，冲减报告年度的收入、成本和税金，如果该项销售已经发生现金折扣或销售折让的，应同时冲减报告年度相关的折扣和折让。

【例 13-5】 东方公司于 2010 年 9 月 10 日向 S 企业销售商品一批，开出增值税专用发票上注明的销售价款为 100 000 元，增值税税额为 17 000 元。该批商品成本为 85 000 元。为及早收回货款，双方约定的现金折扣条件为 "2/10，1/20，n/30"。S 企业在 2009 年 9 月 17 日支付货款。2010 年 10 月 18 日，因该批商品质量问题被 S 企业退回，公司当日支付有关款项。东方公司的会计分录如下：

（1）2010 年 9 月 10 日销售收入实现时：

借：应收账款		117 000
贷：主营业务收入		100 000
应交税费——应交增值税（销项税额）		17 000
借：主营业务成本		85 000
贷：库存商品		85 000

（2）2010 年 9 月 17 日收到货款时：

2010 年 9 月 17 日收到货款时，按销售总价 100 000 元的 2% 享受现金折扣（100 000 × 2%）2 000 元，实际收款（117 000 − 2 000）115 000 元。

借：银行存款		115 000
财务费用		2 000
贷：应收账款		117 000

（3）2010 年 10 月 18 日发生销货退回时：

借：主营业务收入		100 000
应交税费——应交增值税（销项税额）		17 000
贷：银行存款		115 000
财务费用		2 000
借：库存商品		85 000
贷：主营业务成本		85 000

2）附有销售退回条件的销售业务的会计处理

附有销售退回条件的商品销售是指购买方依照有关协议有权退货的销售方式。在这种销售方式下，企业通常在发出商品时确认收入，并应根据以往销售经验合理地估计退货的可能性，确认与退货有关的负债。如果企业不能合理估计退货可能性，通常应在售出商品退货期满时确认收入。

【例 13-6】 2010 年 3 月 5 日，东方公司向甲公司销售商品一批，增值税专用发票上注明的销售价格为 4 000 000 元，增值税额为 680 000 元。货物的成本为 3 000 000 元。根据双方签订的协议，甲公司应于 2010 年 3 月 30 日付款，并在 6 月 30 日之前有权退货。东方公司根据以往的销售经验，估计这批货物的退货率为 10%，实际发生退货时有关的增值税额允许冲减。东方公司会计分录如下：

（1）2010 年 3 月 5 日发出商品时：

借：应收账款——甲公司　　　　　　　　　　　　　　4 680 000
　　贷：主营业务收入　　　　　　　　　　　　　　　　　　4 000 000
　　　　应交税费——应交增值税（销项税额）　　　　　　　680 000
借：主营业务成本　　　　　　　　　　　　　　　　　3 000 000
　　贷：库存商品　　　　　　　　　　　　　　　　　　　　3 000 000

（2）2010 年 3 月 30 日收到货款时：

借：银行存款　　　　　　　　　　　　　　　　　　　4 680 000
　　贷：应收账款　　　　　　　　　　　　　　　　　　　　4 680 000

（3）2010 年 3 月 31 日，确认估计的销售退回时：

借：主营业务收入　　　　　　（4 000 000 × 10%）400 000
　　贷：主营业务成本　　　　　　（3 000 000 × 10%）300 000
　　　　其他应付款（或预计负债）　　　　　　　　　　　100 000

（4）若 2010 年 6 月 7 日发生销售退回，实际退货量占总量的 10%，且款项已经支付。

借：库存商品　　　　　　　　（3 000 000 × 10%）300 000
　　其他应付款（或预计负债）　　　　　　　　　　　　100 000
　　应交税费——应交增值税（销项税额）（680 000 × 10%）68 000
　　贷：银行存款　　　　　　　　（4 680 000 × 10%）468 000

若 2010 年 6 月 7 日发生销售退回，实际退货量占总量的 5%，且款项已经支付。

借：库存商品　　　　　　　　（3 000 000 × 5%）150 000
　　其他应付款（或预计负债）　　　　　　　　　　　　100 000
　　主营业务成本　　　　　　　（3 000 000 × 5%）150 000
　　应交税费——应交增值税（销项税额）（680 000 × 5%）34 000
　　贷：银行存款　　　　　　　　（4 680 000 × 5%）234 000
　　　　主营业务收入　　　　　　（4 000 000 × 5%）200 000

若 2010 年 6 月 7 日发生销售退回，实际退货量占总量的 15%，且款项已经支付。

借：库存商品　　　　　　　　（3 000 000 × 15%）450 000
　　其他应付款（或预计负债）　　　　　　　　　　　　100 000
　　主营业务收入　　　　　　　（4 000 000 × 15%）200 000
　　应交税费——应交增值税（销项税额）（680 000 × 15%）102 000
　　贷：银行存款　　　　　　　　（4 680 000 × 15%）702 000
　　　　主营业务成本　　　　　　（3 000 000 × 5%）150 000

【例 13-7】 承【例 13-6】的资料，假设东方公司向甲公司销售的商品属于特殊规格，因而无法根据过去的经验估计该批货物的退货率。东方公司的会计分录如下：

（1）2010 年 3 月 5 日发出商品时：

借：应收账款　　　　　　　　　　　　　　　　　　　680 000
　　贷：应交税费——交增值税（销项税额）　　　　　　　　680 000
借：发出商品　　　　　　　　　　　　　　　　　　　3 000 000
　　贷：库存商品　　　　　　　　　　　　　　　　　　　　3 000 000

（2）2010 年 3 月 30 日收到货款时：

借：银行存款　　　　　　　　　　　　　　　　　　　4 680 000

贷：应收账款	680 000
预收账款	4 000 000

（3）2010 年 6 月 30 日退货期满没有发生退货时：

借：预收账款	4 000 000
贷：主营业务收入	4 000 000
借：主营业务成本	3 000 000
贷：发出商品	3 000 000

（4）2010 年 6 月 30 日退货期满，甲公司退回 10%的货物时：

借：预收账款	4 000 000
应交税费——应交增值税（销项税额）	68 000
贷：主营业务收入	3 600 000
银行存款	468 000
借：主营业务成本	2 700 000
库存商品	300 000
贷：发出商品	3 000 000

5. 具有融资性质的分期收款销售商品的处理

分期收款销售商品是指商品销售的款项分期收回（通常超过 3 年）。款项延期收回的时间较长，超过了一般商业信贷的期限，实质上具有了融资性质的销售商品，企业应当按照应收的合同或者协议价款的公允价值确定收入金额。合同或者协议价款的公允价值，通常应当按照其未来现金流量现值或者商品现销价格计算确定。应收的合同或者协议价款与其公允价值之间的差额，应当在合同或者协议期间内，按照应收款项的摊余成本和实际利率计算确定应当摊销的金额，冲减财务费用。其中，实际利率是指具有类似信用等级的企业发行类似工具的现时利率，或者将应收的合同或者协议价款折现为商品现销价格时的折现率等。如果应收的合同或者协议价款与其公允价值之间的差额，按照实际利率法摊销和按照直线法摊销得到的结果相差不大的话，也可以采用直线法进行摊销。

【例 13-8】　2007 年 1 月 1 日，东方公司采用分期收款方式向 K 公司销售一台大型设备，双方签订协议，约定设备的售价为 400 万元，分 4 次于每年 12 月 31 日等额付款。该机床的成本为 300 万元，采用现销方式的售价为 340 万元。

该设备的现销价格即为其公允价值，所以应确认的商品销售收入应为 340 万元。根据公式

未来 4 年内分期收款金额的现值=现销方式下应收款项金额

可得 $100 (P/A, r, 4) = 340$

利用插值法计算实际利率：

当 $r = 6\%$ 时，$100 \times 3.465 = 346.5 > 340$

当 $r = 7\%$ 时，$100 \times 3.387 = 338.7 < 340$

因此，$6\% < r < 7\%$，用插值法计算如下：

现值	利率
346.5	6%
340	r
338.7	7%

$(346.5-340) \div (346.5-338.7) = (6\% - r) \div (6\% - 7\%)$

$r = 6.83\%$

每期应计的财务费用金额计算如表 13-1 所示。

表 13-1　财务费用金额计算（实际利率法）

2007 年 1 月 1 日　　　　　　　　　　　　　　　　　　　　单位：元

时间	收现总额 ①	财务费用 ②=期初④×6.83%	应收本金 ③=①-②	未收本金 期末④=期初④-③
2007.01.01				3 400 000
2007.12.31	1 000 000	232 220	767 780	2 632 220
2008.12.31	1 000 000	179 780.63	820 219.37	1 812 000.63
2009.12.31	1 000 000	123 759.64	876 240.36	935 760.27
2010.12.31	1 000 000	64 239.73*	935 760.27	0
合计	4 000 000	1 000 000	3 400 000	—

* 尾数调整。

根据财务费用的计算结果，东方公司各期的会计分录如下：

（1）2007 年 1 月 1 日销售设备时：

借：长期应收款	4 000 000
贷：主营业务收入	3 400 000
未实现融资收益	600 000
借：主营业务成本	3 000 000
贷：库存商品	3 000 000

（2）2007 年 12 月 31 日收款时：

借：银行存款	1 170 000
贷：长期应收款	1 000 000
应交税费——应交增值税（销项税额）	170 000
借：未实现融资收益	232 220
贷：财务费用	232 220

（3）2008 年 12 月 31 日收款时：

借：银行存款	1 170 000
贷：长期应收款	1 000 000
应交税费——应交增值税（销项税额）	170 000
借：未实现融资收益	179 780.63
贷：财务费用	179 780.63

（4）2009 年 12 月 31 日收款时：

借：银行存款	1 170 000
贷：长期应收款	1 000 000
应交税费——应交增值税（销项税额）	170 000
借：未实现融资收益	123 759.64
贷：财务费用	123 759.64

（5）2010 年 12 月 31 日收款时：

借：银行存款	1 170 000

  贷：长期应收款   1 000 000
    应交税费——应交增值税（销项税额）   170 000
 借：未实现融资收益   64 239.73
  贷：财务费用   64 239.73

6. 采用支付手续费方式委托代销商品的会计处理

  采用支付手续费方式委托代销商品是指委托方和受托方签订合同或协议，委托方根据合同或协议约定向受托方计算支付代销手续费，受托方按照合同或协议规定的价格销售代销商品的销售方式。在这种销售方式下，委托方向受托方交付代销商品时，一般不能同时满足销售商品收入的确认条件，因此应将发出的代销商品转入“委托代销商品”科目核算，通常不应确认销售商品收入，在收到受托方开出的代销清单时确认销售商品收入，同时将应支付的代销手续费计入销售费用；受托方应在代销商品销售后，按合同或协议约定的方法计算确定代销手续费，确认收入。

  【例 13-9】 东方公司委托乙企业销售 A 商品 300 件，该商品成本 150 元/件，增值税率 17%。代销合同规定，代销商品每件售价 200 元，东方公司按售价的 10%支付给乙企业手续费。乙企业实际销售 300 件后，开出的增值税专用发票上注明的销售价款为 60 000 元，增值税额 10 200 元。东方公司在收到乙企业交来的代销清单时，向乙企业开具一张相同金额的增值税发票专用发票。

  东方公司的会计分录如下：
  （1）发出 A 商品时：
  借：委托代销商品   45 000
   贷：库存商品   45 000
  （2）收到代销清单时：
  借：应收账款——乙企业   70 200
   贷：主营业务收入   60 000
    应交税费——应交增值税（销项税额）   10 200
  借：主营业务成本   45 000
   贷：委托代销商品   45 000
  借：销售费用——代销手续费   6 000
   贷：应收账款——乙企业   6 000
  （3）收到乙企业支付的货款时：
  借：银行存款   64 200
   贷：应收账款——乙企业   64 200
  乙企业的会计分录如下：
  （1）收到受托 A 商品时：
  借：受托代销商品   60 000
   贷：受托代销商品款   60 000
  （2）实际对外销售时：
  借：银行存款   70 200
   贷：应付账款——东方公司   60 000
    应交税费——应交增值税（销项税额）   10 200
  借：应交税费——应交增值税（进项税额）   10 200

  贷：应付账款——东方公司   10 200

  借：受托代销商品款   60 000

    贷：受托代销商品   60 000

  （3）支付东方公司货款并计算代销手续费时：

  借：应付账款——东方公司   70 200

    贷：银行存款   64 200

      其他业务收入   6 000

7. 售后回购方式销售商品的会计处理

  售后回购是指在销售商品的同时，销售方同意日后再将同样或类似的商品购回的销售方式。在这种方式下，销售方应根据合同或协议条款判断销售商品是否满足收入确认条件。在通常情况下，以固定价格回购的售后回购交易属于融资交易，商品所有权上的主要风险和报酬没有转移，企业不应确认收入；回购价格大于原售价的差额，企业应在回购期间按期计提利息费用，计入财务费用。

【例 13-10】 2010 年 7 月 1 日东方公司与 B 公司签订协议，向 B 公司销售一批商品，增值税专用发票上注明的销售价格为 2 000 000 元，增值税税额为 340 000 元，商品发出，款项已经收到，该批商品成本为 1 600 000 元。8 月 1 日，签订补充协议约定，东方公司于 11 月 30 日以 2 200 000 元（不含增值税税额）购回该批商品。东方公司的会计分录如下：

  （1）2010 年 8 月 1 日时：

  借：银行存款   2 340 000

    贷：应交税费——应交增值税（销项税额）   340 000

      其他应付款——乙公司   2 000 000

  借：发出商品   1 600 000

    贷：库存商品   1 600 000

  （2）回购价大于原售价的差额，应作为回购期间的利息费用处理。每月计提利息费用为 40 000（200 000÷5）元。

  借：财务费用   40 000

    贷：其他应付款——乙公司   40 000

  （3）2010 年 11 月 30 日回购商品时，收到的增值税专用发票上注明的商品价款为 2 200 000 元，增值税税额为 374 000 元，款项已经支付。

  借：其他应付款—— 乙公司   2 160 000

    应交税费——应交增值税（进项税额）   374 000

    财务费用——售后回购   40 000

    贷：银行存款   2 574 000

  借：库存商品   1 600 000

    贷：发出商品   1 600 000

  （二）提供劳务收入的会计处理

  企业取得的劳务收入应记入"主营业务收入"科目，并结转所发生的劳务成本。结转劳务成本时应分别情况处理：一次就能完成的劳务，应直接记入"主营业务成本"科目；需要持续一段时间才能完成的劳务，应将陆续发生的劳务成本先记入"劳务成本"科目，待确认为费用时，再从"劳务成本"科目转入"主营业务成本"科目。

1. 一次完成的劳务的会计处理

【例 13-11】 东方公司于 2011 年 1 月 5 日接受一项可一次完成的设备安装任务。合同总收入 65 000 元，实际发生安装成本 50 000 元。5 月 20 日安装完毕，款项已收到。东方公司的会计分录如下：

（1）劳务收入实现时：

借：银行存款   65 000

  贷：主营业务收入   65 000

（2）结转劳务成本时：

借：主营业务成本   50 000

  贷：银行存款（应付职工薪酬等）   50 000

2. 劳务开始和完成分属不同年度，在资产负债表日能够对交易的结果做出可靠估计的劳务的会计处理

对于劳务开始和完成分属不同年度，在资产负债表日能够对交易的结果做出可靠估计的劳务，应采用完工百分比法确认收入和相关的费用。

【例 13-12】 2010 年 11 月 10 日东方公司接受一项设备安装任务，安装期为 3 个月，合同总收入 300 000 元，至年底已预收款项 220 000 元，实际发生成本 150 000 元，估计还将发生成本 90 000 元。采用按实际发生的成本占估计总成本的比例确定劳务的完工进度。东方公司的会计分录如下：

本年完工进度 = 150 000 ÷（150 000+90 000）× 100%=62.5%

确认本年的劳务收入 = 300 000 × 62.5% − 0 =187 500（元）

结转本年的劳务成本 = 240 000 × 62.5% − 0 =150 000（元）

（1）预收劳务款时：

借：银行存款   220 000

  贷：预收账款   220 000

（2）实际发生劳务成本时：

借：劳务成本   150 000

  贷：应付职工薪酬   150 000

（3）12 月 31 日确认本年实现的劳务收入时：

借：预收账款   187 500

  贷：主营业务收入   187 500

（4）12 月 31 日结转本年发生的劳务成本时：

借：主营业务成本   150 000

  贷：劳务成本   150 000

（三）让渡资产使用权收入的会计处理

让渡资产使用权收入主要分为利息收入和使用费收入。在确认利息收入时，应按照他人使用本企业货币资金的时间和实际利率计算利息收入的金额，借记"应收利息"、"贷款"、"银行存款"等科目，贷记"利息收入"、"其他业务收入"等科目。在确认使用费收入时，应按合同或协议规定的收费时间和方法计算金额，借记"应收账款"或"银行存款"等科目，贷记"其他业务收入"或"主营业务收入"等科目。

【例13-13】　东方公司向 H 公司转让商品的商标使用权，约定 H 公司每年年末按年销售收入的 8%支付使用费，使用期 10 年。第一年 H 公司实现销售收入 2 600 000 元。假定 H 公司均于每年年末支付使用费。不考虑其他因素。东方公司第一年的会计分录如下：

　　借：银行存款　　　　　　　　　　　　　　　208 000
　　　　贷：其他业务收入　　　　　　　　　　　　　208 000

第二节　费　　用

一、费用的特征与分类

企业在经营过程中，为了取得一定的收入，必然要发生各种耗费和支出，如机器设备、原材料、人工等耗费以及办公费用、利息费用、销售费用等。这些耗费和支出都构成了企业的费用。费用是指企业在日常活动中发生的、会导致所有者权益减少的、与向所有者分配利润无关的经济利益的总流出。费用从理论上来讲有广义和狭义之分。广义的费用是指企业各种日常活动发生的所有耗费，狭义的费用仅指与本期营业收入相配比的那部分耗费。

（一）费用的特征

1. 费用是企业在日常活动中发生的经济利益的总流出

日常活动是企业为完成其经营目标所从事的经常性活动以及与之相关的活动，日常活动中所产生的费用通常包括销售成本、职工薪酬、折旧费、无形资产摊销等。企业从事或发生的某些活动或事项也能导致经济利益流出企业，但不属于企业的日常活动，如企业处置固定资产、无形资产等非流动资产，支付税收滞纳金和违约罚款、因自然灾害等非常原因造成财产损耗等，这些非日常活动或事项形成的经济利益的总流出属于企业的损失而不是费用，不能作为企业的费用，而应计入营业外支出。

2. 费用表现为企业资产的减少或负债的增加

费用会导致经济利益流出企业，表现为企业资产的减少，如减少银行存款、库存商品等，也可以表现为企业负债的增加，如应付职工薪酬、应交税费等。

3. 费用最终会导致企业所有者权益的减少

根据"资产−负债=所有者权益"的公式，费用的发生一定会导致所有者权益的减少。但企业在日常活动中发生的某些支出并不导致所有者权益减少，也就不构成费用。例如，企业以银行存款偿还一项前欠货款时，只是等额减少了企业的一项资产和一项负债，对所有者权益并没有影响，即使有现金流出企业，也不确认为费用。

4. 费用与向所有者分配利润无关

企业向所有者分配利润或现金股利，虽然发生了现金流出并减少了企业的所有者权益，但它属于利润分配的结果，不是经营活动的结果，因而不能作为企业的费用。

（二）费用的分类

为了便于合理地确认和计量费用，正确地计算产品成本，应对费用进行合理的分类。对费用进行分类有不同的分类标准。

1. 按照费用的经济内容（或性质）分类

费用按经济内容（或性质）进行分类，可以分为劳动对象方面的费用、劳动手段方面的费用和活劳动方面的费用三大类。这在会计上称为生产费用要素，一般有以下八项内容：

（1）外购材料，是指企业为进行生产而耗用的从外部购入的原料及主要材料、半成品、辅助材料、包装物、修理用备件和低值易耗品等。

（2）外购燃料，是指企业为进行生产而耗用的从外部购入的各种燃料，包括固体燃料、液体燃料和气体燃料。

（3）外购动力，是指企业为进行生产而耗用的从外部购进的各种动力，包括电力、热力和蒸汽等。

（4）职工薪酬，是指企业根据有关规定应计入生产费用的职工薪酬。

（5）折旧费，是指企业对所拥有或控制的固定资产按照使用情况计提的折旧费用。

（6）利息支出，是指企业计入期间费用等的负债利息净支出，即利息支出减去利息收入后的余额。

（7）税费，是指企业应计入生产费用的各种税金，包括房产税、车船税、土地使用税、印花税等。

（8）其他费用，是指不属于以上各费用要素的费用。

费用按照经济内容进行分类，可以反映企业在一定时期内发生的生产费用项目与数额，以便于分析企业各时期各种费用占费用总额的比重，有利于分析企业各个时期各种要素费用支出的水平，考核费用计划的执行情况。

2. 按照费用的经济用途分类

费用按经济用途进行分类，将企业发生的费用划分为计入产品生产成本的费用和不计入产品生产成本的费用两大类。计入产品生产成本的费用可划分为直接费用和间接费用。其中，直接费用包括直接材料、直接人工和其他直接费用，它们应当根据实际发生数进行核算，并按照成本计算对象进行归集，直接计入产品的生产成本；间接费用指制造费用。

1）生产成本

生产成本是指与生产产品有关的费用。按照费用在生产过程中的用途不同，可以进一步划分为若干项目，称为产品成本项目，简称成本项目。产品成本项目主要包括以下三项内容：

（1）直接材料费用，是指企业在生产产品和提供劳务过程中所消耗的直接用于产品生产，并构成产品实体的原料、主要材料、外购半成品、修理用备件、包装物以及有助于产品形成的辅助材料等。

（2）直接人工费用，是指企业在生产产品和提供劳务过程中，直接从事产品生产的工人的各种薪酬。

（3）制造费用，是指企业各生产车间（部门）为生产产品和提供劳务而发生的各项间接费用，包括车间管理人员等的职工薪酬、折旧费、办公费、水电费、物料消耗、劳动保护费、季节性和修理期间的停工损失等。

2）期间费用

期间费用是指企业当期发生的必须从当期收入中获得补偿的费用。由于它仅与当期实现的收入相关，必须计入当期损益，所以称为期间费用，主要包括企业行政管理部门为组织和管理生产经营活动而发生的管理费用、企业为筹集资金而发生的财务费用、企业为销售商品而发生的销售费用。

费用按照经济用途进行分类，能够明确地反映出直接用于产品生产上的材料费、职工薪酬和耗用于组织和管理生产经营活动上的各项数额，有利于企业分析和检查费用计划、定额、预算等的执行情况，控制成本费用支出，加强成本管理和成本分析。

二、费用的确认和计量

（一）费用的确认

1. 费用的确认条件

根据费用的特征、财务会计要素确认的基本标准以及财务会计信息质量要求，某一交易或事项的结果若要被确认为费用，必须同时满足下列条件：

（1）经济利益很可能流出企业。在一般情况下，企业发生的费用可能给企业带来经济利益，如企业销售产品与提供劳务发生的费用；也可能不产生经济利益，或者即使产生经济利益但不符合资产确认的条件的，如企业在研究阶段发生的研究费用等，都是在发生时会导致企业资产减少或者负债增加的支出。

（2）经济利益的流出额能够可靠地计量。经济利益流出可计量实质就是指减少的资产或增加的负债可计量。减少的资产或增加的负债是否可计量，应依据资产或负债的可计量标准来判定。会计上需要有相关的真实凭据，或者有真实可靠的证据以合理估计其数额的大小。

2. 费用的确认原则

企业在经营过程中，为了取得一定的收入，必然要发生各种各样的支出。这些支出中有的形成本期费用，有的并不形成本期费用。那么究竟哪些支出形成本期费用，可采用以下基本原则进行确认。

（1）权责发生制原则。根据权责发生制原则，凡是当期已经发生或应当负担的费用，不论款项是否收付，都应作为当期的费用；凡是不属于当期的费用，即使款项已在当期支付，也不应当作为当期的费用。也就是说，费用应该在实际发生时确认，而不是在现金支付时确认，即费用确认的时点，不一定是现金支付的时点。例如，企业借入的到期一次还本付息的银行借款，在资产负债表日，虽然不用现金支付利息，但需要计提利息费用。如果企业年初预付了一年的报刊费，这笔报刊费应分摊在 12 个月加以确认，而不应该在支付报刊费的当月一次确认。

（2）划分收益性支出与资本性支出的原则。根据划分收益性支出与资本性支出的原则，凡支出的效益仅限于一个会计期间的，应当作为收益性支出；凡支出的效益长于一个会计期间的，应当作为资本性支出。

由于收益性支出的效益仅仅体现在一个会计期间，因而发生的支出应在一个会计期间确认为费用，如企业发生的各种办公费用支出等，发生时就要确认为费用。对于资本性支出，由于其效益能够体现在几个会计期间，所以发生的支出应分别在几个会计期间确认为费用。当资本性支出发生时，应予以资本化，不确认为当期费用。例如，企业购置固定资产发生的支出，应先作为资产确认，然后根据各会计期间的受益程度，通过折旧方式逐步转化为各期的费用。

（3）配比原则。配比原则是会计上确认费用的重要原则。它是按照费用与收入的关联关系来确认费用的实现，即它是按照其关联的收入实现的期间来确认费用实现的期间。费用与收入之间的关联或一致性不仅表现在经济性质上的因果性方面，也表现在时间方面。由于许多资产是跨若干会计期间使企业受益，且只能大致和间接地确定费用与收益的联系，如固定资产、无形资产等。使用这些资产而发生的费用，就应该用系统合理的分配方法在估计的有效期限内进行分配。

（二）费用的计量

费用的确认解决了费用入账的时点，费用的计量则解决费用的入账金额。费用计量的基本原则，就是按照费用的实际发生额入账。由于费用一般被视为资产价值的减少，而已耗用的资产又可以从不同的角度来计量，所以与之相适应的费用也可采用不同的计量属性。通常的费用计量标准是实际成本。费用采用实际成本计量属性来计量，是由于实际成本代表的企业获得商品或劳务时的交换价值由交易双方认可，具有客观性和可验证性，从而能够使会计信息具有足够的可靠性。

费用的实际成本是按企业为取得商品或劳务而放弃的资源的实际价值来计量的，即按交换价值或市场价格计量的。这种市场价格的确定则取决于交易中所具体采用的支付方式。交易中最基本的支付方式是现金，但费用的发生与现金支出在时间上有时是不一致的，如以现金支付的管理部门的办公费等，费用的实际成本就代表了当时的市场价格。对于固定资产折旧的计提基础是固定资产的购入成本，它在取得资产时是当时的市场价格，但一经入账就成为历史成本。费用发生时，费用的实际成本并不是固定资产现实的市场价格。而对于先于现金支出而发生的费用来说，由于实际的交易尚未发生，没有市场价格可以计量，所以一般采用预计价值确认入账。

三、期间费用的会计处理

期间费用是指不能直接归属于某个特定产品成本的费用，它容易确定发生的期间，但难以判断所应归属的产品，因而在发生时直接计入当期损益，包括管理费用、销售费用和财务费用。

"管理费用"科目用来核算和监督管理费用的发生和结转情况，属于损益类科目。借方登记发生的各项管理费用，贷方登记期末转入"本年利润"科目的管理费用，期末结转后该科目应无余额。该科目可按费用项目进行明细核算。

"销售费用"科目用来核算和监督销售费用的发生及结转情况，属于损益类科目。借方登记实际发生的各项销售费用，贷方登记期末转入"本年利润"科目的销售费用，期末结转后该科目应无余额。该科目可按费用项目进行明细核算。

"财务费用"科目用来核算和监督财务费用的发生和结转情况，属于损益类科目。借方登记发生的各项财务费用，贷方登记期末转入"本年利润"科目的财务费用，期末结转后该科目应无余额。该科目可按费用项目进行明细核算。

（一）管理费用的会计处理

管理费用是指企业行政管理部门为组织和管理生产经营活动而发生的各种费用。包括企业在筹建期间发生的开办费、董事会和行政管理部门在企业的经营管理中发生的或者应由企业统一负担的公司经费（包括行政管理部门职工薪酬、物料消耗、低值易耗品摊销、办公费和差旅费等）、工会经费、董事会费（包括董事会成员津贴、会议费和差旅费等）、聘请中介机构费、咨询费（含顾问费）、诉讼费、业务招待费、房产税、车船税、土地使用税、印花税、技术转让费、矿产资源补偿费、排污费、绿化费、研究费用以及企业生产车间（部门）和行政管理部门发生的固定资产修理费等。

【例 13-14】 2010 年 10 月东方公司应付行政管理部门人员薪酬 200 000 元；计提行政管理部门专用办公设备折旧 35 000 元；以银行存款支付购销业务的应酬费 20 000 元。东方公司的会计分录如下：

借：管理费用　　　　　　　　　　　　　　　255 000
　　贷：应付职工薪酬　　　　　　　　　　　　200 000
　　　　累计折旧　　　　　　　　　　　　　　 35 000
　　　　银行存款　　　　　　　　　　　　　　 20 000

【例 13-15】 东方公司 2010 年 9 月以银行存款支付法律咨询费 30 000 元、行政管理部门发生的办公设备修理费 5 000 元。东方公司的会计分录如下：

借：管理费用——修理费　　　　　　　　　　　30 000
　　　　　　——咨询费　　　　　　　　　　　 5 000
　　贷：银行存款　　　　　　　　　　　　　　 35 000

（二）销售费用的会计处理

销售费用是指企业在销售商品和材料、提供劳务过程中发生的各项费用，包括企业在销售商品过程中发生的保险费、包装费、展览费和广告费、商品维修费、预计产品质量保证损失、运输费、装卸费等以及企业发生的为销售本企业商品而专设的销售机构（含销售网点、售后服务网点等）的职工薪酬、业务费、折旧费、固定资产修理费等费用。

【例 13-16】 东方公司以银行存款支付 2009 年 9 月产品广告费用 30 000 元，销售商品的运费 1 500 元。东方公司的会计分录如下：

借：销售费用　　　　　　　　　　　　　　　 31 500
　　贷：银行存款　　　　　　　　　　　　　　 31 500

【例 13-17】 东方公司 2009 年 9 月应付专设销售机构职工的薪酬 180 000 元，计提销售部专用办公设备折旧费 10 000 元。东方公司的会计分录如下：

借：销售费用　　　　　　　　　　　　　　　190 000
　　贷：应付职工薪酬　　　　　　　　　　　　180 000
　　　　累计折旧　　　　　　　　　　　　　　 10 000

（三）财务费用的会计处理

财务费用是指企业为筹集生产经营所需资金而发生的筹资费用，包括利息净支出（减利息收入后的支出）、汇兑净损失（减去汇兑收益后的损失）、金融机构的手续费、企业发生的现金折扣或收到的现金折扣等以及筹集生产经营资金发生的财务费用等。

【例13-18】　2010年8月，东方公司计提银行短期借款利息4 000元。东方公司的会计分录如下：

借：财务费用　　　　　　　　　　　　　　　　　　　　　4 000
　　贷：应付利息　　　　　　　　　　　　　　　　　　　　　　　4 000

【例13-19】　2010年9月，东方公司收到开户银行的通知，已将本月银行存款利息收入3 400元转入公司存款户。东方公司的会计分录如下：

借：银行存款　　　　　　　　　　　　　　　　　　　　　3 400
　　贷：财务费用　　　　　　　　　　　　　　　　　　　　　　　3 400

第三节　所　得　税

企业的会计核算和税收处理分别遵循不同的原则，服务于不同的目的。我国会计的确认、计量、报告应遵循企业会计准则的规定，实现真实与完整地反映企业的财务状况、经营成果和现金流量等，为投资者、债权人以及其他会计信息使用者提供对其决策有用的信息。税法以课税为目的，根据国家有关法律、法规的规定，确定一定时期内纳税人应缴纳的税额，从所得税的角度，确定企业的应纳所得税额，以对企业的经营所得征税。

所得税会计的形成和发展是所得税法规和会计准则规定相互分离的必然结果，两者分离的程度和差异的种类、数量直接影响和决定了所得税会计处理方法的改进。

一、资产负债表债务法

所得税会计是会计与税收规定之间的差异在所得税会计核算中的具体表现，我国所得税会计准则规定采用资产负债表债务法核算所得税。资产负债表债务法是从资产负债表出发，通过比较资产负债表上列示的资产、负债按照企业会计准则规定确定的账面价值与按照税法规定确定的计税基础，对于两者之间的差异分别应纳税暂时性差异与可抵扣暂时性差异，确认相关的递延所得税负债与递延所得税资产，并在此基础上确定每一会计期间利润表中的所得税费用。

资产负债表债务法在所得税会计核算方面贯彻了资产、负债等基本会计要素的界定。如果从资产负债表角度考虑，资产的账面价值代表企业在持续持有及最终处置某项资产的一定期间内，该项资产能够为企业带来的未来经济利益，而其计税基础代表的是在这一期间内，就该项资产按照税法规定可以税前扣除的金额。一项资产的账面价值小于其计税基础的，表明该项资产于未来期间产生的经济利益流入低于按照税法规定允许税前扣除的金额，产生可抵减未来期间应纳税所得额的因素，减少未来期间以应交所得税的方式流出企业的经济利益，从其产生时点看，应确认为资产。反之，一项资产的账面价值大于其计税基础的，两者之间的差额将会于未来期间产生应税金额，增加未来期间的应纳税所得额及应交所得税，对企业形成经济利益流出的义务，应确认为负债。

二、所得税会计核算的一般程序

采用资产负债表债务法核算所得税，企业一般应于每一资产负债表日进行所得税的核算。在发生特殊交易或事项时，如企业合并，在确认因交易或事项取得的资产、负债时即应确认相关的所得税影响。企业进行所得税核算一般应遵循以下程序：

（1）按照相关企业会计准则规定，确定资产负债表中除递延所得税负债和递延所得税资产以外的其他资产和负债项目的账面价值。其中，资产和负债项目的账面价值是指企业按照相关会计准则的规定进行核算后在资产负债表中列示的金额。

（2）按照企业会计准则中对于资产和负债计税基础的确定方法，以适用的税收法规为基础，确定资产负债表中有关资产、负债项目的计税基础。

（3）比较资产、负债的账面价值与其计税基础，对于两者之间存在差异的，分析其性质，除企业会计准则中规定的特殊情况外，区别应纳税暂时性差异与可抵扣暂时性差异，确定该资产负债表日与应纳税暂时性差异及可抵扣暂时性差异相关的递延所得税负债和递延所得税资产的应有金额，并将该金额与期初递延所得税负债和递延所得税资产的余额相比，确定当期应予进一步确认的递延所得税负债和递延所得税资产的金额或应予转销的金额，作为构成利润表中所得税费用的递延所得税。

（4）确定利润表中的所得税费用。利润表中的所得税费用包括当期所得税和递延所得税两个组成部分，其中，当期所得税是指当期发生的交易或事项按照适用的税法规定计算确定的当期应交所得税；递延所得税是当期确认的递延所得税资产和递延所得税负债金额或予以转销的金额的综合结果。

按照适用的税法规定计算确定当期应纳税所得额，将应纳税所得额与适用的所得税税率计算的结果确认为当期应交所得税（即当期所得税），同时结合当期确认的递延所得税资产和递延所得税负债（即递延所得税），作为利润表中应予确认的所得税费用。

三、计税基础和暂时性差异

（一）资产的计税基础

资产的计税基础是指企业在收回资产账面价值的过程中，在计算应纳税所得额时按照税法规定可以自应税经济利益中抵扣的金额，即某一项资产在未来期间计税时可以税前扣除的金额。

资产的计税基础为某一项资产在未来期间计税时可以税前扣除的金额。从税收角度考虑，资产的计税基础是假定企业按照税法规定进行核算所提供的资产负债表中资产的应有金额。

资产在初始确认时，其计税基础一般为取得成本，即企业为取得某项资产支付的成本在未来期间准予税前扣除。在资产持续持有的过程中，其计税基础是指资产的取得成本减去以前期间按照税法规定已经税前扣除的金额后的余额，该余额代表的是按照税法规定，就涉及的资产在未来期间计税时仍然可以税前扣除的金额。例如，固定资产和无形资产等长期资产在某一资产负债表日的计税基础，是指其成本扣除按照税法规定已在以前期间税前扣除的累计折旧额或累计摊销额后的金额。

【例 13-20】 东方公司于 2009 年 12 月 8 日以 100 万元购入一台生产用设备，估计其使用寿命为 10 年，按照直线法计提折旧，预计净残值为 0。假定税法规定，该类设备折旧年限为 20 年，其折旧方法、预计净残值与会计规定相同。假定该固定资产未发生减值。

2010 年末，该设备账面价值 = 100 - 100 ÷ 10 = 90（万元）

2010 年末，该设备的计税基础 = 100 - 100 ÷ 20 = 95（万元）

该项固定资产的账面价值 90 万元与其计税基础 95 万元之间产生的 5 万元差额，在未来期间会减少企业的应纳税所得额。

【例 13-21】 东方公司当期发生研究开发支出计 1 000 万元，其中，研究阶段支出 200 万元，开发阶段符合资本化条件前发生的支出为 200 万元，符合资本化条件后发生的支出为 600 万元。假定开发形成的无形资产在当期末已达到预定用途。

东方公司当年发生的研究开发支出中，按照会计规定应予费用化的金额为 400 万元，形成无形资产的成本为 600 万元，即期末所形成无形资产的账面价值为 600 万元。

东方公司于当期发生的 1 000 万元研究开发支出，可在税前扣除的金额为 600 万元。对于按照会计准则规定形成无形资产的部分，税法规定按照无形资产成本的 150% 作为计算未来期间摊销额的基础，即该项无形资产在初始确认时的计税基础为 900（600 × 150%）万元。

该项无形资产的账面价值 600 万元与其计税基础 900 万元之间的差额 300 万元将于未来期间税前扣除，产生可抵扣暂时性差异。

（二）负债的计税基础

负债的计税基础是指负债的账面价值减去未来期间计算应纳税所得额时，按照税法规定可予抵扣的金额。

在一般情况下，负债的确认与偿还不会影响企业的损益，也不会影响其应纳税所得额，未来期间计算应纳税所得额时按照税法规定可予抵扣的金额为零，计税基础即为账面价值。如企业的短期借款、应付账款等。但在某些情况下，负债的确认可能会影响企业的损益，进而影响不同期间的应纳税所得额，使得其计税基础与账面价值之间产生差额，如按照会计规定确认的某些预计负债。

【例 13-22】 东方公司 2010 年 12 月计入成本费用的职工工资总额为 2 500 万元，至 2010 年 12 月 31 日尚未支付体现为资产负债表中的应付职工薪酬。按照适用税法规定，当期计入成本费用的 2 500 万元工资支出中，可予税前扣除的工资费用为 2 000 万元。

该项应付职工薪酬负债的账面价值 = 2 500（万元）。

该项应付职工薪酬负债的计税基础 = 账面价值（2 500 万元）- 未来期间计算应纳税所得额时按照税法规定可予抵扣的金额 0（万元）= 2 500（万元）。

该项负债的账面价值 2 500 万元与其计税基础 2 500 万元相同，不形成暂时性差异。

【例 13-23】 东方公司 2010 年因销售产品承诺提供 3 年的保修服务，在当年度利润表中确认了 800 万元销售费用，同时确认为预计负债，当年度发生保修支出 200 万元，预计负债的期末余额为 600 万元。假定税法规定，与产品售后服务相关的费用在实际发生时税前扣除。

该项预计负债在东方公司 2010 年 12 月 31 日的账面价值为 600 万元。

该项预计负债的计税基础＝账面价值－未来期间计算应纳税所得额时按照税法规定可予抵扣的金额＝600－600＝0（万元）

（三）暂时性差异

暂时性差异是指资产、负债的账面价值与其计税基础之间的差额。由于资产、负债的账面价值与其计税基础不同，产生了在未来收回资产或清偿负债的期间内，应纳税所得额增加或减少并导致未来期间应交所得税增加或减少的情况，形成企业的递延所得税资产和递延所得税负债。

根据暂时性差异对未来期间应税金额影响的不同，分为应纳税暂时性差异和可抵扣暂时性差异。

1. 应纳税暂时性差异

应纳税暂时性差异是指在确定未来收回资产或清偿负债期间的应纳税所得额时，将导致产生应税金额的暂时性差异。该差异在未来期间转回时，会增加转回期间的应纳税所得额，即在未来期间不考虑该事项影响的应纳税所得额的基础上，由于该暂时性差异的转回，会进一步增加转回期间的应纳税所得额和应交所得税金额。在该暂时性差异产生当期，应当确认相关的递延所得税负债。

应纳税暂时性差异通常产生于以下情况：

（1）资产的账面价值大于其计税基础。一项资产的账面价值代表的是企业在持续使用及最终出售该项资产时会取得的经济利益的总额，而计税基础代表的是一项资产在未来期间可予税前扣除的总金额。资产的账面价值大于其计税基础，该项资产未来期间产生的经济利益不能全部税前抵扣，两者之间的差额需要交税，产生应纳税暂时性差异。在应纳税暂时性差异产生当期，在符合确认条件的情况下，应确认相关的递延所得税负债。

（2）负债的账面价值小于其计税基础。一项负债的账面价值为企业预计在未来期间清偿该项负债时的经济利益流出，而其计税基础代表的是账面价值在扣除税法规定未来期间允许税前扣除的金额之后的差额。因负债的账面价值与其计税基础不同产生的暂时性差异，实质上是税法规定就该项负债在未来期间可以税前扣除的金额，即

$$负债的计税基础＝负债的账面价值－未来期间可以税前抵扣的金额$$
$$负债的账面价值－负债的计税基础＝未来期间可以税前抵扣的金额$$

若负债的账面价值小于其计税基础，则该项负债应在未来期间可以税前抵扣的金额为负数，应在未来期间应纳税所得额的基础上调增，增加未来期间的应纳税所得额和应交所得税金额，产生应纳税暂时性差异，应确认相关的递延所得税负债。

2. 可抵扣暂时性差异

可抵扣暂时性差异是指在确定未来收回资产或清偿负债期间的应纳税所得额时，将导致产生可抵扣金额的暂时性差异。该差异在未来期间转回时会减少转回期间的应纳税所得额，减少未来期间的应交所得税。在该暂时性差异产生当期，在符合确认条件的情况下，应当确认相关的递延所得税资产。

可抵扣暂时性差异一般产生于以下情况：

（1）资产的账面价值小于其计税基础，意味着资产在未来期间产生的经济利益少，按照税法规定允许税前扣除的金额多，则账面价值与计税基础之间的差额，企业在未来期间可以减少应纳税所得额并减少应交所得税，形成可抵扣暂时性差异，在符合有关确认条件时，应确认相关的递延所得税资产。

（2）负债的账面价值大于其计税基础，负债产生的暂时性差异实质上是税法规定就该项负债可以在未来期间税前扣除的金额。

负债的账面价值大于其计税基础，意味着未来期间按照税法规定构成负债的全部或部分金额可以自未来应税经济利益中扣除，减少未来期间的应纳税所得额和应交所得税，产生可抵扣暂时性差异，在符合条件的情况下，应确认与其相关的递延所得税资产。

四、递延所得税资产及递延所得税负债的确认和计量

（一）递延所得税资产的确认和计量

1. 递延所得税资产的确认

递延所得税资产产生于可抵扣暂时性差异。资产、负债的账面价值与其计税基础不同产生可抵扣暂时性差异的，在估计未来期间能够取得足够的应纳税所得额用以利用该可抵扣暂时性差异时，应当以很可能取得用来抵扣可抵扣暂时性差异的应纳税所得额为限，确认相关的递延所得税资产。

【例 13-24】 甲公司 2008 年发生资本化研究开发支出 800 万元，至年末研发项目尚未完成。税法规定，按照会计准则规定资本化的开发支出按其 150% 作为计算摊销额的基础。

甲公司按照会计准则规定资本化的开发支出为 800 万元，其计税基础为 1 200 万元（800 × 150%），该开发支出及所形成无形资产在初始确认时其账面价值与计税基础即存在差异，因该差异并非产生于企业合并，同时在产生时既不影响会计利润也不影响应纳税所得额，按照所得税会计准则规定，不确认与该暂时性差异相关的所得税影响。

2. 递延所得税资产的计量

确认递延所得税资产时，应当以预期收回该资产期间的适用所得税税率为基础计算确定。无论相关的可抵扣暂时性差异转回期间如何，递延所得税资产不要求折现。

企业在确认了递延所得税资产后，在资产负债表日，应当对递延所得税资产的账面价值进行复核。如果未来期间很可能无法取得足够的应纳税所得额用以抵扣暂时性差异带来的利润，应当减记递延所得税资产的账面价值，减记的金额直接增加当期所得税费用。如果以后根据新的环境判断能够产生足够的应纳税所得额利用可抵扣暂时性差异，使得递延所得税资产包含的经济利益能够实现时，应相应恢复递延所得税资产的账面价值，并应在会计报表附注中进行披露。

（二）递延所得税负债的确认和计量

1. 递延所得税负债的确认

应纳税暂时性差异在转回期间将增加未来期间企业的应纳税所得额和应交所得税，导致企业经济利益的流出，从其发生当期看，构成企业应支付税金的义务，应作为递延所得税负债确认。

除企业会计准则中明确规定可不确认递延所得税负债的情况以外，企业对于所有的应纳税暂时性差异均应确认相关的递延所得税负债。除直接计入所有者权益的交易或事项以及企业合并外，在确认递延所得税负债的同时，应增加利润表中的所得税费用。

【例 13-25】 东方公司于 2010 年 1 月 1 日开始计提折旧的某设备，取得成本为 200 万元，采用年限平均法计提折旧，使用年限为 10 年，预计净残值为 0。假定计税时允许按双倍余额递减法计提折旧，使用年限及预计净残值与会计相同。东方公司适用的所得税税率为 25%。假定该公司不存在其他会计与税收处理的差异。

2010 年该项固定资产按照会计规定计提的折旧额为 20 万元，计税时允许扣除的折旧额为 40 万元，则该固定资产的账面价值 180 万元与其计税基础 160 万元的差额构成应纳税暂时性差异，企业应确认递延所得税负债 5 [（180 − 160）×25%]万元。

2. 递延所得税负债的计量

所得税准则规定，在资产负债表日，对于递延所得税负债，应当根据适用的税法规定，按照预计清偿该负债期间的适用税率计量，即递延所得税负债应以相关应纳税暂时性差异转回期间按照税法规定适用的所得税税率计量。在我国，除享受优惠政策的情况以外，企业适用的所得税税率在不同年度之间一般不会发生变化，企业在确认递延所得税负债时，可以现行适用税率为基础计算确定，递延所得税负债不要求折现。

五、所得税费用的确认和计量

在采用资产负债表债务法核算所得税时，所得税费用由当期所得税和递延所得税两部分组成。企业在计算确定当期所得税和递延所得税的基础上，应将两者之和确认为利润表中的所得税费用。

（一）当期所得税

当期所得税是指企业按照税法规定计算确定的针对当期发生的交易和事项，应交纳给税务部门的所得税金额，应交所得税应以适用的税收法规为基础计算确定，即

当期所得税=当期应交所得税=应纳税所得额×适用的所得税税率

企业在确定当期所得税时，对于当期发生的交易或事项，会计处理与税收处理不同的，应在会计利润的基础上，按照适用税收法规的要求进行调整，计算出当期应纳税所得额，按照应纳税所得额与适用所得税税率计算确定当期应交所得税。

（二）递延所得税

递延所得税是指按照企业会计准则规定应予确认的递延所得税资产和递延所得税负债在期末应有的金额，相对于原已确认金额之间的差额，即递延所得税资产及递延所得税负债的当期发生额，但不包括直接计入所有者权益的交易或事项及企业合并的所得税影响，即

递延所得税 =（期末递延所得税负债 − 期初递延所得税负债）

− （期末递延所得税资产 − 期初递延所得税资产）

应注意，如果某项交易或事项按照企业会计准则规定应计入所有者权益，由该交易或

事项产生的递延所得税资产或递延所得税负债及其变化也应计入所有者权益，不构成利润表中的递延所得税费用（或收益）。

【例 13-26】　东方公司 2010 年 9 月取得的某项可供出售金融资产，成本为 200 万元，2010年 12 月 31 日，其公允价值为 240 万元。东方公司适用的所得税税率为 25%。

（1）会计期末在确认 40（240-200）万元的公允价值变动时：

借：可供出售金融资产——公允价值变动　　　　　　　　400 000

　　贷：资本公积——其他资本公积　　　　　　　　　　　　　400 000

（2）确认应纳税暂时性差异的所得税影响时：

借：资本公积——其他资本公积　　　（400 000×25%）100 000

　　贷：递延所得税负债　　　　　　　　　　　　　　　　　1 00 000

（三）所得税费用

所得税费用由当期应交所得税和递延所得税两个部分组成，即

$$所得税费用 = 当期应交所得税 + 递延所得税$$

所得税费用在利润表中单独列示。

【例 13-27】　某公司 2010 年度利润表中利润总额为 1 200 万元。该公司适用的所得税税率为 25%。不考虑中期报告。

2010 年发生的有关交易和事项中，会计处理与税收处理存在的差别有：

（1）2010 年 1 月 2 日开始计提折旧的一项固定资产，成本为 800 万元，使用年限为 10年，净残值为零，会计处理按双倍余额递减法计提折旧，税收处理按直线法计提折旧。假定税法规定的使用年限及净残值与会计规定相同。

（2）向关联企业提供现金捐赠 300 万元。

（3）期末持有的交易性金融资产成本为 400 万元，公允价值为 600 万元。税法规定，资产在持有期间公允价值的变动不计入应纳税所得额。

（4）应付违反环保法规定罚款 150 万元。

（5）期末对持有的存货计提了 60 万元的存货跌价准备。

1. 2010 年度当期应交所得税

应纳税所得额 = 12 000 000 + 800 000 + 3 000 000 - 2 000 000 + 1 500 000 + 600 000

　　　　　　 = 15 900 000（元）

应交所得税 = 15 900 000 × 25% = 3 975 000（元）

2. 2010 年度递延所得税

递延所得税资产 = 1 400 000 × 25% = 350 000（元）

递延所得税负债 = 2 000 000 × 25% = 500 000（元）

递延所得税 = 500 000 - 350 000 = 150 000（元）

该公司 2010 年资产负债表相关项目金额及其计税基础如表 13-2 所示。

3. 利润表中应确认的所得税费用

所得税费用 = 3 975 000 + 150 000 = 4 125 000（元）

确认所得税费用的会计分录如下：

借：所得税费用　　　　　　　　　　　　　　　　4 125 000

　　递延所得税资产　　　　　　　　　　　　　　　350 000

　　贷：应交税费——应交所得税　　　　　　　　　　　　　3 975 000
　　　　递延所得税负债　　　　　　　　　　　　　　　　　　500 000

表 13-2

单位：万元

项目	账面价值	计税基础	差异	
			应纳税暂时性差异	可抵扣暂时性差异
交易性金融资产	600	400	200	
存货	1 600	1 660		60
固定资产：				
固定资产原价	800	800		
减：累计折旧	160	80		
减：固定资产减值准备	0	0		
固定资产账面价值	640	720		80
总计			200	140

【例 13-28】　承【例 13-27】的资料，假定该公司 2010 年当期应交所得税为 3 250 000 元。资产负债表中有关资产、负债的账面价值与其计税基础相关资料如表 13-3 所示，除所列项目外，其他资产、负债项目不存在会计和税收的差异。

（1）当期应交所得税为 3 250 000 元。

（2）当期递延所得税

　　①期末递延所得税负债　　　　（2 300 000×25%）575 000

　　　期初递延所得税负债　　　　　　　　　　　　　500 000

　　　递延所得税负债增加　　　　　　　　　　　　　　75 000

　　②期末递延所得税资产　　　　（2 280 000×25%）570 000

　　　期初递延所得税资产　　　　　　　　　　　　　350 000

　　　递延所得税资产增加　　　　　　　　　　　　　220 000

　　　递延所得税 = 75 000 - 220 000 = -145 000（元）

（3）所得税费用

　　所得税费用 = 3 250 000 - 145 000 = 3 105 000（元）

　　借：所得税费用　　　　　　　　　　　　　　　　　3 105 000

　　　　递延所得税资产　　　　　　　　　　　　　　　　220 000

　　　贷：递延所得税负债　　　　　　　　　　　　　　　　75 000

　　　　　应交税费——应交所得税　　　　　　　　　　3 250 000

表 13-3

单位：万元

项目	账面价值	计税基础	差异	
			应纳税暂时性差异	可抵扣暂时性差异
交易性金融资产	630	400	230	
存货	2 000	2 050		50
固定资产：				
固定资产原价	800	800		
减：累计折旧	288	160		
减：固定资产减值准备	50	0		
固定资产账面价值	462	640		178
总计			230	228

第四节　利　润

一、利润的概念与构成

利润是企业在一定会计期间的经营成果，包括收入减去费用后的净额、直接计入当期利润的利得和损失。其中，直接计入当期利润的利得和损失是指应当计入当期损益、会导致所有者权益发生增减变动的、与所有者投入资本或者向所有者分配利润无关的利得或损失。

企业的利润取决于收入和费用、直接计入当期利润的利得和损失金额的计量。企业的利润能够反映企业在一定会计期间的经营业绩和获利能力，反映企业的投入产出效率和经济效益，是衡量企业优劣的一个重要标志，有助于投资者、债权人做出正确的决策。

企业的利润包括营业利润、利润总额和净利润。

（一）营业利润

营业利润是指企业一定期间的日常活动取得的利润，即

营业利润 = 营业收入 - 营业成本 - 营业税金及附加 - 销售费用 - 管理费用
　　　　 - 财务费用 - 资产减值损失 + 公允价值变动收益（- 公允价值变动损失）
　　　　 + 投资收益（-投资损失）

营业收入是指企业经营业务所确认的收入总额，包括主营业务收入和其他业务收入。

营业成本是指企业经营业务所发生的实际成本总额，包括主营业务成本和其他业务成本。

资产减值损失是指企业计提各项资产减值准备所形成的损失。

公允价值变动损益（或损失）是指企业交易性金融资产等公允价值变动形成的应计入当期损益的利得（或损失）。

投资收益（或损失）是指企业以各种方式对外投资所取得的收益（或发生的损失）。

（二）利润总额

利润总额是指企业在一定期间的营业利润，加上营业外收入减去营业外支出后的所得税前利润总额，即

利润总额 = 营业利润 + 营业外收入 - 营业外支出

营业外收入是指企业发生的与其日常活动无直接关系的各项利得。

营业外支出是指企业发生的与其日常活动无直接关系的各项损失。

（三）净利润

净利润是指企业在一定期间的利润总额减去所得税费用后的净额，即

净利润 = 利润总额 - 所得税费用

所得税费用是指企业确认的应从当期利润总额中扣除的所得税费用。

二、营业外收入和营业外支出的会计处理

营业外收入和营业外支出是指企业发生的与日常活动无直接关系的各项收支。尽管营业外收支与企业生产经营活动关系不是很大，但从企业整体的角度出发来考虑，营业外收支对企业的利润总额产生一定程度的影响。

（一）营业外收入

1. 营业外收入核算的内容

营业外收入是指企业发生的与其日常活动无直接关系的各项利得，营业外收入不是由企业经营资金耗费所产生的，不需要企业付出代价。营业外收入主要包括非流动资产处置利得、非货币性资产交换利得、债务重组利得、政府补助、盘盈利得、捐赠利得等。

非流动资产处置利得包括固定资产处置利得和无形资产出售利得。固定资产处置利得是指企业出售固定资产所取得价款或报废固定资产的材料价值和变价收入等，扣除处置固定资产的账面价值、清理费用、处置相关税费后的净收益；无形资产出售利得是指企业出售无形资产所取得价款，扣除出售无形资产的账面价值、出售相关税费后的净收益。

非货币性资产交换利得是指在非货币性资产交换中换出资产为固定资产、无形资产的，换入资产公允价值大于换出资产账面价值的差额，扣除相关费用后计入营业外收入的金额。

债务重组利得是指重组债务的账面价值超过清偿债务的现金、非现金资产的公允价值、所转股份的公允价值、或重组后债务账面价值之间的差额。

盘盈利得是指企业对于现金等清查盘点中盘盈的现金等，报经批准后计入营业外收入的金额。

政府补助是指企业从政府无偿取得货币性资产或非货币性资产形成的利得。

捐赠利得是指企业接受捐赠产生的利得。

为了反映营业外收入的发生和结转情况，企业应设置"营业外收入"科目，其贷方登记企业发生的各项营业外收入；借方登记期末转入"本年利润"科目的数额；期末结转后该科目应无余额。该科目按营业外收入的具体项目设置明细账。

2. 营业外收入的会计处理

【例 13-29】 2010 年 11 月，东方公司没收逾期未退的包装物押金 1 000 元，转为营业外收入。东方公司的会计分录如下：

借：其他应付款　　　　　　　　　　　　　　　　　　　1 000
　　贷：营业外收入　　　　　　　　　　　　　　　　　　855
　　　　应交税费——应交增值税（销项税额）　　　　　145

【例 13-30】 2010 年 12 月，东方公司收到 S 公司因拖欠货款交来的赔偿金 10 000 元，存入银行。东方公司的会计分录如下：

借：银行存款　　　　　　　　　　　　　　　　　　　10 000
　　贷：营业外收入　　　　　　　　　　　　　　　　　10 000

（二）营业外支出

1. 营业外支出核算的内容

营业外支出是指企业发生的与其日常活动无直接关系的各项损失，主要包括非流动资

产处置损失、非货币性资产交换损失、债务重组损失、公益性捐赠支出、非常损失、盘亏损失等。

非流动资产处置损失包括固定资产处置损失和无形资产出售损失。固定资产处置损失是指企业出售固定资产所取得价款或报废固定资产的材料价值和变价收入等，不足抵补处置固定资产的账面价值、清理费用、处置相关税费所发生的净损失；无形资产出售损失是指企业出售无形资产所取得价款，不足抵补出售无形资产的账面价值、出售相关税费后的净损失。

非货币性资产交换损失是指在非货币性资产交换中换出资产为固定资产、无形资产的，换入资产公允价值小于换出资产账面价值的差额，扣除相关费用后计入营业外支出的金额。

债务重组损失是指重组债权的账面价值与受让资产的公允价值、所转股份的公允价值、或重组后债权账面价值之间的差额。

公益性捐赠支出是指企业对外进行公益性捐赠发生的支出。

非常损失是指企业对于因客观因素（如自然灾害等）造成的损失，在扣除保险公司赔偿后应计入营业外支出的净损失。

盘亏损失是指对于财产清查盘点中盘亏的资产，在查明原因处理时按确定的损失计入营业外支出的金额。

为了反映营业外支出的发生和结转情况，企业应设置"营业外支出"科目，其借方登记企业发生的各项营业外支出；贷方登记期末转入"本年利润"科目的数额；期末结转后该科目应无余额。该科目按营业外支出的具体项目设置明细账。

2. 营业外支出的会计处理

【**例 13-31**】　2010 年 12 月，东方公司将出售不需用设备的净损失 10 000 元，转入营业外支出。东方公司的会计分录如下：

借：营业外支出　　　　　　　　　　　　　　　　　　　　10 000

　　贷：固定资产清理——处置固定资产净损失　　　　　　　　10 000

三、利润结转的会计处理

（一）设置的会计科目

企业本年利润的结转是通过设置"本年利润"科目进行的。"本年利润"科目属于所有者权益类科目，该科目的贷方登记期末转入的收入类科目的贷方余额；借方登记期末转入的费用、支出类科目的借方余额；结转后本科目如为贷方余额，表示实现的净利润，如为借方余额表示发生的净亏损。年度终了，应将本年实现的净利润转入"利润分配——未分配利润"科目的贷方；如为净亏损则转入"利润分配——未分配利润"科目的借方，年末结转后本科目应无余额。

（二）结转本年利润的方法

在会计实务中，期末结转本年利润的方法有账结法和表结法两种。

1. 账结法

账结法是指在每月月末将所有损益类科目的余额转入"本年利润"科目，结转后各损益类科目月末均没有余额,"本年利润"科目的余额反映年度内累计实现的净利润(或发生的净亏损)。账结法在各月均可通过"本年利润"科目提供当月及本年累计的利润(或亏损)额,但增加了转账环节和工作量。

2. 表结法

表结法是指各损益类科目每月月末只需结出本月发生额和月末累计余额,不需结转到"本年利润"科目,只有在年末时才将各损益类科目的全年累计余额结转入"本年利润"科目。但每月月末要将损益类科目的本月发生额合计数填入利润表的本月数栏,同时将本月末累计余额填入利润表的本年累计数栏,通过利润表计算反映当期及本年累计利润或亏损。在表结法下,年中损益类科目无需结转入"本年利润"科目,从而减少了转账环节和工作量,同时并不影响利润表的编制及有关损益指标的利用。

(三)结转本年利润的会计处理

【例 13-32】 东方公司 2010 年 12 月各损益类科目的余额如表 13-4 所示。

表 13-4 12 月份损益类科目余额表   金额单位:元

会计科目	借方发生额	贷方发生额
主营业务收入		
其他业务收入		4 500 000
投资收益		60 000
营业外收入		300 000
主营业务成本	3 000 000	25 000
其他业务成本	50 000	
营业税金及附加	200 000	
销售费用	500 000	
管理费用	200 000	
财务费用	80 000	
营业外支出	20 000	
所得税费用	208 750	

东方公司的会计分录如下:
结转各项收入、利得类科目时:
借:主营业务收入   4 500 000
　　其他业务收入   60 000
　　投资收益   300 000
　　营业外收入   25 000
　　贷:本年利润   4 885 000
结转各项费用、损失类科目时:
借:本年利润   4 050 000
　　贷:主营业务成本   3 000 000
　　　　其他业务成本   50 000
　　　　销售费用   500 000

管理费用	200 000
财务费用	80 000
营业税金及附加	200 000
营业外支出	20 000

东方公司 12 月份利润总额为 835 000（4 885 000 - 4 050 000）元，假定该公司计算确认的所得税费用为 208 750 元，将所得税费用接转入"本年利润"科目。会计分录如下：

借：本年利润　　　　　　　　　　　　　　　208 750
　贷：所得税费用　　　　　　　　　　　　　　　208 750

假设东方公司 2010 年 1~11 月累计实现净利润为 573 750 元，12 月实现的净利润为 626 250（4 885 000 - 4 050 000 - 208 750）元，故该公司全年累计实现的净利润为 1 200 000（573 750 + 626 250）元。将"本年利润"科目的年末余额 1 200 000 元结转入"利润分配——未分配利润"科目，东方公司的会计分录如下：

借：本年利润　　　　　　　　　　　　　　　1 200 000
　贷：利润分配——未分配利润　　　　　　　　　1 200 000

结转后，"本年利润"科目无年末余额。

思考与练习

一、思考题

1. 如何理解销售收入确认的各项条件？
2. 企业在计算应交所得税时，为什么不能直接以会计利润为依据？
3. 如何确定资产和负债项目的计税基础？
4. 如何理解暂时性差异及其类型？
5. 营业利润、利润总额和净利润如何计算？

二、练习题

1. 甲公司 2010 年 3 月 1 日向 C 公司销售商品一批，货款 80 000 元，增值税额为 13 600 元，该批商品的成本为 50 000 元。甲公司为了尽快收回货款而在合同中规定符合现金折扣的条件为"2/10、1/20、n/30"，假设 C 公司分别于 3 月 9 日、3 月 17 日和 3 月 30 日付清货款（在计算折扣时不考虑增值税因素）。

要求：根据上述资料，编制甲公司实现销售以及收回货款时的会计分录。

2. 乙企业委托外单位加工材料一批，原材料价款 30 万元，加工费用 80 000 元，由受托方代收代交的消费税 5 000 元（假设不考虑增值税），材料已经加工完毕并验收入库，加工费用已经支付。假定乙企业材料采用实际成本核算。

（1）假设委托方收回加工材料后用于继续生产应税消费品。

（2）假设委托方收回加工后的材料直接用于销售。

要求：编制这两种情况下的会计分录。

3. A 企业为一般纳税企业，适用的增值税税率为 17%，所得税税率为 25%，提供劳务和销售商品均为主营业务，该企业 2010 年 12 月发生如下经济业务：

（1）购进原材料一批。价款 100 000 元，增值税率 17%，款项以银行存款支付，材料已验收入库（原材料按实际成本计价核算）。

（2）销售给 B 公司产品一批，增值税专用发票上的售价为 300 000 元，收到 B 公司交来面值为 351 000 元的银行承兑汇票一张，销售成本为 200 000 元。

（3）报废旧设备一台，原值为 65 000 元，已提折旧为 60 000 元，发生清理费用为 1 000 元，取得残料变价收入为 2 000 元，有关款项已通过银行结算完毕。

（4）B 公司来函提出本月购买的产品中，有 100 000 元的甲产品质量不完全合格，要求在价格上给予 40 000 元的折让，经查明，符合原合同约定，同意 B 公司的要求，并办理退款手续和开具红字增值税发票。

（5）2010 年 8 月 1 日为客户研制一项产品，工期为 6 个月，合同收入 330 000 元，到 2010 年 12 月 31 日已发生成本 220 000 元，已预收账款 200 000 元，预计开发完成此项产品总成本为 250 000 元。年末经专业测量师测量，产品的开发程度为 85%。

（6）用银行存款支付本月管理费用 18 430 元。

（7）转让一项交易性金融资产，成本为 100 000 元，无公允价值变动，售价为 101 000 元，收到款项存入银行。

（8）12 月 31 日，购入 C 公司有表决权的股票 100 万股，占乙公司股份的 25%，从而对 C 公司的财务和经营政策有重大影响。该股票每股买入价为 8 元，其中每股含已宣告分派但尚未领取的现金股利 0.20 元；另外，A 公司在购买股票时还支付相关税费 10 000 元，款项均由银行存款支付（假定 C 公司 2010 年 12 月 31 日可辨认净资产的公允价值为 3 200 万元）。

（9）假定 A 企业 12 月的应纳税所得额为 100 000 元。

要求：

（1）编制有关经济业务的会计分录。

（2）计算 2010 年 12 月 A 企业利润表中营业利润、利润总额和净利润项目的金额。

4.华兴公司为增值税一般纳税企业，增值税税率为 17%。销售商品的同时结转成本。2010 年 3 月份发生下列销售业务：

（1）3 日，向 A 公司销售商品 1 000 件，每件商品的标价为 80 元。为了鼓励多购商品华兴公司同意给予 A 公司 10% 的商业折扣。开出的增值税专用发票上注明的售价总额 72 000 元，增值税额为 12 240 元。该商品成本为 55 元/件。商品已发出，货款已收存银行。

（2）5 日，向 B 公司销售商品一批，开出的增值税专用发票上注明的售价总额 60 000 元，增值税额为 10 200 元，销售成本为 40 000 元。华兴公司为了及早收回货款，在合同中规定的现金折扣件为 "2/10, 1/20, n/30"。

（3）13 日，收到 B 公司的扣除享受现金折扣后的全部款项，并存入银行。假定计算现金折扣时不考虑增值税。

（4）20 日，A 公司发现所购商品不符合合同规定的质量标准，要求华兴公司在价格上再给予 5% 的销售折让。华兴公司经查明后，同意给予折让并取得了索取折让证明单，开具了增值税专用发票（红字）。

要求：编制华兴公司上述销售业务的会计分录。

5. 丙公司为增值税一般纳税人，适用的增值税税率为 17%，消费税税率为 10%，产品销售价格中均不含增值税金额。销售产品为公司的主营业务，2010 年度，丙公司发生如下业务：

（1）2 月 5 日向 A 公司销售商品一批，增值税专用发票上注明售价为 1 000 000 元，增值税额为 170 000 元。为了鼓励多购商品，甲公司同意给予 A 公司 10% 的商业折扣。该批商品的实际成本是 500 000 元，商品已经发出，货款尚未收到。

（2）3 月 1 日收到本年 2 月 5 日销售商品的全部货款。

（3）5 月 20 日向 B 公司销售应税消费品 1 000 件，每件商品的标价为 80 元。开出的增值税专用发票上注明的售价为 80 000 元，增值税为 13 600 元。甲公司为了及早收回货款，在合同中规定的现金折扣条件为"2/10，1/20，n/30"。每件商品成本为60元。

（4）6月5日收到B公司扣除所享受现金折扣后的全部款项并存入银行（假定计算现金折扣不用考虑增值税）。

（5）期末，应收账款的账面余额为1 000 000元，甲公司按照应收账款账面余额的5%计提坏账准备。假定期初坏账准备的余额为0。

（6）支付业务招待费200 000元。

（7）计提并支付专设销售机构人员薪酬50 000元。

（8）支付印花税10 000元。

假定不考虑其他事项。

要求：

（1）根据上述（1）～（8）业务编制甲公司的会计分录。

（2）计算丙公司2010年发生的费用总额。

第十四章

非货币性资产交换

本章介绍了货币性资产和非货币性资产的概念、非货币性资产交换的定义和界定标准、非货币性资产交换的特征，着重介绍非货币性资产交换的两种计量基础、两种计量基础下非货币性资产交换的确认、计量和报告。

【重要概念】 货币性资产　非货币性资产　非货币性资产交换

第一节　非货币性资产交换概述

一、货币性资产与非货币性资产

资产按未来经济利益流入（表现形式是货币资金）是否固定或可确定，分为货币性资产与非货币性资产。

货币性资产是指企业持有的货币资金和将以固定或可确定的金额收取的资产，包括现金、银行存款、应收账款和应收票据以及准备持有至到期的债券投资等。

非货币性资产是指货币性资产以外的资产，包括存货、长期股权投资、投资性房地产、固定资产、在建工程、工程物资、无形资产，以及不准备持有至到期的债券投资等。非货币性资产有别于货币性资产的最基本特征是其在将来为企业带来的经济利益不固定或不可确定。

二、非货币性资产交换的认定

企业在生产经营过程中所发生的各项交易，按交易对象的属性可分为货币性交易和非货币性交易。

货币性资产交换是指以让渡货币性资产的方式取得另一个企业的货币性或非货币性资产。涉及货币性资产、负债等的交易属于货币性交易。

非货币性资产交换是指交易双方主要以存货、固定资产、无形资产和长期股权投资等非货币性资产进行的交换。非货币性资产交换仅包括企业之间主要以非货币性资产形式进行的互惠转让，即企业取得一项非货币性资产，必须以付出自己拥有的非货币性资产为代价。本着实质重于形式的原则，当交易中涉及少量的货币性资产（即补价）时，也将其归为非货币性资产交换。

从上述非货币性资产交换的认定可得出其特点是：

（1）非货币性资产交换的主要交换对象是非货币性资产，不涉及现金的流入或流出，或者只涉及少量的现金流入或流出。

（2）非货币性资产交换可能涉及少量货币性资产。尽管非货币性资产交换主要是以非货币性资产进行的交换，但有时也会在交换非货币性资产时，支付或收到一定金额的货币性资产，这种支付或收到的货币性资产称为补价。非货币性资产交换准则规定，认定涉及少量货币性资产的交换为非货币性资产交换，通常以补价占整个资产交换金额的比例是否低于 25%作为参考比例，即收到补价的企业，其收到的补价占换出资产公允价值的比例小于等于 25%；支付补价的企业，其支付的补价占换出资产公允价值加上补价之和的比例小于等于25%的非货币性资产交换。大于等于25%的，视为货币性资产交换。

（3）不涉及非互惠的非货币性资产转让行为。由于非互惠转让业务性质相对特殊，而我国企业主要以非货币性资产的互惠转让为主，因此将非互惠的行为排除在非货币性资产交换准则之外。

第二节　非货币性资产交换的会计处理

在非货币性资产交换下，如何确定换入非货币性资产的成本，是否确认以及如何计量非货币性资产交换的损益，是非货币性资产交换会计处理的核心问题。

一、非货币性资产交换会计处理的一般原则

（一）换入资产成本的计量原则

1. 商业实质判断

根据我国非货币性资产交换会计准则的规定，当非货币性资产交换具备"换入资产的未来现金流量在风险、时间和金额方面与换出资产显著不同"，"换入资产与换出资产的预计未来现金流量现值不同，且其差额与换入资产和换出资产的公允价值相比是重大的"两个条件之一的，便可认定该交换具有商业实质。第一项条件"换入资产的未来现金流量在风险、时间和金额方面与换出资产显著不同"通常包括但不限于以下三种情况：未来现金流量的风险、时间相同，金额不同；未来现金流量的风险、金额相同，时间不同；未来现金流量的时间、金额相同，风险不同。

企业若按第一项条件难以判断某项非货币性资产交换是否具有商业实质，可依据第二项条件，计算换入资产与换出资产的预计未来现金流量现值，进行比较后判断。换入资产与换出资产的预计未来现金流量现值，企业根据自身的评价，选择恰当的折现率对预计产生的税后未来现金流量进行折现后的金额加以确定。

2. 公允价值能否可靠计量的判断

非货币性资产公允价值的确定原则是：①换入资产或换出资产存在活跃市场，以市场价格为基础确定公允价值；②换入资产或换出资产不存在活跃市场，但同类或类似资产存在活跃市场，以同类或类似资产市场价格为基础确定公允价值；③换入资产或换出资产不存在同类或类似资产可比市场交易，如长期股权投资、固定资产、无形资产等非货币性资产，采用估值技术确定公允价值。采用估值技术确定公允价值时，要求采用该估值技术确定的公允价值估计数的变动区间很小，或者在公允价值估计数变动区间内，各种用于确定公允价值估计数的概率能够合理确定。

满足上述非货币性资产公允价值的确定原则之一的，换入资产或换出资产的公允价值就视为能够可靠计量。

（二）非货币性资产交换损益的确定原则

非货币性资产交换是否确认损益与采用的计价基础直接相关，在以换入资产或换出资产的公允价值作为换入资产成本的计价基础时，公允价值与换出资产账面价值的差额计入当期损益；在以换出资产账面价值作为换入资产成本的计价基础时，交易各方均不确认损益。不管以何种基础计价，不核算收到补价所含收益或损失的确认。

依据非货币性资产交换会计准则确定，非货币性资产交换是否同时具备商业实质和换入或换出资产公允价值能可靠计量，若同时具备，应采用公允价值计价基础，将公允价值与换出资产账面价值的差额计入当期损益，否则应采用历史成本计价基础，不确认损益。

二、非货币性资产交换的会计处理

非货币性资产交换的会计处理，视换出资产的类别不同而有所区别：

（1）换出资产为存货的，应当视同存货销售处理，按照公允价值确认销售收入，同时结转销售成本，即按换出资产公允价值确认的收入与按换出资产账面价值结转的成本之间的差额，在利润表中作为营业利润的构成部分予以列示。

（2）换出资产为固定资产、无形资产的，换入资产公允价值与换出资产账面价值的差额计入营业外收入或营业外支出。

（3）换出资产为长期股权投资、可供出售金融资产的，换入资产公允价值与换出资产账面价值的差额计入投资收益。

非货币性资产交换涉及相关税费的，如换出存货视同销售计算的增值税销项税额，换入资产作为存货、固定资产应当确认的增值税进项税额，以及换出固定资产、无形资产视同转让应交纳的增值税、营业税等，按照相关税收规定计算确定。

（一）以公允价值计量的非货币性资产交换的会计处理

1. 不涉及补价情况的会计处理

在不涉及补价的情况下，若以公允价值计价，以换出（换入）资产的公允价值加上应支付的相关税费，作为换入资产的成本，换出（换入）资产公允价值与其账面价值的差额计入当期损益，即

换入资产成本=换出资产的公允价值＋相关税费

【例 14-1】 2011 年 2 月 28 日，东方公司以已使用三年的一项设备交换 K 公司生产的原材料一批，K 公司换入的设备做固定资产使用。东方公司设备的账面原价为 2 000 000 元，在交换日的累计折旧为 500 000 元，公允价值为 1 600 000 元，以银行存款支付清理费 2 000 元。东方公司没有为该设备计提资产减值准备。K 公司材料的账面价值为 1200 000 元，在交换日的市场价格为 1 600 000 元，计税价格等于市场价格，K 公司没有为该批材料计提存货跌价准备。

假设两公司均为增值税一般纳税人，适用的增值税税率为 17%。在整个交易过程中没有发生除增值税以外的其他税费，并均开具了增值税专用发票。

（1）东方公司的会计分录如下：

　　　　换出设备的增值税销项税额 = 1 600 000×17% = 272 000（元）①

借：固定资产清理　　　　　　　　　　　　　　　　　1 500 000
　　累计折旧　　　　　　　　　　　　　　　　　　　　500 000
　　贷：固定资产　　　　　　　　　　　　　　　　　　　　2 000 000
借：固定资产清理　　　　　　　　　　　　　　　　　　　2 000
　　贷：银行存款　　　　　　　　　　　　　　　　　　　　　2 000
借：原材料　　　　　　　　　　　　　　　　　　　　1 600 000
　　应交税费——应交增值税（进项税额）　　　　　　　　272 000
　　贷：固定资产清理　　　　　　　　　　　　　　　　　　1 502 000
　　　　营业外收入　　　　　　　　　　　　　　　　　　　　98 000
　　　　应交税费——应交增值税（销项税额）　　　　　　　272 000

其中，营业外收入的金额为换出设备的公允价值 1 600 000 元与其账面价值 1 500 000 元并扣除清理费用 2 000 元后的余额。

（2）K 公司的会计分录如下。

换出钢材的增值税销项税额 = 1 600 000×17% = 272 000（元）
换入设备的增值税进项税额 = 1 600 000×17% = 272 000（元）②

借：固定资产　　　　　　　　　　　　　　　　　　　1 600 000
　　应交税费——应交增值税（进项税额）　　　　　　　　272 000
　　贷：主营业务收入　　　　　　　　　　　　　　　　　　1 600 000
　　　　应交税费——应交增值税（销项税额）　　　　　　　272 000
借：主营业务成本　　　　　　　　　　　　　　　　　1 200 000
　　贷：库存商品　　　　　　　　　　　　　　　　　　　　1 200 000

2. 涉及补价情况下的会计处理

（1）支付补价方。应当以换出资产的公允价值加上支付的补价（或换入资产的公允价值）和应支付的相关税费作为换入资产的成本；换入资产成本与换出资产账面价值加上支

---

① 根据《财政部 国家税务总局关于全国实施增值税转型改革若干问题的通知》(财税〔2008〕170 号)要求，自 2009 年 1 月 1 日起，纳税人销售自己使用过的 2009 年 1 月 1 日以后购进或者自制的固定资产，按照适应税率征收增值税。

② 根据《财政部 国家税务总局关于全国实施增值税转型改革若干问题的通知》(财税〔2008〕170 号)要求，自 2009 年 1 月 1 日起，增值税一般纳税人购进或者自制的固定资产发生的进项税额，可根据《中华人民共和国增值税暂行条例》和《中华人民共和国增值税暂行条例实施细则》的有关规定，凭增值税专用发票、海关进口增值税专用缴款书和运输费用结算单据从销项税额中抵扣。

付的补价、应支付的相关税费之和的差额应当计入当期损益，即

换入资产成本 = 换出资产公允价值 + 支付的补价 + 应支付的相关税费

记入当期损益的金额 = 换入资产成本 -（换出资产账面价值 + 支付的补价

+ 应支付的相关税费）

= 换出资产公允价值 - 换出资产账面价值

（2）收到补价方。应当以换入资产的公允价值（或换出资产的公允价值减去补价）和应支付的相关税费作为换入资产的成本；换入资产成本加上收到的补价之和与换出资产账面价值加上应支付的相关税费之和的差额应当计入当期损益，即

换入资产成本 = 换出资产公允价值 - 收到的补价 + 应支付的相关税费

计入当期损益的金额 =（换入资产成本 + 收到的补价）

-（换出资产账面价值 + 应支付的相关税费）

= 换出资产公允价值 - 换出资产账面价值

【例 14-2】 东方公司以其拥有的房屋与 A 公司持有的长期股权投资交换。在交换日，该房屋的账面原价为 9 000 000 元，已提折旧 3 200 000 元，未计提减值准备，在交换日的公允价值为 7 000 000 元，税务机关核定东方公司因交换房屋需要缴纳营业税 350 000 元；A 公司持有的长期股权投资账面价值为 5 000 000 元，没有计提减值准备，在交换日的公允价值为 6 500 000 元，A 公司支付 500 000 元给东方公司。A 公司换入房屋后用于经营出租目的，并拟采用成本计量模式。东方公司换入的投资仍作为长期股权投资，并采用成本法核算。东方公司转让房屋的营业税尚未支付，假定除营业税外，该项交易过程中不涉及其他相关税费。

该项资产交换涉及收付货币资产，即补价 500 000 元。对东方公司而言，收到的补价 500 000 元÷换出资产的公允价值 700 000 元（或换入长期股权投资公允价值 6 500 000 元 + 收到的补价 500 000 元）= 7.14% < 25%，属于非货币性资产交换。

对 A 公司而言，支付的补价 500 000 元÷换入的公允价值 7 000 000 元（或换出长期股权投资公允价值 6 500 000 元 + 支付的补价 500 000 元）= 7.14% < 25%，属于非货币性资产交换。

（1）东方公司的会计分录如下：

借：固定资产清理 　　　　　　　　　　　　　　　　5 800 000
　　累计折旧 　　　　　　　　　　　　　　　　　　3 200 000
　　贷：固定资产——房屋 　　　　　　　　　　　　　　　　9 000 000
借：固定资产清理 　　　　　　　　　　　　　　　　350 000
　　贷：应交税费——应交营业税 　　　　　　　　　　　　　350 000
借：长期股权投资——××公司 　　　　　　　　　　6 500 000
　　银行存款 　　　　　　　　　　　　　　　　　　500 000
　　贷：固定资产清理 　　　　　　　　　　　　　　　　　　7 000 000
借：固定资产清理 　　　　　　　　　　　　　　　　850 000
　　贷：营业外收入 　　　　　　　　　　　　　　　　　　　850 000

营业外收入金额为东方公司换出房屋的公允价值 7 000 000 元与账面价值 5 800 000 元之间的差额，减去处置时发生的营业税 350 000 元。

（2）A 公司的会计分录如下：

借：固定资产	7 000 000	
贷：长期股权投资		5 000 000
银行存款		500 000
投资收益		1 500 000

（二）以账面价值计量的非货币性资产交换的会计处理

1. 不涉及补价情况下的会计处理

【例 14-3】　东方公司以其持有的长期股权投资交换 B 公司拥有的商标权。在交换日，东方公司持有的长期股权投资账面余额为 7 000 000 元，已计提长期股权投资减值准备余额为 2 000 000 元，该长期股权投资在市场上没有公开报价，公允价值也不能可靠计量；B 公司商标权的账面原价为 6 000 000 元，累计已摊销金额为 1 000 000 元，其公允价值也不能可靠计量，B 公司没有为该项商标权计提减值准备，税务机关核定 B 公司为交换该商标权需要缴纳营业税 250 000 元。B 公司将换入的投资仍作为长期股权投资，并采用成本法核算。B 公司尚未缴纳营业税，假设除营业税以外，整个交易过程中没有发生其他相关税费。

（1）东方公司的会计分录如下：

借：无形资产——商标权	5 000 000	
长期股权投资减值准备	2 000 000	
贷：长期股权投资——××公司		7 000 000

（2）B 公司的会计分录如下：

借：长期股权投资——××公司	5 000 000	
累计摊销	1 000 000	
营业外支出	250 000	
贷：无形资产——专利权		6 000 000
应交税费——应交营业税		250 000

2. 涉及补价情况下的会计处理

（1）支付补价方。应当以换出资产的账面价值，加上支付的补价和应支付的相关税费，作为换入资产的成本；不确认损益，即

$$换入资产成本 = 换出资产账面价值 + 支付的补价 + 应支付的相关税费$$

（2）收到补价方。应当以换出资产的账面价值，减去收到的补价，加上应支付的相关税费，作为换入资产的成本；不确认损益，即

$$换入资产成本 = 换出资产账面价值 - 收到的补价 + 应支付的相关税费$$

【例 14-4】　东方公司用其拥有的仓库交换 C 公司的长期股权投资，该仓库账面原价 6 500 000 元，已计提折旧 3 500 000 元；C 公司长期股权投资账面价值 2 500 000 元，两项资产均未计提减值准备。仓库的公允价值不能可靠计量，C 公司拥有的长期股权投资在活跃市场中没有报价，其公允价值也不能计量。双方商定，C 公司以两项资产账面价值的差额为基础，支付东方公司 500 000 元补价，以换取东方公司拥有的仓库。税务机关核定东方公司需要为交换仓库支付营业税 150 000 元，尚未支付。假定除营业税外，交易中没有涉及其他相关税费。

（1）东方公司的会计分录如下：

借：固定资产清理	3 000 000	

累计折旧	3 500 000
贷：固定资产	6 500 000
借：固定资产清理	150 000
贷：应交税费——应交营业税	150 000
借：长期股权投资	2 500 000
银行存款	500 000
贷：固定资产清理	3 000 000
借：营业外支出	150 000
贷：固定资产清理	150 000

（2）C公司的会计分录如下：

借：固定资产	3 000 000
贷：长期股权投资	2 500 000
银行存款	500 000

（三）涉及多项非货币性资产交换的会计处理

企业发生的非货币性资产交换，有时可能会同时涉及多项资产。如果企业以一项非货币性资产同时换入另一企业的多项非货币性资产，或同时以多项非货币性资产换入另一企业的一项非货币性资产，或以多项非货币性资产同时换入多项非货币性资产，还可能涉及补价。其基本处理方法与单项非货币性资产交换的处理方法相同。非货币性资产交换同时换入多项资产的，可先视为换入单项资产，按前述方法首先确定换入资产成本的计量基础和损益确认原则，再确定换入多项资产的成本总额，然后分摊确定各项换入资产的成本。

在确定各项换入资产的成本时，应当根据计价基础的不同分别处理。在按照公允价值计量的情况下，不管是否涉及补价，都应按换入各项资产的公允价值占换入资产公允价值总额的比例，对换入资产的成本总额进行分配，以确定各项换入资产的成本；在按照账面价值计量的情况下，不管是否涉及补价，都应按换入各项资产的原账面价值占换入资产原账面价值总额的比例，对换入资产的成本总额进行分配，以确定各项换入资产的成本。

思考与练习

一、思考题

1. 非货币性资产交换按公允价值计量应满足的条件是什么？
2. 非货币性资产交换相关税费的处理原则是什么？
3. 非货币性资产交换过程中换入资产入账价值的确定方法是什么？
4. 非货币性资产交换损益确认的方法是什么？

二、练习题

1. A公司以其生产的产成品换入C公司的一辆汽车。换出的产成品的账面余额为19万元。A公司发票上注明的产成品的售价（公允价）为28万元，增值税为4.76万元。A公司支付汽车过户等费用0.82万元。C公司的汽车原值50万元，累计折旧20万元，公允价值32.76万元。假设上述交易具有商业实质。

要求：

（1）计算A公司换入汽车的入账价值。

（2）计算 A 公司非货币资产交换损益。

（3）编制 A 公司上述业务的会计分录（金额单位用万元表示）。

（4）计算 C 公司换入库存商品的入账价值。

（5）计算 C 公司非货币资产交换损益。

（6）编制 C 公司上述业务的会计分录（金额单位用万元表示）。

2. 甲乙两公司无关联关系，2010 年 3 月甲公司以一批库存原材料换入乙公司一辆小轿车，并收到对方支付的补价 24.2 万元。该批库存原材料成本 300 万元，已计提跌价准备 40 万元，公允价值为 260 万元，适用的增值税税率为 17%；乙公司小轿车原价为 360 万元，已计提折旧 40 万元，已提减值准备 20 万元，公允价值为 280 万元。假定不考虑除增值税以外的其他相关税费，双方交易后对资产仍按照原用途使用，该交易使得甲乙双方未来现金流量与交易前产生明显不同。

要求：

（1）甲公司换入小轿车的入账价值为多少万元？

（2）该项交易对损益的影响是多少万元？

3. 新东方股份有限公司（以下简称新东方公司）系工业生产企业，为增值税一般纳税人，适用的增值税税率为 17%。新东方公司采用实际成本对发出材料进行日常核算。期末存货采用成本与可变现净值孰低计价，按单个存货项目计提存货跌价准备。假定在本题核算时，新东方公司和南方公司均不考虑增值税以外的其他税费。新东方公司 2010 年和 2011 年发生如下交易或事项：

（1）2010 年 3 月 10 日，新东方公司购入一台不需安装的甲设备用于生产新产品，取得的增值税专用发票上注明设备买价为 117 万元（不含增值税税额）、增值税进项税额为 19.89 万元。新东方公司以银行存款支付运杂费及途中保险费 3 万元。购入的设备采用年限平均法计提折旧，预计使用年限为 5 年，无残值。

（2）2010 年 12 月 31 日，甲设备的可收回金额为 86.4 万元，此时预计设备尚可使用年限为 4 年。

（3）2011 年 4 月 30 日，因新产品停止生产，新东方公司不再需要甲设备。新东方公司将甲设备与南方公司的一批 A 材料进行交换，换入的 A 材料用于生产 B 产品。双方商定设备的公允价值为 70 万元，换入原材料的公允价值为 60 万元，增值税税额为 10.2 万元，新东方公司收到补价 11.7 万元。

（4）由于市场供需发生变化，新东方公司决定停止生产 B 产品。2011 年 6 月 30 日，按市场价格计算的该批 A 材料的价值为 60 万元（不含增值税税额）。销售该批 A 材料预计发生销售费用及相关税费为 3 万元。该批 A 材料在 6 月 30 日仍全部保存在仓库中。2011 年 6 月 30 日前，该批 A 材料未计提跌价准备。假定上述公司之间换入资产的未来现金流量在风险、时间和金额方面与换出资产显著不同。

要求：不考虑其他因素，回答下列问题。

（1）2010 年 3 月 10 日购入甲设备的入账价值为多少？

（2）2010 年 12 月 31 日甲设备计提的减值准备为多少？

（3）2011 年 4 月 30 日新东方公司因非货币性资产交换应确认的营业外支出为多少万元？

（4）2011 年 6 月 30 日，新东方公司 A 材料计提的存货跌价准备为多少万元？

第十五章

会计调整

本章介绍了会计政策及其变更、会计估计及其变更的概念以及相应的会计处理，会计差错的概念以及会计差错更正的处理方法；资产负债表日后事项的概念、涵盖期间、内容，资产负债表日后调整及非调整事项的处理原则和方法，以及资产负债表日后事项的披露。

【重要概念】 会计政策　会计估计　会计差错　资产负债表日后事项

第一节　会计政策及其变更

一、会计政策概述

（一）会计政策的概念

会计政策是指企业在会计确认、计量和报告中采用的原则、基础和会计处理方法。其中，原则是指按照企业会计准则规定的、适合于企业会计核算所采用的具体会计原则，不是指所有的会计原则；基础是指为了将会计准则应用于交易或者事项而采用的基础，主要是计量基础，如历史成本、重置成本、可变现净值、现值和公允价值等；会计处理方法是指企业在会计核算中按照法律、行政法规或者国家会计准则等规定采用或者选择的、适合于本企业的具体会计处理方法。

（二）会计政策的特点

第一，会计政策的选择性。会计政策是在允许的会计准则、计量基础和会计处理方法中做出指定或具体选择。面对复杂多样的经济业务，企业在符合会计准则和计量基础的前提下，可以有多种会计处理方法，即存在多种可供选择的会计政策，如前面介绍过，对于存货发出的实际成本可以在先进先出法、加权平均法和个别计价法中进行选择。

第二，会计政策的强制性。企业在具体选用会计政策时，必须在法规所允许的范围内选择适合于本企业实际情况的会计政策，而不得超出规定的范围之外选择会计政策。

第三，会计政策的层次性。会计政策包括会计原则、计量基础和会计处理方法三个层次。其中，会计原则是指导企业会计核算的具体原则，计量基础是为将会计原则体现在会计核算而采用的基础，会计处理方法是按照会计原则和计量基础的要求，由企业在会计核算中采用或者选择的、适合于本企业的具体会计处理方法。会计准则、计量基础和会计处理方法三者之间是一个具有逻辑性的、密不可分的整体。通过这个整体，会计政策才能得以应用和落实。

企业应当披露重要的会计政策，不具有重要性的会计政策可以不予披露。判断会计政策是否重要，应当考虑与会计政策相关项目的性质和金额。企业应当披露的重要会计政策包括：①发出存货成本的计量；②长期股权投资的后续计量；③投资性房地产的后续计量；④固定资产的初始计量；⑤生物资产的初始计量；⑥无形资产的确认；⑦非货币性资产交换的计量；⑧收入的确认；⑨合同收入与费用的确认；⑩借款费用的处理；⑪合并政策；⑫其他重要会计政策。

二、会计政策变更

（一）会计政策变更的概念

会计政策变更是指企业对相同的交易或事项由原来采用的会计政策改用另一会计政策的行为。也就是说在不同的会计期间执行不同的会计政策。例如，企业对原材料存货的核算原来采用实际成本法，从某一期间开始改用计划成本法核算就属于会计政策的变更。

（二）会计政策变更的条件

企业采用的会计政策，在每一会计期间和前后各期应当保持一致，不得随意变更。但满足下列条件之一的，可以变更会计政策：

（1）法律、行政法规或者国家统一的会计制度要求变更。法律、行政法规或者国家统一的会计制度要求变更是指按照法律、行政法规以及国家会计准则的规定，要求企业采用新的会计政策，则企业应当按照法律、行政法规以及国家会计准则的规定改变原会计政策，按照新的会计政策执行。例如，存货准则对发出存货实际成本的计价排除了后进先出法，这就要求执行企业会计准则体系的企业按照新规定，将原来以后进先出法核算发出存货成本改为准则规定可以采用的会计政策。

（2）会计政策变更能够提供更可靠、更相关的会计信息。由于经济业务的增加，以及客观环境的改变，企业原采用的会计政策所提供的会计信息已不能恰当地反映企业的财务状况、经营成果和现金流量等情况。此时，企业应改变原有会计政策，按变更后新的会计政策进行会计处理，以便对外提供更可靠、更相关的会计信息。例如，企业原来采用成本模式对投资性房地产进行后续计量，如果企业能够从房地产交易市场上持续地取得同类或类似房地产的市场价格及其他相关信息，从而能够对投资性房地产的公允价值作合理的估计，那么，企业可以将投资性房地产的后续计量方法由成本模式变更为公允价值模式。

下列各项不属于会计政策变更：

（1）本期发生的交易或者事项与以前相比具有本质差别而采用新的会计政策，如企业以往租入的设备均为临时性经营需要，企业按照经营性租赁的会计处理方法核算。从本年度起租入的设备采用融资租赁方式，企业采用融资租赁的会计处理方法核算。由于经营性租赁和融资租赁有本质差别，因此改变会计政策不属于政策变更。

（2）对初次发生的或不重要的交易或者事项采用新的会计政策。例如，企业以往没有建造合同业务，当年承接的建造合同属于初次发生的交易，企业采用完工百分比法进行核算不属于会计政策变更。

三、会计政策变更的会计处理

1. 会计政策变更累积影响数

会计政策变更累积影响数是指按照变更后的会计政策对以前各期追溯计算的列报前期最早期初留存收益应有金额与现有金额之间的差额，即会计政策变更的累积影响数是以下两个金额之间的差额：①在变更会计政策的当期，按变更后的会计政策对以前各期追溯计算，所得到列报前期最早期初留存收益金额；②变更会计政策当期，列报前期最早期初留存收益金额。上述留存收益金额，包括盈余公积和未分配利润等项目，不考虑由于损益的变化而应当补分的利润或股利。

会计政策变更的累积影响数可以通过以下步骤计算获得：

第一步，根据新会计政策重新计算受影响的前期交易或事项；

第二步，计算两种会计政策下的差异；

第三步，计算差异的所得税影响金额；

第四步，确定前期中的每一期的税后差异；

第五步，计算确定会计政策变更的累积影响数。

2. 追溯调整法

追溯调整法是指对某项交易或事项变更会计政策，视同该项交易或事项初次发生时就采用变更后的会计政策，并以此对财务报表相关项目进行调整的方法。在追溯调整法下，应计算会计政策变更的累积影响数，并调整期初留存收益，会计报表的其他相关项目也相应进行调整。确定会计政策变更对列报前期影响数不切实可行的，应当从可追溯调整的最早期间期初开始应用变更后的会计政策。

追溯调整法的运用步骤通常包括：

第一步，计算会计政策变更的累积影响数；

第二步，编制相关项目的调整分录；

第三步，调整列报前期最早期初财务报表相关项目及其金额；

第四步，附注说明。

在采用追溯调整法时，对于比较财务报表期间的会计政策变更，应调整各期间净损益各项目和财务报表其他相关项目，视同该政策在比较财务报表期间一直采用。对于比较财务报表可比期间以前的会计政策变更的累积影响数，应调整比较财务报表最早期间的期初留存收益，财务报表其他相关项目的数字也应一并调整。因此，追溯调整法是将会计政策变更的累积影响数调整列报前期最早期初留存收益，而不计入当期损益。

【例 15-1】 东方公司为增值税一般纳税人，适用的增值税税率为 17%。所得税采用债务法核算，适用的所得税税率为 25%，按净利润的 10% 提取法定盈余公积。2008 年 1 月 1 日支付土地转让款 2 000 万元，取得 10 年的土地使用权；取得土地使用权的当日，将其出租给乙公司，每年租金收入 300 万元，将该土地使用权作为投资性房地产，采用成本模式计量。2008 年 12 月 31 日、2009 年 12 月 31 日该土地使用权的公允价值分别为 2 100 万元、2 300 万元。

2010 年 1 月 1 日，东方公司将该投资性房地产改为公允价值模式计量。假设按照税法规定，土地使用权按受益年限摊销。

按照规定，投资性房地产由成本模式改为公允价值模式，应作为会计政策变更，采用追溯调整法进行处理。

第一步，计算累积影响数，如表 15-1 所示。

表 15-1　改变投资性房地产计量模式后累计影响数计算表　　　单位：万元

年份	按成本模式确认的收益	按公允价值模式确认的收益	税前差异	所得税影响	税后差异
2008	100	400	300	75	225
2009	100	500	400	100	300
合计	200	900	700	175	525

2008 年按照成本模式计算的收益 = 租金收入 - 土地使用权摊销 = 300 - 200 = 100（万元）

2008 年按照公允价值模式计算的收益 = 租金收入 + 公允价值变动 = 300 + 100 = 400（万元）

2008 年末按公允价值模式的资产账面价值为 2 100 万元，其计税基础为 1 800 万元，产生应纳税暂时性差异 300 万元，应确认递延所得税负债 75（300×25%）万元。

2009 年按照成本模式计算的收益 = 租金收入 - 土地使用权摊销 = 300 - 200 = 100（万元）

2009 年按照公允价值模式计算的收益 = 租金收入 + 公允价值变动 = 300 + 200 = 500（万元）

2009 年末按公允价值模式的资产账面价值为 2 300 万元，其计税基础为 1 600 万元，应纳税暂时性差异余额为 700 万元，应确认递延所得税负债 100[（700 - 300）× 25%]万元。

第二步，进行相关的会计处理。

（1）调整累积影响数：

借：投资性房地产——成本　　　　　　　　　　　20 000 000
　　　　　　　　——公允价值变动　　　　　　　 3 000 000
　　投资性房地产累计折旧　　　　　　　　　　　 4 000 000
　贷：投资性房地产　　　　　　　　　　　　　　　　　 20 000 000
　　利润分配——未分配利润　　　　　　　　　　　　　　7 000 000
借：利润分配——未分配利润　　　　　　　　　　 1 750 000
　贷：递延所得税负债　　　　　　　　　　　　　　　　　 1 750 000

（2）由于净利润的增加调增的盈余公积：

借：利润分配——未分配利润　　　　　　　　　　　525 000
　贷：盈余公积　　　　　　　　　　　　　　　　（525×10%）525 000

第三步，报表调整。

公司在编制 2010 年度的会计报表时，应调整资产负债表的年初留存收益数、投资性房地产数和递延所得税负债数，即调增投资性房地产 700 万元，调增盈余公积 52.5 万元，调增未分配利润 472.2 万元，调增递延所得税负债 175 万元；利润表的上年数也应作相应调整，即调减营业成本 200 万元，调增公允价值变动损益 200 万元，调增所得税费用 100 万元，调增净利润 300 万元。报表如表 15-2、表 15-3 所示。

表 15-2　资产负债表（局部）

编制单位：东方公司　　　　　　　　　2010 年 12 月 31 日　　　　　　　　　单位：万元

资产	年初数			负债和所有者权益	年初数		
	调整前	调增（减）	调整后		调整前	调增（减）	调整后
…	…	—	…	递延所得税负债	203	175	378
投资性房地产	1 600	700	2 300	…	…	—	…
				盈余公积	102.5	52.5	155
…	…	—	…	未分配利润	1 200	472.5	1 672.5

表 15-3　利润表（局部）

编制单位：东方公司　　　　　　　　　2010 年度　　　　　　　　　单位：万元

项目	上年数		
	调整前	调增（减）	调整后
一、营业收入	24 000	—	24 000
减：营业成本	18 000	−200	17 800
…			
加：公允价值变动损益	100	200	300
…			
三、营业利润	5 200	400	5 600
…			
四、利润总额	6 700	400	7 100
减：所得税费用	2 300	100	2 400
五、净利润	4 400	300	4 700

第四步，附注说明（见后）。

3. 不切实可行的判断

不切实可行是指企业在采取所有合理方法后，仍然不能获得采用某项规定所必需的相关信息，而导致无法采用该项规定，则该项规定在此时是不切实可行的。

对于以下特定情形，对某项会计政策变更应用追溯调整法或进行追溯调整重述以更正一项前期差错是不切实可行的：

（1）应用追溯调整法或追溯重述法的累积影响数不能确定。

（2）应用追溯调整法或追溯重述法要求对管理层在该期当时的意图做出假定。

（3）应用追溯调整法或追溯重述法要求对有关金额进行重大估计，并且不可能将提供有关交易发生时存在状况的证据（如有关金额确认、计量或披露日期存在事实的证据，以及在受变更影响的当期或未来期间确认会计估计变更的影响的证据）和该期间财务报表批准报出时能够取得的信息这两类信息与其他信息客观地加以区分。

4. 未来适用法

未来适用法是指将变更后的会计政策应用于变更日以后发生的交易或者事项，或者在会计估计变更当期和未来期间确认会计估计变更影响数的方法。

在未来适用法下，不需要计算会计政策变更产生的累积影响数，也无须重编以前年度的财务报表。企业会计账簿及财务报表上反映的金额，变更之日仍保留原有的金额，不因会计政策变更而改变以前年度的既定结果，在现有金额的基础上按新的会计政策进行核算。

5. 会计政策变更的会计处理方法

（1）在法律、行政法规或者国家统一的会计制度等要求变更的情况下，企业应当分别按以下情况进行处理：①国家发布相关的会计处理办法，则按照国家发布的相关会计处理规定进行处理。例如，2007 年实施的新企业会计准则使得各个企业适用的会计政策发生较大的变动，各企业在执行新会计准则过程中对于会计政策变更的处理，应按照新会计准则规定的新旧准则衔接办法的规定进行处理。②国家没有发布相关的会计处理办法，则采用追溯调整法进行会计处理。

（2）在会计政策变更能够提供更可靠、更相关的会计信息的情况下，企业应当采用追溯调整法进行会计处理，将会计政策变更的累积影响数调整列报前期最早期初留存收益，其他相关项目的期初余额和列报前期披露的其他比较数据也应当一并调整。

（3）确定会计政策变更对列报前期影响数不切实可行的，应当从可追溯调整的最早期间期初开始应用变更后的会计政策。

（4）在当期期初确定会计政策变更对以前各期累积影响数不切实可行的，应当采用未来适用法处理。例如，账簿因火灾而意外毁损，使得企业无法在当期期初确定会计政策变更对以前各期累积影响数，即不切实可行，在这种情况下，会计政策变更应当采用未来适用法进行处理。

需要注意的是，按照会计政策、会计估计变更和差错更正准则规定对以前年度损益进行追溯调整或追溯重述的，应当重新计算各列报期间的每股收益。

【例 15-2】　东方公司原来对存货采用后进先出法计价，2006 年修订的存货准则取消了后进先出法，公司决定从 2007 年 1 月 1 日起改按先进先出法计价。2007 年 1 月 1 日存货的成本为 300 万元，公司当年购进存货 360 万元，2007 年 12 月 31 日按先进先出法计算确定的存货成本为 266 万元，当年销售额为 450 万元，假设其他费用为 37 万元，当年所得税税率为 25%。如果公司 2007 年不改变存货计价方法，即仍按后进先出法计价，则 2007 年 12 月 31 日的存货成本为 249 万元。

由于 2007 年 1 月 1 日的存货很难再按先进先出法进行调整，只能是按照后进先出法计算的结果 300 万元确定，无法计算存货计价方法改变对 2007 年期初留存收益的累积影响额，采用未来适用法进行处理，即从 2007 年 1 月 1 日开始采用新的计价方法。

计算确定会计政策变更对当期净利润的影响额为

东方公司采用先进先出法的销售成本 = 期初存货 + 本期购进存货成本 − 期末存货成本

$$= 300 + 360 − 266 = 394（万元）。$$

东方公司采用后进先出法的销售成本 = 300 + 360 − 249 = 411（万元）。

两者销售成本的差额为 17（411 − 394）万元，由于会计政策变更使当期利润总额增加 17 万元，扣除所得税的影响使当期净利润增加 12.75 万元。当年净利润的计算过程如表 15-4

所示。

表 15-4　当年净利润的计算过程　　　　　　　　单位：万元

项目	后进先出法	先进先出法
营业收入	450	450
减：营业成本	411	394
减：其他费用	37	37
利润总额	2	19
减：所得税	0.5	4.75
净利润	1.5	14.25
差额	12.75	

四、会计政策变更的披露

企业应当在附注中披露与会计政策变更有关的下列信息：

（1）会计政策变更的性质、内容和原因，包括对会计政策变更的简要阐述、变更的日期、变更前采用的会计政策和变更后所采用的新会计政策及会计政策变更的原因。

（2）当期和各个列报前期财务报表中受影响的项目名称和调整金额，包括采用追溯调整法时，计算出的会计政策变更的累积影响数；当期和各个列报前期财务报表中需要调整的净损益及其影响金额，以及其他需要调整的项目名称和调整金额。

（3）无法进行追溯调整的，说明该事实和原因以及开始应用变更后的会计政策的时点、具体应用情况。包括无法进行追溯调整的事实、确定会计政策变更对列报前期影响数不切实可行的原因、在当期期初确定会计政策变更对以前各期累积影响数不切实可行的原因、开始应用新会计政策的时点和具体应用情况。

【例 15-3】　对于【例 15-1】，东方公司应在报表附注中作如下披露：

本公司 2008 年 1 月 1 日支付土地转让款 2 000 万元，取得 10 年的土地使用权，采用成本模式计量。2010 年 1 月 1 日起将该投资性房地产改为公允价值模式计量。此项会计政策变更已采用追溯调整法，调整了期初留存收益及投资性房地产的期初数，利润表的上年数栏已按调整后的数字填列。此项会计政策变更的累积影响数为 525 万元，调增 2010 年投资性房地产期初数 700 万元、期初留存收益 525 万元（期中调增未分配利润 472.5 万元）、递延所得税负债 175 万元；利润表项目上年数调减营业成本 200 万元，调增公允价值变动损益 200 万元，调增所得税费用 100 万元，调增净利润 300 万元。

【例 15-4】　对于【例 15-2】，东方公司应在报表附注中作如下披露：

本公司原来对存货采用后进先出法计价，由于 2006 年新修订的存货准则取消了后进先出法，公司决定从 2007 年 1 月 1 日起改按先进先出法计价。由于无法计算存货计价方法改变对 2007 年期初留存收益的累积影响额，对该项政策的改变采用未来适用法进行处理。由此，使当期净利润增加 12.75 万元。

第二节 会计估计及其变更

一、会计估计概述

（一）会计估计的概念

由于受企业经营活动中内在不确定因素的影响，某些会计报表项目不能准确地计量，而只能人为估计。会计估计是指企业对其结果不确定的交易或事项以最近可利用的信息为基础所作的判断。

（二）会计估计的特点

1. 会计估计的存在是由于受经济活动中内在不确定因素的影响

在会计核算中，有些经济业务本身具有不确定性，需要根据经验作出估计；同时，按照权责发生制原则确认收入、费用也要求对未来的交易或事项进行估计。例如，企业按照备抵法核算坏账准备时，需要对坏账准备金额进行估计；企业确定固定资产的使用年限和净残值，也需要进行估计。

2. 进行会计估计应当以最近可以利用的资料或信息为基础

企业在进行会计估计时，通常应根据当时的情况和经验，以最近可以利用的信息或资料为基础进行。但由于经济活动内在的不确定性，随着时间的推移和环境的变化，进行会计估计的基础可能发生变化。企业应该以最近可以利用的信息或资料为基础进行估计，因为以最新信息为基础作出的估计最接近实际。

3. 进行会计估计并不会削弱会计确认和计量的可靠性

企业应当披露重要的会计估计，不具有重要性的会计估计可以不予披露。判断会计估计是否重要，应当考虑与会计估计相关项目的性质和金额。企业应当披露的重要会计估计包括：

（1）存货可变现净值的确定。

（2）采用公允价值模式下的投资性房地产公允价值的确定。

（3）固定资产的预计使用寿命与净残值；固定资产的折旧方法。

（4）使用寿命有限的无形资产的预计使用寿命与净残值。

（5）可收回金额按照资产组的公允价值减去处置费用后的净额确定的，确定公允价值减去处置费用后的净额的方法。可收回金额按照资产组预计未来现金流量的现值确定的，预计未来现金流量及其折现率的确定。

（6）建造合同或劳务合同完工进度的确定。

（7）公允价值的确定。

（8）预计负债初始计量的最佳估计数的确定。

（9）承租人对未确认融资费用的分摊；出租人对未实现融资收益的分配。

二、会计估计变更

会计估计变更是指由于资产和负债的当前状况及预期未来经济利益和义务发生了变化，从而对资产或负债的账面价值或者资产的定期消耗金额进行调整。会计估计变更情况包括：①赖以进行估计的基础发生了变化。企业进行会计估计，总是依赖于一定的基础。如果其所依赖的基础发生了变化，则会计估计也应当作出改变。②由于取得新信息、积累更多经验。由于企业进行会计估计是依据现有资料对未来做出判断，因此，随着时间的推移和经济业务的变化，企业随时可以取得新信息、积累更多经验，为此，就可能需要对会计估计进行修订，使得会计估计的依据真实、可靠。

会计估计变更并不意味着以前期间会计估计是错误的，只是由于情况发生变化，或者掌握了新的信息，积累了更多的经验，使得变更会计估计能够更好地反映企业的财务状况和经营成果。如果以前期间的会计估计是错误的，则属于前期差错，按照前期差错更正的会计处理办法进行处理。

三、会计估计变更的会计处理

企业对会计估计变更应当采用未来适用法，即在会计估计变更的当期及以后期间，采用新的会计估计，不改变以前期间的会计估计，也不调整以前期间的报告结果。

第一，会计估计变更仅影响变更当期的，其影响数应当在变更当期予以确认。例如，对于应收账款计提坏账准备的比例进行调整，这类会计估计的变更仅影响变更当期，应该在变更当期进行确认。

第二，会计估计变更既影响变更当期又影响未来期间的，其影响数应当在变更当期和未来期间予以确认。例如，对固定资产计提折旧使用年限的估计进行调整，通常影响变更当期以及固定资产以后使用年限内各个期间的折旧费用。这类会计估计的变更，应于变更当期和未来期间确认。

【例15-5】　B公司于2008年1月1日起计提折旧的管理用设备一台，原值85 000元，预计净残值5 000元，估计使用年限为8年，按照直线法计提折旧。2010年初，由于技术进步，企业对该设备的使用年限和净残值进行修正，修改后的使用年限为6年，净残值为3 000元。

B公司对上述会计估计变更的处理方式如下：

（1）不调整以前各期折旧，也不计算累计影响数。

（2）变更日以后按照新的折旧年限和净残值计提折旧。

按照原来的会计估计，企业每年折旧额为10 000[（85 000−5 000）÷8]元，已提折旧2年，累计折旧为20 000元，固定资产净值65 000元。2010年1月1日起，按新的折旧年限和净残值计提折旧，每年的折旧费用为[（65 000−3000）÷（6−2）]=15 500（元）。

2010年12月31日，B公司作如下会计分录：

借：管理费用　　　　　　　　　　　　　　　　　15 500
　　贷：累计折旧　　　　　　　　　　　　　　　　　　15 500

第三，企业应当正确划分会计政策变更和会计估计变更，并按不同的方法进行相关会计处理。企业难以对某项变更区分为会计政策变更或会计估计变更的，应当将其作为会计估计变更进行处理。

四、会计估计变更的披露

对于会计估计变更，企业应当在附注中披露与会计估计变更有关的下列信息：

（1）会计估计变更的内容和原因，包括变更的内容、变更日期以及为什么要对会计估计进行变更。

（2）会计估计变更对当期和未来期间的影响数，包括会计估计变更对当期和未来期间损益的影响金额，以及对其他各项目的影响金额。

（3）会计估计变更的影响数不能确定的，披露这一事实和原因。

【例 15-6】　对于【例 15-5】所述情形，B 公司应该在报表附注中作如下说明：

公司 2008 年 1 月 1 日起计提折旧的管理用设备一台，原值 85 000 元，预计净残值 5 000 元，估计使用年限为 8 年，按照直线法计提折旧。2010 年初，由于技术进步，企业对该设备的使用年限和净残值进行修正，修改后的使用年限为 6 年，净残值为 3 000 元，以反映该设备的真实耐用寿命和净残值。此项会计估计变更使本年净利润减少了 4 125[（15 500 − 10 000）×（1−25%）]元。

第三节　前期差错及其更正

一、前期差错概述

企业应当建立、健全内部稽核制度，按照会计准则的规定进行会计核算，保证会计资料的真实、完整。但是在会计核算中，也可能由于各种原因，发生会计差错。

会计差错是指在会计核算时，由于计量、确认、记录等方面出现的错误，可以分为当期发生的会计差错和前期发生的会计差错。对于当期发生的会计差错，如错记借贷方向、错记账户、错记金额、遗漏交易或事项等，通常采用画线更正法、红字冲销法、补充登记法进行更正，我们在"基础会计学"中已经学过，本章主要介绍前期差错及其更正。

前期差错是指由于没有运用或错误运用以下两种信息，而对前期财务报表造成省略或错报：

（1）编报前期财务报表时能够合理预计取得并应当加以考虑的可靠信息。

（2）前期财务报表批准报出时能够取得的可靠信息。

前期差错通常包括计算错误、应用会计政策错误、疏忽或曲解事实以及舞弊产生的影响以及存货、固定资产盘盈等。

二、前期差错更正的会计处理

前期差错有不重要的会计差错和重要的会计差错之分，在进行更正时采用不同的处理方法。不重要的前期差错是指不足以影响财务报表使用者对企业财务状况、经营成果和现金流量作出正确判断的前期差错。重要的前期差错是指足以影响财务报表使用者对企业财务状况、经营成果和现金流量作出正确判断的前期差错。

（一）不重要的前期差错

不重要的前期差错，企业不需要调整会计报表相关项目的期初数，但应调整发现当期与前期相同的相关项目。属于影响损益的，应直接计入本期与上期相同的净损益项目；属于不影响损益的，应调整本期与前期相同的相关项目。

【例15-7】　东方公司在 2010 年 12 月 31 日发现，一台价值 12 000 元，应计入固定资产，并于 2009 年 4 月 1 日开始计提折旧的管理用设备，在 2009 年计入了当期费用。该公司固定资产折旧采用直线法，该资产估计使用年限为 4 年，假设不考虑净残值因素。

该设备自 2009 年 4 月 1 日至 2010 年 12 月 31 日，累计折旧金额为 5 250（12 000÷4÷12×21）元，即计入费用的金额为 5 250 元，而公司已于 2009 年将 12 000 元全部计入当期费用，差额为 6 750 元，由于金额不大，直接将此项影响计入 2010 年，则在 2010 年 12 月 31 日更正此差错的会计分录如下：

借：固定资产　　　　　　　　　　　　　　　　　12 000
　　贷：管理费用　　　　　　　　　　　　　　　　　　　　6 750
　　　　累计折旧　　　　　　　　　　　　　　　　　　　　5 250

（二）重要的前期差错

重要的前期差错，企业应当采用追溯重述法更正，对会计报表相关项目期初数进行调整。如果影响损益，应将其对损益的影响数调整发现当期的期初留存收益，会计报表其他相关项目的期初数也应一并调整。

追溯重述法是指在发现前期差错时，视同该项前期差错从未发生过，从而对财务报表相关项目进行更正的方法。

确定前期差错影响数不切实可行的，可以从可追溯重述的最早期间开始调整留存收益的期初余额，财务报表其他相关项目的期初余额也应当一并调整，也可以采用未来适用法。

企业应当设置"以前年度损益调整"科目，用来调整和更正以前年度涉及损益的会计差错。企业在年度资产负债表日至财务会计报告批准报出日之间发生的需要调整报告年度损益的事项（具体见第四节），也在该科目核算。"以前年度损益调整"是个暂时性科目，因为所有的损益类科目的期末余额都要转入"本年利润"科目，发现的重大的前期差错，相关的"管理费用"、"所得税费用"等损益类科目已经结平，无法调整，只能通过"以前年度损益调整"科目来调整这些损益类科目。

（1）企业调整增加以前年度利润或减少以前年度亏损，借记有关科目，贷记"以前年度损益调整"科目；调整减少以前年度利润或增加以前年度亏损，借记"以前年度损益调整"科目，贷记有关科目。

（2）由于以前年度损益调整增加的所得税费用，借记"以前年度损益调整"科目，贷记"应交税费——应交所得税"科目或"递延所得税资产"科目或"递延所得税负债"科目；由于以前年度损益调整减少的所得税费用，借记"应交税费——应交所得税"科目或"递延所得税资产"科目或"递延所得税负债"科目；贷记"以前年度损益调整"科目。

（3）经过上述调整后，应将"以前年度损益调整"科目的余额转入"利润分配——未分配利润"。如果为贷方余额，借记"以前年度损益调整"科目，贷记"利润分配——未分配利润"；如为借方余额，则作相反的会计分录。

【例 15-8】 东方公司在 2010 年 12 月 31 日发现，2009 年公司漏记一项固定资产的折旧费用 300 000 元，在所得税申报表中也没有扣除该项折旧。假设 2010 年适用所得税税率为 25%，公司按净利润的 10%提取法定盈余公积，按净利润的 5%提取任意盈余公积。假定税法允许调整应交税金。对于此项会计差错，由于金额较大，公司应采用追溯重述法进行如下处理。

第一步，分析错误的后果。

2009 年少计折旧费用 300 000 元；多计所得税费用 75 000（300 000×25%）元；多计净利润 225 000 元；少计累计折旧 300 000 元；多计应交税费 75 000（300 000×25%）元；多提法定盈余公积 22 500（225 000×10%）元；多提任意盈余公积 11 250（225 000×5%）元。

第二步，进行账务处理。

（1）补提折旧时：

借：以前年度损益调整 　　　　　　　　　　　　　　　　　300 000
　　贷：累计折旧 　　　　　　　　　　　　　　　　　　　　　　300 000

（2）调整应交税费时：

借：应交税费——应交所得税 　　　　　　　　　　　　　　　75 000
　　贷：以前年度损益调整 　　　　　　　　　　　　　　　　　　75 000

（3）将"以前年度损益调整"科目的余额转入"利润分配"科目时：

借：利润分配——未分配利润 　　　　　　　　　　　　　　　225 000
　　贷：以前年度损益调整 　　　　　　　　　　　　　　　　　　225 000

（4）调整利润分配有关数字时：

借：盈余公积——法定盈余公积 　　　　　　　　　　　　　　22 500
　　　　　　——任意盈余公积 　　　　　　　　　　　　　　11 250
　　贷：利润分配——未分配利润 　　　　　　　　　　　　　　33 750

第三步，报表调整。

东方公司 2010 年度资产负债表的年初数和利润表的上年数栏分别按调整前和调整后的金额如表 15-5、表 15-6 所示（所有者权益变动表的调整略），2010 年度资产负债表的期末数栏和利润表的本年累计数栏的年初未分配利润，应该以调整后的年初数为基础编制。

表 15-5　资产负债表（局部）

编制单位：东方公司　　　　　　　　2010 年 12 月 31 日　　　　　　　　单位：元

资产	年初数			负债和所有者权益	年初数		
	调整前	调增（减）	调整后		调整前	调增（减）	调整后
…			…	应交税费	75 000	−75 000	0
固定资产	3 200 000	−300 000	2 900 000	盈余公积	120 000	−33 750	86 250
…			…	未分配利润	200 000	−191 250	8 750

表 15-6 利润表（局部）

编制单位：东方公司　　　　　　　　　　2010 年度　　　　　　　　　　单位：元

项目	上年数		
	调整前	调增（减）	调整后
…	…	…	…
减：管理费用	300 000	300 000	600 000
财务费用	180 000	—	180 000
三、营业利润	2 220 000	−300 000	1 920 000
…	…	…	…
四、利润总额	2 400 000	−300 000	2 100 000
减：所得税费用	600 000	−75 000	525 000
五、净利润	1 800 000	−225 000	1 575 000

三、前期差错更正的披露

企业应当在附注中披露与前期差错更正有关的下列信息：

（1）前期差错的性质。

（2）各个列报前期财务报表中受影响的项目名称和更正金额。

（3）无法进行追溯重述的，说明该事实和原因以及对前期差错开始进行更正的时点、具体更正情况。

在以后期间的财务报表中，不需要重复披露在以前期间的附注中已披露的会计政策变更和前期差错更正的信息。

【例 15-9】　对于【例 15-8】所述情形，东方公司应该在报表附注中披露如下内容：

本年度发现 2009 年漏记固定资产折旧 300 000 元，属于重大前期差错。在编制 2009 年与 2010 年可比的会计报表时，已对该项差错进行了更正。更正后，利润表项目调增 2009 年管理费用 300 000 元，调减所得税费用 75 000 元，调减净利润 225 000 元；资产负债表项目调增累计折旧 300 000 元，调减应交税费 75 000 元，调减盈余公积 33 750 元，调减未分配利润 191 250 元。

第四节　资产负债表日后事项

一、资产负债表日后事项的概念

资产负债表日后事项是指资产负债表日至财务报表批准报出日之间发生的有利或不利事项。对该定义的理解应注意以下几个问题。

（一）资产负债表日

资产负债表日是指会计年度末和会计中期期末。中期是指短于一个完整的会计年度的报告期间，包括半年度、季度和月度。按照我国《会计法》的规定，我国会计年度采用公历年度，即 1 月 1 日至 12 月 31 日。因此，年度资产负债表日是指每年的 12 月 31 日，中期资产负债表日是指各会计中期期末。例如，提供第一季度财务报告时，资产负债表日是该年度的 3 月 31 日；提供半年度财务报告时，资产负债表日是该年度的 6 月 30 日。

如果母公司或者子公司在国外，无论该母公司或子公司如何确定会计年度和会计中期，其向国内提供的财务报告都应根据我国《会计法》和会计准则的要求确定资产负债表日。

（二）财务报表批准报出日

财务报告批准报出日是指董事会或类似机构批准财务报告报出的日期，通常是指对财务报告的内容负有法律责任的单位或个人批准财务报告对外公布的日期。

财务报告的批准者包括所有者、所有者中的多数、董事会或类似的管理单位、部门和个人。根据我国《公司法》的规定，董事会有权制订公司的年度财务预算方案、决算方案、利润分配方案和弥补亏损方案，因此，公司制企业的财务报告批准报出日是指董事会批准财务报告报出的日期。对于非公司制企业，财务报告批准报出日是指经理（厂长）会议或类似机构批准财务报告报出的日期。

（三）有利事项和不利事项

资产负债表日后事项包括有利事项和不利事项。有利或不利事项是指，资产负债表日后事项肯定对企业财务状况和经营成果具有一定影响（即包括有利影响也包括不利影响）。如果某些事项的发生对企业并无任何影响，那么，这些事项既不是有利事项，也不是不利事项，也就不属于这里所说的资产负债表日后事项。

对于资产负债表日后的有利或不利事项，其会计处理原则是相同的。如果属于调整事项，则对于有利和不利的调整事项均应进行处理，并调整报告年度或报告中期的财务报表；如果属于非调整事项，则对于有利和不利的非调整事项均应在报告年度或报告中期的附注中进行披露。

二、资产负债表日后事项涵盖的期间

资产负债表日后事项涵盖的期间是自资产负债表日次日起至财务报告批准报出日止的一段时间。对上市公司而言，这一期间内涉及几个日期，包括完成财务报告编制日、注册会计师出具审计报告日、董事会批准财务报告可以对外公布日、实际对外公布日等。具体而言，资产负债表日后事项涵盖的期间应当包括：

（1）报告年度次年的 1 月 1 日或报告期间下一期间的第一天至董事会或类似机构批准财务报告对外公布的日期。

（2）财务报告批准报出以后、实际报出之前又发生与资产负债表日后事项有关的事项，并由此影响财务报告对外公布日期的，应以董事会或类似机构再次批准财务报告对外公布的日期为截止日期。

如果公司管理层由此修改了财务报表，注册会计师应当根据具体情况实施必要的审计程序并针对修改后的财务报表出具新的审计报告。

【例 15-10】　某上市公司 2009 年的年度财务报告于 2010 年 2 月 15 日编制完成，注册会计师完成年度财务报表审计工作并签署审计报告的日期为 2010 年 4 月 10 日，董事会批准财

务报告对外公布的日期为 2010 年 4 月 18 日，财务报告实际对外公布的日期为 2010 年 4 月 25 日，股东大会召开日期为 2010 年 5 月 10 日。

根据资产负债表日后事项涵盖期间的规定，该公司 2009 年年报资产负债表日后事项涵盖的期间为 2010 年 1 月 1 日至 2010 年 4 月 18 日。如果在 4 月 18~25 日之间发生了重大事项，需要调整财务报表相关项目的数字或需要在财务报表附注中披露，经调整或说明后的财务报告再经董事会批准报出的日期为 2010 年 4 月 27 日，实际报出的日期为 2010 年 4 月 30 日，则资产负债表日后事项涵盖的期间为 2009 年 1 月 1 日至 2010 年 4 月 27 日。

三、资产负债表日后事项的内容

资产负债表日后事项包括资产负债表日后调整事项和资产负债表日后非调整事项两种类型。

（一）资产负债表日后调整事项

资产负债表日后调整事项是指对资产负债表日已经存在的情况提供了新的或进一步证据的事项。这类事项所提供的新的或进一步的证据有助于对资产负债表日存在状况的有关金额作重新估计，并据此对资产负债表日所确认的资产、负债和所有者权益，以及资产负债表日所属期间的收入、费用等进行调整。调整事项的特点：①资产负债表日或以前已存在，资产负债表日后得以证实的事项；②对按资产负债表日存在状况编制的会计报表产生重大影响的事项。企业发生的资产负债表日后调整事项的例子有：

（1）资产负债表日后诉讼案件结案，法院判决证实了企业在资产负债表日已经存在现时义务，需要调整原先确认的与该诉讼案件相关的预计负债，或确认一项新负债。

（2）资产负债表日后取得确凿证据，表明某项资产在资产负债表日发生了减值或者需要调整该项资产原先确认的减值金额。如甲公司应收乙公司账款 350 万元，按合同约定应在 2010 年 11 月 20 日前偿还，2010 年 12 月 31 日甲公司结账时仍未收到该笔账款，并已知乙公司财务状况不佳，近期难以偿还债务，甲公司据此对该笔应收账款计提了 10% 的坏账准备。2011 年 2 月 15 日，在甲公司财务报告批准报出前，收到乙公司通知，乙公司已宣告破产，无法偿还部分货款。在本例中，资产负债表日 2010 年 12 月 31 日，乙公司财务状况不佳的事实已经存在，但未获得乙公司破产的确切证据，2011 年 2 月 15 日收到乙公司通知，乙公司已宣告破产，是对 2010 年 12 月 31 日的存在状况提供了新的证据，属于调整事项，甲公司应该对会计报表相关项目的数字进行调整。

（3）资产负债表日后进一步确定了资产负债表日前购入资产的成本或售出资产的收入。

（4）资产负债表日后发现了财务报表舞弊或差错（该事项按照会计差错更正的处理方法进行账务处理）。

（二）资产负债表日后非调整事项

资产负债表日后非调整事项是指表明资产负债表日后发生的情况的事项。非调整事项的特点：①资产负债表日并未发生或存在，完全是期后新发生的事项；②对理解和分析财务报告有重大影响的事项。

如 A 公司 2010 年 12 月 31 日资产负债表上列示的存货金额为 267 万元，2011 年 1 月

25 日财务报告批准报出前，仓库发生火灾，烧毁了大部分存货。对于存货毁损这一事项，在资产负债表日 2010 年 12 月 31 日尚不存在，完全是日后才发生的事项，对于报表使用者理解和分析 A 公司的财务状况有重大影响，属于非调整事项，A 公司对此应该在报表附注中说明。

企业发生的资产负债表日后非调整事项，通常包括下列事项：

（1）资产负债表日后发生重大诉讼、仲裁、承诺。

（2）资产负债表日后资产价格、税收政策、外汇汇率发生重大变化。

（3）资产负债表日后因自然灾害导致资产发生重大损失。

（4）资产负债表日后发行股票和债券以及其他巨额举债。

（5）资产负债表日后资本公积转增资本。

（6）资产负债表日后发生巨额亏损。

（7）资产负债表日后发生企业合并或处置了公司。

（8）资产负债表日后企业利润分配方案中拟分配的以及经审议批准宣告发放的股利和利润。

调整事项与非调整事项的区别在于：调整事项是事项存在于资产负债表日或以前，资产负债表日后提供了证据对以前已存在的事项作进一步的说明；而非调整事项是在资产负债表日尚未存在，但在财务会计报告批准报出日之前发生或存在。这两类事项的共同点在于，调整事项和非调整事项都是在资产负债表日后至财务会计报告批准报出日之间存在或发生的，对报告年度的财务状况、经营成果都将产生重大影响。

四、资产负债表日后调整事项的会计处理

（一）资产负债表日后调整事项的处理原则

企业发生的资产负债表日后调整事项，应当如同资产负债表所属期间发生的事项一样，做出相关账务处理，并调整资产负债表日的财务报表。对于年度财务报告而言，由于资产负债表日后事项发生在报告年度的次年，报告年度的有关账目已经结转，特别是损益类科目在结账后已无余额。因此，年度资产负债表日后发生的调整事项，应具体分别以下情况进行处理。

（1）涉及损益的事项，通过"以前年度损益调整"科目核算。调整增加以前年度利润或调整减少以前年度亏损的事项，计入"以前年度损益调整"科目的贷方；调整减少以前年度利润或调整增加以前年度亏损的事项，计入"以前年度损益调整"科目的借方。

涉及损益的调整事项，如果发生在资产负债表日所属年度（即报告年度）所得税汇算清缴前的，应调整报告年度应纳税所得额、应纳所得税税额；发生在报告年度所得税汇算清缴后的，应调整本年度（即报告年度的次年）应纳所得税税额。

由于以前年度损益调整增加的所得税费用，计入"以前年度损益调整"科目的借方，同时贷记"应交税费——应交所得税"等科目；由于以前年度损益调整减少的所得税费用，计入"以前年度损益调整"科目的贷方，同时借记"应交税费——应交所得税"等科目。

调整完成后，将"以前年度损益调整"科目的贷方或借方余额，转入"利润分配——

未分配利润"科目。

（2）涉及利润分配调整的事项，直接在"利润分配——未分配利润"科目核算。

（3）不涉及损益及利润分配的事项，调整相关科目。

（4）通过上述账务处理后，还应同时调整财务报表相关项目的数字，包括：①资产负债表日编制的财务报表相关项目的期末数或本年发生数；②当期编制的财务报表相关项目的期初数或上年数；③经过上述调整后，如果涉及报表附注内容的，还应当做出相应调整。

（二）资产负债表日后调整事项的具体会计处理方法

为简化处理，如果无特殊说明，本章所有的例子均假定如下：财务报告批准报出日是次年4月30日，所得税税率为25%，按净利润的10%提取法定盈余公积，提取法定盈余公积后不再作其他分配；调整事项按税法规定均可调整应缴纳的所得税；涉及递延所得税资产的，均假定未来期间很可能取得用来抵扣暂时性差异的应纳税所得额；不考虑报表附注中有关现金流量表项目的数字。

【例15-11】 甲公司2010年4月销售给乙公司一批产品，价款为5 800万元（含增值税），乙公司于5月收到所购物资并验收入库。按照合同规定，乙公司应于6月份付款。由于乙公司财务状况不佳，到2010年12月31日仍未付款。甲公司在编制2010年会计报表时，已对该应收账款计提坏账准备290万元，12月31日资产负债表上"应收账款"项目的余额为8 000万元，"坏账准备"项目余额为400万元；该应收账款已列入会计报表中的"应收账款"项目内。甲公司于2011年2月18日（所得税汇算清缴之前）收到乙公司通知，乙公司已进行破产清算，无力偿还部分货款，预计可收回其中的40%。

甲公司首先应判断该事项属于资产负债表日后事项中的调整事项，应该根据调整事项的处理原则进行会计处理。

（1）补提坏账准备时：

应补提的坏账准备 = 5 800×（1-40%）-290 = 3 190（万元）

借：以前年度损益调整   3 190

    贷：坏账准备   3 190

（2）调整递延所得税资产时：

借：递延所得税资产   797.5

    贷：以前年度损益调整   797.5

（3）将"以前年度损益调整"科目余额转入"利润分配"时：

借：利润分配——未分配利润   2 392.5

    贷：以前年度损益调整   2 392.5

（4）调整利润分配有关数字时：

借：盈余公积   239.25

    贷：利润分配——未分配利润   239.25

（5）调整报告年度（2010年）会计报表相关项目的数字（报表略）。①资产负债表项目的调整。调减应收账款3 190万元；调增递延所得税资产797.5万元；调减盈余公积239.25万元；调减未分配利润2 153.25万元。②利润表项目的调整。调增资产减值损失3 190万元；调减所得税费用797.5万元；调减净利润2 392.5万元。③所有者权益变动表项目的调整。调减净利润2 392.5万元；提取盈余公积项目中盈余公积一栏调减239.25万元，未分配利润一栏调增239.25万元。

（6）调整 2011 年 2 月份资产负债表相关项目的年初数。甲公司在编制 2011 年 1 月份会计报表时，按照调整前的数字作为资产负债表的年初数，由于发生了资产负债表日后调整事项，甲公司除了调整 2010 年度会计报表相关项目的数字外，还应当调整 2011 年 2 月份资产负债表相关项目的年初数，年初数按照 2010 年会计报表中调整后的金额填列。

【例 15-12】 甲公司 2010 年 11 月销售给丙公司一批产品，销售价格 1 000 万元（不含税，增值税率 17%），销售成本 800 万元，货款于 12 月 31 日尚未收到。2010 年 12 月 26 日，接到丙公司通知，丙公司在验收物资时，发现该批产品存在严重的质量问题需要退货。甲公司希望通过协商解决问题，并与丙公司协商解决办法。甲公司在编制 2010 年资产负债表时，将该应收账款 1 170 万元列示于资产负债表内的"应收账款"项目内，甲公司未对该项应收账款计提坏账准备。2011 年 1 月 19 日双方协商未成，甲公司收到丙公司通知，将该批产品全部退回。甲公司于 1 月 22 日收到退回的产品，以及购货方退回的增值税专业发票的发票联和抵扣联。假定甲公司于 2011 年 2 月 25 日完成 2010 年度所得税汇算清缴。

甲公司首先应该判断该事项属于资产负债表日后事项的调整事项，应该按照调整事项的处理原则进行会计处理。

（1）2011 年 1 月 19 日调整销售收入时：

借：以前年度损益调整   10 000 000

  应交税费——应交增值税（销项税额） 17 000 000

 贷：应收账款——丙公司   11 700 000

（2）调整销售成本时：

借：库存商品   8 000 000

 贷：以前年度损益调整   8 000 000

（3）调整应交税费时：

借：应交税费——应交所得税   500 000

 贷：以前年度损益调整   500 000

（4）将"以前年度损益调整"科目余额转入"利润分配"时：

借：利润分配——未分配利润   1 500 000

 贷：以前年度损益调整   1 500 000

（5）调整利润分配有关数字：

借：盈余公积   150 000

 贷：利润分配——未分配利润   150 000

（6）调整报告年度（2010 年）会计报表相关项目的数字（报表略）。①资产负债表项目的调整。调减应收账款 1 170 万元；调增库存商品 800 万元；调减应交税费 220 万元；调减盈余公积 15 万元；调减未分配利润 135 万元。②利润表项目的调整。调减营业收入 1 000 元；调减营业成本 800 万元；调减所得税费用 50 万元；调减净利润 150 万元。③所有者权益变动表项目的调整。调减净利润 150 万元；提取盈余公积项目中盈余公积一栏调减 15 万元，未分配利润一栏调增 15 万元。

（7）调整 2011 年 1 月份资产负债表相关项目的年初数。甲公司 2011 年 1 月份资产负债表相关项目的年初数应按照 2010 年会计报表中调整后的金额填列。

【例 15-13】 承【例 15-12】的资料，假定销售退回的时间改为 2011 年 3 月 12 日。

甲公司的会计分录如下：

（1）2011 年 3 月 10 日，调整销售收入时：

借：以前年度损益调整   10 000 000

  应交税费——应交增值税（销项税额）   1 700 000

   贷：应收账款   1 170 000

（2）调整销售成本时：

  借：库存商品   8 000 000

   贷：以前年度损益调整   8 000 000

（3）调整递延所得税资产时：

  借：递延所得税资产   500 000

   贷：以前年度损益调整   500 000

（4）将"以前年度损益调整"科目的余额转入"利润分配"时：

  借：利润分配——未分配利润   1 500 000

   贷：以前年度损益调整   1 500 000

（5）调整利润分配有关数字时：

  借：盈余公积   150 000

   贷：利润分配——未分配利润   150 000

（6）调整报告年度（2010 年）会计报表相关项目的数字（报表略）。①资产负债表项目的调整。调减应收账款 1 170 万元；调增库存商品 800 万元；调增递延所得税资产 50 万元；调减应交税费 170 万元；调减盈余公积 15 万元；调减未分配利润 135 万元。②利润表项目的调整。调减营业收入 1 000 元；调减营业成本 800 万元；调减所得税费用 50 万元；调减净利润 150 万元。③所有者权益变动表项目的调整。调减净利润 150 万元；提取盈余公积项目中盈余公积一栏调减 15 万元，未分配利润一栏调增 15 万元。

（7）调整 2011 年 3 月份资产负债表相关项目的年初数。甲公司在编制 2011 年 1~2 月会计报表时，按照调整前的数字作为资产负债表的年初数，由于发生了资产负债表日后调整事项，甲公司除了调整 2010 年度会计报表相关项目的数字外，还应当调整 2011 年 3 月份资产负债表相关项目的年初数，年初数按照 2010 年会计报表中调整后的金额填列。

五、资产负债表日后非调整事项的会计处理

（一）资产负债表日后非调整事项的处理原则

  企业发生的资产负债表日后非调整事项，是表明资产负债表日后发生的情况的事项，与资产负债表日存在状况无关，不应当调整资产负债表日的财务报表。但有的非调整事项对财务报告使用者具有重大影响，如果不加以说明，将不利于财务报告使用者做出正确估计和决策，因此，应在附注中加以披露。

（二）资产负债表日后非调整事项的具体会计处理办法

  资产负债表日后发生的非调整事项，应当在报表附注中披露每项重要的资产负债表日后非调整事项的性质、内容，及其对财务状况和经营成果的影响。无法做出估计的，应当说明原因。

【例 15-14】 甲公司 2010 年 12 月购入商品一批，共计 6 000 万元，至 2010 年 12 月 31 日该批商品已全部验收入库，货款也已通过银行支付。2011 年 1 月 17 日，甲公司仓库发生火灾，该批商品全部被烧毁。

  意外事故导致资产重大损失对企业资产负债表日后财务状况的影响较大，如果不加以披露，有可能使财务报告使用者做出错误的决策，因此应作为非调整事项在报表附注中进

行披露。本例中火灾发生于 2011 年 1 月 17 日，属于资产负债表日后才发生或存在的事项，应当作为非调整事项在 2010 年度报表附注中进行披露。

六、资产负债表日后事项的披露

企业应当在附注中披露与资产负债表日后事项有关的下列信息：

（1）财务报表的批准报出者和财务报表批准报出日。按照有关法律、行政法规等规定，企业所有者或其他方面有权对报出的财务报表进行修改的，应当披露这一情况。

（2）每项重要的资产负债表日后非调整事项的性质、内容，及其对财务状况和经营成果的影响。无法做出估计的，应当说明原因。

（3）企业在资产负债表日后取得了影响资产负债表日存在情况的新的进一步的证据，应当调整与之相关的披露信息。

思考与练习

一、思考题

1. 会计政策变更的处理方法和披露内容是什么？
2. 会计估计变更的会计处理方法和披露内容是什么？
3. 前期差错更正的方法和披露内容有哪些？
4. 资产负债表日后调整事项和非调整事项的会计处理方法及披露内容有哪些？

二、练习题

1. 甲公司发出存货按先进先出法计价，期末存货按成本与可变现净值孰低法计价。2010 年 1 月 1 日将发出存货由先进先出法改为加权平均法。2010 年初存货账面余额等于账面价值 40 000 元，50 千克，2010 年 1 月、2 月分别购入材料 600 千克、350 千克，单价分别为 850 元、900 元，3 月 5 日领用 400 千克，用未来适用法处理该项会计政策的变更。

要求：计算 2010 年第一季度由于存货计价方法改变对净利润的影响额。

2. 乙公司 2010 年 1 月 1 日，对全部短期投资重分类调整为交易性金融资产，其后续计量由成本与市价孰低改为公允价值。该短期投资年初账面价值为 1 000 万元，公允价值为 1 200 万元。变更日该交易性金融资产的计税基础为 1 000 万元。

要求：对该会计政策变更作出相关的账务处理。

3. 甲公司 2007 年 12 月购入一台设备，入账价格为 200 万元，购入后立即投入管理部门使用。该设备预计用 10 年，预计净残值为 8 万元，采用双倍余额递减法计提折旧。由于资产所含经济利益预期实现方式发生改变，已不能按照原定的折旧方法、折旧年限计提折旧。甲公司于 2010 年 1 月 1 日起将该设备的折旧方法改为直线法计提折旧，折旧年限改为 8 年，预计净残值不变。该企业适用的所得税税率为 25%。

要求：

（1）计算上述设备 2008 年和 2009 年计提的折旧额。

（2）计算上述设备 2010 年计提的折旧额。

（3）计算上述会计估计变更对 2010 年净利润的影响。

4. 乙公司为增值税一般纳税人企业。所得税采用债务法核算，适用的所得税税率为 25%，按照净利润的 10% 提取法定盈余公积。2010 年 3 月 20 日，公司发现在 2009 年 12 月 31 日计算 A 产品的可变现净值时发生差错，该产品的成本为 400 万元，预计可变现净值为 280 万元。2009 年 12 月 31 日，乙公司误将 A 产品的可变现净值预计为 360 万元（该差错达到了重要性程度）。

要求：对上述会计差错进行会计处理。

5. 丙公司为上市公司、增值税一般纳税企业，适用增值税税率为17%，企业所得税税率均为25%，按净利润的10%提取盈余公积。2009年度的财务报告于2010年1月10日编制完成，批准报出日为2010年4月20日，2009年度的企业所得税汇算清缴工作于2010年5月31日完成。1月25日，公司收到退货一批，该批退货系2009年11月销售给甲企业的某产品，销售收入250万元，增值税销项税额42.5万元。结转的产品销售成本200万元，此项销售收入已在销售当月确认，但货款和税款于当年12月31日尚未收到。公司对应收甲企业账款按5%计提坏账准备。退回的产品已验收入库。不考虑相关运杂费及其他费用。税法规定，企业计提的坏账准备不得税前扣除。

要求：对该事项应该作出相关的会计处理。

第十六章

财务报表

本章首先介绍了财务报表的概念、分类及财务报表列报的基本要求，并分别详细地介绍了资产负债表、利润表、现金流量表、所有者权益变动表等主要会计报表的概念及编制方法。

【重要概念】 财务报表 资产负债表 利润表 现金流量表 所有者权益变动表

第一节 财务报表概述

一、财务报表的概念

财务报表是指企业对外提供的反映企业某一特定日期的财务状况和某一会计期间的经营成果、现金流量等会计信息的文件。财务报表包括财务报表和其他应当在财务报表中披露的相关信息和资料。

根据财务报表的定义，财务报表具有以下几层含义：

（1）财务报表应当是对外报告，其服务对象主要是投资者、债权人等外部使用者，专门为了内部管理需要的，具有特定目的的报告不属于财务报表范畴；

（2）财务报表应当综合反映企业的生产经营状况，包括某一时点的财务状况和某一时期的经营成果与现金流量等信息，以勾勒出企业的整体和全貌；

（3）财务报表必须形成一个系统的文件，不应是零星的或者不完整的信息。

财务报表是企业财务会计确认与计量的最终结果体现，投资者等使用者主要是通过财务报表来了解企业当前的财务状况、经营成果和现金流量等情况，从而预测企业未来的发展趋势。因此，财务报表是向投资者等财务报表使用者提供决策有用信息的媒介和渠道，是沟通投资者、债权人等使用者与企业管理层之间信息的桥梁和纽带。

财务报表是特定会计主体对企业财务状况、经营成果和现金流量所作的结构性表述。按财务报表列报会计准则的规定，财务报表至少应当包括资产负债表、利润表、现金流量表、所有者权益（或股东权益）变动表和附注，小企业编制的财务报表可以不包括现金流量表。其中，资产负债表、利润表、现金流量表和所有者权益（或股东权益）变动表属于基本财务报表。附注是对基本财务报表信息的进一步说明、补充或解释。

二、财务报表的分类

财务报表可以按照不同的标准进行分类。

（1）按财务报表反映的内容不同，分为动态报表和静态报表。动态报表是指反映企业一定时期内资金耗费和资金回收的报表，如利润表是反映企业一定时期内经营成果的报表；静态报表是指反映一定时点企业资产、负债和所有者权益的报表，如资产负债表是反映资产负债表日企业资产总额和权益总额的报表。

（2）按财务报表编报期间的不同，分为中期财务报表和年度财务报表。中期财务报表是以短于一个完整会计年度的报告期间为基础编制的财务报表，包括月度财务报表、季度财务报表和半年度财务报表。中期财务报表至少应当包括资产负债表、利润表、现金流量表和附注。年度财务报表是指年度终了对外提供的财务报表。

（3）按财务报表编报主体的不同，分为个别财务报表和合并财务报表。个别财务报表是由企业在自身会计核算基础上对账簿记录进行加工而编制的财务报表，它主要用以反映企业自身的财务状况、经营成果和现金流量情况。合并财务报表是以母公司和子公司组成的企业集团为会计主体，根据母公司和所属子公司的财务报表，由母公司编制的综合反映企业集团财务状况、经营成果及现金流量的财务报表。

（4）按财务报表提供的对象不同，分为内部财务报表和外部财务报表。内部财务报表是为企业内部经营管理服务而编制的、不对外公开的财务报表，内部财务报表内容及格式不受企业会计准则的限制；外部财务报表是指企业向企业外部不同财务报表使用者提供的财务报表，一般受企业会计准则和有关法规约束。

三、财务报表列报的基本要求

（一）依据各项会计准则确认和计量的结果编制财务报表

企业应当根据实际发生的交易和事项，遵循各项具体会计准则的规定进行确认和计量，并在此基础上编制财务报表。企业应当在附注中作出声明，即遵循了企业会计准则而进行编制的财务报表。

对于企业采用了不恰当的会计政策，不得通过在附注中披露等其他形式予以更正，而应当对交易和事项进行正确的确认和计量。

（二）列报基础

持续经营是会计的基本前提，是会计确认、计量及编制财务报表的基础。财务报表列报准则中规定的财务报表是以持续经营为基础编制的。

在编制财务报表的过程中，企业管理层应当对企业盈利能力、偿债能力等持续经营的能力进行评价。若对企业持续经营的能力产生严重怀疑的，应当在附注中披露导致对持续经营能力产生重大怀疑的重要的不确定因素。

企业处于非持续经营状态时，应当采用其他基础编制财务报表，如破产企业的资产应当采用可变现净值计量，负债应当按照其预计的结算金额计量等，并在附注中声明财务报表未以持续经营为基础列报，披露未以持续经营为基础的原因以及财务报表的编制基础。

（三）重要性和项目列报

财务报表的某个项目若省略或错报会影响使用者据此作出决策时，该项目具有重要性。重要性是判断项目是否单独列报的重要标准。企业在进行重要性判断时，应当考虑该项目的性质是否属于企业日常活动、是否对企业财务状况和经营成果具有较大影响等因素；判断项目金额大小的重要性，应当通过单项金额占资产总额、负债总额、所有者权益总额、营业收入总额、净利润等直接相关项目金额的比重加以确定。

（四）列报的一致性

可比性是会计信息质量的一项重要质量要求，财务报表项目的列报也应当在各个会计期间保持一致，不得随意变更，这一要求不仅只针对财务报表中的项目名称，还包括财务报表项目的分类、排列顺序等方面。

当会计准则要求改变，或企业经营业务的性质发生重大变化后，变更财务报表项目的列报能够提供更可靠、更相关的会计信息时，财务报表项目的列报是可以改变的。

（五）财务报表项目金额间的相互抵销

财务报表中的资产项目和负债项目的金额、收入项目和费用项目的金额不能相互抵销，即不得以净额列报，但企业会计准则另有规定的除外。这是因为，如果相互抵销，所提供的信息就不完整，信息的可比性大为降低。

以下两种情况不属于抵销：①资产项目按扣除减值准备后的净额列示，不属于抵销。②非日常活动产生的损益应当以同一交易形成的收入扣减费用后的净额列示，不属于抵销。

（六）比较信息的列报

企业在列报当期财务报表时，至少应当提供所有列报项目上一可比会计期间的比较数据，以及与理解当期财务报表相关的说明。

在财务报表项目的列报确需发生变更的情况下，企业应当对上期比较数据按照当期的列报要求进行调整，并在附注中披露调整的原因和性质，以及调整的各项目金额。在某些情况下，对上期比较数据进行调整是不切实可行的，则应当在附注中披露不能调整的原因。

（七）财务报表表首的列报要求

财务报表一般分为表首、正表两部分，其中，在表首部分企业应当概括地说明下列基本信息：①编报企业的名称。②资产负债表应当列示资产负债表日，利润表、现金流量表、所有者权益变动表应当列示涵盖的会计期间。③货币名称和单位。按照我国企业会计准则规定，企业应当以人民币作为记账本位币列报，并标明金额单位。④财务报表是合并财务报表的，应当予以标明。

（八）报告期间

企业至少应当编制年度财务报表。根据我国《会计法》的规定，会计年度自公历 1 月

1 日起至 12 月 31 日止。在编制年度财务报表时,如果出现企业年度财务报表涵盖的期间短于一年的情况下,企业应当披露年度财务报表的实际涵盖期间及其短于一年的原因,并应当说明由此引起财务报表项目与比较数据不具可比性这一事实。

第二节　资产负债表

一、资产负债表的概念

资产负债表是指反映企业在某一特定日期财务状况的会计报表。资产负债表属于静态的财务报表,反映企业在某一特定日期所拥有或控制的经济资源、所承担的现时义务和所有者对净资产的要求权。

资产负债表能够从整体上反映企业所拥有的资产及其分布与构成情况,使报表使用者可以了解企业的经营规模,了解企业资金来源渠道和资金的构成,分析企业所面临的财务风险,监督企业合理使用资金;同时还可以了解企业的偿债能力和支付能力,使投资者和债权人据此做出投资和贷款的正确决策;通过对前后连续的各期资产负债表进行比较分析,可以反映企业财务状况的变化趋势。

二、资产负债表的结构

(一)资产负债表列报要求

资产负债表的基本结构是建立在资产、负债和所有者权益三者之间的会计平衡公式的基础上的。为了便于财务信息的分析利用,资产负债表反映的各种内容应适当分类。具体应遵循以下要求。

1. 分类别列报

资产负债表列报最根本的目标就是如实反映企业在资产负债表日所拥有的资源、所承担的负债以及所有者所拥有的权益。因此,资产负债表应当按照资产、负债和所有者权益三大类别分类列报。

2. 资产和负债按流动性列报

资产和负债应当按照流动性分别分为流动资产和非流动资产、流动负债和非流动负债列示。流动性,通常按照资产的变现或耗用时间长短或者负债的偿还时间长短来确定。按照财务报表列报准则的规定,应先列报流动性强的资产和负债,再列报流动性弱的资产或负债。

3. 所有者权益按其来源或特定用途列报

所有者权益按其来源分为投入资本和留存收益。所有者权益类一般按照净资产的不同来源和特定用途进行分类列示,投入资本分为实收资本(或股本)和资本公积,留存收益分为盈余公积和未分配利润。

4. 列报相关的合计、总计项目

资产负债表中的资产类至少应当列示流动资产、非流动资产以及资产的合计项目;负债类至少应当列示流动负债、非流动负债以及负债的合计项目；所有者权益类应当列示所有者权益的合计项目。

资产负债表遵循了"资产−负债=所有者权益"会计恒等式，把企业在特定时日所拥有的经济资源和与之相对应的企业所承担的债务及偿债以后属于所有者的权益充分反映出来。因此，资产负债表应当分别列示资产总计项目和负债与所有者权益之和的总计项目，并且这二者的金额应当相等。

（二）资产负债表的列报格式

目前国际上通行的资产负债表正表的列报格式一般有报告式资产负债表和账户式资产负债表两种。

1. 报告式资产负债表

报告式资产负债表是上下结构，上半部列示资产，下半部列示负债和所有者权益，因此又称竖式资产负债表。具体又分为按"资产=负债＋所有者权益"和按"资产−负债=所有者权益"两种排列形式。其格式如表 16-1 所示。

表 16-1　资产负债表（报告式）

年　月　日　　　　　　　　　　　　　　　　单位：元

资产=负债＋所有者权益		资产−负债=所有者权益	
项目	期末余额	项目	期末余额
流动资产：		流动资产：	
…		…	
非流动资产：		非流动资产：	
…		…	
…			
资产合计：		资产合计：	
流动负债：		流动负债：	
…		…	
非流动负债：		非流动负债：	
…		…	
负债合计：		负债合计：	
所有者权益：		所有者权益：	
…		…	
所有者权益合计：			
负债及所有者权益合计：		所有者权益合计：	

2. 账户式资产负债表

账户式资产负债表是按照 T 形账户的形式设计的资产负债表。账户式资产负债表是左右结构，左边列示资产各项目，反映全部资产的分布及存在形态；右边列示负债和所有者权益各项目，反映全部负债和所有者权益的内容及构成情况。资产负债表左右双方平衡，资产总计等于负债和所有者权益总计，即"资产=负债＋所有者权益"。在我国，资产负债表采用账户式结构。为了让使用者通过比较不同时点资产负债表的数据，掌握企业财务状况的变动情况及发展趋势，企业需要提供比较资产负债表，资产负债表还就各项目再分为"年初余额"和"期末余额"两栏分别填列。其格式如表16-2所示。

表 16-2　资产负债表（账户式）

年　月　日　　　　　　　　　　　　　　单位：元

资产	期末余额	负债及所有者权益	期末余额
流动资产：		流动负债：	
…		…	
非流动资产：		非流动负债：	
…		…	
		负债合计	
		所有者权益	
		…	
		所有者权益合计：	
资产合计：		负债及所有者权益合计：	

三、资产负债表填列方法

（一）"年初余额"的填列方法

"年初余额"栏内各项数字，应根据上年末资产负债表"期末余额"栏内所列数字填列。如果上年度资产负债表规定的各个项目的名称和内容同本年度不相一致，应对上年年末资产负债表各项目的名称和数字按照本年度的规定进行调整，填入本表"年初余额"栏内。

（二）"期末余额"的填列方法

资产负债表"期末余额"栏一般应根据资产、负债和所有者权益类科目的期末余额填列。

（1）根据总账科目余额填列。有些项目可以直接根据有关总账科目的余额填列，如"交易性金融资产"、"固定资产清理"、"短期借款"、"应付票据"、"应付职工薪酬"、"应交税费"、"实收资本（或股本）"等项目；有些项目则应根据几个总账科目的期末余额计算填列，如"货币资金"项目，应根据"库存现金"、"银行存款"、"其他货币资金"三个总账科目的期末余额的合计数填列。

（2）根据明细账科目余额计算填列。例如，"应付账款"项目，应根据"应付账款"和"预付账款"两个科目所属的相关明细科目的期末贷方余额合计数填列；"预收款项"项目，应根据"预收账款"和"应收账款"科目所属各明细科目的期末贷方余额合计数填列。

（3）根据总账科目和明细账科目余额分析计算填列，如"长期借款"项目，应根据"长期借款"总账科目余额扣除"长期借款"科目所属的明细科目中将在资产负债表日起一年内到期且企业不能自主地将清偿义务展期的长期借款后的金额计算填列。

（4）根据有关科目余额减去其备抵科目余额后的净额填列，如"固定资产"项目，应根据"固定资产"科目的期末余额减去"累计折旧"、"固定资产减值准备"科目余额后的净额填列。

（5）综合运用上述填列方法分析填列。例如，"存货"项目，应根据"材料采购"、"原材料"、"发出商品"、"库存商品"、"周转材料"、"委托加工物资"、"生产成本"、"受托代销商品"等科目的期末余额合计，减去"受托代销商品款"、"存货跌价准备"科目期末余额后的金额填列。材料采用计划成本核算，以及库存商品采用计划成本核算或售价核算的企业，还应按加或减材料成本差异、商品进销差价后的金额填列。

（三）资产负债表各项目列报说明

1. 资产项目的列报说明

（1）"货币资金"项目反映企业库存现金、银行结算户存款、外埠存款、银行汇票存款、银行本票存款等的合计数。本项目应根据"库存现金"、"银行存款"、"其他货币资金"科目期末余额的合计数填列。

（2）"交易性金融资产"项目反映企业持有的以公允价值计量且其变动计入当期损益的为交易目的所持有的债券投资、股票投资等金融资产。本项目应根据"交易性金融资产"科目的期末余额填列。

（3）"应收票据"项目反映企业因销售商品、提供劳务等而收到的商业汇票，包括银行承兑汇票和商业承兑汇票。本项目根据"应收票据"科目的期末余额，减去"坏账准备"科目中有关应收票据计提的坏账准备期末余额后的金额填列。

（4）"应收账款"项目反映企业因销售商品、提供劳务等经营活动应收取的款项。本项目应根据"应收账款"和"预收账款"科目所属各明细科目的期末借方余额合计数，减去"坏账准备"科目中有关应收账款计提的坏账准备期末余额后的金额填列。如果"应收账款"科目所属明细科目期末有贷方余额的，应在资产负债表"预收款项"项目内填列。

（5）"预付款项"项目反映企业按照购货合同规定预付给供应单位的款项等。本项目应根据"预付账款"和"应付账款"科目所属各明细科目的期末借方余额合计数，减去"坏账准备"科目中有关预付款项计提的坏账准备期末余额后的金额填列。如果"预付账款"科目所属各明细科目期末有贷方余额的，应在资产负债表"应付账款"项目内填列。

（6）"应收利息"项目反映企业应收取的债券投资等的利息。本项目应根据"应收利息"科目的期末余额，减去"坏账准备"科目中有关应收利息计提的坏账准备期末余额后的金额填列。

（7）"应收股利"项目反映企业应收取的现金股利和应收取的其他单位分配的利润。本项目应根据"应收股利"科目的期末余额，减去"坏账准备"科目中有关应收股利计提的坏账准备期末余额后的金额填列。

（8）"其他应收款"项目反映企业除应收票据、应收账款、预付账款、应收股利、应收利息等经营活动以外的其他各种应收、暂付的款项。本项目应根据"其他应收款"科目的期末余额，减去"坏账准备"科目中有关其他应收款计提的坏账准备期末余额后的金额填列。

（9）"存货"项目反映企业期末在库、在途和在加工中的各种存货的可变现净值。本项目应根据"材料采购"、"原材料"、"低值易耗品"、"库存商品"、"周转材料"、"委托加工物资"、"生产成本"等科目的期末余额合计，减去"受托代销商品款"、"存货跌价准备"科目期末余额后的金额填列。材料采用计划成本核算，以及库存商品采用计划成本核算或售价核算的企业，还应加或减材料成本差异、商品进销差价后的金额填列。

（10）"一年内到期的非流动资产"项目反映企业将于一年内到期的非流动资产项目金额。本项目应根据有关科目的期末余额填列。

（11）"其他流动资产"项目反映企业除货币资金、交易性金融资产、应收票据、应收账款、存货等流动资产以外的其他流动资产。本项目应根据有关科目的期末余额填列。

（12）"可供出售金融资产"项目反映企业持有的以公允价值计量的可供出售的股票投资、债券投资等金融资产。本项目应根据"可供出售金融资产"科目的期末余额，减去"可供出售金融资产减值准备"科目期末余额后的金额填列。

（13）"持有至到期投资"项目反映企业持有的以摊余成本计量的持有至到期投资。本项目应根据"持有至到期投资"科目的期末余额，减去"持有至到期投资减值准备"科目期末余额后的金额填列。

（14）"长期应收款"项目反映企业融资租赁产生的应收款项、采用递延方式具有融资性质的销售商品和提供劳务等产生的长期应收款项等。本项目应根据"长期应收款"科目的期末余额，减去相应的"未实现融资收益"科目和"坏账准备"科目所属相关明细科目期末余额后的金额填列。

（15）"长期股权投资"项目反映企业持有的对子公司、联营企业和合营企业的长期股权投资。本项目应根据"长期股权投资"科目的期末余额，减去"长期股权投资减值准备"科目期末余额后的金额填列。

（16）"投资性房地产"项目反映企业持有的投资性房地产。企业采用成本模式计量投资性房地产的，本项目应根据"投资性房地产"科目的期末余额，减去"投资性房地产累计折旧（摊销）"和"投资性房地产减值准备"科目期末余额后的金额填列；企业采用公允价值模式计量投资性房地产的，本项目应根据"投资性房地产"科目的期末余额填列。

（17）"固定资产"项目反映企业各种固定资产原价减去累计折旧和累计减值准备后的净额。本项目应根据"固定资产"科目的期末余额，减去"累计折旧"和"固定资产减值准备"科目期末余额后的金额填列。

（18）"在建工程"项目反映企业期末各项未完工程的实际支出，包括交付安装的设备价值、未完建筑安装工程已经耗用的材料、工资和费用支出、预付出包工程的价款等的可收回金额。本项目应根据"在建工程"科目的期末余额，减去"在建工程减值准备"科目期末余额后的金额填列。

（19）"工程物资"项目反映企业尚未使用的各项工程物资的实际成本。本项目应根据"工程物资"科目的期末余额填列。

（20）"固定资产清理"项目反映企业因出售、毁损、报废等原因转入清理但尚未清理完毕的固定资产的净值，以及固定资产清理过程中所发生的清理费用和变价收入等各项金额的差额。本项目应根据"固定资产清理"科目的期末借方余额填列，如果"固定资产清理"科目期末为贷方余额，以"－"号填列。

（21）"无形资产"项目，反映企业持有的无形资产，包括专利权、非专利技术、商标权、著作权、土地使用权等。本项目应根据"无形资产"科目的期末余额，减去"累计摊销"和"无形资产减值准备"科目期末余额后的金额填列。

（22）"开发支出"项目，反映企业开发无形资产过程中能够资本化形成无形资产成本的支出部分。本项目应根据"研发支出"科目中所属的"资本化支出"明细科目期末余额填列。

（23）"商誉"项目，反映企业合并中形成的商誉的价值。本项目应根据"商誉"科目的期末余额，减去相应减值准备后的金额填列。

（24）"长期待摊费用"项目，反映企业已经发生但应由本期和以后各期负担的分摊期限在一年以上的各项费用。长期待摊费用中在一年内（含一年）摊销的部分，在资产负债表"一年内到期的非流动资产"项目填列。本项目应根据"长期待摊费用"科目的期末余额减去将于一年内（含一年）摊销的数额后的金额填列。

（25）"递延所得税资产"项目，反映企业确认的可抵扣暂时性差异产生的递延所得税资产。本项目应根据"递延所得税资产"科目的期末余额填列。

（26）"其他非流动资产"项目，反映企业除长期股权投资、固定资产、在建工程、工程物资、无形资产等资产以外的其他非流动资产。本项目应根据有关科目的期末余额填列。

2. 负债项目的列报说明

（1）"短期借款"项目，反映企业向银行或其他金融机构等借入的期限在一年以下（含一年）的各种借款。本项目应根据"短期借款"科目的期末余额填列。

（2）"交易性金融负债"项目，反映企业承担的以公允价值计量且其变动计入当期损益的为交易目的所持有的金融负债。本项目应根据"交易性金融负债"科目的期末余额填列。

（3）"应付票据"项目，反映企业购买材料、商品和接受劳务供应等而开出、承兑的商业汇票，包括银行承兑汇票和商业承兑汇票。本项目应根据"应付票据"科目的期末余额填列。

（4）"应付账款"项目，反映企业因购买材料、接受劳务等经营活动应支付的款项。本项目应根据"应付账款"和"预付账款"科目所属各明细科目的期末贷方余额合计数填列，如果"应付账款"科目所属明细科目期末有借方余额的，应在资产负债表"预付款项"项目内填列。

（5）"预收账款"项目，反映企业按照购货合同规定预付给供应单位的款项，本项目应根据"预收账款"和"应收账款"科目所属各明细科目的期末贷方余额合计数填列。如果"预收账款"科目所属各明细科目期末有借方余额，应在资产负债表"应收账款"项目内填列。

（6）"应付职工薪酬"项目，反映企业根据有关规定应付给职工的工资、职工福利、社会保险费、住房公积金、工会经费、职工教育经费、非货币性福利、辞退福利等各种薪酬。

（7）"应交税费"项目，反映企业按照税法等规定计算应缴纳的各种税费，包括增值税、消费税、营业税、所得税、资源税、土地增值税、城市维护建设税、房产税、土地使用税、车船税、教育费附加等。企业代扣代缴的个人所得税等，也通过本科目核算。企业所缴纳的税金不需要预计应交数的，如印花税、耕地占用税等，不在本项目列示。本项目应根据"应交税费"科目的期末贷方余额填列；如果"应交税费"科目期末为借方余额，应以"－"号填列。

（8）"应付利息"项目，反映企业按照规定应当支付的利息，包括分期付息到期还本的长期借款应支付的利息、企业发行的企业债券应支付的利息等。本项目应当根据"应付利息"科目的期末余额填列。

（9）"应付股利"项目，反映企业分配的现金股利或利润。企业分配的股票股利，不通过本项目列示。本项目应根据"应付股利"科目的期末余额填列。

（10）"其他应付款"项目，反映企业除应付票据、应付账款、预收账款、应付职工薪酬、应付股利、应付利息、应交税费等以外的其他各项应付、暂收的款项。本项目应根据"其他应付款"科目的期末余额填列。

（11）"一年内到期的非流动负债"项目，反映企业非流动负债中将于资产负债表日后一年内到期部分的金额，如将于一年内偿还的长期借款。本项目应根据有关科目的期末余额填列。

（12）"其他流动负债"项目，反映企业除短期借款、交易性金融负债、应付票据、应付账款、应付职工薪酬、应交税费等流动负债以外的其他流动负债。本项目应根据有关科目的期末余额填列。

（13）"长期借款"项目，反映企业向银行或其他金融机构借入的期限在一年以上（不含一年）的各种借款。本项目应根据"长期借款"科目的期末余额填列。

（14）"应付债券"项目，反映企业为筹集长期资金而发行的债券本金和利息。本项目应根据"应付债券"科目的期末余额填列。

（15）"长期应付款"项目，反映企业除长期借款和应付债券以外的其他各种长期应付款项。本项目应根据"长期应付款"科目的期末余额，减去相应的"未确认融资费用"科目期末余额后的金额填列。

（16）"专项应付款"项目，反映企业取得的政府作为企业所有者投入的具有专项或特定用途的款项。本项目应根据"专项应付款"科目的期末余额填列。

（17）"预计负债"项目，反映企业确认的对外提供担保、未决诉讼、产品质量保证、重组义务、亏损性合同等预计负债。本项目应根据"预计负债"科目的期末余额填列。

（18）"递延所得税负债"项目，反映企业确认的应纳税暂时性差异产生的所得税负债。本项目应根据"递延所得税负债"科目的期末余额填列。

（19）"其他非流动负债"项目，反映企业除长期借款、应付债券等负债以外的其他非流动负债。本项目应根据有关科目的期末余额减去将于一年内（含一年）到期偿还数后的余额填列。非流动负债各项目中将于一年内（含一年）到期的非流动负债，应在"一年内到期的非流动负债"项目内单独反映。

3. 所有者权益项目的列报说明

（1）"实收资本（或股本）"项目，反映企业各投资者实际投入的资本（或股本）总额。本项目应根据"实收资本（或股本）"科目的期末余额填列。

（2）"资本公积"项目，反映企业资本公积的期末余额。本项目应根据"资本公积"科目的期末余额填列。

（3）"库存股"项目，反映企业持有尚未转让或注销的本公司股份金额。本项目应根据"库存股"科目的期末余额填列。

（4）"盈余公积"项目，反映企业盈余公积的期末余额。本项目应根据"盈余公积"科目的期末余额填列。

（5）"未分配利润"项目，反映企业尚未分配的利润。本项目应根据"本年利润"科目和"利润分配"科目的余额计算填列。未弥补的亏损在本项目内以"－"号填列。

（四）资产负债表编制举例

【例 16-1】　东方公司 2009 年 12 月 31 日的资产负债表（年初余额略）及 2010 年 12 月 31 日的科目余额表分别见表 16-3 和表 16-4。假设东方公司 2010 年初计提固定资产减值准备导致固定资产账面价值与其计税基础存在可抵扣暂时性差异外，其他资产和负债项目的账面价值均等于计税基础。假定公司未来很可能获得足够的应纳税所得额用来抵扣暂时性差异，适用的所得税税率为 25%。

表 16-3　资产负债表（年初余额略）

企会 01 表

编制单位：东方公司　　　　　　　　　　2009 年 12 月 31 日　　　　　　　　　　单位：元

资产	期末余额	年初余额	负债和所有者权益（或股东权益）	期末余额	年初余额
流动资产：			流动负债：		
货币资金	703 150		短期借款	150 000	
交易性金融资产	7 500		交易性金融负债	0	
应收票据	123 000		应付票据	100 000	
应收账款	149 550		应付账款	476 900	
预付账款	50 000		预收账款	0	
应收股利	0		应付职工薪酬	55 000	
应收利息	0		应交税费	18 300	
其他应收款	2 500		应付利息	500	
存货	1 290 000		应付股利	0	
其中：消耗性生物资产	0		其他应付款	25 000	
待摊费用	0		预提费用	0	
一年内到期的非流动资产	0		预计负债	0	
其他流动资产	50 000		一年内到期的非流动负债	500 000	
流动资产合计	2 375 700		其他流动负债	0	
非流动资产：			流动负债合计	1 325 700	
可供出售金融资产	0		非流动负债：		
持有至到期投资	0		长期借款	300 000	
投资性房地产	0		应付债券	0	
长期股权投资	125 000		长期应付款	0	

续表

资产	期末余额	年初余额	负债和所有者权益 (或股东权益)	期末余额	年初余额
长期应收款	0		专项应付款	0	
固定资产	550 000		递延所得税负债	0	
在建工程	750 000		其他非流动负债	0	
工程物资	0		非流动负债合计	300 000	
固定资产清理	0		负债合计	1 625 700	
生产性生物资产	0		所有者权益(或股东权益):		
油气资产	0		实收资本(或股本)	2 500 000	
无形资产	300 000		资本公积	0	
开发支出	0		盈余公积	50 000	
商誉	0		未分配利润	25 000	
长期待摊费用	0		减:库存股	0	
递延所得税资产	0		所有者权益(或股东权益)合计	2 575 000	
其他非流动资产	100 000				
非流动资产合计	1 825 000				
资产总计	4 200 700		负债和所有者权益 (或股东权益)合计	4 200 700	

表 16-4 科目余额表

编制单位:东方公司 　　　　　　　2010 年 12 月 31 日

科目名称	借方余额	科目名称	贷方余额
库存现金	1 000	短期借款	25 000
银行存款	393 067.5	应付票据	50 000
其他货币资金	3 650	应付账款	476 900
交易性金融私产	0	其他应付款	25 000
应收票据	33 000	应付职工薪酬	90 000
应收账款	300 000	应交税费	113 365.5
坏账准备	−900	应付利息	0
预付账款	50 000	应付股利	16 108
其他应收款	2 500	一年内到期的非流动负债	0
材料采购	137 500	长期借款	580 000
原材料	22 500	股本	2 500 000
周转材料	19 025	盈余公积	62 386
库存商品	1 061 200	利润分配	95 358
材料成本差异	2 125		
其他流动资产	45 000		
长期股权投资	125 000		
固定资产	1 200 500		
累计折旧	−85 000		

科目名称	借方余额	科目名称	贷方余额
固定资产减值准备	−15 000		
工程物资	75 000		
在建工程	289 000		
无形资产	300 000		
累计摊销	−30 000		
递延所得税资产	4 950		
其他非流动资产	100 000		
合计	4 034 117.5	合计	4 034 117.5

根据上述资料，编制东方公司 2010 年 12 月 31 日的资产负债表，如表 16-5 所示。

表 16-5 资产负债表

企会 01 表

编制单位：东方公司　　　　　　　　2010 年 12 月 31 日　　　　　　　　单位：元

资产	期末余额	年初余额	负债和所有者权益（或股东权益）	期末余额	年初余额
流动资产：			流动负债：		
货币资金	397 717.5	703 150	短期借款	25 000	150 000
交易性金融资产	0	7 500	交易性金融负债	0	0
应收票据	33 000	123 000	应付票据	50 000	100 000
应收账款	299 100	149 550	应付账款	476 900	476 900
预付账款	50 000	50 000	预收账款	0	0
应收股利	0	0	应付职工薪酬	90 000	55 000
应收利息	0	0	应交税费	113 365.5	18 300
其他应收款	2 500	2 500	应付利息	0	500
存货	1 242 350	1 290 000	应付股利	16 108	0
其中：消耗性生物资产	0	0	其他应付款	25 000	25 000
待摊费用	0	0	预提费用	0	0
一年内到期的非流动资产	0	0	预计负债	0	0
其他流动资产	45 000	50 000	一年内到期的非流动负债	0	500 000
流动资产合计	2 069 667.5	2 375 700	其他流动负债	0	0
非流动资产：			流动负债合计	796 373.5	1 325 700
可供出售金融资产	0	0	非流动负债：		
持有至到期投资	0	0	长期借款	580 000	300 000
投资性房地产	0	0	应付债券	0	0
长期股权投资	125 000	125 000	长期应付款	0	0
长期应收款	0	0	专项应付款	0	0
固定资产	1 100 500	550 000	递延所得税负债	0	0
在建工程	289 000	750 000	其他非流动负债	0	0

资产	期末余额	年初余额	负债和所有者权益 （或股东权益）	期末余额	年初余额
工程物资	75 000	0	非流动负债合计	580 000	300 000
固定资产清理	0	0	负债合计	1 376 373.5	1 625 700
生产性生物资产	0	0	所有者权益 （或股东权益）：		
油气资产	0	0	实收资本（或股本）	2 500 000	2 500 000
无形资产	270 000	300 000	资本公积	0	0
开发支出	0	0	盈余公积	62 386	50 000
商誉	0	0	未分配利润	95 358	25 000
长期待摊费用	0	0	减：库存股	0	0
递延所得税资产	4 950	0	所有者权益 （或股东权益）合计	2 657 744	2 575 000
其他非流动资产	100 000	100 000			
非流动资产合计	1 964 450	1 825 000			
资产总计	4 034 117.5	4 200 700	负债和所有者权益 （或股东权益）合计	4 034 117.5	4 200 700

第三节 利 润 表

一、利润表的概念

利润表是反映企业在一定会计期间的经营成果的会计报表。利润表是动态报表，反映企业一定期间的收入和费用相配比形成的净收益。

通过利润表，报表使用者可以了解企业经营活动的成果和盈利能力，有助于分析评价企业未来的现金流量，分析评价企业的偿债能力，预测企业的利润分配情况和评价、考核企业管理层的经营绩效。

二、利润表的结构

目前国际上通行的利润表的列报格式一般有单步式利润表和多步式利润表两种。

1. 单步式利润表

单步式利润表是将各项收入和费用分别汇总归为收入和费用两大类项目，通过收入总额减去费用总额，从而计算得出净利润。其格式如表 16-6 所示。

表 16-6　利润表（单步式）

年　月

项目	本期金额	上期金额
一、收入 　营业收入 　投资收益		

项目	本期金额	上期金额
营业外收入		
二、费用		
营业成本		
营业税金及附加		
销售费用		
管理费用		
财务费用		
营业外支出		
所得税费用		
三、净利润		

单步式利润表简单明了，但由于其收入与费用配比缺乏对应关系，不利于报表使用者理解和使用。

2. 多步式利润表

多步式利润表是通过对当期的收入、费用、支出项目按性质加以归类，按利润形成的主要环节列示一些中间性利润指标，分步计算当期净损益。在我国，企业利润表采用的基本上是多步式结构。其格式如表 16-7 所示。

表 16-7　利润表（多步式）
年　月

项目	本期金额	上期金额
一、营业收入		
减：营业成本		
营业税金及附加		
销售费用		
管理费用		
财务费用		
资产减值损失		
加：公允价值变动收益（损失以"－"填列）		
投资收益（损失以"－"填列）		
其中：对联营企业和合营企业的投资收益		
二、营业利润（亏损以"－"填列）		
加：营业外收入		
减：营业外支出		
其中：非流动资产处置损失		
三、利润总额（亏损总额以"－"填列）		
减：所得税费用		
四、净利润（净亏损以"－"填列）		
五、每股收益		
（一）基本每股收益		
（二）稀释每股收益		
六、其他综合收益		
七、综合收益总额		

多步式利润表通过列示中间性利润数据，分步反映净利润的计算过程，可以清晰地解释净利润各构成要素之间的内在联系，便于报表使用者进行盈利情况分析，满足决策时所需要的财务信息。

三、利润表填列方法

（一）上期金额栏的填列方法

利润表"上年金额"栏内各项数字，应根据上年度利润表"本年金额"栏内所列数字填列。如果上年度利润表规定的各个项目的名称和内容同本年度不相一致，应对上年度利润表各项目的名称和数字按照本年度的规定进行调整，填入本表"上年金额"栏内。

（二）本期金额栏的填制方法

利润表"本年金额"栏内各项数字一般应根据损益类科目的发生额分析填列。具体项目内容及填列方法如下：

（1）"营业收入"项目，反映企业经营主要业务和其他业务所确认的收入总额。本项目应根据"主营业务收入"和"其他业务收入"科目的发生额分析填列。

（2）"营业成本"项目，反映企业经营主要业务和其他业务所发生的成本总额。本项目应根据"主营业务成本"和"其他业务成本"科目的发生额分析填列。

（3）"营业税金及附加"项目，反映企业经营业务应负担的消费税、营业税、城市维护建设税、资源税、土地增值税和教育费附加等。本项目应根据"营业税金及附加"科目的发生额分析填列。

（4）"销售费用"项目，反映企业在销售商品过程中发生的包装费、广告费等费用和为销售本企业商品而专设的销售机构的职工薪酬、业务费等经营费用。本项目应根据"销售费用"科目的发生额分析填列。

（5）"管理费用"项目，反映企业为组织和管理生产经营发生的管理费用。本项目应根据"管理费用"的发生额分析填列。

（6）"财务费用"项目，反映企业筹集生产经营所需资金等而发生的筹资费用。本项目应根据"财务费用"科目的发生额分析填列。

（7）"资产减值损失"项目，反映企业各项资产发生的减值损失。本项目应根据"资产减值损失"科目的发生额分析填列。

（8）"公允价值变动收益"项目，反映企业应当计入当期损益的资产或负债公允价值变动收益。本项目应根据"公允价值变动损益"科目的发生额分析填列。如果为净损失，本项目以"－"号填列。

（9）"投资收益"项目，反映企业以各种方式对外投资所取得的收益。本项目应根据"投资收益"科目的发生额分析填列。如果为投资损失，本项目以"－"号填列。

（10）"营业利润"项目，反映企业实现的营业利润。如果为亏损，本项目以"－"号填列。

（11）"营业外收入"项目，反映企业发生的与经营业务无直接关系的各项收入。本项目应根据"营业外收入"科目的发生额分析填列。

（12）"营业外支出"项目，反映企业发生的与经营业务无直接关系的各项支出。本项目应根据"营业外支出"科目的发生额分析填列。

（13）"利润总额"项目，反映企业实现的利润。如果为亏损，本项目以"-"号填列。

（14）"所得税费用"项目，反映企业应从当期利润总额中扣除的所得税费用。本项目应根据"所得税费用"科目的发生额分析填列。

（15）"净利润"项目，反映企业实现的净利润。如果为亏损，本项目以"-"号填列。

（16）"基本每股收益"项目，应当根据每股收益准则规定计算的金额填列。企业应当按照归属于普通股股东的当期净利润，除以发行在外普通股的加权平均数计算基本每股收益。

（17）"稀释每股收益"项目，应当根据每股收益准则规定计算的金额填列。

（18）"其他综合收益"项目，应当根据未在损益中确认的各项利得和损失扣除所得税影响后填列。

（19）"综合收益总额"项目，应当根据净利润与其他综合收益的合计金额填列。

（三）利润表编制举例

【例16-2】 东方公司2010年度有关损益类科目本年累计发生净额如表16-8所示。

表16-8　损益类科目

2010年度　　　　　　　　　　　　　　　　　　　单位：元

科目名称	借方发生额	贷方发生额
主营业务收入		625 000
主营业务成本	393 197	
营业税金及附加	1 000	
销售费用	10 000	
管理费用	78 550	
财务费用	20 750	
资产减值损失	15 450	
投资收益		15 750
营业外收入		25 000
营业外支出	9 850	
所得税费用	38 101	

根据上述资料编制东方公司2010年度利润表，如表16-9所示。

表16-9　利润表

编制单位：东方公司　　　　　　　　　2010　年度　　　　　　　　　　企会02

单位：元

项目	行次	本年金额	上年金额（略）
一、营业收入		625 000	
减：营业成本		393 197	
营业税费		1 000	
销售费用		10 000	
管理费用		78 550	

续表

项目	行次	本年金额	上年金额（略）
财务费用（收益以"-"号填列）		20 750	
资产减值损失		15 450	
加：公允价值变动净收益（净损失以"-"填列）		0	
投资净收益（净损失以"-"号填列）		15 750	
二、营业利润（亏损以"-"号填列）		140 000	
加：营业外收入		25 000	
减：营业外支出		9 850	
其中：非流动资产处置净损失（净收益以"-"号填列）			
三、利润总额（亏损以"-"号填列）		155 150	
减：所得税		38 101	
四、净利润（净亏损以"-"号填列）		98 852	
五、每股收益			
（一）基本每股收益			
（二）稀释每股收益			
六、其他综合收益		0	
七、综合收益总额		98 852	

四、每股收益

（一）每股收益应披露信息

发行在外普通股或潜在普通股的数量因派发股票股利、公积金转增资本、拆股而增加或因并股而减少但不影响所有者权益金额的，应当在利润表中分别列示基本每股收益和稀释每股收益，并在附注中披露下列相关信息：每股收益和稀释每股收益分子、分母的计算过程；列报期间不具有稀释性，但以后期间很可能具有稀释性的潜在普通股；在资产负债表日至财务报表批准报出日之间，企业发行在外普通股或潜在普通股股数发生重大变化的情况。

（二）基本每股收益

企业应当按照归属于普通股股东的当期净利润，除以发行在外普通股的加权平均数计算基本每股收益。计算公式为

发行在外普通股加权平均数 = 期初发行在外普通股股数 + 当期新发行普通股股数
　　　×已发行时间÷报告期时间 - 当期回购普通股股数
　　　×已回购时间÷报告期时间

已发行时间、报告期时间和已回购时间一般按照天数计算；在不影响计算结果合理性的前提下，也可以采用简化的计算方法。

【例 16-3】 某公司 2010 年期初发行在外的普通股为 10 000 万股；3 月 2 日新发行普通股 4 500 万股；12 月 1 日回购普通股 1 500 万股，以备将来奖励职工之用。该公司当年度实现

净利润 2 600 万元。

计算基本每股收益时，发行在外普通股加权平均数为

$$10\ 000×12÷12 + 4\ 500×10÷12 - 1\ 500×1÷12=13\ 625（万股）$$

基本每股收益=2 600÷13 625=0.191（元）

（三）稀释每股收益

企业存在稀释性潜在普通股的，应当根据其影响分别调整归属于普通股股东的当期净利润以及发行在外普通股的加权平均数，并据以计算稀释每股收益。计算稀释每股收益时，假设潜在普通股在当期期初已经全部转换为普通股，如果潜在普通股为当期发行的，则假设在发行日就全部转换为普通股，据此计算稀释每股收益。

潜在普通股是指赋予其持有者在报告期或以后期间享有取得普通股权利的一种金融工具或其他合同，包括可转换公司债券、认股权证、股份期权等。

稀释性潜在普通股是指假设当期转换为普通股会减少每股收益的潜在普通股。

（1）分子调整。计算稀释每股收益应当根据下列事项对归属于普通股股东的当期净利润进行调整：①当期已确认为费用的稀释性潜在普通股的利息；②稀释性潜在普通股转换时将产生的收益或费用。上述调整应当考虑相关的所得税影响。

（2）分母调整。在计算稀释每股收益时，当期发行在外普通股的加权平均数应当为计算基本每股收益时普通股的加权平均数与假定稀释性潜在普通股转换为已发行普通股而增加的普通股股数的加权平均数之和。计算稀释性潜在普通股转换为已发行普通股而增加的普通股股数的加权平均数时，以前期间发行的稀释性潜在普通股，应当假设在当期期初转换；当期发行的稀释性潜在普通股，应当假设在发行日转换。

【例 16-4】 某公司 2010 年归属于普通股股东的净利润为 4 500 万元，期初发行在外普通股股数 4 000 万股，年内普通股股数未发生变化。2010 年 1 月 2 日公司按面值发行 800 万元的可转换公司债券，票面利率 4%，每 100 元债券可转换为 110 股面值为 1 元的普通股。所得税税率为 25%。假设不考虑可转换公司债券在负债和权益成分之间的分拆。那么，2010 年度每股收益计算如下：

基本每股收益 = 4 500 ÷ 4 000 = 1.125 （元）

增加的净利润 = 800 × 4% × （1-25%） = 24 （万元）

增加的普通股股数 = 800 ÷ 100 × 110 = 880 （万股）

稀释的每股收益 = （4 500 + 24） ÷ （4 000 + 880） = 0.93 （元）

（3）对于稀释性认股权证和股份期权等计算稀释每股收益时，一般无须调整作为分子的净利润金额，只需按照对作为分母的普通股加权平均数进行调整。计算公式为

增加的普通股股数 = 拟行权时转换的普通股股数 - 行权价格

×拟行权时转换的普通股股数÷当期普通股平均市场价格。

（4）企业承诺将回购其股份的合同中规定的回购价格高于当期普通股平均市场价格时，应当考虑其稀释性。

计算稀释每股收益时，增加的普通股股数的计算公式为

增加的普通股股数 = 回购价格×承诺回购的普通股股数÷当期普通股平均市场价格
　　　　 - 承诺回购的普通股股数

稀释性潜在普通股应当按照其稀释程度从大到小的顺序计入稀释每股收益，直至稀释每股收益达到最小值。

（四）重新计算

企业派发股票股利、公积金转增资本、拆股或并股等，会增加或减少其发行在外普通股或潜在普通股的数量，但并不影响所有者权益金额。不影响企业所拥有或控制的经济资源也不改变企业的盈利能力，也就意味着同样的损益现在要由扩大或缩小了的股份规模来享有或分担。因此为了保持会计指标的前后期可比性，应当按照调整后的股数重新计算各列报期间的每股收益。上述变化发生于资产负债表日至财务报表批准报出日之间的，应当以调整后的股数重新计算各列报期间的每股收益。

【例 16-5】 某企业 2009 年和 2010 年归属于普通股股东的净利润分别为 190 万元和 220 万元，2009 年 1 月 1 日发行在外的普通股 100 万股，2009 年 4 月 1 日按市价新发行普通股 20 万股，2010 年 7 月 1 日分派股票股利，以 2009 年 12 月 31 日总股本 120 万元为基数每 10 股送 3 股，假设不存在其他股数变动因素。那么 2010 年度比较利润表中基本每股收益的计算如下：

2010 年度发行在外普通股加权平均数 =（100 + 20 + 36）×12 ÷ 12 = 156（万股）

2009 年度发行在外普通股加权平均数 = 100×1.3×12÷12+20×1.3×9÷12 = 149.5（万元）

2010 年度基本每股收益 = 220 ÷ 156 = 1.41（元）

2009 年度基本每股收益 = 190 ÷ 149.5 = 1.27（元）

第四节　现金流量表

一、现金流量表的概念

现金流量表是指反映企业在一定会计期间现金和现金等价物流入和流出的报表。

由于利润表提供的净利润金额，是按照权责发生制原则确认收入和费用得到的计算结果，因此利润表不能直接提供经营活动取得现金流量的信息；资产负债表很难从期末和期初金额的比较中直接提供企业投资和筹资活动提供现金流量的信息。而现金流量表却是一张能够反映企业经营全貌，揭示企业现金来源和运用，作为资产负债表和利润表之间的纽带和桥梁的报表。通过提供现金流量表，报表使用者能够了解企业现金流量的影响因素；评价企业的支付能力、偿债能力和周转能力，预测企业未来现金流量，评价会计年度内影响或不影响现金的投资活动和筹资活动，以弥补资产负债表和利润表提供信息的不足。

二、现金流量表的编制基础

由于现金流量表的编制信息源于资产负债表和利润表等的会计数据，而企业的会计收入、费用和其他应计项目是以权责发生制为基础的，现金流量表信息是以现金收付制为编制基础的，因此，应将权责发生制下的盈利信息调整为收付实现制下的现金流量信息。

（一）现金

现金是指企业库存现金以及可以随时用于支付的存款。不能随时用于支付的存款不属于现金。现金主要包括：企业持有可随时用于支付的现金；存入金融机构、可以随时用于支取的存款；存放在金融机构的外埠存款、银行汇票存款、银行本票存款、信用卡存款、信用证保证金存款和存出投资款等。

（二）现金等价物

现金等价物是指企业持有的期限短、流动性强、易于转换为已知金额现金、价值变动风险很小的投资。现金等价物虽然不是现金，但其支付能力与现金的差别不大，可视为现金。一项投资被确认为现金等价物必须同时具备四个条件：期限短、流动性强、易于转换为已知金额现金、价值变动风险很小。其中，期限较短一般是指从购买日起 3 个月内到期。

企业应当根据具体情况，确定现金等价物的范围，并且一贯性地保持其划分标准，如果改变划分标准，应视为会计政策的变更。企业确定现金等价物的原则及其变更应当在会计报表附注中披露。

三、现金流量的分类

现金流量是企业一定时期的现金及现金等价物流入和流出的数量。

现金流量总额是指现金流入和流出的总金额。按照企业会计准则规定，现金流量表一般应当按现金流入和流出总额反映。这样可以全面揭示企业现金流量的方向、规模和结构。但代客户收取或支付现金以及周转快、金额大、期限短项目的现金收入和现金支出，可以按净额反映。

现金净流量是指现金流入与流出的差额。现金净流量可能是正数，也可能是负数。如果是正数，则为净流入；如果是负数，则为净流出。现金净流量是现金流量表要反映的一个重要指标。

按照企业会计准则的规定，现金流量分为经营活动现金流量、投资活动现金流量和筹资活动现金流量三大类。

（1）经营活动产生的现金流量。经营活动是企业最主要的日常生产性活动，是直接与企业生产、销售商品或提供劳务相关的经济活动。各类企业经营活动的范围因其行业特点的不同而异，经营活动主要包括销售商品、提供劳务、经营性租赁、购买商品、接受劳务、广告宣传、推销产品、缴纳税款等。各类企业由于行业特点不同，对经营活动的认定存在一定差异，在编制现金流量表时，应根据企业的实际情况，对现金流量进行合理的归类。

（2）投资活动产生的现金流量。投资活动是指企业长期资产的购建和不包括在现金等价物范围内的投资及其处置活动。例如，企业为扩大再生产而投资建设新的厂房、增加新的机器设备等，为了获取投资回报而进行长期债券和股票投资等投资活动一般会引起企业现金的流出，但若企业将现有的固定资产进行处置，予以变现，将持有的债券或股票予以出售等投资活动一般会引起企业现金的流入。

（3）筹资活动产生的现金流量。筹资活动是指导致企业资本及债务规模和构成发生变化的活动。其中，资本包括实收资本（股本）、资本溢价（股本溢价）。债务包括向银行借款、发行债券。应付账款、应付票据等商业应付款等属于经营活动。

在编制现金流量表时，对于企业日常活动以外的特殊项目，应归并到相关类别中单设一项反映。特别项目是指日常活动之外的、不经常发生的项目，如灾害损失、保险赔款、捐赠等。对于这些灾害损失和保险赔偿，如果能够确指，属于流动资产的损失，则应当列入经营活动现金流量；属于固定资产损失，则应当列入投资活动现金流量。如果不能确指，则可以列入经营活动现金流量。如果特殊项目的现金流量金额不大，则可以列入现金流量类别下的"其他"项目，不单列项目。

四、现金流量表的基本格式

现金流量表由正表和附表两部分组成。为了反映企业经营活动、投资活动和筹资活动的现金流入和流出情况，现金流量表正表是按"现金净流量=经营活动净现金流量+投资活动净现金流量+筹资活动净现金流量"等式安排结构的，其格式包括经营活动的现金流量、投资活动的现金流量和筹资活动的现金流量三大部分，每一部分都分别列示现金流入和现金流出的明细情况。我国企业会计准则所采用的就是这种格式的现金流量表。其基本格式如表 16-10、表 16-11 所示。

表 16-10　现金流量表

企会 03 表

编制单位：东方公司　　　　　　　　2010 年度　　　　　　　　　单位：元

项目	本年金额	上年金额（略）
一、经营活动产生的现金流量		
销售商品、提供劳务收到的现金	661 250	
收到的税费返还	0	
收到的其他与经营活动有关的现金	0	
经营活动现金流入小计	661 250	
购买商品、接受劳务支付的现金	214 330	
支付给职工以及为职工支付的现金	150 000	
支付的各项税费	84 002.5	
支付的其他与经营活动有关的现金	35 000	
经营活动现金流出小计	483 332.5	
经营活动产生现金流量净额	177 917.5	
二、投资活动产生的现金流量		
收回投资所收到的现金	8 250	
取得投资收益所收到的现金	15 000	
处置固定资产、无形资产和其他长期资产所收回的现金	150 150	
处置子公司及其他营业单位收到的现金净额	0	
收到的其他与投资活动有关的现金	0	
投资活动现金流入小计	173 400	
购置固定资产、无形资产和其他长期资产所支付的现金	225 500	
投资所支付的现金	0	
取得子公司及其他营业单位支付的现金净额	0	

续表

项目	本年金额	上年金额（略）
支付的其他与投资活动有关的现金	0	
投资活动现金流出小计	225 500	
投资活动产生的现金流量净额	−52 100	
三、筹资活动产生的现金流量		
吸收投资所收到的现金	0	
借款所收到的现金	200 000	
收到的其他与筹资活动有关的现金	0	
筹资活动现金流入小计	200 000	
偿还债务所支付的现金	625 000	
分配股利、利润或偿付利息所支付的现金	6 250	
支付的其他与筹资活动有关的现金	0	
筹资活动现金流出小计	631 250	
筹资活动产生的现金流量净额	−431 250	
四、汇率变动对现金的影响	0	
五、现金及现金等价物净增加额	−305 432.5	
加：期初现金及现金等价物余额	703 150	
六、期末现金及现金等价物余额	397 717.5	

表 16-11　现金流量表补充资料

编制单位：东方公司　　　　　　　　2010 年度　　　　　　　　单位：元

补充资料	本年金额	上年金额（略）
1.将净利润调节为经营活动现金流量：		
净利润	98 852	
加：资产减值准备	15 450	
固定资产折旧、油气资产折耗、生产性生物资产折旧	50 000	
无形资产摊销	30 000	
长期待摊费用摊销	0	
待摊费用减少（增加以"−"号填列）		
预提费用增加（减少以"−"号填列）	0	
处置固定资产、无形资产和其他长期资产的损失（收益以"−"号填列）	−25 000	
固定资产报废损失（收益以"−"号填列）	9 850	
公允价值变动损失（收益以"−"号填列）	0	
财务费用（收益以"−"号填列）	20 750	
投资损失（收益以"−"号填列）	−15 750	
递延所得税资产减少（增加以"−"号填列）	−4 950	
递延所得税负债增加（减少以"−"号填列）	0	
存货的减少（增加以"−"号填列）	47 650	
经营性应收项目的减少（增加以"−"号填列）	−60 000	
经营性应付项目的增加（减少以"−"号填列）	16 065.5	

补充资料	本年金额	上年金额（略）
其他	5 000	
经营活动产生的现金流量净额	187 917.5	
2.不涉及现金收支的重大投资和筹资活动：		
债务转为资本	0	
一年内到期的可转换公司债券	0	
融资租入固定资产	0	
3.现金及现金等价物净变动情况：		
现金的期末余额	397 717.5	
减：现金的期初余额	703 150	
加：现金等价物的期末余额	0	
减：现金等价物的期初余额	0	
现金及现金等价物净增加额	−305 432.5	

五、现金流量表的填列方法

（一）经营活动产生的现金流量

1. "销售商品、提供劳务收到的现金"项目

它反映企业销售商品、提供劳务实际收到的现金（包括销售收入和应向购买者收取的增值税额），具体包括在本期销售商品、提供劳务收到的现金，以及前期销售商品、前期提供劳务本期收到的现金和本期预收的账款，减去本期退回本期销售的商品和前期销售本期退回的商品支付的现金。企业销售材料和代购代销业务收到的现金，也在本项目反映。本项目可以根据"库存现金"、"银行存款"、"应收票据"、"应收账款"、"预收账款"、"主营业务收入"、"其他业务收入"科目的记录分析填列。

根据账户记录分析计算该项目的金额公式为

销售商品、提供劳务收到的现金 = 当期销售商品、提供劳务收到的现金

+ 当期收回前期的应收账款和应收票据

+ 当期预收的账款 – 当期销售退回支付的现金

+ 当期收回前期核销的坏账损失

或

销售商品、提供劳务收到的现金 = 主营业务收入 + 应交税费（应交增值税 – 销项税额）

+（应收账款年初余额 – 应收账款期末余额）

+（应收票据年初余额 – 应收票据期末余额）

– 当期计提的坏账准备 – 票据贴现利息

2. "收到的税费返还"项目

它反映企业收到返还的各项税费，如收到的增值税、消费税、关税、营业税、所得税、教育费附加返还等。本项目可以根据"库存现金"、"银行存款"、"营业税金及附加"、"营业外收入"、"其他应收款"等科目的记录分析填列。

3. "收到的其他与经营活动有关的现金"项目

它反映企业除了上述各项目外，收到的其他与经营活动有关的现金，如罚款收入、流

动资产损失中由个人赔偿的现金收入等。若某项其他与经营活动有关的现金流入金额较大，应单列项目反映。本项目可以根据"库存现金"、"银行存款"、"营业外收入"等科目的记录分析填列。

4. "购买商品、接受劳务支付的现金"项目

它反映企业购买商品、接受劳务实际支付的现金（包括增值税进项税额），包括本期购买材料、商品、接受劳务而实际支付的现金以及本期支付前期购买商品、接受劳务的未付款项和本期预付款项，减去本期发生的购货退回收到的现金。为购置存货而发生的借款利息资本化部分，应在"分配股利、利润或偿付利息支付的现金"项目中反映。本项目可以根据"库存现金"、"银行存款"、"应付票据"、"应付账款"、"预付账款"、"主营业务成本"、"其他业务支出"等科目的记录分析填列。根据账户记录分析计算该项目的金额公式为

购买商品、接受劳务支付的现金 = 当期购买商品、接受劳务支付的现金

+ 当期支付前期的应付账款和应付票据

+ 当期预付的账款 – 当期因购货退回收到的现金

或

购买商品、接受劳务支付的现金 = 主营业务成本 + 应交税费（应交增值税–进项税额）

– （存货年初余额 – 存货期末余额）

+ （应付账款年初余额 – 应付账款期末余额）

+ （应付票据年初余额 – 应付票据期末余额）

+ （预付账款期末余额 – 预付账款年初余额）

– （当期列入生产成本、制造费用的职工薪酬

– 当期列入生产成本、制造费用的折旧费和

固定资产修理费）

5. "支付给职工以及为职工支付的现金"项目

它反映企业实际支付给职工的现金以及为职工支付的现金，包括企业为获得职工提供的服务，本期实际给予各种形式的报酬以及其他相关支出，如支付给职工的工资、奖金、各种津贴和补贴等，以及为职工支付的其他费用，不包括支付给在建工程人员的工资。支付的在建工程人员的工资，在"购建固定资产、无形资产和其他长期资产所支付的现金"项目中反映。

企业为职工支付的医疗、养老、失业、工伤、生育等社会保险基金、补充养老保险、住房公积金，企业为职工交纳的商业保险金，因解除与职工劳动关系给予的补偿，现金结算的股份支付，以及企业支付给职工或为职工支付的其他福利费用等，应根据职工的工作性质和服务对象，分别在"购建固定资产、无形资产和其他长期资产所支付的现金"和"支付给职工以及为职工支付的现金"项目中反映。本项目可根据"库存现金"、"银行存款"、"应付职工薪酬"等科目的记录分析填列。

6. "支付的各项税费"项目

它反映企业按规定支付的各项税费，包括本期发生并支付的税费，以及本期支付以前各期发生的税费和预交的税金，如支付的增值税、消费税、营业税、所得税、教育费附加、印花税、房产税、土地增值税、车船税等，不包括本期退回的增值税、所得税。本期退回

的增值税、所得税等，在"收到的税费返还"项目中反映。本项目可以根据"应交税费"、"库存现金"、"银行存款"等科目分析填列。

7. "支付的其他与经营活动有关的现金"项目

它反映企业除上述各项目外，支付的其他与经营活动有关的现金流出，如罚款支出、支付的差旅费、业务招待费支出、保险费等。其他现金流出如价值较大的，应单列项目反映。

（二）投资活动产生的现金流量

（1）"收回投资所收到的现金"项目，反映企业出售、转让或到期收回除现金等价物以外的交易性金融资产、持有至到期投资、可供出售金融资产、长期股权投资等而收到的现金。不包括债权性投资收回的利息、收回的非现金资产，以及处置子公司及其他营业单位收到的现金净额。债权性投资收回的本金，在本项目反映；债权性投资收回的利息，不在本项目中反映，而在"取得投资收益所收到的现金"项目中反映。处置子公司及其他营业单位收到的现金净额单设项目反映。本项目可以根据"交易性金融资产"、"持有至到期投资"、"可供出售金融资产"、"长期股权投资"、"库存现金"、"银行存款"等科目的记录分析填列。

（2）"取得投资收益所收到的现金"项目，反映企业因股权性投资而分得的现金股利，因债权性投资而取得的利息收入。股票股利由于不产生现金流量，不在本项目中反映，包括在现金等价物范围内的债券性投资，其利息收入在本项目中反映。本项目可以根据"应收股利"、"应收利息"、"投资收益"、"库存现金"、"银行存款"等科目的记录分析填列。

（3）"处置固定资产、无形资产和其他长期资产而收回的现金净额"项目，反映企业处置固定资产、无形资产和其他长期资产所取得的现金，减去为出售这些资产而支付的有关费用后的净额。由自然灾害所造成的固定资产等长期资产损失而收到的保险赔偿收入，也在本项目反映。如果处置固定资产、无形资产和其他长期资产所收回的现金净额为负数，应作为投资活动产生的现金流量，在"支付的其他与投资活动有关的现金"项目中反映。本项目可以根据"固定资产清理"、"库存现金"、"银行存款"等科目的记录分析填列。

（4）"处置子公司及其他营业单位收到的现金净额"项目，反映处置子公司及其他营业单位所取得的现金减去子公司或其他营业单位持有的现金和现金等价物以及相关处置费用后的净额。本项目可以根据有关科目的记录分析填列。

（5）"收到的其他与投资活动有关的现金"项目，反映企业除了上述各项以外，收到的其他与投资活动有关的现金。其他与投资活动有关的如价值较大的，应单列项目反映。本项目可以根据有关科目的记录分析填列。

（6）"购建固定资产、无形资产和其他长期资产所支付的现金"项目，反映企业为购买、建造固定资产，取得无形资产和其他长期资产所支付的现金，不包括为购建固定资产而发生的借款利息资本化的部分，以及融资租入固定资产支付的租赁费。为购建固定资产、无形资产和其他长期资产而发生的借款利息资本化部分，在"分配股利、利润或偿付利息支付的现金"项目中反映；融资租入固定资产所支付的租赁费，在"支付的其他与筹资活动有关的现金"项目中反映。本项目可以根据"固定资产"、"在建工程"、"工程物资"、"无形资产"、"库存现金"、"银行存款"等科目的记录分析填列。

（7）"投资所支付的现金"项目，反映企业进行权益性投资和债权性投资所支付的现金，包括企业取得的除现金等价物以外的交易性金融资产、持有至到期投资、可供出售金融资产而支付的现金以及支付的佣金、手续费等附加费用。

企业在购买股票和债券时，实际支付的价款中包含的已宣告而尚未领取的现金股利或已到付息期但尚未领取的债券的利息，应在"支付的其他与投资活动有关的现金"项目中反映；收回购买股票和债券时支付的已宣告而尚未领取的现金股利或已到付息期但尚未领取的债券的利息，在"收到的其他与投资活动有关的现金"项目中反映。本项目可以根据"交易性金融资产"、"持有至到期投资"、"可供出售金融资产"、"长期股权投资"、"库存现金"、"银行存款"等科目的记录分析填列。

（8）"取得子公司及其他营业单位支付的现金净额"项目，反映取得子公司及其他营业单位购买出价中以现金支付的部分，减去子公司或其他营业单位持有的现金和现金等价物后的净额。本项目可以根据有关科目的记录分析填列。

（9）"支付的其他与投资活动有关的现金"项目，反映企业除了上述各项目以外，支付的其他与投资活动有关的现金。其他与投资活动有关的现金，如果价值较大的，应单列项目反映。本项目可以根据有关科目的记录分析填列。

（三）筹资活动产生的现金流量

（1）"吸收投资所收到的现金"项目，反映企业以发行股票等方式筹集资金实际收到的款项净额（发行收入减去支付的佣金等发行费用后的净额）。以发行股票等方式筹集资金而由企业直接支付的审计、咨询等费用等，在"支付的其他与筹资活动有关的现金"项目中反映。本项目可根据"实收资本（或股本）"、"资本公积"、"库存现金"、"银行存款"等科目的记录分析填列。

（2）"借款收到的现金"项目，反映企业举借各种短期、长期借款而收到的现金，以及发行债券实际收到的款项净额（发行收入减去直接支付的佣金等发行费用后的净额）。本项目可以根据"短期借款"、"长期借款"、"应付债券"、"库存现金"、"银行存款"等科目的记录分析填列。

（3）"收到的其他与筹资活动有关的现金"项目，反映企业除上述各项目外，收到的其他与筹资活动有关的现金。其他与筹资活动有关的现金，如果价值较大的，应单列项目反映。本项目可根据有关科目的记录分析填列。

（4）"偿还债务所支付的现金"项目，反映企业以现金归还金融企业的借款本金、偿付企业到期的债券本金等。企业偿还的借款利息、债券利息，在"分配股利、利润或偿付利息所支付的现金"项目中反映。本项目可以根据"短期借款"、"长期借款"、"应付债券"、"库存现金"、"银行存款"等科目的记录分析填列。

（5）"分配股利、利润或偿付利息支付的现金"项目，反映企业实际支付的现金股利、支付给其他投资企业的利润或用现金支付的借款利息、债券利息。不同用途的借款，其利息的开支渠道不一样，如在建工程、财务费用等，均在本项目中反映。本项目可以根据"应付股利"、"应付利息"、"利润分配"、"财务费用"、"在建工程"、"研发支出"、"库存现金"、"银行存款"等科目的记录分析填列。

（6）"支付的其他与筹资活动有关的现金"项目，反映企业除上述各项目外，支付的其他与筹资活动有关的现金。其他与筹资活动有关的现金，如果价值较大的，应单列项目反映。本项目可以根据有关科目的记录分析填列。

（四）汇率变动对现金的影响

现金流量表准则规定，外币现金流量以及境外子公司的现金流量，应当采用现金流量发生日的即期汇率或即期汇率的近似汇率折算。汇率变动对现金的影响额应当作为调节项目，在现金流量表中单独列报。

（五）现金流量表补充资料

企业应当采用间接法在现金流量表补充资料中披露将净利润调节为经营活动现金流量、不涉及现金收支的重大投资和筹资活动、现金及现金等价物净变动情况等信息。

1. 将净利润调节为经营活动的现金流量

（1）"资产减值准备"项目，反映企业本期计提的坏账准备、存货跌价准备、长期股权投资减值准备、持有至到期投资减值准备、投资性房地产减值准备、固定资产减值准备、在建工程减值准备、工程物资减值准备、生物资产减值准备、无形资产减值准备、商誉减值准备等资产减值准备。企业当期计提和按规定转回的各项资产减值准备，包括在利润表中，属于利润的减除项目，但没有发生现金流出。因此，在将净利润调节为经营活动现金流量时，需要加回。本项目可根据"资产减值损失"科目的记录分析填列。

（2）"固定资产折旧"、"油气资产折耗"、"生产性生物资产折旧"项目，分别反映企业本期计提的固定资产折旧、油气资产折耗、生产性生物资产折旧。将净利润调节为经营活动现金流量时，计入期间费用的折旧或摊销费用是净利润的减项，但没有发生现金流出，需要予以加回。计入制造费用中的已经变现的部分，在计算净利润时通过销售成本予以扣除，但没有发生现金流出，需要加回；计入制造费用中的没有变现的部分，既不涉及现金收支，也不影响企业当期净利润，但在调节存货时，已经从中扣除，在此处将净利润调节为经营活动现金流量时，需要予以加回。本项目可根据"累计折旧"、"累计折耗"、"生产性生物资产折旧"科目的贷方发生额分析填列。

（3）"无形资产摊销和长期待摊费用摊销"项目，反映企业本期累计摊入成本费用的无形资产价值和长期待摊费用。企业在对使用寿命有限的无形资产计提摊销时，将其计入管理费用或制造费用。长期待摊费摊销时，根据不同归属分别计入管理费用、销售费用和制造费用。计入管理费用等期间费用和计入制造费用中的已变现的部分，在计算净利润时已从中扣除，但没有发生现金流出；计入制造费用中的没有变现的部分，在调节存货时已经从中扣除，但不涉及现金收支，在此处将净利润调节为经营活动现金流量时，需要予以加回。本项目可根据"累计摊销"、"长期待摊费用"科目的贷方发生额分析填列。

（4）"处置固定资产、无形资产和其他长期资产的损失（减：收益）"项目，反映企业本期处置固定资产、无形资产和其他长期资产发生的净损失（或净收益）。企业处置固定资产、无形资产和其他长期资产发生的损益，属于投资活动产生的损益，在将净利润调节为经营活动现金流量时，需要予以剔除。本项目可根据"营业外收入"、"营业外支出"等科目所属有关明细科目的记录分析填列。

（5）"固定资产报废损失"项目，反映企业本期发生的固定资产盘亏净损失。企业发生的固定资产报废损益，属于投资活动产生的损益，在将净利润调节为经营活动现金流量时，需要予以剔除。本项目可根据"营业外支出"、"营业外收入"等科目所属有关明细科目的记录分析填列。

（6）"公允价值变动损失"项目，反映企业持有的交易性金融资产、交易性金融负债、采用公允价值模式计量的投资性房地产等公允价值变动形成的净损失。本项目可以根据"公允价值变动损益"科目的发生额分析填列。

（7）"财务费用"项目，反映企业本期实际发生的属于投资活动或筹资活动的财务费用。企业发生的财务费用中不属于经营活动的部分，应当在将净利润调节为经营活动现金流量时将其加回。本项目可根据"财务费用"科目的本期借方发生额分析填列；如果为收益，以"–"号填列。

（8）"投资损失（减：收益）"项目，反映企业本期实际发生的投资损失减去收益后的净损失。本项目可根据利润表中"投资收益"项目的数字填列；如果为投资收益，以"–"号填列。

（9）"递延所得税资产减少（减：增加）"项目，反映企业资产负债表"递延所得税资产"项目的期初余额与期末余额的差额。本项目可以根据资产负债表"递延所得税资产"项目期初、期末余额分析填列。

（10）"递延所得税负债增加（减：减少）"项目，反映企业资产负债表"递延所得税负债"项目的期初余额与期末余额的差额。本项目可以根据资产负债表"递延所得税负债"项目期初、期末余额分析填列。

（11）"存货的减少（减：增加）"项目，反映企业资产负债表"存货"项目的期初余额与期末余额的差额。本项目可根据资产负债表中"存货"项目的期初数、期末数之间的差额填列；期末数大于期初数的差额，以"–"号填列。

（12）"经营性应收项目的减少（减：增加）"项目，反映企业本期经营性应收项目（包括应收票据、应收账款、预付账款、长期应收款和其他应收款等经营性应收项目中与经营活动有关的部分及应收的增值税销项税额等）的期初余额与期末余额的差额。本项目应当根据有关科目的期初、期末余额分析填列；期末数大于期初数的差额，以"–"号填列。

（13）"经营性应付项目的增加（减：减少）"项目，反映企业本期经营性应付项目（包括应付票据、应付账款、预收账款、应付职工薪酬、应交税费和其他应付款中与经营活动有关的部分，以及应付的增值税进项税额等）的期初余额与期末余额的差额。本项目应当根据有关科目的期初、期末余额分析填列；期末数小于期初数的差额，以"–"号填列。

2. 不涉及现金收支的重大投资和筹资活动

不涉及现金收支的重大投资和筹资活动，反映企业在一定期间内影响资产或负债但不形成该期现金收支的所有投资和筹资活动的信息。这些投资和筹资活动虽然不涉及当期现金收支，但对以后各期的现金流量有重大影响。因此，现金流量表准则规定，企业应当在附注中披露不涉及当期现金收支、但影响企业财务状况或在未来可能影响企业现金流量的重大投资和筹资活动，主要包括债务转为资本、一年内到期的可转换公司债券、融资租入固定资产。

六、现金流量表的编制方法及程序

（一）直接法和间接法

直接法，是通过现金收入和支出的主要类别直接反映来自企业经营活动的现金流量。采用直接法编制的现金流量表，便于报表使用者理解企业经营活动现金流量的影响及其结果。

间接法，是以本期净利润为起算点，调整不涉及现金的收入、费用项目以及其他有关项目，剔除投资活动和筹资活动对现金流量的影响，据以确定经营活动的现金流量。采用间接法编制的现金流量表，便于对净利润与经营活动现金净流量进行比较，了解净利润与经营活动现金流量差异的原因，从现金流量的角度分析净利润的质量。

（二）工作底稿法或T形账户法

在具体编制现金流量表时，可以采用工作底稿法或T形账户法。

1. 工作底稿法

工作底稿法是以工作底稿为手段，以资产负债表和利润表数据为基础，对每一项目进行分析并编制调整分录，从而编制现金流量表的方法。工作底稿法的程序是：

第一步，将资产负债表的期初数和期末数过入工作底稿的期初数栏和期末数栏。

第二步，对当期业务进行分析并编制调整分录。编制调整分录时，要以利润表项目为基础从"营业收入"开始，结合资产负债表项目逐一进行分析。在调整分录中，有关现金和现金等价物的事项，并不直接借记或贷记现金，而是分别计入"经营活动产生的现金流量"、"投资活动产生的现金流量"、"筹资活动产生的现金流量"有关项目。借记表示现金流入，贷记表示现金流出。

第三步，将调整分录过入工作底稿中的相应部分。

第四步，核对调整分录，借方、贷方合计数均已经相等，资产负债表项目期初数加减调整分录中的借贷金额以后，应等于期末数。

第五步，根据工作底稿中的现金流量表项目部分编制正式的现金流量表。

2. T形账户法

T形账户法是以T形账户为手段，以资产负债表和利润表数据为基础，对每一项目进行分析并编制调整分录，从而编制现金流量表的方法。T形账户法的程序是：

第一步，为所有的非现金项目（包括资产负债表项目和利润表项目）分别开设T形账户，并将各自的期末期初变动数过入各相关账户。如果项目的期末数大于期初数，则将差额过入和项目余额相同的方向；反之，过入相反的方向。

第二步，开设一个大的"现金及现金等价物"T形账户，每边分为经营活动、投资活动和筹资活动三个部分，左边记现金流入，右边记现金流出。与其他账户一样，过入期末期初变动数。

第三步，以利润表项目为基础，结合资产负债表分析每一个非现金项目的增减变动，并据此编制调整分录。

第四步，将调整分录过入各 T 形账户，并进行核对，该账户借贷相抵后的余额与原先过入的期末期初变动数应当一致。

第五步，根据大的"现金及现金等价物"T 形账户编制正式的现金流量表。

（三）现金流量表编制举例

【例 16-6】 承【例 16-1】和【例 16-2】的资料，东方公司其他相关资料如下：

2010 年度利润表有关项目的明细资料如下。

（1）管理费用的组成：职工薪酬 8 550 元，无形资产摊销 30 000 元，摊销印花税 5 000元，折旧费 10 000 元，支付其他费用 25 000 元。

（2）销售费用 10 000 均为广告费，已用银行存款付讫。

（3）财务费用的组成：计提借款利息 10 750 元，支付应收票据贴现利息 10 000 元。

（4）资产减值损失的组成：计提坏账准备 450 元，计提固定资产减值准备 15 000 元。上年年末坏账准备余额为 900 元。

（5）投资收益的组成：收到股息收入 15 000 元，与本金一起收回的交易性股票投资收益 250 元，自公允价值变动损益结转投资收益 500 元。

（6）营业外收入的组成：处置固定资产净收益 25 000 元（其所处置固定资产原价为200 000 元，累计折旧为 75 000 元，收到处置收入 150 000 元）。假定不考虑与固定资产处置有关的税费。

（7）营业外支出的组成：报废固定资产净损失 9 850 元（其所报废固定资产原价为100 000 元，累计折旧 90 000 元，支付清理费用 250 元，收到残值收入 400 元）。

（8）所得税费用的组成：当期所得税费用为 61 248 元，递延所得税收益 4 950 元。

除上述项目外，利润表中的销售费用期末尚未支付。

资产负债表有关项目的明细资料如下。

（1）本期收回交易性股票投资本金 7 500 元、公允价值变动 500 元，同时实现投资收益 250 元。

（2）存货中生产成本、制造费用的组成：职工薪酬 162 450 元，折旧费 40 000 元。

（3）应交税费的组成：本期增值税进项税额 21 233 元，增值税销项税额 106 250 元，已交增值税 50 000 元，应交所得税期末余额为 10 048.5 元，应交所得税期初余额为 0。应交税费期末数中应由在建工程负担的部分为 50 000 元。

（4）应付职工薪酬的期初数无应付在建工程人员的部分，本期支付在建工程人员职工薪酬 100 000 元。应付职工薪酬的期末数中应付在建工程人员的部分为 14 000 元。

（5）应付利息均为短期借款利息，其中本期计提利息 5 750 元，支付利息 6 250 元。

（6）本期用现金购买固定资产 50 500 元，购买工程物资 75 000 元。

（7）本期用现金偿还短期借款 125 000 元，偿还一年内到期的长期借款 500 000 元，借入长期借款 200 000 元。

根据以上资料，采用分析填列的方法，编制东方公司 2010 年度的现金流量表。

（1）销售商品、提供劳务收到的现金 = 625 000+106 250+（149 550−299 100）

$$+（123 000−33 000）−450−10 000 = 661 250（元）。$$

（2）购买商品、接受劳务支付的现金 = 375 000 + 21 233 −（1 290 000−1 242 350）+（476 900 − 476 900）+（100 000−50 000）+（50 000−50 000）−162 450−40 000 = 196 133（元）。

（3）支付给职工以及为职工支付的现金 = 162 450+8 550+（55 000−90 000）−（0−14 000）= 150 000（元）。

（4）支付的各项税费 = 61 248+1 000+50 000−（10 048.5−0）= 102 199.5（元）。

（5）支付其他与经营活动有关的现金 = 25 000+10 000=35 000（元）。

（6）收回投资收到的现金 = 8 000+250 = 8 250（元）。

（7）取得投资收益所受到的现金 = 15 000（元）。

（8）处置固定资产收回的现金净额 = 150 000+（400−250）= 150 150（元）。

（9）购建固定资产支付的现金 = 50 500+75 000+100 000 = 225 500（元）。

（10）取得借款所收到的现金 = 200 000（元）。

（11）偿还债务支付的现金 = 125 000+500 000 = 625 000（元）。

（12）偿还利息支付的现金 = 6 250（元）。

（13）支付其他与筹资活动有关的现金 = 0（元）。

将净利润调节为经营活动现金流量各项目计算分析如下：

（1）资产减值准备 = 450+15 000 = 15 450（元）。

（2）固定资产折旧 = 10 000+40 000 = 50 000（元）。

（3）无形资产摊销 = 30 000（元）。

（4）处置固定资产、无形资产和其他长期资产的损失（减：收益）= −25 000（元）。

（5）固定资产报废损失 = 9 850（元）。

（6）财务费用 = 20 750（元）。

（7）投资损失（减：收益）= −15 750（元）。

（8）递延所得税资产减少 = 0−4 950 = −4 950（元）。

（9）存货的减少 = 1 290 000−1 242 350 = 47 650（元）。

（10）经营性应收项目的减少 =（123 000−33 000）+（149 550+450−299 100−900）= −60 000（元）。

（11）经营性应付项目的增加 =（50 000−100 000）+（5 000−50 000）+[（90 000−14 000）− 5 500]+[（113 365.5−50 000）−18 300] = 16 065.5（元）。

根据上述数据，编制现金流量表及其补充资料分别见表 16-10 和表 16-11。

第五节　所有者权益变动表

一、所有者权益变动表的内容

所有者权益变动表是指反映构成所有者权益的各组成部分当期的增减变动情况。当期损益、直接计入所有者权益的利得和损失，以及与所有者的资本交易导致的所有者权益的变动，应当分别列示。自 2006 年新会计准则颁布后，所有者权益变动表由资产负债表的附表提升为单独一张主表，成为资产负债表、利润表和现金流量表后的第四张报表。

所有者权益变动表至少应当单独列示反映下列信息的项目：净利润；直接计入所有者权益的利得和损失项目及其总额；会计政策变更和差错更正的累积影响金额；所有者投入资本和向所有者分配利润等；提取的盈余公积；实收资本（或股本）、资本公积、盈余公积、未分配利润的期初和期末余额及其调节情况。其格式如表 16-12 所示。

表 16-12　　所有者权益（股东权益）变动表

编制单位：东方公司　　　　　2010 年度　　　　　　　　　　企会 04 表　单位：元

项目	行次	本年金额						上年金额					
		实收资本（或股本）	资本公积	盈余公积	未分配利润	库存股（减项）	所有者权益合计	实收资本（或股本）	资本公积	盈余公积	未分配利润	库存股（减项）	所有者权益合计
一、上年年末余额		2 500 000	0	50 000	25 000	0	2 575 000						
加：会计政策变更													
前期差错更正													
二、本年年初余额		2 500 000	0	50 000	25 000	0	2 575 000						
三、本年增减变动金额（减少以"—"号填列）													
（一）净利润					98 852		98 852						
（二）其他综合收益													
上述（一）和（二）小计													
（三）所有者投入和减少资本													
1. 所有者本期投入资本													
2. 股份支付计入所有者权益的金额													
3. 其他													

续表

项目	行次	本年金额						上年金额					
		实收资本（或股本）	资本公积	盈余公积	未分配利润	库存股（减项）	所有者权益合计	实收资本（或股本）	资本公积	盈余公积	未分配利润	库存股（减项）	所有者权益合计
（四）利润分配													
1. 提取盈余公积				12 385.2	-12 385.2		0						
2. 对所有者（或股东）的分配					-16 108		-16 108						
3. 其他													
（五）所有者权益内部结转													
1. 资本公积转增资本（或股本）													
2. 盈余公积转增资本（或股本）													
3. 盈余公积补亏													
4. 其他													
四、本年年末余额		2 500 000	0	62 385.2	95 358.8	0	2 657 744						

二、所有者权益变动表的填列方法

（一）上年余额栏的填列方法

所有者权益变动表"上年金额"栏内各项数字，应根据上年度所有者权益变动表"本年金额"栏内所列数字填列。如果上年度所有者权益变动表规定的各个项目的名称和内容与本年度不相一致，应对上年度所有者权益变动表各项目的名称和数字按本年度的规定进行调整，填入所有者权益变动表"上年金额"栏内。

（二）本年余额栏的填列方法

所有者权益变动表"本年金额"栏内各项数字，一般应根据"实收资本（或股本）"、"资本公积"、"盈余公积"、"利润分配"、"库存股"、"以前年度损益调整"科目的发生额分析填列。

（三）所有者权益变动表编制举例

【例 16-7】 承【例 16-1】、【例 16-2】和【例 16-6】的资料，东方公司其他相关资料为提取盈余公积 12 385.2 元，向投资者分配现金股利 16 108 元。

根据上述资料，东方公司编制 2010 年的所有者权益变动表如表 16-12 所示。

第六节　财务报表附注

一、财务报表附注的概念

附注是对在资产负债表、利润表、现金流量表和所有者权益变动表等报表中列示项目的文字描述或明细资料，以及对未能在这些报表中列示项目的说明等。

附注是财务报表不可或缺的组成部分，报表使用者了解企业的财务状况、经营成果和现金流量，应当全面阅读附注，附注相对于报表而言，同样具有重要性，应当按照一定的结构进行系统合理的排列和分类，有顺序地披露信息。

二、财务报表附注的形式

财务报表附注的主要形式为表后底注。底注（也称脚注）是指在财务报表正文后面用一定的文字和数字对企业财务信息和非财务信息所作的补充说明。底注比较灵活，可用来揭示那些不便于列入报表正文的有关信息。

三、财务报表附注的内容

企业应当在附注中至少披露下列内容。

（1）企业的基本情况：①企业注册地、组织形式和总部地址。②企业的业务性质和主要经营活动。③母公司以及集团最终母公司的名称。④财务报告的批准报出者和财务报告批准报出日。按照有关法律、行政法规等规定，企业所有者或其他方面有权对报出的财务报告进行修改的事实。

（2）财务报表的编制基础。

（3）遵循企业会计准则的声明。企业应当明确说明编制的财务报表符合企业会计准则体系的要求，真实、公允地反映了企业的财务状况、经营成果和现金流量。

（4）重要会计政策和会计估计。企业应当披露重要的会计政策和会计估计，不具有重要性的会计政策和会计估计可以不披露。判断会计政策和会计估计是否重要，应当考虑与会计政策和会计估计相关项目的性质和金额。

（5）会计政策和会计估计变更以及差错更正的说明。企业应当按照《企业会计准则第28号——会计政策、会计估计变更和差错更正》及其应用指南的规定，披露会计政策和会计估计变更以及差错更正的有关情况。

（6）重要报表项目的说明。企业应当把文字和数字描述相结合，尽可能以列表形式披露重要报表项目的构成或当期增减变动情况，并与报表项目相互参照。在披露顺序上，一般应当按照资产负债表、利润表、现金流量表、所有者权益变动表的顺序及其报表项目列示的顺序。

（7）其他需要说明的重要事项。主要包括或有和承诺事项、资产负债表日后非调整事项、关联方关系及其交易等。

思考与练习

一、思考题

1. 财务报表的使用者有哪些？财务报表对使用者的作用有哪些？
2. 什么是资产负债表？通过资产负债表能否反映企业的价值？
3. 什么是利润表？通过利润表如何评价企业的经营业绩？
4. 什么是现金流量？现金流量是如何分类的？
5. 资产负债表、利润表、现金流量表和所有者权益变动表之间有何联系？
6. 报表附注包括哪些内容？其作用如何？

二、练习题

银河公司为工业企业，该公司 2010 年有关资料如下。

1. 资产、负债类部分科目年初、年末余额和本年发生额如表 16-13 所示。

表 16-13　　　　　　　　　　　　　　　　　　单位：万元

账户名称	年初余额		本年发生额		年末余额	
	借方	贷方	借方	贷方	借方	贷方
交易性金融资产	100		500	400	200	
应收票据	300			300		
应收账款（总）	500		3 000	2 800	700	
——甲公司	600		2 500	2 200	900	
——乙公司		100	500	600		200
还账准备		6		3		9
应收股利			10	10		
原材料	300		2 000	2 200	100	

续表

账户名称	年初余额		本年发生额		年末余额	
	借方	贷方	借方	贷方	借方	贷方
制造费用			800	800		
生产成本	100		4 000	3 800	300	
库存商品	200		3 800	3 500	500	
固定资产	5 000		400	1 000	4 400	
累计折旧		2 000	800	200		1 400
在建工程	1 000		300		1 300	
短期借款			200	250		50
长期借款		1 000				1 000
应付账款（总）		300	1 300	1 200		200
——丙公司		500	1 200	1 000		300
——丁公司	200		100	200	100	
应付职工薪酬		30	1 160	1 200		70
应交税费（总）		55	1 319.3	1 325.3		60
——应交增值税			850	850		
——未交增值税		30	180	200		50
——应交其他税金		25	289.3	275.3		11

2. 损益类部分科目本年发生额表 16-14 所示。

表 16-14　损益类部分科目发生额　　　　　　　单位：万元

账户名称	借方发生额	贷方发生额
营业收入		5 000
营业成本	3 500	
营业税金及附加	51	
销售费用	300	
管理费用	500	
财务费用	25	
投资收益		30
营业外收入	20	
所得税	198	

3. 其他有关资料如下。

（1）交易性金融资产的取得及出售均以现金结算，且交易性金融资产均不属于现金等价物。

（2）"制造费用"及"生产成本"科目借方发生额含职工薪酬 1 000 万元、折旧费 180 万元，不含其他摊入的费用。

（3）"固定资产"科目借方发生额为现金购入的固定资产 400 万元，"在建工程"科目借方发生额含以现金支付的资本化利息费用 30 万元，以及用现金支付的初包工程款 270 万元。

（4）应付职工薪酬为生产经营人员的职工薪酬。

（5）"应交税费——应交增值税"科目借方发生额含增值税进项税额 340 万元、已交税金 310 万元、转出未交增值税 200 万元，贷方发生额为销售商品发生的销项税额 850 万元，"应交税费——未交增值税"科目借方发生额为缴纳的增值税 180 万元。

假定"应交税费——应交其他税金"科目的余额变动只与"营业税金及附加"和"所得税"有关，并且两个科目的减少额均已支付现金。

（6）"销售费用"及"管理费用"科目借方发生额含工资及福利费 200 万元、离退休人员费 20 万元、房产税和印花税 30 万元以及用现金支付的其他费用 467 万元。

（7）"财务费用"科目借方发生额含票据贴现利息 5 万元以及用现金支付的其他利息。

（8）"投资收益"科目贷方发生额含出售股票获得的投资收益 20 万元以及收到的现金股利。

（9）"营业外支出"科目借方发生额为出售固定资产发生的净损失 20 万元（出售固定资产的原价 1 000 万元，累计折旧 800 万元，支付的清理费用 30 万元，收到的价款 210 万元）。

（10）假定该公司本期未发生其他交易或事项。

要求：

1. 填列银河公司资产负债表所列示项目的年初数和年末数（表 16-15）。

表 16-15　资产负债表（部分项目）

编制单位：银河公司　　　　　　　　　2010 年 12 月 31 日　　　　　　　　单位：万元

资产	年初数	年末数	负债和所有者权益	年初数	年末数
应收账款			应付账款		
预付款项			预收款项		
存货					

2. 填列该公司现金流量表所列示项目的金额（表 16-16）。

表 16-16　现金流量表（部分项目）

编制单位：银河公司　　　　　　　　　2010 年 12 月 31 日　　　　　　　　单位：万元

项目	计算过程	金额
销售商品、提供劳务收到的现金		
购买商品、接受劳务支付的现金		
支付给职工以及为职工支付的现金		
支付的各项税费		
支付的其他与经营活动有关的现金		
收回投资所收到的现金		
取得投资收益所收到的现金		
处置固定资产所收到的现金净额		
购建固定资产所支付的现金		
投资所支付的现金		
取得借款所收到的现金		
偿还债务所支付的现金		
偿还利息所支付的现金		

参 考 文 献

财政部会计司编写组. 2006. 企业会计准则讲解. 北京：人民出版社

财政部会计资格评价中心. 2010. 初级会计实务. 北京：中国财政经济出版社

财政部会计资格评价中心. 2010. 中级会计实务. 北京：经济科学出版社

财政部注册会计师考试委员会办公室. 2010. 会计. 北京：中国财政经济出版社

陈信元. 2010. 会计学. 上海：上海财经大学出版社

戴德明，林钢，赵西卜. 2009. 财务会计学. 北京：中国人民大学出版社

杜兴强. 2008. 中级财务会计学. 北京：高等教育出版社

盖地，赵书和. 2010. 财务会计. 北京：经济科学出版社

侯雪筠，李玉凤. 2009. 中级财务会计. 北京：科学出版社

侯雪筠，杨忠海. 2010. 会计学. 北京：科学出版社

王君彩. 2008. 会计学. 北京：高等教育出版社

杨有红，欧阳爱平. 2009. 中级财务会计. 北京：北京大学出版社

于小镭，徐兴恩. 2007. 新企业会计准则实务指南与讲解. 北京：机械工业出版社

张天西，薛许军. 2010. 中级财务会计. 上海：复旦大学出版社

中华人民共和国财政部. 2006. 企业会计准则——应用指南. 北京：中国财政经济出版社

中华人民共和国财政部. 2006. 企业会计准则. 北京：经济科学出版社

朱国泓. 2009. 中级财务会计学. 北京：中国人民大学出版社